SUÇ ve CEZA

Dc

CW01621904

PANAMA

Suç ve Ceza
Fyodor Mihayloviç Dostoyevski

ISBN: 978-605-4401-96-3

Çeviri
Zeynep Türker

Genel Yayın Yönetmeni
Caner Vural

Kapak Tasarımı
Leyla Çelik

Baskı-Cilt: Ayrıntı Matbaası
Sertifika No: 13987
Yayıncı Sertifika No: 18439

© Bu kitabın her hakkı saklıdır.
Yayıncının izni olmaksızın çoğaltılamaz,
kaynak göstermek suretiyle alıntı yapılabilir.

Panama Yayıncılık
Yüksel Caddesi 7A/7
Kızılay-ANKARA
Tel-Fax: (0.312) 432 14 89
www.panamayayincilik.com
info@panamayayincilik.com

Depo
Libya Caddesi 25/B
Küçükesat-ANKARA

SUÇ ve CEZA

Dostoyevski

BİRİNCİ BÖLÜM

I

Temmuz başlarında çok sıcak bir akşamüzeri, genç bir adam S... sokağındaki bir pansiyonda kiraladığı küçük odasından çıktı; ağır ve kararsız adımlarla K... köprüsüne yöneldi.

Ev sahibesiyle merdivenlerde karşılaşmaktan kurtulmuştu. Kiraladığı küçük oda, beş katlı yüksek bir evin çatı katındaydı ve odadan çok bir dolabı andırıyordu. Bu odayı yemek ve diğer hizmetler de içinde olmak üzere kiralamıştı. Ev sahibesi alt katta ayrı bir dairede oturuyordu ve genç adam sokağa her çıkışında, ev sahibesinin merdivenlere bakan ve her daim sonuna kadar açık olan mutfak kapısının önünden geçmek zorundaydı. Buradan her geçişinde de korkuya benzer bir duyguya kapılır, utanır, yüzünü buruştururdu. Kendisine bir hayli borcu birikmişti ve bu yüzden onunla karşılaşmaktan çekiniyordu.

Esasen utangaç ve çekingen biri değildi; hatta bunun tersi dahi söylenebilirdi. Ne var ki, son zamanlarda bir hayli tedirgin ve gergindi. İnsanlardan öylesine uzaklaşmış, öylesine içine kapanmıştı ki, yalnızca ev sahibesiyle değil hiç kimseyle görüşmek istemiyordu. Son günlerde beş parasız gezdiği halde artık bu duruma aldırış etmez olmuş, gündelik işlerini dahi bir kenara bırakmıştı. Aslında ev sahibesinin kendisi hakkındaki düşüncelerini de pek önemsediği söylenemezdi. Ne var ki merdivenlerde bekleyip günlük hayatla ilgili onu hiç ilgilendirmeyen konularda saçma sapan konuşmalarını dinlemek, kirayı geciktirmemesi hususunda yakınmalarına ve sızlanmalarına katlanmak, üstelik tüm bunlar yetmezmiş gibi yakasını kurtarabilmek için özür dilemek, yalan söylemek... İşte bütün bunlara katlanamıyordu. En iyisi ona hiç görünmeden, merdivenleri bir kedi sessizliği ile inip sıvışmaktı. Ama bu sefer borçlu olduğu kişiyle karşılaşmak korkusu, sokağa çıktığında kendisini bile şaşkına çevirdi. Tuhaf bir gülümsemeyle, "Yapmayı planladığım şu koskoca işe bak, bir de beni korkutan şu küçücük işe," diye geçirdi içinden. "Hımm... Evet... Her şey insanın kendi elinde ama sırf korkularına yenik düştüğü için fırsatları kaçırıyor. İşte gerçek bu... İnsanları en çok korkutan şey nedir? Herhalde atacakları yeni bir adım ya da kendilerine ait yeni bir fikri ilk dile getirdikleri an. Çenem düştü yine. Çok konuştuğum için de hiçbir şey yaptığım yok. Ya da bu durumu şöyle de izah edebiliriz. Hiçbir şey yapmadığım için gevezelik ediyorum. Ya da bu gevezelik bana şu son aylarda bir köşede yatmaktan ve düşünmekten gelen bir şey. Peki, şimdi nereye gidiyorum? Düşündüğüm şeyi yapabilmem mümkün mü? Gerçekten bu ciddi bir şey mi? Hayır değil. Ben sadece kendimi oyalıyorum."

Dışarısı sıcaktan kavruluyordu neredeyse. Üstelik sokaklar insan dolu, her tarafta kireç, yapı iskeleleri, tuğlalar, toz duman ve tatile çıkma şansı olmayan her Petersburglunun bildiği o pis yaz kokusu... Tüm bunlar, genç adamın zaten bozuk olan sinirlerini daha da altüst etti. Özellikle şehrin bu kısmını dolduran meyhanelerden yayılan kötü kokular, henüz iş saati olmasına rağmen adım başı görülen sarhoşlar, insanı hüzünlendiren bu iğrenç tabloyu tamamlıyordu. Konu buralara gelmişken, genç adam etkileyici bir görünüşe sahip, yakışıklı biriydi. Esmer, uzun boylu, koyu gözleri olan, ince yapılı bir delikanlıydı. Çok düşünceli bir hali vardı. Kendini kaybetmiş gibiydi. Etrafındakileri umursamadan yürüyordu. Dahası umursamak istemiyormuş gibi yürüyordu. Biraz önce itiraf ettiği gibi, kendi kendisiyle konuşma alışkanlığıyla bir şeyler mırıldanıyordu. Düşüncelerinin birbirine girdiğinin ve bünyesinin çok zayıf düştüğünün artık kendi de farkındaydı. İki gündür ağzına bir tek lokma bile koymamıştı.

Üzerindekiler o kadar eskiydi ki, bu duruma alışık olan biri bile böyle eski elbiselerle gündüz vakti sokağa çıkmaya utanırdı. Ancak burası, insanların, kıyafetleriyle hiç kimseyi şaşırtmayacağı bir semtti. Saman Pazarı'na yakın olması, o türden evlerin çok olması ve özellikle de Petersburg'un bu semtinin caddeye açılan sokaklarında oturan fabrika işçileri, bu tabloyu bazen öyle renkli kişilerle tamamlardı ki, yabancı birinin görülmesi kimsede şaşkınlık uyandırmaz, kimsece yadırganmazdı. Genç adamın ruhunda öylesine yakıcı bir küçümseme duygusu birikmişti ki, bazen çocukluk derecesine varan aşırı duyarlılığına rağmen şu anda en az utandığı şey üzerindeki paçavralardı. Karşılaşmaktan hoşlanmadığı eski arkadaşları ya da tanıdığı kimselere rastladığında durum değişirdi elbette. Ama yine de o sırada, büyük bir atın çektiği bir arabayla, niçin bu saatte ve nereye götürüldüğü belli olmayan bir sarhoş, yanından geçerken eliyle kendisini göstererek avazı çıktığınca, "Hey, sen, Alman şapkalı!" diye bağırınca, genç adam birdenbire durup, titreyen elleriyle şapkasını tuttu.

Zimmerman'dan satın alınmış, yuvarlak, yüksek bir şapkaydı. Lakin kullanıla kullanıla eskimiş, delik deşik olmuş, rengi solmuş, leke içindeki bu kenarsız şapka üstelik bir tarafından çirkin bir köşe oluşturacak şekilde yana sarkmıştı. Fakat sarhoşun attığı nara genç adamın utanma değil, korkuya benzer bir duyguya kapılmasına neden olmuştu.

"Bunu biliyordum," diye mırıldandı. "Biliyordum, bu hepsinden de kötü! İşte böyle önemsiz, saçma sapan bir ayrıntı bütün planımı berbat edebilir! Evet, çok dikkat çeken bir şapka bu... O kadar komik ki, görünmemesi mümkün değil. Böyle bir elbiseyle şu hiçbir şeye benzemeyen şapka yerine, sıradan bir kasket olsaydı daha uygun olurdu. Artık bu tür şapkaları giyen kalmadı. Bir verstlik uzaklıktan bile fark edilir ve akılda kalır. İşin en kötü tarafı, daha sonra mutlaka hatırlarlar. Al sana şahit. Mümkün olduğunca gözlerden uzak olmalıyım. Ayrıntılar her zaman en önemli olanlardır. Her zaman işi bozan da bu küçük ayrıntılardır."

Gideceği yer yakındı. Evinin kapısından oraya kaç adımda gidildiğini bile biliyordu. Tamı tamına yedi yüz otuz adım. Derin hayallere kapıldığı bir gün saymıştı adımlarını. Oysa o zamanlar bu hayallere kendisi de inanmıyordu. Çirkin ama insanı baştan çıkaran hayallerdi.

O günden sonra tam bir ay geçmiş ve artık işi başka açılardan görmeye başlamıştı. Kararsızlığı ve güçsüzlüğü yüzünden kendi kendine kızmasına rağmen, "çirkin" hayal, kendisi henüz buna inanmıyor olsa bile bir plana dönüşüvermişti. Şimdi ise bu planının bir denemesini yapmak üzere yola çıkmıştı ve attığı her adım heyecanını biraz daha kamçılıyor gibiydi. Kalbi hızlı hızlı çarparak ve sinirli bir sarsıntıyla titreyerek bir tarafı... Sokağına bakan büyük bir binaya yaklaştı. Sanki kalbi duracak gibiydi. Küçük dairelere bölünmüş bu binada, terziler, yalnız yaşayan kızlar, Almanlar, çilingirler, aşçı kadınlar gibi farklı meslek gruplarından ve milletlerden insanlar yaşıyordu. Evin iki yanındaki avlu ve kapılardan giren çıkan belli değildi. Genç adam, görevli üç dört kapıcıdan hiçbirine rastlamadığına sevindi ve kimselere görünmeden ana kapıdan geçip sağdaki merdivenlere saptı. Bu merdiven karanlık, dar ve çoğu zaman kullanılmayan bir çeşit servis merdiveniydi. Ama o zaten bunların hepsini biliyordu ve merdivenlerin bu durumu son derece hoşuna gidiyordu. Daha önce incelemişti, bu karanlıkta meraklı bir bakış bile tehlikesizdi. Dördüncü kata çıkarken elinde olmadan, "Şimdi bu kadar korkuyorsam, asıl işi yapma zamanı geldiğinde halim ne olur?" diye düşündü. Bir daireden mobilya taşıyan asker emeklisi hamallar yolunu kesti. Genç adam, Alman bir memurun ailesiyle birlikte burada oturduğunu biliyordu. "Demek ki Alman buradan taşınıyor. O halde dördüncü katta, geçici bir süreliğine de olsa bu merdiven sahanlığında yalnızca kocakarının dairesi dolu olacak. Bu gerçekten de iyi. Ne olur ne olmaz..." diye düşündü ve kadının kapısını çaldı. Çıngırak, bakırdan değil de sanki tenekedenmiş gibi hafifçe çınladı. Bu tür evlerin küçük dairelerinde çıngıraklar daima böyledir. Epeydir duymadığı bu ses ona birdenbire bir şeyler hatırlatmış, gözünün önüne getirmişti. Ürpermiş ve şimdi sinirleri daha da gerilmişti. Az sonra kapı hafifçe aralandı. Ev sahibi kadın gelen kişiyi aralıktan belirgin bir biçimde güvensizlikle süzüyor, karanlığın içinde sadece parlayan gözleri görünüyordu. Ama koridorun dolu olduğunu görünce cesaretlendi ve kapıyı sonuna dek açtı. Delikanlı kapının eşiğinden adımını atarak tahta perdeyle küçük bir mutfaktan ayrılmış karanlık bir antreye girdi. Kocakarı hiç konuşmadan karşısında dikiliyor, soru soran bakışlarını yüzünden ayırmadan genç adamı süzüyordu.

Altmış yaşlarında, minyon tipli, küçük ve sivri bir burna sahip bir ihtiyardı. Dostça olmayan bakışları sertti. Açık başındaki ak saçları yağlı yağlı parlıyor, aralıksız öksürüyordu. Genç adam ona öyle bir bakış atmıştı ki, kocakarı az evvelki şüpheli tavrına yeniden dönüverdi. Delikanlı, daha kibar davranması gerektiğini anlayarak hafifçe eğildi ve kendini takdim etti. "Raskolnikov. Öğrenci... Size bir ay önce uğramıştım."

Soru soran bakışlarını delikanlıdan ayırmayan kocakarı, tane tane, "Hatırladım, efendim" dedi. "Evet, uğramıştınız."

Yaşlı kadının güvensiz tavrı Raskolnikov'u şaşırtmıştı. "Ben," dedi, "yine öyle bir mesele için sizi rahatsız ettim."

İçinden geçenler aslında daha başka şeylerdi.

"Kim bilir, kadın belki de her zaman böyledir," diye düşündü. "Geçen geldiğimde onun bu hali hiç dikkatimi çekmemişti."

Yaşlı kadın kısa bir tereddüt yaşadıktan sonra kenara çekilip delikanlının geçmesine müsaade etti ve odaya açılan kapıyı işaret etti. "Buyurun!"

Batan güneşin ışıklarıyla aydınlanan küçük odanın duvarları sarı kâğıtlarla kaplanmıştı. Pencerelerinde tül perdeler ve çiçekler vardı. Raskolnikov, "O zaman da güneş yine böyle parlayacak," diye geçirdi içinden ve odayı elinden geldiğince kafasına yerleştirmek için çabucak etrafına hızla göz gezdirdi. Ancak odanın görünüşünde fazla bir özellik yoktu. Eski mobilyalar sarıağaçtan yapılmıştı. Tahta arkalığı eğilmiş bir divan, önünde yuvarlak bir masa, iki pencere arasına yerleştirilmiş aynalı bir tuvalet masası, duvar boyunca dizilmiş sandalyeler ve ellerinde kuşlar olan Alman kızlarının çerçeveleri olan bir tablo... Bütün eşyalar bunlardan ibaretti. Köşedeki küçük aziz tasvirinin önünde bir kandil yanıyordu. Etraf tertemizdi; eşyalar da, mobilyalar da temizlikten parlıyordu. Genç adam "Lizaveta'nın işidir bu," diye geçirdi içinden. Etrafta küçücük bir toz tanesi bile bulmak zordu. Raskolnikov, "Ancak huysuz ihtiyarların evleri bu kadar temiz olabilir." diye düşündü ve diğer odanın kapısında asılı duran basma örtüye baktı. Kocakarının yatağıyla konsolunun bulunduğu bu odaya daha önce hiç girmemişti. Zaten ev bu iki odadan meydana geliyordu.

Odaya girdiklerinde yaşlı kadın delikanlının yüzünü iyice görebilmek için tam önüne dikilerek sert bir sesle, "Ne istemiştiniz?" diye sordu.

Raskolnikov cebinden eski, yassı, gümüş bir saat çıkardı, "İşte, rehin için getirdim," dedi. Köstеği çelikten olan saatin arka kapağında bir küre resmi vardı.

"Bundan önce getirdiğiniz rehinin süresi doldu. Bir ayı dolduralı üç gün oldu."

"Size bir aylık daha faiz ödeyeceğim. Lütfen bir kaç gün daha müsaade edin."

"Müsaade etmek ya da eşyanızı başkasına satmak artık benim bileceğim bir şey," dedi yaşlı kadın.

"Saate ne kadar vereceksiniz Alyona Ivanovna?"

"Hep beş para etmez şeylerle geliyorsunuz. Geçen getirdiğiniz yüzük için size iki ruble vermiştim, oysa yenisini kuyumcudan bir buçuk rubleye alabilirsin."

"Bana dört ruble verirseniz, parasını öder geri alırım. Babamdan hatıradır o bana. Yakında elime para geçecek."

"Bir buçuk ruble ve faizi de peşin, işinize gelirse..."

"Bir buçuk ruble mi?" diye bağırdı Raskolnikov.

Yaşlı kadın saati geri uzatarak, "İşinize gelirse dedim ya," dedi. Genç adam saati geri aldı. Öyle sinirlenmişti ki hemen orayı terk etmeyi düşündü. Ama sonra oraya geliş amacını hatırlayarak kendisine çeki düzen verdi. "Tamam, verin!" dedi kabaca. Yaşlı kadın anahtarları çıkarmak için elini cebine soktu ve perdenin arkasındaki odaya geçti. Odada yalnız başına kalan delikanlı diğer odadan yükselen seslere kulak kabartmaya başladı. Çıkan gürültü yaşlı kadının anahtarla konsolu açtığına işaret ediyordu. "Galiba üst çekmecede. Demek anahtarları sağ cebinde taşıyor. Hepsi bir arada, çelik bir halkaya geçirilmiş. Anahtarlardan biri diğerlerinden neredeyse üç kat daha büyük ve uç kısmı dişliydi. O halde konsolun anahtarı bu olamaz. Bu demek oluyor ki içeride başka bir çekmece ya da sandık daha var. Sandık anahtarları zaten hep böyledir. Aman ne kadar çirkin şeyler..."

Yaşlı kadın döndü, "Buyurun bayım! Bir ruble için aylık on kapik faiz hesapladığımızda bir buçuk ruble için on beş kapik faiz eder. Aynı hesaplamayla önceki iki ruble için de aylık faiz yirmi kapik... Yine peşin olarak. Toplam otuz beş kapik yapar. Bu durumda saatiniz için bir ruble on beş kapik alacaksınız. Buyurun!"

"Ne! Yani siz şimdi bir ruble ve on beş kapik mi vereceğinizi söylüyorsunuz?"

"Evet."

Delikanlı münakaşaya girmeden parayı aldı. Daha söyleyeceği ya da yapacağı bir şeyleri varmış ama ne olduğunu kendisi de bilmiyormuş gibi odadan çıkmakta acele etmiyor, yaşlı kadına bakıyordu.

"Bayan Alyona, bir iki gün sonra size çok kıymetli bir şey getireceğim. Gümüş bir sigara tabakası... Bir arkadaşıma ödünç vermiştim. Alır almaz..."

Delikanlı ne diyeceğini bilemedi, şaşırdı ve sustu.

"Bunu getirdiğinizde konuşuruz bayım."

"Hoşçakalın... Bu arada evde hep yalnız mı olursunuz? Kız kardeşiniz nerede?" diye sordu genç adam odadan çıkarken. Umursamaz bir tavır takınmıştı.

"Kız kardeşimden size ne? Niçin soruyorsunuz?"

"Hiç. Öylesine sormuştum. Siz de hemen... Neyse, hoşçakalın Alyona Ivanovna!"

Raskolnikov öfkeyle dışarı çıktı. Merdivenlerden inerken bir şey karşısında ansızın şaşırmış gibi birkaç kez durakladı. Sonunda sokağa çıktığında, "Ah Tanrım!" diye kendi kendine söylendi. "Ne çirkin şeyler bunlar. Olacak şey mi bu? Hayır! Çok saçma! Böyle korkunç bir şeyi nasıl olur da düşünebilirim. Yüreğim böyle iğrenç bir şeyi nasıl kaldırabilir. Evet, bu düşünce çok çirkin, çok kötü... Ve ben bir aydır..."

Yaşadığı heyecanı ne sözcüklerle ne de haykırışlarla ifade edebiliyordu. Daha, yaşlı kadının evine doğru yürürken yüreğini sıkıştırmaya başlayan tiksinti öyle boyutlara ulaşmıştı ki, genç adam sıkıntısından ne yapacağını bilemez hale gelmişti. Kaldırımda sarhoş gibi yürüyor; kimseyi görmüyor, yanından geçenlere çarpıyordu. Ancak başka bir sokağa saptığı zaman kendine geldi. Durup çevresini incelediğinde bir meyhanenin önünde olduğunu anladı. Meyhanenin kapısı kaldırımdan birkaç basamak aşağıda, bodrum katındaydı. O sırada meyhane kapısından çıkan iki sarhoş birbirlerine küfürler yağdırarak dışarı çıkıyorlardı. Hayatında hiç meyhaneye adım atmayan Raskolnikov çok fazla düşünmeden aşağı indi. Başı dönüyor, susuzluktan içi yanıyordu. Buz gibi bir bira içmek istiyordu. Ayrıca bu halsizliğini de açlığına vermişti. Kuytu bir köşedeki, yapış yapış olmuş bir masaya oturdu. Bir bira istedi ve ilk bardağı tek dikişte bitirdi. Bir anda büyük bir yükten kurtulmuş gibi rahatlamıştı. Artık etrafa neşeyle bakıyordu. "Bunlar çok saçma," diye söylendi. "Endişelenecek bir şey yok ortada. Bitkin düştüm, hepsi bu! Bir bardak bira ve bir dilim peksimetle insan kendine geliyor; düşünceleri duruluyor, karasızlığı uçuveriyor! Lanet olsun! Hepsi boş!" Her şeyi böyle küçümsemesine rağmen etrafına neşeyle, ağır bir yükten kurtulmuş gibi baktı. Ancak o anda bile, bu iyimserliğinin de aslında hastalıklı bir durum olduğundan kuşkulanıyordu.

Meyhanenin kalabalık olmadığı bir saatti. Merdivenlerde karşılaştığı iki sarhoştan sonra, aralarında bir de kadın bulunan armonikalı beş kişilik bir grup daha ayrıldı. Onların gidişinden sonra ortalık iyice sessizleşti. Orta tarafta birasını yudumlayan, orta halli bir tüccar olduğu görünüşünden belli olan bir adam ile belli ki arkadaşı olan şişman, iri yarı, redingotlu, kır sakallı bir adam kalmıştı meyhanede. Tüccarın arkadaşı iskemlesinde uyukluyor, arada bir uyanıyor ve kollarını açıp parmaklarını şakırdatıyor, sonra sandalyesinden kalkmadan vücudunun üst kısmını oynatarak mısralarını doğru dürüst hatırlayamadığı saçma bir şarkı söylemeye başlıyordu.

Bütün sene karımı okşadım
Bütüün sene kaa-rıı-mıı ok-şaaa-dım...

Tekrar uykuya dalıyor ve uyandığında başka bir şarkı söylemeye başlıyordu.

Podyaçeskaya'dan geçerken
Eski sevgilime rastladım...

Onun bu mutluluğuna kimse ortak olmadığı gibi yanındaki arkadaşı dahi onu düşmanca gözlerle süzüyordu. Köşe tarafta, emekli memura benzeyen biri daha vardı. Önündeki içkisini yudumluyor, etrafı süzüyordu. Halinden sıkıntılı biri olduğu anlaşılıyordu.

II

Raskolnikov kalabalık ortamlara alışık biri değildi ve daha önce de belirttiğimiz gibi özellikle şu son günlerde insanlardan iyice kaçar olmuştu. Ama şimdi bilmediği bir sebebin kendisini insanlara doğru ittiğini hissediyordu. Son bir aydır yaşadığı üzüntü ve stresle dolu günlerde öylesine güçsüz düşmüştü ki, bir anlığına bile olsa başka bir dünyada olmak, rahatça soluklanmak istiyordu. İşte, her yanı pislik içindeki böyle bir meyhanede bulunmasının nedeni de buydu.

Meyhaneci diğer odada oturuyor, ama ikide bir merdivenlerden inerek müşterilerin masalarına uğruyordu. İçeri her girişinde kendinden önce kırmızı fırfırlı, pırıl pırıl parlayan çizmeleri görülüyordu. Üzerinde bir kaban ve pislik içinde, yağdan parıldayan siyah renkli bir yelek vardı. Kravat takmamıştı. Suratı yağa bulanmış demir bir kilit gibi görünüyordu. Tezgâhın arkasında on dört yaşlarında bir çocuk duruyordu. Hemen yanında ise görevi müşterilere servis yapmak olan ondan daha küçük başka bir çocuk vardı. Tezgâhın üzerinde ince ince doğranmış salatalıklar, kepekli ekmekten yapılmış kara peksimetler ve küçük küçük kesilmiş balıklar görünüyordu. İçerideki hava öylesine boğucuydu ki rahatça oturabilmek imkânsızdı. Şarap kokusu meyhanenin her köşesine sinmişti. Orada bulunan biri sadece bu ağır şarap kokusundan bile beş dakika içinde sarhoş olabilirdi.

Bazen hiç tanımadığımız insanlarla öyle karşılaşmalarımız olur ki, hiç konuşmadan, tek bir bakışla kendileriyle ilgilenmeye başlarız. İşte köşesinde birasını yudumlayan ve emekli memura benzeyen adam da Raskolnikov üzerinde böyle bir etki bırakmıştı. Delikanlı sonraları bu ilk rastlantıyı, birçok kez hatırladı ve bu durumu bir önsezi olarak değerlendirdi. Bakışları adamın üzerindeydi; belki de adamın bakışlarının da onun üzerinde olmasından kaynaklanan bir durumdu bu. Onunla konuşmak istediği belliydi. Meyhane sahibi de dahil orada bulunan herkese alışkın, hatta bıkkın bakışlarla bakıyordu. Bu bakışlarda sosyal ve eğitim durumları aşağı, kendileriyle konuşmaya değmez kişilere karşı takınılan bir yüksekten bakma, onları hor görme duygusu seziliyordu. Elli yaşlarında, orta boylu, tıknaz bir adamdı. Kır saçlarının tepesi epeyce seyrelmişti. Yüzü, fazla içmekten olsa gerek sarıya hatta yeşilimsi bir renge dönmüştü. Şişmiş göz kapakları arasından birer deliğe benzeyen küçük ama canlı, kırmızı gözleri görülüyordu. Garip bir adamdı. Heyecan, hatta belki de zekâ parıltıları vardı gözlerinde. Bu parıltıların bir tür deliliği çağrıştırdığı da söylenebilirdi. Giysileri eskiydi. Üzerinde yırtık ve düğmeleri kopmuş bir frak vardı. Nasıl olduysa sadece bir düğmesi yerinde duruyordu. Nezaket icabı olsa gerek o düğmeyle önünü iliklemişti. Memur tıraşı olmuştu ama son tıraşının üzerinden epey zaman geçtiği anlaşılıyordu; yüzü fırça gibi sık, kır bir sakalla kaplanmıştı. Tavırlarında ağırbaşlı bir memur havası vardı. Parmaklarını sık sık saçlarının arasından geçiriyor ve dirseklerini kirli ve yapışkan masaya dayayarak başını ellerinin arasına koyuyordu. En sonunda bakışlarını Raskolnikov'a çevirip, yüksek ve kararlı bir ses tonuyla, "Saygıdeğer bayım, sizinle konuşma cesaretini göstermem mümkün mü acaba?" dedi. "Her ne kadar giyim ve kuşamınız aksini gösterse de, geçmişten edindiğim tecrübelerim bana sizin okumuş, kültürlü biri olduğunuzu ve hatta içkiye alışkın biri olmadığınızı söylüyor. Bendeniz samimiyetle bütünleşmiş bilgiye her zaman saygı duymuş birisiyimdir. Üstelik dokuzuncu dereceden de memuriyetim vardır. Soyadım Marmeladov'dur. Merakımı bağışlayın, siz de memur musunuz?"

"Hayır," dedi genç adam. "Ben öğrenciyim."

Raskolnikov, az önce insanlarla kaynaşma, onlara yakınlaşma konusunda az önce duyduğu o bir anlık isteğe rağmen, kendisine yapılan bu ilk gerçek çağrı karşısında kendisiyle ilgilenen ya da ilgilenmek isteyen her yabancıya karşı hissettiği o eski tiksintiyi yeniden duyumsadı.

Adam, "Öğrencisiniz demek," diye mırıldandı, "eski bir öğrenci belki de... Ben de öyle tahmin etmiştim. İşte, yılların verdiği tecrübe bu efendim, sayısız tecrübe..." Öngörüsüyle övünmek istermiş gibi parmağını alnına dayadı:

"Öğrenciydiniz ya da kurslara katılıyordunuz. İzninizle..." Sendeleyerek ayağa kalktı, bir eline içki şişesini, diğer eline de kadehini aldı; yalpalayarak delikanlıya yaklaştı ve onun yanına oturdu. Sarhoş olmasına rağmen düzgün konuşuyordu. Arada bir dili dolanıyor, sözcükleri fazlasıyla uzatıyordu. Raskolnikov'la aylardır hiç kimseyle konuşmamış birinin heyecanıyla konuşuyordu. "Bayım," dedi ciddi bir tarzda. "Yoksulluk ayıp değil; tıpkı sarhoşluğun da bir erdem olmadığı gibi... Fakat sefalet, bayım, sefalet büyük bir kusurdur. Yoksulsanız, doğuştan sahip olduğunuz asil duygularınızı koruma şansına sahipsinizdir. Sefalet içinde yaşıyorsanız bunu asla başaramazsınız! Sefil bir insanı yanlarından uzaklaştırmak isteyenler sopa kullanmazlar, bayım, onları süpürge ile süpürürler ki daha da küçük düşsünler. Doğrusu haksız da sayılmazlar. Çünkü insan sefalete düştüğünde aşağılanmaya ilk önce kendisi hazır olmalıdır. İşte meyhanenin görevi de burada başlar. İşte sarhoşluğun ilk çıkış noktası tam burasıdır. Bayım, bundan bir ay önce Bay Lebezyatnikov karımı dövdü; ama karım bana hiç benzemez. Anlatabiliyor muyum? Merak ettiğim bir şey daha var. İzin verirseniz sormak istiyorum, bayım. Neva Irmağı'ndaki saman kayıklarında hiç gecelediğiniz oldu mu?"

"Hayır, hiç olmadı" dedi Raskolnikov ve ekledi:

"Neden sordunuz?"

"Ben... ben beş gecedir orada kalıyorum, bayım."

Kadehini doldurdu, içkisini bir yudumda bitirdikten sonra düşüncelere daldı. Gerçekten de anlattığı gibi saçlarında ve elbisesinin üzerinde saman çöpleri vardı. Büyük olasılıkla beş gündür elbise değiştirmediği gibi banyo da yapmamıştı. Özellikle elleri çok kirliydi, tırnaklarının arası simsiyahtı.

Anlattıkları etraftakilerin ilgisini çekmişe benziyordu. Tezgâhın arkasında duran çocuklar kıkırdamaya başlamışlardı. Meyhaneci bile sırf bu bu adamı dinlemek için yukarıdaki odadan özellikle indi. Uzak bir köşeye oturdu ve önemli biriymiş gibi gerine gerine esnemeye başladı. Belli ki Marmeladov meyhanede iyi tanınan biriydi. Süslü üslubunu da meyhanede tanımadığı kişilerle yaptığı konuşmalar esnasında edinmiş olmalıydı. Zaten böyle bir alışkanlık, bazı alkoliklerde, özellikle de evlerinde baskı görenlerde bir ihtiyaç halini alır. Böylelerinin, meyhanede haklılıklarını ispat etmeye, hatta ellerinden gelirse saygı görmeye çalışmaları da esasında bu nedenledir.

Meyhaneci, "Maskara!" diye bağırdı oturduğu yerden. "Madem memursun neden çalışmıyorsun? Neden işe gitmiyorsun?"

Marmeladov, soruyu Raskolnikov sormuş gibi ona dönerek, "Bayım, neden mi çalışmıyorum?" dedi. "Hayatımı meyhane köşelerinde geçirdiğim için yüreğimin sızlamadığını mı zannediyorsunuz? Bay Lebezyatnikov bir ay önce karımı döverken, ben sarhoş bir halde yatıyordum. Hiç acı çekmediğimi mi zannediyorsunuz? İzin verirseniz size bir şey sormak istiyorum: Başınıza hiç şey geldi mi... Şey... Hiçbir umudunuz olmadan borç para istediğiniz oldu mu birinden?"

"Oldu; ama nasıl 'umudum olmadan' derken ne demek istiyorsunuz?"

"Hiç umudunuz olmadan... yani, size para vermeyeceklerini önceden bildiğiniz halde... Mesela, şu gördüğünüz iyi niyetli vatandaşın, size kesinlikle para vermeyeceğini önceden biliyorsunuz. Zaten neden size para versin ki? Geri alamayacağını bile bile niçin versin? Bana acıdığı için mi? Ama yeni düşünce akımlarını yakından izleyen Bay Lebezyatnikov'un geçenlerde bana anlattıklarına göre, yaşadığımız çağda bilim acıyı yasaklamıştır; hatta ekonomi biliminin geçerli olduğu İngiltere'de bile durum böyledir. O halde size soruyorum, bu adam neden borç para versin? İşte önceden bunu bildiğiniz halde yine de ona gidiyorsunuz. Sonra ise..."

"Madem durum bu, neden ona gidiyorsunuz?" diye sordu Raskolnikov.

"Ya gidebileceğiniz başka bir yer, yardım isteyebileceğiniz başka kimse yoksa? Her insanın gidebileceği hiç değilse bir yeri olmalı. Çünkü hayatta buna ihtiyaç duyduğunuz anlar mutlaka oluyor. Mesela benim biricik kızım vesika almaya gittiği ilk seferde ben de onunla gitmiştim. Marmeladov delikanlının yüzüne tedirgin bir şekildi bakarak, farklı bir ses tonuyla ekledi. "Çünkü kızım vesikalı olarak çalışır." Tezgâhın arkasındaki çocukların kıkırdadıklarını, meyhanecinin de pis pis sırıttığını görünce, sakin görünmeye çalışarak sözlerine devam etti, "Hiç önemi yok efendim, böyle baş sallamalarla mahcup olmam ben. Nasıl olsa herkes her şeyi biliyor ve ortada gizli kalan hiçbir şey yok. Ben, her şeye hor görerek değil, hoş görerek bakmayı öğrendim artık. İzninizle bayım, şimdi bana söyleyebilir misiniz? Hayır, hayır! Düşüncelerimi daha açık bir şekilde ifade etmeliyim. Şu anda benim bir domuz olmadığımı bana söylemek cesaretini gösterebilir misiniz?"

Genç adam hiçbir şey söylemedi. Salondaki gülüşmelerin dinmesini bekleyen Marmeladov ağırbaşlı, mağrur bir şekilde konuşmasını sürdürdü. "Evet, ben bir domuzum, ama karım bir hanımefendidir! Ben bir hayvanım ama karım Katerina Ivanovna iyi eğitim görmüş, yüksek rütbeli bir subayın kızıdır. Varsın aşağılık biri olayım ben, ama onun asil bir kalbi vardır. Aldığı eğitim onu ince ruhlu bir hanımefendi yapmıştır. Ah! Keşke birazcık da bana acımayı bilseydi! Çünkü saygıdeğer bayım, herkesin buna ihtiyacı olduğu gibi, hakkı da vardır. Her insanın, ona hiç değilse acıyacakları bir tarafı olmalıdır. Karım her ne kadar yüce gönüllü biriyse de kimi zaman haksızlıkları da olmuyor değil. Saçlarımı yolarken bir yandan da yüreğinin parçalandığını ben de biliyorum, ama..." Meyhanedekilerin tekrar gülüştüklerini duyunca gururla ilave etti, "Bunu size rahatlıkla söyleyebilirim, sayın bayım: Evet, karımın saçlarımı yolduğu doğrudur. Ama hayır! Hayır! Tüm bunları anlatmam doğru değil. Sözünü dahi etmeye değmez. Birkaç kez bana acıdıkları da olmuştu ama... Ben doğuştan bir hayvanım işte..."

Meyhaneci, "Yeni mi anladın?" dedi esneyerek.

Marmeladov yumruğunu masaya vurdu. "Tabiatım bu benim! Onun çoraplarını bile satıp içki için harcayan biriyim ben. Dikkat ediniz, ayakkabılarını demiyorum, çünkü bu en azından akla yakın bir davranış olurdu... Karımın çoraplarını içkiye harcadım ben! Keçi kılından örülmüş atkısını da içki için harcadım; kendi atkımı değil, onunkini... Oysa oturduğumuz yer son derece soğuk bir yer, bu kış bu yüzden üşüttü zaten. Öksürünce de ağzından kan geliyor. Üç küçük çocuğumuz var. Karım sabahtan akşama dek ayakta koşturur durur; ortalığı temizler, çocukları yıkar... Çocukluğunda öyle görmüştür. Ama ciğerleri zayıf, vereme yatkındır. Bütün bunların farkında değil miyim zannediyorsunuz, gayet tabii farkındayım. İçtikçe de bunları daha güçlü duyumsuyorum. İçmemin nedeni de bu benim... İçkide acıyı ve duyguyu arıyorum. İçiyorum, çünkü acımı daha derinlerde yaşamak istiyorum!"

Umutsuzca başını öne eğdi ve sonra konuşmasına devam etti. "Delikanlı, yüzünüzde hüzün görüyorum. Daha meyhaneye girdiğiniz anda fark ettim bunu. Sizinle konuşmak istememin nedeni de budur. Size hayat hikâyemi anlatırken, zaten her şeyi bilen şu ayak takımı karşısında kendimi gülünç duruma düşürmeyi amaçlamış değilim. Ben, kafası çalışan, duyguları olan biriyle konuşmak istedim sadece. Şunu bilmenizi isterim ki, karım soyluların eğitim aldığı bir okulda eğitim görmüş. Mezuniyet töreninde de vali ile diğer misafirlerin önünde yaptığı dansla hem altın madalya hem de takdirname almıştır. Altın madalyayı... Onu da çok önce sattık... Lakin takdir belgesi hala karımın sandığının bir köşesinde duruyor. Geçenlerde onu ev sahibine gösteriyordu. Birbirlerini hiç sevmezler ve sürekli kavga ederler ama demek ki bir başkasının önünde övünmek istemiş olmalı. Onda hiç kabahat görmüyorum, çünkü elinde ona geçmişini hatırlatacak sadece o belgesi kaldı. Bunun dışındaki her şey gitti! Çabuk parlayan, gururlu bir kadındır benim karım. Yerleri kendi elleriyle siler, kuru ekmek yer ama saygısızlığa tahammülü yoktur, buna izin vermez. Bay Lebezyatnikov'un kabalığına boyun eğmedi ve Bay Lebezyatnikov onu dövdüğünde onu yatağa düşüren de dayağın acısından çok, işte üzüntünün vermiş olduğu ızdırap idi. Evlendiğimizde üç çocuklu dul bir kadındı. İlk kocası bir piyade subayıymış, severek evlenmişler, uğruna baba evinden kaçmış. Kocasını çok sevmiş ama adam kendini kumara kaptırmış, mahkemelere düşünce de bunu kaldıramayıp ölüp gitmiş. Son zamanlarında karısını da dövmeye başlamış. Belgelere dayanarak kesin olarak bildiğim şey karımın onu asla bağışlamamış olduğudur. Ne var ki bugün bile ilk kocasını hep gözyaşlarıyla anar. Yanımda onun iyi huylarını söyleyerek bana sitem eder. Ama hayalinde olsa dahi, bir zamanlar mutlu bir hayat sürdüğüne inandığı için seviniyorum. Kocasının ölümünden sonra ücra bir taşra kasabasında üç küçük çocuğu ile kalakalmış. O sıralar ben de orada bulunuyordum. Öyle bir sefalete düşmüşlerdi ki çok şey görmüş geçirmiş bir adam olmama rağmen içinde bulundukları durumu anlatacak söz bulamıyorum. Akrabaları ondan yüz çevirmişlerdi. Dediğim gibi, çok gururlu bir kadındı. O zamanlar ben de duldum. İlk karımdan on dört yaşlarında bir kızım vardı. Çektiği acılara kayıtsız kalamadım ve ona evlenme teklif ettim. Onun gibi iyi eğitim almış, tanınmış bir ailenin kızının benimle evlenmeye razı olabilmesi için ne korkunç bir sefalet içinde olduğunu sanırım tahmin edebilirsiniz! Ağladı, sızlandı, dövündü ama benimle evlenmeye razı oldu. Çünkü başka çaresi yoktu sayın bayım. Çaresizliğin ne demek oluğunu bilir misiniz siz? Hayır! Siz henüz bunu yaşamamışsınız, anlayamazsınız... Ben duyguları olan biriyim, tam bir yıl boyunca bütün sorumluluklarımı dürüstçe yerine getirdim ve içkiye hiç el sürmedim. Maalesef yine de karıma bir türlü yaranamadım. Sonra efendim, hiçbir suçum yokken, idari bazı değişiklikler neticesinde işimden oldum... İşimi kaybedince de kendimi içkiye verdim.

Sağa sola savrulduğumuz nice seneden ve orada burada çektiğimiz bir sürü sıkıntıdan sonra nihayet bir buçuk sene önce şu çeşit çeşit anıtların bulunduğu, süslü başkentimize taşındık. Burada kendime yeni bir iş buldum ama buradan da çıkarıldım. Anlatabiliyor muyum? Bu kez işten kovulmamın nedeni kendi yanlış davranışlarımdı. Çünkü kötü huylarım galip gelmişti. Şu an Amalya Fyodorovna Lıppevehzel isminde bir pansiyoncu kadının evinin bir köşesine sığınmış bulunuyoruz. Kirayı nasıl ödediğimize ya da ne yiyip içtiğimize dair hiçbir fikrim yok. Bizden başka kiracılar da var. Kepaze bir Sodom... Evet... Sonra ilk evliliğimden olan kızım büyüdü. Fakat onun üvey annesinden neler çektiği konusunda tek bir söz bile söylemek istemiyorum. Çünkü karım soylu ve duygulu bir kadın olduğu kadar sinirli biridir de. Sinirlenince de... Evet, neyse, geçelim bunları... Tahmin edebileceğiniz gibi Sonya eğitimli biri değil. Dört sene öncesine kadar kendisiyle biraz tarih ve coğrafya üzerinde durduk ama bu konularda benim de fazla bilgim olmadığı gibi bize yardımcı olacak kitaplarımız da yoktu. Çünkü onları da... Neyse, böylece bizim eğitim de son buldu. İran Şahı Kirus'a kadar gelmiştik. Yaşı biraz ilerleyince romantik konuları ele alan birkaç kitap okudu. Geçenlerde de Bay Lebezyatnikov sayesinde Lewis'in Fizyoloji ismindeki kitabını bulmuş. Bu kitabı daha önce duymuş muydunuz? Sonya onu büyük bir ilgiyle okudu, hatta bazı bölümlerini yüksek sesle bize de okudu. İşte kızımın bütün eğitimi bundan ibaret! Size bir soru sormama izin verin lütfen. Yoksul ama namuslu bir kız, namusuyla çalışarak geçimini sağlayabilir mi? Bazı özel yeteneklere sahip olmayan namuslu bir kız hiç durmadan çalışsa da günde on beş kapik bile kazanamaz! Nitekim resmi bir dairede müşavir olan Ivanoviç Klopştok -İsmini duymuş muydunuz?- diktirdiği yarım düzine gömleğin dikiş ücretini ödemediği gibi, yaka ölçüleri yanlış alınmış diyerek kızcağıza hakaretler etmiş ve tekmeleyerek onu kapısından kovmuş. Oysa çocuklar evde açtı. Yüzünde, hastalığından gelen kırmızı lekelerle Katerina Ivanovna ellerini ovuşturarak bir aşağı bir yukarı dolaşıyor ve kızcağıza, 'Seni leş kargası. Bedavadan yiyip içiyor, bir de evimizde ısınıyorsun!' diye bağırıyordu. Ama ne yiyip içmesi, çocukların boğazından üç gündür tek lokma bir şey dahi geçmemişti. Ben o sırada yatıyordum, -saklamamın bir anlamı yok- sızıp kalmıştım o sırada! Sonya'nın sesini duydum. Sabırlı, sessiz ve sakin bir kızdır Sonya. Konuştuğu zaman sesi pek tatlıdır. Yüzü her zaman soluk, sarı saçlı, zayıf bir kızcağızdır. 'Ne yapabilirim Katerina Ivanovna,' diyordu Sonyacığım, 'Öyle bir işe mi gireyim?' Zaten kötü niyetli bir kadın olan ve polisin de sık sık alıp götürdüğü Darya Frantsevna, ev sahibesi vasıtasıyla üç kere Sonya'nın ağzını aramıştı.

Katerina Ivanovna da alaylı bir sesle, 'Ne var yani?' dedi. 'Sanki koruyacak ne var? Bir hazine mi?' Ama bayım, sakın onu suçlamayın! Katerina Ivanovna bu sözleri bilinçli bir şekilde söylemedi. Hem hastaydı hem de duyguları allak bullak olmuştu. Üç gündür tek bir lokma yemeyen çocuklar ağlaşıyorlardı. Amacı hakaret etmek, aşağılamaktı. Onun huyu böyledir. Çocuklar da ağlamaya başlayınca onları döver, oysa yavrucaklar açlıktan ağlıyorlar. Bir de ne göreyim, Sonyacığım saat altıda kalktı, atkısını başına sardı, üzerine pelerinini giydi ve çıkıp gitti. Döndüğünde saat dokuzdu. İçeri girer girmez tek bir söz bile söylemeden doğruca Katerina Ivanovna'ya doğru yürüdü ve elindeki otuz rubleyi sessizce önündeki masaya bıraktı. Konuşmadı, kimsenin yüzüne bile bakmadan ailecek kullandığımız Şam işi atkımızı aldı ve yüzüne gözüne sardıktan sonra yatağa uzandı. Sadece küçük omuzları titriyordu hafifçe. Bense hâlâ sızdığım yerde yatıyordum. Sonra genç dostum, Katerina Ivanovna'nın kalktığını ve tek söz söylemeden Soneçka'nın yatağının dibinde diz çöktüğünü gördüm. Bütün gece öylece orada bekledi sonra ayaklarını öpmeye başladı. Birbirlerine sarılarak uyudular. Bense hala olduğum yerde, sızmış bir vaziyette yatıyordum, efendim..."

Marmeladov artık konuşmayı bırakmıştı. Sanki sesi kısılmıştı. Ardından hızla kadehini doldurdu ve sanki boğazını temizlemek istermiş gibi tek yudumda bitirdi. Bir süre sessiz kaldıktan sonra tekrar anlatmaya koyuldu:

"O günden beri sayın bayım, bir yandan şanssızlık diğer yandan bazı kötü insanların ihbar etmeleri sonucunda -bu olayda kendisine saygıda kusur ettiğimizi bahane eden Darya Frantsevna'nın etkisi büyük olmuştur- kızım Sonya Semyonovna vesika almak zorunda kaldı. Bu gelişmeyi takiben artık bizimle kalamaz oldu. Çünkü ev sahibemiz Amalya Fyodorovna onun bizimle kalmasına izin vermiyordu. Oysa eskiden Darya Frantsevna'ya aracılık ediyordu. Hem de Bay Lebezyatnikov... Bay Lebezyatnikov ile Katerina Ivanovna arasındaki kavga da Sonya yüzünden çıktı. Eskiden o da Soneçka'dan faydalanıyordu ama sonra ne olduysa birden namus bekçisi kesiliverdi. 'Ben aydın bir adamım, böyle bir kızla aynı evde yaşamam mümkün değil!' dedi. Katerina Ivanovna da bu lafların altında kalmadı tabii ve kavga çıktı. Soneçka artık ancak hava karardıktan sonra eve gelebiliyor. Katerina Ivanovna'yı elinden geldiğince avutmaya çalışıyor ve ona para veriyor. Kendisi terzi Kapernaumov'un evinde bir oda kiraladı, artık orada yaşıyor. Kapernaumov topal ve kekeme bir adam; kalabalık bir ailesi var, hepsi de kekeme, karısı da öyle. Ailecek aynı odada kalıyorlar. Sonya'nın onlardan tahta perde ile ayrılmış ayrı bir odası var. Çok yoksul insanlar hem de kekemeler. Evet... O sabah uyanır uyanmaz hemen giysilerimi üzerime geçirdim, ellerimi kaldırıp dua ettim sonra da ekselans Ivan Afanasyeviç'e gittim. Ekselansı tanıyor musunuz? Hayır mı? O halde bu, yüce bir insanı tanımadığınız anlamına geliyor. Tanrı'nın huzurunda damla damla eriyen bir mum gibidir o! Beni dinlemek lütfunda bulunduktan sonra gözlerinden yaşlar akmaya başladı. 'Sana olan güvenimi bir kez boşa çıkarmıştın Marmeladov. Seni ikinci kez, tüm sorumlulukları tarafıma ait olmak üzere yeniden işe alıyorum.' dedi. 'Haydi git şimdi!' İçimden bastığı toprağı öpesim geldi. Çünkü ileri görüşlü bir memur bile gerçekten buna izin vermezdi. Eve döndüğümde yeniden memuriyete girdiğimi ve maaş alacağımı söyleyince, aman Tanrım, nasıl da mutlu olduklarını görmeliydin!"

Büyük bir heyecan dalgasına kapılan Marmeladov kiraladıkları laternayı çalmaya, yedi yaşlarındaki bir çocuk da tiz sesiyle Hutorok'u söylemeye başladı. Bir patırtı koptu ve meyhaneci ile garsonlar meyhaneye yeni gelenlerle ilgilenmeye başladılar. Marmeladov ise yeni gelenlere aldırış dahi etmeden hikâyesine devam etti. Sarhoşluğu arttıkça konuşma hevesi de artıyordu. İşinde gösterdiği başarıları hatırlamak onu epeyce heyecanlandırmış, yüzünde bile parıltılar oluşmuştu. Raskolnikov dikkatle dinliyordu:

"Bu anlattıklarım beş hafta önce olmuştu, bayım. Karım ve kızımın yeniden işe girdiğimi öğrendiklerinde nasıl sevindiklerini görmeliydiniz. Önceleri bana hayvan muamelesi yapılır, yattığım yerden işitmediğim hakaret kalmazdı. Şimdi ise bana rahatsızlık vermemek için sanki parmaklarının ucuna basarak yürüyorlar, çocukları 'Sessiz olun, Semyon Zahariç işten yorgun geldi,' diyerek susturuyorlardı. Sabahleyin işe gitmeden önce kahvemi getiriyorlar, krema ikram ediyorlardı. Hem de katıksız krema alıyorlardı, duyuyor musunuz? Ayrıca kaliteli bir frak diktirmek için de gerekli olan on bir ruble elli kapiği de nereden bulduklarını bilmiyorum.

Şık çizmeler, harikulade bir plastron ve frak... İlk iş günümde öğle vakti eve döndüm. Doğrusu gördüklerime inanamadım. Katerina Ivanovna iki çeşit yemek hazırlamış; çorba ve etli turp. O güne kadar soframız böyle bir şey görmemişti. Üstüne giyeceği doğru dürüst bir elbisesi bile olmayan kadıncağız o gün misafirliğe gider gibi giyinmişti. Yeni elbiseler değil belki ama... Öyle işte... Saçlarını taramış, temiz bir yakalık takmış, kollarında kolluklar... Gençleşmiş, güzelleşmiş, bambaşka bir kadın olup çıkmıştı.

Bize para getiren Soneçkam ise, 'Şu sıralar size sık sık gelmem doğru olmaz; kimselere görünmemek için hava karardıktan sonra uğrarım.' diyordu. Buna inanabiliyor musunuz? Öğleden sonra biraz uzanmıştım. Katerina Ivanovna dayanamayıp daha bir hafta önce kavga ettiği ev sahibemiz Amalya Fedorovna'yı kahve içmeye çağırdı. İki saat boyunca kafa kafaya verip fısıldaşıp durdular. 'Aman efendim, Semyon Zahariç memuriyete başladı. Aylık bile alıyor. Hem de bizzat ekselansla görüşmüş. Ekselans kendisini kapıda karşılamış ve diğer ziyaretçileri bekletip herkesin gözü önünde Semyon Zahariç'in elinden tutarak odasına götürmüş.' Buna inanabiliyor musunuz? Semyon Zahariç, eski hizmetlerinizi unutmadık. Bazı kötü huylarınız olduğunu biliyoruz ama siz buradan ayrılınca işlerimiz yürümez oldu, demiş.' Buna inanabiliyor musunuz? Muhtemelen bu söylediklerini karım kendisi uydurdu; ama söylediklerine inandığına eminim. Övünmek amacıyla kesinlikle söylememiştir. Hayır! Söylediklerine kendisi inanıyordu ve bu düşüncelerle kendini avutmaya çalışıyordu. Ben onu ayıplamıyorum! Altı gün evvel yirmi üç ruble kırk kapik maaşımı götürüp eline verdiğimde, yanağımdan makas alarak bana, 'Canım benim,' dedi. Hem de bunu ikimiz yalnızken söyledi. Yakışıklı biri olmadığım gibi, doğru dürüst bir koca olduğum da söylenemez. Ama o yine de bana 'canım benim!' dedi!"

Marmeladov sustu. Bir an gülümseyecek gibi olduysa da sonra titreyerek çenesini tuttu. Bu meyhanenin keskin havası, bu sıkıcı ortam, bu votka şişeleri ve beş gece boyunca saman kayalıklarında gecelemiş olan bu adamın karısına ve ailesine duyduğu hastalıklı sevgi Raskolnikov'u şaşırtmıştı. Onu dikkatle ama hüzünle dinliyordu. Bu meyhaneye geldiğine çok pişman olmuştu.

Marmeladov, "Efendim, efendim!" dedi. "Belki bu anlattıklarımı siz de diğerleri gibi komik buluyor ve ailemle ilgili bu detayları dinlemekten sıkılıyorsunuzdur. Ama bakalım ben gülünç buluyor muyum? Çünkü ben bütün bunları hissedebiliyorum. Hayatımın bu mutlu gününü ve gecesini tatlı hayaller içinde geçirdim. Mutluluktan sanki kanatlanıp uçacaktım. Altüst olan hayatımızı nasıl tekrar düzene koyacağımı düşündüm. Çocuklarımı nasıl giydirip kuşatacağımı, karımı nasıl rahata kavuşturacağımı, biricik kızımı düştüğü kötü yollardan kurtarıp yuvamıza nasıl geri döndüreceğimi hayal ettim. Bana bu kadarı da çok görülmemeli, saygıdeğer efendim." Marmeladov ansızın irkilerek gözlerini karşısındaki adama dikti ve devam etti: "Evet bayım... Bundan tam beş gün önce, böyle mutlu geçirdiğim bu gecenin hemen ertesinde bir hırsız gibi kurnazca karım Katerina Ivanovna'dan sandığının anahtarını çaldım. Ona verdiğim maaşımdan geri kalanları -ne kadar olduğunu tam olarak bilemiyorum- çaldım. Ve işte şimdi bu haldeyim. Evden ayrılalı tam beş gün oldu ve her yerde beni arıyorlardır. İşime de son vermişlerdir. Ayrıca frakım da Mısır Köprüsü'ndeki meyhanede rehin kaldı. İşte şu üzerimde gördüğünüz elbiseleri de frakımı rehin vererek aldım. Her şey bitti artık!"

Sıktığı yumruklarını alnına vuran Marmeladov, sinirden dişlerini gıcırdattı ve dirseklerini kuvvetlice önündeki masaya dayadı. Sonra ansızın yüzündeki ifade değişti ve yapmacık bir kurnazlıkla, küstahça tavırlarla Raskolnikov'a baktı.

"Bugün Sonya'ya uğradım ve ondan içki parası istedim. Hah ha ha..."

"Verdi mi bari?" diye bağırdı meyhaneye yeni gelenlerden biri kahkaha atarak.

Marmeladov sanki soruyu soran kişi Raskolnikovmuş gibi genç adama doğru dönerek devam etti. "Bu şişeyi onun verdiği parayla aldım. Otuz kapik parası vardı ve o hepsini bana verdi. Verirken tek bir söz bile söylemedi, sadece sessizce yüzüme baktı. Yeryüzünde değil de orada... İnsanlar için böyle acılar çekip ağlarlar... Ama kusur bulmaz, ağlamazlar... Ama böylesi daha çok acı veriyor! Evet, otuz kapik. Ama bu para pekâlâ kendisine de lazım olabilirdi. Siz ne dersiniz, saygıdeğer bayım... Kızım bakımına özen göstermeli. Kastettiğim bakım özel türden, anlarsınız ya? Olmazsa olmaz bazı ihtiyaçlar vardır. Mesela bazı kremler, kolalı etekler, daha dikkat çekici pabuçları olmalı, hani bir su birikintisinden geçerken o zarif bacağını filan gösterebilmesi için. Bu bakımın nasıl bir şey olduğunu anlıyorsunuz değil mi bayım? Anlıyor musunuz? Oysa ben, onun öz babası, kafayı çekebileyim diye son otuz kapiğini de elinden aldım. İşte içiyorum, hatta içtim bile. Evet, şimdi söyleyin bakalım, benim gibi bir yaratığa kim acır? Ha? Şimdi bana söyleyin sayın bayım, siz bana acır mısınız yoksa acımaz mısınız? Heh heh he!"

İçkisini tazelemek için uzandı ama şişesindeki içki bitmişti. Tekrar yanlarına gelen meyhaneci "Sana niçin acıyacaklarmış!" diye bağırdı.

Müşteriler arasında gülüşmeler başladı. Hatta arada küfür edenler bile vardı. Memuru dinleyenler, yaptığı aşağılık davranışlardan dolayı kendisine küfürler yağdırıyor, onu dinlemeyenler de kılık kıyafetine, hal ve hareketlerine bakıp gülüyor, hakaret ediyorlardı.

Marmeladov sanki bu sözleri duymayı bekliyormuş gibi ansızın ayağa kalktı, kolunu öne uzatarak yüksek sesle bağırmaya başladı. "Evet, haklısın, bana acımaları için bir neden yok! Kimse bana acımaz. Benim gibilerini çarmıha germeli. Acımak ne kelime! Ey sayın yargıç, onu çarmıha ger, gerdikten sonra da ona acı! Çünkü mutluluğa değil, hüzne, acıya hasretim ben. Hey sen, meyhaneci, bu şişenin bana zevk verdiğini falan mı düşünüyorsun? Ben bu şişenin dibinde gözyaşı aradım, gözyaşı bize gelince, bizlere ancak ve ancak o acıyabilir. Herkese acıyan ve herkesi anlayan acıyabilir. Sadece o acıyabilir. O, mutlak hâkimdir. Gün gelecek ve bize soracak, 'Veremli ve huysuz annesine, başkalarının küçük çocuklarına kendini feda eden o kız nerede? Babasına, o aşağılık sarhoşa acıyan o kız nerede?' diye soracak, sonra da 'Gel! Seni zaten affetmiştim... Çok önce affetmiştim... Şimdi de seni çok sevdiğim için bütün günahlarını affediyorum.' Ve Sonya'yı affedecek. Biliyorum, affedecek. Geçenlerde ona gittiğimde hissettim bunu. Herkesi, hepimizi önce yargılayacak sonra da bağışlayacaktır. İyileri ve kötüleri... Herkesi yargıladıktan sonra da bize dönecek, 'Siz de gelin bakalım, diyecek, ayyaşlar, iradesizler, utanmazlar, siz de gelin!' Ve bizler utanmadan huzuruna çıkacağız. O zaman bize, 'Sizi domuzlar, sizi hayvan kılığına bürünmüşler, siz de gelin!' Akıllılar ve bilgeler buna itiraz edecekler, 'Tanrım! Niçin onları yanınıza alıyorsun?' diyecekler. O da, 'Onları da yanıma alıyorum ey akıllılar ve bilginler, çünkü onların hiçbiri kendini buna layık görmüyor.' Bu sözleri söyledikten sonra kollarını bizlere açacak, o vakit bizler yerlere kapanacak, feryat ve figana başlayacağız. Herşeyi anlayıp ağlamaya başlayacağız. Herkes her şeyi anlayacak!.. Katerina Ivanovna da... O da her şeyi anlayacak. Tanrım, gün gelecek senin saltanatın hüküm sürecek!"

Marmeladov tükenmiş, bütün gücünü yitirmiş bir halde masanın üzerine yığıldı kaldı. Derin bir düşünceye dalmıştı, etrafındakileri unutmuş gibiydi. Kısa bir süreliğine meyhaneye sessizlik hâkim olmuştu. Belli ki insanlar anlattıklarından etkilenmişti. Ama çok geçmeden tekrar önceki gibi kahkahalar ve hakaretler yükselmeye başladı:

"Hemen hükmünü verdi!"

"Üçkâğıtçı!"

"Palavracı!"

"Memur bozuntusu!"

Aniden başını kaldıran Marmeladov, Raskolnikov'a dönerek, "Gidelim bayım!" dedi, "Beni götürün... Kazyol'un evi hemen az ileride. Katerina Ivanovna'ya gitme zamanı geldi."

Raskolnikov da zaten kalkmayı planlıyordu. Marmeladov'a yardım etmeyi de aklından geçirmişti. Fakat Marmeladov'un bacakları, çenesi kadar kuvvetli değildi ve koca bedeniyle genç adamın üzerine abanmıştı. Gidecekleri yer iki-üç yüz adım ötedeydi. Eve yaklaştıkça sarhoş adamın korkusu ve heyecanı artıyordu.

"Hayır, Katerina Ivanovna'dan korkmuyorum." diye mırıldanıyordu. "Hiç de umurumda değil, saçlarımı yolarsa yolsun. Saç dediğin nedir ki? Hatta keşke saçlarımı yolsa bile dediğim oluyor. Gerçekte beni onun gözleri korkutuyor. Evet... Gözleri... Yüzündeki o kızıl lekeler korkutuyor beni. Bir de nefes alışları korkutuyor... Bu hastalığa sahip olanların heyecanlandıkları zaman nasıl nefes aldıklarına şahit oldun mu hiç? Sonra, çocukların ağlamaları korkutuyor beni, hele de Sonya karınlarını doyurmadıysa... Neler olacağını tahmin bile edemiyorum. Dayağa gelince, ondan hiç korkmam ben. Hatta bayım, böylesi dayaklar canımı yakmak şöyle dursun zevk verir bana, zevk. Zaten dayağın olması iyidir. Varsın dövsün. Umarım döver de biraz kendime gelirim. İşte geldik. Kazyol'un evi burası. Zengin bir Alman... Demirci... Götür beni!..

Evin avlusuna ayakbastılar ve dördüncü kata çıkmaya başladılar. Merdiven çıkıldıkça daha da karanlıklaşıyordu. Saat on bir civarıydı. Merdivenlerin sonundaki siyah kapı açıktı. On adım boyundaki odayı küçük bir mum parçası aydınlatıyordu. Merdiven boşluğundan bütün oda görülebiliyordu. Başta çocuk bezleri olmak üzere her yer darmadağınıktı. Köşe tarafa delik deşik olmuş bir çarşaf gerilmişti. Arkasında bir karyola olmalıydı. Odanın içinde iki tane sandalye; muşamba ile kaplı eski bir divan ve bunun hemen ön kısmında çam ağacından yapılmış, boyasız bir mutfak masası vardı. Masanın bir ucunda da, demir şamdan içinde, içyağından yapılmış küçük bir mum parçası yanıyordu. Marmeladov ve ailesinin bir köşede değil, bir odada oturduğu anlaşılıyordu ama burası koridor gibi bir yerdi. Lippevehzel'in evinin diğer daire ve bölmelere açılan kapı aralıktı. İçerden sesler yükseliyor, bağrışmalar duyuluyordu. Anlaşılan çay içip, iskambil oynuyorlardı. Arada bir bazı küfürlü sözcükler de işitiliyordu.

Raskolnikov, Katerina Ivanovna'yı hemen tanıdı. Son derece zayıf, uzun boylu, narin yapılı bir kadındı. Saçları açık ve gerçekten de yanakları kırmızıydı. Ellerini göğsünde birleştirmiş, kurumuş dudakları çatlamış bir halde, küçük odasını bir aşağı bir yukarı adımlıyordu. Hummalıymış gibi parlayan gözleri sert ve keskindi. Sönmek üzere olan bir mumun titrek ışıkları altında bu yüz, korkunç bir etki bırakıyordu. Raskolnikov'un otuz yaşlarında olduğunu tahmin ettiği kadın gerçekten de Marmeledov'un dengi değildi. Kadın dalgın bir haldeydi, içeri girenleri ne duydu ne de gördü. İçeride boğucu bir hava olmasına rağmen hiç pencere açmamıştı. Merdivene açılan kapıdan içeri pis bir koku sızıyordu ama kapı kapatılmamıştı. İç odalara açılan kapılardan yoğun sigara dumanı geliyordu ama kadın öksürdüğü halde bu kapıyı da kapatma ihtiyacı duymamış gibiydi. Altı yaşlarında olan en küçük kız, iki büklüm halde başını sedire dayamış uyuyordu. Kızdan bir yaş büyük bir oğlan köşede titriyor ve ağlıyordu. Muhtemelen az evvel dayak yemişti. Uzun boylu ve kibrit çöpü gibi incecik dokuz yaşındaki büyük kız ise kollarını ağlayan kardeşinin boynuna dolamıştı. Kızın üzerinde yırtık pırtık, çok eski bir elbise vardı. Çıplak omuzlarının üzerine de -diz kapaklarını bile örtmemesinden en az iki sene önce dikilmiş olduğu anlaşılıyordu- bir pelerin atmıştı. Belli ki kardeşini avutmaya çalışıyor, kulağına bir şeyler fısıldıyordu. Bir yandan onun tekrar ağlamaya başlamasına engel olmaya çalışıyor, diğer yandan da, korkmuş yüzünde daha da iri gözüken kocaman siyah gözleriyle annesini izliyordu. Marmeladov içeri girmedi, kapının eşiğinde diz çöküp Raskolnikov'u hafifçe ileri doğru itti. Kadın karşısında tanımadığı birini görünce, bir an için dalgınlıktan silkinerek genç adama baktı; adeta bu adamın ne için geldiğini anlamak ister gibiydi. Ama oturdukları yerin diğer odaların geçit yeri olduğunu hatırlayınca yabancının buradan yalnızca geçtiğini düşündü ve artık onunla ilgilenmeyerek merdivene açılan kapıyı kapatmak üzere hareketlendi. Kapının eşiğinde diz çökmüş kocasını görünce korkudan çığlık attı, sonra da öfkeyle, "Hah! Döndün demek! Alçak, canavar herif! Paralar nerede? Hemen ceplerini boşalt. Elbiselerini de değiştirmişsin. Elbiseler nerede? Paralar nerede? Söyle!.."

Katerina Ivanovna, Marmeladov'un üzerini aramaya başladı. Adam, arama işini kolaylaştırmak için uslu bir çocuk gibi kollarını iki yana açtı. Marmeladov'un ceplerinde tek bir metelik bile yoktu.

"Paralar nerede?" diye bağırıyordu kadın. "Tanrım, olamaz. Yoksa hepsini içkiye mi harcadın? O sandıkta tamı tamına on iki ruble vardı."

Öfkesinden deliye dönen kadın ansızın kocasının saçlarına yapıştı ve onu odanın ortasına doğru sürüklemeye başladı. Marmeladov ise dizlerinin üzerinde sürünerek karısının işini kolaylaştırıyordu.

"Bundan zevk alıyorum!" diye bağırıyordu. "Çok hoşuma gidiyor, saygıdeğer bayım."

Yerde yatan çocuk uyandı, ağlamaya başladı. Köşede ayakta bekleyen çocuk ise korkusundan çığlık atarak ablasına sarıldı. Abla ise korkudan titriyor, sanki küçük bir kriz geçiriyordu.

Biçare kadın derin bir umutsuzlukla haykırıyordu:

"Hepsini içkiye harcamış! Elbiselerini bile vermiş. Bu çocuklar aç, aç! Ah! Bu da hayat mı?"

Sonra Raskolnikov'a dönerek, "Peki ya siz! Siz de onunla içtiniz değil mi? Hiç utanmanız yok mu sizin? Çabuk defolun buradan!" dedi.

Genç adam kendini savunmaya çalışmadı, hızla evden çıktı. Bütün bu olanlar yetmiyormuş gibi iç kapı açılmıştı ve meraklı birkaç kişi kafalarını uzatıp olup biteni izlemekteydiler. Ağızlarında sigara ya da pipo, başlarında takke olan, arsız suratlı insanlardı. Kimileri pijama giymişti, kimilerinin ise önleri uygunsuz denecek ölçüde açıktı. Bazıları ellerinde iskambil kâğıtları tutuyordu. Marmeladov, karısı onu saçlarından sürüklediği zaman bundan zevk aldığını söylediğinde çok neşelenmişler, kahkahalarla gülmüşlerdi. Bazıları hızlarını alamayıp, odaya bile girmişlerdi. Sonunda bütün gürültüye son veren öfkeli bir ses yükseldi. Ev sahibesi Amaliya Lippevezhel... Kendine göre düzeni sağlamak için, hakaret dolu konuşmalarla biçare kadını belki yüz kez uyarmış ve derhal evi boşaltması için her seferinde onu korkutmuştu.

Raskolnikov meyhaneden çıkarken para üstü olarak aldığı bozuk paraları kimseye görünmeden pencereye bıraktı. Ancak merdivenlerde aklı başına geldi ve dönmek istedi. "Böyle bir aptallığı nasıl yaptım!" dedi kendi kendine. "Sonya onlara zaten yardım ediyor, benimse onlardan daha çok paraya ihtiyacım var!" Düşüncesi bu yönde olsa da koyduğu paraları geri almasının mümkün olmadığını bildiği için, "Amaaan! Boş ver!" diyerek elini salladı ve evinin yolunu tuttu. Yolda yürürken acı bir gülümsemeyle, "Sonya'nın süslenmesi ve temizlenmesi için kremlere ihtiyacı var," diye geçirdi içinden. "Hımm! Belli mi olur, belki bugün Sonyacık iflas eder. Çünkü vahşi hayvan avcılarının ve altın arayıcılarının karşı karşıya geldikleri tehlike kadar bu işte risk var. Belki o üç beş kuruşu bırakmamış olsam, yarın açlıktan ölüp gideceklerdi. Ah Sonya, ah! Nasıl da işlerini görecek bir hazine bulmuşlar! Ne güzel de faydalanıyorlar! Bu duruma iyice alışmışlar. İşin başında biraz ağlayıp sızlanmışlar ama şimdi iyiler. Hem şu aşağılık insanoğlu nelere alışmıyor ki?"

Derin düşüncelere dalmıştı genç adam. "Ya yanılıyorsam, insanoğlu gerçekten aşağılık bir yaratık değilse," diye düşünüyordu. Bu demek oluyor ki geri kalan her şey önyargı ve kuruntudan ibaret aslında. Öyleyse hiçbir engel yok. Zaten böyle olması gerek...

III

Raskolnikov ertesi gün geç bir saatte uyandı. Tedirgin uyumuş, kâbuslarla dolu rahatsız bir gece geçirmişti. Kendisini hiç dinlenmiş hissetmiyordu. Öfkeli ve hırçın bir halde gözlerini açmış, iğrenerek küçük odasına bakmıştı. Burası altı adım uzunluğunda, kafesi andıran bir odaydı. Toz içindeki duvar kâğıtları sararmış ve baştan aşağı kabarmıştı. Tavanı çok alçaktı, uzun boylu birinin, başını çarpmadan odanın içinde dolaşması pek zordu. Eşyası da kendine yakışacak şeylerdi. İyi tamir edilmemiş üç eski sandalye; köşe tarafta, boyalı, üzerinde bazı defter ve kitapların bulunduğu, uzun zamandır el değmemiş olduğu üzerinde biriken tozdan belli olan bir masa vardı. Ayrıca neredeyse boydan boya bütün duvarı ve enlemesine odanın neredeyse yarısını kaplayan, bir zamanlar basma kaplı, ama şimdi yırtık pırtık bir divan bulunuyordu. Genç adam, çarşafsız yatağına üzerini çıkarmadan elbiseleriyle uzanır, üzerine de eski öğrenci paltosunu yorgan yapıp, başının altına da küçük bir yastık alarak uyurdu.

Şüphesiz bir insanın kendini bu kadar salıvermesi nadir görülen bir durumdu; ancak Raskolnikov, içinde bulunduğu bu ruh halinden gayet memnundu. Kabuğuna çekilmiş bir kaplumbağa misali gözlerden uzak yaşıyordu. Öyle ki hizmetini gören, arada bir de odasını temizlemeye gelen hizmetçi kadını dahi görmek sinirlerini bozmaya yetiyordu. Onu bu hali, bütün dikkatini tek bir noktaya toplayan akıl hastalarında görülen bir duruma benziyordu. Ev sahibesi kadın on beş günden beri yemeği de kesmişti. Bu uzun süreli açlığa rağmen gidip kadınla anlaşmayı aklından bile geçirmiyordu. Pansiyonun hem aşçısı, hem de hizmetçisi olan Nastasya,

Raskolnikov'un bu durumundan hiç de şikâyetçi değildi. Ondaki dalgınlığı ve dikkatsizliği fark edince, odasına uğramaz, yatağını yapmaz, etrafı temizlemez olmuştu. Bazen haftada bir kereliğine, o da aklına eserse, bazı şeyleri baştan savma yaptığı da oluyordu. Zaten bu sabah da onu uyandıran Nastasya olmuştu.

"Hey! Kalk artık, bu ne uykusu böyle! Saat dokuzu çoktan geçti. Sana çay getirdim. İçersin değil mi?.. Yoksa hasta mı oldun? Böyle giderse yakında açlıktan ölürsün."

Raskolnikov titreyerek gözlerini açtı ve Nastasya'yı karşısında görünce hasta bir insan tavrıyla, her yeri ağrıyormuş gibi yüzünü buruşturarak yavaşça doğruldu:

"Çayı ev sahibesi mi yolladı?"

"Ne ev sahibesi be!"

Nastasya kendine hazırladığı çaydan dilediği kadar içmiş, kalanını da sararmış iki kesme şekerle birlikte Raskolnikov'un önüne getirmişti. Raskolnikov, ceplerini karıştırarak -çünkü yine elbiseleriyle yatağa girmişti- birkaç bakır para çıkardı:

"Nastasya," dedi, "bana bir ekmek ve biraz sucuk alır mısın? Ama en ucuzu hangisiyse ondan olsun!"

"Şimdi gider ekmeği alır gelirim ama sucuğu ne yapacaksın? Onun yerine lahana çorbası getireyim mi? Dün pişirmiştim... Çok güzel oldu. Senin için de bir tabak ayırmıştım."

Raskolnikov, Nastasya'nın getirdiği çorbayı hemen içmeye başladı. O, çorbasını içerken hizmetçi de hemen yanındaki mindere çöktü ve konuşmaya başladı. Nastasya, konuşmayı seven bir köylü kızıydı.

"Praskovi Pavlovna, seni polise şikâyet edecek."

"Polise mi? Benden ne istiyor ki?"

"Tabii ki kira vermediğin için evden çıkmanı istiyor."

Genç adam sinirinden dişlerini gıcırdatarak:

"Hay aksi! Bir bu eksikti," diye mırıldandı.

Ardından sesini yükselterek devam etti:

"Aptal kadın! Bugün uğrar kendisiyle konuşurum."

"O da, ben de aptalız ama sen bu kafayla neden böyle bir yerde çürüyorsun, bunu bir türlü anlamıyorum. Eskiden zengin ailelerin çocuklarına ders veriyordun. Aynı şeyi şimdi neden yapmıyorsun?"

Raskolnikov isteksizce cevap verdi. Sesi soğuktu:

"Yapıyorum."

"Ne yapıyorsun?"

"Çalışıyorum!"

"Nerede çalışıyorsun?"

Delikanlı kısa bir süre sessiz kaldıktan sonra ciddi bir tavırla:

"Düşünüyorum," dedi.

Duydukları karşısında Nastasya, katıla katıla gülmeye başladı. Gülmesini seven kadınlardandı. Öyle gülerdi ki, başladığı zaman katıla katıla, bütün vücudu sallana sallana olurdu gülüşleri.

"Nasıl? Düşünerek çok para kazanabiliyor musun bari?"

"Ayağında doğru dürüst ayakkabısı bile olmayan birinin çocuklara ders vermeye gitmesi mümkün mü hiç? Boşver bunları... Hem zaten artık ders filan da umurumda değil..."

"Ne demek şimdi bu?"

Raskolnikov, sanki kendisini sınıyormuş gibi huysuz bir tavırla:

"Ders için çok az para veriyorlar. İnsan birkaç kapikle nasıl yaşayabilir ki?" dedi.

"Yoksa kısa yoldan zengin olmak mı istiyorsun?"

Delikanlı bir süre sessiz kaldı, hizmetçi kadına tuhaf tuhaf baktı sonra kesin bir tavırla:

"Evet, büyük para," cevabını verdi.

"Biraz yavaş ol bakalım!.. Beni korkutuyorsun. İnsan dediğin az ya da çok çalışmalı, öyle değil mi? Sana gidip ekmek alayım mı, ister misin?"

"Nasıl istersen."

"Bu arada az kalsın söylemeyi unutuyordum... Dün sen evde yokken bir mektup geldi."

"Mektup mu? Kimden acaba? Bana mı? Emin misin?"

"Kimden olduğunu bilmiyorum. Postacıya üç kapik vermek zorunda kaldım. Paramı vereceksin, değil mi?"

Delikanlı heyecanlanmıştı.

"Hemen getir mektubumu! Tanrı aşkına hemen getir!" diye haykırdı.

Nastasya odadan çıktı ve birkaç dakika sonra elinde bir mektupla geldi. Evet, tahmin ettiği gibi, R... ilinde oturan annesinden geliyordu. Zarfa dokununca rengi attı, sapsarı kesildi. Onlardan bir haber alamayalı epey zaman geçmişti.

Raskolnikov, "Nastasya, sana minnettarım. Şimdi Tanrı aşkına beni yalnız bırak. Al şu üç kapiğini ve lütfen beni yalnız bırak." dedi.

Heyecanlanmıştı, mektubu tutan eli titriyordu. Zarfı hizmetçi kadının yanında açmak istemiyor, mektubuyla yalnız kalmak istiyordu. Kadın dışarı çıkınca mektubunu dudaklarına götürdü ve öptü. Sonra uzun uzun adresi, bir zamanlar kendisine okuma yazma öğreten anneciğinin o bildik, eğri büğrü, sevimli ve ince yazısını inceledi. Mektubu açmak için acele etmiyordu, sanki bir şeylerden korkuyordu. Sonunda cesaretini topladı ve mektubu açtı. İnce bir yazıyla yazılmış, iki koca sayfadan oluşan, kalın bir mektuptu.

"Sevgili Rodyam" diye başlıyordu annesi. "Seninle neredeyse iki aydır mektuplaşmıyoruz. Bu durum bana nasıl acı veriyor bilemezsin. Bazı geceler uyumayıp sabahlara kadar bunu düşündüm. Ama öyle zannediyorum ki, elimde olmayan bu suskunluğumu bağışlayacaksın. Seni ne kadar sevdiğimi biliyorsun. Sen bizim, Dunya ile benim, her şeyimiz, canımız, tek umudumuzsun... Aylar önce parasızlık yüzünden üniversiteden ayrıldığını ve geçimini sağladığın özel derslerini bıraktığını öğrenince ne kadar üzüldüğümü Tanrı bilir. Yılda elime geçen yüz yirmi ruble emekli maaşımla maalesef sana yardım edemiyorum. Dört ay önce gönderdiğim on beş rubleyi de, bildiğin gibi, Vasili Ivanoviç adındaki tefeciden ödünç almıştım. Kendisi iyi bir insan olduğu gibi babanın da eski dostlarındandır. Lakin maaşımı tahsil etme hakkını ona devrettiğim için borcum bitene kadar beklemek zorundaydım. İşte sana yardım edemeyişimin sebebi buydu. Ama artık borcum bitti ve Tanrı'ya şükürler olsun ki, sana tekrar yardım edebileceğim. Bu arada, sana müjdeli haberimi vermek için sabırsızlanıyorum. Sanırım artık talih benim de yüzüme gülmeye başladı. Öncelikle kız kardeşin Rodya bir buçuk aydır benim yanımda ve artık birbirimizden hiç ayrılmayı düşünmüyoruz... Tanrı'ya şükürler olsun ki çektiği sıkıntılar artık sona erdi.

Bugüne kadar yaşadığımız ve senden sakladığımız şeyleri artık sırasıyla sana anlatmanın vakti geldi. İki ay önce, bir tanıdıktan aldığın haber üzerine, bize bir mektup yazıp Dunya'nın Svidrigaylovlar'ın evinde aşağılandığını, hakaretlere maruz kaldığını duyduğunu ve bunun doğru olup olmadığını sormuştun. O zaman, henüz gerçekler belli değildi. Sana karşılık olarak ne yazabilirdim ki? Eğer başımıza gelenleri bütün açıklığıyla anlatmış olsaydım, sen yaya olarak yollara düşecek ve koşup gelecektin. Ben seni bilirim. O güzel yüreğin kız kardeşinin acı çekmesine izin vermez, buraya gelir, kız kardeşinin yaşadıklarına engel olurdun. Ben de ümitsizliğe kapılmıştım ama elden ne gelir? En kötüsü, Dunya, geçen yıl öğretmen olarak girdiği evden, aylığından kesilmek üzere yüz ruble avans almıştı. Bu borcu ödemeden oradan ayrılması mümkün değildi. Artık bu durumu sana anlatmanın bir sakıncası yok. Kız kardeşin bu parayı, o günlerde senin için çok gerekli olan altmış rubleyi gönderebilmek için almıştı. O zaman bu parayı Dunya'nın biriktirdiklerinden ayırıp gönderdik diye sana yalan söylemiştik. İşte şimdi sana işin doğrusunu anlatıyorum ki, Dunya'nın seni ne kadar çok sevdiğini bilesin ve eşi benzeri bulunmaz bir kardeşe sahip olduğunu anlayasın. Şimdi artık her şey Tanrı'nın yardımıyla değişti. Gerçi Svidrigaylov ilk günlerde Dunya'ya karşı kötü davranıyor ve sofrada onunla alay ediyordu ama artık kapanıp giden böyle bir mesele yüzünden seni öfkelendirmek istemiyorum. Kısacası Svidrigaylov'un karısı Bayan Petrovna'nın ve bütün ev halkının çok nazik ve gönül alıcı muamelelerine rağmen, Dunya bir türlü huzura kavuşamıyor ve özellikle de Svidrigaylov'un ordudan kalma bir alışkanlığı olan içki içtiği günler durum daha da çekilmez bir hal alıyordu. Daha sonra ne oldu dersin? Meğer bu kaçık uzun zamandır Dunya'ya karşı içinde bir şeyler beslermiş ve bu duygularını da başkaları yanında belli etmemek için kardeşine hakaretler yağdırarak bastırmaya çalışırmış. Ne var ki ilerleyen zamanlarda artık sırrı kendine ağır gelmiş olacak ki, tüm cesaretini toplayıp Dunya'ya duygularını itiraf etmiş ve onu çeşitli vaatlerle kandırmaya çalışmış. Onu hediyelere boğacağını ve her şeyini geride bırakıp onunla birlikte yurtdışına bile kaçabileceğini söylemiş. Tüm bu olanlardan sonra kardeşinin ne hallere düştüğünü tahmin edebiliyor musun? Dunya'nın hem borcundan dolayı hem de Marfa Petrovna'ya acıdığı için hemen oradan ayrılması mümkün değildi. Çünkü kadın ansızın bazı şüphelere kapılabilir ve yuvası yıkılabilirdi. Sonra, Dunya kendini lekelemekten de korkuyordu. Bu olacak şey değildi çünkü. Ayrıca Dunya'nın bu iğrenç evden altı haftadan daha erken ayrılamamasını gerektiren daha birçok neden vardı. Kardeşinin ne kadar akıllı ne kadar karakter sahibi biri olduğunu bilirsin. Birçok zorluğa göğüs gerebilen ve en kötü durumlarda bile dayanıklılığını yitirmeyen bir yapıya sahiptir benim Duneçkacığım. Biliyor musun? Sık sık haberleştiğimiz halde yaşadığı bütün bu sıkıntıları üzülmeyeyim diye bana bile söylemedi. Ama olaylar hiç beklenmedik bir anda patlak verdi. Marta Petrovna bir gün tesadüfen bahçede kocasını kıza yalvarırken görmüş ve duyduğu şeylerden şüphelenmiş. Her şeyi tersinden değerlendirerek kardeşinin adamı ayarttığını düşünmüş ve bütün suçu kızcağıza yüklemiş. Hatta kıskançlık krizine girdiği için kendinden geçerek, Dunya'yı dövmeye bile kalkışmış ve ona bir tokat bile atmış. Onu hiç dinlememiş bile. Daha sonra adamlarını yanlarına çağırmış ve onlara kardeşini kötü bir yük arabasına bindirerek kasabaya benim yanıma götürmelerini tembihlemiş. Bütün eşyalarını, elbiselerini, çamaşırlarını ve nesi varsa her şeyini tepeleye tepeleye arabaya atmışlar. Tam o anda bardaktan boşanırcasına yağmur başlamış. Üzeri açık bir at arabasında, bir köylünün eşliğinde evimize dönen kızım, haksız yere uğradığı hakaretlerle ezilmiş bir haldeydi. Bütün bunlar olurken senden iki ay evvel aldığım mektuba nasıl cevap yazabilirdim. Ben de perişan bir haldeydim. Gerçekleri sana anlatmaya gönlüm razı olmadı. Senin de durumun iyi değildi ve üstüne bir de bu olaya üzülüp kahrolacaktın. Hem kendini paralamaktan başka elinden ne gelirdi ki? Üstelik Dunya da bunları sana anlatmamı kesinlikle istemiyordu. Yüreğimde böyle bir acı varken saçma sapan şeylerle dolu bir mektubu da ben yazamazdım... Yaşananlardan sonra tam bir ay boyunca bütün kasaba dedikodumuzu yaptı. Hatta öyle günler oldu ki, kiliseye dahi gidemedik. Bazıları yanımızdan geçerken yüksek sesle hakaret ediyorlardı. Tanıdığımız herkes bizden yüzlerini çevirmişti. Ne selam veriyor ne de selam alıyorlardı. Sonra kulağıma çalınanlara göre, esnaftan bazı kötü niyetli kimseler, oturduğumuz evin kapısını zifte bulayarak bizi lekelemeyi bile düşünmüşler. Ev sahiplerimiz, böyle bir şeyden korktukları için evi boşaltmamızı istediler. Bütün bunlara Marta Petrovna sebep olmuştu. Uğradığı her yerde, konuştuğu her kimseye bizi kötülemeye başlamıştı. Burada herkesi tanıdığı için istediğini söylüyor ve hemen herkesi etkisi altına alıyordu. Mahalle mahalle gezerek o kadar konuştu, o kadar anlattı ki en nihayetinde mesele sadece bu şehirde değil, civar köy ve kasabalarda yaşayanlar tarafından bile öğrenilmiş oldu. Bu durum beni yataklara düşürdü. Dunya, benden daha dayanıklıymış. Beni nasıl teselli ettiğini, beni nasıl cesaretlendirdiğini görseydin şaşardın. O bir melek! Nihayet Tanrı'nın yardımlarıyla sıkıntılarımız bitti, acılarımız geride kaldı. Dunya'ya yaptığı kötülüklerden pişman olan Svidrigaylov, karısına Dunya'nın suçsuzluğunu kanıtlarıyla anlattı. Bu deliller arasında bir tanesi vardı ki, her şeyi açıklığa kavuşturdu. Marfa Petrovna'nın kendilerini bahçede yakalamasından önce, kocasının gizlice buluşma isteğini reddetmek amacıyla Dunya'nın yazdığı mektup, Dunya evden ayrıldıktan sonra Svidrigaylov'da kalmış. Dunya mektupta, tekliflerin hepsini reddediyor ve bu hareketinin ailesine, karısı Marfa'ya karşı büyük bir ihanet olduğunu kesin bir dille anlatıyordu.

Rodyacığım, bu mektup öylesine asil bir üslûp ve o denli dokunaklı bir şekilde yazılmıştı ki, okurken hıçkıra hıçkıra ağlamıştım.

Şimdi hatırladığımda bile gözlerim doluyor. Bundan başka Svidrigaylov'un zannettiğinden daha fazla şeyler bilen ve gören hizmetçilerin, Dunya'nın suçsuz olduğunu gösteren şahitlikleri de sonunda ortaya çıktı. Böylelikle Dunya'nın suçsuzluğu ispatlanmış oldu ve Marfa Petrovna Meryem Ana'nın önünde diz çöktü ve bu yaşadıkları karşısında kendisine güç ve sabır vermesini diledi. Sonra kiliseden çıkıp doğruca bize geldi. Bütün her şeyi gözyaşları içinde anlattı. Çok pişman olduğunu söyledi ve Dunya'ya sarılarak ondan af diledi. Ardından öğleye kadar bütün semti kapı kapı dolaştı ve gitti her yerde karşılaştığı kimselere yanlış yaptığını anlattı. Zavallı kızın günahını aldığını, aslında onun altın gibi bir kalbe sahip olduğunu söyleyerek kız kardeşini göklere çıkardı. Dahası kocasının Dunya'ya yazdığı mektubu gittiği her evde yüksek sesle okudu -bence burası biraz abartılıydı- ve isteyenlere de mektubun bir kopyasını verdi. Böylece birkaç gün üst üste kasabadaki bütün insanlara uğramak zorunda kaldı. Çünkü bazıları başkalarına önem verildiğini ve kendilerinin önemsenmediğini bahane ederek güceniyorlardı. Öyle ki her aile onun gelmesini bekliyor, herkes Marfa Petrovna'nın hangi evde ve ne zaman mektubu okuyacağını biliyordu. Öyle ki daha önceden mektubu dinlemiş olanlar bile, mektubun her okunuşunda tekrar bulunuyorlardı. Dediğim gibi, Marfa Petrovna'nın bu davranışı bana göre abartılıydı ama ne yapalım onunda yapısı böyle... Böylelikle kardeşinin namusu temizlenmiş oldu ve bütün suç, bu iğrençliğin tek sorumlusu olan Svidrigaylov'a yüklendi. Ona öyle sert davranıldı ki, acınılacak hale düştü. Bütün her şey açıklığa kavuştuktan sonra birçok yerden Dunya'ya öğretmenlik teklifleri gelemeye başladı. Ama o hepsini reddetti. Herkes ona öyle saygı göstermeye başladı ki şimdi bütün kaderimizi değiştirecek olan bu beklenmedik olayın gerçekleşmesini bile sağladı. Şunu bilmeni istiyorum ki sevgili Rodyam, çok ünlü ve zengin bir adam Dunya'yı eş olarak istedi ve kız kardeşin bu teklifi kabul etti. Sana anlatmak için can attığım bu olayda senin fikrine danışamadık biliyorum. Fakat durumu anlayınca başka türlü davranamayacağımıza hak vereceksin. Ayrıca uzaklarda olduğun için sağlıklı karar veremezsin.

Olay şöyle gelişti: Bayan Marfa Petrovna'nın uzaktan bir akrabası ve aynı zamanda yedinci dereceden bir devlet memuru olan Pyotr Petroviç işin iç yüzünü herkesten önce ve yerinde öğrenmişti. Bu olaydan sonra bizimle tanışmayı kendisi istedi. Ertesi gün bir mektup gönderdi. Mektubunda gayet nazik bir şekilde niyetini açıklıyor ve hemen cevap bekliyordu. Durumu öğrendiğimizde ilk anda çok şaşırdık. Teklif o kadar ani, o kadar beklenmedik bir zamanda gelmişti ki, şaşkınlığımızın bağışlanabilir olduğunu düşünüyorum. Sonrasında gün boyunca bunu düşündük. Pyotr Petroviç'in maddi durumu oldukça iyi. Kırk, kırk beş yaşlarında olduğu söyleniyorsa da bu kadar göstermiyor. Dış görünüşü de kadınların beğenecekleri kadar iyi. Yalnız biraz hırçın ve gururlu hissi veriyor. Belki de dışarıdan bakıldığında öyle görünüyordur. Ayrıca seni şu konuda uyarmak istiyorum. Onunla görüştüğünde -çok kısa bir süre sonra tanışma fırsatı bulacaksın- hoşuna gitmeyen bazı şeyleri olursa sakın heyecanlanıp kararını hemen vermeye kalkma. Çünkü senin nasıl bir yapıya sahip olduğunu biliyorum. Kaldı ki senin ondan hoşlanacağından da eminim. Zaten yeni tanıştığımız insanlara dikkatle yaklaşmakta, hükümlerimizi karşımızdaki insanı iyice tanıdıktan sonra vermekte her zaman fayda var. Onun oldukça saygıdeğer bir insan olduğunu söyleyebilirim. Bize ilk geldiği gün, olumlu düşünceleri ile dikkatimizi çekti ve yeni kuşak gençlerin görüşlerine saygılı olduğunu ve her türlü ön yargıya ve sabit düşünceye karşı olduğunu söyledi. Neredeyse günümüzün gençleri gibi düşünüyor ve konuşuyordu. Gerçi ben, anlattıklarının hepsini tam olarak anlamadım ama o gittikten sonra Dunya bana ne demek istediklerini güzelce açıkladı. Dunya'ya göre, Pyotr Petroviç, iyi bir eğitim almış, zeki ve anlayışlı bir adam. Biraz kendini beğenmiş gibi görünse de bu durum benim için bir kusur sayılmaz. Kız kardeşinin karakterini bilirsin. Benim anladığıma göre o, ateşli, kaynayan bir kalp taşımakla beraber, aklı başında, sabırlı ve yüce gönüllü biri. İşin doğrusu burada iki kişinin birbirine âşık olması söz konusu değil; ama hem çok akıllı hem de melek kadar iyi bir kız olan Dunya kocasını mutlu etmek için elinden gelen her şeyi yapacaktır. Tabi bunun karşılığında kocası da onun mutluluğunu kendisine borç bilecektir. Bu iş biraz aceleye geldiyse de bana göre bu işte hiç de kötü düşünceye yer yok. Ayrıca hesabını çok iyi bilen bir adam olan Pyotr Petroviç Dunya'nın mutluluğunun kendi mutluluğunu sağlayacağını da hiç şüphesiz biliyordur. En mutlu evliliklerde bile kaçınılması imkânsız olan sorunlar olur ama bunların üstünde durmaya gerek yok haliyle. Dunya bu konuda kendisine çok güvendiğini, aralarında güven problemi olmayacağını ve namus sınırları dâhilinde birçok şeye göğüs gerebileceğini söyledi. Yine meselâ, teklifini kabul ettiğimizi bildirdikten sonra, bize ikinci kez geldi ve söz arasında, Dunya'yı tanımadan önce de kendi kendine, yoksulluğun ne demek olduğunu bilen, fakir ama namuslu bir kızla evlenmeyi kararlaştırdığını söyledi. Ona göre, kocanın karısına hiçbir zaman borçlu olmaması, buna karşılık kadının kocasını efendisi olarak görmesi doğruymuş. Bunları söylerken o kadar yumuşak bir üslup kullanmıştı ki, bendeki saygınlığı daha da arttı. Bu sana anlattıklarım aklımda kalanlar. Yoksa kullandığı kelimeler tam olarak bunlar değildi; ama anlatmak istediği şeyler kesinlikle bunlardı. Dunya, karar vermeden önceki gece sabaha kadar uyuyamadı; hatta bir ara kalkıp sabaha kadar odanın içinde dolaştı durdu. Sonra Meryem Ana tasvirinin önünde diz çöktü, uzun bir süre dua etti ve sabah olduğunda Pyotr Petroviç'le evlenmeye karar verdiğini söyledi.

Pyotr Petroviç'in, Petersburg'a gideceğini sana söylemiştim. Bize acilen oraya gitmesi gerektiğini söyledi. Petersburg Adliyesi'nde önemli bir işi varmış. Sevgili Rodyacığım, bu adamın sana da çok yardımcı olacağından kuşkum yok. Dunya ile birlikte senin artık yeniden öğrenimine başlayabileceğini düşünüyoruz. Bu iş bittiğinde her şeyin daha güzel olacağına inanıyoruz. İnan bana kız kardeşinin aklı fikri hep sende. Birkaç günden bu yana, hummalı bir hızla senin geleceğin hakkında ciddi projeler hazırlıyor. Bu konuda Pyotr Petroviç'le konuşmayı bile göze aldı. O da tabii ki bir yardımcısı olmadan yapamayacağını, bir yabancıya para vermektense akrabası olan birine para kazandırmayı kendisinin de isteyeceğini söyledi ama okul derslerinin onun bürosundaki işleri aksatabileceğinden çekindiğin söyledi. Konuşma bu şekilde kapandıysa da Dunya hep bu konuyu düşünüyor. Bir iki gündür oldukça heyecanlı. Birkaç günden beri, heyecanla, avukatlık işlerinde zamanla Pyotr Petroviç'in yardımcısı, hatta ortağı olabileceğin konusunda planları bile var... Ben de tıpkı kardeşin gibi düşünüyorum. Elbette Pyotr Petroviç'in yanında açıktan açığa konuşamıyoruz ve seni onun ortağı olarak görmeyi ne çok istediğimizi söylemekten çekiniyoruz. O, ciddi ve olumlu düşünen bir adam belki ama -henüz seni tanımadığı için- planlarımızı ciddiye almayacağını düşünüyoruz. Çünkü bizim projelerimiz ona hayal gibi görünebilir. Yine bu nedenle okuluna devam ettiğin sürece sana yardım etme konusunu da açmadık. Çünkü bu iş zamanla, kendiliğinden gerçekleşecek bir iştir. Herhalde kendisi, biz konusunu dahi açmadan bunu kendi teklif edecektir. Dunya'yı kıracak değil ya. Sevgili Rodya'm, ayrıca sana şunu da söylemeliyim. Dunya evlendikten sonra onlarla birlikte gitmeyeceğim, şimdi olduğu gibi kendi evimde kalacağım. Onun beni kendiliğinde çağıracağını ve artık kızımdan ayrılmamam gerektiğini teklif edecek kadar kibar biri olduğunu da biliyorum. Bunu şimdiye kadar üzerinde konuşmaya değer bir konu olmadığını düşündüğü için dile getirmediğini zannediyorum. Ama ben her ne olursa olsun bu teklifi kabul etmeyeceğim. Damatların kayınvalidelerini pek sevmediğini iyi bilirim. Doğal olarak kimseye yük olmak istemiyorum, yiyecek bir iki lokma ekmeğe, sen ve Dunya gibi iki evlada sahipken sadece özgür olarak yaşamak istiyorum. Mektubumun en güzel haberini sona sakladım. Sevgili oğlum, hemen hemen üç yıl süren bir ayrılıktan sonra yine birbirimize kavuşacağız. Dunya ile birlikte Petersburg'a gelme ihtimalimiz var. Ne zaman olduğu belli değil ama yakında, hem de çok yakında... Bazı sebepler yüzünden bu evlilik işini hemen halletmek istiyoruz. Bu ay içinde düğün olabilir ama eğer olmazsa, en yakın zamanda, mesela, Uruç Yortusu'nda evlilik töreni yapılacak. Ah! Seni göreceğim için ne kadar sevinçliyim bir bilsen. Dunya da seni göreceği için çok heyecanlı. Hatta bana şakayla karışık Pyotr'la evlenmeye bunun için razı olduğunu bile söyledi. Sana söylemiştim zaten, kardeşin gerçekten bir melek! Kendisi bu seferlik mektubuma bir şey eklemek istemediğini; ancak benden şunu söylememi istedi. Sana anlatacak o kadar çok şeyi varmış ki, bir iki satır bir şey yazmakla hiç bir şey anlatamayacağından, boş yere sinirlenmemek için eline kalemi almak istememiş. Seni çok sevdiğini, sana sonsuz öpücükler yolladığını söyledi. Bu arada kardeşinin Pyotr Petroviç'le evleneceği haberini duyanların bana karşı tavırları değişti oğlum. İtibarım arttı. Eminim Bay Afanasiy Ivanoviç bana şimdi yetmiş rublelik kredi verecektir. O zaman bunun yirmi beşini ve hatta otuz rublesini sana gönderebilirim.

Pyotr Petroviç'in, adamlarından birin muhtemelen bizim için görevlendirecektir. Zaten böyle de olması gerekir ama ne olur ne olmaz diyerek elimizdeki paranın hepsini harcamak istemiyoruz. Bu konuda tedbirli olmakta fayda var. Belki Petroviç, biletlerimizi bile alır; ama ihtimalleri de göz ardı etmemeliyiz. Gerçi Bay Pyotr Petroviç nakliye masraflarımızın bir kısmını kendisi karşılayacak. Eşyalarla büyük sandığın taşınmasını kendi hesabına ekletti ama Petersburg'a geldiğimizde yanımızda bir miktar para olmalı diye düşünüyorum. Kardeşinle bütün hesapları inceden inceye yaptık. Yol masrafları pek bir şey tutmuyor. Buradan istasyona kadar doksan verstlik mesafe var. Biz yine de her ihtimale karşı tanıdık bir arabacıyla konuşup pazarlığımızı yaptık. Ondan sonra da pekâlâ üçüncü mevkide yolculuk edebiliriz. Eğer hesapladığım gibi olursa o zaman sana yirmi beş değil otuz ruble bile gönderebilirim. Artık mektubumu da sonlandırmalıyım değil mi? Bak iki koca kâğıdın altını da üstünü de doldurdum. Ekleyeceğim pek bir şey kalmadı. İşte hikâyemizin tamamı bu... Amma da birikmiş! Bugüne kadar çektiklerimizi bir Tanrı, bir de biz biliyoruz. Hadi sevgili Rodya'm... Kısa bir süre sonra görüşmek dileğiyle. Seni hasretle ve sevgiyle öpüyorum. Kardeşin Dunya'yı da hep sev olur mu? Çok sev ve bil ki, o seni, kendi canından çok sevip düşünüyor. O, bir melektir. Sen de Rodya'cığım... Unutma ki sen bizim her şeyimiz, tek umudumuzsun. Sen ne kadar mutlu olursan biz de o kadar mutlu oluruz. Umarım eskiden olduğu gibi Tanrı'ya hala dua ediyor, onun varlığına inanıyorsundur. Şimdilerde yeni nesil gençlerin birçoğunun yüreğinde inançsızlığın yer etmiş olduğunu görüyor ve üzülüyorum. Eğer böyle bir şey varsa senin için daha çok dua edeceğim. Baban hayattayken, sen daha küçük bir çocukken dizlerimde nasıl dualar ettiğini, seni böyle görünce bizlerin nasıl mutlu olduğumuzu sakın aklından çıkarma oğlum. Her dua edişinde o günlerdeki mutluluğumuzu gözerinin önüne getir. Şimdilik hoşçakal... Seni binlerce kez öpüyor, hasretle kucaklıyorum.

Seni ölünceye dek sevecek annen
Pulheriya Raskolnikov"

Mektubu okumaya daha yeni başlamıştı ki Raskolnikov'un yanakları gözyaşlarıyla ıslanmıştı bile. Ama okumayı bitirdiğinde yüzü sapsarı kesilmiş, kasılmıştı. Acı, öfkeli ve hain bir gülümseme dudaklarını büzmüştü. Delikanlı başını kirli ve basık yastığına bırakarak uzun uzun düşüncelere daldı. Kalbi hızla atıyor, düşünceleri birbirini kovalıyordu. Sonunda bir sandığı ya da bir dolabı andıran daracık odasında boğulur gibi oldu. Bakışları da düşünceleri de genişlik istiyordu. Şapkasını kaptığı gibi dışarı fırladı. Bu kez merdivenlerde birileriyle karşılaşmaktan korkmadan, sanki acele bir işi varmış gibi V... caddesi boyunca yürümeye başladı. Ama her zamanki gibi etrafına hiç bakınmadan, ağzında bir şeyler geveleyerek, kimi zaman da yanından gelip geçenleri şaşırtacak şekilde yüksek sesle konuşarak yürüyordu. Etraftakiler onun sarhoş olduğunu düşünüyorlardı.

IV

Raskolnikov annesinin gönderdiği mektubu okuduğunda çok üzülmüştü. Ama mektubun asıl konusu üzerinde, daha mektubu okurken bile kesinlikle bir şüpheye düşmüş değildi. Aldığı karardan onu artık kimse vazgeçiremezdi. Yüzünde şeytanca bir gülümseme beliren genç adam, büyük bir kararlılıkla zihninden şunları geçiriyordu:

"Ben yaşadıkça bu evlilik gerçekleşmeyecek! Kim oluyor bu Bay Lujin? Canı cehenneme!"

Öfkeli bir gururla gülümsüyor, sanki verdiği kararın doğruluğunu önceden kutluyordu. Kendi kendine "Çünkü her şey ortada... Hayır anneciğim, hayır Dunya, beni böyle aldatamazsınız!.. Hem de benim fikrimi almadıkları, haberim olmadan bu işe kalkıştıkları için özür diliyorlar!.. Bu da laf mı şimdi! Bu işi artık bozmanın mümkün olmadığını sanıyorlar. Öyle bozulur ki!.. Görürsünüz siz! Mazeretleri de ne kadar önemli ya... Pyotr Petroviç o kadar meşgul bir beyefendiymiş de, sadece posta arabası ya da trenlerde evlenebilirmiş. Hayır Dunyacığım! Ben her şeyleri görüyor ve benimle o çok çok konuşmak istediğin konuların neler olduğunu biliyorum. Odanda bütün gece bir o yana bir bu yana dolaşırken aklından neler geçtiğini, annemin odasında asılı olan Meryem Ana tasvirinin önünde niçin dua ettiğini biliyorum. Ama Golgotha'ya tırmanmak çok acı vericidir. Hımm... Demek kesin karar verilmiş bulunuyor. Siz, sevgili kız kardeşim Avdotya Romanovna, kibar ve varlıklı -ki varlıklı biri olması beni ayrıca çok duygulandırdı- iki yerde işi olan, genç kuşakların düşüncelerine saygı gösteren -annem öyle söylüyor- bir iş adamıyla evleniyorsunuz.

Şu noktayı da ayrıca merak ediyorum. Acaba annem neden 'yeni kuşaktan' bahsetti. Sadece Lujin'in karakterini anlamamı sağlamak için mi, yoksa daha farklı bir amaçla, ondan hoşlanmamı sağlamak amacıyla mı? Sizi kurnazlar! Ayrıca şu konuyu da aydınlatmak gerekiyor. Acaba o gün, o gece ve ondan sonraki diğer tüm geceler birbirlerine karşı ne kadar samimiydiler? Acaba birbirlerine söyledikleri bütün kelimeler doğrudan ağızlarından mı çıktı, yoksa birbirlerinin yüreğinden ve aklından geçenleri anlayıp da gereksiz konuşmamayı mı tercih ettiler. Bu belli ki böyle olmuş, zaten mektuptan da anlaşılıyor. Adam anneme biraz sert gelmiş, benim temiz yürekli anneciğim de bu düşüncesini Dunya'yla paylaşmış. Dunya da buna kızmış ve 'canı sıkkın' cevap vermiş. Ya ne olacaktı! İş, safça sorular sormaya fırsat bırakmayacak şekilde çoktan şekillendikten ve söylenecek söz kalmadıktan sonra buna kimin canı sıkılmaz? Ya şuna ne demeli. 'Dunya'yı sev Rodya, o seni kendinden bile çok seviyor.' Kızını oğlu uğruna feda eden bir annenin içten içe yaşadığı bir vicdan azabı değil de nedir bu? 'Sen bizim umudumuz, bizim her şeyimizsin.' Of anne!.." Öfkesi gittikçe tüm benliğini sarıyordu. O an Lujin'le karşılaşacak olsa belki de onu öldürürdü.

Düşünceler zihninde uçuşurken bir yandan mırıldanmaya devam etti. "Hımm... bu doğru... birini tanımak için elbette dikkatlice, adım adım ona yaklaşmak gerekir. Ama Bay Lujin'in her şeyi ortada. Her şeyden önemlisi bir iş adamı o, muhtemelen de iyi kalpli biri... Az mı! Eşyaların ve büyük sandığın nakliye masraflarını üstlenmiş. Bu adama iyi yürekli denmez de ne denir? Onlar ise, yani nişanlısı ile annesi, bir köylü ile pazarlık edip, üzeri tente ile kaplı bir arabayla -ben de geçmişte böyle bir arabayla seyahat etmiştim- yolculuk edecekler. Aman ne çıkar canım bundan! Altı üstü doksan verstlik yol; oradan da bin verstlik mesafeyi 'üçüncü sınıf bir vagonda rahatça gideriz.' Son derece mantıklı! Peki, Bay Lujin, bu kız sizin nişanlınız değil mi?.. Annesinin bu seyahat için emekli maaşını bozdurduğunu biliyorsunuzdur. Ama doğru, ticari bir işletme bu, öyle değil mi? Mademki çıkarlar karşılıklı ve kazançlar da eşit, o zaman harcamalar da eşit olmalı. Tıpkı atasözünde olduğu gibi... Tuz ve ekmek birlikte, herkes kendi tütününden içer... Ama iş adamı bizimkileri biraz kazıklamış burada... Nakliye ücreti, yolculuk masrafından daha az tutar, hatta belki de bedavadır. Onlar, ikisi de bunu görmüyorlar mı, yoksa görmezlikten mi geliyorlar? Üstelik gayet de memnun görünüyorlar. Ayrıca şunu da hesaba katmak gerek. Onlar henüz çiçek, meyveleri arkasından gelecek! Önemli olan, bu adamın cimriliği değil, asıl davranış biçimi önemli! Evlendikten sonra sergileyeceği davranış biçimi yani... Annem böyle bir çılgınlığı neden yapıyor? Niçin Petersburg'a gelecek? Hadi geldi diyelim. Ondan sonra nasıl geçinecek? Cebindeki üç rubleyle mi? Öyle ya, bir şeylerden şüphelenmiş olmalı ki, nikâhtan sonra, ilk günlerde bile Dunya ile oturması mümkün değilmiş. O iyiliksever adam bunu kendisine bir şekilde hissettirmiş olmalı. Ne var ki annem buna inanmak istemiyor. 'Kabul etmeyeceğim,' diyor. Peki, kime güveniyor? Afanasiy Ivanoviç'e bozdurduğu emekli maaşından kalan paraya mı?.. Hayır, sanırım yine o Bay Lujin denen herifin asilliğine güveniyor. Örgü örmekten, dikiş dikmekten gözlerini mahvetti. Bu işten yılda ancak yirmi ruble kazanıyordur. 'Sözde kendisi teklif edecek ve ricada bulunacakmış.' Sen daha çok beklersin anne!.. Schiller'in iyi kalpli insanları hep böyle olur zaten. İşin sonuna kadar insanı hep yüceltirler, son anâ kadar hiç kötülük beklemezler, işin diğer yönünü anlamış olsalar bile, söylemek istedikleri şeyi saklarlar. Bunu düşünmek bile korkutur onları. Kötü düşünmek bile istemezler. Elleriyle yüzlerini kapattıklarında kötülükleri uzaklaştırabileceklerini zannederler. Merak ettim doğrusu, acaba Bay Lujin'in onur nişanları var mıdır? Eminim yakasında kutsal Anna nişanı vardır ve o, bunu iş arkadaşlarının verdiği davetlerde takıyordur. Kim bilir, belki kendi nişanında da takar. Neyse... Canı cehenneme!..

Ah, benim zavallı anneciğim... Sen ne kadar temiz kalpli birisin. Şu düşüncelerinden bir kurtulabilsen keşke... Ya sen Dunya... Sen de tıpkı zavallı annem gibisin. Seni çok iyi tanıyorum. Seni en son gördüğümde yirmi yaşına daha yeni basmış, genç bir kız olmuştun. Senin karakterini çok iyi biliyorum ben. Anneciğim mektubunda 'Dunya birçok zorluğa göğüs gerebilir,' diyor. Evet, böyle olduğunu ben de biliyorum. Bunu iki sene önce anlamıştım. Senin bütün zorluklara göğüs gerebilecek biri olduğunu Svidrigaylov denen o berbat adama katlanmandan anlamıştım zaten. Şimdi ise yoksulluktan çekip çıkarılmış, eşleri tarafından refaha kavuşturulmuş kadınların avantajlarını anlatan ve bunu daha ilk karşılaşmalarında anlatan Bay Lujin'e de katlanabileceğine karar vermişsiniz. Ama bunların hiç birini benim aklım almıyor. Farz edelim ki aklı başında bir adam ve bunları ağzından kaçırmış olsun -aslında bunları ağzından kaçırmadığı çok belli- peki Dunya, nasıl bir durumla karşılaşacağını bildiği halde böyle bir şeye nasıl cesaret ediyor? Dunya kendisi için, kendi rahat ve huzuru için böyle bir şey yapmaz. Sonunda ölüm olsa, başka bir çaresi kalmasa bile yine ruhunu satmaz. Fakat işe bir başkası karışmışsa, bir başkasının kurtulması söz konusu ise, kurban olmayı göze alabilir. Sevdiği bir insan için bunu gözünü kırpmadan yapar. Anlaşılmayan şey bu zaten... Ailesi için kendini feda ediyor. Bu açık olay karşısında gerçeği görmeye çalışmak yerine kendini avutmaya, vicdanını susturmaya çalışıyor. Göğsümüzde Dunya'nın gibi bir kalp çarpıyorsa, böyle bir sevgi uğruna kendimizi satarız. Elveda hayat!.. Yeter ki sevdiklerimiz mutlu olsunlar!..

Eğitimini bitirerek bir büroda iş bulmak, birine yardım etmek ne demek? O bu iyiliği yapıyor yapmasına ama kendi şöhretini artırmak için... Dunya da hayatını feda ederek yaptığı iyiliğin tadını yaşayacak. Bütün bunların olmaması için hiçbir neden yok. Ya annem ne olacak? Bu konuda hiçbir şey yok. Rodya için Dunya kurban edilebilir. Sonya, dünya durdukça yaşayacak olan Sonya. İkiniz de şu yaptığınız fedakârlığın büyüklüğünü düşündünüz mü? Yaptınız mı bunu? Gücünüzü, kuvvetinizi iyice tartıp, çıkarlarınızı hesapladınız mı? Akıllıca bir iş mi bu yaptıklarınız? Şu Pyotr Petroviç'le yaşamaya mahkûm ettiğin kızın hali bugünkü Dunya'nın durumundan bin kere daha kötü olacak! Biliyor musun bunu Dunyacığım?"

Bir an durdu; düşüncelerinden sıyrıldı ve kendi kendine sordu:

"Peki, bütün bunlara engel olmak adına sen ne yapıyorsun? 'Yasak' demek yeter mi? Hem onlardan böyle bir şeyi hangi hakla isteyeceğim? Kullanmayı tasarladığın bu hakka karşılık, sen neler yapmayı düşünüyorsun? Öğrenimini bitirip bir iş bulduktan sonra bütün varlığını onlara bağışlamak mı? Adamakla mal tükenmez. Kaldı ki tüm bunlar hep gelecekle ilgili şeyler. Bugün için elimde hiçbir şey yok maalesef... On yıl içinde annem çevredeki kadınlara atkı örerek ve belki de ağlayarak gözlerini söndürecek, sürekli oruçla vücudunu eritecek. Ya kız kardeşim?.. Onun bu on senede ne hale geleceğini hiç düşündüm mü?"

Bu türlü sorularla kendini işkencenin tam ortasına atıyor, bütün benliğini artan bir öfke kaplıyordu. Üstelik bu soruları kendine ilk kez soruyor da değildi.

Öfkeli bir ses tonuyla:

"Kadere boyun eğmek gerek. Böyle yaşamak mümkün değil artık. Her şeyden el etek çekip ölüp gitmeli." diye söylendi.

Dilinden bunlar dökülürken, önceki gece meyhanede rastladığı Marmeladov'un şu sözleri aklına geldi:

"Nereye, hangi yöne gittiğini bilmemenin nasıl bir şey olduğunun farkında mısın azizim?"

Bir gün önce aklına gelen şeyin tekrar zihninde canlanmasıyla birden titredi. Bu titreyişi düşündüğü şeylerin kafasında doğuşundan dolayı değildi. Çünkü bu fikrin sık sık geleceğini hissediyor, hatta bekliyordu bile. Dahası, bu fikir, bir gün öncekinden pek farklı da değildi.

Etrafına bakındı, sanki bir şeyler arar gibiydi. Ayakta duramıyor ve oturacak bir yer arıyordu. "K" caddesinde yürüyordu. Yüz adım ötede bir bank gördü. Bütün gücünü toplayarak o tarafa doğru yöneldi. Fakat yürürken dikkatini başka bir şey çekmişti. Birkaç adım ötesinde, yirmi-yirmi beş adım ötesinde bir kadın da yürüyordu. İlk bakışta kadını önemsememişti. Kafası meşgul olduğu için dikkatini kadından yana çevirmek istemiyordu ama kadının halinde farklı bir şey vardı. Dışarıda kavurucu bir sıcak olmasına rağmen, kadının yürüyüşü hiç de alışık olunan bir tarzda değildi.

Örneğin şemsiyesi, şapkası ve eldiveni yoktu. Sanki bir çıkrık çeviriyormuş gibi kollarını sallayarak gidiyordu.

Raskolnikov, her ne kadar ilgilenmiyor gibi görünse de kadın onun dikkatini çekmeyi başarmıştı. Ona yetişmek için adımlarını sıklaştırdı ve bir süre sonra da yetişti. Kadın hiçbir şeyin farkında değildi. Genç adamın gözüne kestirdiği bir banka attı kendini. Sarhoştu. Ayakta duracak hali yoktu. Kumral saçlarla çerçeveli küçücük güzel yüzü, kıpkırmızı olmuş, neredeyse kabarmıştı. Bacak bacak üstüne attı. Üzerindeki elbisenin farkında değildi. Bu hareketiyle bacakları ortaya çıkmıştı ama umurunda değildi.

Delikanlı banka oturmuyordu fakat oradan da bir türlü ayrılamıyor, ne yapacağını bilemiyordu. Bu cadde, zaten tenha idi. Hele böyle berbat sıcak saatlerde büsbütün ıssızlaşır, hiç kimse geçmezdi. Yalnız yirmi adım ileride, caddenin başka bir sokağa açılan köşesinde bir adam da, bu kıza yaklaşmak istiyordu. Gelişinden niyetinin hiç de iyi olmadığı anlaşılıyordu. O da kızın sarhoş olduğunu sezmişti. Fakat Raskolnikov'dan çekiniyor, kıza sokulamıyordu. Göstermemeye çalışsa da delikanlıya kötü kötü bakıyor, onun oradan ayrılmasını bekliyordu. Raskolnikov, çoktan olup biteni fark etmişti. İçinde büyük bir öfke kabardı. Karşısında duran adama haddini bildirmek istedi. Kızdan ayrılarak adama yaklaştı. Yumruklarını sıkmış, dişlerini gösteren acı bir gülüşle, kenarları öfkeden köpüklenmiş dudaklarını kemiriyordu:

"İsvidrigailov burada ne işiniz var sizin?" diye bağırdı. Karşısındaki adam kaşlarını çattı ve heybetli bir tavırla:

"Ne demek istiyorsun?" diyerek çıkıştı.

"Defolun buradan bayım! Demek istediğim bu!" Anladınız mı?

Kamçısını havada sallayan adam öfkeyle kükredi:

"Buna nasıl cesaret ediyorsun sen ha?"

Bu iri yarı adamın kendisi gibi iki kişinin hakkından gelebileceğini düşünmeden yumruklarını sallayan Raskolnikov ileri atıldı. Ne var ki adama vuramadan birisi arkasından yaklaşarak kollarını tuttu. Raskolnikov kendisini kıskıvrak tutan adamın bir polis olduğunu gördü. Polis:

"Baylar! Böyle herkese açık bir yerde dövüşemezsiniz. Ne var, neler oluyor?" dedi. Üstü başı dağınık bir halde karşısında duran Raskolnikov'a dikkatlice baktı. Delikanlı da karşısındaki polisi süzüyordu. Karşısındaki adam, beyazlamaya başlamış saçlarıyla orta yaşlı, kendine güven duyan bir bakışla ve neredeyse bir asker gibi duruyordu.

"Tam zamanında geldiniz bayım. Bana tam da sizin gibi biri lâzımdı. Eğer kim olduğumu öğrenmek istiyorsanız, söyleyeyim. Ben eski bir üniversite öğrencisiyim. Adım Raskolnikov. Lütfen benimle gelir misiniz, size bir şey göstereceğim."

Raskolnikov, polisin elinden tutarak kızın oturduğu banka doğru yöneldi.

"Görüyor musunuz, körkütük sarhoş... Biraz önce benim önümde yürüyordu. Bu hâli dikkatimi çekti. Buraya oturdu fakat kavga etmek için üzerine yürüdüğüm adam onu takip ediyordu. Kimdir, nereden geliyor, onu bu hâle kim getirdi bilmiyorum. Ama bir sokak kadını olmadığı her halinden belli... Ona içki içirip kendisini tuzağa düşürmüş olabileceklerini zannediyorum."

Genç adamı dinleyen polis biraz yatıştı ama iri yarı adamın iyi niyetli olduğuna inanır bir tavırdaydı. Üstü başı berbat durumda olan birine mi, yoksa beyefendi kılıklı olana mı inanacaktı. Eğilip kadının yüzüne baktı. Yüzünde bir merhamet işareti belirmişti. Başını sallayarak:

"Çok yazık, dedi. Daha çocuk sayılabilecek bir yaşta. Genç bayan... Genç bayan, söyler misiniz, eviniz nerde sizin?"

İyice ağırlaşan göz kapaklarını güçlükle açabilen kızcağız, dalgın ve bulanık bakışlarını onların üstünde şöyle bir gezdirdi. Sonra bu hayalleri dağıtmak istiyormuşçasına eliyle anlaşılmaz bir hareket yaptı. Genç adam ceplerini karıştırarak, bütün serveti sayılabilecek yirmi kapiği çıkarıp polise verdi.

"Lütfen bir araba tutup şu garibi bindirin." dedi. Polis parayı aldıktan sonra:

"Bayan... Bayan... Bir araba çağırıp sizi evinize kadar götüreceğim... Ama nerede oturduğunuzu bana söylemelisiniz." dedi.

Genç kız, aynı el hareketini tekrarlayarak sayıkladı:

"Lütfen bırakın beni!"

Polis, acıma ve öfke arası bir ses tonuyla çıkıştı:

"Ayıp oluyor ama kızım, çok ayıp!"

Raskolnikov'a dönüp bir daha tepeden tırnağa süzdükten sonra:

"İşte bu çok kötü! Siz bu kıza burada mı rastladınız?"

"Az önce söyledim ya... Sağa sola yalpalayarak önümde yürüyordu. Bankın yanına gelince kendini bıraktı ve öylece kalakaldı."

"Tanrım! Şu yaşadıklarımıza bak! Neler görüyoruz! Bu yaştaki çocuklar bile böyle sarhoş oluyorlar..."

Tekrar eğilip baktı. Sanki kendi çocuklarını görüyor gibiydi. Belki onun da bu yaşta çocukları vardı ve bu genç kızın gözünde kendi çocuklarını görmüştü. Kim bilebilir...

Raskolnikov:

"Her şeyden önce, dedi. Bu garip kız böyle ahlaksız adamların eline düşebiliyor." diye mırıldandı.

Yoldan geçen bir arabayı durdurarak kızı bu arabaya bindirdiler ve evine gönderdiler.

V

Raskolnikov'un en yakın arkadaşı Razumihin'di. Razumihin, diğerlerine oranla kendine yaklaşmasına izin verdiği tek insandı. Ona karşı daha iyi niyetli idi. Çünkü Razumihin neşeli, açık kalpli, saflığa yakın derecede temiz yürekli idi. Bütün arkadaşları onu sever ve sayardı. Saf görünmekle birlikte aptal da değildi. Uzun boyu, aşırı zayıflığı, tıraşı, siyah saçlarıyla ilk bakışta göze çarpardı. Bazen gürültücü olur ve kendini Herkül zannederdi. Razumihin, başkalarının yanında sık sık kendini küçük düşürürdü. Çok fakirdi. Ufak tefek işler yaparak yaşamını sürdürüyordu. Açlığın ve soğuğun her türlüsünü yaşamıştı. Zamanında bütün bir kışı sobasız geçirdiği halde bu durumdan hiç şikâyet etmemiş, hatta soğukta daha rahat uyunduğunu söyleyerek kimseyi rahatsız etmek istemediğini söylemişti.

Razumihin de tıpkı Raskolnikov gibi üniversiteden ayrılmak zorunda kalmıştı. Fakat bu ayrılığın geçici olduğunu düşünüyor ve kısa süre sonra yeniden derslere devam edebileceğini umuyordu. Bu ümidin gerçekleşmesi için de olanca kuvvetiyle çalışıyordu. İki dost uzun zamandır görüşemiyordu. İki ay önce yolda karşılaşmışlar fakat Raskolnikov, görünmemek için başını çevirmiş, hatta caddenin öteki tarafına geçmişti. Razumihin, bunu görmüş ama dostunu rahatsız etmemek için yoluna devam etmişti.

Raskolnikov, geçenlerde Razumihin'e uğramayı düşündüğünü; ondan kendisi için bir iki öğrenci ya da bir iş bulmasını isteyeceğini hatırladı. Ama hemen ardından bu düşüncesinden pişmanlık duydu ve kendi kendine söylendi. "Bana ne faydası dokunabilir ki? Farz edelim bana ders ayarladı ve yine farz edelim eğer varsa elindeki son kuruşunu da benimle paylaştı; derse giderken giyebileceğim bir ayakkabı aldım ve üzerime çeki düzen verdim... Peki ya sonra? Üç beş kuruşla insan ne yapabilir ki? Ne halt etmeye gidiyorsan Razumihin'e..."

Razumuhin'e gidiyor olması onu daha çok korkutmaya başlamıştı. Son derece normal olan bu davranışına ürkütücü bir mana vermeye çalışıyordu sanki. Şaşkın bir halde kendi kendine soruyordu:

"Sanki içinde bulunduğum bu sefil durumdan Razumihin'e giderek mi kurtulacağım. O mu kurtaracak beni bu durumdan?"

Elini alnına koymuştu, bir yandan da düşünüyordu. Epeyce uzun bir süre düşündükten sonra aklına şaşılacak bir şey geldi. Sonra sakin bir halde, kesin kararını vermiş gibi mırıldanmaya başladı. "Hımm... evet Razumihin'e gideceğim. Evet, kesinlikle gideceğim. Ama şimdi değil. Ona bir sonraki gün, o iş bittikten sonra, her şey rayına oturduktan sonra gideceğim."

Ansızın kendine gelerek ayağa fırladı. "O iş bittikten sonra mı? Yani gerçekten o işi yapacak mıyım?"

Hızlı adımlarla yürümeye başladı. Evine gitmek istiyorduysa da son anda bu niyetinden vazgeçti. Zaten kafasındaki o korkunç fikirler son bir aydır, o lanet yerde yeşermemiş miydi? Yönüne dikkat etmeden yürümeye başlamış, ürpertisi, sıtma nöbeti gibi bir titremeye dönüşmüştü. Bu kadar sıcak bir havada bile üşüyordu.

İçten gelen bir zorlamayla, ama bilinçsiz bir şekilde gördüğü her şeyi incelemeye başlamıştı. Sanki böyle davranarak kendisini oyalamak istiyordu; ama bunda başarılı olamıyordu. Oyalanması bir an sürüyor, sonra yine eski düşüncelerine dalıyordu. Bu halde Vasilyevski Adası'nı boylu boyunca yürüdü. Küçük Neva'yı ve köprüyü geçtikten sonra Adalar'a doğru yürümeye başladı. Tozlu topraklara, insanı ezen ve boğucu büyük evlerine aşina olmuş yorgun gözleri, yeşillikten ilk anda hoşlanmışlardı. Kentin boğucu sıcakları da, pis kokusu ve meyhaneleri de yoktu burada. Ama kısa bir süre sonra bu düşünceler yerini tekrar sıkıntıya ve öfkeye bıraktı. Ara sıra yeşilliklerin içinde bulunan bir evin önünde durup orayı izlemeye başlıyor; uzakta, balkonlarda güzel giyimli kadınlarla, bahçede oradan oraya koşuşturan çocukları seyrediyordu. Çiçekler özellikle dikkatini çekiyordu. En çok onlara bakıyordu. Güzel arabalarıyla dolaşmaya çıkan insanlara rastladığı oluyordu. Onları önce ilgiyle izliyor, sonra daha gözden kaybolmadan unutuveriyordu. Bir ara durdu ve cebinden paralarını çıkararak saymaya başladı.

"Polise yirmi, annemin mektubu için de Nastasya'ya üç kapik verdim. Toplam yirmi üç eder. Bu demek oluyor ki, dün gece Marmeladovlarda kırk yedi kapik para bırakmışım." Birden aklına babası geldi. Onunla ilgili gördüğü bir rüyadan yola çıkarak yine konuşmaya başladı ama bedeninde de garip bir uyuşukluk vardı.

"Neyim var benim Tanrım! Neler oluyor bana böyle? Dün o kadının evine sadece prova için giderken böyle bir şeyi yapamayacağımı düşünmüştüm ama şimdi?.. Neden böyle heyecanlanıyorum ki? Daha dün merdivenlerden inerken, bu alçaklığın, bu adilik ve pisliğin, bu şerefsizliğin ne kadar kötü olduğunu düşünmüyor muydum? Hayır, yapamam!.. Ben böyle bir şeyi yapamam. Hatta hepsini zihnimden geçirmiş olsam, tasarlasam ve gerçekleştirmiş olsam bile böyle bir şeyi yapamam. Mümkün değil, böyle bir şeyi hiçbir zaman yapamam!"

Ayağa kalktı. Şaşkınlıkla etrafına bakınıyor, burada bulunuşuna şaşıyordu. Bu durumda "T" köprüsüne doğru yürüdü. Gözleri yanıyor, kolları ve bacakları yorgunluktan eziliyordu. Bir an için göğsündeki ağırlığın kalktığını, daha rahat nefes almaya başladığını, kendisini çoktan beri ağırlığı altında ezen korkunç yükü attığını ve birdenbire hafifleyip rahatladığını duyumsadı. Bu ferahlık içinde Tanrı'ya dua etmeye başladı:

"Tanrım! Ne olur bana doğru yolu göster... O işten... O korkunç istekten vazgeçeyim!"

Köprüyü geçerken kızıl akşam güneşi altında akıp giden Neva nehrini seyretti. Heyecansızdı. Bitkinliğine rağmen yorgunluk hissetmiyordu. Bir aydan beri kalbinde zonklayan çıban, sanki ansızın patlamış ve iltihabını akıtmıştı. Öyle ki artık kabuk bağlamaya başladığı bile söylenebilirdi.

Sonraları, bu akşam saatini, o saatte düşündüklerini, dakikası dakikasına, harfiyen hatırladığında garip bir telaşa kapılıyordu. Düşünüp de bir türlü halledemediği şey şuydu: Mademki o kadar bitkin ve yorgundu, en kısa yoldan evine dönüp yatağına uzanmak varken neden ot pazarına gitmişti? Orada ne işi vardı? Yaptıklarına bir anlam veremiyordu. Birçok kez, evine dönerken hangi yollardan geçtiğini hatırlamıyordu bile. Kendi kendine:

"O caddeye gidişim, hayatımın yönünü değiştiren bir rastlantıyı benim için hazırlamış oldu. Neden gittim? Hiçbir sebep, en küçük bir bahane yokken hangi amaçla oraya gittim? İçinde bulunduğum ruh hali düşünüldüğünde bu rastlantının ne kadar önemli, kaçınılmaz bir etki yapacağı ortada değil mi?"

Delikanlı, aslında bu olayda bir tuzak olduğunu biliyordu. Pazarı geçtiği sırada saat ona geliyor, dükkânlar kapanıyor; satıcılar mallarını topluyor ve müşterilerle birlikte onlar da semtlerine dönmeye hazırlanıyorlardı.

Raskolnikov, buraları sever, hava almak için evinden çıkıp dolaştığı zamanlarda buraya yakın yollardan geçerdi. Çünkü buralarda eski elbiseleriyle dikkat çekmeden, kimse tarafından ayıplanmadan istediği gibi gezebiliyordu. "K" sokağının tam köşesinde bir karı-koca iki ayrı sergide iplik, kaytan, mendil, kotonperle ve buna benzer birtakım şeyler satıyorlardı. Onlar da gitmeye hazırlanıyorlardı ama etrafta onları tanıyanlar olduğu için sohbet ediyorlardı.

Elizabet Ivanovna, -bütün semtte sadece Elizabeth diye anılıyordu- bir gün önce Raskolnikov'un saatini rehine koyduğu tefeci kadının kız kardeşiydi. Bu kadın, semtteki kolejin müdürlerinden birinden dul kalmıştı. Raskolnikov, Elizabeth'den söz edildiğini çoktan duymuş ve hatta bazı özelliklerini öğrenmişti bile. Otuz beş yaşlarında, uzun boylu, beceriksiz bir kızdı. Bu yüzden ablası onu esir gibi kullanırdı. Kadıncağız gece gündüz ablası adına çalışır, onun karşısında korkudan titrer, bazen ondan dayak yediği bile olurdu.

Karşıda, elinde bir paketle satıcıların önünde durmuş, onları dinliyordu. Satıcılar, hararetli hararetli bir şey satıyorlardı. Satıcı, yüksek sesle bağırdı:

"Elizabeth Ivanovna, karar sizin... Yarın, saat yediye doğru gelin. Onlar da bizde olacaklar..."

Elizabeth düşünceliydi, kararsız bir tavırla mırıldandı:

"Yarın mı?" diye sordu.

Satıcının açık sözlü karısı vurdumduymaz bir ses tonuyla:

"Ablan olacak o ihtiyar bunaktan mı çekiniyorsun?" diye çıkıştı. "Bu halinizi gören, sizi çocuk sanır. Üstelik bu kadın sizin öz kardeşiniz bile değil..."

Kocası da atıldı hemen:

"Bu defalık Alyona Ivanovna'ya bir şey söylemeyin. Söylediklerime kulak verip gelin. Bu kârlı bir işten ablanız da memnun kalacaktır emin olun."

"Gelebilir miyim acaba?"

"Yarın akşam saat yediye doğru gelmeye çalışın lütfen. Onlar da gelecekler... Birlikte konuşur, karar verirsiniz."

Adamın karısı atıldı:

"Size çay da ikram edecekler!"

Elizabeth, dalgın bir ses tonuyla:

"Peki, geleceğim," dedi ve oradan uzaklaştı.

Onların önünden geçip uzaklaşmak zorunda kalan Raskolnikov, başka bir şey duyamamıştı. Yürürken, adımlarını ağırlaştırmış ve söylenen sözlerin hiç birini kaçırmamaya çalışmıştı. İlk anda duyduğu hayret, yerini gitgide korkuya bırakmış ve bütün vücudunu dondurucu bir ürperme sarmıştı. Kadından, yarın saat yedide bir yere gideceğini duymuş, dolayısıyla Aliyana Ivanovna'nın yarın akşam evde yalnız kalacağını öğrenmişti.

Evine dönmek için yeniden hızlandı. Zaten az bir mesafe kalmıştı. Kısa bir süre sonra odasındaydı. İçeri bir idam mahkûmu gibi girdi. Artık bir şey düşünmüyor, düşünmek dahi istemiyordu. Fakat bütün varlığına yayılan bir duygu yoğunluğu içinde farkına varıyordu ki, artık kendinde ne düşünme hürriyeti, ne de irade kuvveti kalmıştı.

Planını gerçekleştirmek için yıllarca uygun bir fırsatın çıkmasını beklemiş olsaydı, az önceki bir tesadüfün hazırladığı kadar uygununu bulamazdı. Eğer böyle bir rastlantı olmasaydı, öldüreceği kadının yarın saat yedide evde yapayalnız kalacağını nasıl öğrenebilecekti ki?

VI

Delikanlı birkaç gün sonra satıcı ile karısının Lizaveta'yı evlerine çağırmalarının nedenini öğrendi. Olay gayet açıktı ve herhangi bir özel durum yoktu. Kente göçtüğünde yoksul düşmüş bir aile, hepsi kadın çamaşırlarının oluşturduğu bir takım eşyalar pazarlıyorlarmış. Pazarda satış yapmak pek kârlı bir iş olmadığından, bunların pazarlamasını yapabilecek bir kadın arıyorlarmış. Lizaveta satış üzerinden komisyon alarak bu işi yapıyordu. Hem dürüst biriydi hem de işini düzgün yapıyordu. Az konuşan, çekingen, içine kapanık biriydi Lizaveta.

Raskolnikov son zamanlarda kendini batıl inançlara kaptıran biri oluvermişti. Bu durumun izleri de ilerleyen dönemlerde uzun bir süre silinmez olmuştu üzerinden. Genç adam her şeyden önce, bütün bu işte, olayların, bilincinde olmayan birtakım garip sebeplerin etkin olduğuna inanıyordu. Daha kışın, Pakorov adında arkadaşlarından biri Harkov'a giderken, laf arasında ona, Alyona Ivanova adında rehineci bir kadından bahsederek adresini vermişti. Genç adam bu tefeci kadına uzun süre gitme ihtiyacı duymamıştı. Çünkü verdiği derslerden kazandığı parayla geçinebiliyordu. Bir buçuk ay önce bu adresi hatırlamıştı. Elinde bir saat ve evden ayrılırken kız kardeşinin hediye ettiği üstü kırmızı taşlarla süslü bir yüzük vardı. Parasız kalınca, yüzüğü götürmeye karar vermiş ve yaşlı kadını bulmuştu. Kadın hakkında hiçbir şey bilmediği halde karşılaştıkları ilk dakikada yüreğinin dayanılmaz bir kinle dolduğunu hissetmişti. Ondan rehin karşılığı olarak, birkaç ruble alınca, evine dönerken, kötü bir meyhaneye girdi. Kendine bir içki söyleyip derin düşüncelere daldı. Civcivin başını yumurtadan uzatması gibi, kafasında beliren bir düşünce sanki dışarı çıkmak için onu zorluyor gibiydi. Biraz ileride, hiç tanımadığı ve daha önce herhangi bir yerde karşılaşmadığına emin olduğu bir öğrenci ile bir subay oturuyordu. Bilardo oynamışlar, şimdi de içkilerini içiyorlardı.

Delikanlı, sohbet esnasında öğrencinin subaya, küçük bir memurdan dul kalmış, Alyona Ivanovna adlı bir tefeci kadından söz ettiğini duydu. Öğrenci, subaya tefeci kadının adresini veriyordu. O zamanlar bu rastlantı da delikanlıya garip görünmüştü. Kendisi de şimdi oradan geliyor ve ilk duyduğu söz de, yine onun adı ve adresi oluyordu. Şüphesiz bu bir tesadüften daha fazlasıydı. Fakat bu kadın hakkında edindiği kötü izlenimi, bir başkasının böyle sıcağı sıcağına desteklemesi, biraz tuhafına gidiyordu. Öğrenci yanındaki arkadaşına bahsettiği Alyona Ivanovna hakkında ayrıntılı bilgi vermeye bile başlamıştı.

"Gerçekten enteresan kadındır!" diyordu. "Ne zaman istersen ondan para alabilirsin... Bir Yahudi kadar zengindir. Bir seferde beş bin ruble borç alabileceğin gibi aynı zamanda bir rublelik rehini bile almamazlık etmez. Bizimkiler de çok kez para almışlardır ondan. Ama çok adi bir kadındır..."

Öğrenci sonra kocakarının ne kadar acımasız ve huysuz bir kadın olduğunu, ödeme günü bir gün bile aksamış olsa verilen rehini unutmak gerektiğini anlatarak devam etti. Kadın, rehin olarak verilen eşyanın ancak dörtte bir ederinde para vermekte ama aylık yüzde beş ya da yedi oranında faiz koymaktaymış. Öğrenci anlattıkça çenesi daha da düşüyordu. Söz arasında, kadının Lizaveta isminde bir kız kardeşi olduğunu ve genç kadının ablasının elinden çok eziyetler çektiğini ve hatta birçok kez çocuklar gibi ondan dayak yediğini anlattı.

"Ne garip şey değil mi?" diye ekledi ve kahkahalarla gülmeye başladı.

Sohbet konusu artık Lizaveta idi. Raskolnikov, bu konuşmanın bir tek sözünü dahi kaçırmamış, Lizaveta'nın otuz beş yaşında ve Alyona'nın anneden üvey kardeşi olduğunu öğrenmişti. Bu zavallı kadıncağız, etrafı süpürür, bulaşık yıkar, yemek yapar, çamaşıra gider, el işi yapıp satar ve bütün kazancını ablasına verirdi. Onun onayı olmadan kendi kendine hiçbir işe girişmez, hiçbir teklifi kabul etmezdi. Yaşlı kadın şartlarını sadece Elizabeth'in bildiği bir vasiyetname yazmıştı. Buna göre evdeki kırık dökük bazı eşyadan başka ona hiç para bırakmıyordu. Bütün servetini, eldenayaktan düştüğünde kalan ömrünü huzur içinde geçirmek için "M" ilindeki bir manastıra bırakıyordu.

Elizabeth'in ailesi memur değildi. Kendisi uzun boylu, çarpık bacaklı, büyük ayaklı ancak iyi giyinen bir kadındı. Öğrenciyi en çok güldüren şey ise kendisini her zaman hamile sanıyor olmasıydı. Subay:

"Hadi canım," dedi.

"Evet, tunç renkli bir teni var. İlk bakışta kadın elbisesi giymiş bir asker sanılır... Ama pek de fena değil. İyi bir yüzü ve masum gözleri var..."

Subay gülerek sordu:

"Yoksa, sen de mi hoşlanıyorsun ondan?"

"Evet, halindeki gariplikten hoşlandığımı söyleyebilirim. Yaşlı kadına sorarsan, onu hiç bir vicdan azabı duymadan öldürüp, derisini yüzerdim."

Subay, tekrar bir kahkaha attı fakat Raskolnikov titremişti. Öğrenci:

"Sana ciddi bir şey soracağım," dedi... "Elbette bütün bunların şaka olduğuna şüphe yok... Eğlence olsun diye söylüyorum. Fakat şu hale bak. Bir yanda yaşlı, huysuz ve hasta bir kadın var. Hiç kimseye faydası olmayan, herkesi zarara sokan bu kadın, niçin yaşadığının farkında değil."

Subay, heyecanlanan arkadaşına dikkatle bakarak:

"Evet, evet... Devam et!"

"Bir yanda, yardım görmediklerinden, tutunacak bir dal bulamadıklarından dolayı binlerce taze genç kuvvet kayboluyor. Her yerde böyle insanlara rastlıyoruz! Onu öldürmeli ve servetini insanlığın faydasına harcamalı. Böyle küçük bir cinayet, binlerce hayırla silinip temizlenebilir mi? Daha geçenlerde kızdı ve zavallı Elizabeth'in parmağını ısırdı."

Subay:

"Evet, yaşamayı hak etmediği ortada..."

"Hayat bizden ayrı, bizim dışımızda bir şey değil dostum. O da birtakım yenilikleri yeni kılıklara sokup bize dayatabilir. Bunun için bir yığın sabit fikirlere saplanıp kalmamak yeter."

Raskolnikov çok heyecanlanmıştı. Gerçi, şu dinlediği şeylerde kendisi için yabancı hiçbir şey yoktu. Bu fikirleri arkadaşlarından birçok kez işitmiş, onlarla bu fikirleri tartışmıştı. Yalnız konu başkaydı...

Ot pazarından odasına dönünce, kendini yatağının üstüne attı; bir saat hiç kımıldamadan uzandı. Artık karanlık çökmüştü. Mumu yaktı. Zaten ışık yakmak da aklına gelmemişti. Bu bir saat içinde bir şey düşünüp düşünmediğini, bütün ömrünce hatırlayamadı. En sonunda yine aynı titreme başlamıştı. Oturduğu yerde uykusu gelmişti. Kurşun gibi ağır bir uykuya bıraktı gözlerini.

Bir süre sonra Nastasya çay getirdi ama kızın sesinde öfke vardı:

"Bu ne uyku böyle?.. Sen uykudan başka bir şey bilmez misin?"

Delikanlı, güçlükle doğruldu. Ayağa kalkarak, odada bir kaç adım attı ve sonra kendini tekrar divana bıraktı. Başı ağrıyordu.

"Yine mi uyuyacaksın? Hasta mısın yoksa?"

Raskolnikov cevap vermedi.

"Çay içecek misin?"

Genç adam, duvar tarafına dönüp gözlerini kapadı ve güçlükle cevap verdi:

"Daha sonra!"

Nastasya, daha yakından görmek için eğildi ve ardından sessizce mırıldandı:

"Zavallı, galiba hasta!"

Söylenerek odadan çıktı. Saat ikide çorba getirmişti. Delikanlı hâlâ uyuyor, çay da olduğu gibi bardağında duruyordu. Nastasya öfkeyle sarstı genç adamı. Kırgın bakışlarıyla süzerek:

"Neyin var? Niye uyukluyorsun böyle?" diye sordu.

Raskolnikov, doğruldu fakat cevap vermedi. Gözleri döşemede bir yere saplanmış gibiydi. Cevap alamayan hizmetçi kız:

"Hasta mısın?" diye tekrarladı sorusunu ve biraz bekledikten sonra:

"Bence sokağa çıkıp biraz hava almalısın." dedi. "Temiz hava sana iyi gelecektir. Bir şey yer misin bu arada?"

Raskolnikov zayıf bir sesle:

"Daha sonra! Sen git istersen," dedi ve eliyle kızın çıkmasını işaret etti. Fakat kız, biraz daha bekledi ve acıyan gözlerle süzdü onu. Raskolnikov, birkaç dakika sonra, gözlerini açıp çaya ve çorbaya uzun uzun baktı. Bir lokma ekmek alarak bir kaç kaşık çorba içti. Başının ağrısı dağılmaya başlamıştı. Yüzükoyun yatmış suratını yastığa gömmüştü. Düşünüyordu. Afrika'da, Mısır'da bir çölde bulunduğunu hayal ediyordu. Kervan konak kurmuş, develer çökmüş; her tarafı çepeçevre palmiyeler kuşatmıştı. Herkes yemeğe oturmuştu ama o yakından çağıl çağıl akan bir çaydan su içiyordu. Renkli çakıllar, yaldızlı, ince kum tabakaları üstünde tatlı bir mavilikle akan su, çok soğuk ve serinleticiydi!..

Bir saat sesi duydu. Titreyerek başını kaldırdı. Pencereden baktı ve saatin kaç olabileceğini anlamaya çalıştı. Parmaklarının ucuna basa basa kapıya gitti. Saati görmek için kafasını uzattı, kulak verip dinledi. Kalbi hızlı hızlı atıyordu. Merdivenden bir ses gelmiyordu. Evdeki herkes uyumuştu sanki. Uykuyu düşünmezken bu kadar uyumasına bir anlam veremedi. Saat herhalde altıyı vuruyordu, uyku ve uyuşukluğun yerini, şimdi olağanüstü bir faaliyet almıştı. Zaten yapılacak hazırlık da çok karışık bir şey değildi. Bütün dikkatiyle hiçbir şeyi unutmamaya, işin içinde bir eksiklik bırakmamaya çalışıyordu. Kalbi hâlâ hızla atıyordu ve bu bazen nefesini tıkayacak kadar kuvvetli oluyordu. İlk olarak bir ilmik yapmalı ve onu paltosunun içine dikmeliydi. Bu birkaç dakikalık bir işti. Yastığının altını karıştırarak bir çıkın buldu. Çıkının içinde kirli bir gömlek ve bir şerit vardı. Bunu ikiye katlayarak, uçlarından, kalın pamuklu kumaştan yapılmış paltosunun -palto, onun en değerli giysisiydi- sol koltuğunun altına dikti. Çalışırken elleri titriyordu. Fakat öyle ustalıkla dikti ki, giyince dışarıdan görünmüyordu. İlmiği baltayı saklamak için yapmıştı. Elbette sokağa elinde baltayla çıkması mümkün olmayacağı için böyle bir tedbir alma gereği duymuştu. Elini cebine sokarak baltanın sapını tutar ve sallanmasını önleyebilirdi. Palto çok bol olduğu için bir balta tuttuğunu kimse anlayamazdı. İşini tamamlamıştı ki, bahçede birinin sesi yükseldi:

"Saat altıyı çoktan vurdu!"

Sese karşılık veriyormuş gibi kendi kendine söylendi:

"Çoktan mı?.."

Kapıya yeniden kulak verdi. Kasketini kaptı ve bir kedi sessizliğiyle otuz basamaklı merdivenden süzüldü. İşin asıl zor kısmı bundan sonra başlıyordu. Mutfaktaki baltayı kimseye hissettirmeden almalıydı. Bu iş için balta kullanmayı kafasına koymuş ve mutfaktakini almayı tasarlamıştı. Kendine ait bir bahçıvan makası vardı ama kendine de makasa da güvenmiyordu. En ince ayrıntısına kadar cinayeti tasarlamıştı ama içinden bir ses yaptığı şeyin aslında iyi olmadığını, hatta canavarlık olduğunu söylüyordu.

Raskolnikov'un planı kimseye görünmeden mutfağa girip baltayı almak ve bir saat sonra, her şey bittikten sonra yerine koymaktı. Ama işi şansa da bırakamazdı. Ya dışarı çıktığında Nastasya ile karşılaşırsa?.. Kızın bir yere gitmesini beklemeliydi. Yani ortadaki bütün ihtimalleri iyice gözden geçirmek ve en doğru şeyi yapmak zorunda idi. Fakat bütün bunları düşünmek istemiyordu. Her şeyden önce durup düşünecek zamanı yoktu. Şimdi ayrıntılarla değil, gerçekle uğraşılması gerekiyordu. Her şeyden önce onu fazlasıyla düşündüren bir konu vardı:

"Niçin hemen hemen bütün cinayetler, kolayca meydana çıkıyor ve katilin izi çabucak bulunuyor?"

Kendi kendine:

"İrademe sahip olmam gerekiyor. Zamanı geldiğinde en küçük ayrıntısına kadar, her şeyi yapacak, bütün zorlukları yeneceğim." dedi.

Fakat işe başlamak için verdiği karar giderek gecikiyordu. Kararının kesin olduğuna inandığı halde, saati gelince, işin rengi ansızın değişti. Beklemediği birtakım duygular onu rahatsız etmeye başladı. Daha merdivenlerin sonuna varmamıştı ki bir açmazın içine düştü. Merdiven sahanlığına gelince, mutfak kapısının her zamanki gibi açık olduğunu gördü. Göz ucuyla şöyle bir baktı. Nastaysa'nın orada olup olmadığını anlamak istiyordu. Ev sahibesi de oraya uğramış olabilirdi. Kapısı iyice kapalı mıydı acaba? Mutfaktan baltayı alırken, onu herhangi bir aralıktan görebilir miydi? Nastasya'nın mutfakta olduğunu görünce şaşırdı. Kız, sepetten çamaşır alıyordu. Delikanlıyı görünce, işini bırakarak, gidinceye kadar arkasından baktı. Raskolnikov, hiçbir şeyin farkında değilmiş gibi, başını çevirmişti. Fakat baltayı alamamıştı. Kapıdan çıkarken, içinden:

"Tam istediğim anda baltayı rahatlıkla alabileceğimi, kimsenin orada olmayacağını kim söylemişti ki..." diye geçirdi.

Sinirleri iyice gerilmişti. Kendi kendisiyle alay ediyordu artık. Alçak sesle söylenerek, bekçinin karanlık odasına yöneldi. Onun da kapısı açıktı. Ansızın tepeden tırnağa kadar titredi. Bekçinin odasındaki sedirin altında bir şeyin parladığını gördü. Etrafına bakındı. Kimsecikler yoktu. Parmak uçlarına basarak iki basamak olan merdivenden indi. Boğuk bir sesle bekçiyi çağırdı fakat cevap veren olmadı. Aklından:

"Yok galiba... Ama uzakta da değildir. Çünkü kapısı açık. Neredeyse döner. Mutlaka bahçeye çıkmıştır." diye geçirdi.

Aklından bunlar geçerken baltanın bulunduğu yere atıldı. Gerçekten de baltaydı. Yanında iki kütük duruyordu. Dışarıya çıkmadan baltayı ilmiğe geçirdi ve ellerini cebine sokarak hemen dışarı çıktı. Hiç kimse onu görmemişti. Garip bir gülümseyişle:

"Zekâ yanıldığında, şeytan yardım eder." dedi.

Sokakta ağır adımlarla yürüyor, kimsenin dikkatini çekmemeye çalışıyordu. Şüphe uyandırmamaya çalışıyordu. Planını hazırladığı zamanlarda buraya gelince böylesi bir korkuya kapılacağını düşünmemişti. Şimdi içi titremeye başlamıştı bile. İşte yaklaşıyordu. Ev oradaydı... Yakınlarda bir saat tek bir kere vurdu. Heyecanla söylendi:

"Ne?.. Saat yedi buçuk oldu ha!.. Hayır, olamaz! Mutlaka ileridir!"

Eşikten atlarken, şans bir kere daha onun elinden tuttu. Ot yüklü kocaman bir araba, sanki onu saklamak ister gibi tam önünden geçti. Kimse tarafından fark edilmeden, sağ tarafa süzüldü. İçeriye girdiğinde avludan gelen tartışmaları ve sesleri duydu. Kimse onu görmemişti. Yaşlı kadının dairesine çıkan merdiven, sağdaki kapının hemen yanındaydı. Zaten o da bu merdivenden çıkmaya başlamıştı bile. Bir eliyle hızlı hızlı vuran kalbini bastırıyor, öteki eliyle baltasını yokluyordu. Nefesini keserek yavaş, sessiz adımlarla kulağı kirişte merdivenleri tırmanıyordu. Biraz durdu. İçinden:

"Bunlar da olmasaydı iyi olurdu ama... Onların üstünde, iki kat daha var." diye geçirdi.

Nihayet dördüncü kata ulaşabilmişti. Tıkanmıştı. Aklından, geri dönmeyi geçirdiyse de yürümeyi sürdürdü. Bir yandan da kadının dairesinden sesler gelip gelmediğine dikkat kesildi. İçerde koyu bir sessizlik vardı. Merdiven başından aşağı katları uzun uzun dinledi; sonra son bir kere daha etrafına bakındı. Baltanın sapını yokladı. Çok heyecanlanmıştı:

"Acaba çok mu sarardım? Kalbim yatışıncaya kadar beklesem daha mı iyi olur?.." diye içinden geçirdi.

Elini zile uzatıp beklemeye başladı. Bir kere çaldı, kapıyı açan olmadı. Bir kere daha çaldı. Kulağını kapıya dayayıp dinleyince, çok hafif bir ses duydu. Kapının arkasında, kendini sezdirmek istemeyen biri vardı ve galiba o da kulağını anahtar deliğine dayamıştı. Çekinir görünmemek için, ayaklarını yere sürtmeye, yüksek sesle mırıldanmaya başladı. Sinirlenmeden, sabırsızlık göstermeden yavaşça üçüncü defa zili çaldı.

Sonraları, bu kapı sahnesini hiç bir anını kaçırmadan kaç kere hatırlamış; o anın hafızasında derin bir iz bıraktığını anlamıştı. Aklının bulandığı şu anda bile nasıl bu kadar hileler yapabildiğine kendisi de şaşırıyordu.

Birkaç saniye sonra, sürgünün çekildiğini duydu. Kapı, yine önceki gelişinde olduğu gibi yavaşça aralandı ve kuşku dolu bir çift göz karanlığın içinden ona baktı. Ansızın şaşkınlığının esiri olan genç adam neredeyse ciddi bir yanlış yapacaktı. Hem yaşlı kadının kendisiyle yalnız kalmaktan korkacağını hem de dış görünüşünün kadına güven vermeyeceğini düşünerek, olur da yaşlı kadının aklına kapıyı yüzüne kapatmak gelir diye kapıyı tutup kendine çekmişti. Buna karşılık yaşlı kadın da kapıyı kendine doğru çekmiş ve sürgüyü de elinden bırakmadığı için az daha delikanlı, kapıyla birlikte yaşlı kadını da merdivenlere kadar sürükleyecek olmuştu. Genç adam, kocakarının kapının önünde durup kendisinin içeri girmesini engellemeye çalıştığını görünce kadının üzerine yürüdü. Kadın korkuyla geri sıçradı, bir şeyler söylemek istiyor gibiydi; ama konuşamıyordu. Faltaşı gibi açılmış gözleriyle genç adama bakıyordu.

"Merhaba, Alyona Ivanovna," diye rahat bir tavırla konuşmaya başlayacak oldu Raskolnikov. Ama kontrol edemediği sesi kısılmaya başladı ve titrek bir sesle konuşmasına devam etti:

"Şeyy... Size bir şey getirdim... Şuraya ışığın geldiği tarafa geçerseniz daha rahat görebilirsiniz..."

Delikanlı davet edilmesini beklemeden yaşlı kadını iterek içeri girdi. Yaşlı kadın hemen arkasından koşar adımlarla yaklaştı. Sanki bir anda dili çözülüvermişti:

"Aman Tanrım! Siz de kimsiniz? Benden ne istiyorsunuz?"

"Teessüf ederim Alyona Ivanovna. Ne yani, beni hatırlamadınız mı?.. Raskolnikov ben... Size geçenlerde bahsettiğim şeyi getirmiştim..."

Ve elindeki rehin olarak getirdiği paketi kadına uzattı. Yaşlı kadın bir an rehine bakacak gibi olduysa da tekrar gözlerini delikanlının gözlerine dikti. Öfke ve dikkatle genç adamı süzüyordu. Bu şekilde bir dakika kadar bir süre geçmişti. Delikanlı bir an sanki yaşlı kadın her şeyi biliyormuş ve kendisiyle alay ediyormuş gibi düşündü. Kendini kaybetmekte olduğunu, korkmaya başladığını ve eğer yaşlı kadın kendisine yarım dakikadan daha fazla gözlerinin içine bakmaya devam ederse, oradan kaçacak kadar korktuğunu hissetti. Sonra ansızın öfkelenerek:

"Neden tanımamış gibi bakıyorsunuz?" diye çıkışmaya başladı genç adam. "Eğer işinize gelirse alırsınız, gelmezse söylersiniz ben de gider bir başkasına veririm." dedi.

Raskolnikov bu sözleri önceden tasarlamış değildi. Kelimeler sanki kendiliğinden ağzından dökülüvermişti. Kocakarı kendini toparlamıştı. Davetsiz misafirinin kararlılığından cesaretlenmiş olmalıydı. Gözlerini pakete dikerek sordu:

"Neden bu kadar acele ediyorsunuz, kuzum? Nedir o?"

"Geçen geldiğimde size bahsettiğim gümüş tabaka."

Kocakarı paketi almak için elini uzattı.

"Neden sarardınız? Elleriniz de titriyor, yoksa hasta mısınız?"

"Evet, sıtma..." Sonra güçlükle konuşarak ekledi: "Yiyecek bir şeyiniz olmazsa tabi sararırsınız."

Gücü yine tükeniyordu. Ama ne var ki söyledikleri gerçeğe uygun şeylerdi. Yaşlı kadın paketi eline alarak genç adamın yüzüne baktı ve paketi elinde tartarak:

"Bu ne?" diye sordu.

"Şey... Sigara tabakası... Gümüş... İsterseniz açabilirsiniz."

"Gümüşe pek benzemiyor... Amma da sarıp sarmalamışsınız. Paketi açmaya çalışarak, pencereye, ışığa doğru yürümüştü. Ortalığı kasıp kavuran sıcağa rağmen, evin bütün pencereleri kapalıydı. Raskolnikov'dan ayrılmış ve ona arkasını dönmüştü. Delikanlı, paltosunu çözüp baltayı ilmikten çıkardı, sağ eliyle elbisesinin altında tuttu. Kollarına büyük bir güçsüzlük gelmişti. Vücudunun uyuşup kurşun gibi ağırlaştığını hissediyor, baltayı düşürmekten çekiniyordu. Başının döndüğünü hissetti. Bu sırada Alyona Ivanovna, paketin düğümlerini açamadığı için sinirlenmişti:

"Bu ne biçim paket böyle?" diye bağırdı.

Artık kaybedecek zamanı yoktu. Baltayı çıkardı ve bir makine gibi, ne yaptığını fark etmeden, iki eliyle havaya kaldırarak, kadının kafasına indirdi. Bitkin bir haldeydi; ama vurur vurmaz, bütün kuvveti yerine geldi. Kocakarının boyu kısa olduğu için, balta tam kafasına inmişti. Bir elinde hâlâ paketi tutuyordu. Kadının başından kan fışkırıyordu adeta. Gövdesi geriye doğru düştü. Raskolnikov, yana çekildi ve eğilerek baktı. Ölmüştü. Gözbebekleri, yuvalarından çıkmak istercesine dışarı fırlamış; alnıyla yüzü can çekişme sırasında büzülmüştü.

Baltayı, ölünün yanına bıraktı. Akan kanların giysilerine bulaşmamasına dikkat ederek ceplerini yokladı. Son defa anahtarları çıkardığını gördüğü sağ cebini aradı. Artık heyecanı tamamıyla geçmişti. Ne başı dönüyor ne de herhangi bir sersemlik duyuyordu. Zihni sakin ve uyanıktı. Yalnız elleri titriyordu. Anahtarı bulup aldı. Çelik halkaya takılmış bir çıkın idi. Hemen yatak odasına koştu. Tam karşıda duvar hizasında büyük, tertemiz, yün astarlı, parça bohçasına benzer ipek örtülü bir karyola vardı. Öteki tarafta duvara dayalı komodin görünüyordu. Ne gariptir ki, daha ilk anahtarı sokar sokmaz, çıkan demir gıcırtısından bütün vücudu titredi. İçinde her şeyi bırakıp gitmek için dayanılmaz bir istek duyduysa da bu isteği kısa sürede geçip gitti. Artık kaçıp gitmenin hiçbir işe yaramayacağını o da biliyordu. Bu haldeyken, beynine birdenbire can sıkıcı başka bir düşünce çöktü. Ya kocakarı ölmediyse... Anahtarı komodinin üstünde bırakarak, baltayı kaptı ve ölünün bulunduğu odaya girdi. Baltayı cesede indireceği zaman durdu. Kadın ölmüştü. Ona doğru eğilip daha yakından baktı. Kafatası parçalanmış ve tam tepesi çökmüştü. Parmağıyla dokunmak istedi ama vazgeçti. Görmek yeterdi. Döşemeye kan birikintisi yayılmıştı. Bu sırada yaşlı kadının boynundaki asılı kordonu gördü. Çekti, fakat çıkaramadı. Kordon sağlamdı; kopmuyordu. Göğsü hizasına çekerek çıkarmaya çalıştı, ucunda bağlı bir şey kordonun kaymasına engel oluyordu. Sabırsızlanarak yeniden baltaya sarıldı. Bir vuruşta kordonu gövdenin üstünde kesecekti. Elleri de, balta da kan içinde kalmıştı. Evet, yanılmamıştı. Ucunda bir kese vardı. Kordona, bir servi ağacından, öteki bakırdan, iki haç takılıydı. Bunlardan başka, kapanacak yerleri çelikten yapılma sığır derisinden bir para çantası da vardı. Raskolnikov, içinde ne olduğunu araştırmadan bunları cebine, haçları da cesedin üstüne attı ve baltasını alarak, tekrar yatak odasına gitti.

Anahtar, kilide uymuyordu. Elleri titrediği için böyle olduğunu düşünmek akılsızlık olurdu. Hayır, sadece kullandığı anahtar komodinin değildi. Böyle olduğu ve anahtarın kilite uymadığını gördüğü halde, ısrar ediyor, hâlâ açmaya çalışıyordu. Sonra düşündü ki anahtar çıkını arasında, hepsinden uzun duran, ucu dantelli şey, bir komodinin değil, bir kasanın olabilirdi. Zaten geçen seferki gelişinde de böyle tahmin etmemiş miydi? Evet, bu anahtar, şüphesiz kadının, bütün servetini sakladığı bir kasaya aitti. Yatağın altına baktı. Gerçekten de orada oldukça büyük, kapağı kırmızı maroken kaplı, çelik çivilerle perçinlenmiş bir çekmece vardı. Dantelli anahtar, kutuya kolayca uydu. En üstte, beyaz bir örtünün altında, tavşan derisinden, kırmızı işlemeli bir kürk, altında bir şal, bir ipek elbise görünüyordu. İlk iş olarak kanlı ellerini çekmecenin kırmızı desenine sildi ve:

"Kırmızı olduğu için onun üstündeki kan daha az görünür." dedi ve sonra kendine gelerek:

"Delirdim mi ben yoksa!.."

Kürkü çeker çekmez, katları arasından bir altın saat kaydı. Bunu görünce, bütün eşyayı karıştırmaya başladı. Her birinin arasında, hiç şüphesiz, rehin olarak getirilip bırakılmış ve sahipleri tarafından geriye alınamamış altından değerli eşyalar vardı: Bilezikler, yüzükler, kravat iğneleri...

Cesedinin olduğu odadan ayak sesleri duyar gibi oldu. Bir an öldürücü bir dehşetle donakaldı. Kulak kesildi. Hiç bir gürültü işitilmiyordu. Hemen arkasından, kulağına hafif bir çığlık, daha doğrusu boğuk bir inilti geldi. Birdenbire sıçrayarak kalktı ve baltayı kapıp yatak odasından fırladı.

Elizabeth elinde büyük bir paketle odanın ortasında duruyor, şaşkın şaşkın ablasının yerde yatan cesedine bakıyordu. Yüzü, korkudan bembeyaz kesilmişti. Öyle ki bağırmaya bile gücü kalmamıştı. Katilin koşup geldiğini görünce, tepeden tırnağa kadar zangır zangır titremeye başladı. Raskolnikov'un önünde büzülecek bir köşe bulmak ister gibi ağır ağır geriliyor ve bir yandan da nefesi kesilmiş halde ona bakıyordu.

Raskolnikov, baltasını kaldırarak saldırdı. Zavallı kadının dudakları korkunç bir şey görerek ürken ve bağırmak isteyen çocuklarınki gibi aşağıya doğru çekildi. Elizabeth, o kadar çaresizdi ki, yüzünü korumak için dahi kollarını kaldırıp siper edemedi. Oysa insan böyle anlarda kendini koruyabilmeliydi. Baltanın keskin tarafı bütün hızıyla kadının tepesine indi ve kafasını baştanbaşa yardı. Kadıncağız cansız yere serilince, Raskolnikov paketi aldı, sonra bir tarafa fırlatarak, antreye koştu. Planda olmayan bu ikinci cinayetten sonra, bütün varlığını büyük bir korku kaplamıştı. Bir an önce buradan kaçmak istiyordu.

Yavaş yavaş kendine geldi. Sinirleri yatıştı. Üstüne, rüyaya benzer bir tür avunma hali çökmüştü. Tam bu sırada gerçek sorunu bırakarak ayrıntı ile uğraşmaya başlamıştı. Mutfakta su dolu bir kova görünce, aklına ellerini ve baltayı yıkamak geldi. Kan içindeki ellerini kovaya daldırdı. Baltayı da soktu. Pencere kenarında gördüğü bir sabunu alarak aynı kova içinde ellerini yıkadı. Temizlenince, baltayı da çıkardı. Kanlanmış olan sapını iyice temizledi. Sonra ipte asılı bir bezle iyice kuruladı. Daha sonra, pencere yanına giderek baltayı dikkatle inceledi. Hiç bir leke kalmamıştı. Yalnız, sapı hâlâ nemli duruyordu. Baltayı paltosundaki ilmiğe taktı. Sonra mutfağa giren düşük ışığın aydınlığında giysilerini ve ayakkabılarını gözden geçirdi. Antreye doğru yürüyerek:

"Kaçmam gerek" diye mırıldandı.

Tam o sırada karşılaştığı manzara kendini dehşete düşürdü. Gözlerine inanamadı. Kapı... Dış kapı... Merdiven sahanlığına açılan, biraz önce zilini çaldığı ve eşiğinden atladığı kapı aralıktı... İçeride her şey olup biterken, kapı açıktı... Yaşlı kadın, belki de bir önlem olsun diye arkalarından kapıyı kapatmamıştı... Herhalde biraz önce Elizabeth de bu kapıdan içeri girmişti. Aşağıda, kapıcı dairesinin önünde birkaç adam yüksek sesle konuşuyor, küfürler ediyordu.

"Kim bunlar?" diye geçirdi içinden ve beklemeye başladı.

Çok geçmeden gürültü kesildi. Tam kaçacağı sırada, alt kat dairelerinden birinin kapısı açıldı ve odadan biri çıktı; şarkı söyleyerek merdivenlerden inmeye başladı. Raskolnikov:

"Bu kadar gürültü çıkaracak ne var? Yüreğimi oynatıyorlar!" diye söylendi.

Kapıyı kapatıp bekledi. Tam merdivenin ilk basamağına ayağını koymuştu ki bazı ayak sesleri duydu. Gerçi ayak sesleri çok uzaklardan, en alt katlardan, çok hafif bir şekilde geliyordu ama o, daha ilk adımın sesinden, dördüncü kattan geldiğini anlamıştı. Gelenler, dördüncü kat merdivenlerine ulaşınca, delikanlı kendine gelebildi ve bir sıçrayışta içeriye dalarak, arkasından kapıyı kapadı, sürgüyü tıkırdatmadan yavaş yavaş yuvasına sürdü. Gelen adam da kapıya varmıştı. Şimdi artık ancak bir tahta ile birbirlerinden ayrıydılar. Raskolnikov, elini baltasının sapına atarak içinden konuştu:

"İri yarı, şişman bir adam galiba!"

Sanki bir kâbusun ortasında kalmıştı. Nefesini tutmuş, yüreği ağzında bekliyordu. Bu sırada adam kordonu yakalayarak zili hızla çekti. Zil çalar çalmaz, odada hafif bir mırıltı işitir gibi oldu; hatta bir kaç saniye dikkatle dinledi. Adam, bir daha çaldı zili ve birdenbire sabırsızlanarak, bütün kuvvetiyle kapının tokmağını sarsmaya başladı. Raskolnikov, sürgünün yuvası içinde zıpladığını gördü. Delikanlının aklından, sürgüye elle dayanmak fikri geçti ama bu sefer de dışarıdaki adam bunu fark edecekti. Yavaş yavaş çileden çıkıyor, çıldıracak gibi oluyordu.

"Neredeyse düşüp bayılacağım," diye düşündü. Fakat adam en sonunda ısrarından vazgeçti ve derin bir sesle:

"Bu da ne demek!" diye kükredi. "Uyuyor mu bunlar! Yoksa biri gelip boğazladı mı bunları?.. Alyona Ivanovna!.. Bunak kadın!.. Elizabeth!.. Açın artık kapıyı!.."

Sonra öfkeden deliye dönmüş bir halde üst üste belki on kere, olanca kuvvetiyle zili çekti. Bu adam, herhalde evin yabancısı değildi. Ev sahiplerine nazının geçtiği anlaşılıyordu. Bu sırada bir ayak sesi daha duyuldu. Raskolnikov, ilk önce bunun pek de farkına varmamıştı. O kendinden önce gelene çınlayan bir sesle:

"Merhaba Koch," dedi. "Kimse yok mu? Nereye gitmiş olabilirler?"

Delikanlı, "Sesine bakılırsa, çok genç biri," diye düşündü. Koch diye seslenilen:

"Kim bilebilir," dedi. "Peki beni nereden tanıyorsunuz?"

"Nereden mi? Daha dün akşam Gambrinus'ta birlikte bilardo oynamadık mı? Hani sizi üst üste üç parti yenmiştim ya!.."

"Evet, hatırladım!"

"Yoklar ha? Tuhaf şey!.. Şu yaşlı bunak nereye gider ki? Onunla konuşmak istiyordum..."

"Benim de ona söyleyeceklerim var!"

"Öyleyse, gitmekten başka çare yok! Madem ki evde olmayacaktı, neden bize randevu veriyor?.. Randevu saatini de kendisi belirlemişti. Hem çok uzun bir yoldan geldim, yoruldum da... Hangi cehenneme gidebileceğini de tahmin edemiyorum. Neredeyse ininde küflendi bunak kadın. Ayaklarının ağrıdığını söylüyordu ama sır oldu sanki. Anlaşılır gibi değil. Hem bizi çağırıyor, hem evi terk ediyor. Böyle saygısızlık olmaz ki!"

"Keşke kapıcıya sorsaydık. Belki bir işi çıkmıştır ve giderken ona haber bırakmıştır."

"Kapıcıya ne soracağız?"

"Nereye gittiğini, ne zaman döneceğini..." Öfkeli adam, zili bir daha çekerek:

"Sormanın ne yararı var ki? Onun hiç bir yere gitmediğini ikimiz de biliyoruz."

Tam sözünü bitirdiği sırada:

"Bakın... bakın..." dedi. "Kapıya vurduğum zaman kanat nasıl da oynuyor..."

"Oynasın... Ne çıkar bundan?.."

"Ne mi çıkar? Şu çıkar: Eğer kapı kilitli olsaydı, böyle gevşek gevşek sallanmazdı. Arkasından sürmelendiği için böyle titriyor."

"Ee, sonra?.."

"Ne sonrası canım?.. Kapı arkadan sürmeli olursa, içerde biri var, demektir. Bunu nasıl anlamıyorsunuz? Eğer dışarı çıkmış olsalardı, kapıyı dışarıdan kilitleyeceklerdi. İşte, bakın sürgü nasıl da kapıya dokunup tıkırdıyor. Bir kapının arkadan sürgülenebilmesi için içeride adamın olması gerekir. Demek ki evdeler ama bize açmıyorlar..."

Sonradan gelen adam:

"Durun! Çalmayın artık," dedi. "Bu işte şüpheli bir durum var... Siz gelip zili çektiniz; kapıyı sarstınız kıyameti kopardınız. Açmadılar. Demek ki başlarına bir şey geldi veya..."

"Ee?.."

"En iyisi gidip kapıcıyı çağıralım. Uyandırsa uyandırsa bunları o uyandırır ya da nerede olduklarına dair bilgisi vardır..."

"Tamam hemen çağırıyorum..."

"Hayır, siz burada kalıp bekleyin; ben gidip kapıcıyı çağırayım."

"Niye bekleyeceğim?"

"E, ne olur, ne olmaz!"

"Peki, öyle olsun!"

İkinci adam:

"Görüyorsunuz ya, daha şimdiden hademelik görevini üzerime alıyorum... Burada kötü bir şey olduğunu hissediyorum." diye bağırdı ve merdivenlerden koşarcasına indi.

Koch, yalnız kalınca kordonu hafifçe çekti, zil bir kere daha çaldı. Sonra, giden adamın dediği gibi kapının gerçekten sürgülü mü yoksa kilitli mi olduğunu anlamak için tokmağa yapışarak bir sağa, bir sola çekip kapıyı sarsmaya başladı. Bununla da yetinmeyerek bir boğa gibi soluyarak eğildi ve anahtar deliğinden içeriye baktı. Fakat anahtar, kilidin üstündeydi ve hiç bir şey görülmüyordu.

Raskolnikov, baltasına iyice sarılmış, kendinden geçmiş bir halde olup biteni yorumluyor; içeriye girdikleri zaman, onlarla boğuşmaya hazırlanıyordu. Kapıya dayanıp dışarıdakiler konuşurken onlara cevap yetiştirmek istiyordu ama bunun yanlış olacağının da farkındaydı.

Zaman geçiyordu ama hiç kimsenin gelip gittiği yoktu. Koch, ayaklarının karıncalandığını hissederek, can sıkıntısıyla:

"Hepsinin Allah belasını versin." dedi ve o da ortalığı çizmelerinin gürültüsüyle doldurarak hızla merdivenlerden inmeye başladı. Gitgide ses hafiflemiş ve sonunda işitilmez olmuştu.

Raskolnikov, "Şimdi ne yapacağım?" diye içinden geçirirken sürgüyü çekti, kapıyı aralayıp kendini dışarı attı. İlk üç katı o kadar hızla indi ki aşağıdan gelen sesleri ancak duyabilmişti.

"Eyvah!.. Birileri var... Şimdi ne yapmalıyım?"

Tekrar dönüp yukarı çıkmayı düşündü çünkü saklanabileceği başka bir yer yoktu.

"Yakalayın şunu!"

Aşağı kattan birisi çığlık çığlığa fırlamış ve ortalığı yaygaraya vermişti. Kulakları patlatan bir sesle:

"Mitka! Mitka! Mitka! Şeytanlar götürsün seni..." diyerek bağırıyordu. Ses, avludan bile duyulmuştu. Bu bağrış çağrış bitmeye başlamıştı ki, kalabalığın uğuldayarak merdivenleri çıkmaya başladığını gördü. Üç dört kişi idiler ama hem bağırıyor hem de gürültüyle yukarı doğru çıkıyorlardı. Raskolnikov, az önce kapıcıyı aramaya giden adamın sesini tanıdı.

"İşte yine onlar," diye geçirdi içinden. Her şeyden ümidini kesmiş bir halde karşılarına çıkacak biçimde yürüdü. Bir yandan üzüntüyle söyleniyordu:

"Eğer beni görürlerse her şey mahvolur. Yakalasalar da bıraksalar da yine de her şey mahvolmuş olur. Çünkü yarın her şey ortaya çıkınca nasıl olsa beni polise ihbar ederler. İzimi kaybettirmem mümkün değil..."

Onlara doğru yürümeye başladı. Fakat aralarında tam bir kat kalınca, boyacıların çalıştığı dairenin kapısının açık olduğunu gördü. İçerisi boştu. Bir anda ferahladı. Kurtulduğunu hissetti. Hemen açık kapıdan süzülerek duvara dayandı. Tam zamanıydı. Gelenler, merdiven sahanlığına ulaşmışlardı. Dolanarak yüksek sesle konuşa konuşa üst kata çıktılar. Gitgide ayak seslerini duymaz oldu. Parke yeni cilâlanmıştı. Bir kaç saniye bekledi. Sonra ayaklarının ucuna basarak merdivenleri uçar gibi indi. Merdivenlerde kimseye rastlamadı. Kapıcının odasının önünde de kimse yoktu. Acele ile eşikten atladı ve sokağa çıkar çıkmaz hemen sola saptı.

Sokakta gördüğü insanlar hiçbir şeyden şüphelenmiyorlardı. Bu çok iyi bir şeydi. Biliyordu ki, geride bıraktığı adamlar kapının önüne yaklaşmışlardı. Biraz önce kapalı buldukları kapının açık olduğunu görünce, nasıl şaştıkları gözünün önüne geliyor, kanlı cenazelere nasıl korkulu bir hayretle baktıklarını düşünebiliyordu. Böyle düşünüyor, ama yine de adımlarını hızlandırmaya cesaret edemiyordu. Halbuki onu, kalabalığın içinde görünmez hale getirecek mekana, yani evine ancak yüz adımlık bir yol kalmıştı. Kendine:

"Bir kapıdan içeri girip yabancı bir evin merdivenlerine girip beklesem mi acaba?" diye soruyor; sonra yine:

"Hayır! Böyle yaparsam... Ya yakalanırsam! Yoksa bu baltayı bir yere atıp, bir arabaya atlayıp öyle mi gitsem? Hayır! Ama yine yakayı ele veririm!" diyordu.

Ağaçlıklı araziye doğru yürürken, yarı ölü bir halde bir sokağa saptı. Oraya girince, şüpheli yerden kurtulduğunu hissederek biraz rahatladı. Güçlükle yürüdüğü halde, başka yollardan dolaşarak evine gitmeyi denedi. Nihayet evine gelmişti. Kapıdan girer girmez bir ferahlık hissettiyse de daha henüz kendine gelebilmiş değildi. Baltayı yerine koymak gerekiyordu. Şansına bekçinin odası yine boştu. Baltayı, yatağın altına koyup kütükleri de eski haline getirerek oradan uzaklaştı. Ev sahibinin kapısı da kapalıydı. Odasına girince, soyunmadan kendini yatağa attı. Uyumuyor, derin bir uyuşukluk içinde yatıyordu. Eğer bu sırada odaya biri girmiş olsaydı, mutlaka korkudan bağırarak yatağından sıçrayıp kalkacaktı.

İKİNCİ BÖLÜM

I

Bu şekilde uzun süre yattı. Arada bir hafif de olsa dalıyor, ama sonra tekrar korkuyla uyanıyordu. Gecenin epeyce ilerlediğinin farkındaydı ama kalkmak aklına bile gelmiyordu. Sonunda güneşin doğmak üzere olduğunu fark etti. Lakin hâlâ kendine gelememiş, divanın üzerinde sırt üstü uzanmaya devam ediyordu. Her gece saat üç sularında penceresinin altından gelen rahatsız edici sesleri yeniden duydu ve bu bağrışmalara uyandı. "Sarhoşlar meyhaneden ayrıldıklarına göre saat ikiyi geçmiş olmalı..." diye düşündü. Sonra birden sanki biri kendisini divandan koparmış gibi fırladı. "Ne! Saat ikiyi mi geçiyor?" Divanın üzerine oturdu ve bir anda bütün her şeyi anımsadı.

Önce çıldırmak üzere olduğunu düşündü. Çok üşüyordu. Ama üşümesi, kendisi daha uykudayken başlayan sıtmadandı. Şimdi ise öylesine titriyordu ki, sanki birbirine çarpmaktan dişleri kırılacak, kemikleri birbirine geçecek gibi oluyordu. Kapıyı açıp etrafı dinledi. Evde herkes derin uykudaydı. Üstünü başını, odasını şaşkınlıkla gözden geçiriyor ve dün gece nasıl olup da kapıyı sürgülemeden yattığını, bir türlü anlayamıyordu. Yalnızca elbiselerini değil, şapkasını bile çıkarmadan kendisini olduğu gibi divana atıvermişti. Yere yuvarlanan şapkası aşağıda yastığa yakın bir yerde duruyordu. Kendi kendine söylendi. "Gece birisi içeri girseydi ne düşünürdü acaba? Herhalde sarhoş olduğumu sanırdı. Ama..."

Yattığı yerden fırlayıp küçük penceresine koştu. Hava oldukça aydınlanmıştı. Giysilerinde leke kalmış olup olmadığını anlamak için tepeden tırnağa üstünü başını kontrol etti. Ama böyle olmazdı bu iş. Soğuktan tir tir titremesine rağmen soyundu ve bütün giysilerini dikkatle gözden geçirdi. Son ipliğine varana dek her yanına dikkatle baktı giysilerinin, yine de kendine güvenemedi, bu işi üç kez yineledi. Galiba hiç leke yoktu. Yalnız pantolonunun paçaları yer yer eskimiş, aşağı sarkmıştı, buralarda kurumuş birkaç leke gördü. Sustalı çakısıyla, sarkan parçaları kesip attı. Galiba artık bir şey kalmamıştı. Birden öldürdüğü kadının para çantasıyla, sandıktan aldığı öteki eşyaların hâlâ üzerinde olduğunu anımsadı. Bütün bu eşyalar saatlerdir üzerindeydi ama o bunları çıkarıp gizlemeyi akıl edememişti! Öyle ki az önce, giysilerini gözden geçirirken bile onların ceplerinde olduğunu fark etmemişti. "Ne oluyor bana!" diye düşündü. Hemen ceplerinde ne varsa masanın üzerine boşaltmaya başladı. Her şeyi çıkardıktan, hatta bir şey kalmadığından emin olmak için ceplerini ters yüz ettikten sonra, bunları toparlayıp odanın en dip köşesine götürdü. Burada, duvarın döşemeyle birleştiği yerde duvar kâğıdı yırtılmış ve bir delik oluşmuştu.

Raskolnikov hemen elinde tuttuğu şeyleri bu deliğin içine, duvar kâğıdının arkasına tıkıştırmaya başladı. "Bu iş de oldu! Para çantası da içinde, hepsi ortadan kalktı!" diye düşündü. Deliğin üstünde dışarı doğru kabaran duvar kâğıdını anlamsız bakışlarla seyrediyor ve bu işi de başardığına seviniyordu. Sonra birden korkuyla irkildi, umutsuzluk içinde. "Tanrım! Ne yapıyorum ben!" diye söylendi kendi kendine. Şimdi bunları saklamış mı oldum? Saklamak böyle mi olur?"

Esasen, sadece para olacağını düşünmüş, eşyayı hiç hesaba katmamıştı. Bu nedenle de önceden bir yer ayarlamak gereği duymamıştı. "Neden seviniyorum şimdi ben?" diye düşündü. "Ortada sevinecek bir şey mi var? Böyle mi gizlenir eşya? Akıl, sağduyu çoktan bırakmış beni!" Kendinden geçmişçesine divana oturdu, dayanılmaz bir titreme nöbetine yakalanmıştı yine. Kendiliğinden bir hareketle, yanı başındaki iskemlenin üzerinde duran, yırtık, eski, ama sıcak tutan kışlık paltosuna uzandı, paltoyu üzerine çeker çekmez uyku ve nöbetle kendinden geçti.

Birkaç dakika sonra yerinden fırladı ve öfkeyle, daha önce temizlemek için üzerinden çıkardığı giysilere doğru atıldı. "Daha hiçbir şey yapmamışken nasıl yeniden uykuya dalabiliyorum? İşte, tam düşündüğüm gibi, ilmiği bile sökmemişim! Ne kadar önemli oysa! Böyle önemli bir kanıt yok edilmez mi?" İlmiği kopardı, çabucak yırtıp küçük parçalara ayırdı ve yastığının altındaki çamaşırların arasına sokuşturdu. "Yırtık bez parçaları hiçbir zaman kuşku uyandırmaz; bu böyle, galiba böyle!" Odanın ortasında ayakta durmuş, bir şey unutup unutmadığını anlamak için çevreyi gözden geçiriyordu. Müthiş gergin, müthiş dikkatli idi. Bir yandan da mırıldanıyordu. Her şeyi, hatta belleğini, en basitinden akıl yürütme yeteneğini yitirmekte olduğuna inanmaya başlamıştı ve bu durum ona korkunç görünüyordu. "Daha şimdiden mi başlıyor? Şimdiden mi başladım pişman olmaya? Evet, evet, ta kendisi." Gerçekten de, az önce pantolonunun parçalarından kestiği eskimiş, sarkmış parçalar, odanın tam ortasında, yerde atılı duruyordu. Odaya biri girecek olsa kesin ilk bunları görürdü. "Ne oluyor bana böyle?" diye bağırdı yeniden. Kendinden geçmiş gibiydi.

Bu sırada tuhaf bir şey geldi aklına. "Ya giysilerim tümden kan içindeyse, pek çok leke var da ben göremiyorsam? Çünkü aklım, zihnim, kavrayışım sağlıklı değil." Aniden, para çantasının da kanlanmış olduğunu anımsadı. "Eyvah! Öyleyse cebim de kanlanmıştır, çünkü cüzdanı kanlı kanlı sokmuştum cebime!" Hemen cebini ters yüz etti; gerçekten de astarda kan lekeleri vardı! Zafer kazanmışçasına sevindi, derin derin iç geçirip, "Demek ki, aklım başımda daha" diye düşündü, "Cebimin kanlanmış olabileceğini düşünebildiğime göre, demek daha aklımı yitirmemişim. Sıtmanın etkisiyle bir anlık bir bellek yitimiydi deminki, sayıklamaydı..." Ardından ani bir hareketle pantolonunun sol cebinin astarını olduğu gibi söküp çıkardı. Bu sırada güneş sol ayağının üzerine vurmuştu. Ayakkabısının yırtık ucundan görülen çorabının burnunda da kan lekesi var gibiydi. Fırlatıp attı ayakkabısını. "Gerçekten de kanlanmış! Çorabın burnu olduğu gibi kan içinde!" Demek bir ara kan birikintisine basmıştı... "Ne yapayım şimdi ben bunları? Bu çorabı, bu cep astarını, paçalarımdan kestiğim bu kanlı kumaş parçalarını?"

Kumaşlar avucunun içindeydi, odanın ortasında dikilmiş duruyordu. "Sobaya mı atayım? Ama önce sobadan başlarlar aramaya. Yakayım mı? İyi ama neyle? Bir kibritim bile yok. Hayır, en iyisi çıkmak ve hepsini dışarıda bir yerlere atmak. Evet evet, atmak! Hem de şimdi, hiç zaman yitirmeden!.." Yeniden divana otururken aklından bunlar geçiyordu, ama düşündüğü şeyi yapamayacak kadar bitkindi, başı yeniden yastığa düştü ve karşı konulmaz titremelerle sarsıldı. Uzanıp paltosunu üzerine çekti.

Birkaç saat boyunca hep aynı şeyleri yineleyip durdu. "Hemen şimdi, hiç vakit kaybetmeden, doğruca dışarı çıkıp defetmeliyim bunları! Şimdi, hemen şimdi!" Birkaç kez divandan fırlayıp kalkacak gibi oldu, ama kalkamadı. Uyanıp tümüyle kendine gelebilmesi, ancak oda kapısının şiddetli vurulmasıyla oldu.

Gelen Nastasya'ydı. Bir yandan kapıyı yumrukluyor, bir yandan bağırıyordu:

"Açsana kapıyı! Öldün mü be adam! Sürekli uyuyor! Bütün gün köpekler gibi uyuyor! Evet, tam köpekler gibi! Aç şu kapıyı, saat onu geçiyor!"

Bir erkek sesi; "Belki de odasında yok." dedi. "Eyvah!.. Kapıcının sesi bu... Ne istiyor acaba?" Hemen kalktı, divana oturdu. Yüreği göğsünü çatlatacakmış gibi şiddetli çarpıyordu.

"Kapıyı arkadan çengellemiş ya..." diye itiraz etti Nastasya. "İçerden kapı kilitlemeye de başlamış beyimiz! Sanki kaçıracaklar kendisini! Açsana kafasız herif şu kapıyı, aç ve uyan!"

"Ne istiyorlar? Kapıcı neden gelmiş? Her şey anlaşılıyor. Direnseın mi, yoksa açsam mı kapıyı? Mahvoldum!..."

Yerinden hafifçe doğruldu, öne doğru uzanıp çengeli kaldırdı, kapıyı açtı. Odası öylesine küçüktü ki, işte böyle oturduğu yerden bile açabiliyordu kapıyı. Nastasya ile kapıcı içeriye girdiler. Nastasya tuhaf bir bakışla süzüyordu kendisini. Raskolnikov kışkırtıcı, ama aynı zamanda umutsuz bakışlarını kapıcıya dikti. Kapıcı, hiçbir şey söylemeden ikiye katlanmış, mühürlü bir kâğıt uzattı kendisine.

"Resmi bir yazı" dedi kâğıdı uzatırken, "daireden..."

"Ne dairesinden?.."

"Polisten yani... Oraya, merkeze çağırıyorlar. Hangi daire olduğu belli..."

"Polis mi? Niçin?"

"Nerden bileyim ben! Madem çağırıyorlar, git..."

Kapıcı bunları söyledikten sonra dikkatle Raskolnikov'a baktı, odaya bir göz gezdirdi, sonra çıkmak için arkasını döndü.

Nastasya, bakışları hâlâ onun üzerinde:

"Sakın sen iyiden iyiye hastalanmış olmayasın?" dedi. Bu söz üzerine kapıcı bir an başını çevirip baktı. "Dünden beri ateşin var..." diye ekledi Nastasya.

Raşkolnikov susuyor, kapıcının verdiği kâğıdı açmadan elinde tutuyordu.

"İstersen kalkma" diye sürdürdü sözlerini Nastasya. Delikanlının kalkmak için divandan bacaklarını sarkıttığını görmüş, ona acımıştı. "Hastasın, gitme, sen gitmedin diye öldürecek değiller ya... Elindeki şey de ne öyle?"

Raskolnikov'un bakışları eline gitti; pantolon paçalarından kestiği parçalarla, çorap ve cep astarı sağ elinin avucundaydı. Elinde onlarla uyumuştu. Sonraları, bunun üzerinde durup düşündüğünde, arada bir ateşler içinde uyanıp, yarı uykulu, bu paçavraları elinde sımsıkı tuttuğunu ve yeniden bunlarla uykuya daldığını hatırlayacaktı.

Nastasya her zamanki sinirli kahkahalarından birini patlattı. "Şuna da bakın, sanki hazineymiş gibi nasıl tutmuş paçavraları, uykusunda bile bırakmıyor!.."

Elindeki paçavraların hepsini çabucak paltosunun altına sokuşturan delikanlı, bakışlarını Nastasya'ya dikti. Şu anda pek öyle sağlıklı düşünebilecek, akıl yürütebilecek durumda değildi, ama kendisini yakalamak için gelinmiş bir adama da böyle davranılmayacağını anlayabiliyordu.

"İyi ama ya polisten gelen şu çağrı kâğıdı?"

"Çay içer miydin? İstersen getirebilirim, biraz kaldı."

Delikanlı ayağa kalkarken:

"Hayır, istemiyorum" diye mırıldandı. "Çıkacağım, hemen şimdi çıkıyorum..."

"Merdivenlerden inebilecek misin?"

"İnerim."

"Sen bilirsin."

Kapıcının arkasından Nastasya da çıktı. Raskolnikov hemen ışığa gitti ve çorabıyla pantolon paçalarını gözden geçirmeye başladı. "Leke var ama pek belli değil, tozlanıp kirlenmekten ve sürtünmekten belirsiz olmuş. Önceden bilmeyen hiçbir şey anlamaz. Nastasya da, çok şükür, uzaktan hiçbir şey fark etmedi!" Sonra telaşla çağrı kâğıdını açtı ve okumaya başladı. Kendisinden ne istenildiğini dikkatle, birkaç kez okuduktan sonra ancak anlayabildi. Bu, mahalle karakolundan yapılmış sıradan bir çağrıydı. Bugün saat dokuz buçukta karakola gidip komiseri görmesini istiyorlardı.

Şaşkın şaşkın "Ne zaman haberleri oldu ki?" diye düşündü. "Yoksa benim polisle ne işim olabilir! Hem neden bugün? Tanrım! Ne olacaksa varsın bir an önce olsun!" Az daha diz çöküp dua etmeye başlayacaktı, ama birden gülümsedi. Dua etmek isteyişine değil, kendisineydi gülmesi.

Çabucak giyinmeye başladı. "Mahvolurmuşum!.. Olursam olayım! Çorabı da giymeliyim. Toz toprak içinde izler tümden yok olur gider." Ama çoraplarını giymesiyle çıkarması bir oldu. Tiksintiyle karışık bir korku duymuştu birden. Başka çorabının olmadığı aklına gelince çıkardığı çoraplarını yeniden giydi ve yeniden güldü. Bir yandan tir tir titriyor, bir yandan "Bütün bunlar koşullara bağlı şeyler" diye geçiriyordu kafasından. "Bunlar göreli şeyler, yani bir biçimsellik sorunu... Ama yine de giydim işte... Giyerek son verdim bu işe!" Gülümsemesi birden umutsuzluğa döndü. "Hayır, gücüm yetmeyecek..." diye düşündü. Korkudan ayakları titriyordu. Başı dönüyor, ateşten ağrıyordu. Odasından çıkıp merdivenlere doğru yürürken söylenmeye devam etti. "Kesin tuzak bu! Beni tuzağa düşürmek istiyorlar. Şaşırtmak istiyorlar... Böyle sayıklamalı bir durumda bulunuşum çok kötü... Aptalca birtakım yalanlar söylemesem bari..."

Merdivenlerden inerken birden her şeyi duvar kâğıdının arkasındaki delikte bıraktığını hatırladı. "Yoksa arama yapmak için kendisinin çıkmasını özellikle mi sağlıyorlardı?" Durdu. Ama öylesine umutsuz, öylesine ölümü bile umursamaz bir durumdaydı ki, elini sallayıp inmeye başladı.

"Ne olacaksa bir an önce olsun!.."

Dışarısı günlerdir olduğu gibi yine dayanılmaz derecede sıcaktı. Uzun süredir tek damla yağmur düşmemişti. Her taraf yine toz toprak içindeydi. Yine tuğla, kireç yığınları, meyhanelerden yayılan pis kokular, adım başında sarhoşlar, Finli gezgin satıcılar, gölgelik yerlere uzanmış arabacılar dolduruyordu sokakları. Güneş gözlerini öylesine kamaştırdı ki, bir an hiçbir şey göremez oldu, başı iyiden iyiye dönmeye başladı. Her sıtmalının parlak gün ışığına çıktığında başına gelebilecek olağan şeylerdi bunlar.

Dünkü sokağın köşesine gelince, acılı, telaşlı bir bakışla o eve bir göz attı... ama hemen ayırdı bakışlarını.

Karakola iyice yaklaşmıştı artık. "Sorarlarsa söylesem mi acaba?.." diye düşündü bir an.

Oturduğu ev ile karakolun arası bir çeyrek verst kadardı. Bu yakınlarda yeni bir apartmanın dördüncü katında yeni bir daireye taşınmıştı karakol. Eski binasındayken, Raskolnikov bir ara, ama çok eskiden, şöyle bir uğradığını anımsadı karakola. Apartmanın kapısından girince sağdaki merdivenden elinde bir defterle bir mujiğin indiğini gördü. "Herhalde kapıcı... O zaman karakol da yukarıda..." diye düşündü ve merdivenlerden rastgele çıkmaya başladı. Kimseye bir şey sormak istemiyordu.

Dördüncü kata geldiğinde "İçeri girer girmez diz çöküp her şeyi anlatacağım onlara" diye düşündü.

Merdivenler dik ve dardı, üstelik bulaşık suyuna benzeyen birtakım pis sularla ıslanmıştı. Dördüncü kattaki bütün dairelerin mutfakları bu merdivene açılıyor ve bütün gün açık duruyordu. Bu nedenle olsa gerek merdivenler çok sıcaktı. Koltuklarında defterler, kapıcılar ve kadınlı erkekli pek çok ziyaretçi inip çıkıyordu merdivenlerden. Karakolun kapısı da ardına kadar açıktı. Raskolnikov içeri girdi, aralıkta durdu. Kimi oturan, kimi ayakta duran bir sürü mujik vardı burada. İçerisi çok sıcaktı, bu yetmezmiş gibi bir de pis kokulu bir bezir üzerine çekilmiş yeni yağlı boyaların mide bulandırıcı kokuları kaplamıştı ortalığı. Raskolnikov, burada biraz bekledikten sonra az ilerdeki odaya girmeye karar verdi. Tavanları alçak, küçük odalardı hepsi. Karşı konulmaz bir sabırsızlık onu hep biraz daha ilerlemeye itiyordu. Kimsenin de ona aldırdığı yoktu.

İkinci odada kendisinden biraz daha iyi giyimli bir kaç yazıcı oturmuş yazı yazıyorlardı. Tuhaf birtakım insanlardı bunlar. Raskolnikov içlerinden birine yanaştı. Adam kafasını kaldırıp sordu:

"Ne istiyorsun?"

Raskolnikov çağrı kâğıdını gösterdi.

Adam kâğıda bakıp, "Öğrenci misiniz?" diye sordu.

"Evet, eski öğrenci..."

Yazıcı, merak ve ilgiden yoksun halde donuk gözlerle bakıyordu. Bakışlarında sabit bir düşünceden başka bir şey olmayan darmadağınık bir adamdı bu.

Delikanlı, "Adam her şeyi boş vermiş... Kendisinden bir şey öğrenebilmem mümkün değil." diye içinden geçirdi.

"Siz şu odaya, sekretere bir başvurun..." dedi adam. Bir yandan da parmağıyla son odayı gösteriyordu.

Raskolnikov yazıcının gösterdiği baştan dördüncü odaya girdi. Küçücük bir odaydı burası da ve çok kalabalıktı. Yalnız buradakilerin giyim kuşamları daha düzgündü. Ziyaretçiler arasında iki tane kadın göze çarpıyordu. Kadınlardan biri yoksul giyimliydi, yas tuttuğu anlaşılıyordu; sekreterin masasının karşısında oturmuş, onun söylediği bir şeyleri yazıyordu. Öteki kadınsa çok şişman, kıpkırmızı yanaklı, lekeli yüzlü, gösterişlice bir şeydi; son derece süslü bir giysi vardı üzerinde, göğsüne de çay tabağı büyüklüğünde bir broş takmıştı. Masadan az ötede durmuş, bir şey bekliyordu. Raskolnikov sekretere çağrı kâğıdını uzattı. Sekreter kâğıda bir göz attıktan sonra, "Bekleyin" dedi ve yaşlı kadına yazdırdığı yazıya devam etti.

Raskolnikov rahat bir soluk aldı. "Herhalde o iş için değil!" diye düşündü. Yavaş yavaş üzerindeki korkuyu atıyor, olanca gücüyle kendine gelmeye çalışıyordu. "Söyleyeceğim aptalca bir söz, yapacağım en küçük bir dikkatsizlikle kendimi ele verebilirim! Burası da amma havasız..! Üstelik çok sıcak... Başım daha çok dönüyor gibi... Aklım da karmakarışık..."

Kendini perişan durumda hissediyor, toparlanamayacağından endişeleniyordu. İlgisiz bir şeyler düşünmeye, ne olursa olsun kafasını başka şeylerle meşgul etmeye çalışıyor, ama başaramıyordu. Başaramıyordu, çünkü kafasının karışıklığına ek olarak, sekreter de fazlasıyla ilgisini çekiyordu. Yüzüne bakıp bir şeyler çıkarmak istiyordu. Yirmi iki yaşlarında, genç biriydi.

"Çağırmışlar..." dedi Raskolnikov. "Bir çağrı kâğıdı aldım..."

Hemen kâğıtlarından başını kaldıran sekreter:

"Borcunu ödemesi için çağırılmış bir öğrenci efendim" dedi. Sonra Raskolnikov'a bir defter uzatıp parmağıyla bir yeri gösterdi:

"İşte, şurası! Okuyun!.."

"Para mı? Ne parası? Öyleyse... O iş için değil çağırmaları!" Delikanlı sevinçten titriyor, içinde anlatılmaz bir hafiflik duyuyordu. Sanki omuzlarından dağ gibi bir yük kalkmıştı.

Her neye kızdıysa, bu kızgınlığı gitgide artmakta olan teğmen:

"Saygıdeğer efendimiz söylerler mi acaba, saat kaçta gelmeleri yazılmış buraya?" diye bağırdı. "Sizden saat dokuzda gelmeniz istenmiş, oysa şimdi saat on biri geçiyor!"

Nedense hiç beklemediği bir öfkeye kapılan, dahası, bu öfkesinden biraz da zevk duyan Raskolnikov, adamı küçük gördüğünü belirtmek istercesine yüzünü ona tam dönmeden ve bağırarak:

"Daha çeyrek saat önce getirdiler çağrıyı" dedi. "Hasta halimle buraya geldiğime şükredin!"

"Rica ederim bağırmayın!"

"Ben bağırmıyorum, kendimi bilen biri gibi konuşuyorum. Asıl bağıran sizsiniz! Ve ben bir üniversite öğrencisiyim, kendime böyle bağırılmasına izin veremem!"

Komiser yardımcısı çileden çıkmıştı, öylesine ki, bir an ne diyeceğini şaşırdı, ağzı köpürdü, sonra yerinden fırlayarak:

"Rica ederim, susun!" diye bağırdı. "Resmi bir görev yerindesiniz. Kabalık edemezsiniz!" Raskolnikov yine bağırarak:

"Siz de resmi bir görev yerindesiniz." dedi. "Üstelik bağırmanız bir yana, burada bulunan herkesi hiçe sayıyor ve sigara içiyorsunuz!" Bunları söylediği için büyük bir haz duydu. Sekreter gülümseyerek onlara bakıyordu. Ateşli teğmen apışıp kalmışa benziyordu. Sonunda doğallığını yitirmiş bir sesle bağırdı:

"Bu sizi hiç ilgilendirmez! Siz lütfen sizden istenen şeye cevap verin! Gösterin ona Aleksandr Grigoryeviç. Şikâyet var hakkınızda! Borcunuzu ödememişsiniz! Üstelik bir de yavuz hırsız olup ev sahibini bastırıyorsunuz!"

Ama Raskolnikov'un artık onu dinlediği yoktu, bilmeceyi bir an önce çözmek için hemen sekreterin uzattığı kâğıdı aldı, birkaç kez okudu, ama bir şey anlamadı.

"Ne bu?" diye sordu sonunda sekretere. "Ödemek zorunda olduğunuz bir borcunuz bulunduğunu gösteren bir borç senedi... Ya faizleri ve masraflarıyla birlikte bu borcu ödeyeceksiniz ya da ne zaman ödeyebileceğinizi bildireceksiniz. Ayrıca, borcunuzu ödeyene dek başkentten ayrılmayacağınızı, mallarınızı satmayacağınızı ve gizlemeyeceğinizi de taahhüt edeceksiniz. Öte yandan alacaklı, mallarınızı satmakta ve size yasa hükümlerinin uygulanması için girişimde bulunmakta serbesttir."

"Ben... Kimseye borçlu değilim ki!"

"Orası bizi ilgilendirmez. Dul Bayan Zarnitsına'ya verdiğiniz ve vadesinde ödemediğiniz için karşı tarafın yasalara uygun olarak protesto ettiği ve sonra saray müşaviri Cebarov'a ciro ettiği yüz on beş rublelik bir borç senedi getirdiler bize. Sizi buraya işte bu sorunla ilgili ifadenizi almak için çağırdık."

"Ama o kadın benim ev sahibim!"

"Ne olmuş ev sahibinizse?"

Sekreterin delikanlıya bakışlarında hem acıma hem de aşağılama vardı. Aynı zamanda, yaşamın çetin yanlarıyla ilk kez karşılaşan bir acemiye, "E, şimdi nasılsın bakalım aslanım?" der gibi bir havayla bakıyordu.

O anda ne borç senedi ne para ödemesi gerektiği umurundaydı Raskolnikov'un? O an için, üzülmeyi hatta en küçük bir ilgiyi hak etmeyen bir mevzuydu bu. Öylece ayakta duruyor, okuyor, dinliyor, karşılık veriyor, dahası, kendisi birtakım sorular soruyordu; ama bunların hepsini mekanik olarak yapıyordu. Şu anda onun bütün varlığını dolduran tek duygu, her türlü öngörüden, çözümlemelerden, gelecekle ilgili fal bakarcasına yapılan tahminlerden, kuşkulardan, sorulardan uzak bir tehlikeden kurtulmuşluk duygusu, kendini korumuş olmanın doğurduğu sevinçti. Hayvanca bir sevinç... Sözün tam anlamıyla böyle bir sevinçle doluydu bu an. Ama tam bu şu anda müthiş bir gürültü koptu. Uğradığı aşağılanmanın verdiği sarsıntıdan hâlâ kurtulamamış olan teğmen, azalan özsaygısını yeniden kazanmak için olacak, odaya girdiği andan beri aptalca bir gülümseyişle kendisine bakıp duran zavallı "süslü kadın"ın üzerine yürüdü. Çileden çıkmış gibiydi. Gırtlağını yırtarcasına:

"Seni alçak karı seni!" diye bağırdı. Yaşlı kadın odadan çıkmıştı. "Neler oldu yine geçen gece senin orada ha? Yine sokak ortasında rezalet, edepsizlik. Yine sarhoşluk, kavga... Anlaşılan kodes yine burnunda tütmeye başladı. Kaç kez uyardım seni!.. Tam on kez, değil mi? Ve ne dedim. On birincisinde elimden kurtulamazsın... Sense her türlü alçaklığa devam ediyorsun!"

Elindeki kâğıdı yere düşüren Raskolnikov kendisine böylesine saygısızca davranılan bu kadına tuhaf tuhaf baktı. Bakınca da sorunun ne olduğunu çabucak anladı. Böylece de olup bitenleri birdenbire keyifle izlemeye başladı. Konuşmaları öylesine büyük bir zevkle dinliyordu ki canı gülmek, kahkahalarla, katıla katıla gülmek istiyordu. Öylesine bozuktu sinirleri.

Sekreter bir ara:

"Ilya Petroviç..." diye söze başlamak istediyse de, öfkelendiği zaman teğmeni durdurmanın çok zor olduğunu deneyimleriyle bildiği için söyleyeceklerini daha uygun bir zamana erteledi.

Süslü kadına gelince... Kadın, teğmenin gürlemesinden, şimşekler yağdırmasından önce çok korkmuş; ama sonra, şaşılacak şey, sövgüler çoğaldıkça ve ağırlaştıkça, kadının yüzü sevimli bir hal almış, teğmene tatlı tatlı gülümsemeye başlamıştı. Yerinde kıpırdayıp duruyor ve sabırsızlıkla söz şırasının kendisine gelmesini bekliyordu. Sonunda söz sırası ona geldi. Su gibi bir Rusçayla, ama yere nohut dökülür gibi kuvvetli bir Alman aksanıyla konuşmaya başladı:

"Evimde ne gürültü patırtı, ne de kavga dövüş oldu. Rezalet denebilecek bir olay da çıkmadı. O adam, kendileri yani, sarhoş geldiler; size ben her şeyi anlatacağım yüzbaşım... Benim hiçbir suçum yok... Evim, soylu bir evdir yüzbaşım, gelen herkese de soylu davranılır... Ve yüzbaşım ben kendim hiçbir zaman rezalet çıksın istemem. Kendileri zaten çok sarhoş gelmişlerdi, tuttular üç şişe daha istediler... O adam yani... Sonra da bacaklarını kaldırıp ayaklarıyla piyano çalmaya başladı. Hiç hoş bir davranış değil, hele böyle soylu bir evde... Ve piyanomu kırdı... Tümüyle kırdı... Çok, çok yakışıksız bir davranıştı bu... Ben de bunu kendisine söyledim. Tuttu, eline bir şişe alıp herkesi gerisinden dürtüklemeye başladı. Ben de ne yapayım, kapıcıyı çağırdım, Karl geldi. Bu kez Karl'a saldırdı ve onun gözünü şişirdi. Henriette'in de gözünü şişirdi, bana da beş tokat attı. Soylu bir ev için hiç yakışık almayan davranışlarda bulundu yüzbaşım. Ben de, ne yapayım, bağırmaya başladım. O da kanala bakan pencereyi açıp, domuz yavrusu gibi bağırmaya başladı. Ne ayıp! Pencere açılır da hiç sokağa domuz yavrusu gibi bağırılır mı! Tuh-tuh-tuh! Karl da arkadan yanaşıp frakının eteğinden tuttu ve çekti, ama onu pencereden uzaklaştırmak için çekmişti Karl, gelgelelim, frakın eteği koptu. Bunun üzerine bağırmaya, frakı için kendisine on beş ruble ödememiz gerektiğini söylemeye başladı. Ben de üç beşlik çıkarıp kendisine istediğini verdim. Ve işte soylu bir eve hiç yakışmayan bu konuk, yüzbaşım bütün bu rezaletleri çıkardı! Sonra da, benim bütün gazetelerde sözüm geçer, size karşı öyle bir yergi yazacağım ki... diye tehdit etti."

"Demek, bir yazarmış kendisi?"

"Evet yüzbaşım, soylu bir eve hiç yakışmayan bayağı bir konukmuş meğerse..."

"Peki peki peki! Yeter artık! Söylemiştim sana, söylemiştim, söylemiştim..."

"Ilya Petroviç!" diye anlamlı anlamlı yeniden seslendi sekreter. Komiser muavini hızla dönüp sekretere baktı; beriki hafifçe başını eğdi.

"İşte böyle Laviza Ivanovna" diye sürdürdü sözünü Komiser muavini, "son kez söylüyorum size. Eğer şu soylu evinizde bir kez daha rezalet çıkacak olursa, kibarcası, sizi kendi ellerimle okşarım. Duydun mu? Demek bir edebiyatçı, bir yazar, soylu bir evde, frakının kuyruğu için on beş ruble aldı ha! Böyledir işte bunlar!"

Raskolnikov'a aşağılayıcı bir bakış fırlattı "İki üç gün önce meyhanelerden birinde de bir olay olmuştu. Adam yemek yemiş iş paraya gelince yan çizmiş, 'Sizin için bir yergi yazayım da görün!' diye bir de gözdağı vermiş. Geçen hafta da vapurda yine biri, devlet danışmanlarından birinin saygıdeğer ailesine edepsizce laflar etmiş. Bir başkasını da geçenlerde bir pastaneden sille tokat dışarı atmışlardı. Yazar, edebiyatçı, öğrenci, tellâl takımı böyledir işte... Tükür gitsin hepsine! Sana gelince, çek arabanı! Bundan böyle gözüm üzerinde olacak ve kendim gelip kontrol edeceğim seni! Duydun mu?"

Luiza Ivanovna sağa sola hızlı reveranslar dağıtarak geri geri kapıya gitti, ama kapıda birden bir subaya kıçıyla çarptı. Karakol komiseri Nikodim Fomiç'ti bu. Aydınlık yüzlü, son derece gösterişli kumral favorileri olan sevimli bir adamdı. Luiza Ivanovna nerdeyse yerlere kadar eğilerek bir reverans daha yaptı, sonra küçük, sık adımlarla, seke seke uçup gitti.

Nikodim Fomiç sevecen, dostça gülümseyerek Ilya Petroviç'e:

"Yine mi gürlemeler, kasırgalar, yıldırımlar, şimşekler..." dedi. Yine kafanın tası atmış, çileden çıkmışsın!.. Tâ merdivenlerden duydum sesini!.."

Ilya Petroviç, elinde birtakım kâğıtlar, bir masadan bir başka masaya geçiyordu. Yürürken ne yana adım atarsa, omuzlarını da o yana doğru oynatıyordu. Soylu bir kayıtsızlıkla ve kırıtarak:

"Ah, hiç sormayın!" dedi. "Örneğin şu bay yazar, yani öğrenci, daha doğrusu eski öğrenci... Borç senedi imzalamış. Hem borcunu ödemiyor, hem de oturduğu evi boşaltmıyor. Durmadan yakınmalar geliyor hakkında, ama o bunlarla ilgilenecek yerde, bana burada sigara içemeyeceğimi söylüyor! Oysa asıl kabalaşan kendisi. İşte şurada, bir bakın, ne şık bir görünüşü var değil mi!"

"Yoksulluk ayıp değil ki azizim, ne yapsın adam! Bugün yine barut gibisin, bu açıkça belli oluyor."

Nikolay Fomiç, Raskolnikov'a sevecenlikle bakarak sürdürdü sözlerini:

"Herhalde sizi kızdırdı ve siz de dayanamayıp... Ama boşuna kızmışsınız. Son derece temiz yüreklidir o, kötülük nedir bilmez. Ama işte barut gibidir! Parlamasıyla sönmesi bir olur! Söndüğü zaman da geride altın bir yürekten başka bir şey göremezsiniz! Alaydaki adı da 'Barut teğmen'di zaten..."

Ilya Petroviç, pohpohlanmaktan çok sevinçli, ama yine de somurtarak:

"Ne alaydı ama!.." dedi.

Raskolnikov, orada bulunan herkese güzel bir şeyler söylemek için birden içinde dayanılmaz bir istek duydu. Birden Nikolay Fomiç'e döndü ve söze ortadan girerek:

"İnsaf, yüzbaşım" dedi, "kendinizi benim yerime koyun... Eğer bir kabalık ettiysem kendilerinden hemen özür dilemeye hazırım... Ben yoksul, hasta, sefaletin pençesi altında ezilmiş bir öğrenciyim. Daha doğrusu eski bir öğrenci... Parasızlıktan bıraktım okulu. Ama yakında param olacak. Annemle kız kardeşim para gönderecekler bana; ben de borcumu ödeyeceğim. Ev sahibim iyi bir kadındır, yalnız dört aydır derslerimi kaybettim ve kirasını ödeyemiyorum diye bana öyle kızdı ki öğle yemeklerini bile kesti... Doğrudur, ortada bir borç senedi var. O da benden bu senede göre para istiyor, iyi ama kendinizi benim yerime koyun, ne vereceğim ben ona?" Sekreter yeniden:

"Bu durum bizi ilgilendirmez..." diyecek oldu "Size tamamen katılıyorum, ama lütfen izin verin açıklayayım..." diye sözlerini sürdürdü Raskolnikov. Sekretere değil, Nikodim Fomiç'e bakarak konuşuyordu. Aynı zamanda kâğıtlarla uğraşıyormuş gibi yapan ve delikanlıyı küçümsediği ve ona hiç önem vermediği izlenimi yaratmaya çalışan Ilya Petroviç'in de ilgisini çekmeye çalışıyordu. "Benim de kendi açımdan durumu açıklamama izin verin... Üç yıldan beri, yani hemen hemen taşradan geldiğimden bu yana onun evinde oturuyorum. Ve daha ilk günden, yani evine geçtiğim ilk günden... Evet, ne diye açıklamayayım ki, daha ilk günden kızıyla evlenmeye söz verdim, yani öyle, bağlayıcı olmayan bir söz... Gerçi âşık falan değildim kıza, ama hoşuma da gitmiyor değildi... Tek kelimeyle, gençlik işte... Söylemek istediğim bu... Yani ev sahibim o zaman bana epeyce bir borç verdi ve ben nasıl söylemeli, öyle bir yaşam sürdüm ki... Aklı bir karış havada biriydim o sıralar..."

Ilya Petroviç havalı bir şekilde ve kabaca; "Sizden gizli ilişkilerinizi soran olmadı beyefendi, hem bizim bunları dinlemeye de zamanımız yok..." diyerek Raskolnikov'un sözünü kesmek istedi ama Raskolnikov coşkunlukla onu durdurdu ve birden konuşma güçlüğü çekmeye başlamasına rağmen sözlerini sürdürdü:

"Ama müsaade edin de her şeyin nasıl olup bittiğini size anlatayım. Aslında sizden farklı düşünmüyorum, belki gereksiz bunları anlatmak... Ama işte kız bir yıl önce tifodan öldü. Ben yine evde kiracı olarak oturmaya devam ettim. Ev sahibim şimdiki evine taşınır taşınmaz bana -hem de dostça bir havada söylüyordu bunları- güveninin tam olduğunu, bununla birlikte kendisine borcum olan yüz on beş ruble için bir borç senedi imzalayıp imzalayamayacağımı sordu. Ve kendisine bu senedi imzalar imzalamaz, bana ne zaman istersem, ne kadar istersem, yeniden borç verebileceğini ve ben borçlarımı ödeyinceye dek -onun sözleriyle söylüyorum- bu senetten hiçbir zaman, ama hiçbir zaman yararlanmayacağını söyledi. Şimdiyse derslerimi kaybettim ve yiyecek bir lokma ekmeğe muhtaç oldum diye senedi tahsile vermiş. Siz olsanız ne yaparsınız?"

Ilya Petroviç küstahça araya girdi:

"Anlattıklarınız kişisel ayrıntılar ve bunların bizi ilgilendiren bir yanı yok... Bir yükümlülük altına girmişsiniz, ne diyeceksiniz, onu söyleyin bize, göz yaşartıcı aşk öykülerinizi de kendinize saklayın."

Bir masaya geçmiş ve birtakım kâğıtları imzalamaya başlamış olan Nikodim Fomiç:

"Sen de amma acımasızsın!.." diye mırıldandı. Utanmış gibi bir hali vardı.

Bu arada sekreter:

"Lütfen yazın" dedi Raskolnikov'a.

Raskolnikov özellikle kaba olmaya çalışarak:

"Ne yazayım?" dedi.

"Size söyleyeceklerimi!"

"Günah çıkarmasından" sonra sekreter kendisine küçümseyerek ve daha kaba davranıyormuş gibi geldi Raskolnikov'a. Ama birden kimin ne düşündüğünü hiç de umursamadığını fark etti. Bir anda gerçekleşmiş bir değişmeydi bu. Oysa birazcık düşünebilseydi nasıl olup da polislerle böyle konuşabildiğine, onlara duygularını açabildiğine çok şaşırırdı. Hem bu duygular da nereden çıkmıştı? Tam tersine, yüreği öylesine bomboştu ki, şu anda bu karakol odası polislerle değil de, en sevdiği dostlarıyla dolu olsaydı bile onlara söyleyecek tek insanca söz bulamazdı. Yapayalnızlığın, sonsuz acı verici karanlık duygularıyla doluvermişti yüreği. Ne Ilya Petroviç'e içini boşaltması, ne de teğmenin karşısında alçalmış olmasıydı şu anda yüreğini altüst eden şey. Ah! Şu anda ona neydi alçalmış olmasından, kendine duyduğu saygıdan, birtakım teğmenlerden, Alman kadınlarından, tahsile verilmiş senetlerden, karakollardan, polislerden!.. Şu anda acaba diri diri yakılmaya mahkûm edilse kılı kıpırdar mıydı? Bu da bir yana mahkûmiyet kararını dikkatle dinleyebilir miydi? Şu ana kadar hiç bilmediği, ansızın bastırmış yepyeni bir duygunun etkisi altındaydı. Şu anda, değil az önceki gibi duygusal coşkunluğa kapılmak, her ne nedenle olursa olsun, karakola gelmemesi ve polislere -bu polisler öz kardeşleri bile olsalar- hiçbir şekilde başvurmaması gerektiğini anlıyordu. Bu, şu ana kadar hiç bilmediği, tanımadığı, son derece tuhaf ve korkunç bir duyguydu. İşin en acı veren yanı da, bunun bilinçli bir algılama olmaktan çok bir duygu, hem de ömrü boyunca tanıdığı en acı verici duygu olmasıydı.

Sekreter, delikanlıya, böyle durumlar için klasikleşmiş bir metin yazdırmaya başladı. Şimdi ödeyemeyeceğim, falan tarihte ödemeye söz veriyorum, kentten ayrılmayacağım, mal varlığımı kimseye satmayacağım, devretmeyeceğim vb.

Sekreter birden:

"Yazamıyorsunuz, kalem elinizden düşüyor. Yoksa hasta mısınız?"

Bir yandan da dikkatle Raskolnikov'a bakıyordu.

"Evet... Biraz başım dönüyor... Siz devam edin!"

"Tamam, imzalayın."

Sekreter kâğıdı alarak uzaklaştı. Sonra başkalarıyla meşgul olmaya başladı. Raskolnikov kalemi verdi ama çıkıp gidecek yerde, dirseklerini masaya dayadı, başını elleri arasına alıp sıkıştırmaya başladı. Sanki tepesine çivi çakıyorlardı. Birden çok tuhaf bir şey geldi aklına, doğruca Nikodim Fomiç'e gitmek ve dün olanları en küçük ayrıntısına kadar anlattıktan sonra odasına götürüp köşedeki eşyayı göstermek istedi. Öylesine güçlü bir istekti ki bu, uygulamak için yerinden kalktı. Bir ara, "Acaba biraz düşünsem mi?" diye aklından geçirdi. Sonra, "Hayır, düşünmemeliyim, sırtımdan yükü hemen atmam gerek" dedi. Ama birden mıhlanmış gibi olduğu yerde kalakaldı. Nikodim Fomiç, Ilya Petroviç'e ateşli ateşli bir şeyler anlatıyor, sözleri ona kadar geliyordu:

"Hayır, hiç şüphen olmasın ikisini de bırakacaklardır. Ortada aleyhlerine hiçbir şey yok. Düşünün. Eğer bu iş onların işi olsaydı, hiç kapıcıyı çağırırlar mıydı? Kendi kendilerini ele vermek için mi? Ama doğrusu bu kadarı da fazla kurnazlık olurdu. Öğrenci Pestriyakov'u kapıdan içeri girerken hem kapıcılar, hem de satıcı kadın görmüş, Pestriyakov üç arkadaşıyla birlikteymiş, tam kapının orda onlardan ayrılmış ve kapıcılardan daireyi sormuş; kapıcılara bunu sorarken, arkadaşları henüz yanındaymışlar. Niyeti bu olan bir insan, tutup da kapıcılardan adres sorar mı? Koch'a gelince, yukarı çıkmazdan önce, yarım saat kadar aşağıda gümüşçüde oturmuş, ondan sonra kocakarıya çıkmış... Şimdi artık varın kararı siz verin..."

"Ama izin verin, sözlerinde bir çelişki yok mu? Kendileri kapıyı çaldıkları sırada kapı kilitliymiş, üç dakika sonra kapıcıyla birlikte geldiklerinde ise kapının açık olduğunu görmüşler?"

"İşin püf noktası tam da burası zaten. Katil besbelli içerdeymiş ve kapıyı da içerden sürgülemiş ve eğer Koch aptallık edip de kapıcıyı bulmak için aşağıya inmeseymiş, adamı kesinlikle içerde enseleyeceklermiş. O işte tam bu sırada merdivenlerden sıvışmak ve onlara görünmeden şu ya da bu biçimde bir yerlere gizlenerek kaçmak fırsatını bulmuş olmalı. Koch yemin üstüne yemin ediyor ve "Eğer orada kalmış olsaydım, kesinlikle üzerime atılır ve baltasıyla beni de öldürürdü" diyor. Hatta adamcağız kurtuluşu şerefine kilisede dua okutacakmış, hah ha!"

"Yani katili kimse görmemiş, öyle mi?"

"Kim görecek?" dedi oturduğu yerden konuşmaları dinlemekte olan sekreter. "Ev değil, Nuh'un Gemisi mübarek..."

Nikodim Fomiç ateşli ateşli:

"Mesele gayet açık, apaçık" diye yineledi.

"Hayır, hiç de öyle değil" diye diretti Ilya Petroviç.

"Çok karışık bir iş bu."

Raskolnikov şapkasını alıp kapıya doğru yürüdü, ama kapıya ulaşamadı. Kendine geldiğinde sandalyede oturmakta olduğunu gördü; sağından birisi kendini tutuyor, solunda da yine bir adam elinde sarı bir suyla dolu bir bardakla duruyordu; Nikodim Fomiç de gözlerini üzerine dikmiş, tam karşısında duruyordu. Raskolnikov sandalyesinden kalktı. Nikodim Fomiç, oldukça sert bir ses tonuyla sordu:

"Hasta mısınız?"

Yerine oturarak tekrar kâğıtları kurcalamaya başlayan sekreter, "Senedi imzalarken kalemi güçlükle tutuyordu" dedi.

Odanın uzak köşesindeki masada oturan Ilya Petroviç de bağırdı.

"Ne zamandır hastasınız?"

Genç adam baygın yatarken o da koşup bakmış, ama ayılır ayılmaz hemen masasına geçmişti.

"Dünden beri diye mırıldandı" Raskolnikov.

"Dün dışarı çıkmış mıydınız?"

"Evet."

"Bu hasat halinizle mi?"

"Evet, hasta halimle."

"Saat kaç sularıydı?"

"Sekiz civarı."

"Nereye olduğunu öğrenebilir miyim?"

"Öylece sokağa."

"Biraz daha net konuşur musunuz!.."

Raskolnikov'un yüzü bembeyazdı, kömür karası gözlerini Ilya Petroviç'e dikmişti. Sert ve kesik cevaplar veriyordu.

"Genç adam zar zor ayakta duruyor, sense kalkmış..." diyecek oldu Nikodim Fomiç.

Ilya Petroviç anlamlı anlamlı:

"Yok bir şey..." dedi.

Nikodim Fomiç bir şeyler daha söyleyecek gibi oldu ama sekreterin kendisini dikkatli gözlerle süzdüğünü görünce konuşmamayı tercih etti. Herkes sus pus olmuştu.

Ilya Petroviç:

"Gidebilirsiniz," diyerek konuşmaya son noktayı koydu.

Raskolnikov çıkar çıkmaz içeride hararetli bir konuşmanın başladığını ve Nikodim Fomiç'in sorgucu sesinin diğerlerinin sesini bastırdığını duydu.

Dışarı adımını attığında kendine gelmeye başlamıştı. Hızlı adımlarla evine doğru giderken, "Kesin arama yapacaklardır, kesin," diye söyleniyordu kendi kendine. "Hainler! Şüpheleniyorlar!"

Az önce yaşadığı korku haliyle yine baştan aşağı dehşete kapıldı.

II

"Ya odamı aramak için gelmişlerse? Ya gittiğimde onlarla odamda karşılaşırsam?"

Ama işte odasına gelmiş ve kimseciklerle karşılaşmamıştı. Odası bıraktığı gibiydi. Nastasya bile hiçbir şeye el sürmemişti. Aman Tanrım! Her şeyi o deliğin içinde nasıl bırakabilmişti?

Hemen köşeye yöneldi. Elini duvar kâğıdının arkasına sokarak gizlediklerini tek tek çıkarmaya ve ceplerine doldurmaya başladı. Topu topu sekiz parçaydı. Küp ve benzeri şeylerin doldurduğu iki küçük kutu -içlerinde ne olduğunu tam olarak bilmiyordu- ve yine dört tane maroken kaplı küçük kutu... Eski gazeteyle paketlenmiş bir zincir, bir de, yine gazete kâğıdına sarılmış, madalyaya benzer bir şey...

Hepsini paltosunun cepleriyle, pantolonunun sağlam kalan sağ cebine yerleştirdi. Bunu yaparken belli olmamalarına özellikle dikkat etti. Para çantasını da alıp odadan çıktı. Ama bu kez kapıyı sonuna kadar açık bıraktı.

Kendini çok bitkin hissetmesine rağmen kararlı ve hızlı adımlarla yürüyordu. Düşünceleri berraktı. İzleneceğinden korkuyordu. Pekala, yarım saat, belki de çeyrek saat sonra hakkında bir kovuşturma emri çıkarılabilirdi. Ne pahasına olursa olsun delilleri ortadan kaldırmalı, daha gücünü ve bilincini tümüyle yitirmemişken bu işin üstesinden gelmeliydi... Ama nereye gidecekti?

Bunun kararını çoktan vermişti. "Hepsini kanala atarım, ne delil kalır ortada, ne bir şey." Gece, sayıklamalar arasında kararlaştırmıştı bunu. Hatta kararını hatırladıkça doğrulup kalkmak istiyor ve "Çabuk, bir an önce gidip atmalıyım" diyordu. Ama anlaşılan bu iş pek kolay olmayacaktı. İşte yarım saatten fazla bir zamandır

Katerina kanalı boyunca dolaşıp duruyordu, ama kanala inen her merdiveni birkaç kez gözden geçirmesine rağmen, bir türlü kararını uygulayamıyordu. İniş merdivenlerine kayıklar bağlanmıştı ve bunların üzerinde çamaşır yıkayan kadınlar vardı. Üstelik çevreden gelip geçenlerin sayısı da az değildi. Her yerden görebilirlerdi kendisini. Adamın birinin durup dururken merdivenlerden inmesi, aşağıda biraz oyalandıktan sonra da suya bir şeyler atması haliyle kuşku uyandırabilirdi. Hele bir de kutular batmaz da suyun üstünde kalırsa? Öyle olduğu takdirde herkes görürdü. Zaten başka işleri kalmamış gibi yoldan gelip geçenler de kendisine bakıp durmuyorlar mıydı? "Acaba neden bakıyorlar?" diye düşündü. "Yoksa bana mı öyle geliyor?"

Nihayet aklına cebindekileri götürüp Neva'ya atmasının daha uygun olabileceği düşüncesi geldi. Kalabalık da olmazdı orada, insanın fazla göze batmayacağı bir yerdi. Her bakımdan buradan daha uygun olduğu kesindi. En önemlisi de buralardan uzaktı. Böylesine kederli ve korkmuş bir yüzle, böylesine tehlikeli yerlerde yarım saatten fazla bir süredir nasıl olup da aylak aylak dolaşabildiğine ve Neva'yı daha önce akıl edemediğine şaşıp kaldı. Uyurken, üstelik de sayıklamalar arasında verdiği aptalca bir karar yüzünden yarım saatini çarçur etmişti! Son derece dalgın ve unutkan olmuştu ve bunu kendisi de biliyordu. Elini çabuk tutması gerekiyordu, hem de çok çabuk...

Neva'ya "V" caddesini izleyerek gitti. Yolda birden "Neden Neva'ya gidiyorum ki?" diye düşündü. "Neden ille de suya atacağım? Çok uzaklara, örneğin adalara gidip, ormanda bir ağacın altına, çalıların arasına gömsem, sonra da ağacı işaretlesem daha iyi olmaz mı?" Sağlıklı düşünebilecek bir durumda olmadığını bilmesine rağmen bu düşüncesi ona oldukça doğru göründü.

Ne var ki adalara gitmesi de mümkün olmadı, iş başka türlü sonuçlandı. "V" caddesinden meydana çıkarken birden sol yanında bir avlu kapısı gördü. Avlu boydan boya yüksek duvarlarla çevriliydi. Kapıdan girince hemen sağda, yandaki dört katlı apartmanın sıvasız, penceresiz yüksekçe duvarı avlunun derinliğine doğru uzanıyordu. Solda, kapıdan başlayarak ve sağdaki duvara paralel olarak avlunun yirmi adım kadar derinliğine uzanan, sonra yine sola kıvrılan bir tahta perde vardı. Tahta perdeyle çevrilmiş boş bir yerdi burası. Daha ilerde, avlunun dibine doğru, tahta perdenin ardından isten kararmış, alçak, taş bir yapının köşesi görünüyordu. Burası bir araba yapımevine, tesviye işliğine ya da bu türden başka bir yapıya ait bir bölüme benziyordu. Her yer, nerdeyse daha kapıdan başlayarak kömür tozuyla simsiyahtı. Raskolnikov "İşte tam yeri, buraya atıp uzaklaşayım" diye düşündü. Etrafı kolaçan etti. Avluda kimsenin bulunmadığını görünce içeri girdi. Hemen kapının yanında, fabrika ve işlik olarak kullanılan bu tür yapıların çoğunda rastlandığı gibi, çitlere dayalı bir su oluğu vardı. Tahta perdenin hemen üzerine gelen bölümünde bu türden yerlerde hep rastlanılan bilgece bir yazı gördü. Tebeşirle yazılmıştı yazı. Şöyle diyordu: "Burada durmak yasaktır." Demek ki onun burada bulunmasından kimse kuşkulanmayacaktı. "Hepsini çabucak bir köşeye atar, kaçarım!" diye düşündü.

Bir kez daha çevresine bakındı. Tam elini cebine soktuğu sırada, birden avlu kapısı ile oluk arasında, sokağa bakan taş duvara yaslanmış duran, aşağı yukarı yirmi beş kilo ağırlığında büyük bir taş gördü. Duvarın ötesinde sokak, kaldırım, sokakta yürüyen insanlar vardı. Ama içeri girmedikçe kimse kendisini göremezdi. Ancak elini çabuk tutmalıydı, her an içeri biri girebilirdi.

Taşın üstüne eğildi, yukardan iki eliyle sıkıca kavrayıp olanca gücüyle taşı bir yana yıktı. Taşın altında küçük bir çukur oluşmuştu. Ceplerinde ne varsa çukura koymaya başladı; para çantası en üste gelmişti. Çukur, cebindeki her şeyi almış, hatta daha yer bile kalmıştı. İşini bitirdikten sonra taşı yeniden tuttu, bir hareketle eski yerine getirdi. Tam yerine oturmuştu taş. Ancak eskisinden biraz daha yüksekçe duruyordu. Ayağının ucuyla toprak kazıp taşın sağına soluna bastırdı. Artık hiçbir şey belli olmuyordu.

İşini bitirip avludan çıktı, alana doğru yürüdü. Bir anda içini tıpkı daha önce karakolda duyduğuna benzer büyük bir sevinç dalgası kaplamıştı. "Bütün deliller yok oldu. Bu taşın altını aramak kimin aklına gelir ki? Bu taş belki binanın yapıldığı günden beri burada ve belki bir o kadar zaman daha burada kalacaktır. Bulsalar bile kim kuşkulanır benden? Bu iş burada bitti, hiçbir ipucu kalmadı ortada." Gülümsedi. Sonraları, o gün sinirli sinirli, kesik kesik, sessiz sessiz, uzun uzun güldüğünü, gülüşünün alanı geçene dek sürdüğünü hatırlayacaktı. Ama gülüşü, üç gün önce o kızla karşılaştığı "K" bulvarına varınca birdenbire kesildi. Bambaşka düşünceler geçmeye başladı kafasından. Kız gittikten sonra oturup düşünceye daldığı sıranın yanından geçmek, kendisine yirmi kopek verdiği o palabıyıkla karşılaşmak, birden dayanılmayacak kadar ağır ve tiksindirici geldi. "Allah belâsını versin!" diye söylendi.

Çevresine öfkeyle bakıyor, dalgın dalgın yürüyordu. Zihni, düşüncesi belli noktada toplanmaya başlamıştı; bunun gerçekten merkezi bir nokta olduğunun da farkındaydı. İçinde büyük bir öfke dalgası yükseliyordu. "Allah belâsını versin bütün bunların, her şeyin Allah belâsını versin!" diye düşündü. "Mademki başladık, artık yapacak başka bir şey yok demektir; ama bu başlayan yeni hayatın da Allah belâsını versin! Tanrım! Nasıl da aptalca her şey!.. Nasıl yalanlar söyledim, nasıl da alçaldım bugün! Ilya Petroviç denilen iğrenç herifin karşısında ne yaltaklıklar yaptım, kendisine ne numaralar çektim! Ne saçma! Herkesin, hatta kendi yaptığım yaltaklıkların, dalkavuklukların... Her şeyin içine tükürmüşüm! Sorun bunlar değil, hem de hiç değil." Birden durdu, yeni, hiç beklenmedik, son derece yalın bir soru ansızın düşüncelerini darmadağın etti, acı bir şaşkınlık verdi:

"Eğer bu işleri yaparken seni aptallığın değil de bilincin yönlendirdiyse, yani gerçekten de sarsılmaz bir amacın varsa, neden şu ana kadar daha para çantasının içine bile bakmadın? Bunca acı, bunca alçalma uğruna eline geçenin ne olduğunu neden öğrenmedin? Böylesine iğrenç ve alçakça bir işi bilinçli olarak niçin yaptığını hâlâ bilmiyorsun? Daha kısa süre önce para çantasını da, bütün öteki şeyleri de suya atmak istiyordun... O halde nedir bütün bunların anlamı?"

Evet, bu böyle, bu hep böyleydi zaten. Aslında o bunun böyle olduğunu eskiden de biliyordu ve soru onun için hiç de yeni değildi. Geceleyin suya atma kararını verirken, ille de böyle olması gerekirmiş, başka türlü olamazmış gibi, hiç ikirciklenmeden, karşı koymadan onaylamıştı kararını... O, bütün bunları biliyor ve hatırlıyordu; hatta bütün bunlar öyle dün kararlaştırılmış şeyler de değildi. Daha kocakarının evinde, sandığın içindekileri ceplerine doldururken verilmiş bir karardı bu. Evet, böyleydi!..

Sonunda canı sıkkın bir halde "Hastayım da, ondan böyle oluyor" diye düşündü. "Kendi kendimi yiyip bitiriyorum, acı çektiriyorum kendime. Ne yaptığımın da farkında değilim... Dün de, önceki gün de, ondan önce de hep kendi kendime işkence ettim. İyileşeceğim... Ama ya bir de iyileşemezsem? Tanrım! Bütün bunlardan nefret ediyorum!"

Durmadan aralıksız yürüyordu. Ne şekilde olursa olsun biraz açılmak, kendine gelmek, kendini toparlamak için karşı konulmaz bir istek vardı içinde. Ama ne yapması gerektiğini bilemiyordu. Geçen her dakikayla birlikte bütün benliğini yeni, tarif edemediği bir duygu sarıyordu. Çevresindeki her şeye, karşılaştığı herkese karşı duyduğu sonsuz bir tiksinmeydi bu. Bitmez tükenmez, kinle dolu, nerdeyse fiziksel bir tiksinme... Yolda rastladığı herkes tiksinti veriyordu ona; herkesin yüzü, yürüyüşü, hareketleri tiksinç geliyordu. Birisi kendisiyle konuşmaya kalksa, herhalde doğruca yüzüne tükürür, ya da belki de onu ısırırdı...

Vasilyev adasında, köprünün yanında Küçük Neva rıhtımına gelince durdu. "İşte o bu evde oturuyor..." diye düşündü. "İyi de nasıl geldim ben buraya? Razumihin'e kendiliğinden gelmiş olamam... Yine o günkü hikâye... Çok ilginç buraya kendiliğimden mi geldim yoksa yolum öylece buraya mı çıkıverdi? Her neyse, fark etmez... O zaman da niyetlenmiştim ya... Üç gün önce, o günün hemen ertesi günü... Razumihin'e gitmeye kalkmıştım... Ben de şimdi uğrarım... Uğrayamaz mıyım yani şimdi?" Razumihin'in oturduğu beşinci kata çıktı. Razumihin odasında yazı yazıyordu, kapıyı kendisi açtı. Dört aydır görüşmemişlerdi. Sırtında çok eski bir gecelik, çıplak ayaklarında terlik vardı. Saçları dağınıktı, tıraş olmamıştı. Yüzünde şaşkın bir ifade vardı. Odaya giren arkadaşını tepeden tırnağa süzerek:

"Sen ha?" diye bağırdı, sonra sustu, bir ıslık çaldı. Raskolnikov'un üstündeki paçavraları fark etmişti. "Doğrusu bu kadar kötülediğini bilmiyordum. Şıklıkta beni bile geride bırakmışsın. Otursana, yorulmuşsundur!"

Raskolnikov, kendisininkinden de kötü durumda olan muşamba kaplı sedire uzanınca, Razumihin birden arkadaşının hasta olduğunu fark etti:

"Sen oldukça hastasın yahu, biliyor muydun bunu?" Elini uzatıp Raskolnikov'un nabzını dinlemeye başladı. Raskolnikov kolunu çekti:

"Gerek yok... Ben buraya niçin geldim, biliyor musun? Hiç öğrencim yok bu sıralar... Biraz ders verebilseydim... Ama hayır, benim ders falan istediğim yok..."

Razumihin onu dikkatle süzüyordu:

"Sen sayıklıyorsun yahu!"

"Hayır, sayıkladığım falan yok..."

Raskolnikov sedirden kalktı. Yukarı çıkarken Razumihin'i evde bulacağını, onunla yüz yüze gelmek zorunda kalacağını hiç düşünmemişti. Şimdi anlamıştı ki, her kim olursa olsun hiç kimseyle yüz yüze gelmek istemiyor, hatta bunun düşüncesinden bile rahatsız oluyordu. Bütün öfkesi kabarmıştı. Daha Razumihin'in odasının eşiğinden adımını atarken kendine duyduğu öfkeden boğulacak gibi olmuştu.

Aniden:

"Hoşçakal!" dedi ve kapıya doğru yürüdü.

"Dursana yahu! Amma tuhaf adamsın be!"

"Hayır!" dedi Raskolnikov, yeniden elini çekerek.

"Madem gidecektin, ne halt etmeye geldin? Deli misin, nesin? Bu davranışınla beni aşağıladığının farkında mısın? İzin veremem buna!"

"Madem öyle, beni iyi dinle. Sana geldim, çünkü senden başka bana yardım edebilecek kimseyi tanımıyorum. Sen ötekilerin hepsinden daha akıllısın, doğru karar verebilirsin... Ama anlıyorum ki aslında şu anda hiç kimseye, hiçbir şeye ihtiyacım yok benim. Duyuyor musun? Hiçbir şeye. Kimsenin, hiç kimsenin yardımına da ilgisine de ihtiyacım yok benim. Ben... Yapayalnızım... Neyse, yeter artık! Beni rahat bırakın!"

"Dursana yahu, dursana be adam! İyice keçileri kaçırmış! Bana göre hava hoş, ama bir dinle. Şu sıralar benim de özel derslerim yok. Zaten tükürmüşüm özel dersinin içine. Ama bitpazarında Heruvimov adında bir kitapçı var, bu adam da kendine özgü bir tür özel derstir. Ve ben onu beş özel derse bile değişmem. Bu Heruvimov doğal bilimlerle ilgili birtakım broşürler basıyor. Öyle broşürler ki, hepsi de peynir ekmek gibi satılıyor. Bunların adları bile bir alem! Sen hep benim aptal olduğumu söylerdin, ama inan azizim, benden de ahmak olanlar varmış! Adam cahilin teki; ama günün modasını iyi takip ediyor. Ben de bu konuda kendisini yüreklendiriyorum. Bak, şurada iki formayı geçen Almanca bir metin var. Bana göre şarlatanlığın alası bu... Özetle, kadının insan olup olmadığını inceliyor. Ve tabii görkemli bir biçimde insan olduğunu kanıtlıyor. Heruvimov bu broşürü kadın sorunu ile ilgili olarak yayınlayacak. Ben de çevirisini yapıyorum. Adam bu iki formayı şişire şişire altı formaya çıkaracak. Sayfanın yarısını kaplayan gösterişli bir de ad bulacağız ve tanesini elli kopekten satacağız! İyi satacağından kuşkum yok. Çeviri için forma başına altı ruble alacağım ondan. Bu da toplamda on beş ruble eder. Altı rublesini avans olarak aldım... Bunu bitireyim balinalar üzerine bir çeviri yapacağım. Daha sonra da Cenfessions'un ikinci bölümünden sıkıcı birtakım dedikoduları çevirmeyi kararlaştırdık. Kimden duymuşsa duymuş, Heruvimov, Russo'nun da kendine özgü bir Radisçev olduğunu söylüyor. Ben de tabii bir şey söylemedim, canları cehenneme! Ne dersin, 'Kadın İnsan mıdır?' broşürünün ikinci formasını versem çevirir misin? Eğer kabul ediyorsan işte metin, işte kâğıt kalem ve işte üç ruble... Ben iki forma için altı ruble avans aldığıma göre, çevireceğin bir forma için bu altı rubleden senin payına üç ruble düşer. Çeviriyi bitirince üç ruble daha alırsın. Şunu da söylemeliyim. Lütfen bütün bunları benim yönümden bir yardımmış gibi niteleme. Hatta tersine, sen daha kapıdan girerken, acaba Raskolnikov'un bana nasıl bir yardımı dokunabilir diye düşünüyordum. Biliyorsun benim imlâm çok kötü, üstelik Almancada öyle tökezliyorum ki, kimi yerleri kafadan atıyorum. Yalnız bir şey var, benim uydurmalarım aslından daha güzel oluyor; zaten beni avutan da bu... Ama kim bilir, belki de daha kötü oluyordur? Her neyse, kabul ediyor musun çeviriyi?"

Raskolnikov hiçbir şey söylemedi. Almanca metni ve üç rubleyi aldı, çıkıp gitti. Razumihin ardından bakakalmıştı. Ama Raskolnikov sokağa çıkar çıkmaz birden döndü ve yeniden, Razumihin'in odasına çıkarak Almanca metni ve üç rubleyi masanın üzerine bıraktı, yine hiçbir şey söylemeden çıkıp gitti.

Razumihin sonunda çileden çıkarak bağırdı:

"Delirdin mi be adam! Ne şimdi bu, ne yaptığını zannediyorsun sen? Komedi mi oynuyorsun burada? Madem bu oyunları oynayacaktın, ne diye geldin?"

Raskolnikov merdivenlerden inerken mırıldandı:

"Bana çeviri falan gerekli değil..."

Razumihin de yukardan bağırdı:

"Sana ne gerek peki? Şeytan mı?"

Raskolnikov karşılık vermedi, sessizce merdivenlerden inmeye devam etti.

"Hey! Baksana! Nerede oturuyorsun sen?"

Bu soru da karşılıksız kaldı.

"Madem öyle, cehenneme kadar yolun var!.."

Raskolnikov sokağa çıkmıştı bile... Nikolayev köprüsünde yaşadığı tatsız bir olay kendine gelmesini sağladı. Yolda az kalsın bir kupa arabasının atları altında kalacaktı. Öylesine dalgındı ki köprünün yayalara ayrılmış bölümünde değil de, arabaların işlediği bölümünde yürüyordu. Arkasından gelen arabacı çekilmesi için kendisine birkaç kez bağırmış, sonunda kamçıyı sırtına şaklatmak zorunda kalmıştı. Delikanlı sırtına inen kamçıdan öylesine öfkeye kapıldı ki, bir anda kendisini korkulukların orada buluverdi, öfkeyle dişlerini gıcırdattı. Gelip geçenler gülüştüler:

"Oh olsun!"

"Besbelli dolandırıcının biri..."

"Sarhoş numarası yapıp kendilerini arabaların altına atıyorlar, ondan sonra işin yoksa uğraş dur..."

"Sanatları bu efendim geçimleri bu yoldan."

Köprü korkuluğunun orada sırtını ovuşturup arabanın ardından öfkeyle bakan Raskolnikov, birden birinin avucuna para sıkıştırdığını fark etti. Bu başörtülü, ayağında keçi derisinden ayakkabılar bulunan yaşlıca bir tüccar karısıydı. Yanında da başı şapkalı, elinde yeşil bir şemsiye bulunan bir kız vardı, besbelli kızıydı. "İsa aşkına, kabul et!" diyordu kadın. Raskolnikov parayı aldı. Kadınla kızı yürüyüp gittiler. Bıraktıkları para yirmi kopekti. Yoksul ve düşkün haline bakıp onun sokaklarda Allah rızası için para toplayan profesyonel bir dilenci olduğunu düşünmüşlerdi. Kazandığı yirmi kopeği ise, kadınların yüreğini sızlatan kamçı vuruşuna borçluydu.

Parayı avucunda sıkarak on adım kadar yürüdü, sonra saray yönünden Neva'ya doğru baktı. Gökyüzünde bir tek bulut yoktu. Neva'nın sularıysa, onda pek az görülen bir biçimde, neredeyse mavimsi bir renk almıştı. Katedralin kubbesi öylesine ışıldıyordu ki, üzerindeki her süs ayrıntılarıyla görülebiliyordu. Zaten köprü üzerinde nöbetçi kulübesine yirmi adım uzaklıktan bakıldığında, başka hiçbir yerden olmadığı kadar güzel görünüyordu katedral. Kamçının acısı geçmiş ve Raskolnikov olayı unutmuştu. Şu anda belirgin olmayan, ama tedirgin edici birtakım düşüncelerle doluydu delikanlının kafası. Çok iyi bildiği bir yerdi burası, öylece ayakta duruyor ve gözlerini kırpmadan uzaklara bakıyordu. Üniversiteye devam ettiği günlerde, daha çok da eve dönüşlerinde hep bu noktada dururdu. Gerçekten büyüleyici bu manzarayı seyreder ve her seferinde de pek belirgin olmayan ve neyin nesi olduğunu pek çözümleyemediği bir duyguya kapılarak şaşırır kalırdı. Bu görkemli manzara onda her zaman, açıklanması pek kolay olmayan soğuk bir etki bırakırdı. Bu göz alıcı güzellik ona tümüyle dilsiz ve sağırmış gibi gelirdi. Kapıldığı gizemli ve iç karartıcı duygular onu şaşırtır, kendine ve geleceğine güvenmediği için bu duyguların çözümlenmesine girişmeyi hep ertelerdi. Şu anda birdenbire o eski kuşkularını, çözümsüz kalan sorularını hatırlamış ve bu durum ona pek de rastgele gibi görünmemişti. Eskiden düşündüğü konuları şu anda da düşünecekmiş gibi, eskiden ilgilendiği manzaraya şu anda da aynı ilgiyi gösterecekmiş gibi aynı yerde durup oyalanıyor olmasını oldukça tuhaf buldu. Buna hem gülecek gibi oluyor, hem de derin bir acı duyuyordu. Şimdi bütün bu geçmiş, eski düşünceleri, eski sorunları, eski konuları, eski izlenimleri, etkilenimleri, tüm bu manzara, kendisi, her şey... her şey... aşağılarda, ayağının altındaki uzak birtakım derinliklerdeymiş gibi görünüyordu. Sanki kendisi yukarılara uçmuş ve her şey bir anda görünmez olmuştu... Farkında olmadan yaptığı bir el hareketi ona birden avucunda sımsıkı tutmakta olduğu parayı hatırlattı. Avucunu açıp paraya dikkatle baktı, kolunu genişçe açarak yirmi kopeği suya fırlattı. Sonra evine doğru yürümeye başladı. Şu anda herkesle ve her şeyle ilişkisini sanki makasla kesmiş gibi hissediyordu kendisini.

Odasına döndüğünde akşam olmak üzereydi. Demek ki dışarıda altı saat zaman geçirmişti. Eve dönerken nerelerden, nasıl geçmişti, anımsamıyordu. Hemen soyundu ve çatlarcasına koşturulmuş bir beygir gibi titreyerek sedirine uzandı, paltosunu üzerine çekti, kendinden geçercesine uykuya daldı...

Duyduğu korkunç bir çığlıkla zifiri bir karanlığa uyandı. Tanrım, bu nasıl çığlıktı böyle! Böyle anormal sesleri, böyle ulumaya benzer çığlıkları, diş gıcırdatmalarını, gözyaşlarını, dayak ve küfürleri ne görmüş, ne duymuştu. Böylesine bir kudurmayı, düşünse gözünde canlandıramazdı. Her an dehşetten irkilerek, yattığı yerden doğrulup oturdu. Ama dayak, çığlıklar, inlemeler, sövgüler gitgide artıyordu. Birden şaşkınlıktan donacak gibi oldu. Ev sahibi kadının sesi gelmişti kulağına. Kadın uluyor, inliyor, bağıra bağıra anlaşılmaz bir şeyler söylüyor, artık dövmemeleri için yalvarıyordu; çünkü merdivenlerde acımasızca dövülen ev sahibi kadından başkası değildi. Dayak atan adam da öylesine öfkelenmiş, daha doğrusu öfkeden kudurmuş gibiydi ki, o da çabuk çabuk, tıkana tıkana, anlaşılmaz bir şeyler söylüyor, ama sesi hırıltı gibi çıkıyordu. Raskolnikov birden dalda yaprak gibi titredi. Sesi tanımıştı; Ilya Petroviç'in sesiydi bu. Buradaydı Ilya Petroviç ve ev sahibi kadını dövüyordu! Tekmeliyor, başını merdivenlere çarpa çarpa acımasızca dövüyordu kadını. Duyulan çığlıklardan, gelen seslerden bu açıkça anlaşılıyordu. Ne oluyordu böyle, dünya tersine mi dönmüştü? Bütün katlarda kapıların açıldığı, kiracıların sahanlıklara üşüştükleri anlaşılıyordu. Dört bir yandan sesler geliyordu. Açılan kapılar, çarpılarak kapatılan kapılar, sesler, sesler... Raskolnikov durmadan, "Ama niçin? Neden bunlar? Ve nasıl böyle?" diye yineleyip duruyordu. Cinlere tutulduğunu sanmaya başlamıştı. Ama hayır, sesler son derece netti, yanılması olanaksızdı. Öyleyse şu anda kendisine de gelebilirlerdi... "Şey için... dün olanlar hani... Aman Tanrım!" Kapının çengelini kapatmaya çalıştı; ama kolunu kaldırmayı bile başaramadı, zaten bunun bir yararı da yoktu. İçine, nerdeyse tüm varlığını uyuşturan müthiş bir korku çökmüştü... Ama işte bitmez tükenmez bir on dakika süren bu korkunç gürültü azalmaya başlamıştı. Ev sahibi kadın inleyip ağlamaya, Ilya Petroviç ise gözdağı vermeye ve sövüp saymaya devam ediyordu. Ama işte sonunda Ilya Petroviç de susmuştu. "Aman Tanrım! Gerçekten de gitti mi acaba?" Ve işte hâlâ inleyip ağlayarak ev sahibi kadın da gidiyordu... İşte kapısı da gürültüyle kapandı... İşte merdivenlerdeki insanlar da, kimi bağıra bağıra tartışarak, kimi fısıl fısıl konuşarak dairelerine çekildi. Herhalde çok kalabalıktı dışarısı, neredeyse bütün apartman halkı dışarı çıkmıştı.

"Aman Tanrım! Bütün bunlar olacak şey mi? Onun ne işi var burada, ne için gelmişti buraya?"

Bitkin bir şekilde yatağına yığıldı, ama artık uyuyamadı. Ömrünce bilmediği bir acı, sonsuz bir dehşet içinde yarım saat kadar döndü durdu. Sonra birden odası ışığa boğuldu. Bir elinde mum, bir elinde çorba kâsesi Nastasya girdi içeri. Dikkatle bakıp onun uyumadığını görünce getirdiklerini masanın üzerine koydu:

"Dünden beri ağzına bir lokma bir şey koymadın. Üstelik ateşler içinde olduğun halde gün boyu sokaklarda dolaştın."

"Ev sahibini niçin dövdüler Nastasya?"

Nastasya ters ters bakarak, "Ev sahibini kim dövdü ki?" diye sordu.

"Az önce... yarım saat önce yani. Ilya Petroviç... Komiser muavini... Merdivenlerde... Niçin dövdü onu öyle? Ve niçin gelmiş o adam buraya?"

Nastasya karşılık vermedi, kaşları çatık onu uzun uzun süzdü. Delikanlı bu bakışlardan rahatsız olmuş, hatta korkmuştu.

"Nastasya niçin bir şey söylemiyorsun?" dedi sonunda cılız bir sesle, ürkek ürkek.

Nastasya mırıldanır gibi hafif bir sesle ve kendi kendine konuşur gibi, "Bunun nedeni kan" dedi.

Raskolnikov bir anda sapsarı kesilerek yüzünü duvara doğru çevirdi. "Kan mı? Ne kanı?"

Nastasya suskun bir halde ona bakmaya devam ediyordu. "Ev sahibini kimse dövmedi" dedi karalı bir ses tonuyla.

Genç adam sanki güçlükle nefes alıyormuş gibi Nastasya'ya bakarak ve öncekinden de ürkek bir sesle: "Fakat nasıl olur? Ben duydum" dedi. "Uyumuyordum. Her şeyi duydum. Komiser muavini oradaydı. Herkes merdivenlere üşüşmüştü."

"Buraya kimsecikler gelmedi. Bu gürültülerin asıl sebebi kanınız. Eğer kan akacak yer bulamazsa karaciğerde tıkanıp kalır ve insan işte böyle hayal görmeye başlar... Şimdi, çorba içecek misiniz, siz onu söyleyin."

Delikanlı karşılık vermedi. Nastasya da gözlerini ona dikmiş, öylece dikiliyordu.

"Sevgili Nastasya, bana biraz su verir misin?"

Nastasya aşağıya indi ve kısa bir süre sonra elinde bir bardak suyla döndü. Ama Raskolnikov bundan sonrasını hatırlamıyordu. Tek hatırladığı Nastasya'nın getirdiği sudan birkaç yudum içmiş, geri kalanı da göğsüne dökülmüştü. Sonra kendini kaybetmişti.

III

Elbette hastalığı süresince kendine geldiği zamanlar da olmuştu. Sayıklamalı, yarı bilinçli, hummalı bir haldi bu. Daha sonra bu durumuyla ilgili birçok şeyi gayet net hatırladığını gördü. Bazen odası onu yakalayıp bir yerlere sürüklemek isteyenlerle doluymuş gibi geliyordu. Bazen de ansızın odasında yapayalnız kaldığını, herkesin kendisinden korkup kaçtığını, yalnız arada bir kapıyı aralayıp kendisine baktıklarını, aralarında bir şeyler konuşup gülüştüklerini, kendisiyle alay ettiklerini, gözdağı verdiklerini görür gibi oluyordu. Nastasya'yı sık sık yanında gördüğünü hatırlıyordu. Hatırladığı bir başkası daha vardı; ama çok iyi tanıdığını sanmasına rağmen bu kişini kim olduğunu bir türlü çıkaramıyordu. Bazen bir aydır yatmaktaymış gibi geliyor, bazen daha aynı günün sürmekte olduğunu sanıyordu. Ama onu, o işi tümüyle unutmuştu. Ne var ki hiç unutmaması gereken bir şeyi unuttuğunu her an hatırlıyor, hatırladıkça da acıyla inliyor, müthiş öfkeleniyor, inanılmaz bir korkuya kapılıyordu. Böyle zamanlarda yatağından fırlıyor, kaçmak istiyor, ama her seferinde de biri tarafından durduruluyor, yeniden bitkin düşüp kendini kaybediyordu. Nihayet birkaç gün sonra bilincini tamamen kazandı.

Sabahleyin saat on gibiydi. Havanın açık olduğu zamanlarda sabahın bu saatinde güneş hep bir şerit halinde odasının sağ duvarını yalayarak kapının yanındaki köşeyi aydınlatırdı. Yatağının yanında Nastasya ve kendisini merakla süzen, hiç tanımadığı genç bir adam duruyordu. Sırtında kaftan vardı, sakallıydı. Görünüşüne göre artel üyesiydi. Kapının aralığından az ötede ev sahibi kadın görünüyordu. Raskolnikov yatağında doğruldu:

"Nastasya bu kim?"

"Çok şükür kendine geldi!" dedi Nastasya.

Artel üyesi görünüşlü adam:

"Evet!" diye doğruladı.

Kapı aralığından bakmakta olan ev sahibi kadın Raskolnikov'un kendine geldiğini öğrenince hemen kapıyı kapatıp gizlendi. Son derece utangaç ve sıkılgandı. Konuşmalara katılmak, açıklamalarda bulunmak onun katlanamayacağı şeylerdi. Kırk yaşlarındaydı, şişman, yağlı, karakaşlı, kara gözlü bir kadındı. Şişmanlık ve tembelliğin verdiği sevecen bir havası vardı; sıkılganlık konusunda ise eşi benzeri yoktu.

Raskolnikov bu kez artel üyesi görünüşlü adama:

"Siz... Kimsiniz?" diye sordu.

Tam o sırada kapı yeniden ardına kadar açıldı ve Razumihin göründü; boyu uzun olduğu için hafifçe eğilerek girmişti içeri:

İçeri girerken "Oda değil vapur kamarası!" diye bağırıyordu bir yandan. "Hep kafam tavana tosluyor. Bir de sen buraya ev diyorsun! Nasıl, kendine gelebildin mi kardeş? Şimdi Paşenka'dan duydum."

"Daha yeni kendine gelebildi." dedi Nastasya.

Artel üyesi görünüşlü adam da gülümseyerek doğruladı Nastasya'yı:

"Evet, daha yeni kendilerine gelebildiler."

Razumihin birden adama döndü ve:

"Benim adım Vrazumihin; herkesin söylediği gibi Razumihin değil, Vrazumihin... Üniversite öğrencisiyim, bir soylunun oğluyum, bu da benim dostum. Siz de kim olduğunuzu söyler misiniz?"

"Artel üyesiyim, buraya tüccar Şelopayev tarafından bir iş için gönderilmiş bulunuyorum."

Razumihin masanın bir yanındaki iskemleye otururken, adama da öbür iskemleyi gösterdi:

"Buyurun, oturun." Sonra Raskolnikov'a dönerek devam etti. "Kendine gelmekle çok iyi ettin kardeş. Bugün ile dördüncü gün oluyor ki ağzına bir lokma bir şey koymadın. Yalnızca birkaç kaşık çay içirebildik sana. İki kez Zosimov'u getirdim buraya. Zosimov'u hatırlıyor musun? Seni sıkı bir şekilde muayene etti ve hiçbir şeyin olmadığını söyledi. Kötü beslenme sonucu sinir zayıflığı... Ama geçermiş... Aferin şu Zosimov'a! Doğrusu esaslı başladı tedaviye!" Sonra yeniden artel üyesine döndü. "Sizi tutmayayım, buyurun, ne istiyordunuz? Ha, Rodya! Artelden bu ikinci gelişleri, yalnız ilk gelen bu arkadaş değildi, bir başkasıydı ve biz kendisiyle iyi anlaşmıştık, sizden önce gelen kimdi?"

"Önceki gün geleni kastediyorsunuz herhalde? Aleksey Semyonoviç'ti, o da bizim arteldendir."

"O sizden daha anlayışlıydı galiba, öyle değil mi?"

"Evet, doğrusu kendileri benden daha gösterişlidirler."

"Sizi kutlarım. Evet, ne diyecektiniz?"

Artel üyesi, Raskolnikov'a dönerek:

"Sorun şu efendim" dedi:

"Sizin de adını duyduğunuzu sandığım Afanasiy Ivanoviç Vahruşin, annenizin ricası üzerine, kuruluşumuz aracılığıyla adınıza bir para havalesi çıkarmış bulunuyor. Afanasiy Ivanoviç, yine annenizin ricası üzerine, kendinize geldiğinizde size otuz beş ruble verilmesini bildiren bir mektubu Semyon Semyonoviç'e vermiş. Bilmem haberiniz var mıydı?"

Raskolnikov düşünceli düşünceli:

"Vahruşin... Vahruşin... Evet, hatırlıyorum" diye mırıldandı.

Razumihin, "Duyuyor musunuz, tüccar Vahruşin'i tanıyor!" diye bağırdı. "Demek ki kendinde olmaması gibi bir durum yok. Görüyorum ki, siz de anlayışlı bir adammışsınız!.. Doğrusu akıllıca sözler dinlemek bayağı güzel oluyor."

"Evet, efendim, Vahruşin... Afansiy Ivanoviç Vahruşin... Anneniz kendisiyle daha önce de size para göndermişti. İşte bu kez de anneciğinizin ricasını geri çevirmeyerek, Semyon Semyonoviç'e size otuz beş ruble vermesi için haber göndermişler."

"Bu kez de" sözünü nasıl da fiyakalı söylediniz! Anneciğinizde fena değil... Söyler misiniz lütfen, sizce arkadaşım kendinde mi, değil mi?"

"Bana göre hava hoş. Ama bir makbuz imzalaması gerek."

"Ondan kolay ne var! Elinizdeki nedir, defter mi?"

"Evet efendim, defter... işte..."

"Verin bana. Evet Rodya, sen de kalk bakalım. Ben seni tutarım. Şuraya bir imza at. Al kalemi, çünkü kardeş, şu anda para bize havadan bile daha gerekli."

Raskolnikov kalemi iterek:

"Lazım değil." dedi.

"Lazım olmayan ne?"

"İmzalamayacağım."

"Yapma yahu, makbuz olmadan olur mu?"

"Bana para lazım değil..."

"Sana para lazım değil ha! Atıyorsun kardeş, ben tanığım! Siz hiç merak etmeyin, şaka yapıyor... Hasta olmadığı zaman da böyledir o... Siz kafası çalışan bir adamsınız, birlikte onu idare ederiz, daha doğrusu elini tuttuğumuz gibi imzasını attırıveririz. Gelin, yardım edin bana..."

"İsterseniz, başka bir gün geleyim..."

"Hayır, hayır, bir kez daha zahmete katlanmanıza gerek yok. Kafası çalışan bir adam olduğunuz belli... E, Rodya, konuğu daha fazla tutmayalım... Bak, seni bekliyor."

Razumihin gerçekten de Raskolnikov'un elinden tutup makbuzu imzalatmaya çalıştı.

"Bırak, ben kendim imzalarım." dedi Raskolnikov ve kalemi alıp imzasını attı. Artel üyesi paraları verdi ve gitti.

"Çok güzel! Şimdi söyle bakalım kardeş, bir şey yemek ister miydin?"

"İsterim."

"Çorbanız var mı?"

Baştan beri odada bulunan Nastasya:

"Var, ama dünden kalma." dedi.

"Patatesli pirinç çorbası mı?"

"Evet, patatesli pirinç çorbası..."

"Nasıl, ezbere biliyorum değil mi? Hemen getir çorbayı, yanında çay da olsun."

"Hemen."

Raskolnikov her şeye derin bir şaşkınlık ve anlamsız bir korkuyla bakıyordu. Konuşmamaya ve daha sonra neler olacağını beklemeye karar vermişti. "Sanırım artık hayal görmüyorum." diye düşünüyordu, "gerçeğe benziyor bütün bu olanlar..."

Nastasya birkaç dakika kadar sonra çorbayı getirdi, çayın da biraz sonra hazır olacağını söyledi. Çorbanın yanı sıra iki kaşık, iki tabak, tuzluk, biberlik, sığır eti için hardal, tertemiz bir sofra örtüsü de getirmişti. Bütün bunlar bu odada uzun bir süredir görülmüş şeyler değildi.

"Fena değil. Baksana Nastasyacığım. Praskovya Pavlovna iki şişe de bira gönderseydi, hiç fena olmazdı hani... İçerdik..."

Nastasya "Sen de az açıkgözlerden değilsin!" diye mırıldandı ve biraları almaya gitti.

Raskolnikov vahşi bir hayvan gibi aşarı bir gerginlikle çevresini süzmeye devam ediyordu. Bu arada Razumihin sedire oturdu ve Raskolnikov'un onun yardımına hiç de ihtiyacı olmadığı halde, sol kolunu uzatıp bir ayı kabalığıyla arkadaşının başını kucakladı, sağ eliyle de, ağzı yanmasın diye üflediği çorba dolu kaşığı arkadaşının ağzına götürdü. Ama çorba zaten ılıktı. Raskolnikov çorbayı iştahla içmeye başladı. Ama birkaç kaşıktan sonra Razumihin birden durdu ve çorbadan daha fazla içip içemeyeceğini Zosimov'a danışmaları gerektiğini söyledi.

Bu sırada Nastasya elinde iki şişe birayla içeri girdi.

"Çay ister misin?"

"Evet."

"Nastasya, fırla çay getir; herhalde artık çay için de danışmamız gerekmiyor. Ama bak biralar burada işte!"

Yürüyüp sandalyesine oturdu, çorbayı, sığır etini önüne çekti ve günlerdir bir şey yememiş bir insan iştahıyla yemeğe başladı. Tıka basa sığır etiyle dolu ağzında dilini döndürebildiğince;

"Kardeşim Rodya" dedi, "ben artık senin burada her gün böyle yemek yer oldum. Senin ev sahibin Paşenka var ya, o gönderiyor bunların hepsini; doğrusu çok candan ağırlıyor kadın beni. Bana ille de bir şeyler vermesi için direttiğim yok, ama verdiğinde karşı da koymuyorum. İşte Nastasya da çayı getirdi. Nasıl da becerikli! Sevgili Nastasya, bira ister miydin?"

"Nasıl da alay edersin insanla!"

"Peki çay?"

"Çay, isterim."

"Al çaydanlığı. Ama dur, senin çayını ben koyayım, geç masanın başına."

Yönetimi eline aldı bir anda. Bir fincan çay doldurdu. Yemeğini bırakıp sedire Raskolnikov'un yanına oturdu ve tıpkı az önce yaptığı gibi sol koluyla arkadaşının başını doğrultup, sanki onun hastalıktan kurtulmasının can alıcı noktası bu üfleme işindeymiş gibi, büyük bir gayretle ve aralıksız üfleyerek çay kaşığıyla hastaya çay içirmeye başladı. Raskolnikov kimsenin yardımı olmaksızın yatağında doğrulup kendi başına çay içmek bir yana, hatta kalkıp yürüyebilecek kadar kendini iyi hissetmesine rağmen, susuyor ve Razumihin'e karşı koymuyordu. Ama tuhaf, hatta belki de hayvansı denilebilecek bir kurnazlık gelmişti aklına. Bir süre için, iyileştiğini, gücünün yerine geldiğini gizlemek ve bakalım ne olacak diye beklemek istiyordu. Ama birden içinde kabaran tiksintiyi tutamadı, birden kaşığı itti, hırçın bir savuruşla başını Razumihin'in kolundan kurtarıp yastığa attı. Gerçekten de temiz kılıflı, kuş tüyünden bir yastık vardı başının altında. Bunu da fark etmiş, bu da özellikle dikkatini çekmişti.

Razumihin, yeniden masaya geçip yemeğini yemeye ve birasını içmeye koyuldu. Sonra:

"Paşenka bugün bize ahududu reçeli göndermeli." dedi. Bu adama içecek bir şeyler hazırlamamız gerek."

Nastasya, "Paşenka sana ahududu reçelini nerden bulsun?" diye sordu Nastasya. Çay tabağını avucunun beş parmağıyla tutuyor ve çayı ağzında tuttuğu şekerin arasından süzerek içiyordu.

"Biliyor olmalısın dostum, ahududu bakkalda satılır. Biliyor musun Rodya, senin haberin yokken burada neler oldu neler? Adresini bile bırakmadan benden bir hırsız gibi kaçıp gittiğin gün, öyle bir öfkeye kapıldım ki, seni arayıp bulmaya ve hak ettiğin şekilde cezalandırmaya karar verdim. Hemen o gün işe giriştim. Dolaş babam dolaş, ara babam ara! Şimdiki adresini unutmuştum, daha doğrusu bilmiyordum. Eski oturduğun eve gelince, hatırladığım tek şey, bunun "Beş Köşe"de Harlamov'un evi olduğuydu. Haydi bakalım, bu kez de Harlamov'un evini ara! Derken, yanlış hatırladığımı, bu evin Harlamov'un değil, Buh'un olduğunu öğrenmeyeyim mi? İnsan bazen sesleri nasıl da karıştırıyor! Neyse, bu iş daha da canımı sıktı. O öfkeyle ertesi gün adres bürosuna başvurdum ve şimdi sıkı dur, iki dakika içinde çıkarıp bana adresini verdiler. Meğer oraya kayıtlıymışsın!"

"Kayıtlı mıymışım?"

"Evet, kesinlikle... Oysa benden önce birisi General Kobelyov'un adresini sormuştu, ne kadar aradılarsa bir türlü bulamadılar. Buraya gelir gelmez senin bütün işlerini, her şeyini öğrendim; hakkında bilmediğim hiçbir şey yok. İşte Nastasya da biliyor. Nikodim Fomiç'le tanıştım, Ilya Petroviç'le de... Sonra, kapıcıyla ve karakol sekreteri Bay Aleksandr Grigoryeviç Zamyotov'la... Ve son olarak Paşenka ile tanışmak onuruna erdim; Nastasya da biliyor ya!"

Nastasya anlamlı anlamlı gülerek:

"Kadını baştan çıkardın!" dedi.

"Şekeri bardağın içine koysanıza Nastasya Nikiforovna!" Nastasya gülmekten kırılacaktı nerdeyse.

"İt herif!" dedi; gülmesi biraz yatışınca ekledi. "Nikiforovna değil, Petrova, benim adım."

"Birbirimize saygılı olmalıyız, değil mi? Neyse kardeş, başını ağrıtmayayım, burada senin hakkında yayılmış olan birtakım saçma önyargıları kökünden yok etmek için şöyle esaslı bir şekilde hava attım, ama doğrusu Paşenka benden baskın çıktı. Bu kadının böylesine... Nasıl diyeyim... Sevimli olabileceğini hiç sanmazdım doğrusu. Sen ne dersin, ha?"

Raskolnikov tek kelime konuşmuyordu. Bakışları Razumihin'in üzerindeydi. Razumihin onun susmasına hiç alınmamıştı, hatta kendisini onaylayan bir yanıt almışçasına:

"Öyle ki her bakımdan kusursuz bir kadın." dedi.

Konuşulanlardan anlaşılmaz bir zevk duyduğu belli olan Nastasya:

"Seni alçak herif seni!" diye söylendi.

"İşin kötü tarafı ne biliyor musun kardeşim; sen daha işi baştan yanlış tutmuşsun. Ona karşı davranışların böyle olmamalıydı. Değişik bir huyu var kadının. Neyse, bu huy meselesini daha sonra konuşuruz... Ama onu sana yemek göndermemeye cesaret edebilecek hale nasıl getirdin, doğrusu meraka değer. Ya da meselâ şu borç senedi işi. Öyle bu senedi imzalayabilmesi için insanın aklını kaçırmış olması gerek! Ya da alalım kızıyla planlanan evlenme işini? Her şeyi biliyorum! Farkındayım, eşeklik ediyorum, hassas yerlerine dokunuyorum, dangalaklığım için bağışla! Dangalaklık dedim de, şu Praskovya Pavlovna, kardeş, hiç de ilk bakışta sanıldığı kadar budalaya benzemiyor, öyle değil mi?"

Artık susmaktansa konuşmanın daha uygun olacağını düşünen Raskolnikov, başka yana bakarak, dişleri arasından:

"Evet..." diye mırıldandı.

Raskolnikov'un cevap vermesine sevinen Razumihin:

"Doğru değil mi ama!" diye bağırdı. "Ama akıllı olduğu da söylenemez, öyle değil mi? Gerçekten, çok tuhaf bir kadın! Doğrusu ben de ne yapacağımı şaşırdım!.. Rahat rahat bir kırkında olmasına rağmen, otuzlarımdayım, diyor... Vallahi, hakkı var! Sana yemin ederim kardeş, daha çok akla dayalı yargılarım var onun için, ama bunları metafizik bir biçimde dile getiriyorum. Aramızda öyle birtakım işaretler kuruldu ki, cebir hiç kalır bunların yanında! Hiçbir şey anlamıyorum! Neyse, hepsi saçma şeyler bunların. Yalnız bir şey var. Kadın baktı ki, sen öğrenciliği bıraktın, özel derslerini kaybettin, üstün başın da böyle dökülmeye başladı, kızının da ölmesi üzerine seni aile halkından saymak için ortada bir neden kalmadığını düşünmeye başladı. Birdenbire ürktü senin anlayacağın. Öte yandan sen de kabuğuna çekilmişsin, hiç kimseyle bir ilişkin kalmamış, bu durum karşısında kadın, seni kapı dışarı etmeye karar verdi. Aslında çoktandır buna niyetliymiş, ama elindeki senede acıyormuş. Bu böyleyken sen de borcunu annenin ödeyeceğine inandırmaya çalışıyormuşsun onu..."

"Öyle söylemem alçakça bir şeydi... Annemin kendisi neredeyse dilenecek durumda... Evden kovmasınlar, yemek versinler diye uydurmuştum bu yalanı."

Çok da akıllılık etmişsin. Ne var ki, şu saray danışmanı, aynı zamanda da işadamı olan Bay Çebarov'un işin içine girmesi her şeyi altüst etmiş. O olmasaydı, Paşenka bir başına hiçbir şey yapamazdı, çok utangaç bir kadındır kendisi. Ama işadamında utanma olur mu? Tahmin edebileceğin gibi ilk işi, "Senette yazılı parayı kurtarabilir miyiz?" diye sormak olmuş. Kadın da, 'Evet.' demiş, çünkü onun öyle bir annesi var ki, yüz yirmi beş ruble emekli aylığıyla ne yapar eder oğlunun borcunu öder; sonra yine onun öyle bir kız kardeşi var ki, kardeşi için köleliğe bile razı olur. Eh, adamın dayandığı nokta da bu olmuş. Sen ne kıpırdayıp duruyorsun öyle Allah aşkına? Böylece, kardeş ben senin bütün gelmişini geçmişini öğrenmiş bulunuyorum. Kendisine yakın olduğun günlerde Paşenka'ya boşuna açılmamışsın. Seni sevdiğim için söylüyorum... Sorun şu, dürüst, duygulu insanlar içtenlikle her bir şeylerini söylerler, işadamları ise kulak kesilir, duyduklarını çıkarları yönünde kullanırlar. Paşenka senedi sözde karşılığını alarak Çebarov'a ciro etmiş, o da utanıp sıkılmadan bunu tahsile koymuş, işte ben bütün bunları, bu vicdansızlıkları öğrenince, Çebarov denilen adama esaslı bir şekilde çıkışmaya hazırlanıyordum ki, sorunu Paşenka ile aramızda çözümledik. Senin parayı ödeyeceğine kefil oldum ve Paşenka'ya senetle ilgili olarak başlatılan işlemleri durdurmasını söyledim.

Sana kefil oldum kardeş, duyuyorsun değil mi? Çebarov'u çağırdık, açıktan bir on ruble verip senedi kendisinden geri aldık. İşte şu anda bu senedi size takdimle şeref duyuyorum, artık sözünüz senet yerine geçmektedir, buyurun alın ve usulünce yırtın.

Razumihin senedi masanın üzerine bıraktı; Raskolnikov göz ucuyla şöyle bir baktıktan sonra hiçbir şey söylemeden başını duvardan yana döndürdü. Razumihin gücenir gibi oldu. Bir dakika kadar kimse konuşmadı, sonra Razumihin:

"Sanırım yine bir dangalaklık yaptım kardeş." dedi. "Seni biraz eğlendirmek, gevezelik ederek oyalamak istemiştim. Ama anlaşılan canını sıktım."

Raskolnikov karşılık vermedi, bir dakika kadar sustuktan sonra, başını çevirmeden sordu:

"Sayıkladığım esnada görüp de tanıyamadığım sen miydin?"

"Evet bendim, hatta bu yüzden öyle öfkelendin ki... Hele Zamyotov'u getirdiğimde!.."

Raskolnikov hızla başını çevirdi, gözlerini Razumihin'e dikti:

"Zamyotov'u mu? Karakol sekreterini? İyi ama neden onu getirdin?"

"Dur yahu, heyecanlanma hemen? Kendisi seninle tanışmak istedi; çünkü senden epey söz ettik kendisiyle... Yoksa senin hakkında bunca şeyi nasıl öğrenebilirdim? Doğrusu kardeş, yaman adam, hatta olağanüstü... Tabii, kendince... Şimdi dostuz kendisiyle, hemen hemen her gün görüşüyoruz. Ben de bu semte taşındım da. Tabii, senin haberin yoktu. Yeni taşındım daha. Kendisiyle bir iki kez Laviza'ya gittik. Laviza'yı hatırlıyor musun? Hani şu Laviza Ivanovna canım?"

"Bir şeyler sayıkladım mı?"

"Elbette sayıkladın... Kendinde değildin ki!"

"Neler sayıkladım?"

"Neler mi sayıkladın... Ne sayıklayacaksın yahu! Hadi bakalım kardeş, kaybedecek zamanımız yok, hemen işimize bakalım."

Razumihin iskemlesinden kalkıp kasketini aldı. Raskolnikov tekrar sordu:

"Neler sayıkladım?"

"Amma da üsteledin sen de... Yoksa bir sırrını söylemiş olmaktan mı korkuyorsun? Korkma, kontes hazretleri üzerine hiçbir şey söylemiş değilsin! Birtakım buldoklardan, küpelerden, zincirlerden, Krestovski adasından, sonra bir kapıcıdan, Nikodim Fomiç'ten, komiser muavini Ilya Petroviç'ten ve bunlara benzer daha bir sürü şeyden söz ettin durdun. Sonra efendim çoraplarınızla çok ilgilendiniz, çok! Durmadan, çoraplarımı isterim, çoraplarımı verin deyip durdunuz. Zamyotov köşe bucak arayıp çoraplarınızı buldu ve bu pis şeyleri yüzüklü, kremli elleriyle tutup kendisi size verdi. Ancak böylece yatıştınız ve bu pis paçavraları yirmi dört saat elinizden bırakmadınız. Onca çektik de elinizden kurtaramadık. Şu anda da herhalde yorganınızın altında bir yerlerdedirler. Sonra, neredeyse ağlamaklı, pantolon paçalarınızdan sarkan birtakım ipliklerden söz edip, bu iplikleri istediniz. Hangi iplikler, ne pantolonu? diye sorduk, hiçbir şey öğrenemedik... İşte böyle! Şimdi işimize bakalım. Şurada otuz beş ruble var. Onunu ben alıyorum, iki saat sonra hesabını getiririm. Bu arada Zosimov'a da haber gönderirim, aslında kendiliğinden gelmesi gerekirdi, saat on biri geçti çünkü. Siz de Nastasya, ben yokken sık sık hastamızı yoklayın, su ya da başka bir şey isteyip istemediğini sorun... Ben de şimdi Paşenka'ya gerekenleri söylerim, Hoşçakalın!"

Nastasya, Razumihin'in ardından:

"Şuna bak, Paşenka diyor Praskovya-Pavlovna'ya!" diye söylendi. "Tilki suratlı herif!"

Ardından kapıyı açıp aşağıdan sesler geliyor mu diye dinledi. Ama dayanamayarak kendisi de aşağı indi; Razumihin'in ev sahibi kadınla neler konuştuğunu pek merak ediyordu. Nastasyanın Razumihin'e hayran olduğu açıkça belli oluyordu.

Raskolnikov, Nastasya da çıkıp odada yalnız kalır kalmaz üzerindeki yorganı fırlatıp attı. İçini yakıp kavuran bir sabırsızlıkla beklemişti herkesin çıkıp gitmesini, bir an önce işe girişmek istiyordu. Ama yapacağı iş neydi? Az önce yataktayken aklında olan şeyi, sanki bile bileymiş gibi, kalkar kalkmaz unutmuştu. "Tanrım! Bana bir tek şeyi söyle. Her şeyi biliyorlar mı, yoksa daha bilmiyorlar mı? Belki de her şeyi biliyorlar da, yattığım sürece benimle alay etmek için bildiklerini gizliyorlar? Sonra odaya girecekler ve olup bitenleri ne zamandır bildiklerini söyleyiverecekler... Ne yapayım şimdi ben? Hay aksi! Daha demin aklımdaydı yapacağım şey, şimdi sanki kasten unuttum!"

Odanın ortasında dikiliyor ve çevresine bakınıyordu. Acılı bir şaşkınlık kaplamıştı bütün benliğini. Kapıya gitti, açıp dışarıyı dinledi. Ama yapacağı şey bu değildi. Birden duvar kâğıdının delik olduğu köşeye atıldı, elini delikten sokup yokladı, kâğıdı gözden geçirdi. Hayır, bu da değildi yapacağı. Sobaya gitti, kapağını açıp külleri karıştırmaya başladı; pantolon paçalarından kestiği ipliklerle, yırtık cep astarı attığı gibi öylece duruyordu; demek kimse sobaya bakmamıştı! Birden, Razumihin'in az önce sözünü ettiği çoraplarını hatırladı. Gerçekten de yorganın altındaydı çorapları; ama o günden beri her ikisi de öylesine kirlenmiş, eskimişti ki. Zamyotov'un hiçbir şey fark edememesi son derece doğaldı.

"Zamyotov mu? Karakoldaki polis... Acaba niçin çağırmışlardı beni karakola? Galiba olayları birbirine karıştırıyorum... Beni bugün çağırmadılar ki oraya... Hem giderken çoraplarımı gözden geçirmiştim ben... Şimdi hastayım... Hastaydım yani... İyi ama Zamyotov niçin geldi buraya? Razumihin ne için getirdi acaba onu?"

Bitkin bir halde yatağına oturdu.

"Ne oluyor? Hâlâ sayıklıyor muyum yoksa bütün bu olanlar gerçek mi? Galiba gerçek. Evet, hatırladım, kaçmam gerek! Hemen, hemen kaçmam gerek! İyi ama nereye? Elbiselerim nerede? Ayakkabılarım da yok! Kaldırmışlar! Saklamışlar! Anlıyorum! Ama paltom işte şurada, görmemişler! Çok şükür, paralar da masanın üzerinde! İşte senet de burada! Paraları alıp giderim, başka bir daire tutarım kendime, beni bulamazlar!.. İyi ama, ya adres bürosu? Bulurlar! Razumihin bulur. En iyisi tümden gitmek... Uzaklara... Amerika'ya... Hepsine tükürüp gitmek!.. Senedi de almalı... Orada işime yarayabilir. Başka ne alsam acaba? Hasta olduğumu sanıyorlar benim! Kalkıp yürüyebildiğimden haberleri yok! Her şeyi bildiklerini gözlerinden anladım! Yalnız şu merdivenlerden nasıl ineceğim? Ya aşağıya bir gözcü, bir polis diktilerse? Bu ne, çay mı? A, yarım şişe de bira var burada! Hem de buz gibi."

İçinde bir bardak kadar bira kalmış olan şişeyi kaptı, içindeki ateşi söndürmek ister gibi, hepsini bir dikişte içti.

Ama daha bir dakika geçmeden içtiği biranın etkisiyle sırtında hafif, hatta tatlı bir ürperme duydu. Yatıp üstüne yorganı çekti. Zaten dağınık, kopuk düşüncelerle dolu olan kafası tümden bulutlandı. Büyük bir zevkle başını yastığa bırakıp, yırtık paltosu yerine üzerine örtülmüş bulunan yumuşacık yorgana sarıldı, hafifçe iç çekip, derin sağlıklı bir uykuya daldı.

Birinin odaya girmesiyle uyandı; gözlerini açtı, Razumihin'i gördü. Razumihin kapıyı ardına kadar açmış duruyordu, içeri girip girmemekte kararsız gibiydi. Raskolnikov hızla yatağında doğruldu, bir şeyler hazırlamak istercesine Razumihin'e baktı.

"Demek uyumuyorsun? Öyleyse, giriyorum içeri!" Merdivenlerden aşağı bağırdı:

"Nastasya, paketi getirsene!.. Şimdi hesabını veririm!"

Raskolnikov şaşkın bakışlarla çevresini süzerek sordu:

"Saat kaç?"

"Esaslı uyudun kardeş. Akşam oldu, saat nerdeyse altı olacak... Altı saatten fazla uyudun."

"Aman Tanrım! Ne yapmışım ben?"

"Sağlıklı bir uyku çektin kardeş, ne yapacaksın başka! Acelen mi vardı, yoksa bir randevuya falan mı yetişecektin? Artık bütün zamanlar bizim. Üç saattir seni bekliyorum; iki kez yokladım, uyuyordun. İki kez Zosimov'a gittim, yoktu, bulamadım kendisini. Neyse, önemli değil, gelir! Sonra, ufak tefek birkaç işim vardı, onları yoluna koydum. Bugün artık tümden taşındım. Dayımla... Dayım var şimdi yanımda, onunla birlikteyiz... Neyse, bırak bunları da işimize bakalım... Nastasya, versene paketi... Şimdi her şeyi yoluna koyarız... E, kardeş, kendini nasıl hissediyorsun?"

"İyiyim, hasta falan da değilim... Razumihin, çoktan beri mi buradasın?"

"Üç saat seni bekledim diye az önce söyledim ya..."

"Hayır, daha önce?"

"Ne olmuş daha önceye?"

"Ne zamandır odama girip beni yokluyorsun?"

"Az önce anlattım ya..."

Raskolnikov düşünceye daldı. Tüm bu olup bitenler sanki bir düştü. Hatırlayamıyor, soran gözlerle Razumihin'e bakıyordu.

"Evet, hatırlayamıyor." dedi Razumihin, unutmuş! Demin de anlamıştım bunu... Daha tam anlamıyla kendine gelemediğini...

Ama bu uyku sana çok iyi geldi. Toparlandın, gözlerinden, bakışlarından belli. Aferin!.. Evet, şimdi işimize bakalım! Bak nasıl her şeyi hatırlayacaksın! Şunlara göz at hele, yakışıklım!"

Büyük ilgi gösterdiği paketi çözmeye başladı.

"Kardeşim, biliyor musun, en çok da bu durum içime dert olmuştu. Yani seni doğru dürüst adam kılığına sokmak... Evet, işe girişiyoruz. Yukardan başlayalım. Şu kasketi görüyor musun?" Paketten oldukça güzel, ama yine de ucuz ve sık rastlanan bir kasket çıkardı. "İzin verir misin, bir deneyelim?"

Raskolnikov aksi aksi:

"Yok" dedi, sonra...

"Rodyacığım, hayır, hiç karşı koyma lütfen, sonra çok geç kalmış oluruz. Ve gece benim gözüme uyku girmez. Çünkü ölçünü bilmediğimden gelişi güzel aldım." Kasketi giydirdi, olduğunu görünce sevinçle haykırdı. "Ölçü üzerineymiş gibi oturdu! Şapka, kardeş, insanın giyim kuşamında en önemli parçadır, say İçi, bir tür tavsiye mektubu... Tolstyakov adlı bir arkadaşım vardı, herkesin şapkasıyla bulunduğu genel bir yere girerken, hep şapkasını çıkarırdı. Bu durumu herkes onun kölece duygulara sahip olmasıyla açıklardı; oysa arkadaşım zorunluluktan yapardı bunu, başında kuş yuvası gibi bir şapka taşımaktan utanırdı. Zaten çok utangaç bir adamdı! Baksana Nastyonka, sen olsan şu iki şapkadan hangisini seçerdin? Şu Palmerston'u mu -nedense Palmerston adı taktığı Raskolnikov'un biçimi bozuk uzun, yuvarlak şapkasını gösterdi- yoksa şu kuyumcu özeniyle dikilmiş pırlanta gibi şapkayı mı? Bil bakalım Rodya, kaça aldım bu kasketi?" Raskolnikov'un cevap vermediğini görünce soruyu Nastasya'ya yöneltti:

"Nastasya'cığım?"

"Herhalde bir yirmi kopeği vardır..." dedi Nastasya.

Razumihin, içerlemiş bir halde "Ahmak!" dedi "Değil bu şapkayı, seni bile vermezler yirmi kopeğe! Tam seksen kopek bayıldım! O da kullanılmış olduğu için! Yalnız şartlı aldım, bunu eskit, seneye yenisini veririz, dediler! İster inanın, ister inanmayın! Evet, şimdi de -lisede dediğimiz gibi hani- gelelim Amerika Birleşik Devletlerine... Hemencecik söyleyeyim. Rodya, pantolonla övünebilirim! "Ve Razumihin, Raskolnikov'un önüne yünlü kumaştan gri bir pantolonu yaydı." Biraz kullanılmış olmakla birlikte, şahane bir pantolon... ne yırtığı var, ne lekesi... Aynı renkte bir yelek, tam modaya göre... Kullanılmış olma sorununa gelince, doğrusunu istersen bu bence daha iyi; çünkü kullanılmış eşya yumuşak olur, rahat eder vücut içinde. Biliyor musun Rodya, bana kalırsa insanların toplum içinde yükselmeleri, onların mevsime uymalarına bağlı bir şey. Ocak ayında kuş konmaz istemezsen, birkaç rubleni cüzdanında alıkoymuş olursun. Şu aldığım eşyalar için de aynı şey söz konusu. Şimdi yaz mevsimindeyiz değil mi, ben de tam bir yaz alış verişi yaptım. Çünkü güzün nasıl olsa bunları atmak ve yerlerine daha sıcak tutan giysiler bulmak gerekecek... O zamana kadar da bunlar şıklıklarını yitirmeseler bile, özensiz kullanılmaktan eskiyip gidecekler. Evet, hadi bir kestir bakalım, kaç para vermiş olabilirim bunların hepsine? Bir şey söylemiyor musun? İki ruble yirmi beş kopek! Şapka için söz konusu olan, bunlar için de geçerli... eskitince, seneye yenilerini bedavaya alacaksın. Fedyavey'lerin dükkânındaki alışverişin, esası budur... bir kez para verip de satın aldığın bir şey, sana hayatın boyunca dayanır ve sen de bir daha onların dükkânına uğramazsın. Evet, şimdi ayakkabılara gelelim! Nasıl ama? Doğru, kullanılmış oldukları belli, ama sen yine de iki ay giyebilirsin. Çünkü işçiliği de, malzemesi de Avrupa'dır. İngiliz elçilik kâtibi geçen hafta bitpazarında satmış, topu topu altı gün giymiş adam, paraya ihtiyacı olmuş, satmış... Fiyatı bir buçuk ruble, nasıl, iyi mi?

Nastasya:

"Ya ayağına uymazsa?" dedi.

"Uymaması söz konusu bile değil?" dedi Razumihin ve cebinden Raskolnikov'un her yanı kurumuş çamurla kaplı eski ayakkabısını çıkardı. Yanıma bunu alıp da gittim, bu iğrenç şeyin ölçüsüne uyduğunu gördükten sonra aldım o ayakkabıları. Çamaşır sorununa gelince... Bu konuda ev sahibi kadınla anlaştık. İşte, üç gömlek, keten meten ama pantolonları modaya uygun... Böylece... Seksen kopek kasket, iki ruble yirmi beş kopek elbise, üç ruble beş kopek eder hepsi. Ayakkabılar bir buçuk ruble -ne yapalım, çok iyi oldukları için bu parayı verdim- toplam dört ruble elli beş kopek... Çamaşırları da yuvarlak hesap beş rubleye anlaştık. Demek ki hepsi dokuz ruble elli beş kopek tutuyor. Geriye kalan kırk beş kopek, bakır beşlikler halinde burada, buyurun alın. Böylece, Rodya üstünü başını tümüyle yenilemiş olduk; buna paltonu da katıyorum, çünkü palton hem daha giyilebilir, hem de görünüşünde özel bir soyluluk olan bir palto bu. Herhalde Şarmer'de diktirilmiş olmasından ileri geliyor bu özelliği! Çorap ve benzeri küçük şeyleri de artık sana bırakıyorum; daha yirmi beş rublemiz var geride. Paşenka'ya ödeyeceğin kirayı hiç düşünme, sonsuz kredimiz var. Şimdi... İzin ver de şu çamaşırlarını bir değiştirelim, herhalde üstündekilere de sinmiştir hastalığın..."

Razumihin'in deminden beri zoraki bir komiklikle anlattığı üst baş alma hikâyesini tiksintiyle dinlemiş olan Raskolnikov, elini ileri uzatarak:

"Hayır, istemez!" diye söylendi

"Hayır, buna izin veremem." diye ısrar etti Razumihin.

"Onca yolu boşuna mı geldim ben? Nastasyacığım, lütfen utanmayı bırakın da yardım edin! Evet, böyle işte!"

Ve itirazlarına aldırmadan arkadaşının çamaşırlarını değiştirdi. Raskolnikov yatağın başucuna yığılırcasına kapandı, iki dakika kadar hiçbir şey söylemeden durdu.

"Anlaşılan bunlar daha epey bir süre çekilip gitmeyecek!" diye düşündü. Duvara bakmaya devam ederek sordu:

"Bunlara verecek paranı nerden buldun?"

"Para mı? Bu zaten senin paran. Annenin Vahruşin aracılığıyla gönderdiği para... Hani Artel'den biri getirmişti? Bunu da unutmadın değil mi?"

Yüzü asık, uzun uzun düşünen Raskolnikov, "Evet, hatırladım," dedi.

Razumihin'in suratı asılmış, kaygılı gözlerle arkadaşına bakıyordu.

Kapı açıldı ve uzunca boylu, iri yarı bir adam içeri girdi. Raskolnikov'a tanıdık gelen biriydi.

Razumihin sevinçle, "Zosimov! Nihayet gelebildin!" diye bağırdı.

IV

Zosimov uzun boylu bir adamdı, epeyce de şişmandı. Yeni tıraş olduğu belliydi. Yüzü tombul ve renksizdi. Dümdüz ve beyaza yakın açık sarı saçları vardı. Tombul parmaklarında altın bir yüzük göze çarpıyordu; gözlüklüydü. Yirmi yedi yaşlarındaydı. Üzerinde ince kumaştan, dökümlü, zengin bir pardösüyle, açık renk yazlık bir pantolon vardı. Gömleği kusursuz, saat kordonu kocamandı. Hareketlerinde uyuşukluğa varan, bir yavaşlıkla, özentili bir senli benlilik vardı. Gizlemek için onca çaba harcamasına karşın, kendini beğenmişliği her hareketinden belli oluyordu. Tanıdığı herkes onu çekilmez bulur ama işinde usta olduğunu söylerlerdi.

Razumihin, "İki kez uğradım sana kardeş!" diye bağırdı ve ekledi: "Gördüğün gibi hasta kendine geldi!"

Hastanın yatağının ayakucuna oturan ve oturur oturmaz da, yatağın olanak verdiği ölçüde yayılıveren Zosimov, Raskolnikov'u dikkatle süzerek:

"Görüyorum, görüyorum." dedi. "E, şimdi nasılız bakalım?"

"Hep böyle canı sıkkın duruyor." dedi Razumihin, "Az önce çamaşırlarını değiştirdik, nerdeyse ağlayacaktı."

"Madem istemiyordu, elbiselerini daha sonra da değiştirebilirdiniz. Nabız harika! Başın hâlâ ağrıyor galiba?"

Birden yerinden doğrulan Raskolnikov sinirli sinirli:

"İyiyim ben" dedi, hem de çok iyiyim!

Ama hemen sonra yeniden yastığının üzerine kapanıp duvardan tarafa döndü. Zosimov gözlerini dikmiş, onu dikkatle süzmeye devam ediyordu.

"Çok güzel..." dedi kayıtsızlıkla. "Her şey olması gerektiği gibi... Bir şeyler yedi mi bari?"

Yemesi için neler verdiklerini anlattılar ve başka neler verebileceklerini sordular.

"Her şeyi verebilirsiniz... Çorba, çay... Mantar, salatalık, yasak... Sonra sığır eti... Canım işte gevezeliğe ne gerek var!" Razumihinle bakıştı: "Şurup falan gibi şeyler de istemez... Ben yarın yine gelir görürüm... Hatta bugün... Evet..."

"Yarın akşam kendisini biraz gezdireyim istiyordum" dedi Razumihin. "Yusupov Parkı'na, sonra Kristal Palas'a..."

"Yerinde olsam yarın onu hiç kıpırdatmazdım..."

"Ama yine de... Neyse, daha sonra bir bakarız..."

"Ben de yeni evime taşınmam şerefine bugün arkadaşlara bir yemek verecektim... Şuraya, az ötede bir eve taşındım... O da gelebilseydi... Bir divana uzanır, aramızda bulunurdu!" Birden Zosimov'a dönerek sordu: "Sen geliyorsun, değil mi? Unutma bak, söz verdin!"

"Geç bir saatte belki gelirim. Neler hazırladın bakalım yemek için?"

"Pek bir şey yok: çay, votka, balık... Sonra, börek... Biz bize olacağız."

"Kimler yani?"

"Bu semtten kişiler ve ihtiyar dayımdan başka hepsi yeni tanışlar... Dayım da eski sayılmaz... Petersburg'a daha dün geldi. Bazı işleri varmış... Kendisiyle dört beş yılda bir görüşürüz."

"Ne iş yapar dayın?"

"Ömrünü birtakım taşra kasabalarında posta müdürlüğü yaparak, açması bir yaşam sürerek geçirdi... Şimdi altmış beş yaşında ve emekli... Öyle uzun uzadıya sözü edilecek biri değil... Ama ben severim kendisini. Sonra, yine semtimizden sorgu yargıcı Porfiriy Petroviç gelecek... Sen de tanırsın onu..."

"O da akraban falan oluyordu galiba?"

"Çok uzaktan... Ne o, yüzün asıldı? Aranızda bir şey mi geçmişti? Gelmeyecek misin yoksa?"

"Tükürmüşüm Porfiriy Petroviç'e, umurumda bile değil benim o adam!"

"Eh, en iyisi de bu. Sonra, öğrenciler, bir öğretmen, bir memur, bir müzisyen, bir subay, Zamyotov..."

"Söylesene Allah aşkına." dedi Zosimov, "ne işiniz var sizin şu Zamyotov denen adamla? Senin ve -başıyla Raskolnikov'u gösterdi- onun?"

"Yahu ne yaman adamsın be! Ve bütün bu tersliklerin hep ilkeler, adına! Sanki ilkelerin, bütün hareketlerine yön veren bir zemberek oluşturmuş içinde! Sen ve senin gibiler kendi iradenizle kımıldamaya bile korkarsınız! Benim içinse bir adam iyiyse iyidir ve bu konudaki bütün prensibi bundan ibarettir... Başka bir şey düşünmem... Zamyotov harika bir adam!.."

"Ve rüşvetçinin biri!"

"Ne olmuş rüşvetçiyse? Ne olmuş!" Razumihin sinirlenmiş, bağırıyordu, yalnız sinirliliği pek doğal değildi: "Rüşvetçi yanını övüp, kendisini bu nedenle beğendiğimi mi söyledim sana? Ben onun yalnızca kendine göre iyi bir adam olduğunu söyledim. Hiçbir eksiği bulunmasın diye bakacak olursak. Dünyada kaç tane iyi insan kalır dersin? Bu açıdan bakacak olursak, bütün işkembemle birlikte benim için verseler verseler bir baş pişmiş soğan verirler; onu da, seni de kendime katarsam verirler..."

"Bu çok az olur, bana göre sen iki baş soğan edersin..."

"Bana göreyse sen bir baş anca edersin! Şu yaptığın esprilere bak! Zamyotov daha çocuk; biraz saçlarını çekeceğim, o kadar. Çünkü onu yola getirmek okşamak gerek. İnsanlar, hele de çocuksalar, itip kakmakla yola gelmezler... Çocuklara karşı ise, bir kat daha özenli olmalı... Sen ve senin gibi ilerici kafasızların hiçbir şeyden anladığınız yok! Başkalarına saygı duymazsınız, kendi kendinize kırılırsınız... Hem eğer ille de bilmek istiyorsan, söyleyeyim, evet, Zamyotov'la ortak bir sorunumuz var."

"Neymiş bu ortak sorununuz?"

"Şu sıvacı, daha doğrusu boyacı hikâyesi... Çekip kurtaracağız adamı bu işten... Zaten ortada telaşlanacak bir durum da kalmadı. Her şey apaçık ortaya çıkmış bulunuyor... Bizimki yalnızca katkıda bulunmak!"

"Ne boyacısı bu? Ne olmuş boyacıya?"

"Yoksa anlatmadım mı sana? Gerçekten mi? Belki de yalnız baş tarafını anlatmışımdır... Şu tefeci, dul kocakarı var ya, onun öldürülmesi hikâyesi... Şimdi bir de boyacı karıştı bu işe..."

"Evet, daha önce de duymuştum bu cinayeti. Hatta epey de ilgimi çekmişti... Bir ara... Gazetelerde okumuştum... Aslında..."

Bu sırada birden Nastasya lâfa karıştı:

"Lizaveta'yı öldürdüler..." dedi. Raskolnikov'a söylemişti bunu. Konuşmalar süresince odada kalmış, kapıya yaslanmış olarak konuşulanları dinlemişti.

Raskolnikov duyulur duyulmaz bir sesle:

"Lizaveta'yı mı?" diye mırıldandı.

"Evet, Lizaveta canım! Hani şu satıcı kadın, aşağıya gelir giderdi... Çamaşır yıkardı, senin de bir kez gömleğini yıkamıştı hatta..."

Raskolnikov beyaz çiçekli, kirli sarı bir kâğıtla kaplı duvardan yana döndü. Kahverengi taramaları olan şeklini yitirmiş bir çiçek seçerek, kaç yaprağı olduğunu, yapraklarının kenar tırtıllarının biçimini ve her yaprakta kaç tarama bulunduğunu incelemeye koyuldu. El ve ayaklarının uyuştuğunu, vücudundan kopmuşçasına hissizleştiğini duyuyor, ama kımıldamak-sızın, inatla çiçeğe bakmaya devam ediyordu.

Zosimov, Nastasya'nın gevezeliğine canının sıkıldığını açıkça belli ederek:

"E, ne olmuş boyacıya?" diye sordu.

Nastasya sustu, derin bir iç çekti. Razumihin heyecanla kaldığı yerden devam etti:

"Onu da katil zanlısı olarak tutuklamışlar!"

"Herhangi bir delil var mı?"

"Ne delil, ne bir şey..! Ama onlara sorarsan esaslı deliller var ellerinde, tabii bunlara delil denilebilirse! Aslında kanıtlanması gereken nokta da burada! Hani başta kuşkulanıp tutukladıkları iki kişi vardı ya... Neydi adları? Koch'la Pestriyakov... Tıpkı onlarınkinde olan durum tekrarlanıyor burada da... Allah kahretsin! Nasıl da sersemce ele alıyorlar bu işleri! Dışarıdan birisine bile ne kadar iğrenç görünüyor! Pestryakov belki bugün bana uğrayacak... Aklıma gelmişken Rodya, bu işi sen de biliyorsun. Sen hastalanmadan önce olmuştu. Hani karakolda bu olaydan söz ederlerken bayılmıştın, işte ondan bir gün önce..."

Zosimov merakla Raskolnikov'a bakıyordu. Raskolnikov'sa kımıldamamıştı bile.

Zosimov:

"Biliyor musun Razumihin." dedi, "durup dinlenmek nedir bilmeden, her işin peşinden koşturan bir insansın sen..."

Razumihin masaya bir yumruk indirerek:

"Öyle olsun!" diye bağırdı. "Ama biz yine de çekip kurtaracağız onu bu pis işten! Burada insanın en ağırına giden ne biliyor musun? Onların yalan söylemeleri değil, yalan her zaman bağışlanabilir, tatlı bir şeydir çünkü yalan ve insanı eninde sonunda gerçeğe götürür. Burada insanın ağırına giden şey, onların yalan söylemeleri değil, söyledikleri yalana kendilerinin de inanmaları... Porfiri'ye saygı duyarım ama... Onların ilk şaşırdıkları nokta neydi? Kapı önce kapalıymış, az sonra kapıcıyla döndüklerinde ise açık bulmuşlar. Demek ki cinayeti işleyenler Koch'la Pestriyakov! Onların mantığı bu işte!"

"Kızma canım, yalnızca tutukladılar onları... Hem başka türlü de yapamazlardı... Koch deyince aklıma geldi; ben bu adamla bir yerlerde karşılaşmıştım sanıyorum... Kocakarıdan dolmuş rehinleri satın alıyormuş galiba, öyle mi?"

"Evet, üçkâğıtçının biri! Senet de kırıyormuş... Sanayiciymiş aslında. Neyse, canı cehenneme!.. Benim asıl tepemi attıran ne, biliyor musun? Onların şu kokmuş, çürümüş, rutin yöntemleri... Oysa yalnızca şu işte bile, hiç denenmemiş, yepyeni bir yol bulmak mümkün. Psikolojik verilere dayanarak -yalnızca bunlara dayanarak- bizi asıl suçluya götürecek bir iz bulunabilir. Neymiş efendim, onların da bildiği gerçekler varmış! İyi ama gerçek her şey demek değildir ki... Hiç değilse işin yarısı, bu gerçeklere nasıl bakıldığına bağlıdır."

"Gerçeklere nasıl bakılması gerektiğini sen biliyor musun peki?"

"Eğer insan herhangi bir işe yararı dokunabileceğini hissediyorsa, susmamalıdır... Sen bu işin ayrıntılarını biliyor musun?"

"Boyacıyı anlatıyordun, yarım kalmıştı..."

"Ha, evet!.. Dinle: Cinayetten tam iki gün sonra, Koch'la Pestriyakov attıkları her adımı kanıtlamışlarken, gerçek kendisini haykırıp dururken ve polisler bunlarla kovalamaca oynayıp kendilerini avutmayı sürdürürlerken, birden hiç beklenilmeyen bir olay olur. Cinayetin işlendiği evin karşısında bir meyhane işleten Duşkin adlı bir köylü, içinde bir çift altın küpe bulunan bir mücevher kutusuyla karakola başvurur ve uzun bir hikâye anlatır. "İki gün önce der, akşam saat sekizi biraz geçe -güne ve saate dikkat-dükkânıma daha önce de gelip giden boyacı Mikolay uğradı, içinde bir çift altın küpe bulunan bu kutuyu getirdi ve buna karşılık kendisine iki ruble verip vermeyeceğimi sordu. Ona kutuyu nerden aldığını sordum, yolda yürürken kaldırımda buldum dedi. Başka bir şey sormadım, kendisine bir papel yani bir ruble verdim. Çünkü bana olmasa, götürüp bir başkasına verecek ve nasıl olsa içecek, diye düşündüm. Varsın dedim, küpeler bende dursun, fazla mal göz mü çıkarır? Eğer bunların, çalıntı mal olduğu kulağıma gelirse, götürür teslim ederim, diye düşündüm." Ben bu Duşkin'i bilirim, insanın, gözünün içine baka baka yalan söyler, bu anlattığı masal. Kendisi de tefecidir. Çalıntı malları gizleyip hırsızlara yardımcı olur. Otuz rublelik küpeleri Mikolay'dan bir tekliğe kapatırken 'çalıntı oldukları kulağına gelirse götürüp teslim etmek' aklının ucundan geçmemiştir. Korktuğu için kıvırtıyor. Neyse, canı cehenneme! Sen herifin anlattığı masalın devamını dinle: "Ben bu Mikolay'ı çocukluğundan tanırım, köylüm olur. Ryazanlı o da benim gibi. Ryazan'ın Zraysk ilçesinden... Mikolay ayyaş değildir, ama arada bir kafayı çekmeyi sever. O evde, hemşerisi Mitri ile çalıştığını, boyacı olduğunu da duymuştum. Mitri ile hemşeri bunlar. Mikolay benden tekliği alınca hemen bozdurdu, üst üste iki bardak yuvarladı, paranın üstünü alıp gitti. O sırada Mitri onun yanında değildi, görmedim. Ertesi gün duyduk ki, Alyona Ivanovna ile kız kardeşi Lizaveta Ivanovna balta ile öldürülmüşler. Her ikisini de tanırdım. Küpelerden dolayı içime bir kuşku girdi. Çünkü rahmetlinin rehin karşılığı para verdiğini bilirdim.

Nihayetinde öldürülen kadınların oturdukları apartmana gittim ve olayı kendimce şöyle usülden sorup soruşturmaya başladım. İlk öğrenmek istediğim şuydu: Mikolay burada mıydı? Mitri bana Mikolay'ın içip durduğunu, eve sabaha doğru geldiğini, on dakika kadar kalıp sonra yeniden çıktığını söyledi. Söylediğine göre, Mitri onu bir daha görmemiş, işi de tek başına bitirmeye çalışacakmış. Bütün bunları öğrendikten sonra o sıra hiç kimseye hiçbir şey açmadım. Cinayet konusunda öğrenebileceğim her şeyi öğrenmiştim, içimde yine aynı kuşkularla eve döndüm. Bugünse, sabah saat sekize doğru, yani cinayetin üçüncü günü, buraya da dikkat! Bir de baktım Mikolay dükkândan içeri girdi. Ayık değildi, ama sarhoş da denemezdi. Yani konuşulanları anlayabilecek durumdaydı. Masalardan birine çöktü. Konuşmuyor, öylece oturuyordu. O saatte meyhanede kendisinden başka topu topu iki kişi vardı, biri yabancı, biri de bizim devamlı müşterilerden. Sonra benim iki garson... 'Mitri'yi gördün mü?' diye sordum. Yok dedi, görmedim. 'Peki, buralarda değil miydin?' dedim. 'İki gündür yoktum' dedi. "Geceyi nerede geçirdin?' diye sordum. "Teski'de," dedi. "Kolomenski'lerin yanında." "Peki" dedim, "küpeleri nerde bulmuştun?' "Kaldırımda" dedi. Yalnız bunu çok tuhaf bir tavırla ve hiç yüzüme bakmadan söylemişti. "Peki o gece falan saatte, sizin boya yaptığınız dairenin iki kat üstündeki falan dairede böyle böyle bir olay olmuş, haberin var mı?" dedim. "Hayır, haberim yok" dedi. Ama beni dinlerken gözleri faltaşı gibi olmuş, beti benzi uçmuştu.

"Öyle ama ortada da birtakım deliller var."

"Benim asıl söylemek istediğim deliller değil, onların işe nasıl baktıklarından, nasıl kavradıklarından söz ediyorum ben. Neyse, canları cehenneme! Dinle şimdi: Mikolay'ı öyle sıkıştırmışlar ki, sonunda itiraf etmiş: "Küpeleri kaldırımda değil. Mitri ile boyadığımız o dairede buldum." "Nasıl oldu bu iş?" "Mitri ile akşam sekize kadar çalışıp boya yaptık, tam gitmeye hazırlanıyorduk ki, Mitri fırçayı kaptığı gibi yüzüme sürdü ve kaçtı. Bende kendisini kovalamaya başladım. Hem kovalıyor, hem de gırtlağım yırtılırcasına bağırıyordum. Tam dış kapının orda, kapıcıya ve yanındaki birkaç adama çarptım. Kapıcının yanında kaç kişi olduğunu hatırlayamıyorum. Kapıcı beni azarladı, öteki kapıcıyla karısı da azarladılar. Bu sırada yanında bir bayanla içeri girmekte olan bir bay da bizi azarladı. Çünkü Mitka ile ikimiz onların ayakları dibine yere yıkılmıştık: ben Mitka'yı saçlarından tuttuğum gibi yere devirmiş, yumrukluyordum. Mitka da alttan beni yumrukluyordu. Ama biz bunu öfke ile yapmıyorduk, şakalaşıyorduk arkadaşımla. Sonra

Mitka elimden kurtuldu ve dışarı kaçtı. Ben de peşine, ama yakalayamadım. Bunun üzerine apartmana döndüm. Çünkü eşyalarımızı toplamamız gerekiyordu. Boyaları, fırçaları toplamış Mitka'nın dönmesini beklerken, koridorda, kapının arkasında bir kutu takıldı ayağıma. Kâğıda sarılı bir kutuydu bu. Kâğıdı açtım, baktım çengelli bir kutu... Çengeli de açtım ki, kutunun içinden küpeler çıkıverdi..."

Raskolnikov, yattığı yerden tek eli üzerinde yavaşça doğruldu. Bulanık, korku dolu gözlerle Razumihin'e bakarak:

"Kapının arkasında mı? Demek kapının arkasında? Kapının arkasında ha?" diye bağırdı.

"Evet... Ne oldu, neyin var, ne oluyorsun?" Razumihin de yerinden doğrulmuştu.

Raskolnikov yeniden duvardan yana dönüp yastığına kapanarak, zor duyulur bir sesle: "Yok bir şey..." dedi. Bir an kimseden ses çıkmadı. Sonunda Razumihin:

"Herhalde uyukluyordu, uykusunda konuştu." dedi, bir yandan da soran gözlerle Zosimov'a bakıyordu. Zosimov başıyla ona katılmadığını gösteren bir işaret yaptı. Sonra: "Devam etsene" dedi, "sonra neler olmuş?"

"Ne olacak, küpeleri görünce, evi de, Mitka'yı da unutup şapkasını kaptığı gibi, doğru Duşkin'in oraya gitmiş. Bundan sonrasını artık biliyorsunuz. Duşkin'e küpeleri kaldırımda bulduğu yalanını kıvırıp aldığı bir rubleyle eğlenmeye gitmiş. Cinayet konusunda ise eski söylediklerini tekrarlamış: 'Hiçbir şey bilmiyorum, hiçbir şey görmedim, duymadım. Olaydan, ancak önceki gün haberim oldu.' 'Kendini niçin asmak istedin?' 'Düşünceden,' 'Ne düşüncesinden?' 'Beni mahkûm edeceklerini düşündüm?' İşte hikâye bu... Senin düşüncen ne, nasıl bir sonuç çıkarabilir onlar bu hikâyeden?"

"Benim düşüncem ne olsun, ortada bir gerçek ve şöyle ya da böyle birtakım ipuçları var... Senin bu boyacıyı serbest bırakacak halleri yoktu herhalde?"

"Serbest bırakmak ne, resmen katil damgasını bastılar adama! En ufak bir kuşkuları yok bu konuda..."

"Onlara kızdığın için böyle yalan yanlış laflar ediyorsun! Küpeler ne olacak peki? Bunlar tam kocakarının sandığından kaybolduğu gün ve saatte Nikolay'ın elinde görüldüğüne göre, herhangi bir şekilde onun eline geçtiğini kabul etmek zorundasın. Bu tür bir soruşturma için üzerinde önemle durulması gereken bir nokta bu bence."

"Herhangi bir şekilde eline geçtiğini kabul etmek zorundaymışım! Lafa bak! Yahu sen ki hekimsin, insanı incelemek, her şeyden önce onun ruhsal yapısını öğrenmek zorunda olan ve bu konuda elinde olanaklar bulunan bir insansın. Bu kadar ayrıntıdan sonra şu Nikolay'ın nasıl bir insan olduğunu hâlâ anlayamıyor musun? Sorgusu sırasında söylediklerinin tümü gerçeğin ta kendisiydi. Kutu, tam kendisinin anlattığı gibi eline geçti: rastlantıyla üzerine bastı, açıp baktı ki küpeler!"

"Evet, gerçeğin ta kendisi! Ama ilk söylediklerinin yalan olduğunu yine kendisi itiraf etmedi mi?"

"Dinle beni. Dikkatle dinle: Kapıcı, Koch, Pestryakov, öteki kapıcı, ilk kapıcının karısı, o sırada onun yanında oturmakta olan satıcı kadın, yine o sırada arabadan inerek kolunda karısıyla içeri girmekte olan saray müşavirlerinden Krükov... Yani aşağı yukarı sekiz-on tanık, ağız birliği etmişlercesine, Nikolay'ın Dmitri'yi yere yatırdığını ve yumrukladığını, Dmitri'nin de Nikolay'ın saçlarını çekip onu aşağıdan yumrukladığını gördüklerini söylüyorlar... Bunlar boylu boyunca yere devrildikleri için yolu da kapatmışlardı. Bu nedenle herkes kendilerine kızıyor, onlarsa 'küçük çocuklar gibi' -tanıkların kullandıkları deyim aynen bu- boğuşuyor, bağırıp çağırıyor, gülünç birtakım hareketler yapıyorlarmış. Sonra tıpkı çocuklar gibi gülerek sokağa fırlamışlar ve birbirlerini kovalamaya başlamışlar. Duyuyor musun? Şimdi dikkat et, yukarda cesetler daha soğumamış bile! Çünkü onları bulduklarında her iki cesedin de daha sıcak olduğunu saptamışlardı. Eğer bu cinayeti onlar işlemiş ve soygunu onlar yapmış olsalardı, ya da yalnızca Nikolay'ın şu ya da bu biçimde bu işle bir ilgisi bulunsaydı, soranın sana: böylesi bir ruh hali, yani kapı önlerinde haykırmalar, kahkahalar, çocukça itişip kakışmalar... Balta, kan, şeytani kurnazlık, ihtiyat, soğukkanlılık, soygun gibi şeylerle bağdaşır mı? Beş on dakika önce cesetler daha soğumamış olduğuna göre böyle olması gerekiyor. Yani beş on dakika önce çifte cinayet işlesinler, sonra her şeyi, cesetleri, evin kapısının açık olduğunu, çaldıkları eşyaları unutup, üstelik de bir sürü insanın yukarı çıkmakta olduğunu göre göre, kapının önünde çocuklar gibi alt alta üst üste boğuşsunlar, gülüşsünler, herkesin dikkatini üzerlerine çeksinler, on tanığın gözleri önünde yapsınlar bütün bunları!" "Evet, doğrusu oldukça tuhaf! Tuhaf ama..."

"Hayır kardeş, aması yok bu işin. Küpelerin, cinayet günü ve saatinde Nikolay'ın eline geçmiş olması eğer ona karşı önemli bir maddi suç kanıtı oluşturuyorsa -ki bu Nikolay'ın olay üzerine yaptığı son derece akla yalan açıklamalarla su götürür bir kanıt haline gelmiştir- o zaman onun lehine olan olayları da dikkate almamız gerekir; asıl kuşkuya yer bırakmayan gerçekler de bence bunlar. Acaba bizim yargılamamız bir olayın ruhsal bakımdan olanaksızlığını, bir olayın yalnızca ruhsal açıklamalara dayanıyor olmasını, öteki bütün maddi delilleri çürüten, onlardan üstün sayan esaslı bir delil olarak kabul eder mi? Ya da mahkemenin böyle bir seçimde bulunma yetkisi var mı? Ama hayır, bunu hiçbir zaman kabul etmezler, çünkü küpeler onda bulundu, 'suçlu olmasaydı asla yapmayacağı bir şeyi yapmaya kalkıştı' kendini asmak istedi!.. İşte temel sorun, benim tepemi attıran sorun bu! Anlıyor musun?"

"Evet, bu işin seni çok kızdırdığını görüyorum. Bir dakika, sormayı unuttum: küpelerin kocakarının sandığından çalınmış olduğu kanıtlanmış mı?"

Razumihin asık yüzle ve isteksizce:

"Evet" dedi, "kanıtlandı. Koch küpeleri tanıdığı gibi onları kocakarıya rehine bırakan kişiyi de gösterdi. Söylediği adam da küpelerin kendisinin olduğunu kanıtladı."

"Bir şey daha: Koch'la Pestryakov yukarıya çıkarlarken, Nikolay'ı gören olmamış mı ve bu herhangi bir şekilde kanıtlanamıyor mu?"

Razumihin yine canı sıkılmış olarak:

"Asıl sorun da burada, hiç kimse görmemiş" dedi, "İşin asıl pis yanı da bu. Gerçi artık Koch'la Pestryakov'un tanıklıkları fazla önemli sayılmıyor ama onlar da yukarı çıkarlarken Mikolayların içeride çalıştıklarını fark etmemişler. 'Kapı açıktı. İçeride çalışanlar vardı, ama biz geçerken dikkat etmedik. Şu anda içerde işçilerin bulunup bulunmadığını hatırlayamıyoruz' demişler."

"Hmm... Bu durumda onları haklı gösterebilecek tek şey, yerlerde yuvarlanıp birbirlerini yumruklamaları ve gülüşmeleri... Bunun önemli bir delil olduğunu varsayalım, ama... Söylesene, sen nasıl açıklıyorsun olayı? Yani Nikolay küpeleri eğer anlattığı gibi bulduysa, küpelerin orada bulunuşunu nasıl açıklıyorsun?"

"Nasıl mı? Çok basit! Hiç değilse izlenilmesi gereken yol apaçık ortada. Hareket noktamız, Nikolay'ın bulduğu kutu. Kutuyu gerçek katil düşürdü. Koch ve Pestryakov kapıyı çaldıklarında, katil kapıyı sürgülemiş, içerde duruyordu. Kornon aptallık edip aşağı inmesiyle, katil de kapıyı açtı ve aşağı indi: başka bir yol yoktu onun için. Merdivenlerde Koch ve Pestryakovla karşılaşmaktan da, Nikolay ve Dmitri'nin çalıştıkları sırada boş bıraktıkları daireye gizlenerek kurtuldu. Kapının arkasına saklanıp Koch, Pestryakov ve kapıcının yukarı çıkmasını bekledi, ayak sesleri bitene kadar orada durdu ve tam Nikolay'la Dmitri'nin birbirlerini kovalayarak sokağa çıktıkları, herkesin dağıldığı ve kapının orda kimsenin kalmadığı bir sırada da elini kolunu sallayarak aşağı indi. Belki bu arada kendisini gören olmuştur, ama hiç kimsenin dikkatini çekmemiştir; bir sürü insanın girip çıktığı bir ev... Kutuyu da kapının arkasına gizlendiği sırada düşürdü ve düşürdüğünü duymadı. Çünkü böyle bir şeyi duyabilecek durumda değildi. Kutu, onun kapının arkasında gizlendiğinin açık kanıtı. İşte bütün hikâye bu!"

"Pes doğrusu! Kurnazlığın böylesine pes! Yok kardeş, artık bu kadar da olmaz..."

"Bir dakika, niçin olmayacakmış?"

"Vallahi her şey öylesine birbirine uyuyor, her şey öylesine birbirini izliyor ki, tıpkı tiyatro sahnesindeki gibi..."

Razumihin tam "Eehh!" diye çıkışta bulunacaktı ki, birden kapı açıldı, içeriye hiçbirinin tanımadığı yabancı bir adam girdi.

Gelen adam orta yaşlarda gösterişli biriydi. Duruşunda bir kendini beğenmişlik vardı. Gizlemeye çalışmadığı aşağılayıcı bir şaşkınlıkla çevresini süzerek, "Ben böyle nereye düştüm?" der gibi bir an kapıda duraksadı. Gözlerine inanamıyormuşçasına, hatta biraz da korkunun verdiği yapmacık bir heyecanla ve neredeyse aşağılayarak, Raskolnikov'un basık tavanlı, küçük vapur kamarasını gözden geçirmeye başladı. Odanın içinde dolaşan bakışları, aynı şaşkınlıkla, soyunmuş bir halde ve saç baş karmakarışık, içler acısı divanında yatmakta olan Raskolnikov üzerinde durdu. Raskolnikov da gözlerini kırpmadan ona bakıyordu. Sonra bakışları ağır ağır Razumihin üzerine kaydı, taranmamış saçlarını, tıraşsız yüzünü incelemeye koyuldu: Razumihin de yerinden bile kımıldamaksızın, sorgu dolu küstah bakışlarla onun gözlerinin ta içine bakıyordu. Bu gergin suskunluk birkaç dakika sürdü, sonunda, tahmin olunacağı gibi dekorda küçük bir değişiklik oldu. Odadakilerde gördüğü son derece ciddi birtakım belirtiler karşısında, aşırı büyüklük taslayarak bu vapur kamarasında hiçbir etki yapamayacağını anlayan yabancı, biraz yumuşadı; kibarca, ama yine de sertliği tümden elden bırakmadan, sorusunun her hecesinin altını çizerek, Zosimov'a:

"Rodion Romaniç Raskolnikov adlı bir üniversite öğrencisi beyi, ya da eski bir üniversite öğrencisini arıyorum." dedi.

Zosimov hafifçe kımıldadı, soru kendisine sorulmamış olmasına rağmen, ondan önce davranan Razumihin atılmasaydı, belki cevap da verecekti:

"İşte orada, divanda yatıyor." dedi Razumihin, "Bir şey mi lâzımdı?"

Razumihin'in "Bir şey mi lâzımdı?" sözündeki laubalilik, kendini beğenmiş bayı çok biçimsiz bir duruma sokmuştu. Az kalsın dönüp Razumihin'e bakacaktı, ama kendini tutmasını bildi ve Zosimova bakmayı sürdürdü Zosimov başıyla hastayı göstererek:

"İşte Raskolnikov!" dedi. Sonra ağzını hiç de doğal sayılmayacak kadar genişçe açarak esnedi ve yine doğal sayılmayacak kadar uzun bir süre bu durumda tuttu. Sonra ağır ağır parmaklarını yelek cebine sokarak, som altından, kubbeli, kocaman bir saat çıkardı, açıp baktı, yine ağır ağır cebine yerleştirdi.

Raskolnikov hiçbir şey söylemeden öylece yatıyor ve anlamsız bakışlarla yeni gelene bakıyordu. Duvar kâğıdında merak sardığı çiçekten bu yana dönmüş olan yüzü inanılmayacak derecede beyazdı. Sanki az önce ağır bir ameliyattan çıkmış ya da işkenceden kurtulmuş gibi derin bir acıyı yansıtıyordu. Ama içeri giren adam onda yavaş yavaş bir ilgi, sonra gittikçe artan bir şaşkınlık, daha sonra da güvensizlik, hatta korku uyandırmaya başlamıştı. Zosimov kendisini göstererek, "İşte Raskolnikov" der demez hızla doğrulup yatağına oturmuş, meydan okurcasına, ama zayıf bir sesle ve kesik kesik:

"Evet" demişti, "Raskolnikov benim! Ne istemiştiniz?"

Konuk onu dikkatle süzdü, sonra tepeden bakan bir tavırla:

"Pyotr Petroviç Lujin" dedi. "Kuvvetle umarım, adım size yabancı gelmemiştir."

Raskolnikov, büsbütün başka şeyler bekliyordu; bu adı gerçekten de ilk kez duyuyormuş gibi, boş ve dalgın bakışlarla bakıyor, karşılık vermiyordu.

Pyotr Petroviç bozulmuştu:

"Nasıl olur? Şu ana kadar hiçbir haber almadınız mı?"

Raskolnikov cevap vermedi, yavaşça başını yastığa bıraktı kolunu başının altından geçirip tavana bakmaya başladı. Lujin'in yüzünde bir an üzüntü gölgeleri uçuştu. Razumihin'le Zosimov daha büyük ilgiyle bakmaya başladılar adama. Lujin utanmışa benziyordu.

"On gün, hatta nerdeyse iki hafta oluyor, bir mektup gönderilmişti size, ben sanıyordum ki..." diye bir şeyler gevelemeye başladı.

"Baksanıza..." diye Razumihin birden onun sözünü kesti "ne diye öyle kapı önünde dikilip duruyorsunuz? Madem söyleyeceğiniz bir şeyler var, geçin oturun! Orası Nastasya ile ikinize dar gelir, Nastasyacığım, çekil de konuğa yol ver! Geçin efendim, şöyle, şu sandalyeye buyurun! Geçsenize!"

Sandalyesini masadan uzaklaştırarak, masayla dizleri arasında küçük bir aralık bıraktı ve konuğun buradan geçmesi için gergin bir durumda beklemeye başladı. Öyle bir anda yapılmış bir çağrıydı ki, geri çevirmeye olanak yoktu; konuk çabuk çabuk ve ayakları takıla takıla aralıktan geçti, sandalyeye oturdu ve kuşkulu bakışlarla Razumihin'i süzdü. Razumihin hemen.

"Allah aşkına sıkılmayın." dedi, "Rodya beş gündür hastaydı, üç gün boyunca sayıklayıp durdu. Ama şimdi iyi, iştahı da yerinde... Şu oturan onun doktorudur, az önce kendisini muayene etti.

Ben de Rodya'nın arkadaşıyım ve ben de eski bir üniversite öğrencisiyim; şu anda da kendisine dadılık ediyorum. Bize aldırmayın, ne konuşacaksanız, sıkılmadan konuşabilirsiniz."

Pyotr Petroviç, Zosimov'a dönerek:

"Teşekkür ederim." dedi, yalnız burada oturup konuşmakla acaba hastayı rahatsız etmiş olmaz mıyım?"

"Hayır." dedi Zosimov "hatta tersine eğlendirmiş olursunuz." Ve yeniden esnedi.

Razumihin:

"Rodya kendine geleli epey oluyor" dedi, "ta sabahtan..."

Senli benliliği öylesine yapmacıksız, öylesine içtendi ki, Pyotr Petroviç biraz düşündü ve cesaretini toplamaya başladı. Bu terbiyesiz, bu hırpani delikanlının kendisini üniversite öğrencisi olarak tanıtmasının da payı vardı belki bunda.

"Anneniz." diye tam söze başlamıştı ki, Razumihin gürültülü bir "Hımm." çekti.

Lujin soran gözlerle Razumihin'e baktı.

"Bir şey yok" dedi Razumihin, "siz devam edin!"

Lujin omuzlarını silkti.

"...anneniz ben daha yanlarındayken size bir mektup yazmıştı. Buraya geldikten sonra da, her konuda iyice aydınlanmış olmanızdan emin olmak için size ziyaretimi biraz geciktirdim. Ama şu anda büyük bir şaşkınlıkla görüyorum ki..."

Raskolnikov sabırsızlıkla ve öfkeyle atıldı:

"Biliyorum, biliyorum! Siz... Şu nişanlı değil misiniz? Evet, biliyorum! Ve yeter artık!"

Pyotr Petroviç çok bozulmuştu, ama sesini çıkarmadı. Bütün bunların ne anlama geldiğini anlamaya çalışıyordu. Bir dakika kadar süren bir sessizlik oldu.

Bu arada, cevap verirken Pyotr Petroviç'e doğru dönen Raskolnikov, birden sanki az önce ona iyi bakamamış, ya da şu anda onda yeni bir şey görmüş gibi büyük bir ilgiyle onu süzmeye başladı; hatta daha iyi görebilmek için başını da yastıktan kaldırdı. Gerçekten de Pyotr Petroviç'in genel görünüşünde, az önce kendisi için senli benlice söyleniveren "nişanlı" deyimini haklı çıkartacak özel birtakım şeyler var gibiydi- İlk görülen, daha doğrusu göze batan şey, başkentte nişanlısını bekleyerek geçirdiği birkaç günden Pyotr Petroviç'in şıklaşmak, kendine çeki düzen vermek için elinden geldiğince yararlanmaya çalışmış olmasıydı. Bu hiç kuşkusuz kınanacak yanı olmayan son derece masum bir davranıştı. Hatta şıklaştığını görüp de, kendini fazlaca beğenmeye başlaması bile böyle durumlarda haklı görülebilirdi; çünkü Pyotr Petroviç nihayetinde bir nişanlıydı. Bütün giysileri terzi elinden daha yeni çıkmıştı. Üstündekilerin çok yeni olması ve belli bir amacı açığa vurması bir yana, her şeyi yerindeydi, güzeldi. Son derece şık ve yepyeni melon şapkası bile bu belli amacı kanıtlıyordu: Pyotr Petroviç şapkasına aşırı özen gösteriyor, elinde büyük bir dikkatle tutuyordu. Sonra leylak rengi şu gerçek juven eldivenler de giyilmemeleri ve yalnızca gösteriş olsun diye taşınmaları açısından, aynı şeye tanıklık etmiyorlar mıydı? Pyotr Petroviç'in giysilerinde daha çok gençlerin hoşlandıkları türden, açık renkler hâkimdi. Üzerinde açık kahverengi bir ceket, yine açık renk hafif bir pantolon, bunlara uygun bir kumaştan yelek, yepyeni, incecik bir gömlek ve kırmızı çizgili bir kravat vardı. En önemlisi de, bunların hepsi, Pyotr Petroviç'e çok yakışmıştı. Genç ve bakımlı yüzü, gerçek yaşı olan kırk beşten daha az gösteriyordu. Yanaklarının iki yanından zarif bir biçimde aşağı inen koyu renk favorileri, tıraşlı çenesinin çevresinde daha da koyulaşıyordu. Hatta pek az kırlaşmış ve berber tarafından taranıp kıvrılmış saçları bile, bu tür kıvrılmış saçlar genellikle gülünç görünmelerine ve insanı nikâhlanmaya giden Alman damatlarına döndürmelerine rağmen, onda gülünç ve budalaca durmuyordu. Eğer bu güzel ve havalı yüzde gerçekten itici, hoşa gitmeyen bir yan varsa, nedenini başka noktalarda aramak gerekti.

Bay Lujin'i hiç çekinmeden uzun uzun süzen Raskolnikov alaycı alaycı gülümsedi, başını yastığa bırakıp yeniden tavanı seyre koyuldu.

Bay Lujin bütün bu tuhaflıkları görmezden gelmeye karar vermişe benziyordu. Kendini tuttu, "Sizi bu durumda bulduğum için çok üzgünüm." diye yeniden başladı söze; sessizliği bozmak için çaba gösterdiği belli oluyordu. "Rahatsız olduğunuzu bilseydim daha önce gelirdim. Ama malum, koşturup duruyoruz işte! Bu sıralar Yargıtay'da önemli bir davam var. Sizin de tahmin edeceğiniz öteki işlerimden hiç söz etmiyorum. Sizinkileri, yani annenizle kız kardeşinizi bugün yarın, bekliyorum..."

Raskolnikov bir şey söyleyecekmiş gibi olduğu yerde kımıldadı, yüzünden bir heyecan dalgası geçti. Pyotr Petroviç durdu, onun konuşmasını bekledi, ama bir şey söylemediğini görünce, sözlerini sürdürdü:

"...bugün yarın bekliyorum. İlk iş olarak, geçici bir daire tuttum onlar için."

Raskolnikov duyulur duyulmaz bir sesle sordu:

"Nerede?"

"Buraya çok yakın... Bakalayev'in evi..."

"Voznesenek sokağında" diye Razumihin atıldı, "pansiyon olarak kiraya verilen iki katlı bir ev, tüccar Yuşin işletiyor, bir iki kez gitmiştim..."

"Pansiyon, evet..."

"Kötü kokan pis bir yerdir. Üstelik de hafif tertip karanlık olayların döndüğü söylenir, kim bilir kimler kalıyor ve ne işler çeviriyor? Ben de bir zaman çıkan bir rezalet üzerine gitmiştim... Ama bak, ucuz bir yerdir."

"Buraya yeni gelmiş bir kişi olarak kuşkusuz ben bütün bunları bilemezdim. Ama çok, çok temiz iki oda... Üstelik de çok kısa bir süre için..." Raskolnikova döndü. "Asıl evimizi, yani ilerde oturacağımız evi de buldum. Dayayıp döşüyorlar şu anda. Ben de şimdilik buradan iki adım ötede, Bayan Lippevehzel'in pansiyonunda, genç dostlarımdan Andrey Semyoniç Lebezyatnikov'un dairesinde kalıyorum. Bakalayev'in evini de bana o önermişti."

Raskolnikov bir şey hatırlamış gibi ağır ağır:

"Lebezyatnikov mu?" dedi.

"Evet. Andrey Semyoniç Lebezyatnikov, bir bakanlıkta memurdur, tanıyor muydunuz kendisini?" "Evet... yo hayır..."

"Bağışlayın, sorunuz üzerine öyle sanmıştım. Bir zamanlar onun vasisiydim, genç, sevimli bir arkadaştır... Sonra, yeni düşünce akımlarını izler. Gençlerle birlikte olmayı severim: insan gençlerden öğrenir yenilikleri."

Pyotr Petroviç umutla göz gezdirdi odadakilere.

Razumihin:

"Ne gibi yenilikleri?" diye sordu.

Pyotr Petroviç kendisine soru sorulmasına sevinmişti.

"Her tür yenilikleri... En ciddi, en önemli konuları kapsayanları... Biliyor musunuz, on yıldır Petersburg'a gelmemiştim. Şu anda içinde bulunduğumuz tüm yeni hareketler, reformlar, yeni düşünceler, taşraya kadar ulaşmış bulunuyor, ama her şeyi daha açık seçik görebilmek için Petersburg'da yaşamak gerek. Genç kuşakların, bizim kuşağı gözleyerek daha çok şey öğrenebileceklerini, daha çok şeyin ayrımına varabileceklerini düşünüyorum ben. İtiraf ederim ki, durumu çok sevindirici buluyorum."

"Sevindirici bulduğunuz şeyler özellikle neler?"

"Kapsamlı bir soru... Yanılıyor olabilirim, ama sanırım, olaylara daha açık bir bakış, nasıl diyeyim, eleştirel bir yaklaşım, bir beceriklilik görülüyor..."

Zosimov:

"Bu doğru." diye mırıldandı.

"Atma!" dedi Razumihin Zosimov'a. "Beceriklilik kolay bir şey değildir ve gökten hazır inmez insana. Neredeyse iki yüz yıl var ki, biz her işten elimizi ayağımızı çekmiş durumdayız... Düşünce konusuna gelince -Pyotr Petroviç'e dönerek bunu söylemişti- evet, sanırım düşünceler mayalanıyor... Çocukça olmakla birlikte niyetler iyi. Hatta sürüyle namussuzun saldırısına uğramış da olsa, dürüstlüğe bile rastlanabiliyor... Ama beceriklilik... O yok işte! Bu konuda henüz emekleme evresinde bile değiliz!"

Pyotr Petroviç görünür bir neşeyle itiraz etti:

"Size katılamayacağım, doğrusu. Şüphesiz birtakım tutkuların, yanlış davranışların varlığı bir gerçek; ama hoşgörülü olmak gerek. Tutku, işe karşı duyulan coşkuyu ve o işin içinde bulunduğu ama o işe uygun olmayan koşulların varlığını kanıtlayan bir olgudur. Eğer yapılan şey azsa, zamanın da az olduğunu unutmamak gerekir. Daha araçlar konusu var ki, ona hiç girmiyorum. Kişisel görüşüme göre, bir şeylerin yapılmış olduğunu bile söyleyebiliriz. Yeni ve yararlı düşünceler yayıldı, eskinin o hayalci, romantik yapıtları yerine, yeni ve yararlı birtakım yapıtlar yayımlandı; günümüzde yazın, eskiye göre çok daha olgun bir durumda. Birtakım zararlı önyargıların kökü kazındı, bunlar yerin dibine batırıldı. Kısacası, geçmişle ilgimizi artık geri dönülmez bir biçimde kesmiş bulunuyoruz; bence, bu da bir şeydir..."

Raskolnikov birdenbire:

"Ezberlemiş!" diye homurdandı. "Kendini satıyor!"

Raskolnikov'un ne dediğini tam duyamayan Pyotr Petroviç:

"Efendim?" diye sordu; ama bir karşılık alamadı.

Zosimov, Pyotr Petroviç onaylayarak:

"Bütün bunlar hep gerçek..." dedi

Pyotr Petroviç, Zosimov'a sevecen sevecen baktı, sonra:

"Öyle değil mi ama?" diye sürdürdü sözlerini. "Siz de kabul edersiniz ki -bunları söylerken yine Razumihin'e dönmüştü ve bu kez sesinde bir üstünlük, hatta bir zafer havası vardı ve az kalsın bir de "delikanlı" diye ekleyecekti- hiç değilse bilimde ve birtakım ekonomik gerçeklerde ilerleme ya da bugünkü deyimiyle progres olduğu inkâr edilemez! "

"Bunlar." dedi Razumihin.

"Hayır, genel doğrular değil!" diye yersiz bir acelecilikle sözü kaptı Pyotr Petroviç. "Bana bugüne değin 'insanları sev' dedilerse ve ben de sevdiysem, bundan ne sonuç çıkıyordu? Ne sonucu çıkacak, ben kaftanımı ikiye bölüp yarısını komşuma veriyordum ve böylece ikimiz birden, hani şu bilinen atasözümüzde olduğu gibi, "Birkaç tavşanın ardından koşan hiçbirini yakalayamaz." diyen atasözümüzdeki gibi, yarı çıplak kalıyorduk. Bilim ne diyor? Dünyada herkesten çok kendini sev, çünkü dünyada her şey kişisel çıkara dayalıdır. Eğer kendini seversen, işini gerektiğince yaparsın, kaftanın da bölünmeden, bütünüyle senin üzerinde kalır. Bu arada ekonomi, bu bilimsel gerçeğe şunu ekliyor: toplumda ne kadar çok insanın işleri yolunda olursa, diğer bir deyişle, kaftanlar ne kadar bütün kalırsa, toplumun temelleri de o kadar sağlam ve genel gidiş o kadar yolunda olur. Böylece kendim için kazanmakla, herkes için de kazanmış oluyorum, komşumun ikiye bölünmüş bir kaftan değil, bunun daha fazlasını, üstelik de birilerinin cömertliğiyle değil, tüm toplumun genel ilerleyişiyle elde etmesine olanak sağlamış oluyorum. Basit bir düşünce, ama ne yazık ki, içinde bulunduğumuz heyecan ve ütopya yüzünden uzun süre akla gelmedi. Oysa sanırım, fazla zekâya gerek gösteren bir konu değil..."

"Özür dilerim, ben de fazla zeki bir adam değilim." dedi Razumihin onun sözünü sertçe keserek, "onun için bu konuyu burada keselim!.. Aslında benim konuyu açarken amacım başkaydı; yoksa bütün bu gevezelikler, kendi kendimizi teselli etmeler, bu ardı ardına sıraladığımız genel doğrular, bütün bu hep ama hep aynı sözler üç yıldır bana öylesine tiksinti verir oldu ki, ben değil, yanımda bir başkası bile bunlardan söz etmeye başladı mı inanın ateşler basıyor. Siz burada hava atmaya, ne kadar bilgili olduğunuzu göstermeye kalkıştınız, böyle yaptınız diye sizi suçluyor ya da kınıyor değilim, ben şu anda yalnızca sizin kim olduğunuzu, neyin nesi olduğunuzu anlamak istemiştim. Çünkü biliyor musunuz, şu son zamanlarda, sözünü ettiğiniz genel işlere o kadar çok sanayici burnunu soktu ve bunlar el attıkları her şeyi öylesine kendi çıkarlarına göre değiştirdiler ki, her şey allak bullak oldu... Neyse, kapatalım bu konuyu artık!"

Lujin kabararak:

"Çok sayın bayım, böylesine senli benli bir dille konuşacaksanız eğer, ben de..." diye söze başlayacak oldu, ama Razumihin onun sözünü keserek:

"Rica ederim!" dedi. "Rica ederim! Hiç olur mu?.. Evet, kapatalım artık bu konuyu."

Sonra birden Zosimov'a döndü ve az önce yarım kalan konularında konuşmaya başladı.

Pyotr Petroviç, Razumihin'in yaptığı açıklamaya hemen inanacak kadar akıllı çıktı. Aslında kendisi de bir iki dakika sonra kalkıp gitmeyi düşünüyordu. Raskolnikov'a dönerek:

"Umarım şu anda başlayan tanışıklığımız, sizce bilinen nedenlerle, daha da güçlenecektir... Size içten sağlıklar dilerim..."

Raskolnikov başını döndürüp bakmadı bile, Pyotr Petroviç sandalyesinden doğruldu:

Bu sırada Razumihin'le konuşmakta olan Zosimov'un sesi duyuldu:

"Bence, onu kendisine rehin bırakmaya gelen müşterilerinden birinin öldürdüğü muhakkak..."

"Bence de öyle." dedi Razumihin, "Porfiriy gerçi söylemiyor ama kadına rehin yatıranları sorguya çekiyor..."

Birden Raskolnikov'un sesi duyuldu:

"Rehin yatıranlar sorguya mı çekiliyor?"

"Evet, ne olmuş?"

"Yok bir şey."

"Peki" dedi Zosimov," rehin yatıranları nasıl buluyorlar?"

"Kimilerini Koch söylemiş, kimilerinin adları rehinlerin sarılı olduğu kâğıtların üzerinde yazılıymış, kimileri de olayı duyunca kendiliklerinden başvurmuşlar..."

"Ama katil besbelli çok becerikli, çok deneyimliymiş... Ne cesaret! Ne kararlılık!"

Razumihin onun sözünü keserek:

"Hayır, yanılıyorsun, hiç de öyle değil." dedi. "Hepinizi şaşırtan da bu nokta işte! Bence katil ne becerikli, ne de deneyimli, büyük olasılıkla da bu onun ilk işi! Katilin becerikli, deneyimli olduğunu kabul edecek olursak, yanılırız. Tam tersine deneyimsiz ve ilk işini yapan bir katil olduğunu düşünürsek, onu felaketten kurtaran şeyin bir rastlantı olduğunu görürüz. Ve rastlantılarla neler neler olmuyor bu dünyada! Katil, belki de, karşılaşabileceği engellerin hiçbirini öngörememişti! Öte yandan yaptığı şey ne: tutup on-on beş rublelik şeylerle, ceplerini doldurmuş, kocakarının sandıklarını, bohçalarını karıştırmış! Oysa komodinin üst çekmecesindeki bir kutu içinde, notlardan ayrı olarak tam bin beş yüz altın ruble duruyor! Bunları kaldırmayı becerememiş de, öldürmeyi becermiş! Ne diyorum sana, bu onun ilk işi! İlk işi! Hemen eli ayağı dolaşmış! Yakalanmayışı da ince hesaplar yapmış olmasından değil, rastlantılardan!"

Elinde şapkası ve eldivenleri, ayağa kalkmış olan ve gitmeden önce birkaç akıllıca söz söyleyip iyi bir izlenim yaratmaya çalıştığı anlaşılan Pyotr Petroviç Zosimov'a dönerek:

"Bu sözünü ettiğiniz, geçenlerde öldürülen dul kadın mı?" diye sordu.

"Evet" dedi Zosimov," duymuş muydunuz?"

"Nasıl duymam? Hemen yanımızdaki evde..."

"Ayrıntılarını biliyor musunuz?"

"Hayır bilmiyorum. Zaten burada beni başka bir nokta ilgilendiriyor, daha doğrusu asıl ve büyük sorun. Sözünü etmek lazım, şu son beş yılda aşağı tabakalarda suç işleme oranının iyiden iyiye artmış olması, sağda solda durmadan yapıldığını duyduğumuz soygunlar, kundaklamalar falan değil... Beni asıl şaşırtan, cinayetlerin yüksek tabakalar arasında da buna koşut olarak artışıdır. Şurada bir üniversite öğrencisinin güpegündüz yol ortasında bir posta arabasını soyduğunu duyarız; ötede, toplumsal konumu yönünden yüksek bir yeri olan kimi insanlar ise para basarlar. Moskova'da, iç borçlanma tahvillerinin sahtelerini yapan koca bir çete yakalanır. Çetenin elebaşı olarak da karşımıza üniversitede öğretim üyesi olan biri çıkar. Ülkelerden birinde parası için ve bilinemeyen başka birtakım nedenlerle elçilik sekreterimiz öldürülür... Derken şimdi de bu faizci kocakarı... Bence onun da katili yüksek tabakadan biridir, çünkü mujikler altınlarını rehine koymazlar. Öyleyse toplumumuzun aydın kesimi arasındaki bu yaygın ahlaksızlığın nedeni ne?"

Zosimov:

"Ekonomik değişmelerin çokluğu..." diye başlayacak oldu.

Razumihin sözü onun ağzından kaparak:

"Nedeni ne mi?" dedi. 'İyiden iyiye kökleşmiş olan tembellik, başka ne olacak!.."

"Nasıl yani?"

"Sizin şu Moskova'daki tarih öğretim üyesi, niçin sahte tahvil bastığı sorusuna ne yanıt vermiş biliyor musunuz?" Herkes bir yoldan zengin oluyordu, ben de bu yoldan çabucak zengin olacağımı düşündüm. Sözlerini tıpkısı tıpkısına hatırlayamıyorum ama düşünce buydu: havadan, çabucak zengin olmak... Çalışıp çabalamadan..! Bir kez hazır yemeye, başkasının emeğine yaslanıp asalak geçinmeye alışılmaya görsün, işte böyle saati gelince herkes hünerini göstermeye başlar...

"Öyle ama ya ahlak? Sonra, nasıl diyeyim, kurallar..."

Raskolnikov atılarak:

"Ne diye çırpınıp duruyorsunuz?" dedi. 'Tam sizin kuramınıza göre olmuş!"

"Nasıl benim kuramıma göre?"

"Az önce bize verdiğiniz vaazdaki düşüncelerinizin sınırlarını biraz daha genişletin, nasıl insanları boğazlamak hakkına bile sahip olacağınızı görürsünüz..."

"İnsaf artık!"

Lujin bu sözleri bağırarak söylemişti. Bu arada Zosimov:

"Hayır, öyle değil!" diye atıldı.

Raskolnikov'un yüzü sapsarı kesilmişti, üst dudağı titriyor, güçlükle soluk alıp veriyordu.

"Her şeyin bir ölçüsü vardır." dedi Lujin kasıntılı bir tavırla. "Ekonomik düşünceler insanlara henüz cinayet davetiyesi çıkarmıyor, hem varsaydım ki..."

Raskolnikov, karşısındakini aşağılamanın verdiği sevinçle onun sözünü yeniden kesti:

"Nişanlınızdan evlenme teklifinize evet cevabı aldığınızda, en çok onun yoksul oluşuna sevindiğinizi, onu dilediğinizce yönetmek ve size borçlu olduğunu ikide bir başına kakmak için yoksul aileden kız seçmiş olmakla uygun bir iş yaptığınızı söylediğiniz doğru mu?"

Lujin öfkeden tir tir titreyerek:

"Sayın bayım! Sayın bayım!" dedi; dili dolanıyor, sözcükleri birbirine karıştırıyordu:

"Benim düşüncelerimi çarpıtıyorsunuz!

Kulağınıza çalınan, daha doğrusu size yetiştirilen bu söylentilerin gerçekle hiçbir ilgisi bulunmadığını bilmelisiniz. Ben... bunu söyleyenin kim olduğunu... kısacası bu iğneleme... tek kelimeyle anneniz... Aslında bütün üstün niteliklerine rağmen ben onun biraz heyecanlı ve romantik yapıda bir insan olduğunu zaten anlamıştım... Ama yine de sorunu böylesine çarpıtabilecek bir hayal gücüne sahip olduğunu düşünmekten de çok uzaktım. Ve son olarak da..."

Yastığında hafifçe doğrulan ve kor gibi yanan gözlerini Lujin'e diken Raskolnikov:

"Son olarak da ne olur biliyor musunuz?" diye bağırdı.

"Ne olurmuş?" dedi Lujin, duraksadı, aşağılanmış bir insan görüntüsü içinde beklemeye başladı. Birkaç saniye süren bir sessizlik oldu.

"Şu olur, eğer annem hakkında tek kelime daha söylerseniz, bir vuruşta merdivenlerden yuvarlarım sizi!"

Razumihin:

"Ne oluyorsun yahu!" diye bağırdı.

Lujin sararmıştı, dudaklarını ısırarak, tane tane:

"Demek öyle!" dedi; olanca gücüyle kendini tutmaya çalışıyor, ama yine de tıkanır gibi oluyordu. "Aslında daha bu odaya adımımı attığım anda sizin bana karşı ne denli nefret dolu olduğunuzu anlamıştım, ama yanılmamış olduğumu iyice görmek için girip oturdum. Bir hastanın ve bir akrabanın pek çok kusurlarını bağışlayabilirdim, ama şimdi... sizi hiçbir zaman..."

Raskolnikov:

"Ben hasta değilim!" diye bağırdı.

"Bu daha da kötü!"

"Defolun buradan!"

Zaten gitmek üzere olan Lujin masayla sandalye arasından geçiyordu. Razumihin ona yol vermek için bu kez ayağa kalkmıştı. Hiç kimseye bakmadan, hatta epeydir hastayı rahat bırakması için kendisine işaretler yapıp duran Zosimov'a bile selam vermeden çıkıp gitti. Kapıdan çıkarken sırtını kamburlaştırmış, kendini sakınmak istercesine de şapkasını omuzları hizasına kaldırmıştı. Sırtının kamburu korkunç bir aşağılanmayı da yanı sıra götürüyormuş gibi bir etki bırakıyordu.

Şaşıran Razumihin başını sallayarak:

"Olur mu yahu, hiç böyle şey olur mu?" diye söylenip duruyordu.

Raskolnikov öfkeden kudurmak üzereydi:

"Kimseyi istemiyorum, bırakın beni!" diye bağırdı. "Bırakın beni, işkenceciler! Hiçbirinizden korkmuyorum! Artık kimseden, kimseden korkmuyorum! Defolun başımdan! Yalnız kalmak istiyorum, yalnız, yalnız, yalnız!"

"Gidelim." dedi Zosimov, Razumihin'e başıyla işaret ederek.

"İnsaf yahu, onu nasıl böyle bırakabiliriz?"

"Gidelim." diye diretti Zosimov. Sonra da dışarı çıktı. Razumihin bir an düşündükten sonra ona yetişmek için arkasından koştu.

Merdivenlerden inerken Zosimov:

"Sözünü dinlemeyip orda kalmamız daha kötü olurdu." dedi, "kesinlikle sinirlenmemeli..."

"Nesi var?"

"Olumlu yönde bir uyarı gerek ona şimdi... Az önce ne güzel toparlamıştı kendini!.. Biliyor musun, bir şeyler var kafasında! Hiç değişmeyen, sürekli acı veren bir şeyler... Ben asıl bundan korkuyorum! Bu kesinkes böyle!"

"Sakın şu adam. Bay Pyotr Petroviç olmasın?"

"Konuşmalarından anladığıma göre, Pyotr Petroviç Rodya'nın kız kardeşiyle evlenmek üzere ve Rodya tam hastalandığı esnada bu konuyla ilgili bir mektup almış.

"Evet! Tam da gelecek zamanı bulmuş adam! Belki de bütün işleri altüst etti. Dikkat ettin mi, Rodya her şeye karşı kayıtsızdı, konuştuğumuz hiçbir konuya katılmadı, yalnız biri dışında, cinayetten konuşulurken sanki kendini kaybediyordu."

"Evet evet ben de fark ettim! Hem ilgilendiriyor, hem de korkutuyor bu olay onu. Tam hastalandığı gün, hani karakolda çok ürkmüş olsa gerek; düşüp bayılmış!"

"Akşama bana bunu biraz daha ayrıntılarıyla anlatsana, benim de anlatacaklarım var. Bu çocuk beni çok ilgilendiriyor! Yarım saat kadar sonra yoklamaya gideceğim... Sanırım ateşi yükselmez..."

"Sağ olun! Ben de bu arada Paşenkanın yanında oturur, Nastasya aracılığıyla da hastanın durumunu izlerim..."

Raskolnikov, gitmekte hâlâ ağırdan alan Nastasya'ya sabırsızlıkla ve sıkıntıyla baktı.

"Bir çay ister misin?" diye sordu Nastasya.

"Sonra! Yatıp uyumak istiyorum! Yalnız bırak beni..."

Tir tir titreyerek duvardan yana döndü; Nastasya çıktı. Nastasya çıkar çıkmaz yerinden kalktı, kapıyı kilitledi, az önce Razumihin'in gösterdiği ama sonra yeniden sarıp sarmaladığı paketi çözdü, elbiseleri çıkardı, giyinmeye başladı. Tuhaf şey, tümüyle sakinleşmişti. Az önceki çılgın kaygılarından, şu son zamanlarda içini saran korkularından da eser kalmamıştı. Tuhaf ve beklenmedik bir sakinleşmenin ilk dakikalarını yaşıyordu. Hareketleri kesin ve açıktı, sağlam bir kararlılığın izlerini taşıyordu. "Bugün, hemen bugün!..." diye mırıldanıyordu kendi kendine. Hâlâ güçsüz olduğunu anlamakla birlikte, dinginliğe, sabit fikre varan bir ruhsal gerginliğin verdiği güven duygusunu, gücü duyuyordu. Sokakta ayakta duramayıp düşeceğini de sanmıyordu. Tepeden tırnağa yeni giysilerine büründükten sonra, masada duran paralara bir göz attı, biraz düşündü, sonra hepsini cebine indirdi. Yirmi beş ruble kadar birşeydi. Razumihin'in giysiler için harcadığı paranın artanı olan bozuk beşlikleri de aldı. Sonra yavaşça kapının çengelini kaldırdı, odasından çıktı. Merdivenlerden inerken, kapısı ardına kadar açık olan mutfağa bir göz attı: Nastasya arkası kapıya dönük, eğilmiş ev sahibi kadının semaverini yelliyordu. Hiçbir şey duymamıştı. Zaten kalkıp dışarı çıkabileceğini kim düşünürdü? Bir dakika sonra sokaktaydı.

Saat sekiz sularıydı, güneş ha battı ha batacak. Ortalık eskisi gibi sıcaktı; ama o, şehre bulaşmış bu tozlu, pis kokulu havayı derin derin içine çekti. Başı hafif döner gibi oldu; sapsarı yüzünde yabancı bir gücün ışıltısı dolaştı. Nereye gideceğini bilmiyordu, düşünmemişti bile bunu; bildiği bir tek şey vardı:

"Bütün bunlara, şu anda bir son vermesi gerekti, yoksa eve dönmeyecekti; çünkü artık böyle yaşamak istemiyordu." Ama nasıl son verecekti? Hiçbir düşüncesi yoktu. Aslında düşünmek de istemiyordu. Düşünce denen şeyi kovmuştu kafasında; acı veriyordu düşünceleri ona. Bildiği, hissettiği bir tek şey vardı: şöyle ya da böyle, her şey değişmeliydi; umutsuzlukla, tuhaf bir inançla ve kararlılıkla, "değişsin de, nasıl değişirse değişsin" diye tekrarlayıp duruyordu.

Her zamanki gezinti yollarından yürüyerek saman pazarına yöneldi; bu onun için eski bir alışkanlıktı. Ama saman pazarına varmadan, köprüye giden sokağın oradaki bir tuhafiye dükkânının önünde, içli bir romans çalmakta olan siyah saçlı genç bir laternacı gördü. Laternacı, kaldırımda, hemen önünde duran on beş yaşlarında bir kıza eşlik ediyordu. Kızın üzerinde sokak kadınlarında görülen türden giysiler vardı: kıl dokuma geniş bir eteklik, üzerinde bir İspanyol şalı, elinde eldivenler, başında da tüyleri ateş rengi hasır bir şapka... Hepsi de eski püskü şeylerdi. Sokak kadınlarının o çatlak, ama oldukça hoş ve gür sesiyle, çevredeki esnafın vereceği birkaç kopeği gözleyerek romans okuyordu. Raskolnikov kızı dinlemekte olan birkaç kişinin yanına sokuldu, biraz dinledi, sonra bir beş kopeklik çıkarıp kızın avucuna sıkıştırdı. Kız birden şarkıyı en tiz, en içli yerinde bıçakla kesmiş gibi durdurdu, laternacıya dönerek sert bir sesle, "yeter!" dedi, ikisi birlikte ilerdeki dükkâna doğru yürüdüler.

Raskolnikov birden yanı başında duran ve kendisi gibi laterna dinlemekte olan yaşlıca bir adama döndü ve:

"Sokak şarkılarını sever misin?" diye sordu.

Görünüşünden işsiz olduğu anlaşılan adam vahşi, şaşırmış gözlerle Raskolnikov'a baktı. Raskolnikov'sa, sokak şarkılarından değil de bambaşka şeylerden söz ediyormuş gibi:

"Ben severim." dedi. "Hele de soğuk, karanlık ve nemli güz akşamlarında, hani gelip geçen herkesin yüzünün yeşile çalan bir sarılıkta ve hasta gibi göründüğü ıslak güz akşamlarında, laterna eşliğinde söylenen bu sokak şarkılarını çok severim. Ya da dingin, lapa lapa kar yağan rüzgârsız kış akşamlarında, -hele bir de karların, arasından sokak lambaları ışıldıyorsa- bu şarkılar çok daha doyumsuz olur... Biliyor musunuz?"

Hem kendisine sorulan sorudan, hem de Raskolnikov'un görünüşünden ürken adam:

"Bilmiyorum efendim, özür dilerim!" dedi ve yolun karşısına geçti.

Doğruca yürüyen Raskolnikov saman pazarında Lizaveta'yla konuşan karı-koca satıcının tezgâhlarının bulunduğu köşeye çıktı. Ama ihtiyarlar yerlerinde yoktu. Raskolnikov yeri tanıyınca duraksadı, çevresine bakındı, bir uncu dükkânın kapısında esneyip duran kırmızı gömlekli bir delikanlıya yanaşıp:

"Şu köşede karısıyla birlikte satıcılık eden biri vardı, değil mi?" diye sordu.

Delikanlı onu şöyle bir süzdükten sonra:

"Herkes satıcı olabilir." dedi.

"Adı neydi o adamın?"

"Vaftiz edilirken ne ad taktılarsa, o."

"Yoksa sen de mi Zaraysk'lısın? Hangi ildensin?"

Delikanlı onu bir kez daha süzdü:

"Bizimki il değil, ilçedir saygıdeğer efendim. Kardeşimin bir kez gitmiş, ama ben hiç gitmedim, hep evde otururdum. Bu nedenle beni bağışlamanızı dilerim, soylu efendimiz!"

"Şu ilerdeki meyhane mi?"

"Hayır, otel-restoran efendim, bilardosu da var; sonra... Prensesler de bulunur..."

Raskolnikov meydanı geçti. İlerde, köşede büyük bir mujik kalabalığı vardı. Raskolnikov mujiklerin yüzlerine baka baka, kalabalığın en yoğun olduğu yere doğru ilerledi. Nedense, önüne gelenle konuşmak için sonsuz bir istek duyuyordu. Ama mujiklerin ona dikkat etmiyordu. Toplanmış çene çalıyorlardı. Raskolnikov biraz düşündükten sonra, sağa dönüp, kaldırım boyunca "V" ye doğru yürüdü. Meydanı geçer geçmez küçük bir ara sokakta buldu kendini...

Saman pazarı meydanını Sadovaya ile birleştiren bu ara sokaktan önceleri de sık sık geçerdi. Son zamanlarda, "daha çok acı duymak için" buralarda dolaşmayı ister olmuştu. Şu anda ise hiçbir şey düşünmeden sapmıştı sokağa. Alt katı tümüyle meyhane ve meze içki satan dükkânlarla dolu olan büyük bir apartman vardı burada. Sırtlarında yalnızca bir entari, başları açık, "ev kılığıyla" birtakım kadınlar apartmandan çıkıyor, kaldırım üzerinde çeşitli yerlerde, özellikle de bir iki basamakla inilebilen bodrum katlarındaki eğlence yerlerinin girişlerinde kümeleniyorlardı. Buralardan müthiş bir gürültü yükseliyor, gitar sesleri, şarkılar, naralar tüm sokağı tutuyordu. Otel-restoranın kapısı önünde büyük bir kadın kalabalığı vardı. Kimi basamaklara, kimi de doğrudan doğruya kaldırıma oturmuştu. Üçüncü bir grupsa ayakta duruyor ve gevezelik ediyordu. Bunların yanında, elinde sigara, sarhoş bir asker dolaşıyor, sövüp duruyordu; meyhanelerden birine girmek isteyen, ama hangisine gireceğini unutmuş bir hali vardı. İki serseri sövüşüp kavga ediyor, sarhoşun biri ise boylu boyunca yere devrilmiş, yuvarlanıyordu. Raskolnikov kalabalık kadın kümesinin yanında durdu. Alçak sesle konuşuyordu kadınlar; sırtlarında basma entari, ayaklarında terlik vardı; hepsinin başı açıklı. Kiminin yaşı kırkları aşmış, kimisi daha on yedisindeydi. Hemen tümünün gözleri şiş ve çürüktü.

Aşağıdan gelen şarkı sesleri, bağırıp çağırmalar Raskolnikov'un nedense ilgisini çekmişti...

Birinin kahkahalar, çığlıklar arasında, gitar eşliğinde söylenen tiz bir şarkıya topuk vurup tempo tuttuğu duyuluyordu. Raskolnikov dışarıdan kapı ağzına doğru uzanmış, kederli, düşünceli bir yüzle ve dikkatle şarkıyı dinliyor, kalabalık arasından içeriyi görebilmeye çalışıyordu. Şarkıcı incecik sesiyle,

"Şirin, tatlı sevgilim, boşuna dövme beni!" diye inleyip duruyordu. Raskolnikov sanki bütün sorunu buymuş gibi, şarkıyı dinlemek için dayanılmaz bir istek duydu. "Ben de girsem mi?" diye düşündü. "Nasıl da gülüyorlar! Hepsi sarhoş! Ben de içip sarhoş olsam?"

Kapı ağzında duran kadınların arasından biri henüz bozulmamış, çınlamalı bir sesle Raskolnikov'a seslendi:

"Tatlı beyefendi, içeri girmez misiniz?"

Raskolnikov dönüp baktı. Genç bir kadındı bu, hatta şu kadın kalabalığı içinde insana tiksinti vermeyen belki de tek kadındı.

"Şuna bak! Hem de güzelmiş!" diye mırıldandı.

Kadın gülümsedi, iltifat çok hoşuna gitmişti.

"Siz de güzelsiniz!" dedi.

"Ne kadar da zayıf!" dedi kadınlardan biri. "Sanki hastaneden yeni çıkmış!"

Bu sırada kalın kumaştan önü açık bir kaftan giymiş bir mujik yanaştı yanlarına; hafif sarhoştu ve kurnaz kurnaz gülümsüyordu:

"Gören de general kızları sanır, ama hepsinin burnu kısa ve kalkık! Ama çok neşeli şeyler doğrusu!"

"Mademki geldin, geç içeri!"

"Geçeceğim tatlım!"

Mujik içeri girdi. Raskolnikov yürümeye başladı. "Baksanıza, beyefendi!"

Deminki kızdı, Raskolnikov'un ardından sesleniyordu.

"Ne var?"

Kız utandı:

"Tatlı beyefendi, sizinle her zaman birkaç saatimi geçirmeye hazırım... Ama nedense şu anda sizden utanıyorum. Bir kadeh bir şey içebilmem için bana altı kopekçik verir miydiniz?"

Raskolnikov elini cebine atıp rastgele çıkardığı paraları kıza uzattı. On beş kopekti verdi.

Kız:

"Ah ne iyi yürekli baymış!" dedi.

"Adın ne senin?"

"Duklida diye sorarsınız."

Kalabalıktaki kadınlardan biri başıyla Duklida'yı göstererek:

"Daha neler!" dedi. "Nasıl böyle para isteyebiliyor, anlayamıyorum! Ben olsam utancımdan ölürdüm..."

Raskolnikov kadına ilgiyle baktı. Otuz yaşlarında görünüyordu. Çiçekbozuğu yüzü yara bere içinde, üst dudağı şişti. Duklida'yı kınarken gayet sakin ve ciddiydi.

Raskolnikov yeniden yürümeye başladı. Bir yandan da "Acaba nerede okumuştum?" diye düşünüyordu. "İdam mahkûmunun biri ölümünden bir saat önce, yüksek bir dağın tepesinde, ancak iki ayağının sığabileceği kadar daracık bir yerde yaşaması gerekse; çevresindeyse uçurumlar, okyanuslar, sonsuz karanlıklar, fırtınalar ve sonsuz bir yalnızlık olsa, yine de o bir avuç yerde ömrü boyunca, binlerce yıl, sonsuza dek yaşamayı, o anda ölmeye yeğleyeceğini söylemiş. Yeter ki yaşasın! Yalnızca yaşasın! Aman tanrım, bu nasıl gerçek! İnsan ne alçak yaratıkmış!" Raskolnikov bir dakika kadar durup düşündü, sonra "Bunun için insana alçak diyen de alçaklar!" diye ekledi.

Bir başka caddeye çıkmıştı. "A-a, Kristal Palas! Razumihin'in geçenlerde sözünü ettiği yer! Yalnız, ben bir şey yapmak istiyordum, neydi acaba? Ha, okuyacaktım! Zosimov gazetelerden öğrendiğini söylemişti..."

Kristal Palas'ın birkaç bölmeden oluşan çok geniş, hatta oldukça temiz restoranına girerek:

"Gazeteniz var mı?" diye sordu.

Restoran kalabalık değildi. İki üç müşteri çay içiyordu. Uzaktaki bölmelerden birinde dört kişilik bir grup şampanya içiyordu. Raskolnikov aralarında Zamyatov'u tanır gibi oldu. Ancak uzaktan, iyi görülmüyordu. "Varsın olsun!" diye düşündü.

Garson, "Votka mı emredersiniz?" diye sordu.

"Çay ver. Sonra gazeteleri getir, beş gün kadar eskilerinden başlayarak... Votka parasını sana bahşiş olarak veririm..."

"Emredersiniz. İşte bugünküler. Votka da emreder misiniz?"

Eski gazeteler ve çay geldi. Raskolnikov koltuğuna rahatça yerleşip aramaya başladı: "İzler-izler-Aztekler-Aztekler-İzler-Bartola-Massimo-Aztekler-İzler... Tuh! Allah kahretsin! Ah, işte! Bir kadın merdivenlerden düşmüş -bir tüccar içmekten çatlayıp ölmüş- Peski'de yangın -Petersburgkaya'da yangın -Yine Petersburgkaya'da yangın- İzler-İzler-İzler-İzler-İzler- Massimo... Hah, işte!"

Sonunda aradığını bulmuştu. Satırlar gözünün önünde dans ediyor gibiydi, ama yine de bütün 'haberi' okudu, ayrıntıları öğrenmek için hırsla sonraki günlerin gazetelerine sarıldı. Telaş ve sabırsızlıkla sayfaları çevirirken elleri titriyordu. Birden, birinin masasına oturduğunu fark etti. Baktı: Zamyotov'du: yüzükleri, altın zinciri, düzgün bir çizgiyle ikiye ayrılmış briyantinli, siyah, kıvırcık saçları, sık yeleği, hafif eski redingotu ve gömleğiyle Zamyotov... Görünüşü hiç değişmemişti. Neşesi yerindeydi. Ya da en azından neşeli ve içten bir gülüşü vardı. Esmer yüzü içtiği şampanyadan hafifçe pembeleşmişti. "Nasıl! Siz burada mısınız?" Sanki Raskolnikov'u uzun yıllardır tanıyormuş gibi şaşkınlıkla söylemişti bunları.

"Oysa Razumihin daha dün hâlâ kendinize gelemediğinizi söylüyordu. Şu işe bakın! Ben de sizin ziyaretinize gelmiştim..."

Raskolnikov onun masasına geleceğini biliyordu. Gazeteleri katlayıp kaldırarak ona döndü, sinirli bir sabırsızlığı yansıtan alaycı bir gülümsemeyle:

"Geldiğinizi biliyorum." dedi. "Söylediler. Çorabımı arayıp bulmuşsunuz! Biliyor musunuz, Razumihin sizin için deli diyor; birlikte Laviza Ivanovna'ya gitmişsiniz, hani şu, onca kaş göz işaretinize rağmen durumu bir türlü anlamayan Barut teğmenin çıkıştığı kadın... Hamladınız mı? Oysa bunda anlaşılmayacak ne var, durum apaçık ortada, öyle değil mi?"

"Amma, gevezeymiş."

"Kim, Barut mu?"

"Hayır, arkadaşınız Razumihin."

"Doğrusu iyi yaşıyorsunuz Bay Zamyotov. En güzel yerlere para ödemeden giriyorsunuz. Deminki şampanya kimdendi?" "Biz kendimiz... kendimiz içtik... Neden birinden olsun?"

"Ücret olarak! Her şeyden yararlanırsınız siz!" Raskolnikov gülümsedi, Zamyotov'un omzuna vurarak: "Önemli değil, güzel çocuk, hiç önemli değil!" diye ekledi. "Hem kötü niyetle söylemiyorum bunu ben, hani sizin şu karakoldaki memurun, kocakarı davası dolayısıyla Mitka'yı döverken söylediği gibi: "Size olan sevgimden, şakacıktan." söylüyorum... "Bu olayı nerden biliyorsunuz?"

"Belki sizin bildiklerinizden de fazla şeyler biliyorumdur?"

"Çok tuhafsınız! Daha iyileşmemiş olduğunuz doğru. Dışarı çıkmamalıydınız..."

"Demek size tuhaf görünüyorum?"

"Evet... Gazete mi okuyordunuz?"

"Gazete okuyordum."

"Durmadan yangınları yazıyorlar."

"Hayır, ben yangın haberlerini okumuyordum." Raskolnikov gizemli bir bakışla baktı Zamyotova. Dudakları yine alaylı bir gülümsemeyle çarpılmıştı: "Hayır, yangınlar değildi benim okuduğum" diye sürdürdü sözlerini, sonra Zamyotov'a göz kırparak: "Tatlı çocuk" dedi, "hadi itiraf edin, ne okuduğumu müthiş merak ediyorsunuz, öyle değil mi?"

"Hiç de merak etmiyorum. Öylesine sormuştum. Sormak yasak mı yoksa? Ne diye durmadan..."

"Dinleyin, siz okumuş, kültürlü bir insansınız, öyle değil mi?"

Zamyotov hafiften övünerek: "Kolej son sınıftan ayrılmıştım." dedi

"Son sınıftan? Canım benim! Şu altın zincire, şu yüzüklere bakın hele! Tabii, zengin adam! Ah, ne hoş çocuk!"

Raskolnikov yüzünü iyice, Zamyotov'un yüzüne yaklaştırmıştı, tam bu sırada sinirli bir kahkaha attı. Zamyotov, öfkeden çok, şaşkınlıktan kendini geri attı.

"Amma tuhaf insansınız!" dedi büyük bir ciddiyetle. "Ve bana kalırsa siz hâlâ sayıklıyorsunuz."

"Sayıklıyor muyum? Atıyorsun, tatlı çocuk! Demek tuhafım? Merakını gıcıklıyorum, öyle değil mi? Çok merak ediyorsun beni?"

"Evet, merakımı çekiyorsunuz."

"Öyleyse gazetelerde ne aradığımı, ne okuduğumu söyleyeyim mi? Baksanıza, ne çok gazete getirttim buraya? Şüpheli bir durum değil mi sizce?"

"Söylesenize hadi ne okuduğunuzu!"

"Şuna bak, nasıl da kulaklarını dikti!"

"Ne kulak dikmesi canım?"

"Sonra söylerim ne kulak dikmesi olduğunu! Şimdiyse, tatlım benim, size şunu bildiriyorum... Hayır, "itiraf ediyorum" daha iyi... Hayır, bu da değil, "ben ifade veriyorum ve siz zapta geçiriyorsunuz ki..." evet, işte böyle! İfademdir, söylüyorum, gazetelerle ilgilenmem, onları arayıp bulmam, okumam..." Raskolnikov gözlerini kıstı, durdu, yüzünü Zamyotov'un yüzüne iyice yaklaştırıp, fısıltıyla: "buraya gelişim, hep kocakarının öldürülüşü üzerine bilgi toplamak içindir..." diye ekledi.

Zamyotov bu kez yüzünü geri çekmemişti, kımıldamadan onun gözlerinin içine bakıyordu. Sonradan da en tuhafına giden şey aradaki sessizliğin tamı tamına bir dakika sürmesi ve bu süre içinde her ikisinin de birbirlerine böyle bakmaları olmuştu.

Sonunda dayanamayan Zamyotov ansızın:

"Okuyorsanız ne olmuş?" diye bağırdı. "Hem bana ne bundan?"

Raskolnikov onun bağırmasına aldırmadan aynı fısıltıyla:

"Canım hatırlamıyor musunuz" dedi, "hani siz karakolda kendisinden söz ederken ben düşüp bayılmıştım... İşte o kocakarı, şimdi anlıyor musunuz?"

Zamyotov, oldukça endişeli:

"E, ne olmuş?" dedi. "Hem bu 'anlıyor musunuz?' da ne oluyor?"

Raskolnikov'un hareketsiz ve ciddi yüzü bir anda değişti, birden az önceki gibi gülmeye başladı, sanki gülmemek için kendini tutamıyordu. Bir anda bütün açıklığıyla, çok yakınlarda yaşadığı bir anın heyecanını yeniden yaşamaya başladı. Elinde balta, kapının gerisinde duruyordu; kapının sürgüsü neredeyse yerinden çıkacaktı, dışarıdakiler kapıyı zorluyorlar, sövüp duruyorlardı; o ise onlarla kavga etmek, onlara dilini çıkararak alay etmek ve katıla katıla gülmek, gülmek, gülmek istiyordu!

"Siz ya delisiniz, ya da..." Zamyotov birden durdu, sanki aklına gelen yepyeni bir düşünceden şaşkına dönmüş gibiydi.

"Ya da?"

"Ya da" ne? Nedir, "ya da" söylesenize!"

"Hiç!" dedi Zamyotov öfkeyle.

"Çok saçma bir şey bu!"

İkisi de sustular. Tutulduğu gülme krizinden sonra Raskolnikov birden sustu. Dirseğini masaya dayayıp, başını elleri arasına aldı. Zamyotov'un orada bulunduğunu unutmuş gibiydi. Epey süren bir sessizlik oldu. Sonunda Zamyotov:

"Çayınızı içsenize!" dedi. "Soğuyacak..."

"Ne? Çay mı? Tabii!"

Çayından bir yudum aldı, ağzına bir lokma ekmek attı, sonra Zamyotov'a baktı ve sanki bir anda her şeyi hatırladı; kendine gelmiş, yüzü yine o eski halini almıştı. Çayını içmeyi sürdürdü.

"Bugünlerde de bu dolandırıcılık işleri aldı yürüdü." dedi Zamyotov. "Geçenlerde Moskova Haberleri'nde bir kalpazan çetesinin yakalandığını okumuştum. Koca bir çete... Sahte banknot basıyorlarmış."

"Oho, bu eski olay! Bir ay önce okumuştum ben." Raskolnikov son derece sakindi, gülümseyerek ekledi. "Sizce dolandırıcı mı bu adamlar?"

"Ya ne peki?"

"Böylesine dolandırıcı değil, toy derler! Böyle bir iş için kırk elli kişi bir araya geliyor! Hiç olacak şey mi bu? Böylesi işler için üç kişi bile çoktur. Hem de her birinin bir ötekine kendinden çok inanması, güvenmesi koşuluyla! Yoksa birinin sarhoşlukla yapacağı bir gevezelik, her şeyi altüst edebilir! Toylar! Güvenilmez birtakım adamlar tutup onlar aracılığıyla gişelerden sahte para sürmeye kalkmışlar! Önüne gelen adama açılabilecek iş mi bu! Hem, varsayalım, bu toylar bu işi başardılar ve varsayalım ki her biri birer milyonluk sahte parayı değiştirdi, ya sonra? Yaşadıkları sürece? Her biri bir başkasına bağlı olarak yaşamayacak mı? Gebermek bundan daha iyi değil mi? Onlarsa daha paraları değiştirmeyi bile başaramamışlar! Adam gişeden beş bin rubleyi alınca elleri titremeye başlamış! Dört binini saymış, son binliği, bir an önce sıvışıp, gitmek için -güvenmiş- saymadan cebine atmış. Bu durumu da doğallıkla kuşku uyandırmış... Sonuç: bir ahmak yüzünden her şeyin altüst olması... Hiç olacak şey mi bu?"

Zamyotov:

"Ellerinin titremesi mi? Neden olmasın, bu son derece doğal bir şey... İnsan kendini tutamayabilir..."

"Tutamayabilir mi?"

"Ne yani, siz olsanız eliniz titremez miydi? Doğrusu, benim de elim titrerdi. Yüz ruble için böyle bir dehşeti yaşamak! Sahte paralarla bir bankaya -hem de hangi bankaya? Bu işlerde en kulağı kesik bankaya... Girmekten utanırdım doğrusu! Ya siz? Utanmaz mıydınız?"

Raskolnikov yeniden "dilini çıkarmak" için dayanılmaz bir istek duydu. İkide bir sırtı soğuk soğuk ürperiyordu. Söze dolambaçlı bir yoldan başladı:

"Ben olsam öyle yapmazdım... Bakın ben ne yapardım: ilk binlik desteyi, her banknotu tek tek inceleye inceleye, baştan sona, sondan başa en aşağı dört kez sayardım. Sonra ikinci binlik desteyi saymaya başlardım; ortalarına geldiğimde, destenin içinden rastgele bir elli rublelik banknot çıkarıp, ışığa tutar, sahte mi değil mi diye iyice bir gözden geçirip, 'Doğrusu derdim, korkuyorum; geçenlerde akrabamız bir kadın bu yüzden yirmi beş rublesinden oldu' ve akraba kadına nasıl sahte para verdiklerini anlatırdım. Üçüncü bini saymaya geçtiğimde de, bir dakika, derdim, deminki desteyi sayarken sanırım yedi yüzden sonra şaşırdım... İkinci binlik desteyi yeniden saymaya başlardım. Bu işi her deste için tekrarlardım.

Saymayı bitirdim mi, bu kez de destelerden rastgele bir iki banknot çıkarıp yeniden ışığa tutar, kuşkulanmış gibi yapardım: "Lütfen derdim, şunları değiştirin!" Böylece veznedarın anasından emdiği sürü burnundan getirir ve adamcağızı beni başından savmak için ne yapacağını bilmez ederdim. Bütün bunlardan sonra gitmek için kapıyı açtığım anda, durur, geri döner, affedersiniz, deyip, yeni bir şeyler sorar, yeni bazı bilgiler almak isterdim... Ben olsam işte böyle yapardım!"

"Müthişsiniz doğrusu!" dedi Zamyotov gülümseyerek. "Ne var ki bunların hepsi sözde kalan şeyler. Uygulamada siz de herhalde ne yapacağınızı şaşırırdınız. Bırakın sizi ya da beni, böyle bir işte en deneyimli bir adam bile çuvallar! Hem uzağa gitmeye ne gerek var, işte burnumuzun dibinde gerçekleşmiş bir olay: şu bizim mahallede öldürülen kocakarı... Katil güpegündüz kendisini ancak bir mucizenin kurtarabileceği böylesine rizikolu bir işe giriştiğine göre, besbelli müthiş soğukkanlı ve deneyimli biri... Ama bakın, onun da elleri titremiş... Çalmasını becerememiş, dayanamamış, yaptığı işe bakınca bu açıkça görülüyor..."

Raskolnikov gücenmiş gibiydi. Sinsi bir sevinçle:

"Demek yaptığı işe bakarsanız çalmasını bile becerememiş..." dedi. "Madem öyle, hadi yakalayın adamı!"

"Yakalanacaktır!"

"Kim? Siz mi, siz mi yakalayacaksınız? Koşturup durmanız yanınıza kâr kalır! Şimdi sizin için en önemli nokta şu: adam para harcıyor mu, harcamıyor mu? Dün beş parası olmayan bir adam bugün su gibi para harcamaya başlamışsa, katil değilse nedir? Ama bu noktada eğer isterse bir çocuk bile sizi aldatabilir!"

"İşte hep bu noktada yanlış yaparlar... Kurnazca cinayet işlerler, sonra da soluğu bir meyhanede alırlar... Polis de para harcamalarından kuşkulanıp onları enseler. Onlar sizin gibi kurnaz olmazlar. Siz herhalde meyhaneye gitmezdiniz, öyle değil mi?"

Canı sıkılan Raskolnikov kaşlarını çattı, Zamyotov'a dik dik bakarak:

"Benim bu işte nasıl davranacağımı mı öğrenmek istiyorsunuz?" dedi.

"Evet" dedi Zamyotov kararlılıkla, bakışları, sözleri nedense birden ciddileşmişti.

"Çok mu istiyorsunuz bunu?"

"Evet."

"Pekâlâ. Ben olsam şöyle yapardım." Raskolnikov yine yüzünü Zamyotov'un yüzüne yaklaştırdı; yine gözünü kırpmadan bakıyor ve fısıltıyla konuşuyordu. Zamyotov bu kez onun bu davranışından irkilmişti: "Evet, ben olsam, hemen olay yerinden uzaklaşır, hiçbir yere uğramadan doğruca etrafı duvarla çevrili, kimselerin olmadığı ıssız bir avluya ya da buna benzer bir yere giderdim. Avluda, duvar dibinde bir köşede, binanın yapıldığı günden beri durmakta olan yirmi-yirmi beş kilo ağırlığında bir taş bulur, paralarla öteki şeyleri bu taşın altında bulunması gereken çukura yerleştirip, taşı da eski durumuna getirdikten ve sağını solunu ayağımla bastırıp düzelttikten sonra, bir daha iki üç yıl hiç oralara uğramamak üzere çeker giderdim. Siz işiniz yoksa katili arayın durun!"

Zamyotov da fısıltıyla ve nedense Raskolnikov'dan hafifçe uzaklaşarak:

"Delisiniz siz!" dedi.

Raskolnikov'un gözleri ateş gibi parlıyordu. Yüzü sapsarı kesilmiş, üst dudağı seğirmeye başlamıştı. Yüzünü Zamyotov'un yüzüne olabildiğince yaklaştırmıştı: dudakları sürekli kımıldıyor, ancak hiçbir şey söylemiyordu. Bu, böylece yarım dakika kadar sürdü. Ne yaptığını biliyor, ama kendine engel olamıyordu. Tıpkı o gün yuvasında zıplayıp duran kapının sürgüsü gibi dudaklarında korkunç birtakım sözcükler titreşip duruyordu: işte nerdeyse döküIüverecekti bu sözcükler, işte nerdeyse fırlayıp çıkacaklardı ağzından, söyleyiverecekti nerdeyse!

Birden:

"Ya kocakarıyla Lizavetayı ben öldürdüysem?" dedi ve der demez de kendine geldi.

Zamyotov'un kireç gibi bembeyaz olan yüzü tuhaf bir gülümsemeyle çarpıldı; bakışları da tuhaflaşmıştı:

"Olacak şey mi bu?" dedi.

"İnanmıştınız ama." dedi Raskolnikov hınçla, "hadi itiraf edin, öyle değil mi? Ha? Öyle değil mi?" Zamyotov telaşla:

"Hayır," dedi, "hiç de inanmamıştım. Hele şu anda, her zamankinden de az inanıyorum."

"Sonunda yakalandın! Dilinle tuzağa tutuldun! "Şu anda her zamankinden daha az inandığınıza" göre, demek ki bir ara inanmışsınız!"

Zamyotov utanır gibi oldu.

"Hayır, hiç de inanmamıştım!" diye bağırdı. "Beni korkutacak bunca şeyi de sırf sözü buraya getirmek için anlattınız zaten!"

"Demek inanmamıştınız? Peki, öyleyse o gün karakolda ben çıktıktan sonra arkamdan ne konuşuyordunuz? Ve baygınlığım geçip de kendime geldikten sonra Barut teğmen beni neden sorguya çekti?"

Koltuğundan doğruldu, kasketini aldı.

"Hey, garson!" diye seslendi. "Borcum ne kadar?"

"Hepsi otuz kopek efendim." dedi koşarak gelen garson.

"Şu yirmi kopeği de votka için bahşiş olarak al! Şu paralara bak, paralara!" Banknotlarla dolu elini Zamyotov'a uzatmış gösteriyordu. "Kırmızı, mavi banknotlar... Tam yirmi beş ruble..." Paraları tuttuğu eli titriyordu. "Nereden geldi bunlar, ha? Ya şu gıcır gıcır elbiseler? Biliyorsunuz, beş param yoktu! Ev sahibimi sorguya çekmişsinizdir! Bu kadar gevezelik yeter artık. Hoşçakalın!"

Raskolnikov, içinde biraz da hoşnutluk sezilen, tuhaf, sinirli, heyecanlı bir havayla çıkıp gitti. Yüzü asılmıştı, dayanılmaz derecede yorgun duyuyordu kendini ve yorgunluğu giderek artıyordu. Yüzüne, inme inen insanlarda görülen bir çarpılma gelip yerleşmişti. Heyecanlanmaya başlar başlamaz gücü de artıyor, yükseliyor, heyecan duygusu azaldıkça gücü de azalıyor, düşüyordu.

İçerde tek başına kalan Zamyotov ise dalgın, düşünceli, kımıldamadan oturuyordu. Raskolnikov cinayet konusundaki bütün düşüncelerini altüst etmiş, kafasında yeni ve kesin birtakım düşünceler uyandırmıştı.

"Ilya Petroviç ahmağın tekiymiş!" diye mırıldandı sonunda.

Raskolnikov kapıyı açıp tam sokağa çıkarken, merdivenlerde, Razumihin'le burun buruna geldi. Her ikisi de bir adım kalana kadar birbirlerini görmemişlerdi, nerdeyse kafa kafaya toslaşacaklardı. Bir süre bakışıp birbirlerini süzdüler. Razumihin anlatılmaz bir şaşkınlık içindeydi, ama birden gözleri gerçek bir öfkenin kıvılcımlarıyla tutuştu:

"Bak hele!" diye bağırdı olanca gücüyle. "Demek yataktan kalkıp kaçtın ha! Bense onu divanın altında bile aradım! Çatılara baktım! Az kalsın Nastasya'yı dövecektim! Oysa beyimiz nerelerdeymiş! Rodya! Bu ne demek oluyor? Bana gerçeği söyle, itiraf et! Duyuyor musun?"

Raskolnikov sakin sakin:

"Bu şu demek oluyor ki." dedi, "hepiniz beni bıktırdınız, şurama getirdiniz ve... ben yalnız kalmak istiyorum."

"Yalnız kalmak mı? Ayakta duramazken, güçlükle soluk alırken ve şu kireç gibi olmuş yüzle mi? Aptal herif! Kristal Palasta ne yapıyordun, çabuk doğruyu söyle?"

"Bırak beni!" dedi Raskolnikov ve gitmek için davrandı. Bu davranışı Razumihin'i çileden çıkarmıştı, onu omzundan yakalayarak:

"Bırakmak mı? Biliyor musun şimdi ne yapacağım? Bir bohça gibi koltuğumun altına alıp eve götüreceğim seni, üzerine de kapıyı kilitleyeceğim!"

Raskolnikov sakin görünmeye çalışarak ve tane tane:

"Bak, Razumihin" dedi, "senin iyiliklerini istemediğimi görmüyor musun? Hem... bu iyiliklerini aşağılayanlara ve artık senin bu iyiliklerini cidden katlanılmaz bulanlara, ısrarla iyilik etmek isteği niye? Hastalandığım gün ne diye gelip beni buldun? Belki de ölüm beni çok daha sevindirecekti. Bana sıkıntı verdiğini, beni bıktırdığını bugün yeterince dile getiremedim mi? İnsanlara acı çektirmek için nasıl da isteklisin! İnan bana bütün bunlar benim sağlığımı ciddi biçimde sarsan davranışlar, çünkü sürekli sinirlendiriyor beni. Oysa az önce Zosimov sırf beni sinirlendirmemek için çekip girmedi mi? Allah aşkına sen de yakamı bırak! Hem beni zorla alıkoymaya ne hakkın var? Tümüyle kendinde bir insan olarak konuştuğumu görmüyor musun? Yakamı bırakman, bana iyilik etmekten vazgeçmen için, söyle, sana nasıl yalvarayım? Varın bana nankör deyin, aşağılık deyin ama Tanrı aşkına yakamı bırakın! Bırakın! Bırakın!"

İçinde biriken zehri akıtma fırsatı doğmuş olmasının sevinciyle sakin sakin başladığı konuşmasını, az önce Lujin'le konuşurken olduğu gibi, öfkeden tıkanarak tamamlamıştı.

Razumihin durdu, biraz düşündü, sonra onun kolunu bırakıp, yavaş sesle ve dalgın dalgın:

"Cehenneme kadar yolun var!" dedi.

Ama Raskolnikov'un girmeye davrandığını görünce, yeniden öfkelendi:

"Dur!" diye bağırdı. "Dinle hepiniz birer gevezeden ve farfaracıdan başka bir şey değilsiniz! Küçücük bir açığınız olsa, on paralık yumurtası için ortalığı birbirine katan tavuklara dönersiniz! Üstelik burada bile başka yazarların düşüncelerini çalarsınız! "Ruhlarınızda bağımsız bir yaşamdan iz bile yok! İspermeçetten yapılmış yaratıklar! Damarlarınızda da kan yerine serum dolaşıyor! Hiçbirinize inanmıyorum! İlk işiniz, ne pahasına olursa olsun insana benzememektir!" Raskolnikov'un yürümeye yeltendiğini görünce, öfkesi bir kat daha artarak: "Duuur!" diye bağırdı. "Dur ve sözlerimi sonuna dek dinle! Biliyorsun, bugün yeni eve taşınmam onuruna konuklarım olacak, belki de şu anda gelmişlerdir bile, dayımı bıraktım gelenleri karşılaması için, kendim de bir koşu buraya geldim. Eğer bir ahmak değilsen, eğer su katılmamış bir ahmak değilsen, boşuna, pabuç eskiteceğine, bu akşam doğruca bize gelir, adam gibi oturursun!.. Madem çıkmışsın, yapacak bir şey yok demektir! Sana yumuşacık bir koltuk bulurdum, ev sahiplerimin koltuğunu getirirdim... Çay içer, insanlarla birlikte olurdun... Oturmak istemezsen, yatırırdık seni, yine aramızda olurdun... Hem Zosimov da olacak... Gelecek misin?"

"Hayır."

"Gerçek değil bu söylediğin" dedi Razumihin.

"Sen nereden bileceksin? Daha kendini bilmiyorsun ki! Hem bu işlerden de zerre kadar anladığın yok! Ben de senin gibi kaç kez böyle insanlardan kaçmışımdır, ama her seferinde de geri döndüm... İnsan yaptığından utanıyor ve geri dönüyor! Unutma: Poçinkov'un apartmanı, üçüncü kat!"

"Öyleyse, Bay Razumihin, siz iyilik yapma zevkini duyma uğruna kendinize dayak atılmasına bile izin vereceksiniz?"

"Dayak mı? Kime? Bana mı? Aklından geçirenin bile ağzını burnunu dağıtırım! Poçinkov'un apartmanı, kırk yedi numara, memur Babuskin'in dairesi..."

"Gelmeyeceğim, Razumihin!"

Raskolnikov arkasını döndü yürümeye başladı.

"Bahse girerim ki, geleceksin!" diye bağırdı Razumihin arkasından. "Yoksa... Yoksa... Bundan sonra Raskolnikov diye birini tanımıyorum ben! Dur! Zamyotov içerde mi?"

"Evet."

"Seni gördü mü?"

"Gördü."

"Konuştunuz mu?"

"Konuştuk."

"Ne konuştunuz?

Canın cehenneme! Söylemezsen söyleme! Pocinkov, kırk yedi, Babuşkin... Unutma!"

Raskolnikov, Sadovaya'ya varınca, sağa saptı. Razumihin dalmış, ardından bakıyordu. Sonunda elini sallayıp içeri girmek için yürüdü, ama tam merdivenlerin ortasında durdu. "Allah kahretsin!" dedi yüksek sesle. "Evet, aklı başındaymış gibi konuşuyordu ama... Ah, ne aptalım ben! Yalnızca aklı başındalar mı akıllıca laflar ederler? Zosimov'un da asıl korktuğu buydu galiba?" Parmaklarıyla alnına vurdu: "Ya bir de... Nasıl bırakabildim onu? Kendini suya atabilir... Çok yanlış bir iş yaptım, çok!" Hemen Raskolnikov'un ardından koştu, ama beriki gözden yitip gitmişti. Razumihin tükürdü ve Zamyatov'u sorguya çekmek üzere hızlı adımlarla Kristal Palasa doğru yürümeye başladı.

Doğruca "..." köprüsüne giden Raskolnikov köprünün ortasında korkuluklara dayanıp, uzakları seyretmeye başladı. Razumihin'den ayrıldıktan sonra öylesine bitkinleşmişti ki, köprüye kadar zorlukla gelebilmişti. Oracıkta bir yerlere, yolun ortasına oturmak, ya da yatmak istiyordu canı. Sulara doğru eğilip, batmakta olan güneşin son pembe yansılarına, giderek yoğunlaşan akşam alacasında kararan evlere, nehrin sol kıyısında uzakta bir evin güneşin son ışıklarıyla tutuşmuş küçük çatı katı penceresine, kanalın karanlık sularına bakmaya başladı. Özellikle de sulara bakıyor gibiydi.

Sonunda gözlerinde birtakım kırmızı halkalar dönmeye, evler, insanlar, rıhtım, arabalar çevresinde dans etmeye başladı. Sonra birden irkildi, gördüğü korkunç bir hayalle yeni bir baygınlıktan kurtulmuş gibiydi. Yanında, hemen sağında birinin durduğunu hissetti, baktı: uzun boylu, başörtülü, uzun sarı benizli, gözleri kızarmış ve yuvalarına gömülmüş bir kadındı. Kadın da doğruca kendisine bakıyordu, ama hiçbir şey görmüyor, hiçbir şey fark etmiyordu. Birden sağ kolunu korkuluğa dayadı, sağ bacağını kaldırıp korkuluktan aşırdı, sonra sol bacağını kaldırdı, onu da aşırdı ve kendini kanala bırakıverdi. Kirli sular bir an açılıp kapandılar ve kadın kayboldu. Ancak, bir dakika kadar sonra yeniden su yüzüne çıktı; akıntı yönünde sürükleniyordu, başı ve bacakları suyun içinde, sırtı yukardaydı; eteği suyun üzerinde yastık gibi şişmişti.

"Boğuldu! Boğuldu!" sesleri duyuldu, insanlar koşuşmaya başladılar. Kanalın iki kıyısı birden bir anda seyircilerle dolmuştu. Köprünün üstünde de Raskolnikov'a arkadan bastıran bir kalabalık toplandı.

Yakından, ağlamalı bir kadın sesi duyuldu: 'Tanrım! Bu bizim Afrosinyuşka! Efendiler, Allah rızası için kurtarın onu!"

Kalabalık arasından kimileri: "Kayık!" diye bağırıyorlardı.

Neyse ki kayığa gerek kalmadı. Bekçinin biri iskelenin merdivenlerinden kanala inip, ceketini, çizmelerini çıkararak suya atladı. Akıntı, kadını zaten iskelenin önüne kadar getirmişti ve yapılacak fazla bir şey yoktu. Bekçi sağ eliyle kadını elbisesinden yakaladı, sol eliyle de kendisine uzatılan bir sırığa tutundu ve kadını kıyıya çekti, merdivenlerin üzerine yatırdı. Az sonra kadın kendine geldi, doğrulup oturdu: ellerini anlamsız hareketlerle ıslak entarisine siliyor, aksırıp tıksırıyor, ama hiç konuşmuyordu.

Biraz önceki kadın sesi bu kez Afrosinyuşka'nın yanından duyuldu:

"Devrilene kadar içip sarhoş oldu, anam babam! Demin de az kalsın kendini asacaktı, ipten kurtardılar. Bir koşu bakkala gidecek kızımı da göz kulak olması için kendisine bırakmıştım... Şu olanlara bak! Şuradaki satıcı kadın anam babam, şu bizim satıcı kadın! Hemen şurada otururuz, işte şurada, baştan ikinci ev..."

Kalabalık dağılmaya başladı, polislerse hâlâ kadınla uğraşıyorlardı. Kalabalıktan biri karakoldan söz etti. Raskolnikov olup bitenleri tuhaf bir kaygısızlıkla izliyordu. Birden içinde bir tiksinti duydu. "Su... Hayır, değmez... Tiksinç bir şey bu..." diye mırıldandı. "Bir şey olacağı yok... Ne diye beklemeli? Bu ne? Karakol mu? Zamyotov niye karakolda değil? Saat dokuza geldiği halde, karakol hâlâ açık..." Sırtını korkuluklara çevirdi, çevresine bakındı.

Kesin bir tavırla, "Evet! Gidelim bakalım!" diye mırıldandı, karakola doğru yürümeye başladı. Yüreği sağırlaşmış gibiydi. Düşünmek istemiyordu. "Her şeye bir son vermek" kararıyla evden çıktığı zamanki canlılığından eser kalmamıştı; kaygılı bile değildi, şu anda duyduğu tek şey, tam bir uyuşukluktu.

Uyuşuk adımlarla kanal boyunca ağır ağır yürürken, "Eh, ne yapalım, bu da bir çıkış yoludur!" diye düşündü. "Nasıl olursa olsun buna bir son vereceğim, çünkü böyle istiyorsam... Ancak bu bir çıkış yolu sayılır mı? Boş ver! Bir arşınlık bir yerin olacak! Heh-he! Ancak bu nasıl bir son böyle? Hem son mu bu? Söyleyecek miyim, söylemeyecek miyim onlara? Allah kahretsin! Yoruldum, hemen bir yer bulup uzanmalıyım. İşin en utanç verici yanı da, son derece aptalca olması! Tüküreyim aptallığına! Ne saçma şeyler geliyor insanın aklına!"

Karakola yürümesi, ikinci köşeden sola sapması gerekiyordu; hemen şuracıktaydı karakol. Ama o ilk köşeye varınca durdu, biraz düşündü ve ilk sokağa saptı. Böylece iki sokak çevreden dolaşarak yürüyecekti. Bunu hiçbir amacı olmadan yapmıştı, belki de birkaç dakika olsun zamanı uzatmak istemişti. Başı öndeydi. Birden sanki kulağına birisi bir şey fısıldadı. Başını kaldırınca tam o evin kapısı önünde bulunduğunu gördü. O akşamdan beri buraya hiç gelmemiş, dolayından bile geçmemişti.

İçi karşı konulmaz, açıklanamaz bir arzuyla tutuştu. İçeri girip avludan geçti, sağa saptı, bildik merdivenlerden dördüncü kata çıkmaya başladı. Merdivenler dar, dik ve çok karanlıktı. Her merdiven sahanlığında duruyor ve dikkatle çevresine bakmıyordu. Birinci kat sahanlığındaki pencere çerçevelenmişti. "O zaman bu yoktu" diye düşündü. İşte, ikinci katta Nikolaska ile Mitka'nın çalıştıkları daire... "Kilitli... Kapı da boyanmış, demek ki kiraya veriyorlar." İşte, üçüncü kat... ve işte dördüncü kat... "Burası!" Şaşkınlıktan küçük dilini yutacaktı: kapı ardına kadar açıktı, içerde birileri vardı, sesler geliyordu. Bu hiç beklemediği bir şeydi. Bir iki saniye süren bir kararsızlıktan sonra, son basamakları da çıkıp, içeri girdi.

Tadilat vardı burada, içeride işçiler çalışıyordu. Buna çok şaşırdı. Nedense her şeyi bıraktığı gibi bulacağını düşünmüştü, hatta cesetleri bile, oracıkta... Döşemenin üzerinde... Şimdiyse duvarlar çırılçıplaktı ve evde hiç eşya kalmamıştı, evi bu görünüşüyle tuhaf buldu. Yürüdü, pencere kenarına oturdu.

İçerde topu topu iki işçi vardı, ikisi de gençti, yalnız biri ötekinden oldukça küçüktü. O eski, sarı, yırtık duvar kâğıtları yerine, eflâtun çiçekli, beyaz, yeni duvar kâğıtları kaplıyorlardı. Raskolnikov'un hiç hoşuna gitmedi bu, değişme kendisini üzmüş gibi yeni duvar kâğıtlarına düşmanca baktı.

İşçilerin geç kaldıkları anlaşılıyordu, çabuk çabuk kâğıtlarını topluyorlar, eve gitmeye hazırlanıyorlardı. Raskolnikov'u fark etmemiş gibiydiler. Aralarında bir şey konuşuyorlardı. Raskolnikov parmaklarını çaprazlama kenetleyip, dinlemeye koyuldu.

"Kadın sabahın köründe çıkıp gelmesin mi?" diyordu yaşlısı gencine. "Ama nasıl süslenip püslenmiş! Ne bu limonlaşmalar, portakallaşmalar dedim kendisine. Ben, Tit Vasilyeviç, dedi, artık kendimi tümüyle size teslim etmek istiyorum! İşte böyle! Ama göreceksin, öyle bir süslenmişti ki, model sanırsın!"

"Model ne ağabeyciğim?" diye sordu genci, anlaşılan ağabeyciğinden bir şeyler öğrenmek istiyordu.

"Model, kardeşime söyleyeyim, renkli birtakım resimlerdir; her cumartesi bura terzilerine dış ülkelerden posta ile gönderilir ve kadınlarla erkeklerin nasıl giyinmeleri gerektiğini gösterir... Senin anlayacağın, resim demek... Erkek modelleri daha çok belden büzgülü paltolarla gösterilir. Kadınlara gelince... ah, bunları sana nasıl anlatsam bilmem ki!"

Genç olanı büyük bir heyecanla:

"Ah be" dedi, "şu Petersburg'da yok yok, desene?"

Yaşlı olanı öğüt verir gibi:

"Evet, kardeş." dedi "bu Petersburg'da yok yoktur!"

Raskolnikov pencere kenarından indi, sandığın, yatağın ve komodinin bulunduğu öteki odaya geçti. Mobilyasız, çırılçıplak oda ona çok küçük göründü. Duvarlarda hâlâ eski kâğıtlar vardı. Köşedeki duvar kâğıdı üzerinde Meryem resmiyle, kandil ve tasvirlerin izi açıkça görülüyordu. Odaya şöyle bir göz attıktan sonra, yeniden pencereye döndü. Yaşlı işçi kendisini görmüş, göz ucuyla bakıyordu:

"Bir şey mi istiyorsunuz?" diye sordu birden.

Raskolnikov suskunluğunu korudu. Pencere kenarından inip, kapının dışına çıktı ve çıngırağın ipini çekti. "Aynı çıngırak, aynı madeni ses!" İkinci, üçüncü kez çekti çıngırağın ipini. Dinliyor, hatırlamaya çalışıyordu. O dayanılmaz kokulu, heyecanlı dakikalar yeniden gözünde canlanmaya başladı. Her çıngırak sesinde titriyor, içi bir hoş oluyordu.

İşçi ona doğru yürüyerek, bağırdı:

"Hey, kimsin, ne istiyorsun?"

Raskolnikov yeniden içeri girdi.

"Bakıyorum." dedi, "daireyi kiralamak istiyorum da..."

"Daireler böyle gece vakti kiralanmaz! Hem, kapıcıyla gelmeniz gerekirdi..."

"Döşemeyi de yıkamışlar." diye sürdürdü Raskolnikov, "yoksa boyayacaklar mı? Kan yok muydu burada?"

"Ne kanı?"

"Kocakarıyla kız kardeşini öldürmüşlerdi ya... Koca bir kan gölü vardı burada..."

İşçi tedirgin olmuştu, bağırdı.

"Ne biçim adamsın sen be?"

"Ben mi?"

"Evet, sen."

"Bilmek istiyor musun? Karakola gidelim, orada söylerim."

İşçiler ona kuşkuyla baktılar. Daha yaşlısı:

"Gitme zamanımız geldi" dedi, "geç kaldık, hadi, Alyoşa, burayı kilitlememiz gerek."

Önden çıkıp yavaşça merdivenlerden inmeye başlayan Raskolnikov:

"İyi, gidelim!" dedi.

Aşağı inince, kapıcıya seslendi:
"Hey, kapıcı!"
Kapıda birkaç kişi durmuş, dışarıyı seyrediyordu. İki kapıcı, bir köylü kadın, üzerinde ropdöşambra benzer bir şey bulunan bir sancı ve daha birkaç kişi... Raskolnikov onlara doğru yürüdü.
"Ne istiyorsun?" diye sordu kapıcılardan biri.
"Karakola uğradın mı?"
"Şimdi onunlaydım, ne olmuş?"
"Kimse var mıydı?"
"Evet, vardı."
"Komiser yardımcısı da orada mıydı?"
"Bir ara o da ordaydı, isteğiniz nedir?"
Raskolnikov karşılık vermedi; dalgın, düşünceli, adamların yanında dikilip duruyordu. Bu sırada işçiler geldi, yaşlı olanı:
"Daireyi görmeye gelmiş." dedi.
"Hangi daireyi?"
"Şu bizim çalıştığımızı... "Kanı niye yıkadılar?" diye sordu. Orda bir cinayet işlenmiş de, oda orayı tutmaya gelmiş. Sonra kapının çıngırağını çalmaya başladı, nerdeyse ipini koparacaktı. Bir ara da, karakola gidelim diye tutturdu. Orda her şeyi kanıtlayacakmış! Sırnaşıp kaldı."
Kapıcı kaşlarını çatmış, kuşkulu bakışlarla Raskolnikov'u süzüyordu.
"Kimsiniz siz?" diye bağırdı gözdağı verircesine.
"Rodion Romanoviç Raskolnikov, eski üniversite öğrencisi, hemen şuradaki sokakta, Şil'in apartmanında, on dört numarada otururum. Kapıcıya sor, beni tanır..."
Raskolnikov adamın yüzüne bile bakmamıştı bunları söylerken; dalgın dalgın, gitgide kararmakta olan caddeyi seyrediyordu.
"Peki bu eve niçin geldiniz?"
"Görmek için."
"Ne varmış ki orda görmek için?"
Kapıda duranlardan tüccar kılıklı olanı:
"Tut kolundan karakola götür" dedi ve sustu.

Raskolnikov omuzu üzerinden adama göz ucuyla baktı, dikkatle süzdü, sonra yine öyle dalgın, bıkkın:

"Gidelim!" dedi.

Tüccar kılıklı adam cesaretlenmişti:

"Götür gitsin!" dedi. "Baksana, o meseleden dolayı gelmiş, kim bilir kafasından neler geçiyor?"

İşçi;

"Sarhoş olup olmadığı da belli değil" dedi.

Yavaş yavaş gerçekten kızmaya başladığı anlaşılan kapıcı:

"Ne istiyorsunuz?" dedi. "Niye burada duruyorsunuz?"

Raskolnikov alaycı bir gülümsemeyle:

"Ne o." dedi, "karakola gitmekten korkuyor musun?"

"Ne diye korkayım? Sen buralarda niye dolanıp durduğunu söylesene önce!"

Köylü kadın:

"Yan kesicidir!" diye bağırdı.

Sırtında önü açık bir köylü paltosu, belinde anahtarlar asılı iri yarı bir köylü olan öteki kapıcı:

"Ne diye konuşuyorsunuz onunla?" diye bağırdı. "Defol!.. Sahiden de yan kesiciye benziyor!.. Defol!"

Sonra Raskolnikov'u omzundan tuttuğu gibi sokağa doğru itekledi. Raskolnikov az kalsın yere kapaklanacaktı. Toparlandı, hiçbir şey söylemeden kapıdakilere şöyle bir bakıp yürüyüp gitti.

"Amma tuhaf adam!" diye söylendi işçi.

"Herkes bir tuhaf bu sıralar!" diye mırıldandı köylü kadın.

Tüccar kılıklı olan:

"Karakola götürecektik onu!" dedi.

"Uzak duracaksın öylelerinden!" dedi iri yarı kapıcı. "Besbelli yankesiciydi! Dolanıp duruyor işte! Elini uzatmaya kalksan, kolunu kurtaramazsın! Biliriz böylelerini!"

Raskolnikov "Gideyim mi, gitmeyeyim mi?" diye düşünüyordu. Bir dört yol ağzında, kaldırımın tam ortasında durmuş, birinin sorusuna karşılık verip son sözü söylemesini bekliyormuş gibi çevresine bakınıyordu. Ama hiçbir yerden hiçbir karşılık gelmedi, her şey, şu basamaktaki taşlar gibi dilsiz ve ölüydü; ama onun için, bir tek onun için ölüydü... Birden, epey uzakta, iki yüz adım kadar ilerde, sokağın koyulaşan karanlıkları içinde bir kalabalık fark etti, konuşmalar, bağrışmalar geldi kulağına... Kalabalığın ortasında bir de araba duruyordu... Birden caddenin ortasında bir ışık parladı. "Ne oluyor?" Raskolnikov sağa baktı, kalabalığa doğru yürüdü. Rastladığı her şeye dört elle sarılmak ister gibiydi. Bunu düşününce soğuk soğuk güldü. Çünkü karakol konusunda nihayet kararını vermişti ve şu anda artık her şeyin sona erdiğini kesinlikle biliyordu.

V

Yolun ortasında bir çift kıratın koşulu olduğu gösterişli bir araba duruyordu. Arabada yolcu yoktu; sürücü de yerinden inmiş, yerde arabanın yanında duruyordu. Atları dizginlerinden tutuyorlardı. Arabanın çevresinde büyük bir kalabalık vardı; en önde polisler duruyordu. Bunlardan biri elinde fener, eğilmiş, arabanın tekerleri arasında bir şeyi aydınlatmaya çalışıyordu. Herkes bir şeyler söylüyor, bağırıp çağırıyor, vah vah, yazık, sözleri duyuluyordu. Arabacı şaşırmış gibiydi, durup durup:

"Şu işe bak! Tanrım, ne felâket!" diyordu.

Kalabalığı yara yara ilerleyen Raskolnikov sonunda buraya bunca kalabalığı toplayan, bunca telaşa neden olan şeyi gördü. Atların ezdiği bir adam arabanın altında baygın yatıyordu. Yüzü gözü kan içindeydi. Yüzü iyice ezilmiş, derileri soyulmuştu. Çok kötü, ama "soyluca" giyimliydi. Adamın uğradığı kaza öyle hafife alınabilecek cinsten değildi.

Arabacı "Daha nasıl dikkat edecektim!" diye yakınıyordu. "Atları dörtnala kaldırmış değildim? Herkes gördü, arabayı çok yavaş sürüyordum. Eğer bunca insan yalan söylüyorsa, ben de yalan söylüyorum. Ayakta duramayacak kadar sarhoştu, sallana sallana karşıdan karşıya geçiyordu. Bir kez bağırdım, sonra bir kez daha bağırdım, duymadı, bir kez daha bağırdım, atları durdurdum, ama adam kendini doğruca atların ayakları altına attı. Bile bile mi yaptı, çok mu sarhoştu, anlayamadım. Beygirler genç, ürkek... Adam bağırınca büsbütün huylanıp gemi azıya aldılar... Sonrası bu!" Kalabalıktan birisi arabacıyı doğruladı:

"Tam anlattığı gibi oldu!"

Bir başkası:

"Doğru" dedi, "bağırdı, ben de duydum, tam üç kez bağırdı!"

"Herkes duydu!" dedi bir başkası. "Gerçekten de üç kez bağırdı!"

Arabacı da aslında da fazla üzülmemiş, korkmamıştı. Arabanın zengin ve tanınmış birine ait olduğu anlaşılıyordu. Şu anda o da arabanın sahibinin gelip kendisini almasını bekliyor olmalıydı. Polislere gelince, sorunu çözümlemek için canla başla uğraştıklarına kuşku yoktu. Ezilen adamın karakola ve hastaneye götürülmesi gerekiyordu; ama adamın adını bilen yoktu.

Raskolnikov kalabalığı yararak iyice sokulmuş, arabanın altında kalan adamı görmeye çalışıyordu. Birden fenerin ışığı talihsiz sarhoşun yüzünü aydınlatıverdi. Raskolnikov tanımıştı.

İyice öne geçerek "Kim olduğunu biliyorum." dedi, "Marmeladov'dur adı, emekli memur, danışman... Şurada, Kozel apartmanında oturur. Çabuk bir doktor çağırın, parasını ben veririm!"

Raskolnikov elini cebine atıp bir miktar para çıkardı, polislere gösterdi. Müthiş heyecanlıydı.

Polisler adamın kim olduğunu öğrendiklerine sevinmişlerdi. Raskolnikov kendi adını, adresini de söyledi. Arabanın altında kalıp ezilen sanki öz babasıydı; Marmeladov'u kaldırıp hemen evine götürmelerini sağlamak için büyük çaba harcıyordu. Çırpınır gibi:

"İşte şurada" dedi, "üç ev ötede, şu zengin Alman'ın apartmanı, Kozel'in... Sarhoştu herhalde, evine dönüyordu... Tanırım kendisini... Ailesini de tanırım, karısı, çocukları, bir kızı var. Şimdi hastaneye götürmek uzun sürer, evine götürelim, apartmanda bir doktor vardır... Parasını ben veririm! Hemen müdahale etmek gerek, yoksa hastaneye gidinceye kadar ölür!"

Hatta polislerden birinin avucuna usulca para sıkıştırmayı bile başardı; aslında isteğinin yasal olmayan bir yanı yoktu, yaralıya evinde daha iyi bakılabileceği açıktı. Marmeladov'u arabanın altından çıkardılar; yardım edenler de bulundu. Kozel apartmanı otuz adım ya var ya yoktu. Raskolnikov arkadan yürüyor, yaralının başını özenle tutarak yol gösteriyordu.

"Tamam, buraya, bu taraftan! Başı yukarı gelecek şekilde çıkarmalıyız merdivenlerden! Çevirin... İşte böyle! Parasını ben vereceğim, bu iyiliğinizi hiç unutmayacağım!"

Katerina Ivanovna, boş zamanlarında hep yaptığı gibi, ellerini göğsünde kavuşturmuş, kendi kendine konuşup öksürerek, küçücük odanın içinde pencereden sobaya, sobadan pencereye gidip geliyordu. Son zamanlarda yeni bir alışkanlık edinmiş, on yaşındaki büyük kızı Polya ile sık sık ve uzun uzun konuşur olmuştu. Polyanka daha her şeyi anlamaktan uzaktı, ama annesine gerekli olduğunu, çok iyi anlıyor, bu nedenle de iri, akıllı gözleriyle onun her hareketini izleyip her şeyi anlıyormuş gibi görünmek için olanca gücünü harcıyordu. Şu anda da bütün gün hastalıktan kıvranan kardeşini yatırmak için soyuyordu. Gece kardeşinin gömleğini yıkamaları gerekiyordu. Oğlan, çok ciddi bir yüzle ve kıpırdamadan oturmuş gömleğinin çıkarılmasını bekliyordu, bacaklarını birbirine yapıştırıp ileri doğru uzatmıştı; topukları karşıya, birbirinden hafif ayrık duran ayak burunları yukarı bakıyordu. Yatırılmak için soyulan bütün uslu çocuklar gibi dudaklarını şişirmiş, annesiyle ablasının konuşmalarını dinliyordu. Kendisinden birkaç yaş küçük kız kardeşi, üzerinde paçavraya dönmüş bir entariyle, paravanın yanında duruyor ve sırasını bekliyordu. Evin diğer odalarında oturan kiracıların sigara dumanlarından korunabilmek ve böylece uzun ve acılı öksürüklerinden bir an için olsun kurtulabilmek için Katerina Ivanovna merdivenlere bakan kapıyı ardına kadar açık bırakmıştı. Zavallı veremli kadın son bir hafta içinde daha da zayıflamış gibiydi. Yanaklarındaki kızıl lekeler daha bir ortaya çıkmış, parlıyordu. Odada bir aşağı bir yukarı dolaşırken:

"Ah, Polenka." diyordu, "bir bilsen! Babamın evinde nasıl neşeli, nasıl rahat bir hayatımızın olduğunu, bu sarhoş herifin hem beni, hem sizi nasıl mahvettiğini bir bilsen! Babamın albaylığa denk düşen bir sivil görevi vardı... Vali olmasına az bir şey kalmıştı. Herkes kendisine 'Biz seni şimdiden ilimizin valisi sayıyoruz, Ivan Mihayliç' derdi. "Şu son... öhhö! Şu son baloda... Öhhö-öhhö-öhhö!" Katerina Ivanovna boğazındaki balgamı çıkarınca, eliyle göğsüne bastırarak haykırdı. "Allah kahretsin böyle hayatı! Şu son baloda prenses Bezzememaya beni görür görmez... -daha sonra babanla evlenince, Polyacığım, bu kadın beni kutsamıştı. Beni görür görmez "Okul bitirme gününde salıyla dans eden sevimli kız değil mi bu?" diye sordu..." Şu yırtığı dikmek gerek. Hemen bir iğne getir de, sana öğrettiğim gibi dikiver... Yarına kalırsa... Öhhö! yarın... öhhö-öhhö-öhhö!... daha büyüyebilir! Petersburg'dan yeni gelmiş olan Prens Şegolskiy de bunun üzerine önce benimle bir mazurka oynadı, sonra, ertesi gün gelip beni resmen isteyeceğini bildirdi. Kendisine nazikçe teşekkür edip, kalbimi bir başkasına vermiş olduğumu söyledim. Bu bir başkası, senin babandı Polya: Babacığım çok kızdı bu işe... Şu hazır mı? Ver şu gömleği, çoraplarını çıkarmadın mı? "Küçük kızına döndü: "Lida, bu gece gömleksiz yatacaksın artık, idare et işte... Çoraplarını da çıkar... Hepsini birden yıkayayım. Bu ayyaş hâlâ niye gelmedi acaba? Gömleğini ne hale getirmiş! Gömlek değil, paçavra sanki parça parça olmuş... İki gece uğraşıp durmaktansa, şimdi hepsini birden yıkayıveririm..." Merdivenlere bakan kapının, ağzında içeri bir şey taşımaya uğraşan kalabalığı görünce bir çığlık kopardı. "Aman Tanrım! öhhö-Öhhö-öhhö-öhhö! Yine mi? Ne bu? Nedir bu getirdikleri? Ah, Tanrım!"

Baygın ve kanlar içindeki Marmeladov'u odaya soktuktan sonra, polislerden biri çevresine bakınarak:

"Nereye yatıralım?" diye sordu.

Raskolnikov:

"Divanın üzerine!" dedi. "Doğruca divanın üzerine! Başı şöyle gelsin!"

Merdivenlerden birinin:

"Yolda araba çiğnemiş... Sarhoş muymuş, neymiş!" dediği duyuldu.

Katerina Ivanovna'nın yüzünün bütün kanı çekilmişti; güçlükle soluyarak duruyordu. Çocuklar korkmuşlardı. Küçük Lidoçka korkudan tir tir titriyordu; bir çığlık atıp ablası Polenka'ya koştu.

Raskolnikov, Marmeladov'u yatırdıktan sonra Katerina Ivanovna'ya:

"Tanrı aşkına sakin olun ve korkmayın!" dedi; kelimeleri yutarcasına konuşuyordu. "Karşıdan karşıya geçerken bir arabanın altında kalmış. Üzülecek bir şey yok, şimdi kendine gelir... Buraya getirmelerini ben söyledim. Bilmem hatırlıyor musunuz, size daha önce de gelmiştim... Şimdi kendine gelir... Parasını ben vereceğim!"

Katerina, Ivanovna umutsuz bir sesle:

"Olacağı buydu!" diye haykırdı ve kocasına atıldı.

Raskolnikov, Katerina Ivanovna'nın olur olmaz şeyler karşısında bayılıp kendinden geçen kadınlardan olmadığını hemen anlamıştı. İlk işi, yaralının başı altına bir yastık koymak oldu. Kimse akıl edememişti bunu; sonra, titreyen dudaklarını ısırıp göğsünden kopmaya hazır çığlıklarını bastırarak, kocasını soymaya, yaralarını gözden geçirmeye başladı; kendini tümüyle unutmuş gibiydi. Hareketlerinde panik yoktu.

Raskolnikov içerdekilerden birinin gidip doktoru çağırmasını rica etti; hemen bitişik evde bir doktor olduğunu öğrenmişti.

"Doktor çağırmaları için bir adam gönderdim." dedi Katerina Ivanovna'ya, "üzülmeyin, parasını ben öderim... Su yok mu? Bir de peçete verin, havlu sonra... Çabuk olun biraz!.. Yaralarının ne kadar derin olduğu belli değil... Evet, yaralı, ama ölmedi, inanın bana... Bakalım doktor ne diyecek?.."

Katerina Ivanovna pencereye koştu. Köşede, kırık dökük bir iskemlenin üzerinde, gece kocasıyla çocuklarının çamaşırlarını yıkamak için hazır tuttuğu su dolu toprak bir leğen vardı. Haftada iki kez, hatta bazen daha sık, Katerina Ivanovna geceleri çamaşır yıkardı; artık o duruma düşmüşlerdi ki, değişecek yedek çamaşırları bile yoktu: aile üyelerinin her birinin tek kat çamaşırı vardı.

Katerina Ivanovna'nın hiçbir zaman katlanamadığı bir şey varsa o da pislikti. Evde pislik görmektense, geceleyin herkes uyurken çamaşır yıkamak, ıslak çamaşırları odanın içine gerdiği iplerde kurutmak ve sabaha herkese temiz çamaşır vermek gibi yorgunluklara katlanmayı tercih ederdi. Raskolnikov'a istediği suyu getirmek için leğene sarıldı, ama az kalsın leğenle birlikte yere kapaklanacaktı. Raskolnikov zaten bir havlu bulup ıslatmış ve

Marmeladov'un yüzündeki kanları silmeye başlamıştı. Katerina Ivanovna elleriyle göğsünü bastırarak ve güçlükle soluyarak yanında duruyor, ona bakıyordu. Raskolnikov yaralıyı buraya getirmelerini söylemekle yanlış bir iş yaptığını anlıyordu. Katerina Ivanovna'nın da yardıma muhtaç bir hali vardı çünkü.

Katerina Ivanovna "Polya" diye bağırdı ve ardından ekledi "çabuk koş. Sonya'yı çağır! Evde yoksa haber bırak, babasının bir arabanın altında kaldığını söyle, döner dönmez buraya gelsin! Çabuk ol Polya! Şu başörtüsünü de al, örtün!"

Bu arada sandalyenin üzerinde oturmakta olan çocuk:

"Çabuk ol, Polya!" dedi, sonra yeniden gözlerini kocaman kocaman açıp, topukları ilerde, ayak burunları yukarı doğru ve hafif açık, sessizce oturmaya devam etti.

Kazayı duyan gelmiş, oda tıklım tıklım dolmuştu. Polisler gitmişlerdi. Kalan bir tanesi de, merdivenlerden akın akın gelen meraklıları, gerisin geri merdivenlerden indirmeye uğraşıyordu. Öte yandan iç odalardan da Bayan Lippevehzel'in hemen bütün kiracıları üşüşüp gelmişlerdi. Önceleri herkes kendi kapısının önünde dururken, az sonra öbek öbek içeri doluşmaya başladılar. Katerina Ivanovna öfkeden çılgın gibi:

"Bırakın da hiç değilse rahat ölsün!" diye bağırdı kalabalığa. "Gidin kendinize başka bir eğlence bulun! Üstelik de ağızlarında birer sigara! Öhhö- öhhö! Zahmet edip şapkalarınızı da çıkarmayaydınız bari! Aha, şapkasıyla gelen de var... Defol bakayım! Hiç değilse ölüye saygı göstermeyi öğrenin!"

Bir öksürük nöbetiyle tıkandıysa da çıkışması işe yaramıştı. Kiracıların ondan çekindikleri anlaşılıyordu. Gerisin geri odadan çıkmaya başladılar. Beklenmedik bir felâket anında bu felâketin dışında kalan insanlarda hep görülen, dile getirdikleri en içten acıma, acıları paylaşma duygularına rağmen hiç kimsenin, en yakınlarımızın bile, kapılmaktan kendilerini alamadıkları tuhaf bir sevinç duygusu içindeydiler.

Bu sırada kapının ötesinde biri de, hastaneden, hastanın ve içerdekilerin rahatsız edilmemesi gerektiğinden söz etmekteydi.

"Ölmek de yasak!" diye bağırdı Katerina Ivanovna, ağzına ne gelirse içerdekilere veriştirmek üzere hınçla kapıya doğru atıldı, ama tam bu sırada ev sahibi Bayan Lippevehzel ile burun buruna geldi. Bayan Lippevehzel olayı yeni duymuş ve ortalığı düzene sokmak için koşup gelmişti. Son derece arsız, yırtık bir kadındı bu. Ellerini birbirine vurarak ve ağır bir Alman aksanıyla konuştuğu kırık dökük Rusçasıyla:

"Aman Tanrım!" dedi, "sizin sarhoş koca atlar çiğnemiş! Ben bu evin sahibi! Onu hemen hastaneye götürmek!"

Katerina Ivanovna:

"Ameliya Lyudvigovna." dedi, "rica ederim, ağzınızdan çıkan sözü duyun! Ev sahibi kadınla biraz tepeden konuşuyordu; "kim olduğunu, ne olduğunu ona hatırlatmak için" hep bu tonla konuşurdu, şu anda bile kendini bu zevkten yoksun bırakmaya gönlü razı olmamıştı. Anladınız mı, Amaliya Lyudvigovna?"

"Bana Amaliya Lyudvigovna diyemeyeceğinizi size daha önce de söylemiştim. Ben Amaliya Lyudvigovna değil, Amalivan'ım."

"Hayır, Amalivan değil, Amaliya Lyudvigovna'sınız! Ve ben şu anda kapının ardında gülüp duran -gerçekten de kapının ardından bir kıkırdama ve "iyice kapıştılar!" sözleri duyulmuştu- Bay Lebezyatnikov gibi aşağılık bir dalkavuk olmadığım, size yaltaklık etmediğim için, bu isimden niçin hoşlanmadığınıza bir türlü akıl erdirememe rağmen, size hep Amaliya Lyudvigovna diyeceğim!.. Semyon Zaharoviç'in ne durumda olduğunu görüyorsunuz; ölüyor... Rica ediyorum, kapıyı kapatın ve içeri kimseyi almayın! Adamı hiç değilse son nefesini verirken rahat bırakın! Tersini yaparsanız, inanın vali hazretleri durumdan hemen yarın haberdar edilmiş olacaktır. Prens beni ta kızlığımdan tanır, pek çok kez yardım elini uzatmak soyluluğunu gösterdiği Semyon Zaharoviç'i de çok iyi hatırlar. Semyon Zaharoviç'in pek çok dostu ve koruyucusu bulunduğunu herkes bilir... Ama o, şu uğursuz düşkünlüğünden dolayı, soylu bir gururla kendisi uzaklaştı dostlarından. Şimdiyse, Semyon Zaharoviç'in kendisini ta çocukluğundan beri tanıdığı -Raskolnikov'u gösterdi- bu mal mülk sahibi, yüce gönüllü delikanlı yardım ediyor bize ve şunu bilin ki Amaliya Lyudvigov inanılmaz bir şekilde çabuk konuşuyordu, sonlara doğru iyice hızlanmıştı ki, bastıran bir öksürük nöbetiyle konuşmasını yarıda kesmek zorunda kaldı. Bu arada hasta kendine gelmiş, inlemeye başlamıştı. Katerina Ivanovna hemen kocasının yanına koştu. Hasta gözlerini de açmıştı, ama daha kimseyi seçemediği için başucunda duran Raskolnikov'a bakıp duruyordu. Seyrek aralıklarla, kesik kesik ve güçlükle nefes alıp veriyordu. Dudaklarının kenarında bir kan çizgisi görülüyordu; alnı terlemişti. Yanı başında duran Raskolnikov'u da tanıyamayınca, bakışlarını kaygıyla odanın içinde dolaştırmaya başladı. Katerina Ivanovna kocasına üzgün, ama öfkeyle bakıyordu; gözlerinde yaşlar vardı. Umutsuz bir haykırışla:

"Aman Tanrım!" dedi. "Bütün göğsü ezilmiş! Her yanı kan içinde! Üstündekileri çıkarmak gerek..." Kocasına seslendi; "Semyon Zaharoviç, biraz dönebilecek misin?"

Marmeladov onu tanımıştı, hırıltılı bir sesle:

"Bir papaz!" diye mırıldandı.

Katerina Ivanovna pencereye gitti, alnını tahta çerçeveye dayayıp umutsuz bir çığlık attı:

"Tanrım, bu ne biçim hayat!"

Bir anlık bir sessizlik oldu.

Marmeladov yeniden:

"Bir papaz!" diye mırıldandı.

Katerina Ivanovna:

"Saçmalama!" diye bağırdı.

Marmeladov susmuştu. Belli ki çıkışma tesir etmişti. Ürkek, acı dolu bakışlarla karısını arıyordu. Katerina Ivanovna yeniden onun yanına döndü, başucunda dikildi. Yatışır gibi oldu Marmeladov, ama uzun sürmedi bu; birden, karşı köşede, kocaman açılmış çocuk gözlerini üzerine dikmiş, tir tir titremekte olan Lidoçka'yı -babasının gülü- gördü; kızı gösterip kaygı dolu bir sesle:

"A... a..." diye bir şeyler kekeledi.

Katerina Ivanovna ters ters:

"Yine ne var?" diye bağırdı.

Marmeladov yarı dalgın bakışlarıyla belli belirsiz kızının çıplak ayaklarını göstererek:

"Yalınayak! Yalınayak!" diye mırıldandı.

"Suss!" diye bağırdı Katerina Ivanovna. "Niçin yalın ayak olduğunu kendin bilirsin!"

Birden Raskolnikov'un sevinçli sesi duyuldu:

'Tanrı'ya şükür! İşte doktor!"

Üstü başı çok düzgün, bir ihtiyar olan Alman doktor çevresini kuşkulu gözlerle süzerek içeri girdi, hastanın yanına gitti, nabzına baktı, kafasını yokladı. Katerina Ivanovna'nın da yardımıyla kan içindeki gömleğin düğmelerini çözerek hastanın göğsünü açtı. Göğüs diye bir şey kalmamıştı hastada, ezilmişti. Sağ yandaki kaburga kemiklerinden kırılanlar vardı. Solda, tam yüreğinin üzerinde, bir çiftenin izi olduğu anlaşılan, sarımsı siyah renkte ürküntü verici, kocaman bir leke vardı. Doktorun kaşları çatıldı. Bu arada polis, yaralının nasıl tekerlekler arasına girerek yerde otuz adım kadar sürüklendiğini anlatıyordu.

Doktor, Raskolnikov'a fısıltıyla:

"Kendine gelebilmiş olması şaşılacak şey!" dedi.

"Çok mu ağır?" diye sordu Raskolnikov.

"Şimdi ölecek."

"Hiç mi umut yok?"

"Hiç! Son dakikalarını yaşıyor. Başında da çok tehlikeli bir yara var... Hmm... Belki kan alabiliriz... Ama bunun da bir yararı olmaz sanırım. Beş on dakikaya kalmaz, kesin ölür."

"Siz yine de bir kan alın!"

"Alalım... Ama söylediğim gibi, yararı olmayacak bunun."

O esnada dışarıdan ayak sesleri duyuldu, koridordaki kalabalık açıldı ve eşikte, elinde ekmek ve şarap, kır saçlı yaşlı bir papaz göründü. Ta sokaktan beri ardından bir de polis gelmekteydi. Doktor yerini hemen papaza bıraktı. İkisi anlamlı anlamlı bakıştılar. Raskolnikov doktordan biraz daha kalmasını rica etti, doktor omuzlarını silkti ve beklemeye başladı.

Herkes geri çekilmişti; ama yaralının günah çıkarması uzun sürmedi. Doğru dürüst bir şey anlayabildiği şüpheliydi. Kopuk kopuk bir şeyler mırıldanıyor, ancak sözlerinden hiçbir şey anlaşılmıyordu. Katerina Ivanovna, Lidoçka'yı aldı, küçük oğlanı sandalyesinden kaldırdı ve sobanın bulunduğu taraftaki köşeye giderek diz çöktü, çocuklarını da önünde diz çöktürdü. Kız tir tir titriyordu, oğlansa çıplak, ufacık dizleri üzerine çökmüş, küçücük elini ölçülü bir biçimde kaldırarak, geniş hareketlerle haç çıkarıyor, alnı nerdeyse döşemelere değecek kadar yere eğiliyordu. Bu hareketin çocuğun çok hoşuna gittiği anlaşılıyordu. Dudaklarını ısırıp gözyaşlarını tutmaya çalışarak, yere eğildikçe açılan sırtını örtmek için arada bir oğlunun gömleğini çekiştirerek.

Katerina Ivanovna da dua ediyordu; bu arada Lidocka'nın fazlaca çıplak omuzlarına örtmek için duruşunu bozmadan, duasını kesmeden uzanıp konsoldan bir de başörtüsü çıkarmayı başarmıştı. İç odaların kapılarını yeniden açmaya başlayan meraklılar içeriyi seyre koyulmuşlardı. Apartmandaki öteki dairelerin kiracılarından oluşan bir seyirci kalabalığı da koridorda gitgide büyüyerek bekleşiyor, ama kimse eşikten içeri geçmiyordu. Sahneyi yalnızca bir mum artığı aydınlatıyordu.

Bu sırada, ablasını çağırmaya giden Polya, koridordaki kalabalığı yararak soluk soluğa içeri girdi, başörtüsünü çıkardı, gözleriyle annesini arayıp buldu, yanına yaklaşıp, "Geliyor" dedi, "yolda rastladım!" Annesi onu da diz çöktürüp yanına oturttu. Kalabalık arasından geçen bir kız, süzülürcesine içeri girdi. Bu yoksulluk, umutsuzluk, ölüm dolu odada birdenbire görünüvermesi, herkes üzerinde tuhaf bir etki yaratmıştı. Aslında onun da üstü başı dökülüyordu; son derece ucuz giysiler vardı üzerinde, özel dünyasının zevk ve kurallarına göre takıp takıştırılmış ve o bilinen amacı yüz kızartıcı biçimde ve apaçık ortaya koyan bir sokak kadını şıklığı içindeydi. İçeri girmemişti, koridorda, tam kapının eşiğinde duruyor, kendinden geçmişçesine, bomboş gözlerle çevresine bakmıyordu, kim bilir kaçıncı elden kendisine geçme ve burası için hiç de uygun düşmeyen, bütün kapıyı kaplamış kabarık etekli, upuzun, gülünç kuyruklu, renkli ipek robunu, açık renk pabuçlarını, geceleyin hiç de gerekmediği halde yanına aldığı şemsiyesini, tepesinde ateş rengi tüyler bulunan yuvarlak, gülünç hasır şapkasını... her şeyi... her şeyi unutmuş gibiydi. Oğlan çocukları gibi yana yıktığı şapkasının altından zayıf, solgun ve korkmuş yüzü görülüyordu; ağzı açıktı, gözleri korkudan donup kalmıştı. On sekiz yaşında görünüyordu, kısa boylu ve zayıftı, ama sarı saçları, son derece güzel mavi gözleriyle sevimli bir kızdı. Gözlerini yataktan ve papazdan ayırmıyordu; koşarak geldiği için soluk soluğaydı. Arkasındaki kalabalıktan söylenen bazı sözleri, fısıltıları duymuş olacak, içeri girmedi, yine kapının orda durdu.

Günah çıkarma ve şaraplı ekmek sona ermişti. Katerina Ivanovna kocasının yatağına yaklaştı. Papaz geri çekildi, gitmeden önce Katerina Ivanovna'ya avutucu birkaç öğüt söz söyleyecek oldu.

Katerina Ivanovna çocuklarını göstererek sert, sinirli bir sesle susturdu papazı:

"Bunlar ne olacak?"

"Allah büyüktür! Allah'tan umut kesilmez!" "Evet, büyüktür ama nedense bizim için değil!" Papaz başını iki yana sallayarak: "Günahtır hanım, sus, günahtır!" dedi.

Katerina Ivanovna can çekişen kocasını göstererek: "Ya bu günah değil mi?" diye bağırdı.

"İstemeden bu felâketin nedeni olanlar, belki de hiç değilse, kaybettiğiniz gelir kaynağınızın yerini tutacak bir tazminat ödemeyi kabul edeceklerdir..."

Katerina Ivanovna sinirli sinirli elini salladı ve ardından:

"Beni anlamıyorsunuz!" diye bağırdı.

"Ne tazminatından söz ediyorsunuz siz? Sarhoşmuş, atların ayakları altına kendisi atlamış! Gelir kaynağıymış! Gelir kaynağı değil, acı kaynağıydı o! Ayyaştı, elinde avucunda ne varsa içkiye yatırırdı! Bizim de nemiz var, nemiz yoksa alır, meyhanelerde savururdu! Hem şu yetimlerin, hem benim hayatımızı meyhanelerde içkiye harç etti! İyi ki ölüyor! Zararından kurtulacağız!"

"Böyle söylemeyin, hanım, günahtır! Ölmekte olan bir insanı bağışlamak gerekir!"

Katerina Ivanovna papazla konuşurken, bir yandan da hastanın çevresinde dört dönüyordu. Ağzına su damlatıyor, terini, başındaki kanları siliyor, yastığını düzeltiyordu. Papazın son sözleri üzerine öfkeden kendini kaybetmişçesine:

"Papaz efendi" dedi, "bunların hepsi kuru lâf! Bağışlamaktan söz ediyorsunuz! Atların altında kalıp ezilmeseydi eve yine körkütük sarhoş gelecekti! Üstündeki şu paçavraya dönmüş gömleğinden başka giyecek bir şeyi olmadığı için, o devrilip yatar yatmaz ben gece sabaha kadar onun gömleğini, çocukların kirlilerini yıkamakla, pencere kenarlarında kurutmakla uğraşacaktım. Günün ilk ışıklarıyla da, sökükleri dikmeye, yırtıkları yamamaya oturacaktım. İşte benim gecem... Hangi bağışlamadan söz ediyorsunuz siz? Hem ben kendisini çoktan bağışladım!"

Korkunç bir öksürük kriziyle tıkandı. Mendiline tükürdü ve görmesi için papaza uzattı. Yüzü acıyla çarpılmış, bir eliyle göğsüne bastırıyordu. Mendil kan içindeydi...

Papaz başını eğdi, bir şey söylemedi.

Artık son dakikalarını yaşayan Marmeladov, yeniden üzerine eğilmiş olan karısından gözlerini ayırmıyor, ona bir şeyler söylemeye çalışıyordu. Bin bir güçlükle dilini oynatıp tam bir şeyler mırıldanmaya başlamıştı ki, onun kendisinden af dileyeceğini anlayan Katerina Ivanovna buyurgan bir sesle:

"Sus!" diye bağırdı." İstemez! Ne diyeceğini biliyorum..."

Hasta sustu, ama aynı anda odanın içinde dolaşıp duran gözleri kapının orda Sonya'ya takıldı.

Sonya köşede, gölgede durduğu için, bu ana kadar fark edememişti onu.

Birden heyecanlandı, dehşet içindeydi; gözleriyle Sonya'nın bulunduğu yeri göstererek hırıltılı bir sesle ve tıkanırcasına:

"Kim bu? Kim bu?" diye sordu ve büyük bir çabayla doğrulmaya çalıştı.

"Yat! Yatt!" diye bağırdı Katerina Ivanovna.

Ama o olağanüstü bir çabayla, elleri üstünde doğrulmuştu bile. Sanki tanıyamıyormuş gibi kızına uzun uzun baktı. Sonya'yı bu kılıkta hiç görmemişti. Sonra birden tanıdı. Süslü püslü giysileri içinde alçalmış, ezik, utanç içinde, babasıyla vedalaşmak için, boynu bükük sırasını bekliyordu. Marmeladov'un yüzünde sonsuz bir acının gölgesi uçuştu.

"Sonya! Kızım! Bağışla!" diye bağırdı, elini ona doğru uzatmak için kaldırdı, ama desteksiz kalınca yüzükoyun yere yuvarlandı. Koşup kaldırdılar, yeniden yatağına uzattılar, ama artık ölüyordu. Sonya hafif bir çığlık attı, koşup babasının üzerine kapandı, kucaklaşmış durumda öylece kalakaldılar; Marmeladov kızının kolları arasında can verdi.

"Lâyığını buldu!" diye bağırdı Katerina Ivanovna. "Ne yapacağım şimdi ben? Nasıl kaldıracağım cenazesini? Yarın bu çocukların boğazına bir lokma ekmeği nerden bulacağım?"

"Katerina Ivanovna!" dedi Raskolnikov, kadına yaklaşarak. "Geçen hafta kocanız bana bütün hayatını, her şeyi anlatmıştı... İnanın, sizden sonsuz bir saygıyla söz ediyordu. Hepinize nasıl bağlı olduğunu, hele size... Katerina Ivanovna, o kahrolası içki düşkünlüğüne rağmen, hele size nasıl saygı ve sevgi beslediğini öğrendiğim o geceden beri kendisiyle dost olduk... Şimdi lütfen, size yardım etmeme, rahmetli dostuma olan borcumu ödememe izin verin... Burada sanırım yirmi ruble kadar bir şey olacak... Eğer size bir yardımı dokunabilirse... Ben inanın çok... Yine uğrarım ben... Muhakkak uğrarım... Hatta belki de yarın uğrarım... Allahaısmarladık!"

Kapıdaki kalabalığı yararak, çabucak odadan çıktı, koridorda birden Nikodim Fomiç'le karşılaştı. Kazayı öğrenmiş ve gerekli işlemleri yapmak için gelmişti. Karakoldaki o olaydan beri birbirlerini görmemişlerdi ama Nikodim Fomiç onu hemen tanıdı:

"Ooo siz misiniz?" dedi.

"Öldü" diye cevap verdi Raskolnikov. "Doktor geldi. Papaz da buradaydı. Gerekenler yapıldı. Zavallı kadın! Lütfen onu fazla rahatsız etmeyin, zaten veremli... Olabildiğince avutmaya çalışın kendisini..." Sonra komiserin gözlerinin içine bakarak alaycı bir tonla ekledi. "Biliyorum, siz zaten çok iyi bir insansınız..."

Fener ışığında Raskolnikov'un yeleğinde taze kan lekeleri gören Nikodim Fomiç:

"Her yeriniz kan!" dedi.

"Evet, her yerim kan... Kan içindeyim!" dedi Raskolnikov anlamlı anlamlı; sonra gülümseyerek başıyla bir selam verdi ve merdivenlere yöneldi.

Merdivenlerden inerken, sanki farkında bile olmadığı bir humma nöbeti geçiriyordu. Hatırladığı yalnızca bütün varlığını kaplayan yepyeni ve güçlü bir hayata ait, yepyeni bir duyguydu. Bu duygu, ancak birdenbire ve hiç ummadığı bir anda bağışlandığını öğrenen bir idam mahkûmunun duyabileceği heyecanla karşılaştırılabilirdi. Merdivenlerin ortasına gelince arkasından papazı gördü ve çekilip yol verdi. Son basamakları inmek üzereyken, birden arkasında koşturan ayak sesleri duydu. Polya'ydı gelen. Kız, merdivenleri koşarak inerken bir yandan da, "bakar mısınız? Bir dakika bakar mısınız?" diye bağırıp duruyordu.

Raskolnikov durdu, geri döndü. Kız son basamakları da koşarak indikten sonra, onun tam karşısında, bir basamak yukarıda durdu. Bulundukları yere avludan solgun bir ışık sızıyordu. Raskolnikov, Polya'nın gülümseyen çocuksu gözlerine, zayıf ama sevimli yüzüne baktı. Kızın çok hoşuna giden bir görevle koşup geldiği anlaşılıyordu. Koşmaktan soluk soluğaydı; tıkana tıkana:

"Bakar mısınız, sizin adınız ne? Nerede oturuyorsunuz?" diye sordu.

Raskolnikov, bakışlarında mutluluk, ellerini kızın omuzlarına koydu. Nedenini kendisi de bilmiyordu, ama kıza bakmaktan büyük bir mutluluk duyuyordu.

"Sizi kim gönderdi?"

Kız da neşeyle gülümseyerek:

"Sonya ablam gönderdi." dedi.

"Ben de öyle tahmin etmiştim zaten."

"Ama annem de gönderdi. Tam Sonya ablam beni size gönderirken, annem de geldi ve "Muhakkak yetiş ona Polyacığım" dedi."

"Siz Sonya ablanızı çok mu seviyorsunuz?"

Polya son derece kararlı:

"Onu herkesten çok severim" dedi; gülümsemesi silinmiş, yüzü ciddileşmişti.

"Beni de sevecek misiniz?"

Cevap yerine kızın yaklaşan yüzünü, öpmek için masumca uzanan şişkin dudaklarını fark etti. Dal gibi incecik iki kol boynuna sımsıkı sarıldı. Polya yüzünü onun göğsüne bastırarak ağlamaya başladı; ağladıkça yüzünü daha çok bastırıyordu. Bir dakika kadar sonra başını kaldırdı, gözyaşlarını silerek:

"Babama acıyorum." dedi. Sonra çocuklarda "büyükler" gibi konuşma hevesine kapıldıkları zaman görülen ciddiyetle: "Ne de olsa şimdi üzerimize bir felaket çöktü!" diye ekledi.

"Babanız da sizi sever miydi?"

"İçimizde en çok Lidoçka'yı severdi." diye sürdürdü kız; büsbütün ciddileşmişti ve tümüyle büyükler gibi konuşuyordu. "Lidoçka en küçüğümüz olduğu için, bir de hasta olduğu için... Ona hep oyuncaklar getirirdi, bize de okuma öğretirdi... Bana ayrıca dilbilgisiyle din dersleri de verirdi. Övünerek söylemişti bunu. Annem bir şey demezdi, ne var ki biz onun bundan hoşlandığını bilirdik... Babam da bilirdi bize ders vermesinden annemin hoşlandığını. Annem bana Fransızca öğretmek istiyor, çünkü ben artık öğrenim çağına geldim."

"Poleçka, dua etmesini bilir misiniz?"

'Tabii, bilmez olur muyum? Hem de ta ne zamandan beri... Ben artık büyük olduğumdan kendi başıma dua ederim. Kolya ile Lidocka ise annemle birlikte, yüksek sesle dua ederler. Önce "Meryem Ana" duasını okurlar, sonra "Tanrım ablamız Sonya'yı bağışla ve kutsa!" duasını okurlar. Sonra "Tanrım, öteki babamızı da bağışla ve kutsa!" duasını okurlar. İlk babamız ölmüş, bu bizim ikinci babamız. Ama biz bunun için de dua ederiz."

"Poleçka, benim adım, Rodion; arada bir benim için de dua eder misiniz? "Rodion kulunu da deyin, yeter..."

Polya coşkuyla:

"Bundan böyle hayatım boyunca sizin için dua edeceğim!" dedi ve yeniden gülümseyerek onun boynuna atıldı, sımsıkı kucakladı.

Raskolnikov adını ve adresini verdi; yarın kendilerine muhakkak uğrayacağını söyledi. Poleçka büyük bir sevinçle dönüp gitti. Raskolnikov sokağa çıktığında saat onu geçiyordu. Beş dakika sonra köprü üzerinde, tam kadının kendini kanala attığı yerdeydi.

"Yeter artık!" dedi kararlı, coşkulu bir tavırla; sonra sanki görünmez bir kara güce sesleniyormuş gibi, meydan okurcasına, çalımla ekledi. "Sanrılar, anlamsız korkular, saçma hayaller, hepiniz geri! Yaşam var ve ben şimdi yaşıyorum! Kocakarının ölmesiyle benim hayatım da sona ermedi! Mevlana kavuştun ve sonsuz uykuna yattın, anacığım, artık başkalarını rahat bırak! Aklın esenliği içindeyim, ışığa çıktım artık, irademi, gücümü kazandım. Göreceğiz, el mi yaman bey mi yaman! Bir arşınlık alan üzerinde yaşamaya nasıl razı olabilirim ben!"

"Evet, gerçi şu anda kendimi halsiz hissediyorum, ama... Hastalığım geçti. Demin sokağa çıkar çıkmaz anlamıştım geçeceğini... İyi ki aklıma geldi. Poçinkov'un evi buraya çok yakın, hemen Razumihin'e gideyim... Yakın olmasa ne çıkar, yine de gitmeliyim... Varsın, bahsi o kazanmış olsun! Varsın, biraz da o benimle alay etsin! Hiç önemli değil... Güç gerek bana, güç! Güçsüz hiçbir şey olmaz! Ve güç, ancak güçle elde edilir... Onların bir türlü anlamadıkları bu!" Gururla ve inançla söylemişti bunları. Yürümeye başladı; gururu, kendine güveni, inancı git gide artıyordu. Bir dakika içinde bambaşka biri olup çıkmıştı. Onu böylesine değiştirecek ne olmuştu? Bunu kendisi de bilmiyordu, saman çöpüne sarılır gibi birden. "Yaşam vardır. Yaşam bitmemiştir. Yaşam kocakarıyla birlikte yok olmamıştır." düşüncesine sarılmıştı. Belki acele varılmış bir yargıydı bu, ama onun bunu düşündüğü yoktu.

Birden, "Benim için de dua etmelerini, "Rodion kulunu da..." demelerini rica etmiştim ama..." diye hatırladı, sonra, "Canım ne olacak... Her ihtimale karşı..." diye mırıldandı. Bu çocukça buluşuna gülmekten kendini alamadı. Keyfi yerindeydi.

Razumihin'i kolayca buldu; Poçinkov'un evinde yeni kiracıyı artık tanıyorlardı. Kapıcı önüne düştü; daha merdivenlerin yarısında, canlı konuşmalar, gürültüler gelmeye başladı kulağına. Merdivene bakan kapı ardına kadar açıktı; içerdekilerin bağrıştıkları, tartıştıkları duyuluyordu. Razumihin'in odası oldukça büyüktü; on beş kişi kadar vardılar. Raskolnikov antrede durakladı. Burada bir tahta bölmenin arkasında, ev sahibinin iki hizmetçisi, yine ev sahibinin mutfağından getirilmiş büyükçe iki semaverin, şişelerin, meze ve böreklerle dolu tabakların çevresinde koşturup duruyorlardı. Raskolnikov, Razumihin'i çağırmalarını rica etti. Büyük bir sevinç içinde koşup geldi Razumihin, aşırı içkili olduğu daha ilk bakışta belli oluyordu; gerçi pek öyle sarhoş olacak kadar içmezdi, ama bu kez içkiyi oldukça fazla kaçırdığı anlaşılıyordu.

"Dinle." dedi Raskolnikov hemen söze girerek "sana, bahsi senin kazandığını söylemeye geldim. Bir de... Nelerle karşılaşıp, başına neler gelebileceğini insanın hiçbir zaman bilemeyeceğini... İçeri girmeyeceğim. Şu anda halsizim, her an yıkılıp kalabilirim. Bu nedenle, merhaba ve Allahaısmarladık! Yarın bana uğra..."

"Seni evine kadar geçireyim! Madem halsizmişsin..."

"Ya konukların? Buraya bakan şu kıvırcık saçlı adam kim?"

"Şu mu? Doğrusu kim olduğunu ancak şeytan bilir! Dayımın tanıdıklarından biri olsa gerek... Ya da kendiliğinden gelmiş biri... Dayıma söylerim, o ilgilenir konuklarla. Çok iyi bir insan dayım. Onunla şimdi tanışamayacak olmana üzüldüm. Neyse, hepsinin canı cehenneme! Şu anda hiçbirinin yokluğumu fark edecek halleri yok! Benim de biraz hava almaya ihtiyacım vardı. Kardeş, öyle zamanında geldin ki! Az kalsın içerde kapışacaktım! Öyle palavralar savuruyorlar ki... İnsanların palavracılıklarını nereye vardırabileceklerini anlamak çok zor doğrusu! Ama niye zor olsun? Sanki biz hiç mi yalan söylemiyoruz? Hem varsın dilediklerince yalan söylesinler, böylece daha sonra söylemezler... Bir dakika bekle, Zosimovu çağırayım."

Zosimov hemen geldi; Raskolnikov'u görmek için can atıyordu. Yüzünde ona karşı duyduğu özel bir merakın izleri vardı, ama az sonra yüzü aydınlandı, hastasını muayene etti ve:

"Hemen gidip yatmalısınız" dedi, "geceleyin de sizin için hazırlattığım şu tozdan alın..."

Raskolnikov tozu aldı, hemen oracıkta yuttu. Zosimov, Razumihin'e:

"Onu eve götürüyor olman çok iyi" dedi, "yarına nasıl olur göreceğiz, ama bugün çok iyi. İnsan yaşadıkça neler görüp öğreniyor!"

Evden çıkar çıkmaz Razumihin, Raskolnikov'a:

"Çıkarken Zosimov kulağıma eğilip ne fısıldadı biliyor musun?" dedi. "Sana bunu açıklayacağım kardeşim, çünkü onların hepsi birer ahmak. Zosimov bana yolda seninle gevezelik edip ağzından lâf almamı, sonra da bunları kendisine anlatmamı söyledi. Çünkü onun kafasında... Senin delirdiğine ya da buna benzer bir durumda bulunduğuna ilişkin bir düşünce var! Düşünebiliyor musun? Bir kez sen ondan kat kat daha akıllısın, ikincisi, deli olmadığına göre onun kafasındaki bu saçma sapan düşünceye güler geçersin, üçüncüsü de, uzmanlığı operatörlük olan bu et kafa, şimdi nedense ruh hastalıklarına merak sarmış bulunuyor... Bugün Zamyotov'la yaptığın konuşma, kafasındaki sana ilişkin düşünceleri altüst etmiş."

"Zamyotov sana her şeyi anlattı mı?"

"Anlattı ve çok da iyi yaptı. Şimdi ben de, Zamyotov da işin içyüzünü çok iyi anlamış bulunuyoruz... Yani Rodyacığım, tek kelimeyle ben şimdi hafif tertip kafayı bulmuş durumdayım... Ama bu önemli değil. Önemli olan, hani o düşünce var ya, anlıyor musun? Bir ara kafalarına iyiden iyiye takılmıştı... Anlıyor musun? Gerçi hiç kimse bunu açıkça dile getiremiyordu, çünkü son kerte saçma bir düşünceydi, ama işte şu boyacının tutuklanmasından sonra, bütün bu saçmalıklar da sonsuzcasına yok olup gitti. Ama bu adamlar neden bu kadar ahmaklık etmişlerdi? Bilmiyorum. Ben o sıralar Zamyotov'a da epey çıkıştım bu konuda -bu, lütfen, kardeş, aramızda kalsın, bildiğini hiçbir şekilde sezdirme Zamyotov'a, çünkü görebildiğim kadar, alıngan bir adam- Laviza'nın evinde oldu bu dediğim olay. Ama bugün, artık her şey açıklığa kavuşmuş bulunuyor. Aslında şu Ilya Petroviç'ten başladı bütün bu yanlışlıklar. O gün karakolda bayılman onu kuşkulandırdı. Ama daha sonra kendisi de utandı kuşkusundan. Ben zaten biliyordum bunun böyle olacağını..."

Raskolnikov arkadaşını can kulağıyla dinliyordu. Razumihin sarhoşlukla epey boşboğazlık etmişti.

"Aşırı sıcaklarla odadaki yağlıboya kokusuydu bayılmamın nedeni" dedi.

"Gerek varmış gibi bir de açıklama yapıyorsun! Hem neden yalnızca yağlıboya kokusu mu? Bir aydır için için sürüp gelen bir hastalığın sonucu bu! Zosimov da tanık buna! Zamyotov'un nasıl perişan olduğunu tahmin edemezsin! 'Ben onun tırnağı olamam' diyor. 'O dediği, sensin! Doğrusu, kardeş, zaman zaman çok iyi duygular görülüyor şu Zamyotov'da. Ama bugün Kristal Palasta kendisine esaslı ders vermişsin! Dört dörtlük bir ders! Önce korkutmuşsun, hem öyle böyle değil, tir tir titremiş korkusundan! Çünkü yeniden saçma birtakım düşüncelere inanmaya zorlamışsın kendisini. Sonra da dilini çıkarıp, 'adamı işte böyle yaparlar!' gibilerden alay etmişsin!.. Şahane! Ezik, perişan durumda şimdi! Vallahi yamansın, onlara da senin gibisi gerek. Orda olmadığıma nasıl yanıyorum! Demin Zamyotov gelmeni sabırsızlıkla bekliyordu. Porfiriy de seninle tanışmayı çok istiyor..."

"Demek o da... İyi ama bunlar beni neden deli sanıyorlar?"

"Ne delisi canım? Kardeş, ben galiba biraz fazla gevezelik ettim... Senin bir tek o noktayla ilgilenmen şaşırttı onları. Oysa şu anda bütün durum aydınlandıktan sonra... Yani seni sinirlendiren şeyin, o olayın hastalığınla aynı zamana rastlaması... Niçin ilgilendiğin anlaşıldı... Ben, kardeş, şu anda biraz kafayı bulmuş durumdayım, yalnız şeytan bilir ya, bu Zosimov'un kafasında kendine özgü bir düşünce var... Ne diyorum sana: adam ruh hastalıklarına merak sardırdı... Aman sende, tükür gitsin içine!"

Yarım dakika kadar ikisi de sustular.

Raskolnikov, "Dinle Razumihin!" dedi, "sana bir şey söyleyeceğim: Az önce bir ölünün yanındaydım. Bir memur öldü. Bütün paramı onlara verdim ve az önce beni öyle bir yaratık öptü ki, birini öldürmüş olsaydım bile her neyse, ben orada bir başka yaratık daha gördüm. Şapkasında ateş rengi tüyler bulunan, galiba uzattım. Çok bitkinim, tut beni. Zaten merdivenlere geldik..."

Razumihin telaşla:

"Ne oluyorsun? Neyin var?" diye sordu.

"Başım dönüyor biraz... Ama önemli değil! Önemli olan şu ki: çok, çok üzgünüm... Bir kadın gibi tıpkı... İnan bana! Baksana, şu ne? Bak! Bak!"

"Ney ne?"

"Görmüyor musun, odamda ışık var? Bak, aralıktan sızıyor..."

Son merdiven sahanlığında, ev sahibi kadının kapısı hizasında duruyorlardı. Gerçekten de Raskolnikov'un kapısının altından ışık sızıyordu.

"Tuhaf!" diye söylendi Razumihin, "Nastasya'dır belki..."

"Bu saatte Nastasya'nın ne işi var odamda? Hem o çoktan, uyumuştur... Neyse, ne olacaksa varsın olsun! Elveda, Razumihin!"

"Ne oluyorsun? Seni geçireceğim, beraber gireceğiz içeri!"

"Biliyorum, beraber gireceğiz, ama ben şimdi elini sıkmak ve seninle vedalaşmak istiyorum. Hadi, ver elini! Elveda!"

"Rodya, neyin var?"

"Yok bir şey, hadi girelim; sen de tanıklık edersin..."

Basamakları çıkmaya başladılar, Razumihin'in kafasından bir an, Zosimov'un haklı olabileceği düşüncesi geçti. "Gevezeliklerimle sinirlerini bozdum." diye söylendi kendi kendine. Kapıya yaklaşınca birden sesler duydular: odada birileri vardı.

Razumihin.

"Yahu ne oluyor burada?" diye bağırdı.

Raskolnikov önce davranıp kapıyı ardına kadar açtı ve olduğu yerde mıhlanmış gibi kalakaldı.

Annesiyle kız kardeşi divana oturmuşlar, bir buçuk saattir onun dönmesini bekliyorlardı. Onların geleceklerine, hatta belki de gelmiş olabileceklerine ilişkin daha bugün bile tekrarlanan haberleri duymasına karşın, nasıl olmuştu da herkesten az beklemiş, herkesten az aklına getirmişti onları? Bu bir buçuk saat içinde ana kız, şu anda hâlâ karşılarında durmakta olan ve kendilerine her şeyi bütün ayrıntılarıyla anlatmış olan Nastasya'yı soru yağmuruna tutmuşlardı. Hele Raskolnikov'un hasta hasta "kaçtığını", Nastasya'nın anlattıklarından çıktığına göre hatta sayıklar haldeyken kaçtığını öğrenince, öyle korkmuşlar, öyle korkmuşlardı ki, "Tanrım, acaba başına bir şey mi geldi?" diye ağlaya ağlaya perişan olmuşlardı.

Annesi ve kardeşi Raskolnikov'u kapıda görünce sevinçli, heyecanlı çığlıklarla onu karşıladılar, ikisi birden üzerine atıldılar. Ama Raskolnikov ölü gibi duruyordu; bilinci ani ve güçlü bir darbe yemişti sanki! Kucaklaşmak için kollarını bile kaldıramamıştı. Annesiyle kız kardeşi ona sımsıkı sarılmışlar, öpüyor, gülüyor, ağlıyorlardı. Raskolnikov bir adım attı, yalpaladı, birden olduğu yere yığılıp kaldı: bayılmıştı.

Telaşlı, korkulu bağrışlar, çığlıklar kapladı odayı, Razumihin hemen odaya daldı, hastayı kucaklayıp kaldırdı beriki, bir anda kendini havada bulmuştu.

Razumihin, Raskolnikov'un annesiyle kız kardeşine dönerek:

"Bir şey değil, bir şey değil!" dedi. "Küçük bir baygınlık... Ciddi bir şey değil! Doktor kendisini daha demin gördü ve tümüyle sağlıklı olduğunu söyledi! Hah, işte kendine geliyor! Bakın, gözlerini açtı bile!"

Ve Duneçka'nın kolunu, onu incitecek kadar sertlikle tutup, kardeşinin "kendine geldiğini" göstermek için eğilip bakmaya zorladı. Ana kız Razumihin'e bir kurtarıcıya bakar gibi sevgi ve minnet duygularıyla dolu olarak bakıyorlardı; gece boyunca Nastasya'dan bu becerikli delikanlının Pulheriya Aleksandrovna Raskolnikova'nın, Nastasya'nın anlattıklarını dinledikten sonra Razumihin için taktığı isimdi bu- Rodya'ları için neler yaptığını bütün ayrıntılarıyla dinlemişlerdi.

ÜÇÜNCÜ BÖLÜM

I

Raskolnikov yattığı yerden doğrularak oturdu. Razumihin son derece heyecanlı bir şeyler anlatıyor; annesiyle kız kardeşini yatıştırmaya çalışıyordu. Delikanlı, arkadaşının hiç durmadan sıraladığı anlamsız tesellilerine son vermesi için elini güçlükle, belli belirsiz kaldırdı. Sonra tek bir kelime bile konuşmadan hepsine tek tek bakarak bir süre inceledi. Annesi onun bu bakışlarından korkmuştu. Çünkü Raskolnikov'un bakışlarında hem müthiş bir acı hem de bir delice pırıltılar vardı. Ağlamaya başladı. Dunya sapsarı kesilmiş, kardeşinin eli elinin içinde titriyordu.

Raskolnikov Razumihin'i göstererek, "Sizi eve bıraksın," dedi acı bir ses tonuyla. "Yarın görüşürüz! Yarın her şeyi... Siz geleli çok oldu mu?"

"Bu akşam geldik" dedi Pulheriya Aleksandrovna. "Tren geç hareket etti. Ama Rodya, şuan seni yalnız bırakmam mümkün değil. Geceyi burada, yanında geçirmek istiyorum."

Raskolnikov elini öfkeyle sallayarak, "Bana acı çektirme!" dedi.

"Onunla ben kalacağım!" diye araya girdi Razumihin. "Onu hiç yalnız bırakmayacağım, merak etmeyin. Hem misafirlerin de canı cehenneme. Nasıl olsa dayım onlarla ilgilenecektir."

Pulheriya Aleksandrovna, "Size nasıl teşekkür edeceğimi bilemiyorum..." diye konuşmaya başladı ama Raskolnikov annesinin sözünü tekrar kesti.

"Katlanamayacağım, katlanamayacağım artık!" dedi sinirli bir şekilde. "Yeter artık! Dayanamayacağım! Gidin!"

Dunya çok korkmuştu, annesine fısıldayarak: "Gidelim anneciğim" dedi, "hiç değilse bir an için olsun odadan çıkalım. Varlığımız ona çok acı veriyor." Pulheriya Aleksandrovna ağlamaya başladı.

"Üç yıl aradan sonra nasıl olur da oğlumu doya doya seyredemem?"

Raskolnikov annesinin sözünü yeniden keserek: "Durun bir dakika!" dedi. "Boyuna sözümü kesiyorsunuz, aklım karışıyor. Lujin'i gördünüz mü?"

Pulheriya Aleksandrovna:

"Hayır" dedi, "ama geldiğimizi biliyor..." Ürkek ürkek ekledi: "Pyotr Petroviç öyle iyi bir insan ki, duyduğumuza göre de bugün seni ziyaret etmiş."

"Evet, öyle iyi bir insan ki... Dunya, ben bugün o adama, kendisini merdivenlerden atabileceğimi söyledim ve buradan kovdum."

Pulheriya Aleksandrovna:

"Ne diyorsun Rodya?" diye bağırdı korku içinde. "Sen herhalde... Yani sen demek istemiyorsun ki..." Sonra kızına bir göz attı ve sustu.

Avdotya Romanovna, gözlerini ağabeysinin yüzüne dikmiş, sözlerini bitirmesini bekliyordu. Bu sabahki kavgayı anlayabildiği ve anlatabildiği kadarıyla demin Nastasya'dan dinlemişler, şaşırmışlar, üzülmüşlerdi.

Raskolnikov konuşmasını güçlükle sürdürerek:

"Dunya." dedi. "Ben bu evliliğe karşıyım, bu nedenle yarın sabah ilk iş Lujin'e verdiğin sözü geri al, artık o adamın adını bile duymak istemiyorum."

Pulheriya Aleksandrovna:

"Aman Tanrım!" diye bağırdı.

Avdotya Romanovna:

"Ağabey, sen ne söylediğinin farkında mısın?" diye bir şeyler söyleyecek oldu, ama hemen sözü değiştirerek: "Sanırım bugün kendinde değilsin, yorgunsun..." dedi.

"Sayıklıyor muyum yani? Hayır... Sen Lujin'le benim için evleniyorsun. Ve ben böyle bir özveriyi kabul etmiyorum. Bu nedenle yarın hemen kendisine sözünü geri aldığını bildirir bir mektup yazacaksın. Mektubu yarın sabah bana okursun, bu iş de burada biter!"

Dunya öfkeyle:

"Hayır, yapamam!" diye bağırdı. "Hem ne hakla..." Pulheriya Aleksandrovna korkmuştu:

"Dunya!" diye atıldı. "Sen de amma öfkelisin! Kes artık!.. Yarın... görmüyor musun? En iyisi biz şimdi buradan gidelim!"

Razumihin sarhoş sarhoş:

"Sayıklıyor!" diye bağırdı. "Yoksa böyle bir şey söylemeye nasıl cesaret edebilir! Yarına bütün bu saçmalıklar geçmiş olur... Bugün onu gerçekten kovdu. Evet... kovdu! O da çok kızdı tabi... Önce bize bir söylev çekti, ne kadar bilgili olduğunu gösterdi, sonra da kuyruğunu bacakları arasına kıstırdığı gibi gitti..!"

Dunya:

"Yarın görüşürüz ağabey." dedi; kardeşine acır gibiydi. "Hadi anne! Hoşçakal, Rodya!"

Raskolnikov son çabasını da harcayarak arkalarından bağırdı:

"Anladın değil mi kardeşim? Ben sayıklamıyorum. Bu evlenme değil, alçaklık. Hadi ben alçağım, bari sen olma... Bir kişinin olması yeter... Ben bir alçak olabilirim, ama böyle bir kardeşi de kardeşliğe kabul edemem! Ya ben, ya Lujin! Gidin artık!"

Razumihin:

"Çıldırdın mı sen be! Bu ne despotluk!" diye kükredi.

Raskolnikov cevap vermedi; belki de cevap verecek gücü kalmamıştı. Bitkin ve perişan bir halde divana uzandı, yüzünü duvardan yana döndü... Avdotya Romanovna kardeşine ilgiyle bakıyordu, kara gözleri kıvılcımlanmıştı. Razumihin bile titrediğini duydu onun bu bakışlarından. Pulheriya Aleksandrovna'nın eli ayağı buz kesmişti; umutsuzca:

"Ben buradan dünyada ayrılamam!" diye fısıldadı Razumihin'e. "Burada kalacak bir yer bulurum. Siz Dunyayı götürün."

Razumihin de aynı fısıltıyla:

"Ve bütün işleri de altüst edersiniz!" dedi. "Hiç değilse şuraya, merdivenlere çıkalım. Nastasya, ışık tutsana!" Merdivenlerde sesini biraz daha yükselterek, yarı fısıltılı: "Size yemin ederim" dedi, "bu sabah beni de, doktoru da nerdeyse dövecekti! Anlıyor musunuz? Doktoru! Ne yapsın, sinirlendirmemek için çekti gitti adam. Ben ona göz kulak olmak için aşağıda kaldım. Oysa o bu arada giyinip kaçmış. Eğer sinirlendirirseniz, şimdi de kaçar. Gece vakti kendine bir şey yapmaya falan kalkışabilir!"

"Ah, siz neler söylüyorsunuz!"

"Hem Avdotya Romanovna'nın pansiyonda tek başına kalması doğru olmaz. Kalacağınız yerin nasıl bir yer olduğunu biliyor musunuz siz? Pyotr Petroviç denilen alçak sanki size doğru dürüst bir yer bulamaz mıydı? Biliyor musunuz, ben bu akşam sarhoşum onun için, sövüyorum diye kusura bakmayın."

Pulheriya Aleksandrovna hâlâ ayak diriyordu:

"Ev sahibi kadına gidip, Dunya ile bana burada kalabileceğimiz bir köşe göstermesi için yalvaracağım. Onu böyle bırakamam, yapamam!"

Bu konuşmaları merdivenlerde, tam ev sahibi kadının kapısı önünde yapıyorlardı. Nastasya ise bir basamak aşağıdan onlara ışık tutuyordu. Razumihin, onda pek görülmeyen bir coşkunluk içindeydi. Yarım saat önce Raskolnikov'u evine geçirirken kendisinin de itiraf ettiği gibi çok gevezelik etmişti, ama bu gece içtiği içki düşünülecek olursa, tümüyle dinç ve aklı başında olduğu söylenebilirdi. Şu anda ise büyük bir coşkunluk içindeydi, sanki içtiği bütün içkiler içinde iki kat çoğalmış ve başına vurmuştu. Kadınların ellerinden tutmuş, şaşırtıcı bir açıklıkla konuşarak onları ikna etmeye çalışıyor, sözlerine daha çok inanmalarını sağlamak için olsa gerek, her sözünde ikisinin de elini acıtacak kadar sıkıyor ve hiç çekinmeden Avdotya Romanovna'ya gözleriyle yiyecekmiş gibi bakıyordu. Kadınlar arada bir acıdan ellerini onun kocaman ve kemikli avuçları arasından kurtarıyorlar, ama o, bunu hiç fark etmediği gibi, onları daha bir güçle kendine doğru çekiyordu.

Eğer şimdi bu iki kadın onlara hizmet olsun diye kendisini merdivenlerden tepetaklak atmasını isteselerdi, bir an bile düşünmeden isteklerini yerine getirirdi. Aklı fikri Rodya'sında olan Pulheriya Aleksandrovna, genç adamın ilginç biri olduğunu ve ellerini gerektiğinden çok sıktığını hissetmekle birlikte, şu anda onu bir koruyucu olarak gördüğü için bütün bu ilginçlikleri görmezden gelmeye çalışıyordu. Annesiyle aynı kaygılar içinde bulunan Avdotya Romanovna, korkak bir kız olmamasına karşın, bu ağabey dostunun yabani bir ışıkla tutuşan bakışları karşısında büyük bir şaşkınlık, hatta korku duyuyordu. Onu, annesini de ardı sıra sürükleyerek bu tuhaf adamın yanından kaçmaktan alıkoyan biricik şey, Nastasya'nın ona ilişkin anlattıklarının, içinde uyandırdığı sonsuz güvendi. Şu anda belki de ondan kaçmalarının olanaksız olduğunu da anlıyordu. Aslında on dakika kadar sonra genç kız kendini epey ferahlamış duydu. Çünkü Razumihin, nasıl bir ruhsal durum içinde bulunursa bulunsun, kendini bir anda apaçık gösteren bir insandı. Bu nedenle de ana kız, nasıl biriyle birlikte olduklarını çabucak anladılar.

Razumihin, "Ev sahibinin yanında kalmak istemeniz çok saçma bir şey!" diye bağırdı. "Evet, biliyorum, bir annesiniz, ama eğer burada kalırsanız, onu çileden çıkarırsınız ve o zaman da neler olabileceğini artık hiç kimse bilemez. Bakın ne yapalım: Nastasya onun yanında kalsın, ben sizi evinize kadar götüreyim, çünkü sizin tek başınıza gitmeniz doğru olmaz; bizim Petersburg bu konularda... Her neyse! Sizi bırakır bırakmaz hemen buraya dönerim. Ve size namus sözü veriyorum, on beş dakika sonra size Rodya'nın durumu hakkında haber getiririm. Sonra, doğruca kendi evime koşarım, evde bir sürü misafirim var ve hepsi sarhoş... Zosimov'u alırım. Zosimov, Rodya'ya bakan doktordur, şu anda benim evde bulunuyor ve sarhoş da değildir. Zaten o hiçbir zaman sarhoş değildir. Onu aldığım gibi doğruca Rodya'ya götürürüm, sonra da hemen size gelirim. Böylece bir saat içinde ondan iki kez haber almış olursunuz. Hem de doktor ağzından, anlıyor musunuz, yani benim gibi birinden değil, doğrudan doğruya doktor ağzından! Eğer Rodya'nın durumu ağırsa, yemin ederim, sizi buraya getiririm. Yok, eğer durumu iyiyse, sizde yatar uyursunuz. Ben de geceyi buracıkta, şu koridorda geçiririm. Rodya'nın haberi bile olmaz bundan! Zosimov'a da, elimin altında bulunması için, ev sahibi kadının yanında gecelemesini söylerim. Şimdi ona siz mi daha gereklisiniz, yoksa doktor mu? Hiç kuşkusuz doktor daha yararlı olur onun için. Şu halde şimdi doğruca evinize! Ev sahibi kadının yanında kalmak yok! Ben kalabilirim, ama siz kalamazsınız, izin vermez çünkü... Aptalın tekidir de ondan... Beni Avdotya Romanovna'dan kıskanır, hatta bir şey söyleyeyim mi, sizden bile kıskanır... Ama Avdotya Romanovna'dan kesin kıskanır. Tuhaf, çok tuhaf bir kadındır! Aslında ben de aptalın biriyim ya... Neyse! Tükürün gitsin içine! Hadi gidelim! Bana inanıyor musunuz? Söyleyin, bana inanıyor musunuz, yoksa inanmıyor musunuz?"

Avdotya Romanovna, "Gidelim anneciğim" dedi. "İnanıyorum ki söz verdiği gibi davranacaktır. Kardeşimi dirilten o değil mi? Hem doktor burada gecelemeye razı olursa bu çok iyi bir şey olur!"

Razumihin sevinçle bağırdı:

"Bakın siz... siz... beni anlıyorsunuz, çünkü siz bir meleksiniz! Gidelim! Nastasya! Sen hemen ışıkla onun yanına çık! Ben on beş dakikaya kadar dönerim..."

Pulheriya Aleksandrovna, Razumihin'in söylediklerine bütünüyle inanmadıysa da, daha fazla direnmedi. Razumihin ikisinin birden koluna girdi ve merdivenlerden sürüklercesine indirip götürdü. Pulheriya Aleksandrovna her şeye karşın kaygılıydı. "Evet, gerçi iyi yürekli, becerikli bir çocuk, ama acaba verdiği sözü yerine getirebilecek mi? Öylesine sarhoş ki..." diye düşünmekten kendini alamıyordu.

Razumihin, Pulheriya Aleksandrovnanın aklından geçenleri anlamıştı:

"Sizin beni sarhoş sandığınızı biliyorum." diye kadının düşüncelerini yarıda kesti; kocaman ve hızlı adımlarla yürüyor ve iki kadını ardı sıra koşmak zorunda bırakıyordu, ama o bunun farkında bile değildi. "Saçma! Yani... Ben fena halde sarhoşum, ama sorun bu değil; ben içkiden sarhoş değilim. Sizi görünce içki başıma vurdu... Neyse, tüküreyim bana! Sözlerime kulak asmayın siz: yalan söylüyorum, çünkü size lâyık bir insan değilim... Hem de hiç değilim! Sizi bırakır bırakmaz hemen şuracıkta, kanalda, başıma iki kova su dökeceğim... Sizi nasıl sevdiğimi bir bilseydiniz! Lütfen ne gülün, ne de kızın! Kime isterseniz kızabilirsiniz, ama bana kızmayın! Ben onun dostuyum, bu duruma göre sizin de dostunuz sayılırız. Ben böyle istiyorum... Geçen yıl, öyle bir an geldi ki... Ama hayır, hiç de önceden böyle bir şey hissetmişliğim yok. Çünkü siz sanki gökten iniverdiniz! Sanırım bu gece hiç uyuyamayacağım! Zosimov bugün onun çıldırabileceğinden korkuyordu... Bu yüzden onu hiç sinirlendirmememiz gerek..."

Pulheriya Aleksandrovna:

"Neler söylüyorsunuz siz?" diye bağırdı.

Avdotya Romanovna da korkmuştu:

"Doktor gerçekten de böyle mi söyledi?"

"Söyledi, ama demek istediği gerçekte bu değildi. Kendisine bir ilaç verdi; bir toz, gözümle gördüm, sonra da siz geldiniz... Ah, keşke yarın gelseydiniz. Ama çıktığımıza çok iyi ettik! Bir saat sonra Zosinov gelip size hastanın durumu hakkında bilgi verir. O benim gibi sarhoş değil! Ben de bir daha sarhoş olmayacağım... Hay Allah, ben niye bu kadar içtim acaba? Alçaklar! Beni tartışmaya beklediler! Oysa bir daha tartışmamaya tövbe etmiştim!

Öyle cevherler yumurtluyorlardı ki, az kalsın dövüşecektim! Başkan olarak dayımı bıraktım yanlarında... Kişilikten yoksunluk! İstedikleri bu! Bundan haz duyuyorlar. Yani, kendileri olmamak, olabildiğince kendilerine benzememek! En büyük ilerleme, onlara göre, bu! Sıraladıkları saçmalıklar bari kendi uydurmaları olsa..."

Pulheriya Aleksandrovna çekine çekine:

"Dinleyin..." diyecek oldu, ama bu Razumihin'i kızıştırmaktan başka bir işe yaramadı. Sesini iyiden iyiye yükselterek:

"Siz ne sanıyorsunuz?" diye bağırdı. Onlara palavra savurdukları için mi kızıyorum sanıyorsunuz? Saçma! Ben yalanı severim! Yalan, insanların bütün öteki yaratıklara karşı biricik üstünlüğüdür! Yalan söylersin ve böylece gerçeğe ulaşırsın! Ben yalan söylediğim için insanım. Önceden on dört kez, hatta belki de yüz on dört kez yalan söylemeden hiçbir gerçeğe ulaşılmamıştır. Bu kendine göre onurlu bir iştir. Oysa biz yalanı bile kendimiz kıvıramayız! Bana bir yalan söyle, ama bu yalan senin olsun, senin uydurduğun bir şey olsun, alnından öpeyim! Kendine ait bir yalan, başkalarına ait gerçekleri tekrarlamaktan belki de daha iyidir. Birincisinde sen bir insansın, ikincisinde ise bir papağan! Biz şimdi neyiz? Biz şimdi, ayrıcasız hepimiz, bilimde, gelişmede, düşüncede, buluşta, ülküde, istekte, liberalizmde, akılda, tecrübede, her şeyde, her şeyde, her şeyde daha kolej hazırlık sınıfındayız! Başkalarının aklıyla yetinmek hoşlarına gidiyor, alışmışlar bir kez!" Razumihin her iki kadının da elini sıkarak ve sarsarak. "Öyle değil mi? Öyle değil mi diyorum size? Öyle değil mi diye bağırdı."

Zavallı Pulheriya Aleksandrovna:

"Oh, aman Tanrım! Nerden bileyim ben?" dedi.

"Söylediklerinizin hepsine katılmamakla birlikte, evet... Evet" dedi Avdotya Romanovna; bunları çok ciddi bir eda ile söylemişti, ama birden can acısıyla haykırdı. Çünkü Razumihin kızın elini bu kez gerçekten biraz fazla sıkmıştı.

Razumihin coşkuyla:

"Evet mi? Evet mi dediniz?" diye bağırdı. "Öyleyse siz... İyiliğin, temizliğin, akıl ve... Mükemmelliğin kaynağısınız! Verin elinizi uzatın, siz de verin elinizi, hemen şuracıkta diz çöküp öpmek istiyorum bu elleri!"

Razumihin yolun ortasına diz çöktü, bereket versin gelip geçen kimse yoktu.

Pulheriya Aleksandrovna çok telaşlanmıştı:

"Rica ederim kesin artık!" diye bağırdı. Ne yapıyorsunuz öyle?

Dunya, "Kalkın, kalkın!" dedi telaşla; ama bir yandan da gülüyordu.

"Elinizi bana vermezseniz asla kalkmam! Tamam, işte böyle, şimdi kalkarım, hadi gidelim! Ben mutsuz, ahmak bir sarhoşum, size layık değilim ve sizden utanıyorum... Sizi sevmeye layık değilim, ama önünüzde saygı ile eğiliyorum ve eğer mükemmel bir hayvan değilse, karşınızda her insan aynı şeyi yapar! İşte önünüzde eğildim ve işte kalacağınız pansiyon! Rodion'un az önce sizin şu Pyotr Petroviç'i odasından kovması yalnızca bu nedenle bile bağışlanabilir! Nasıl olur da sizi böyle bir pansiyona yerleştirebilir? Rezalet bu! Kimler gelir gider buraya, biliyor musunuz? Oysa siz onun nişanlısısınız! Nişanlısınız siz, değil mi? Bu durumu gördükten sonra, nişanlınızın bir alçak olduğunu söylemek düşüyor bana!"

Pulheriya Aleksandrovna:

"Bakın Bay Razumihin, unutuyorsunuz ki..." diye başlayacak oldu, ama Razumihin onun sözünü keserek;

"Evet, evet, haklısınız!" dedi. "Bir an unuttum ve bu yüzden de utanıyorum. Ama... ama... böyle konuştuğum için bana gücenemezsiniz! Çünkü içtenliğimden böyle konuşuyorum, yoksa... şeyden değil... Hım!... Zaten çok alçakça olurdu böylesi! Tek kelime ile ben size... Hım!.. Neyse, bunun nedenini söylemeyeceğim, cesaret edemem! Bugün daha Rodyanın odasına girdiği anda o adamın bizim dünyamızdan biri olmadığını hepimiz anlamıştık. Ama saçlarını berberde maşalattığı, ya da bize ne kadar bilgili olduğunu göstermeye kalkıştığı için değil, hayır, bir casus, bir vurguncu olduğu için! Pozcunun, gösterişçinin, soytarının biri olduğu için! Apaçık görülen şeylerdi bunlar onda. Yoksa siz onu akıllı mı sanıyorsunuz? Hayır, ahmağın biri o! Ahmak! Ve siz onu dengimiz mi sayıyorsunuz? Allah göstermesin! Ve hanımlar, biliyor musunuz ki." Pansiyonun merdivenlerinden çıkarken birden duraklamıştı; "Gerçi şu anda evimde bulunan konukların hepsi sarhoş, ama hepsi de namuslu insanlardır. Sonra biz, yalan da söyleriz, çünkü ben de söylerim, ama böylece eninde sonunda gerçeğe ulaşacağız; çünkü yürüdüğümüz yol, doğru bir yol. Pyotr Petroviç'e gelince... Onun yolunun doğru olduğunu söyleyemeyiz. Gerçi ben az önce konuklarıma sövüp saydım, ama yine de onların hepsine saygı duyarım. Hatta şu Zamyotov'a bile, evet saygı duymam ama severim, çünkü daha çok toy. Evet, evet, o hayvan herifi, o Zamyotov denen hayvanı bile severim, çünkü dürüsttür ve işini iyi bilir... Yeter artık! Her şeyi söyledim ve bağışlandım! Bağışlandım mı? Bağışlandım, öyle değil mi? Hadi, gidelim! Ben bu koridoru bilirim, daha önce de gelmiştim; şurada, üç numaralı odada bir rezalet çıkmıştı... Sizin odanız hangisi, kaç numara? Sekiz mi? Tamam, kapınızı kilitleyin ve kimseye açmayın! Çeyrek saat sonra size Rodya'dan haber getireceğim, yarım saat sonra ise Zosimov'la birlikte geleceğim. Görürsünüz! Haydi, hoşçakalın! Ben hemen gidiyorum."

Pulheriya Aleksandrovna kızına dönerek telaş ve korku içinde:

"Aman Yarabbi, Duneçka!" dedi. "Nedir bütün bu başımıza gelenler?"

Duneçka şapkasını ve şalını çıkartırken:

"Sakin olun anneciğim" dedi, "bu adamı bize Allah gönderdi. Gerçi doğruca bir içki sofrasından kalkıp geliyor ama ona güvenebiliriz, inanın bana. Hele kardeşim için yaptığı onca şeyden sonra..."

"Ah Dunyacığım. Tanrı bilir artık gelip gelmeyeceğini! Nasıl bırakabildim Rodya'yı! Kırk yıl düşünsem aklıma gelmezdi onu böyle bulacağım! Nasıl da sertti? Sanki gelişimiz onu hiç sevindirmedi..."

Pulheriya Aleksandrovna'nın gözlerinde yaşlar parladı.

"Anneciğim, yanılıyorsunuz. Sürekli ağladığınız için iyi göremediniz. Geçirdiği hastalık onu sarsmış, bütün neden bu."

"Ah şu hastalık! Bir şeyler olacak, bir şeyler olacak!" Pulheriya Aleksandrovna kızının gözlerine ürkek ürkek bakıyor, onun kafasından geçenleri okumaya çalışıyordu. Dunyanın ağabeysini savunmasından onu bağışladığı sonucunu çıkarmış ve bu onu oldukça avutmuştu. Kızının düşüncelerini okumakta devam ederek: "Ve seninle ne biçim konuştu Dunya!" diye ekledi. "Ama ben yarına onun bu düşüncelerini değiştireceğine inanıyorum."

Avdotya Romanovna annesinin sözünü keserek, "Bense" dedi "onun bu konu üzerinde yarın da aynı şeyleri söyleyeceğinden eminim."

Kuşku yok ki oldukça nazik bir konuydu bu. Üstelik Pulheriya Aleksandrovna'nın şu anda konuşmaktan çekindiği bir nokta vardı burada. Dunya uzanıp annesini öptü. Pulheriya Aleksandrovna da hiçbir şey söylemeden kızını sımsıkı kucakladı. Sonra oturdu ve üzüntülü bir merakla Razumihin'in dönüşünü beklemeye başladı. Bir yandan da ürkek ürkek kızını izliyordu. Dunya ellerini çaprazlama olarak göğsünde kavuşturmuş düşünerek odanın içinde bir aşağı bir yukarı dolaşıyor ve o da Razumihin'i bekliyordu. Düşünürken odanın içinde hırlamak Avdotya Romanovna'nın eski bir alışkanlığı idi. Annesi böyle anlarda onun bu dalgın halini bozmaktan çekinirdi.

İçkili kafayla Razumihin'in Avdotya Romanovna'ya karşı birdenbire alevleniveren tutkuları elbette gülünçtü. Ama genç kızı özellikle de şu anda, kollarını göğsünde kavuşturmuş, düşünceli, üzüntülü, odanın içinde dolaşırken gören pek çok insan herhalde delikanlıyı sarhoşluk hali hesaba katılmasa bile hoş görürdü. Son derece güzel bir kızdı. Avdotya Romanovna; uzun boylu, endamlı ve gürbüzdü. Her halinden, her hareketinden kendine güveni belli olurdu; ama onun bu kendine güveni, davranışlarındaki yumuşaklığı ve inceliği hiç bozmuyordu. Yüzü ağabeyinin yüzüne benzerdi, ama bu yüzün güzelliği çok daha kusursuzdu. Koyu kumral saçları ağabeyininkilerden biraz daha açıktı. Karaya çalan gözleri ışıl ışıldı; bu gözlerde gurur ve zaman zaman da sonsuz iyilik pırıltıları görülürdü. Benzi soluktu, ama hastalıklı bir solukluk değildi bu. Yüzünden körpelik ve sağlık fışkırıyordu. Ağzı biraz küçüktü, kırmızı, diri alt dudağı, çenesiyle birlikte hafifçe öne doğru çıkıktı. Bu çok güzel yüzün belki biricik kusuru da buydu. Ama kızın yüzüne ilginç bir özellik, sanki bir tür kibirlilik katıyordu bu durum. Yüzünün ifadesi neşeli olmaktan çok düşünceli idi. Oysa gülümseme bu yüze öyle yakışıyordu ki! Neşeli, genç, kaygısız bir gülümseme bu yüze öyle bir hava veriyordu ki! Ömründe böyle bir yaratık görmemiş, ateşli, içten, açık yürekli, biraz saf ama bir pehlivan gibi güçlü ve sarhoş Razumihin'in onu daha ilk görüşte kendini kaybedivermesi çok doğaldı. Üstelik de rastlantılar Dunyayı ağabeysiyle karşılaşmasının yarattığı o güzel sevgi ve sevinç anında karşısına çıkarmıştı. Daha sonra da ağabeyinin son derece kaba ve sert emirleri karşısında kızcağızın alt dudağının öfkeden nasıl titrediğini görmüş ve artık dayanamamıştı.

Aslında az önce merdivenlerde Raskolnikov'un eksantrik ev sahibi Praskovya Pavlovna'nın, onu yalnızca Avdotya Romanovna'dan değil, Pulheriya Aleksandrovna'dan bile kıskanabileceğini söylerken, doğru söylüyordu. Pulheriya Aleksandrovna kırk üç yaşındaydı, ama yüzü hâlâ eski güzelliğinin izlerini taşıyor; içinin duruluğunu, izlenimlerinin tazeliğini, yüreğinin onurlu ve temiz ateşini koruyabilmiş hemen bütün kadınlar gibi yaşından çok daha genç gösteriyordu. Burada bir ayraç açıp şunu belirtelim ki, gençlikteki güzellik için gereklilikleri tartışılmaz olan bu özellikleri koruyabilmiş olma, yaşlıyken de güzel kalmanın biricik yoludur. Saçları ağarmaya ve seyrekleşmeye başlamış, gözlerinin çevresinde çoktan ışıksı birtakım çizgicikler halinde kırışıklıklar oluşmuştu, yanakları üzüntüden ve acıdan çökmüştü. Ama yine de bu yüz olağanüstü güzeldi. Alt dudak özelliği bir yana bırakılırsa bu yüz Avdotya Romanovnanın yirmi yıl sonraki portresi idi. Duygulu bir kadındı Pulheriya Aleksandrovna, ama sahteliğe varmayan bir duygululuktu bu. Belli ölçüde sıkılgan ve uysaldı: inançlarına ters düşen konularda bile uzlaşabilir, uysalca boyun eğebilirdi. Ama öyle bir dürüstlük çizgisi, öyle katı birtakım kuralları ve inançları vardı ki, hiçbir zorlama onu bunların ötesine geçirtemezdi.

Razumihin'in gidişi üzerinden tam yirmi dakika geçmişti ki, kapı hafifçe ama çabuk çabuk iki kez vuruldu. Razumihin dönmüştü. Hemen kapıyı açtılar.

Razumihin, "Hayır, girmeyeceğim" dedi çabuk çabuk. "Raskolnikov son derece sakin, derin bir uykuda. İnşallah böylece on saat falan uyur! Nastasya var şu anda yanında; ben dönene kadar yanından ayrılmayacak. Şimdi de gidip Zosimov'u getireceğim, o size durumu daha ayrıntılarıyla açıklar. Sonra siz de yatarsınız, yorgunluktan perişan durumdasınız!"

Razumihin sözlerini bitirir bitirmez geri döndü ve koşarcasına uzaklaştı.

Pulheriya Aleksandrovna çok sevinmişti: "Ne becerikli, ne sadık bir çocuk!" dedi. Odada yeniden bir aşağı bir yukarı dolaşmaya başlayan Avdotya Romanovna:

"Evet, iyi bir insana benziyor." dedi.

Yarım saat sonra koridorda tekrardan ayak sesleri duyuldu, kapı tekrar çaldı. İki kadın da bu kez Razumihin'in verdiği sözü yerine getireceğine inanarak bekliyorlardı. Gerçekten de Zosimov'u getirmeyi başarmıştı Razumihin. Zosimov şölen sofrasını bırakmayı ve gidip Raskolnikov'u görmeyi ikiletmeden kabul etmişti. Ama sarhoş Razumihin'e güvenemediği için kadınların yanına biraz kuşkulu, biraz istemeye istemeye gelmişti. Kadınların, kendisini bir falcıyı bekler gibi beklediklerini görünce hemen yatışmış, hatta onuru okşanmış, özsaygısı artmıştı. Anneyle kızın yanında on dakika kalmış ve bu süre içinde Pulheriya Aleksandrovna'yı yatıştırmayı başarmıştı. Büyük bir ilgiyle, ama kendini tutarak, hatta zorlama bir ciddilikle, önemli bir konsültasyona çağrılmış yirmi yedi yaşındaki bir hekim gibi konuşmuş, tek kelimeyle olsun konudan ayrılmadığı gibi, kadınlardan her ikisiyle de daha kişisel ya da özel bir ilişkiye girmek isteği de göstermemişti. Daha odaya girdiği anda Avdotya Romanovna'nın güzelliğiyle gözleri kamaşmış, bütün ziyareti boyunca ona hiç dikkat etmemeye çalışarak ve yalnız Pulheriya Aleksandrovna'ya bakarak konuşmuştu. Bütün bunlar ona büyük bir gönül hoşnutluğu veriyordu. Hasta konusunda söylediği ise, şu anda sevinç verici bir durumda bulunduğuydu. Gözlemlerine göre hastalığın, delikanlının şu son aylarda geçirdiği maddi sorunların yanı sıra, ruhsal bazı nedenleri de vardı; "yani maddi, manevi pek çok karmaşık etkenlerin, birtakım düşüncelerden kaynaklanan korku, kaygı ve üzüntülerin... ve daha başka bazı şeylerin ürünü bir hastalıktı bu. Avdotya Romanovna'nın kendisini büyük bir dikkatle dinlediğini görünce Zosimov konu üzerine biraz daha ayrıntılı açıklamalara girişti. Pulheriya Aleksandrovna'nın çekine çekine sorduğu "Rodya'nın delirmesiyle ilgili kuşkuları bulunup bulunmadığı" sorusuna, içten bir gülümseme ile sözlerinin abartıldığı karşılığını verdi. Gerçi hastada sabit bir fikre saplanıp kalmış olma, yani mono maniye benzer -ki tıp biliminin bu yeni alanı kendisinin son derece ilgisini çekiyordu- bir durum görülmüyor değildi, ama hastanın kaç gündür sayıklamak bir durumda bulunduğunu da unutmamak gerekirdi. Öte yandan annesiyle kız kardeşinin gelişi hiç kuşkusuz hastanın toparlanmasına, güçlenmesine yardım edecek, iyileşmesi yönünde olumlu etkilerde bulunacaktı; ama unutmamak gerekirdi ki böyle bir şey, "ancak hastayı sarsacak yeni, olağanüstü birtakım heyecanlardan kaçınmak şartıyla" mümkündü. Zosimov bu son sözleri oldukça anlamlı bir edayla söylemişti. Sonra kalktı, ağırbaşlılıkla, hanımları selamladı; hayır dualarıyla, içten teşekkürlerle, hatta hiç ummamasına karşın sıkması için uzanan Avdotya Romanovna'nın küçücük eliyle uğurlanarak, ziyaretinden, ama bundan da çok kendinden son derece hoşnut bir durumda dışarı çıktı.

Razumihin, Zosimov'un peşinden çıkarken:

"Yarın görüşürüz." dedi, "şimdi mutlaka yatmanız gerekiyor. Yarın olabildiğince erkenden gelip size raporumu veririm."

Dışarı çıktıklarında Zosimov nerdeyse dudaklarını yalayarak:

"Göz kamaştırıcı bir kız!" dedi. "Hayran oldum şu Avdotya Romanovna'ya!"

Razumihin birden onun gırtlağına sarıldı ve ulurcasına:

"Göz kamaştırıcı mı? Hayran mı oldun?" diye bağırdı. "Eğer böyle bir şeye cesaret edersen... Anlıyor musun? Anlıyor musun?" Zosimov'u duvara dayamış, yakasından tutarak sarsıyordu: "Anlıyor musun?"

Zosimov kendini savunmaya çalışarak:

"Bırak beni sarhoş şeytan!" diye bağırdı, sonra Razumihin kendisini bırakınca gözlerini dikip uzun uzun arkadaşının yüzüne baktı ve birden katıla katıla gülmeye başladı. Razumihin kolları sarkık, üzgün, karamsar öylece duruyordu karşısında.

"Eşeğin biriyim ben." dedi sonunda yine öyle üzgün, "ama sen... sen de öylesin!"

"Hayır dostum, ben hiç de öyle değilim! Çünkü ben senin gibi öyle aptalca şeyler düşlemiyorum."

Konuşmaksızın, sessizce yürüdüler. Ancak, Raskolnikov'un evine yanaştıklarında Razumihin daldığı derin düşüncelerden sıyrılarak sessizliği bozdu:

Zosimov'a "Dinle" dedi, "iyi çocuksun, ama başka pek çok rezilliklerin dışında, bir de zamparasın. Bunu biliyorum, hem de pis bir zamparasın! Sinirli ve sünepesin! İyice yağlandığın halde kendini hiçbir şeyden yoksun bırakamıyorsun. Ben böylesi şeylere pis diyorum, çünkü bunlar insanı doğruca pisliğe götüren şeylerdir. Kendini öyle şımarttın, öyle nazik nazenin bir şey yaptın ki, nasıl olup da iyi, hatta özverili bir hekim olabildiğine doğrusu bir türlü aklım ermiyor. Kuş tüyü yataklarda yatarsın -tabi, ne de olsa doktor!- sonra da kalkıp hastaya gidersin! Üç yıla kalmaz, artık hastaların için yatağından da kalkamaz olursun! Neyse, boş ver bunları.' Sorun şu: geceyi ev sahibi kadının evinde geçireceksin -kadını güç bela kandırabildim!- ben de mutfakta yatacağım. İşte size küçük bir tanışma fırsatı! Ama iş sandığın gibi değil. Aklından geçen şeyin gölgesi bile yok bu işte!"

"Ben de aklımdan bir şey geçirmiyorum zaten."

"Burada, azizim, bir yandan utangaçlık, suskunluk, aşırı bir erdemlilik, bir yandan da iç çekmeler, mum gibi erimeler, sararıp solmalar vardır. Dünyadaki bütün şeytanlar adına sana yalvarıyorum: kurtar beni bu kadından! Çok sevimli, hoş bir yaratıktır! Yap bana bu iyiliği ömrüm boyunca kulun kölen olayım!" Zosimov deminkinden daha şiddetli bir kahkaha attı:

"Amma korkutmuş kadın gözünü! İyi ama ne yapayım ben onu?"

"İnan bana fazla bir şey yapacak değilsin! Yanına oturup, ne kadar saçma olursa olsun, aklına eseni anlat yeter! Kaldı ki bir doktorsun sen, birtakım hastalıklar bul ve tedavi et onu. Yemin ederim pişman olmayacaksın. Sonra, bir org'u var kadının; bilirsin, ben biraz şarkı mırıldanabilirim, hani bir Rus halk şarkısı vardır: "Yakıcı gözyaşları döküyorum..." diye. İşte bu şarkıyı söylemiştim kendisine... Böyle şarkıları sever, aramızdaki ilişki de zaten şarkı ile başladı... Oysa sen piyanoda bir virtüöz, bir üstatsın; bir Rubinstein! İnan bana, pişman olmayacaksın!"

"Yoksa sen kadına söz mü verdin? Ya da senet falan? Belki de evlenme konusunda bir söz verdin..."

"Hayır, hayır, hiç öyle bir şey yok! Sonra o öyle bir kadın değil. Çebarov bir gün kendisine..."

"Madem öyle vazgeç gitsin kadından!"

"Olur mu öyle durup dururken?"

"Neden olmasın?"

"Neden mi? Olmaz da onun için! Dostum, biliyor musun, bu işin çekici bir başlangıcı var..."

"Demek kadının aklını çeldin?"

"Hayır, hiç de aklını çelmedim, hatta belki de tersine, aptallığım yüzünden o benim aklımı çeldi. Yanında ben olmuşum, ya da sen olmuşsun, ona göre hiç fark etmez; tek ki yanında biri olsun ve iç çeksin... Burada dostum... Bilmem ki sana nasıl anlatayım, örneğin sen matematikten anlarsın, hâlâ matematikle uğraştığını biliyorum, işte, ona örneğin integral hesaplarından söz et... Vallahi şaka etmiyorum, çok ciddiyim. Onun için bunun hiçbir önemi yok. O senin yüzüne bakıp iç çekecektir. Bütün bir yıl boyunca böyle yan yana oturup anlattıklarını dinler ve iç çeker. Tam iki gün kendisine Prusya senatosunu anlattım (ne konuşabilirdim ki onunla?) o da iki gün boyunca karşımda iç çekti durdu. Yalnız aşktan söz edeyim deme, korkunç sıkılgandır. Ondan vazgeçemiyormuşsun gibi görün yeter. Esaslı konforlu bir evi var. Kendi evindeymişsin gibi davranabilirsin; oku, uzan, otur, yaz... Hatta dikkatli olmak koşuluyla öpebilirsin bile..."

"İyi ama bu kadından bana ne?"

"Sana da bir türlü laf anlatılmıyor! Biliyor musun, siz aslında birbiriniz için yaratılmışsınız! Bu konuda zaten daha önce de aklıma gelmiştin sen... Hem nasılsa dönüp dolaşıp geleceğin nokta, bu! Ha biraz daha erken olmuş, ha biraz daha geç, fark eder mi senin için? Bu işin içinde kuş tüyü yatak ilkesi var, kardeş. Hem yalnızca kuş tüyü yatak mı? Seni buraya alınyazın çekiyor; burası senin için dünyanın sonudur, demir atacağın sakili bir liman, dünyanın göbeği, evrenin tabanıdır. Mis gibi gözlemeler, kaymaklı börekler, fokurdayan semaverlerde akşam çayları bekliyor seni burada; hemen yanında sessiz iç çekmeler, sıcacık kürkler, tandırlar... Bir bakıma ölmüşken yaşar gibi olacaksın, senin anlayacağın bir taşla iki kuş... Neyse, azizim, epey gevezelik ettim! Artık yatsak iyi olur! Dinle, ben geceleri arada bir kalkar, gidip kendisini yoklarım. Önemli bir şey değil, her şey yolunda! Senin de telaşlanmanı gerektirecek bir şey yok!

İstersen sen de çıkıp bir kez yoklayıver! Eğer bir şey fark edersen, ne bileyim, sayıklama, ateş ya da bunlara benzer bir şeyler, hemen bana haber ver! Gerçi bir şey olacağı yok ya..."

II

Razumihin ertesi gün sekize doğru epey kaygılı uyandı. Uyanır uyanmaz da kendini öngöremediği pek çok kuşku ve kararsızlıkların ortasında buluverdi. Bir gün gelip de bir sabah bu şekilde uyanabileceği asla aklına gelmezdi. Dün olup bitenleri en küçük ayrıntılarına kadar hatırlıyor, daha öncekilere hiç benzemeyen, hiç bilmediği, yepyeni ve olağanüstü bir etkinin altında bulunduğunu fark ediyordu. Anladığı bir şey daha vardı. Kafasında doğan şey, gerçekleşmesi olanaksız bir düştü; o derece gerçekleşemez bir düştü ki bu, hatta delikanlı böyle bir şeyi aklından geçirebildiği için utanç duymaya başlamıştı. Bu nedenle hemen kendini "dünkü lanetli günden" miras kalan çok daha önemli birtakım kaygılara, çok daha önemli başka konulara kaptırdı.

"Alçak ve iğrenç" bir insan durumuna düşmüş olması, dünle ilgili en korkunç amacıydı. Ama kendini böyle duyumsaması yalnızca sarhoş olması nedeniyle değildi. Kızla nişanlısı arasındaki ilişkiyi doğru dürüst bilmemesine, adamı hemen hiç tanımamasına rağmen, aptalca bir kıskançlık duygusuna kapılarak ve kızın durumundan yararlanarak nişanlısı hakkında ileri geri sözler etmesi, adama sövmesi onu bu duruma düşürmüştü. Sonra adam hakkında böylesine düşüncesizce ve alelacele yargılarda, bulunmaya hakkı var mıydı? Ve ondan düşüncesini soran olmuş muydu? Her şey bir yana Avdotya Romanovna gibi bir yaratık kendisine lâyık olmayan bir adama parası için varır mıydı? Demek ki adamın birtakım erdemleri vardı? Pansiyon mu? İyi ama nerden bilsin ki adam bu pansiyonun o biçim bir yer olduğunu? Hem onlar için ayrıca bir ev de tutmamış mıydı? Tüh, nasıl da alçalmıştı! Sarhoş oluşuyla mı temize çıkaracaktı kendisini? İyi ama bu kendisini daha da alçaltan aptalca bir mazeret olmaz mıydı? İçkideydi tüm gerçek ve olanca çıplaklığıyla kendini göstermişti; "yani incelikten yoksun kıskanç bir yüreğin olanca çirkefliği ortaya çıkmıştı!" Hem böylesi bir hayale kendini kaptırmaya nasıl cesaret edebilmişti? Böyle bir kızın yanında neydi ki? Kavgacı bir sarhoş ve dünkü palavracı değil mi? "Bundan daha gülünç ve küstah bir karşılaştırma olabilir mi?" Razumihin bu düşünce ile kıpkırmızı kesildi. Tam bu sırada, sanki utanmamış gibi, dün merdivenlerde, Raskolnikov'un ev sahibinin onu Avdotya Romanovna'dan kıskanabileceğini söylediğini hatırladı... Hayır, bu kadarı da fazlaydı artık! Razumihin olanca gücüyle mutfaktaki ocağa bir yumruk indirdi. Öyle sert vurmuştu ki, ocağın bir tuğlası kırıldı, eli de yaralandı.

Birkaç dakika sonra, kendini aşağılarcasına, "Hiç kuşkusuz" diye mırıldandı, "yaptığım bütün bu rezillikleri ne şimdi, ne de hiçbir zaman onlara unutturabilirim... Öyleyse bu konu üzerinde düşünmem de gereksiz... Oraya sessizce gidip görevlerimi sessizce yerine getiririm. Özür falan da dilememeliyim. Hiçbir şey konuşmak da yok... ve... ve tabi artık her şey de mahvoldu!"

Bunları söylemekle birlikte, giyinirken, elbisesine her zamankinden daha büyük özen gösterdi. Başka elbisesi yoktu, ama olsaydı da giymezdi, "kasten giymezdi." Ama böyle derbeder ve rezil bir durumda da kalamazdı: başkalarının, üstelik de kendisinin yardımına gereksinim duyan, onu yanlarına çağıran insanların duygularını hiçe saymaya hakkı yoktu. Elbisesini özenle fırçaladı. Gömleği zaten fena sayılmazdı: titizdi gömlek konusunda.

Yıkanırken de özenliydi. Nastasya'da sabun varmış, saçlarını, boynunu, özellikle de ellerini güzelce yıkadı. Tıraş olma konusuna gelince (Praskovya Pavlovnanın rahmetli kocasından kalma güzel usturaları vardı) aşırı katı bir tavırla olumsuz karar verdi: "Sakallı kalayım daha iyi! Yoksa benim... şey için tıraş olduğumu sanırlar... Kesinlikle öyle sanırlar! Yok, hayatta tıraş olmam!"

"Ve en önemlisi de, kaba pis bir adam olduğunu, davranışlarının bayağı olduğunu söyleyeceklerdir. Diyelim ki... Evet, belki namuslu bir insansın, ama namuslu bir insanım diye övünülür mü hiç? Herkes namuslu olmak zorunda değil midir?

Hatta temiz bir insan... Kaldı ki, (kendin de hatırlıyorsun bunu) senin de ufak tefek bazı numaraların olmadı değil. Gerçi bunlar alçakça işler değildi, ama olsun! Oysa kafandan neler geçiyordu! Bütün bunları Avdotya Romanovna ile yan yana koy bakalım! Vay anasına! Eeh, ne yapayım yani, inadıma böyle pis, salaş bir insan olarak kalacağım, tükürmüşüm! Hatta daha da beter olacağım!"

Geceyi Praskovya Pavlovna'nın salonunda geçiren Zosimov onu böyle kendi kendine konuşurken buldu.

Doktor evine gidiyordu, yalnız daha önce hastaya bir göz atmak istemişti. Razumihin ona hastasının bir köstebek gibi uyuduğunu bildirdi. Doktor da kendiliğinden uyanıncaya dek hiç ellememelerini söyledi. Saat on bire doğru uğrayıp, kendisi de ayrıca yoklayacaktı.

"Tabii evde bulabilirsem" diye ekledi. "Allah kahretsin! Bir doktor hastasına söz geçiremezse, onu nasıl tedavi edebilir? Acaba, o mu onlara gidecek, yoksa onlar mı buraya gelecekler?"

Sorunun amacını anlayan Razumihin:

"Sanırım onlar buraya gelecekler" dedi. Aile sorunlarını görüşeceklerdir herhalde... Ben çıkar giderim. Sense doktor olarak kuşkusuz kalmak hakkına benden daha çok sahipsin."

"Papaz değilim ben, uğrayıp hemen gideceğim, zaten işim başımdan aşkın!"

Razumihin kaşlarını çatarak:

"Canımı sıkan bir şey var" diye onun sözünü kesti, "dün gece yürürken, sarhoşlukla ağzımdan, saçma sapan bir şeyler kaçırdım sanıyorum... Bu arada senin, onun çıldırmak üzere olduğundan korktuğunu da söyledim..."

"Dün aynı gevezeliği kadınlara da yapmışsın."

"Aptallık ettiğimin farkındayım! İstersen döv beni! Ama gerçekten bu konudaki düşüncen kesin mi?"

"Saçma! Nasıl kesin düşüncem olsun? Beni ona götürürken, sen kendin öyle anlattın onu. Öte yandan biz de dün işi büsbütün kızıştırdık... Daha doğrusu sen... Şu boyacı hikâyelerinle... Belki de bu yüzden aklını kaçıran bir adamın yanında açılan konuya bak!

Eğer karakolda olup bitenleri, serserinin birinin şu malum şüphe ile onu incittiğini ayrıntılarıyla biliyor olsaydım, dünkü konuşmalara kesinlikle izin vermezdim. Zaten, bu monomanlar damladan derya yaratırlar, kuruntularını gerçek sanırlar. Hatırlayabildiğim kadarıyla, dün Zamyotov'un anlattıklarıyla benim için sorunun yarısı aydınlanmış bulunuyor. İşte böyle! Bir olay biliyorum; kırk yaşlarında bir hipokondriyak, sofra başında sekiz yaşında bir çocuğun şakalarına dayanamayarak çocuğu boğazlamış. Burada ise, paçavralar içinde bir genç, küstah bir polis, başlangıç halinde bir hastalık ve bir şüphe ile karşı karşıyayız! Şüphe edilen kişi de kim? Çıldırma kertesine varmış bir hipokondriyak! Üstelik de müthiş kibirli, müthiş, kendini beğenmiş! Hastalığın çıkış noktası da belki buradadır! Allah kahretsin! Şu Zamyotov, evet, sevimli bir çocuk ne var ki, hım. Dün akşam oturup bütün bunları anlatması çok gereksizdi. Gevezeliğin böylesine pes doğrusu!"

"Anlatıp da kime anlattı sanki? Seninle bana değil mi?"

"Porfiriyi de unutma."

"E, ne olmuş Porfiri'ye?"

"Aklıma gelmişken söyleyeyim; anneyle kıza sözün geçerse eğer, söyle, çok dikkatli davransınlar bugün Rodya'ya..."

Razumihin isteksizce:

"Anlaşırlar" dedi.

"Sonra, Lujin'den ne istiyor bu çocuk Allah aşkına? Besbelli hali vakti yerinde bir adam, sonra kızın da ondan pek nefret eder bir hali yok... Bunlar beş parasızlar galiba, öyle değil mi?"

Razumihin sinirlenmişti. "Ne diye ağzımı arayıp duruyorsun?" diye sesini yükseltti. "Beş parasızlar mı, değiller mi, nereden bileyim ben? Kendin sor, belki bir şeyler öğrenebilirsin..."

"Bazen nasıl bu kadar aptal olabiliyorsun! Geceki sarhoşluğunu atamamışsın hâlâ. Hadi hoşçakal! Konukseverliğinden ötürü Praskovya Pavlovna'ya tarafımdan teşekkür et. Odasına kapandı; kapısının arkasından kendisine "bonjour!" dedim, karşılık vermedi; oysa saat yedide kalkmıştı, mutfaktan semaverini getirdiklerini gördüm, ama kendilerinin yüzünü göremedim..."

Razumihin saat tam dokuzda Bakalayev'in pansiyonuna gitti. Kadınların ikisi de sinirli bir sabırsızlıkla kendisini bekliyorlardı. Saat yedide, hatta belki de daha erken kalkmışlardı. Razumihin bir karış suratla içeri girdi, beceriksizce bir selam verdi ve hemen bu davranışından dolayı kendine içerledi. Ev sahibini hiç hesaba katmamıştı: Pulheriya Aleksandrovna ona doğru atılıp ellerini yakalamış, nerdeyse öpecekti. Razumihin ürkek ürkek Avdotya Romanovna'ya baktı: bu gururlu yüzde bile şu anda alaycı bakışlar, elde olmayan, iyi gizlenmemiş bir hor görme yerine, öyle bir minnet ve dostluk ifadesi, öylesine hiç beklemediği bir saygı ifadesi vardı ki, sövgüyle karşılansa belki Razumihin için daha kolay olurdu. Oysa şu anda içinde bulunduğu durum son derece utanç vericiydi. Bereket versin konuşacak hazır bir konusu vardı; o da dört elle buna sarıldı.

Pulheriya Aleksandrovna, oğlunun "daha uyanmadığını" ama "her şeyin yolunda olduğunu" öğrenince, bunun daha iyi olduğunu, "çünkü oraya gitmeden önce Razumihinle konuşmak istediğini" söyledi. Bundan sonra kahvaltı ve Razumihin'in kahvaltıya daveti konusu görüşüldü; hanımlar Razumihin'i beklerken kahvaltı etmemişlerdi. Avdotya Romanovna zili çaldı, zil sesine hırpani kılıklı biri geldi, kendisine çay getirmesini söylediler, ama servis öylesine kötü, her şey öylesine pisti ki, kadınlar çok utandılar. Razumihin otel için okkalı bir küfür savuracaktı ki, Lujin'i hatırlayıp sustu, utanmıştı. Sonunda Pulheriya Aleksandrovna kendisini ardı arkası kesilmez bir biçimde soru yağmuruna tutunca, buna pek sevindi.

Bu sorulara cevap verirken, hiç durmadan sözleri yeni sorularla kesilerek tam kırk beş dakika boyunca Rodiyon Romanoviç'in son bir yıllık yaşamı üzerine bilebildiği başlıca ve en gerekli olayları anlattı; sözlerini hastalığıyla ilgili ayrıntılı bilgilerle bitirdi. Ancak, atlanması gereken her şeyi, bu arada polis karakolunda geçenleri bütün sonuçlarıyla birlikte atlamıştı. Kadınlar anlattıklarını büyük bir ilgiyle dinlemişlerdi: ama o artık anlatacaklarını bitirdiğini ve dinleyicilerini tatmin ettiğini düşünürken, onlar için bu hikâyenin daha başlangıcına bile geçilmemiş olduğu ortaya çıktı.

Pulheriya Aleksandrovna sözcükleri yutarcasına:

"Söylesenize" dedi, "söylesenize, siz... ah, özür dilerim, daha adınızı bile bilmiyorum?"

"Dmitriy Prokofiç."

"Evet, Dmitriy Prokofiç, çok, çok bilmek isterdim... yani genel olarak... onun –'şeylere nasıl' baktığını... yani... bilmem ki nasıl anlatsam size; en iyisi şöyle diyeyim: nelerden hoşlanır, nelerden hoşlanmaz? Her zaman böyle sinirli midir? Sonra, eğer söyleyebilmeniz mümkünse, arzuları, hayalleri nelerdir? Şu anda onu özellikle etkileyen şey nedir? Tek kelime ile isterdim ki..."

"Ah, anneciğim!" dedi Dunya. "Bütün bu sorularınıza birdenbire nasıl cevap verilebilir?"

"Ah, Tanrım! Onu böyle bulacağımı hiç ama hiç ummuyordum, Dmitriy Prokofiç."

Razumihin:

"Bu son derece doğal bir durum" dedi. "Benim annem yok, dayımsa her yıl ziyaretime gelir ve hemen her gelişinde de dış görünüşüm bakımından bile beni güçlükle tanır; oysa akıllı bir adamdır. Siz üç yıldır ayrıydınız, bu süre içinde çok sular aktı köprülerin altından. Bilmem ki size ne söylesem. Ben Rodya'yı bir buçuk yıldır tanıyorum. Tanıdığım kadarıyla, somurtkan, kederli, başı havada, gururlu biri. Son zamanlarda ise (belki de daha uzunca bir süreden beri) kuruntulu ve hipokondriyak gönlü yücedir, iyi yüreklidir. Düşüncelerini dile getirmeyi sevmez, yüreğindekileri açığa vurmaktansa, şiddete başvurmayı yeğler. Ama bazen hiç de hipokondriyak değildir, sadece soğuk ve acımasız denebilecek derecede duygusuzdur. Doğrusunu isterseniz, birbirine ters iki ayrı karakter sanki nöbetleşe yer değiştirir gibidir onda. Bazen ağzını bıçak açmaz! Hiç zamanı yoktur, herkes kendisine engel olmaktadır, oysa hiçbir şey yapmamakta, sırtüstü yatmış uzanmaktadır. Alaycı değildir, ama bu zekâsının yetmezliğinden değil, böyle saçmalıklara ayıracak zamanının olmayışındandır. Anlatılanları sonuna kadar dinlemez. Herkesin ilgisini ayakta tutan bir konu onu hiç ilgilendirmeyebilir. Kendisine müthiş değer verir ve sanırım bu konuda pek de haksız değildir. Daha ne söylesem, bilmem ki? Sanırım gelişinizin, üzerinde iyileştirici bir etkisi olacaktır..."

"Ah, inşallah!" diye atıldı Pulheriya Aleksandrovna: Rodya'sı üzerine Razumihin'in anlattıkları bayağı üzmüştü onu.

Razumihin ise nihayet cesaretini toplayıp Avdotya Romanovna'ya bakabildi. Konuşması sırasında göz ucuyla arada bir bakmış, ama bu bakışlar hep kaçamaktı; bakmasıyla gözünü kaçırması bir olmuştu. Avdotya Romanovna bazen masaya oturup onu dikkatle dinlemiş, bazen kalkıp ellerini göğsünde kavuşturarak, dudakları sımsıkı kenetli, alışkanlığı üzere oda içinde bir aşağı bir yukarı dolaşmıştı,- arada bir, yürüyüşünü kesmeden, dalgın dalgın sorular sormuştu. Onun da anlatılanları sonuna kadar dinlememe huyu vardı. İnce kumaştan koyu renk bir elbise vardı üzerinde; boynuna da beyaz, şeffaf bir eşarp bağlamıştı. Razumihin ortadaki pek çok belirtiden kadınların her ikisinin de yoksul olduklarını hemen anlamıştı. Avdotya Romanovna bir kraliçe gibi giyinmiş olsaydı, belki de ondan hiç korkmayacaktı; oysa, özellikle kim böylesine yoksul giysili olması içine bir korku düşürmüş, söyleyeceği her sözden, yapacağı her hareketten korkar olmuştu; zaten kendine güveni olmayan bir insan için doğrusu oldukça sıkıcı bir durumdu bu.

Avdotya Romanovna gülümseyerek:

"Kardeşimin huyları üzerine... üstelik de tam bir tarafsızlıkla pek çok ilginç şey anlattınız" dedi. "Bu güzel bir şey. Ona büyük bir hayranlık beslediğinizi sanıyordum ben." Sonra düşünceli bir tavırla ekledi: "Hayatında bir kadının bulunması gerektiği görüşü de yanlış değil gibi geliyor bana..."

"Ben böyle bir şey söylemiş değilim. Ancak siz bu noktada haklı olabilirsiniz. Ne var ki..."

"Evet?"

"Onun kimseyi sevdiği yok!" diye kestirip attı Razumihin. "Ve hiçbir zaman da sevmeyecektir!"

"Yani sevme yeteneğinin olmadığını mı söylüyorsunuz?"

Razumihin birden kendisinin de hiç beklemediği bir şey söyledi:

"Biliyor musunuz Avdotya Romanovna, her konuda ağabeyinize öyle benziyorsunuz ki!" Sonra az önce kızın ağabeyi için söylediği sözleri hatırladı. Istakoz gibi kızardı, çok utanmıştı. Avdotya Romanovna ise onun haline gülmekten kendini alamadı:

Pulheriya Aleksandrovna, alınmış gibi bir edayla "Rodya konusunda belki de ikiniz de yanılıyorsunuz." dedi. "Ben şimdikinden, yani Pyotr Petroviç'in mektubunda yazdığı kızdan söz ediyor değilim, Dunyacığım... Belki her ikimizin de tahmini yanlıştır... Ama onun nasıl fantastik, nasıl kaprisli bir çocuk olduğunu, Dmitriy Prokofiç, imkânı yok tahmin edemezsiniz... On beş yaşında olduğu sıralarda bile onun karakterine asla güvenemezdim. Şimdi de, durup dururken, hiçbir insanın yapmayı aklından bile geçirmediği şeyler yapabileceğinden eminim... Hem uzağa gitmeye ne gerek var: bilmem biliyor musunuz, bir buçuk yıl kadar önce şu pansiyoncu kadının... neydi canım... şu... Zamitsina'nın kızıyla evlenmeye kalkışarak beni nasıl şaşırtmış, sarsmış, nerdeyse ölecek hale getirmişti!"

"Bu olayın ayrıntılarını biliyor musunuz?" diye sordu Avdotya Romanovna.

"Sanıyor musunuz ki" diye Pulheriya Aleksandrovna heyecanla sözlerine devam etti, "benim o sırada döktüğüm gözyaşları, ricalarım, hastalığım, hatta üzüntüden ölmem, yoksulluğumuz, onu kararından caydırabilirdi? Hayır! Kılı bile kıpırdamadan bütün engelleri aşıp geçecekti. Yoksa... Yoksa bizi hiç mi sevmiyor?"

"Kendisi hiçbir zaman bana bu hikâyeden söz etmedi..." Razumihin sözcükleri dikkatle seçerek konuşuyordu; "Ama ben Bayan Zamitsina'dan bir şeyler duymuştum; Aslında o da pek öyle konuşkan takımından değildir... Zaten duyduğum şeyler de bana oldukça tuhaf görünmüştü...

"Örneğin neler duydunuz?" Soruyu hanımların ikisi birden sormuşlardı.

"İşin doğrusu öyle fazlaca önemli şeyler değil... Yalnız, öğrendiğime göre bu evlenme işine kesin karar verilmiş, ancak kızın ölümü üzerine gerçekleşmemiş. Zaten Zamitsina da bu evliliğe karşıymış... Ayrıca, söylediklerine göre, kız güzel değil çirkinmiş...

Sonra hastalıklı ve... ve tuhaf bir kızmış... Bununla birlikte, sanırım birtakım erdemleri vardı. Hatta kesinlikle olması gerekiyor, yoksa bu evlenme işini açıklayabilmek mümkün olmaz. Üstelik kızın çeyizi de yokmuş. Gerçi Rodya çeyize falan önem verenlerden değildir ama... Böyle konularda bir yargıya varabilmek doğrusu pek kolay değildir." Avdotya Romanovna kısaca:

"Ben bu kızın erdemli bir kız olduğuna inanıyorum dedi."

"Tanrı beni bağışlasın ama ben o zaman kızın ölümüne sevinmiştim" dedi Pulheriya Aleksandrovna:

"Gerçi evlenselerdi hangisi hangisinin başını yerdi, orasını bilemiyorum..."

Sonra Rodya ile Lujin arasında dün olanlar üzerine yeniden Razumihin'e sorular sormaya başladı; dura dura, dikkatle konuşuyor, sürekli Dunya'ya bakıyordu, bu konunun kızın hoşuna gitmediği anlaşılıyordu. Rodya ile Lujin arasında geçenlerin Pulheriya Aleksandrovna'yı çok üzdüğü belli oluyordu. Razumihin her şeyi yeni baştan ve ayrıntılarıyla anlattı, ama bu kez kendi görüşünü de ekledi: Rodya'yı Pyotr Petroviç'e kasten hakaret etmekle suçlayarak, hastalığının önemli bir özür sayılmayacağını söyledi.

"Zaten hastalığından önce de niyeti vardı buna" diye ekledi.

"Ben de öyle düşünüyorum" dedi Pulheriya Aleksandrovna perişan bir halde. Ama Razumihin'in, Pyotr Petroviç'ten bu kez dikkatli bir dille, hatta saygıyla söz etmesi onu çok şaşırtmıştı. Avdotya Romanovna da şaşırmıştı bu duruma. "Demek Pyotr Petroviç için böyle düşünüyorsunuz?" diye sormaktan kendini alamadı Pulheriya Aleksandrovna.

Razumihin kararlı bir tavırla ve heyecanla "Kızınızın müstakbel kocası üzerine başka bir düşüncem olamaz." dedi "ve bunu yalnızca kaba bir nezaket duygusuyla da söylüyor değilim. Ben bunu böyle söylüyorum, çünkü... çünkü... neyse sırf Avdotya Romanovna'nın onu kendi gönlüyle seçmiş olmasından dolayı böyle söylüyorum. Dün gece ona sövmeme gelince, bütün gece zilzurna sarhoş oluşumdan ve bir de... çılgın olmamdandır... Evet, bir çılgındım dün gece, aklım başımda değildi, çıldırmıştım... Bugünse o halimden utanıyorum!"

Razumihin kıpkırmızı kesildi ve sustu. Avdotya Romanovna'nın gözlerinde öfke kıvılcımları parladı, ama bir şey söylemedi. Zaten Lujin'den söz etmeye başladıklarından beri ağzını açıp tek kelime söylememişti.

Pulheriya Aleksandrovna ise, kızından yardım göremediği için olacak, kararsızlık içindeydi. Sonunda, gözlerini kızından ayırmayarak, kekeleye kekeleye, kendisini çok kaygılandıran bir durum olduğunu söyledi ve:

"Biliyor musunuz Dmitriy Prokofıç..." diye başladı.

"Ben Dmitriy Prokofiç'e her şeyi açıkça söyleyeceğim Dunyacığım?"

Avdotya Romanovna ciddi bir tavırla:

"Tabi, anneciğim" dedi.

Acısını açmasına izin verilmesinden dolayı Pulheriya Aleksandrovna'nın sırtından büyük bir yük kalkmıştı sanki. Çabuk çabuk konuşarak:

"Mesele şu" diye söze başladı. "Dün, gelişimizi bildirdiğimiz Pyotr Petroviç'ten bu sabah erkenden bir pusula aldık. Bizi istasyonda kendisinin karşılayacağına söz vermişti. Oysa gele gele, bize yolu göstermek için elinde bu pansiyonun adresi olan bir uşak geldi. Pyotr Petroviç uşağına, bu sabah bizi burada ziyaret edeceğini bildirmesini emretmiş. Bu sabah da, kendisinin yerine işte şu pusula geldi... En iyisi, alın siz kendiniz okuyun... Beni çok kaygılandıran bir nokta var içinde... Bunun ne olduğunu, okuduğunuzda siz de anlayacaksınız... ve... lütfen bana düşüncenizi apaçık olarak söyleyin Dmitriy Prokofiç! Çünkü Rodya'nın karakterini içimizde en iyi siz biliyorsunuz, bu nedenle de en sağlıklı öğüdü sizden alabiliriz. Size şunu da söyleyeyim ki, Dunya daha işin en başından kararını vermiş bulunuyor... Ama ben, doğrusu nasıl davranmam gerektiğini hâlâ bilemiyorum... Hep sizi bekledim..."

Razumihin dünkü tarihi taşıyan pusulayı açtı ve şunları okudu:

"Sayın Bayan Pulheriya Aleksandrovna!

"Beklenmedik birtakım engeller yüzünden sizi istasyonda karşılayamadığımı, sizi karşılaması için becerikli bir adamımı yolladığımı bildirmekten şeref duyarım. Aynı şekilde, hem Yargıtay'da erteleyemeyeceğim işlerim olması, hem de sizin, oğlunuzla, Avdotya Romanovna'nın ise ağabeyiyle yapacağınız aile içi görüşmeye engel olmamak düşüncesiyle yarın sabah da kendimi sizinle görüşmek şerefinden yoksun bırakıyorum. Sizi kaldığınız yerde ziyaret etmek ve size saygılarımı sunmak şerefini ancak yarın akşam saat tam sekizde duyabileceğim. Bu arada, yapacağımız görüşmede Rodion Romanoviç'in bulunmamasını özellikle ve ısrarla rica etmek cesaretini göstereceğim. Çünkü dün hastalığı dolayısıyla kendisini ziyarete gittiğimde bana ağır hakaretlerde bulundu. Öte yandan bilinen konuda size bazı zorunlu ayrıntıları açıklamak ve görüşünüzü öğrenmek dileğindeyim. Ricalarıma rağmen orada Rodion Romanoviç'le karşılaşırsam, hemen çıkıp gitmek zorunda kalacağımı da size önceden bildirmekle şeref duyarım. Bu durumda suçu kendinizde aramanız gerekeceği tabidir. Böyle bir varsayımdan söz etmemin nedeni, ziyaretim sırasında o kadar hasta görünen Rodion Romanoviç'in birdenbire iyileşip sokağa çıkabildiğine göre belki size de gelebileceğini düşünmemdir. Çünkü bu duruma, bir araba altında kalarak ezilip ölen bir sarhoşun evinde kendi gözlerimle tanık oldum. Oğlunuz, nasıl sağladığınızı çok iyi bildiğim için beni fazlasıyla şaşırtan bir davranışla ölen adamın uygunsuz yoldaki, kızına cenaze masrafı bahanesiyle yirmi beş rubleye varan bir para verdi. Böylece, saygıdeğer Avdotya Romanovna'ya özel saygılarımı sunar, sizin de candan bağlılık duygularımı kabul buyurmanızı rica ederim.

Sadık hizmetkârınız P. Lujin"

Pulheriya Aleksandrovna, ağlamaklı:

"Dmitriy Prokofiç, ne yapayım şimdi ben?" dedi. "Rodya'ya gelmemesini nasıl söyleyebilirim? O Rodya ki, dün bu işin bittiğini Pyotr Petroviç'e bildirmemiz için onca üstelemişti, şimdiyse onun buraya gelmemesi isteniyor! Eğer durumu öğrenirse, inadına gelir. O zaman da... Ne yaparız o zaman?"

"Avdotya Romanovna nasıl karar verdiyse. Öyle yapın!" dedi Razumihin; soruya çabucak cevap vermişti, sakindi.

"Tanrım! O ne diyor biliyor musunuz? Ne dediğini tanrı bilir; amacının ne olduğunu da açıklamıyor!

Ne diyor biliyor musunuz? Rodya'nın da bu akşam saat sekizde buraya gelmesi hatta iyi bile olurmuş... Daha doğrusu, muhakkak gelmesi gerekiyormuş... Karşılaşmaları gerekliymiş çünkü... Oysa ben mektubu bile ona göstermek istemiyor, sizin de yardımınızla bir kurnazlık düşünüp, onun buraya gelmemesini sağlamak istiyordum... Çünkü Rodya öyle sinirli ki... Hem ben bu ölen sarhoştan da, onun kızından da, Rodya'nın bu kıza nasıl olup da para verdiğinden hiçbir şey anlamadım. Ki o paraları..."

Avdotya Romanovna annesinin sözünü tamamladı:

"...siz ne büyük güçlüklerle sağlamıştınız anneciğim!"

Razumihin düşünceli düşünceli "Dün hiç kendinde değildi" dedi. "Dün bir restoranda neler yaptığını bir bilseydiniz... Gerçi akıllıca şeylerdi ama... Hımm! Ölmüş birinden ve onun kızından dün eve dönerken bana da söz etti, ama ben anlattıklarından bir kelime bile anlamadım... Zaten dün ben de..."

Avdotya Romanovna:

"Anneciğim, en iyisi biz şimdi oraya gidelim" dedi. "İnanın bana, ne yapacağımızı orada hemencecik kararlaştırabileceğiz..." Üzerindeki giysilerle müthiş çelişen, Venedik işi incecik bir kordonla boynuna asılı, mineli altın saatine bir göz attı. "Aman tanrım! Üstelik de saat onu geçiyor..."

Avdotya Romanovnanın saati çok güzeldi. Razumihin "Nişanlısının armağanı" diye düşündü.

"Evet, gidelim sevgili Dunya, gidelim..." diye söylendi Pulheriya Aleksandrovna; korkulu bir telaş içindeydi. "Dün olup bitenlerden sonra kendisine alındığımızı sanacaktır... Ah, Tanrım!"

Pulheriya Aleksandrovna bir yandan bunları söylerken, diğer yandan da telaşlı telaşlı omuzlarına bir atkı atmış, şapkasını giymişti. Dunya da giyinmişti. Kızın eldivenlerindeki delikleri fark etti Razumihin. Üzerlerindeki yoksul kılıkları, kendilerine yakıştırmayı bilenlerde hep olduğu gibi, bu iki kadının da yoksul giysileri onlara özel bir soyluluk veriyordu. Razumihin Duneçka'ya derin bir saygı ile bakıyor, ona yol arkadaşlığı edeceği için gururlanıyordu. Bir yandan da, "Hapishanede çoraplarını yamayan kraliçe" diye düşünüyordu, "herhalde en görkemli taç giyme törenlerinde olduğunca, hatta belki de bundan da fazla kraliçeye benziyordu."

Bu sırada Pulheriya Aleksandrovna:

"Aman Tanrım!" diye haykırdı. "Bir gün gelip de oğlumla, canım Rodyamla karşılaşmaktan böylesine korkacağım hiç aklıma gelir miydi?" Razumihin'e ürkekçe bakarak ekledi. "Korkuyorum, Dmitriy Prokofiç!" Dunya annesini öperek:

"Korkmayın anneciğim" dedi, "ona inanın. Ben inanıyorum."

"Ah, Tanrım! Ben de inanıyorum, ama işte bütün gece uyuyamadım!"

Hep birlikte çıktılar.

"Biliyor musun Duneçka" dedi Pulheriya Aleksandrovna, sokağa çıktıklarında, "dün gece sabaha karşı şöyle içim geçivermiş, rüyamda rahmetli Maria Petrovnayı görmeyeyim mi? Baştan ayağa beyazlar içindeydi... Yanıma yaklaşıp elimden tuttu, bir yandan da sert sert başını sallıyordu, sanki ayıplıyor gibiydi beni... Bilmem ki iyiye mi yormalı? Ah, Dmitriy Prokofiç, siz tabi bilmiyorsunuz: Maria Petrovna öldü!"

"Hayır, bilmiyorum. Hangi Maria Petrovna bu?"

"Apansız oluverdi! Ve düşünün ki..."

"Sonra, anneciğim" diye Dunya girdi söze, "Dmitriy Prokofiç, Maria Petrovnanın kim olduğunu bile bilmiyor..."

"Ah, bilmiyor musunuz? Bense sizin her şeyi bildiğinizi sanıyordum. Bağışlayın, Dmitriy Prokofiç, bugünlerde aklım karmakarışık... Ne bileyim, sizi Tanrı kayrağı gibi gördüğüm için, her şeyi bildiğinizi düşünüyordum. Sizi bizden biri sayıyorum...

Böyle söylediğim için sakın güvenmeyin. Ah, aman Tanrım! Sağ elinize ne olmuş öyle? Bir yere mi çarptınız?"

Mutluluktan uçan Razumihin:

"Evet", dedi, "bir yere çarptım."

"Ben bazen içimdekileri olduğu gibi söyleyiveririm. Dunya düzeltir beni... Aman Yarabbim, oturduğu yer ne biçim öyle! Acaba uyandı mı? Ve şu... ev sahibi olacak kadın, orayı odadan mı sayıyor? Bakın, siz onun yüreğindekileri açığa vurmayı sevmediğini söylemiştiniz, o zaman ben acaba gösterdiğim bu zayıflıklarla onu bıktırır mıyım? Bir akıl verin bana Dmitriy Prokofiç... Nasıl davranayım ona karşı? Biliyor musunuz, sanki kendimde değil gibiyim..."

"Suratını buruşturduğunu gördüğünüzde artık ona fazla şey sormayın. Hele sağlığı ile ilgili sorulardan özellikle kaçının, hiç sevmez."

"Ah, Dmitriy Prokofiç, ne zormuş ana olmak! İşte şu birkaç merdiveni de çıktık mı, tamam... Ah, ne kötü bir merdiven bu böyle!"

Dunya annesini okşayarak:

"Anneciğim, yüzünüz sapsarı" dedi, "durup soluklanın biraz, yatışın şöyle..." Sonra gözleri pırıl pırıl, ekledi: "Sizi gördüğü için mutlu olması gerek, oysa siz oturmuş kendinize eziyet ediyorsunuz."

Razumihin:

"Durun da ben önden gidip, uyanmış mı, bir bakayım" dedi.

Önde Razumihin, arkada kadınlar hep birlikte merdivenleri çıktılar. Dördüncü katta ev sahibi kadının kapısı hizasına geldiklerinde, kapının hafif aralık olduğunu ve karanlığın içinden iki keskin gözün kendilerini gözetlediğini fark ettiler. Bakışları karşılaşınca, kapı öyle bir gürültüyle kapandı ki, Pulheriya Aleksandrovna korkudan az kalsın bir çığlık atacaktı.

III

Zosimov neşeyle bağırarak gelenleri karşıladı: "İyi, gayet iyi kendisi!"

O da daha on dakika önce gelmişti. Divanda dünkü yerinde oturuyordu. Raskolnikov da -uzun zamandır kendisinde görülmeyen bir biçimde özenle yıkanıp giyinmiş ve saçlarını taramış olarak- karşı köşede oturuyordu. Oda bir anda doluvermişti, ama Nastasya bir kolayını bulup ziyaretçilerin ardı sıra içeri girmiş ve konuşulanları dinlemeye koyulmuştu.

Raskolnikov düne göre daha iyi görünüyordu. Yalnız yüzü sapsarı, solgun ve asıktı. Dış görünüşüyle bir yaralıyı ya da müthiş acı çeken bir adamı çağrıştırıyordu. Kaşları çatılmış, dudakları büzülmüş, bakışları ateşliydi. Az ve isteksiz konuşuyordu; konuşurken büyük çaba harcıyormuş ya da bir ödevi yerine getiriyormuş gibi bir hali vardı. Hareketlerinde tedirginlik görülüyordu.

Parmağında ağrılı bir çıban çıkmış, ya da kolu ağrıyor, ya da buna benzer durumda bulunan birine büsbütün benzemesi için, kolunda sargısı, ya da parmağında yakısı eksikti.

Annesiyle kız kardeşi içeri girince, solgun ve asık yüzü bir an için bir ışıkla aydınlandı; ama bu, yüzünün az önceki hüzünlü dalgınlığına, yoğun bir acı ifadesi eklemekten başka bir işe yaramadı. Yüzünü aydınlatan ışık çabucak söndü, ama acı ifadesi kaldı. Ve hastasını, mesleğe yeni başlamış genç bir hekim ilgisiyle incelemekte olan Zosimov, yakınlarının gelişiyle onda sevinç yerine, bir iki saat kadar sürecek olan kaçınamayacağı bir işkenceye dayanma kararlılığı gördü ve buna şaştı. Zosimov yine, konuşmalar boyunca hemen her sözün, hastasının yaralarından birine dokunarak onu nasıl deştiğini de gördü. Öte yandan bir gün önce en küçük bir sözden nerdeyse cinleri tepesine çıkan dünkü monomanın, kendini tutabilme ve duygularını gizleyebilme başarısına da şaştı.

Annesiyle kız kardeşini kucaklayıp öpen Raskolnikov:

"Evet" dedi, "hemen hemen iyileştiğimi şimdi kendim de görüyorum." Pulheriya Aleksandrovna'nın yüzü hemen sevinçle ışıdı. Raskolnikov, Razumihin'e döndü, elini dostça sıkarken "Ve bunu dünkü havamda söylemiyorum" diye ekledi.

Hastası ile aralarındaki konuşma on dakikada bitiverdiği için konukların gelişine çok sevinen Zosimov:

"Bugün ben de çok şaştım ona" diye söze başladı. "Böyle giderse üç dört güne kalmaz tümüyle eski halini... yani bir ay önceki hatta iki ay... belki de üç ay önceki halini bulacak. Aslında, bu çok zaman önce başlamış ve içten içe gelişmiş bir durum olsa gerek, öyle değilim?" Zosimov onu, kızdırmaktan hâlâ çekiniyormuş gibi ihtiyatlı bir gülümseyişle ekledi. "Kabul edin ki bu işte kabahatli olan belki de sizsiniz?"

Raskolnikov soğuk bir tavırla:

"Çok mümkün!" dedi.

Cesareti artan Zosimov:

"Bunu şu amaçla söylüyorum," diye devam etti. 'Tümüyle iyileşmeniz sizin kendi elinizde olan bir şey. Sizinle konuşabilmenin mümkün olduğu şu anda, hastalığınızı yaratan etkenleri, yani hastalığınızın kökünü yok etmeniz gerektiğini kabul etmenizi isterdim. Böyle yaparsanız, iyileşebilirsiniz, yoksa durumunuz daha da kötüleşebilir. Hastalığınızı yaratan ilk etkenlerin neler olduğunu ben bilmiyorum, ama siz herhalde biliyorsunuzdur? Siz akıllı bir insansınız ve sanırım kendinizi gözlemlemişsinizdir. Kanımca hastalığınızın başlangıcı, üniversiteden ayrıldığınız günlere denk düşüyor. Boş durmanız hiç doğru değil, bunun içindir ki, çalışmanız ve kendiniz için kesin bir amaç belirlemeniz sizin için çok yararlı olacaktır."

"Çok haklısınız! Yakında okula kaydımı yeniden yaptıracağım, o zaman her şey yoluna girecektir."

Biraz da kadınları etkilemek maksadıyla akıllıca öğütler vermeye çalışan Zosimov, sözlerini bitirip de Raskolnikovun yüzüne baktığında şaşırmaktan kendini alamadı. Çünkü delikanlının yüzünde apaçık alaycı bir ifade vardı. Ama bu bir an sürdü. Pulheriya Aleksandrovna, Zosimov'a özellikle de dün gece otele kadar gelip kendilerini ziyaret edişinden dolayı teşekküre koyulmuştu.

Raskolnikov telaşla "Nasıl?" diye sordu ve cevabı beklemeden ekledi: "Zosimov gece de mi geldi size? Demek yolculuğun üzerine siz de uyamadınız?"

"Ah, Rodya, bunların hepsi saat ikiye kadar olup bitti. Dunya'yla evde de ikiden önce yattığımız olmaz..."

Raskolnikov birden kaşlarını çatıp, başını öne eğerek:

"Ona nasıl teşekkür edeceğimi doğrusu ben de bilemiyorum" dedi. "Para konusunu bir yana bırakalım." Zosimov'a döndü. "Bundan söz ettiğim için beni bağışlamanızı rica ederim, ama sizin özel ilginize nasıl hak kazandığımı da doğrusu bilmiyorum. Yani anlayamıyorum... ve... ve bu benim ağırıma da gidiyor, çünkü anlaşılmaz bir durum bu. Size düşüncelerimi açıkça söylüyorum..."

Zosimov zoraki bir gülümsemeyle:

"Sinirlenmeyin canım" dedi, "varsayın ki siz benim ilk hastamsınız; bizde mesleğe yeni başlayanlar ilk hastalarını öz çocuklarıymış gibi severler, hatta kimileri bunlara âşık bile olur. Bana gelince, doğrusu hasta yönünden pek zengin sayılmam."

Raskolnikov, Razumihin'i göstererek:

"Benden hakaret ve angaryadan başka hiçbir şey görmeyen şu adamdan ise hiç söz etmiyorum!"

Razumihin, "Amma atıyor ha!" diye bağırdı, "Bakıyorum bugün pek duygulusun!"

Razumihin, sezgisi biraz daha kuvvetli olsaydı ortada duygululuk değil, hatta tam tersi bir durum olduğunu görecekti. Avdotya Romanovna'nın ise gözünden kaçmamıştı bu durum. Kardeşini büyük bir dikkatle ve kaygıyla izliyordu.

Raskolnikov sabahtan beri ezberlemeye çalıştığı bir dersi tekrarlar gibi:

"Size gelince anneciğim" dedi, "sizden söz etmeye hele hiç cesaretim yok! Dün burada benim dönüşümü beklerken çektiğiniz acıları ancak bugün birazcık olsun anlayabildim." Raskolnikov bunları söyledikten sonra, birden gülümseyerek, ama hiçbir şey söylemeden ellerini kız kardeşine uzattı. Ama bu kez gülümsemesinde sahtelikten uzak bir duygu ışıldıyordu. Dunya, mutlu, minnettar, sevinç içinde ağabeyinin ellerini tuttu, sımsıcak sıktı. Dünkü tartışmadan yana ilk kez sesleniyordu ağabeyi kendisine. İki kardeşin bu sözsüz ve kesin barışmasını gören annenin yüzü sevinç ve mutlulukla parladı.

Her şeyi hemen büyüten Razumihin, sandalyesi üzerinde çevik bir dönüş yaparak:

"İşte ben onu bu yüzden severim" dedi, "böyle davranışları vardır onun!.."

Pulheriya Aleksandrovna da kendi kendine, "Ne güzel yapar böyle şeyleri!" diye düşündü. "Ne soylu coşkunlukları var! Nasıl da incelikle ve kolayca çözümleyiverdi kız kardeşi ile arasındaki anlaşmazlığı! Tam zamanında elini uzatıp içtenlikle bakıvermesi yetti... Hem gözleri ne güzel öyle, bütün yüzü ne güzel! Hatta bir bakıma Dunya'dan bile güzel! Aman Yarabbi, üstündekiler ne öyle! Elbise diye giydiği şu şeylere bak! Afanasiy İvanoviç'in çırağı Vasya'nın bile üstü başı ondan daha düzgündür! Ah, onu nasıl kucaklamak, sarılıp ağlamak istiyorum... Ama korkuyorum... Korkuyorum... Öyle bir hali var ki... Oysa nasıl da sevecen konuşuyor, ama ben korkuyorum! Peki, ama niçin korkuyorum ben böyle?"

Pulheriya Aleksandrovna düşüncelerine burada ara verip:

"Ah, Rodyacığım" dedi "Duneçka ile dün gece ne kadar mutsuz olduğumuzu bilemezsin! Şimdi artık her şey geçip gittiğine ve yeniden mutlu olduğumuza göre, anlatabilirim. Düşün ki, daha trenden iner inmez seni kucaklayabilmek için doğruca buraya koşup geliyoruz, derken o kadına, bak kendisi de buradaymış! Günaydın Nastasya! Demez mi ki, ateşler içinde yatıp dururken, doktordan habersiz kalkıp sokağa çıkmışsın! Sayıklamak bir durumdaymışsın ve seni aramaya gitmişler... Ne hale geldiğimizi var düşün! Aklına hemen teğmen Potançikov'un o tüyler ürpertici ölümü geldi. Sen onu hatırlamazsın Rodya, babanın arkadaşıydı. O da tıpkı senin gibi ateşler içinde yatarken evden kaçmış ve bir kuyuya düşmüştü. Onu ancak ertesi gün çıkarabildiler kuyudan... Bize gelince, olayı biraz büyüttük. Hemen Pyotr Petroviçi bulup, hiç değilse onun yardımıyla... Çünkü biz burada yapayalnızız Rodya, kimsemiz yok..."

Pulheriya Aleksandrovna bu sözleri acıklı bir sesle söylemiş, ama sonra hemen susmuştu. Susmuştu, çünkü "hepsi yeniden mutlu olmuşlardı" ama yine de Pyotr Petroviç'ten söz etmek hâlâ oldukça tehlikeli sayılırdı... Bunu hatırlamıştı.

"Evet... Evet... bütün bunlar, kuşkusuz çok can sıkıcı şeyler..." diye mırıldandı Raskolnikov, ama öylesine dalgın ve kendinde değil gibiydi ki bunları söylerken. Duneçka şaşkın şaşkın bakakalmıştı. Sonra güçlükle hatırlamaya çalışıyormuş gibi devam etti. Ve bir de şey..." lütfen anneciğim ve sen Duneçka, bu sabah size gelmek istemediğimi, sizin buraya gelmenizi beklediğimi sanmayın."

"Ne diyorsun sen Rodya?" diye bağırdı Pulheriya Aleksandrovna; o da şaşırmıştı.

"Sanki bir görev yerine getirir gibi konuşuyor bizimle" diye düşündü Dunya, "barışması da, özür dilemesi de, bir görevi yerine getirir gibi... ya da bir dersi tekrarlıyor sanki..."

"Uyanır uyanmaz size gelmek istiyordum, ama şu gömlek... Dün Nastasya'ya gömleğimdeki kanı yıkamasını söylemeyi unutmuşum... Bu yüzden ancak şimdi giyinebildim." Pulheriya Aleksandrovna telaşlanarak: "Kan mı? Ne kanı?" diye sordu.

"Telaşlanmayın, önemli bir şey değil. Dün akşam sayıklayarak, kendimi bilmez bir halde dolaşırken, araba altında ezilmiş bir adama rastladım... Bir memur..."

Razumihin, "Kendini bilmez bir halde mi?" diyerek onun sözünü kesti. "Ama her şeyi hatırlıyorsun?"

Raskolnikov bu soruya özel bir dikkatle cevap verdi: "Doğru... En ince ayrıntılarına kadar hatırlıyorum hem de... Ama oraya neden gittiğimi, neden böyle bir davranışta bulunduğumu hatırlayamıyorum, açıklayamıyorum..."

Zosimov, "Bu çok bilinen bir durumdur" diyerek lâfa karıştı. "Hareketlerin yerine getirilişi sayılacak ustalıkta, hatta kurnazlıktadır, ama hareketlerin yönetimi çeşitli hastalıklı duygulardan kaynaklanır. Düşe benzer bir durum yani..."

"Beni deli sayması belki de benim için daha iyi..." diye düşündü Raskolnikov.

Dunya, Zosimov'a kaygıyla bakarak:

"Ama sağlıklı olanların da böylesi davranışları yok mu?" dedi.

"Elbette var, olmaz olur mu hiç... Bu anlamda hepimiz bir parça deliyizdir. Şu küçük farkla ki, "hastalar" bizden biraz daha delidirler. Burada bu küçük noktanın altını çizmek gerekir. Kusursuz insanlara gelince, doğrusu bunlar hemen hemen yok gibidir. On binde, belki de yüz binde bir rastlanır böylelerine, üstelik de oldukça zayıf örnekler olarak."

Pek sevdiği konuda gevezeliğe başlayan Zosimovun ağzından kaçırıverdiği "deli" sözcüğü herkesin yüzünün buruşmasına yol açmıştı. Raskolnikov'sa dudaklarında hafif bir gülümsemeyle bütün bunlara aldırmıyormuş gibi dalgın dalgın oturuyordu. Gerçekte, bir şeyler düşünmekteydi.

"Peki, şu ezilen adam ne oldu?" diye bağırdı Razumihin. "Sözünü kestim, yarım kaldı!"

"Efendim?" dedi Raskolnikov uykudan uyanır gibi. "Ha... evet... Evine taşınmasına yardım ederken üstüm başım kan içinde kaldı... Bu arada, anneciğim, dün akşam bağışlanmaz bir şey yaptım! Gerçekten hiç kendimde değildim- Dün bana gönderdiğiniz paranın hepsini, onun karısına verdim. Cenaze masrafları için. Dul kadın, veremli, acınası bir durumda. Üç küçük yetim, açlar ey tamtakır. Bir de kızları var. Durumlarını görseydiniz, belki siz de verirdiniz. Yine de, özellikle de bu parayı nasıl sağladığınızı bildiğime göre, böyle davranmaya hiç hakkım olmadığını itiraf ederim. Bir insanın yardıma kalkışması için ilkin buna hakkı olması gerek. Yoksa "Crevez, chiens, si vous n'etes pas contents!" Gülümsedi, "öyle değil mi, Dunya?"

"Hayır" dedi Dunya kesin bir tavırla, "hiç de öyle değil!"

"Sen de mi? Kasten böyle söylüyorsun!" Kardeşinin yüzüne neredeyse nefretle bakıyor, alayla gülümsüyordu. "Aklıma gelmeliydi! Doğrusu, övülmeye değer, hem senin için belki de daha iyi... İnsan bazen öyle bir sınıra gelir ki, onu aşamaz, mutsuz olur; aşar, bu kez belki daha mutsuz olur! Hem bütün bunlar çok saçma şeyler!" Elinde olmadan coşup biraz fazla ileri gittiğini düşünerek sinirli sinirli ekledi. "Ben, sadece, anneciğim, beni bağışlamanızı dilemek istemiştim..." Kesik kesik konuşarak ve sertçe bitirdi sözlerini.

Annesi sevinmişti:

"Tamam. Rodya! Senin yaptığın her şeyin doğru ve güzel olduğuna inanırım ben!"

Raskolnikov'un dudakları tuhaf bir gülümsemeyle çarpıldı:

"Hayır, inanmayın!"

Koyu bir sessizlik oldu. Bütün bu konuşmalarda, bu sessizlikte, bu barışmada, hatta bu özür dilemede gergin bir şeyler vardı; herkes hissediyordu bunu.

Göz ucuyla annesine ve kız kardeşine bakan Raskolnikov "Sanki korkuyorlar benden" diye düşündü. Gerçekten de suskunluk uzadıkça Pulheriya Aleksandrovna'nın ürkekliği artıyordu.

"Yokluklarında sanki seviyordum onları..." diye düşündü Raskolnikov.

Pulheriya Aleksandrovna birden yerinden fırlayarak:

"Biliyor musun, Rodya" dedi, "Maria Petrovna öldü!"

"Hangi Maria Petrovna?"

"Canım Maria Petrovna... Svidrigaylov, hani yazmıştım sana mektubumda..."

"Ha... evet hatırlıyorum... Demek öldü? Gerçekten mi?" Uykudan uyanır gibiydi Raskolnikov, birden canlanmıştı.

"Neden öldü?"

Pulheriya Aleksandrovna oğlunun gösterdiği ilgiden cesaretlenmişti; aceleyle:

"Düşünsene..." dedi. "Birdenbire oluverdi. Hem de tam sana mektup yazdığım gün... Hatta tam mektubu yazdığım sırada...

Düşünsene... Sanırım o korkunç adam neden olmuş ölümüne... Kötü dövmüş kadını!"

Raskolnikov, Dunya'ya dönerek:

"Hep böyle miydi yaşamları?" diye sordu.

"Hayır, tam tersine. Karısına karşı her zaman sabırlı, hatta sevecendi. Çoğu zaman karısının kaprislerini tam bir hoşgörüyle karşılardı. Yedi yıl boyunca bu böyle sürdü... Derken işte birden sabrı tükenivermiş..."

"Yedi yıl dayanabildiğine göre demek ki pek de öyle korkunç bir adam değilmiş! Duneçka, sanırım sen adamı haksız bulmuyorsun?"

Duneçka nerdeyse titreyerek:

"Hayır, hayır!" dedi. "Korkunç biri o. Ondan daha korkuncunu düşünemem bile... Sonra kaşlarını çattı ve düşünceye daldı."

"Olay sabahleyin olmuş" diye Pulheriya Aleksandrovna yine çabuk çabuk sürdürdü sözlerini. "Olaydan sonra, öğle yemeğini yer yemez, kente gitmek için arabaya koşmalarını emretmiş... Çünkü böylesi durumlarda hep kente gitmek gibi bir alışkanlığı varmış. Söylediklerine göre, yemeğini büyük bir iştahla yemiş..."

"Dövülmüş olmasına rağmen mi?"

"Hep böyle yaparmış... Yemeğini yer yemez, kente geç kalmamak için doğruca yıkanmaya gitmiş... Biliyor musun, belki de, yıkanarak kendini tedavi ediyordu? Bir su kaynağı vardır onların orda, o da her gün bu kaynakta yıkanırmış... Ama o gün daha suya girer girmez, kalp krizinden ölüvermiş!"

Zosimov:

"Elbette!" dedi.

"Kocası çok mu dövmüş kadını?"

"Fark eder mi?" dedi Dunya.

Raskomikov sinirli sinirli:

"Hımm! Ne diye açtınız bu saçma konuyu anneciğim!" diye söylendi.

"Ama canım, ne konuşacağımı bilmiyorum ki!" sözleri döküldü Pulheriya Aleksandrovnanın ağzından.

Raskolnikov çarpık bir gülümsemeyle:

"Ne o" dedi, "yoksa korkuyor musunuz benden?"

Dunya doğruca kardeşinin gözlerinin içine bakarak:

"Bak işte bu doğru!" dedi. "Annem merdivenleri çıkarken, korkusundan haç bile çıkardı."

Raskolnikov'un yüzü kramp girmiş gibi çarpıldı.

Pulheriya Aleksandrovna telaşla atıldı:

"Ah, Dunya, ne oluyorsun! Lütfen gücenme, Rodya... Dunya, niçin böyle konuşuyorsun! Evet, ben gerçekten de buraya gelirken, yol boyunca trende hep kavuşmamızı, neler konuşup söyleşeceğimizi düşledim durdum... Ve öyle mutluydum ki, yol nasıl tükendi, farkına bile varmadım! Ah, ne yapıyorum ben! Ben şimdi de mutluyum. Hayır Dunya, yanılıyorsun! Sana kavuştuğum, seni gördüğüm için öylesine mutluyum ki, Rodya..."

Raskolnikov heyecanla "Yeter anne!" dedi. Yüzüne bakmadan annesinin elini sıktı. "Daha oturup konuşacak bol zaman var önümüzde."

Bunları söyledikten sonra birden şaşırdı, sapsarı kesildi. Yine o bir süre önceki korkunç duygu ölümcül soğukluğuyla gelip çökmüştü içine. Şu anda korkunç bir yalan söylediğini, oturup bol bol konuşmak şöyle dursun, hiç kimseyle hiçbir zaman hiçbir şey konuşamayacağını anlamıştı. Öylesine acı verici bir düşünceydi ki bu, etkisi öylesine güçlüydü ki, bir an kendini, her şeyi unuttu, yerinden kalkıp kimseye bakmadan odadan dışarı çıktı.

Razumihin onu kolundan yakalayarak:

"Ne oluyorsun?" diye bağırdı.

Raskolnikov yeniden içeri girdi, yerine oturdu, sessizce çevresine bakınmaya başladı, herkes kendisini şaşkınlıkla süzüyordu.

Birden, hiç kimsenin beklemediği bir anda:

"Ne can sıkıcı insanlarsınız!" diye bağırdı. "Bir şeyler söylesenize! Ne diye böyle oturup duruyorsunuz! Hadi söyleyin bir şeyler! Bir şeyler konuşalım... Toplanıp bir araya geldik, ama susuyoruz... Hadi, bir şeyler..."

Pulheriya Aleksandrovna üst üste haç çıkararak: "Tanrı'ya şükür!" dedi. "Yine dün geceki hallerine girecek sanmıştım..."

Avdotya Romanovna kuşkulu kuşkulu:

"Neyin var Rodya?" diye sordu.

"Hiçbir şey..." Birden gülümsedi. "Aklıma bir şey geldi de..."

Zosimov divandan kalkarak:

"Eh, madem hiçbir şey, öyleyse iyi... Ben de sanmıştım ki..." diye mırıldandı. "Neyse, benim artık gitmem gerek... Belki yine uğrarım... Tabii eğer yerinde bulabilirsem..."

Odadakileri selamlayarak çıktı.

Pulheriya Aleksandrovna:

"Ne iyi adam!" diye mırıldandı.

Raskolnikov birden:

"Evet, çok iyi, bilgili, akıllı, olağanüstü bir adam." dedi. O ana dek onda görülmemiş bir canlılıkla, çabuk çabuk konuşuyordu. Kendisiyle hastalanmadan önce de karşılaşmıştım, ama nerede olduğunu hatırlayamıyorum... Herhalde bir yerlerde... Bakın bu da iyi bir adamdır! "Başıyla Razumihin'i gösterdi, sonra Dunya'ya dönerek." Nasıl, Dunya, hoşuna gidiyor mu Razumihin?" diye sordu ve birden gülmeye başladı.

"Evet, çok" dedi Dunya.

Müthiş utanan ve kıpkırmızı kesilen Razumihin:

"Of, amma saçma adamsın ha!" dedi ve sandalyesinden kalktı.

Pulheriya Aleksandrovna gülümsedi. Raskolnikovsa gürültülü bir kahkaha atarak:

"Nereye böyle?" dedi.

"Ben de gidiyorum, işim var."

"Hiçbir işin yok. Otur oturduğun yerde! Zosimov gitti, senin de gitmen gerekti! Hayır, gitme... Saat kaç? On iki oldu mu? O ne güzel saat öyle Dunya! Ne diye sustunuz yine? Hep ben konuşuyorum!"

"Marla Petrovna'nın armağanı" dedi Dunya. "Ve çok pahalı bir saat" diye ekledi Pulheriya Aleksandrovna.

"Ne büyük öyle! Pek kadın saatine benzemiyor!" "Ben böylesini seviyorum."

"Demek nişanlısının armağanı değil" diye düşündü Razumihin ve nedense sevindi.

Raskolnikov:

"Oysa ben Lujin'in armağanı sanmıştım" dedi.

"Hayır, Lujin daha Duneçka'ya hiçbir şey armağan etmedi."

"A-a-a! Hatırlıyor musunuz, anneciğim, bir zamanlar âşık olmuştum ve ben de evlenecektim?"

Annesine bakarak söylediği bu sözler öylesine beklenmedik, ses tonu öylesine tuhaftı ki, Pulheriya Aleksandrovna çok şaşırdı; bir Duneçka'ya, bir Razumihin'e bakarak: "Ah, canım, evet!" dedi.

"Hımm! Evet! Size bunu nasıl anlatsam? Kendim bile çok az hatırlayabiliyorum. Hastalıklı bir kızcağızdı..." Raskolnikov yine dalgınmış gibiydi, gözleri yerde sürdürdü sözlerini. "Hem de esaslı hastaydı. Yoksullara sadaka vermeyi sever ve hep manastıra kapanmayı düşlerdi. Hatta bir gün bana bundan söz ederken gözünden yaşlar boşanmıştı... Evet, evet... Hatırlıyorum... Çok iyi hatırlıyorum... Çirkince bir kızdı. Doğrusu, ona niçin tutulduğumu da bilmiyorum... Belki de hep hasta olduğu için... Hastalığının üstüne bir de topal ya da kambur olsaydı, sanırım, onu daha da severdim... (Dalgın gülümsedi) Bir tür bahar sarhoşluğuydu..."

Dunya heyecanla:

"Hayır, bu yalnızca bir bahar sarhoşluğu değildi" dedi. Raskolnikov gergin bir dikkatle baktı kız kardeşine, ama onu ya duymamıştı ya da duymuş ama sözlerini anlamamıştı. Sonra derin bir dalgınlık içinde kalkıp annesini öptü, yeniden yerine oturdu.

Pulheriya Aleksandrovna duygulanmıştı: "Sen onu hâlâ seviyorsun!" dedi.

"Onu mu? Şimdi de mi? Ha, evet... Siz ondan söz ediyorsunuz! Hayır! Şimdi bütün bunlar bir başka dünyaya ait şeyler... Hem de ne zamandan beri... Aslında çevresindeki her şey sanki buralara ait şeyler değilmiş gibi..." Odadaki herkese dikkatle baktı.

"Sizler de öyle... Binlerce verstlik bir uzaklıktan bakıyor gibiyim size... İyi ama ne demeye bunlardan söz ediyoruz şimdi? Peki siz niçin soruşturup duruyorsunuz?"

Can sıkıntısıyla söylediği bu son sözlerden sonra sustu, tırnaklarını kemirerek yeniden düşünceye daldı. Odanın ağır sessizliğini Pulheriya Aleksandrovna bozdu. Birden:

"Ne kötü bir odan var, Rodya?" dedi. "Oda değil bir mezar sanki! Eminim, sen biraz da bu odadan dolayı böyle melankolik oldun..."

Raskolnikov dalgın dalgın:

"Oda?" dedi. "Ha, evet... Odanın da çok payı var tabii... Bunu ben de düşündüm..." Sonra birden tuhaf tuhaf gülümseyerek ekledi. "Şu anda söylediğiniz şeyin ne şaşılası bir düşünce olduğunu bir bilseydiniz anneciğim!"

Biraz daha geçseydi, bu topluluk, bu ana, oğul, kardeş görüşmesi, bu içten aile söyleşisi, herhangi bir şey konuşmanın kesin olarak imkânsızlaşması yüzünden Raskolnikov için artık dayanılmaz bir hal alacaktı. Ancak, şu ya da bu biçimde çözülmesi gereken, ama bugün çözülmesi gereken, ertelenemez bir sorun vardı. Bu sabah, daha yataktan kalktığında böyle karar vermişti Raskolnikov. İşte şu anda, bir kurtuluş gibi bu sorunun varlığına seviniyordu.

Ciddi, kupkuru bir sesle:

"Bak, Dunya" dedi, "dün için tabi senden özür diliyorum. Ama temelde düşüncelerimden caymadığımı sana hatırlatmayı da borç bilirim. Ya ben, ya Lujin! Ben alçaksam alçağım, ama sen olmamalısın. Birimizin olması yeter. Eğer Lujin'le evlenirsen, bir daha benim kardeşim değilsin."

Pulheriya Aleksandrovna acılı bir sesle haykırdı: "Rodya, Rodya! Ama bütün bunlar yine dün akşamki şeyler! Ve niçin durmadan kendine alçak deyip duruyorsun? Dayanamıyorum buna! Dün de aynı şeyi yapmıştın."

"Ağabey" dedi Dunya, tıpkı onunki gibi ciddi kupkuru bir sesle. "Bu konuda bir yerde yanılıyorsun. Dün gece uzun uzadıya düşündüm ve nerede yanıldığını buldum. Sorun şu: sanırım sen benim birileri için kendimi feda ettiğimi düşünüyorsun. Bu hiç de böyle değil. Ben kendim için evleniyorum, çünkü kendim de güç durumdayım; ama evliliğimin yakınlarıma bir yararı dokunursa, bundan hiç kuşkusuz hoşnut olurum. Ne var ki beni bu kararı almaya iten ana neden bu değil..."

Raskolnikov öfkesinden, tırnaklarını kemirerek, "Yalan söylüyor!" diye düşündü. "Ne de kibirli! Bu işi bize iyilik etmek için yaptığını itiraf etmiyor! Ah sizi aşağılık insanlar! Nefret eder gibi seviyorlar... Ah, hepsinden nasıl da tiksiniyorum!"

"Kısacası" diye devam etti Dunya, "ben Pyotr Petrovic'le evleniyorum, çünkü iki kötüden daha az kötü olanı seçiyorum. Benden beklediği şeyi dürüstlükle yerine getirmek niyetindeyim, böylece de, onu aldatmış olmayacağım. İyi ama niçin gülüyorsun?"

Dunyanın gözlerinde öfke kıvılcımları tutuştu. "Demek" dedi Raskolnikov zehir gibi bir gülümseyişle, "senden beklediği her şeyi yerine getireceksin?"

"Belli bir ölçüye kadar, Pyotr Petroviç'in beni isteyiş biçiminden, bu konuda tuttuğu yoldan, ona gerekli olan şeyleri hemen anladım. Kuşkusuz kendine değer veriyor, hatta belki biraz fazla değer veriyor, ama öyle umuyorum ki, bana da bir değer veriyor. Yine niye güldün?"

"Ya sen niçin öyle kıpkırmızı kesildin? Yalan söylüyorsun kardeşçiğim, bile bile yalan söylüyorsun, yalnızca düşüncelerini bana kabul ettirebilmek için ve yalnızca o kadın inadın yüzünden yalan söylüyorsun! Sen Lujin'e saygı duyamazsın. Ben onu gördüm ve konuştum. Demek sen kendini para için satıyorsun ve demek oluyor ki, şöyle ya da böyle aşağılık bir davranış içindesin. Ama hiç değilse hâlâ kızarabiliyor olmana sevindim!"

Bütün soğukkanlılığını yitiren Dunya:

"Hayır, yalan söylemiyorum!" diye bağırdı. "Bana değer verdiğine inanmasaydım, onunla evlenmezdim; ona saygı duyacağıma kesinlikle inanmasam yine onunla evlenmezdim. Bereket versin onun bana değer verdiğine hem de daha bugünden, inanabilirim. Ve böyle bir evlilik hiç de alçaklık değildir! Böyle bir evlilik alçaklık olsaydı, yani sen haklı olsaydın bile, benimle böyle konuşman acımasızlık değil mi? Neden, belki kendinde de bulunmayan bir kahramanlık bekliyorsun benden? Bu despotluktur, zorbalıktır! Benim bu davranışımdan zarar gören biri varsa o da benim... Daha kimseyi öldürmüş değilim! Rodya! Bana niçin öyle bakıyorsun? Neden öyle sapsarı kesildin? Rodya, neyin var? Rodya, canım!"

Pulheriya Aleksandrovna:

"Aman Tanrım! Sonunda çocuğu bayılacak hale getirdin!" diye bağırdı.

"Yok, bir şeyim yok. Biraz başım döndü, o kadar." Bayılma falan değil... Bir bayılmadır tutturmuşsunuz! Hım! Evet... Ne diyecektim? Ha... Nasıl inanabilirsin, ona saygı göstereceğine onun da sana değer verdiğine? Böyle söylemiştin, değil mi? Sanırım, hem de daha bugünden, demiştin? Yoksa yanlış mı duydum?"

"Anneciğim, Pyotr Petroviç'in mektubunu göstersenize ağabeyime."

Pulheriya Aleksandrovna titreyen ellerle mektubu uzattı. Raskolnikov merakla mektubu aldı. Ama açmadan önce, birden şaşkınlık içinde Duneçka'ya baktı. Aklına yeni gelen bir düşünceyle şaşırmış gibiydi; ağır ağır:

"Tuhaf" dedi. "Ne demeye böyle çırpınıp duruyorum? Bütün bu bağırış çağırışlar ne için? Kiminle istiyorsan, evlen!"

Kendi kendine konuşur gibi söylemişti bu sözleri, ama yüksek sesle söylemişti; şaşırmış gibi bir süre kız kardeşine bakakalmıştı.

Yüzündeki aynı şaşkınlık ifadesiyle sonunda mektubu açtı; ağır ağır, dikkatle okumaya başladı. İki kez okudu. Pulheriya Aleksandrovna son derece tedirgindi; yalnız o değil, herkes bir şeyler bekler gibiydi.

"Şaşılacak şey doğrusu..." dedi özel olarak kimseye seslenmeden; küçük bir duraksamadan sonra mektubu annesine verdi. "Davalara giriyor, avukat konuşması da... Havalı, ama nasıl da cahilce yazıyor!"

Herkes oturduğu yerde kıpırdandı; bu hiç beklemedikleri bir şeydi.

Razumihin kesik kesik:

"Hepsi böyle yazar onların" dedi. "Sen de okudun mu?"

"Evet."

Pulheriya Aleksandrovna, utanmış bir halde:

"Rodyacığım, biz gösterdik " dedi, "bu sabah danışmak istedik..."

Razumihin onun sözünü kesti:

"Mahkeme ağzı... Mahkeme kâğıtları hâlâ hep böyle yazılır..."

"Mahkeme ağzı mı? Evet, tam da öyle... Ne pek öyle cahilce, ne de fazla edebi... İşadamı ağzı!"

Ağabeyinin takındığı bu yeni tavırdan biraz alınan Avdotya Romanovna:

"Pyotr Petroviç de gizlemiyor iyi bir öğrenim görmediğini" dedi, "hatta kendi kendini yetiştirmiş olduğu için övünüyor."

"Eğer övünüyorsa, haksız sayılmaz. Zaten ben de buna karşı çıkıyor değilim. Ama sen, kardeşim, koca mektuptan dura dura yalnız biçem konusu üzerinde durduğum ve böyle sudan görüşler ileri sürdüğüm için sanırım bana kızdın; böyle ıvır zıvır şeylerden söz etmemi de, sırf seni kızdırmak istememle açıklıyorsundur... Ama değil. Biçem konusunda şu anda hiç de gereksiz sayılmayacak bir şey geldi aklıma: "Suçu kendinizde aramanız" diye bir cümlesi var. Özellikle konulmuş, açık, anlamlı bir cümle... Bir de gözdağı var, ben gelirsem, kalkıp gidecekmiş... Bu gözdağının, eğer uysallıkla sözlerini dinlemezseniz, üstelik de sizleri ta buraya, Petersburg'a kadar çağırmışken, ikinizi de bir başınıza bırakacağı korkutmasından bir farkı var mı? Lujin'i yazdığı bu sözleri, diyelim şu adam yazsaydı (başıyla Razumihin'i gösterdi) ya da Zosimov yazsaydı, ya da içimizden herhangi biri yazsaydı, yine böyle kızabilir miydik?"

Duneçka canlanarak:

"Hayır" dedi, bu düşüncelerin son derece safça dile getirildiğini ve Pyotr Petroviç'in belki de yazma konusunda bir usta olmadığını çok iyi anlamış bulunuyorum. Düşüncelerine hak veriyorum. Oysa ben sanıyordum ki..."

"Mahkeme ağzıyla yazılmış. Mahkeme ağzıyla da başka türlü yazmak mümkün değildir. Belki onun istediğinden biraz daha kaba olmuş... Aslında, sanırım seni biraz hayal kırıklığına uğratacağım: bu mektupta bir şey daha var, bir kara çalma... Üstelik de epey alçakça... Ben dün paraları veremli bir kadına, zavallı bir dula, "cenaze masrafı bahanesiyle" değil, düpedüz cenaze masrafı olarak verdim. Sonra, yine onun yazdığı gibi, "uygunsuz yoldaki kızına" değil (ki kızı ömrümde ilk kez o gün, orada görüyordum) doğrudan doğruya dul kadının kendine verdim. Ben bütün bunlardan, bana kara çalmak ve sizinle aramı açmak gibi fazla acelece bir istek görüyorum. Tabii yine mahkeme ağzıyla, yani amacını biraz fazlaca açığa vuran bir ağız ve fazla saf bir acelecilikle... Akıllı bir adam, ama akıllıca davranabilmek için yalnızca akıl yetmiyor. Bütün bunlar bize onun portresini çiziyor... Ve ben... onun sana fazlaca değer verdiğini sanmıyorum. Bunları sana öğüt olsun diye söylüyorum, çünkü içtenlikle senin iyiliğini istiyorum..."

Dunya karşılık vermedi, kararını önceden vermişti o, hele bir akşam olsundu...

Oğlunun sözlerine birdenbire sinen bu resmi tondan tedirginliği daha da artan Pulheriya Aleksandrovna:

"Peki, senin kararın ne Rodya?" diye sordu.

"Ne, kararı?"

"Pyotr Petroviç senin gelmemeni, gelirsen kendisinin gideceğini yazıyor... Bu durumda sen nasıl davranacaksın?"

"Bu konuda karar vermek bana düşmez. Eğer Pyotr Petroviç'in isteğini aşağılatıcı bulmuyorsanız, ilkin size düşer, sonra yine bu isteği aşağılatıcı bulmuyorsa, Dunya'ya düşer..." Durdu, kupkuru bir sesle ekledi. "Bana gelince, sizin için en uygunu nasılsa, öyle davranırım."

"Duneçka kararını verdi bile" dedi Pulheriya Aleksandrovna çabuk çabuk. "Ben de tümüyle ona katılıyorum."

"Bizdeki bu görüşmede senin de ne olursa olsun bulunmanı rica etmeye karar vermiştim Rodya" dedi Dunya. "Bu konuda çok ısrarlıyım. Gelecek misin?"

"Geleceğim."

Dunya, Razumihin'e dönerek:

"Akşam saat sekizde sizin de bizde bulunmanızı rica edeceğim" dedi. "Anne, ben onu da çağırıyorum."

"Çok güzel yapıyorsun Duneçka! Nasıl karar verdiyseniz, öyle olsun! Doğrusu çok hafifledim; yalandan, yapmacıktan hiç hoşlanmam... Gerçeği olduğu gibi söylememiz çok daha iyi olacak... Şimdi artık ister gücen, ister gücenme Pyotr Petroviç!"

IV

Onlar konuşurken kapı usulca açıldı ve odaya genç bir kız girdi; ürkek ürkek çevresine bakınıyordu. Hepsi birden şaşkınlıkla ve ilgiyle ona döndüler. Raskolnikov kızı ilk başta tanıyamadı. Sonya Semyonovna Marmeladova idi bu. Dün kendisini ilk kez gördüğünde, ortam öyle bir ortamdı, koşullar öyleydi ki, hatta kızın üstünde öyle bir elbise vardı ki, belleğinde bambaşka bir yüzün hayali kalmıştı. Şu anda karşısında duransa, gösterişsiz, hatta yoksulca giyimli, çok genç, nerdeyse bir kız çocuğunu andıran genç bir kızdı. Davranışları ince, gösterişten uzaktı. Tertemiz yüzünde hafif korku izi vardı. Çok sade, gündelik bir elbiseyle, modası geçmiş, eski bir şapka giymişti. Yalnız, elinde yine o şemsiyesi vardı. Birdenbire kalabalık bir odayla karşılaşınca, utanmanın da ötesinde büsbütün şaşırdı, küçük bir çocuk gibi ürktü, hatta gerisin geri odadan çıkmaya davrandı.

"Ah, siz misiniz!" dedi Raskolnikov büyük bir şaşkınlıkla, sonra kendisi de utandı.

Birden annesiyle kız kardeşinin, Lujin'in mektubundan "uygunsuz" bir kız üzerine bir şeyler bildiklerini hatırladı. Daha şimdi Lujin'in kara çalmalarına karşı çıkmış, kızı ilk kez o gün gördüğünü söylemişti, oysa şu anda kız birdenbire odasına giriyordu. Öte yandan, "uygunsuz yolda" ifadesine hiç karşı çıkmadığı aklına geldi. Bütün bunlar bulanık bir biçimde ve bir anda gelip geçmişti kafasından. Ama dikkatlice bakınca kızcağızın acınası bir durumda olduğunu gördü, öylesine acınası bir hali vardı ki, Raskolnikov'un yüreği sızladı. Hele kızın korkudan gerileyip odadan çıkacak gibi olduğunu görünce, bir anda sanki altüst oldu.

"Sizi hiç beklemiyordum" dedi, gözleriyle onu durdurmaya çalışarak." Lütfen oturmaz mısınız? Herhalde Katerina Ivanovna gönderdi sizi... Oraya değil, lütfen, şuraya buyurun..."

Sonya içeri girdiği sırada odadaki üç iskemleden, kapının hemen yanındakinde oturmakta olan Razumihin, kızın içeri girebilmesi için yerinden hafifçe doğrulmuştu. Raskolnikov kıza önce divanda Zosimov'un oturduğu yeri göstermişti, aynı zamanda yatak olarak kullandığı divanın biraz fazla samimi olabileceğini unutmuştu, sonra hemen Razumihin'in iskemlesini gösterdi.

"Sen de şuraya otur" dedi Razumihin'e, Zosimov'un yerini göstererek.

Sonya gösterilen yere oturdu, korkudan titrer gibiydi. Sonra ürkek ürkek iki kadına baktı. Nasıl olup da bunlarla aynı odada oturabildiğine şaşıyordu sanki. Bu düşünceyle birden öylesine ürktü ki, hemen ayağa kalktı, doğruca Raskolnikov'a dönerek:

"Ben... size... şöyle, bir dakika için uğramıştım..." diye kekeledi. "Rahatsız ettiğim için bağışlayın. Katerina Ivanovna gönderdi beni, başka kimsesi yoktu gönderecek... Katerina Ivanovna yarın sabah bize öğle yemeğine... yani yarın sabah Mitrofan kilisesinde yapılacak sabah duasına, sonra da bize... yani ona, öğle yemeğine buyurmanızı rica etmemi istedi benden... Bu onuru bizden esirgememenizi! Size iletmemi emretti." Sonra kekeleyerek sustu.

Raskolnikov hafifçe yerinden doğruldu, o da kekeleyerek: "Muhakkak... muhakkak gelmeye çalışacağım..." dedi; sözlerini tamamlayamamıştı. "Lütfen oturur musunuz, sizinle konuşmam gerek. Bilmiyorum, belki de aceleniz var, lütfedip bana iki dakikanızı verebilir misiniz?"

Kıza sandalyesini gösterdi. Sonya yeniden oturdu, sonra yeniden ürkek, şaşkın bakışlarla iki kadına şöyle bir göz attı, bakışlarını yere indirdi.

Raskolnikov'un solgun yüzü kıpkırmızı kesilmişti, altüst olmuş gibiydi, gözleri alev alev yanıyordu. Sert ve karşı konulmaz bir tavırla:

"Bu, anneciğim" dedi, "dün gece gözümün önünde bir arabanın altında kalarak ölen zavallı Marmeladov'un kızı Sonya Semyonovna Marmeladova'dır. Kendisinden size söz etmiştim..."

Pulheriya Aleksandrovna, Sonya'ya baktı, hafifçe gözlerini kırpıştırdı. Rodyanın ısrarlı ve meydan okuyucu bakışlarından duyduğu şaşkınlığa rağmen, kendisini bu zevkten mahrum edememişti. Duneçka'ya gelince, gözlerini zavallı kızcağızın üzerine dikmiş, şaşkınlıkla ama büyük bir ciddiyetle ona bakıyordu. Sonya, Raskolnikov'un kendisini tanıtma sözleri üzerine gözlerini yerden kaldırmak istediyse de, eskisinden daha çok utandı.

Raskolnikov kıza dönerek, çabuk çabuk.

"Bugünkü işleri soracaktım size..." dedi. "Kimse rahatsız etmedi ya sizi? Polis, örneğin..."

"Hayır, bir terslik olmadı... Zaten ölümün nasıl olduğu apaçık ortada... Kimse rahatsız etmedi... Yalnız apartman komşularının biraz canları sıkıldı."

"Niçin?"

"Cenaze uzun süre kalıyor diye... Havalar sıcak... koku... Bugün akşam duasından sonra mezarlığa götürülecek, yarına kadar da mezarlık kilisesinde kalacak. Katerina Ivanovna önce razı olmadı, ama başka çaresi olmadığını görünce..."

"Demek bugün kaldırılıyor?"

"Katerina İvanovna, yarın kilisedeki töreni onurlandırmanızı, sonra da eve, yas yemeğine buyurmanızı rica ediyor." "Yas yemeği mi veriyor Katerina İvanovna?"

"Evet, kahvaltı gibi bir şey... Dünkü yardımınız için size teşekkür etmemi söyledi... Sakın unutma dedi... Siz olmasaydınız, hiçbir şey yapamazdık, cenazeyi bile gömdüremezdik." Birden hem dudağı, hem çenesi titremeye başladı, ama kendini tuttu ve yeniden gözlerini yere indirdi.

Raskolnikov, konuşurken onu dikkatle incelemişti. Son derece zayıf, solgun bir yüzü vardı; burnu küçücük ve sivriydi, çenesi de öyle... Çizgileri pek de düzgün olmayan bir yüzdü bu. Güzel bile denemezdi bu yüze. Ama mavi gözleri öylesine aydınlık, hele canlılıkla baktığı zaman yüzü öylesine güzel ve temizdi ki, insanı ister istemez kendine çekiyordu. Sonra bu yüzde, yalnız yüzde de değil, kızın bütün görünüşünde, insanın son derece ilgisini çeken bir özellik vardı; on sekiz yaşında olmasına karşın, neredeyse bir kız çocuğu gibi görünüyordu; hatta bu durum onun kimi hareketlerinde gülünç bir biçimde kendini gösteriyordu.

Raskolnikov konuşmayı sürdürmekte ısrarlı:

"Ama" dedi, "Katerina Ivanovna o kadarcık bir parayla bütün bu işleri nasıl halledebildi? Bir de yemek?"

"Tabut çok sade olacak... Her şey sade olacak... Onun için fazla harcama gerekmeyecek... Katerina Ivanovna ile hesapladık, yas yemeği için de bir şeyler kalıyor... Katerina Ivanovna yemek vermeyi çok istiyor... Hem bunsuz olmaz ki... Onun için de bir avuntu... Nasıl bir insan olduğunu siz de biliyorsunuz..."

"Anlıyorum... Anlıyorum... Elbette... Ne o, odama mı bakıyorsunuz? Annem de bir tabuta benzediğini söylüyor."

"Dün elinizde avucunuzda ne varsa bize verdiniz" dedi Sonya; çabuk çabuk ve güçlü bir fısıltıyla söylemişti bunları. Gözlerini yeniden yere indirmiş, dudağıyla çenesi yeniden titremeye başlamıştı. Daha odaya girdiği anda şaşıp kalmıştı Raskolnikov'un içinde bulunduğu yoksulluğa ve şu anda bu sözler elinde olmadan ağzından dökülüvermişti.

Bir sessizlik oldu. Dunya'nın gözleri ışıl ışıldı, Pulheriya Aleksandrovna bile Sonya'ya sevecenlikle bakıyordu.

"Rodya" dedi yerinden kalkarak, "öğle yemeğini herhalde birlikte yiyeceğiz. Dunya'cığım, hadi gidelim... Rodya, sen de biraz çıkıp dolaşsan, sonra da dinlensen... Akşam bize olabildiğince erken gel. Seni biraz yorduğumuzdan korkuyorum da..."

Raskolnikov da yerinden kalkarak:

"Evet, evet... Gelirim" dedi aceleyle. "Aslında işim de var..."

Razumihin, "Ne yani, ayrı ayrı mı yemek yiyeceksiniz?" diye bağırdı. Bir yandan Raskolnikov'a şaşkınlıkla bakıyordu. "Ne yapıyorsun sen Allah aşkına?"

"Tabi, tabi, gelirim. Mutlaka... Mutlaka gelirim... Razumihin, sen biraz burada kalsana... Şimdilik herhalde kendisi size gerekli değil anneciğim? Yoksa onu elinizden almış mı oluyorum?"

"Yo, hayır hayır! Dmitriy Prokofiç, yemeğe gelme lütfünü bizden esirgemeyeceksiniz, değil mi?"

"Lütfen" dedi Dunya da, "bekliyoruz."

Razumihin, yüzü ışıl ışıl, saygıyla eğilip selam verdi. Bir an, hepsi de tuhaf bir utangaçlık duydular.

"Hoşçakal, Rodya daha doğrusu tekrar görüşünceye kadar; şu "hoş çakal'ı sevmiyorum. Hoşçakal Nastasya, ah yine "hoş çakal" dedim!.."

Pulheriya Aleksandrovna Sonyayı da selamlamak istiyordu, ama nedense yapamadı ve telaşla odadan çıktı.

Dunya ise, sırasını beklermiş gibi, annesinin ardı sıra Sonya'nın önünden geçerken, dikkatli, sevecen, içten bir selam verdi. Soneçka şaşırdı; telaşlı, ürkek, selama karşılık verdi. Avdotya Romanovnanın dikkat ve inceliğinden acı duymuşçasına yüzünde hastalıklı bir duygunun gölgeleri dolaştı.

Raskolnikov aralıktan bağırdı. "Hoşçakal, Dunya! Elini versene!"

Dunya sevecen, biraz da utanarak döndü: "Az önce verdim ya, unuttun mu?"

"Olsun, bir daha ver!"

Ve kız kardeşinin küçücük parmaklarını kuvvetle sıktı. Dunya gülümsedi, yüzü pembeleşmişti, çabucak elini kurtarıp nedenini bilmediği bir sevinçle dolu, annesinin ardı sıra seğirtti.

Raskolnikov odaya dönünce Sonya'ya sevinçle bakarak:

"Çok güzel!" dedi. "Tanrı ölüleri bağışlasın, dirilere uzun ömür versin! Öyle değil mi? Öyle değil mi? Söyleyin, öyle değil mi?"

Sonya şaşkınlıkla; onun birdenbire sevinçle aydınlanan yüzüne bakıyordu; Raskolnikov hiçbir şey söylemeden, ona bir süre dikkatle baktı; birden, rahmetli babasının onun üzerine anlattığı şeyleri hatırlayıvermişti...

Pulheriya Aleksandrovna daha sokağa çıkar çıkmaz konuşmaya başlamıştı:

"Aman Tanrım, Duneçka, çıkmakla ne iyi ettik! Sanki hafifleyiverdim! Dün akşam, trendeyken, oğlumun yanından çıkınca sevineceğim aklıma gelir miydi hiç?"

"Söyledim ya size anneciğim, hâlâ hasta kendisi. Gerçekten görmüyor musunuz bunu? Belki de bizim yüzümüzden çektiği acılarla böyle oldu? Hoşgörülü olmamız ve onu bağışlamamız gerek."

Pulheriya Aleksandrovna onun sözünü keserek, ateşli, sinirli bir şekilde:

"Ama sen hiç de hoşgörülü değildin!" dedi, "Biliyor musun Dunya, demin ikinize şöyle baktım da birbirinizin tıpkısısınız... Hem yalnızca yüzünüz değil, huylarınız da... İkiniz de melankoliksiniz, ikiniz de yüzü gülmez ve ateşlisiniz, ikiniz de gururlu ve ikiniz de temiz yüreklisiniz... Onun bencil olması mümkün mü, Duneçka ha? Hele bu akşam neler olabileceğini düşündükçe, yüreğim ağzıma gelecek gibi oluyor!"

"Tasalanmayın anneciğim, olması gereken ne ise, o olacak."

Zavallı Pulheriya Aleksandrovna, birden boş bulunup:

"Düşünsene, Duneçka" dedi, "ya Pyotr Petroviç bu işten vazgeçerse?"

Dunya, sert, aşağılayıcı:

"Böyle bir şey yaparsa artık ne değeri kalır kendisinin!" dedi.

"Çıkmakla ne iyi ettik Dunya!" dedi Pulheriya Aleksandrovna, kızının sözünü keserek; sonra, çabuk çabuk sürdürdü konuşmasını." Acele bir işi var gibiydi sanki... Varsın biraz dolaşıp hava alsın... İnsanı bunaltan bir odası var... Aslında her yer boğucu burada, insanın soluk alabileceği bir yer yok. Sokaklar bile penceresiz odalara benziyor. Aman yarabbi, nasıl bir kent bu böyle! Dur, kenara çekil, çiğneneceksin! Bir şey götürüyorlar! Piyanoymuş! Amma itip kakıyorlar insanı... Ben bu kızdan çok korkuyorum Dunya!"

"Hangi kızdan, anneciğim?"

"Şu deminki kızdan... Sonya Semyonovna mıdır nedir..."

"Ne olmuş, Sonya Semyonovna'ya?"

"Bir önsezi var içimde Dunya. İster inan, ister inanma, daha odaya girdiği an, işte her şeyin sebebi bu kız, diye düşündüm..."

Dunya can sıkıntısıyla:

"O kızın hiçbir şeyin sebebi olduğu yok!" dedi. "Hem şu sizin önsezileriniz de, anneciğim, artık bıktırdı! Rodya kızı ömründe ilk kez dün görmüş. Nitekim demin odaya girdiğinde onu tanıyamadı bile!"

"Bak, görürsün! Bu kızdan kuşkulanıyorum... Göreceksin! Nasıl da korkuttu beni! Nasıl da bakıp duruyordu bana... Sonra öyle bir gözleri vardı ki... Sandalyemde doğru dürüst oturamadım. Kıza bize nasıl tanıttığını hatırlıyor musun? Tuhaf doğrusu, Pyotr Petroviç bize bu kız için neler yazıyor, oysa tutup o kızı bize tanıtıyor, üstelik de sana tanıtıyor! Besbelli, çok değer veriyor bu kıza!"

"Pyotr Petroviç'in yazdığına bakma sen! Bizim için de neler söylediler, neler yazdılar, unuttun mu? Ben onun... Çok iyi bir kız ve onun için söylenenlerin de çok saçma olduğuna inanıyorum."

"İnşallah öyledir!"

"Pyotr Petroviç'e gelince, çirkin bir dedikoducudan başka bir şey değil!" diye kestirip attı Duneçka. Pulheriya Aleksandrovna da sustu. Konuşmaları da böylece bitti.

Raskolnikov, Razumihin'i pencereye doğru götürerek: "Baksana" dedi, "seninle bir işimiz var..." Sonya gitmek için kalktı, onlara selam verdi ve çabuk çabuk: "Katerina Ivanovna'ya geleceğinizi söyleyeceğim..." dedi. "Bir dakika Sonya Semyonovna, konuşmamız gizli değil ve siz bize haç engel olmuyorsunuz... Hem size söylemek istettiğim birkaç şey vardı..." Sonya'ya söyleyeceklerini tamamlamadan, Razumihin'e döndü. "Baksana sen.. Neydi adı? Porfiriy Petroviç'i tanırsın, değil mi?"

"Elbette! Akrabam olur." Razumihin müthiş meraklanmıştı. "Ne yapacaksın Porfiriyi?"

"Şu davayı... Yani şu cinayet işini... Dün öyle konuşuyordunuz, galiba o yürütüyormuş. Öyle değil mi?"

Razumihin'in gözleri fal taşı gibi açıldı: "Evet, ne olmuş?"

"Kadına kimlerin rehin yatırdığını soruşturuyormuş... Benim de verdiğim bir iki parça eşya vardı... Gerçi ufak tefek şeyler... Biri, buraya gelirken kız kardeşimin armağan ettiği yüzük, öteki de, baba yadigârı gümüş saat edecekleri beş altı ruble bir şey, ama hatıra değerleri var... Acaba ne yapmam gerekiyor? Bunların kaybolup gitmesini istemiyorum, özellikle de saatin... Demin Duneçka'nın saatinden söz edilirken, annemin benimkini görmek isteyeceğinden çok korktum. Babamdan bize kalan tek şey o. Bu saat kaybolursa, annem üzüntüden hasta olur. Kadın milleti işte! Ne yapayım, bana bir akıl öğret! Biliyorum, karakola başvurmalıyım, ama acaba doğrudan Porfiri'ye başvurmam daha iyi olmaz mı? Ne dersin? Bu işi bir an önce halletmek istiyorum. Göreceksin, yemeğe gittiğimizde annem saati soracaktır!

"Kesinlikle karakola değil, Porfiri'ye başvuracaksın!" diye bağırdı. Razumihin, müthiş heyecanlanmıştı. "Hay Allah, nasıl sevindim! Hem ne diye hemen şimdi gitmiyoruz, şuradan şurası, şimdi evdedir!"

"Olur, gidelim..."

"O da seninle tanıştığına çok, ama çok, çok sevinecektir! Senden pek çok kez söz ettim kendisine... Hatta daha dün... Gidelim hadi! Demek kocakarıyı tanıyordun ha? Tabi canım, boşa değildi... Her şey öyle yerine yerleşti, öyle güzel yoluna girdi ki şimdi! Ah, evet, Sonya Ivanovna..."

Raskolnikov düzeltti:

"Sonya Semyonovna..." Sonra kıza döndü. "Bu, benim dostum Razumihin'dir Sonya Semyonovna... Ve çok iyi bir çocuktur..."

Sonya Razumihin'in yüzüne hiç bakmamıştı, bu durumdan daha da çok utanarak:

"Eğer hemen gitmek zorundaysanız." diye mırıldandı.

Raskolnikov:

"Evet, gidelim" dedi, "ben size bugün uğrarım Sonya Semyonovna, yalnız adresinizi verin bana."

Konuşurken şaşırdığı söylenemezdi, ama çabuk çabuk konuşuyor, kızın gözlerine bakmaktan kaçınıyordu. Sonya ona adresini verdi, bu sırada da kıpkırmızı kesildi. Hep birlikte çıktılar.

Razumihin en son çıktı; onların ardı sıra merdivenlerden inerken:

"Kapıyı kilitlemiyor musun?" diye sordu.

"Hiçbir zaman kilitlemedim ki! Sözde iki yıldır kilit alacağım..." Gülümseyerek Sonya'ya baktı: "Kilitleyecek hiçbir şeyi olmayan insanlar mutludurlar herhalde, öyle değil mi?"

Sokak kapısının ağzında durdular.

"Siz sağa mı sapıyorsunuz. Sonya Semyonovna? Aklıma geldi: oturduğum yeri nasıl buldunuz?" Kıza bambaşka bir şeyler söylemek istiyormuş gibi bir tavırla sormuştu bu soruyu. Onun o durgun, tertemiz gözlerine bakmak istiyor, çok istiyor, ama bir türlü bakamıyordu...

"Dün Poleçka'ya vermişsiniz adresinizi."

"Polya? ah, evet... Poleçka! Şu... Küçük kız... Sizin kız kardeşiniz, değil mi? Ona adresimi mi vermişim?"

"Yoksa unuttunuz mu?"

"Yo, hatırlıyorum..."

"Sonra, rahmetli babamdan da duymuştum sizi... Ama o sıralar adınızı bilmiyordum... Babam da bilmiyordu... Ve işte şimdi geldim... Dün adınızı öğrenince, bugün gelip, Bay Raskolnikov burada mı oturuyor? diye sordum. Pansiyoner olarak yaşadığınızı bilmiyordum... Hoşçakalın... Katerina Ivanovna'ya... ileteceğim..."

En sonunda onlardan ayrılabildiğine çok sevindi; başı önünde, hızlı adımlarla yürüdü; onların gözünden olabildiğince çabuk kaybolmak ve olabildiğince hızlı yürüyüp hemen yirmi adım ötede, sağdaki sokağa sapmak istiyordu. Ondan sonra artık tek başına kalacaktı; tek başına kalacak ve kimsenin yüzüne bakmadan, hiçbir şeyi fark etmeden, hızlı hızlı yürüyerek düşünecek, söylenen her sözü, her davranışı hatırlamaya çalışacaktı. Hiçbir zaman, ama hiçbir zaman böylesi duygular duymamıştı. Daha önce hiç bilmediği, yepyeni, koskoca bir dünyayı sisler içinde gibi, belirsizce duyumsuyordu. Sonra birden Raskolnikovun bugün kendisine uğrayacağını söylediğini hatırladı; belki yarın sabah, belki de hemen şimdi uğrardı. Kalbi duracak gibi oldu birden:

"Ah! Bari bugün gelmese! Lütfen, bugün gelmese!" Korkmuş bir çocuk gibi yalvarıyordu. "Tanrım!... Bana... O odaya... Görecek... Ah Tanrım!"

Sonya'nın peşinde biri vardı. Hiç kuşkusuz Sonya böyle bir anda hiç tanımadığı birinin kendisini adım adım izlediğini fark edemezdi. Kapıdan çıktığı andan beri peşindeydi adam. Raskolnikov, Razumihin ve Sonya dışarı çıkıp da sokak kapısı önünde bir iki kelime bir şeyler konuştukları sırada, tesadüfen yanlarından geçmekte olan yabancı, yine tesadüfen Sonya'nın "Bay Raskolnikov burada mı oturuyor? diye sordum" sözlerini duyunca, titrer gibi olmuş, üçüne de çabucak, ama dikkatle bakmış, özellikle de o şu anda Sonya'yla konuşmakta olan Raskolnikov'a dikkat etmişti. Sonra eve bir göz atmış ve belleğine iyice yerleştirmişti. Bütün bunlar göz açıp kapayıncaya dek geçen bir süre içinde olmuş ve adam yanlarından geçerken yürüyüşünü bile kesmemişti. Yalnız, kulağına gelen sözlerden sonra, yüzünü göstermemeye çalışarak adımlarını ağırlaştırmış, birini bekliyormuş gibi bir tavır takınmıştı. Sonya'yı bekliyordu. Üç arkadaşın vedalaştığını duymuştu. Sonyanın şimdi onlardan ayrılıp bir başına evine dönmesi gerekiyordu.

Sonyanın yüzünü hatırlamaya çalışan yabancı, "Ben bu yüzü bir yerde gördüm" diye düşündü. "Acaba nerede oturuyor? Öğrenmem gerek."

Köşeye varınca sokağın diğer tarafına geçti, dönüp arkasına baktı ve Sonya'nın hiçbir şeyden habersiz ardı sıra gelmekte olduğunu gördü. Köşeye gelince Sonya da aynı sokağa saptı. Adam gözlerini ondan ayırmadan, karşı kaldırımda yürüyordu. Böylece elli adım kadar gittikten sonra, Sonya'nın yürümekte olduğu yana geçti, adımlarını hızlandırıp ona yetişti ve beş adım kadar gerisinden yürümeye başladı.

Elli yaşlarında, uzun boylu, iriyarı, geniş omuzlu bir adamdı; omuzlarının geniş olması onu kamburumsu gösteriyordu. Sırtındaki sık ve güzel giysilerden, sıradan biri değil, bir beyefendi olduğu anlaşılıyordu. Elinde yepyeni eldivenler ve her adım atışında kaldırım taşları üzerinde tıklattığı güzel bir baston vardı. Büyücek ve elmacık kemikleri hafif çıkık yüzü oldukça hoştu. Yüzünde, Petersburglularda pek görülmeyen bir dirilik, canlılık vardı. Tek tük akları olan açık sarı saçları çok gürdü; saçlarından da açık renkte olan sakalı yine çok gürdü ve dümdüz aşağı iniyordu. Gözleri mavi, bakışları soğuk ve dalgındı. Dudakları kıpkırmızıydı. Kısacası yaşını pek göstermeyen, daha doğrusu yaşından çok daha genç gösteren bir adamdı bu.

Sonya kanal yoluna çıkınca ikisi kaldırımda yan yana geldiler. Adam gözlerini Sonya'dan hiç ayırmadığı için kızın son derece dalgın, düşünceli olduğunu da görmüştü. Sonya evine gelince, dış kapıdan geçip avluya girdi. Şaşırır gibi olan adam da ardı sıra yürüdü. Sonya avluda sağa sapıp, köşede, dairesine çıkan merdivenlere doğru yürüdü. Adam, "Şu işe bak!" diye söylenip onun arkasından merdivenlerden çıkmaya başladı. Sonya onu ancak burada fark etti. Üçüncü kata gelince koridora saptı ve kapısına tebeşirle "Terzi Kopernaumov" yazılı 9 nolu dairenin kapısını çaldı. Yabancı da 8 nolu dairenin kapısını çalarken, bu tuhaf rastlantıya, iyice şaşırarak bir kez daha, "Şu işe bak!" diye söylendi. İki kapı arasındaki uzaklık altı adım ya var ya yoktu. Yabancı, Sonya'ya bakıp gülümseyerek:

"Demek Kopernaumov'un dairesinde oturuyorsunuz? Dün kendisine bir yelek diktirmiştim... Ben de burada, hemen yanı başınızda, madam Gertrut Resslich Karlovna'nın dairesinde oturuyorum. Ne hoş bir rastlantı!"

Sonya adama dikkatle baktı.

"Komşuyuz" diye ekledi adam; pek bir neşeliydi, "üç gündür Petersburg'dayım. Neyse, şimdilik hoşçakalın!"

Sonya karşılık vermedi. Kapı açılmıştı, süzülürcesine içeri girdi. Nedense utanmış, biraz da ürker gibi olmuştu.

Porfiri'ye giderlerken Razumihin coşmuş gibiydi. Yolda birkaç kez:

"Kardeş, işte bu çok iyi oldu! Çok, çok sevindim!" diye tekrarladı.

Raskolnikov, "Neye sevindin?" diye geçirdi içinden.

"Kocakarıda senin de rehinin olduğunu bilmiyordum ben. Ve... Ve... Çok önce mi oldu bu? Yani rehin için ona uğraman?"

"Budala, ne kadar safsın!"

"Dur bakayım ne zamandı?" Hatırlamaya çalışarak durakladı. "Sanırım ölümünden üç gün önce ondaydım." Rehine bıraktığı eşyaları için kaygılandığım ve onlara bir an önce kavuşmak istediğini hissettiren bir sesle. "Aslında ben şimdi saatimle, yüzüğümü kurtarmaya gidiyor değilim. Gerçi yine beş parasızım. Dünkü o haldeki sayıklama yüzünden cebimde bir tek gümüş ruble kaldı..."

Sayıklamasını hatırlatırken özellikle vurgulu konuşmuştu.

Razumihin çabuk çabuk:

"Evet, biliyorum, biliyorum" dedi. Neyi onayladığı belli değildi. "Demek bunun içindi o sıralar... Beni biraz şaşırtmıştı bu... Biliyor musun, o sıralardaki sayıklamalarında da birtakım yüzüklerden, kordonlardan söz edip durmuştun! Evet, evet, şimdi artık her şey apaçık!"

"Bak hele! Demek bu düşünce onların arasında epey yayılmış! Şu adam benim için çarmıha gerilmeye bile gider; sayıklarken yüzüklerden, kordonlardan niçin söz ettiğimin açıklık kazanmasına nasıl da seviniyor! Evet, iyice yer etmiş bu düşünce kafalarında."

"Acaba kendisini evinde bulabilecek miyiz?"

"Buluruz, buluruz" dedi Razumihin.

"Şimdi sen de göreceksin ya, yaman oğlandır bu kardeş! Biraz patavatsızdır. Aslında sosyeteyi ve kurallarını bilir, ben başka anlamda söylüyorum patavatsızlığını... Akıllıdır, aptal sayılmaz, hatta hiç de aptal sayılmaz. Yalnız biraz değişik bir düşünüş biçimi vardır... Kuşkucudur, kimseye güvenmez, hatta edepsizleşebilir. Kazıklamayı, daha doğrusu oyuna düşürmeyi sever... Hani şu eski yöntem... Maddi delillere dayanma... Ama işini iyi bilir... Geçen yıl hiçbir ipucu olmayan bir cinayet işini ortaya çıkarmıştı! Seninle tanışmak için de can atıyor!"

"Ne diye can atıyor ki benimle tanışmak için?"

"Yani şeyden dolayı değil... Şu son sıralar, hastalığın dolayısıyla, senden sıkça söz etmem gerekti kendisine. Tabi beni dinledi... Ve senin de hukuk fakültesinde okuduğunu, maddi olanaksızlıklar yüzünden okulu bırakmak zorunda kaldığını öğrenince, "çok yazık!" dedi. Beri de bundan şu sonucu çıkardım... Yani bütün bunlar bir arada düşünülünce... Hayır, yalnız bunlar da değil... Dün

Zamyotov'a söylediklerin... Biliyor musun Rodya, dün birlikte eve dönerken ben sarhoş kafayla birtakım gevezelikler ettim... Bunları büyütmüş olmandan korkuyorum..."

"Neyi yani? Beni deli saymalarını mı? Belki de doğrudur bu..."

Yüzü gergin bir gülümsemeyle çarpıldı. "Evet... Yani şey, tuh! Hayır!.. Yani dün sana söylediklerimin hepsi öteki konuda söylediklerim de sarhoş saçmaları idi..."

"Ne diye özür diliyorsun canım?" Abartılmış bir öfkeyle bağırdı. "Hem bıktım bütün bunlardan artık!" Gerçekte kızmamış, ama çok öfkelenmiş gibi bir tavır takınmıştı...

"Biliyorum, biliyorum, anlıyorum. İnan bana, anlıyorum. Konuşması bile utanç verici..."

"Madem utanç verici, sen de konuşma!" İkisi de sustular. Razumihin coşkunun da ötesinde bir heyecan içindeydi ve Raskolnikov onun bu durumundan tiksinti duyuyordu. Razumihin'in az önce Porfiriy hakkında söyledikleri de onu heyecanlandırmıştı.

Yüzü sapsarı, yürek vuruşları sıklaşmış. "Bir de buna ağlayıp sızlamak, mutsuz adam rolleri oynamak gerekecek şimdi" diye düşündü. Ve tabi olabildiğince doğal olmaya çalışarak... "Aslında en doğal olan, hiç rol yapmamak ve olduğu gibi görünmek... Kendimi hiç zorlamamalıyım. İstemeden, zorla yaptım mı, doğallıktan uzak olurum... Artık oradaki duruma göre... Bakacağız... Acaba girmekle doğru mu yapıyorum? Pervaneler kendiliklerinden atılırlar mum ışığına. Yüreğim kötü çarpıyor, bu hiç iyi değil!"

"Şu gri ev" dedi Razumihin.

"En önemlisi de, Porfiriy benim dün bu cadının evine gittiğimi biliyor mu, bilmiyor mu? Gittiğimi ve kan meselesini sorduğumu? Bunu hemen öğrenmeliyim... İlk anda... Daha adımımı içeri atar atmaz... Yüzüne bakmalı ve çıkarmalıyım... Ölmek pahasına bile öğrenmeliyim!"

"Biliyor musun" dedi hilekâr bir gülümsemeyle Razumihin'e dönerek, "bugün dikkat ettim de, sabahtan beri, sende hiç görmediğim bir heyecan içindesin? Doğru mu söylüyorum?"

"Ne heyecanı?" dedi Razumihin yüzünü buruşturarak. "Heyecanlı filan değilim!"

"Yok, kardeş apaçık görülüyor bu! Demin, benim orda, iskemlenin neredeyse düşecekmiş kadar ucuna oturmuş, tir tir titriyordun. Ben senin iskemleye böyle oturduğunu hiç görmedim. İkide birde de hoplayıp kalkıyordun. Bazen öfkeleniyor, bazen de badem şekeri gibi tatlılaşıyor, gevşiyordun. Hatta kızarıyordun, hele yemeğe çağrıldığında kıpkırmızı kesildin."

"Bende bu dediklerinin hiçbiri olmadı, yalan söylüyorsun! Hem bana baksana, sen ne demek istiyorsun?"

"İlkokul öğrencileri gibi şımarıp duruyorsun! Şuna bak, yine kıpkırmızı kesildi!"

"Domuzun birisin sen!"

"Utandın mı, Romeo? Dur hele, ben bugün bunu bir yerde anlatayım da gör! Hah-hah-hah! Annemi bir güldüreyim... Annemle birlikte birisini daha güldüreyim de gör!"

"Dinle, dinle beni!" dedi Razumihin, iyice şaşırmış, eli ayağı buz kesmişti. "Dur, dinle, bak ciddi söylüyorum... Ondan sonra ne olur biliyor musun? Ne anlatacaklarmış onlara? Ben, kardeş... Tüh! Ne domuzmuşsun, ulan!"

"İlkbahar gülü canım! Ama ne de yakışıyor bu durum sana! 1.90lık Romeo! Nasıl da yıkanmış, temizlenmiş bugün! Tırnaklarını bile unutmamış! Hiç görülmüş şey mi bu! Aman Allah'ım, şuna bakın, krem de sürmüş! Eğil bakayım!"

"Domuz!"

Raskolnikov kendinden geçmişçesine gülüyordu. Porfiriy Petroviç'in apartmanına da ortalığı çınlatan bu kahkahalarla girdiler. Raskolnikov'a gerekli olan da buydu: eve gülerek girdikleri, holde de gülmelerini sürdürdükleri içeriden duyulsun istiyordu.

Raskolnikov'u omzundan yakalayan Razumihin, kudurmuş gibi:

"Burada tek kelime edersen... Seni gebertirim!" dedi.

Artık içeri giriyorlardı. Raskolnikov'un görünüşü, kahkahalarla gülmemek için kendini güçlükle tutan birini andırıyordu. Onun ardından giren Razumihin ise sırık gibi boyuyla neredeyse iki büklüm yere doğru eğilmişti, müthiş öfkeli bir görünüşü vardı, yüzü şakayık gibi kıpkırmızı, hareketleri hantal, beceriksizceydi. Gerek yüzü, gerekse genel durumu gerçekten de gülünçtü ve Raskolnikov kahkahalarla gülmekte haklı görülebilirdi. Raskolnikov, odanın ortasında dikilen ve soru dolu bakışlarla onlara bakmakta olan ev sahibini, henüz tanıştırılmamış olmasına karşın eğilerek selamladı, gülüşünü tutmak ve hiç değilse kendini tanıtmak üzere birkaç kelime söyleyebilmek için hâlâ büyük çaba harcıyormuş gibi bir tavırla elini uzattı. Ama tam bu sırada sözde ciddileşmiş ve birkaç kelime söyleyebilecek duruma gelmişti, gözü sanki elinde olmadan, Razumihin'e gitmiş ve artık kendini tutamamıştı. O ana kadar güçlükle bastırdığı, bastırdığı ölçüde de güçlenmiş olan bir kahkaha attı. Bu "içten" gülüşler karşısında, Razumihin'in takındığı aşırı öfkeli tavır sahneye son derece içtenlikle bir neşe katıyor, bundan da önemlisi sahneyi doğallaştırıyordu. Üstelik Razumihin, sanki bile bile yapıyormuş gibi her şeyi daha da kıvamlaştıran bir iş yaptı:

"Ah, seni, şeytan!" diyerek Raskolnikov'a doğru savurduğu eli hemen oracıkta, üzerinde boş bir çay bardağı bulunan, yuvarlak, küçük sehpaya çarptı; sehpa da bardak da şangır şungur yere devrildi.

Porfiriy Petroviç, neşeyle:

"Mobilyaları ne kırıyorsunuz baylar?" diye bağırdı. "Hazineye zarardır bu!"

Elini ev sahibinin elinde unutan Raskolnikov, ölçüyü de elden kaçırmayarak katıla katıla gülüyor, bu duruma olabildiğince çabuk ve doğal bir biçimde son verecek zamanın gelmesini kolluyordu. Sehpayı devirmekten ve bardağı kırmaktan iyice utanan Razumihin, yerdeki cam kırıklarına üzüntüyle baktıktan sonra tükürmüş, odadakilere sertçe arkasını dönerek, yüzü bir karış, görmeyen gözlerle pencereden bakmaya başlamıştı. Porfiriy Petroviç gülüyor, gülmek de istiyordu, ama durumun kendisine açıklanması gerektiği de apaçıktı. Köşede bir iskemlede oturmakta olan Zamyotov, konukların içeri girdiğini görünce hafifçe yerinden doğrulmuş, ağzı hafif bir gülümsemeyle yarı açık, beklemeye başlamıştı.

Sahneyi şaşkınlıkla, hatta biraz da kuşkuyla izliyor, dahası Raskolnikov'a bozulmuş gibi bakıyordu. Zamyotov'la bu hiç beklemediği karşılaşma, Raskolnikov'da da düş kırıklığına benzer bir şaşkınlık yaratmıştı.'

"Bunu da iyice bir düşünmek gerek" diye geçirdi içinden. Sonra zorlama bir utangaçlıkla:

"Bağışlayın, lütfen" diye söze başladı. Raskolnikov...

"Aman efendim, çok sevindim... Sizin gelişiniz de doğrusu sevinç, neşe doluydu... (Porfiriy Petroviç başıyla Razumihin'i gösterdi.) Ne o, selâm da mı vermek istemiyor?"

"Ne yaptım da cinleri tepesine çıktı, bilmiyorum. Yolda kendisine Romeo'ya benzediğini söyledim, hepsi bu... Söyledim ve kanıtladım... Başka da, bildiğim kadarıyla, bir şey olmadı."

Razumihin yüzünü çevirmeden:

"Domuz!" diye homurdandı.

Porfiriy gülümseyerek:

"Bir tek kelimeye bu kadar kızabilmesi için çok ciddi birtakım nedenleri olsa gerek" dedi.

Razumihin birden döndü, hiçbir şey olmamış gibi gülümsedi ve Porfiriy Petroviç'e doğru ilerleyerek:

"Ah, seni sorgu yargıcı!" dedi. "Hepinizi şeytanlar götürsün, emi! Bu kadar şamata yeter! İşimize bakalım: işte, dostum Rodion Romaniç Raskolnikov! Birincisi, senden kendisine o kadar çok bahsettim ki, tanışmak istedi; ikincisi de, seninle küçük bir işi var... A, a Zamyotov! Sen ne arıyorsun burada? Siz tanışıyor muydunuz? Eski ahbap mısınız yoksa.

Raskolnikov kaygıyla. "Bu da ne demek oluyor?" diye düşündü.

Zamyotov bir an şaşırır gibi oldu, sonra senlibenli bir tavırla:

"Dün senin evinde tanışmıştık ya" dedi.

"Evimdeki toplantı desene senin işine yaradı... Bu, Porfiriy, geçen hafta kendisini seninle tanıştırmam için yalvarıp durmuştu bana, ama bakıyorum, benim yardımım olmadan da siz muhabbeti ilerletmişsiniz... Tütünün nerede Porfiriy?"

Porfiriy Petroviç ev kılığındaydı, üzerinde bir ropdöşambr vardı. Çamaşırları tertemizdi. Terlikleri fazla giyilmekten çarpılmıştı. Otuz beş yaşlarında, ortadan biraz kısa boylu, tıknaz, hatta göbekli bir adamdı. Bıyığı da favorisi de yoktu ve yüzü tıraşlıydı. Saçları çok kısa kesilmişti. Kocaman, yuvarlak bir kafası vardı. Kısa, kalkık burunluydu; şiş ve yuvarlak yüzü hastalıklı sarımsı renkteydi. Ama canlı, dinçlik akan, hatta alaycı bir yüzdü bu. Birine göz kırpıyormuş gibi titreşen, neredeyse bembeyaz kirpiklerinin örttüğü duruşu ışıltılı gözlerinin ifadesi de olmasa insan bu yüze saf ve temiz bir yüz diyebilirdi. Kadınsı çizgiler taşıyan vücuduyla çelişen bir ifadesi vardı gözlerinin. Ve bu durum, ilk bakışta kendisinden beklenebilecek olandan çok daha ciddi bir hava veriyordu ona.

Konuğun kendisiyle küçük bir işi olduğunu duyan Porfiriy Petroviç hemen divana oturmasını rica etti, kendisi de divanın öteki ucuna yerleşti ve gözlerini konuğa dikip sabırsızlıkla meselenin anlatılmasını beklemeye başladı. Özellikle de yeni tanıştığınız biri anlatacağınız şeyi dinlemek için gerektiğinden daha ciddi bir ilgi gösterirse, hele anlatacağınız şey, sizin görüşünüze göre, karşınızdakinin gösterdiği derin ilgi ile yan yana getirilemeyecek kadar basit ise, bu durum sizi fazlasıyla sıkar, tedirgin eder. Ama Raskolnikov kısa ve açık birkaç cümleyle ne istediğini hiç eksiksiz anlattı. Buna çok sevindi, çünkü böylece Porfiriyi inceleyecek zaman bulmuştu. O konuştuğu sürece Porfiriy Petroviç gözlerini üzerinden bir an bile ayırmamıştı; masanın tam karşısında oturan Razumihin ise, Raskolnikov'un sorununu anlatmasını gergin bir sabırsızlıkla izliyor, gözleri biraz da bu işin ölçüsünü kaçırarak, durmadan birinden ötekine gidip geliyordu.

Raskolnikov içinden "Budala!" diye bir küfür savurdu. Porfiriy resmi bir tonla:

"Bunu için polise bir dilekçe vermeniz gerekiyor" dedi. "Falanca olayı, yani cinayeti öğrenmiş bulunuyorum, şu eşyalar benimdir, eşyalarımı geri alabilmem için durumun ilgili sorgu yargıcına iletilmesini rica ederim... Gibi bir şey... Ya da... Onlar size orada yazarlar."

Çok utanmış gibi görünmeye çalışan Raskolnikov: "Ne var ki... dedi, ben şu anda beş parasız durumdayım. Hatta bunca önemsiz bir işe yetecek kadar bile param yok... Ben şimdi yalnızca falan eşyaların benim olduğunu, param olduğunda da geri alacağımı bildirmek isterdim..."

Raskolnikov'un parasal durumuyla ilgili açıklamalarını oldukça soğuk karşılayan Porfiriy Petroviç: "fark etmez" dedi. "Ancak, isterseniz dilekçenizi bana da verebilirsiniz; aynı anlamda bir dilekçe olacak bu; falanca olayı öğrendim, filanca eşyalar benimdir, geri alabilmem için gereği..."

Raskolnikov yine sorunun parasal yanıyla ilgilenerek, hemen Porfiri'nin sözünü kesti:

"Acaba rastgele bir kâğıda yazabilir miyim?"

"Tabi" dedi Porfiriy, "nasıl kâğıda isterseniz..." Ve birden gözlerini kırpıştırarak ve hatta sanki Raskolnikov'a göz kırparak alay eder gibi baktı. Bu, belki de Raskolnikov'a böyle gelmişti, çünkü bir anlık bir şeydi bu. Ama yine de, bir anlık da olsa, böyle bir şey olmuştu. Raskolnikov, Porfiri'nin kendisine göz kırptığına yemin edebilirdi. "Ama niçin ve hangi amaçla?"

Bir an, şimşek hızıyla "Biliyor!" düşüncesi geçti kafasından.

"Sizi böyle saçma şeylerle rahatsız ettiğim için bağışlayın" dedi sonra; biraz şaşırmış gibiydi: "Rehindeki eşyalarımın edip edeceği beş altı ruble bir şey, ama onları bana yadigâr bırakanların anıları nedeniyle benim için değerleri pek büyüktür. Doğrusu, öğrendiğimde çok korktum..."

Bu sırada Razumihin hiçbir art niyeti olmaksızın:

"Şimdi anladım..." dedi. "Dün ben Zosimov'a, Porfiri'nin, kocakarıya rehin yatıranları sorguya çektiğini söylediğimde, demek bunun için telaşlanmışsın!"

Bu kadar boşboğazlık da yapılır gibi değildi. Raskolnikov öfke kıvılcımlarıyla tutuşan kapkara gözlerini Razumihin'e dikti. Ama hemen kendisini toparladı ve ustalıkla takındığı yapmacık bir öfke ile:

"Kardeşim, yoksa sen binimle alay mı ediyorsun?" dedi. "Evet, belki senin gözünde saçmadır bütün bunlar ve ben bu saçma şeyler üzerinde gerektiğinden çok duruyor olabilirim. Ama bu yüzden beni ne bencillikle, ne de açgözlülükle suçlamalısın. Kaldı ki bu iki değersiz şeyin benim gözümde bambaşka değerleri olabilir. Sana demin de söylemiştim, şu birkaç rubleden fazla etmeyecek gümüş saat, babamdan kalan biricik şeydir. Benimle alay edebilirsin, ama" birden Porfiriye döndü, "annem geldi, bir öğrenirse..." çabucak yine Razumihin'e döndü, sesini titretmeye çalışıyordu, "saatin elimden çıktığını, perişan olur. Kadın milleti işte!"

Razumihin üzülmüştü:

"Ben o anlamda söylemedim ki..." dedi. "Ben hatta tam tersini söylemek istemiştim!"

Raskolnikov heyecandan tir tir titriyordu: "Güzel açıklayabildim mi? Doğal mıydım? Abartmalı değil miydim biraz? Kadın milletine hiç gerek yoktu!"

Porfiriy Petroviç:

"Anneniz mi geldi?" dedi.

"Evet."

"Ne zaman?"

"Dün akşam."

Porfiriy sustu. Bir şeyler düşünüyor gibiydi.

"Eşyalarınızın başına bir şey gelmeyeceğinden emin olabilirsiniz." dedi sonunda, sesi soğuk ve sakindi. "Aslında ben sizi ne zamandır bekliyorum..."

Ardından sanki hiçbir şey olmamış gibi, sakin, sigarasının küllerini halıya silkeleyip duran Razumihin'e bir kül tablası uzattı. Raskolnikov titredi, ama Porfiriy ona bakmıyor gibiydi, hâlâ Razumihin'in sigarasıyla ilgiliydi.

"Nee? Bekliyor muydun?" diye bağırdı Razumihin. "Öyleyse sen orada onun da rehini olduğunu biliyordun?"

Porfiriy Petroviç, Raskolnikov'a:

"Sizin iki eşyanızı, yani saatinizi ve yüzüğünüzü bir kâğıda sarılmış olarak bulduk orda. Kâğıdın üzerine kurşun kalemle okunaklı olarak adınızı ve rehinleri sizden aldığı tarihi yazmış."

"Ne kadar dikkatlisiniz!" dedi Raskolnikov, Porfirinin gözlerinin içine bakmaya çalışarak; gülümsemek istedi, ama sonunda dayanamayarak: "Yani demek istiyorum ki" dedi, "herhalde ona rehin yatıran pek çok insan vardı... Yani hepsinin bir bir hatırlanması pek kolay değil, oysa siz hepsini çok iyi hatırladığınız gibi, bir de..."

"Aptalca konuşuyorum! Şu son sözü hiç eklememeliydim. Çok zayıf kaçtı!"

Porfiriy belli belirsiz bir alayla:

"Bütün rehin sahipleri biliniyordu" dedi, "gelmeyen bir siz kalmıştınız!"

"Biraz rahatsızdım."

"Maalesef öyleymişsiniz. Sonra, nedense sinirleriniz de bozukmuş... Aslında şu anda da renginiz biraz soluk."

Raskolnikov birden o ana kadarki tavrını değiştirip, kaba, hırçın bir tonla:

"Hiç de değil!" dedi. 'Tam tersine çok iyiyim!"

İçinden bastırmakta zorlandığı büyük bir öfke yükseliyordu. "Şimdi kızgınlıkla yanlış bir şey söyleyeceğim" diye düşündü. "Neden böyle eziyet ediyorlar bana?"

Razumihin öteden söze karıştı:

"Biraz rahatsızmış! Laf mı bu? Daha düne kadar kendinde değildin, sayıklayıp duruyordun! İnanır mısın, Porfiriy, ayakta duracak hali yoktu, ama biz daha Zosimov'la kapıdan çıkar çıkmaz, üstünü giyindiği gibi soluğu dışarıda almış... Ve artık nerelerde dolaştıysa, ta gece yarılarına kadar sokaklarda sürtüp durmuş. Ve düşün ki ateşler içinde ve bütünüyle kendini bilmez bir durumda! Hiç yapılacak iş mi bu!"

Porfiriy başını kadınlar gibi sallayarak:

"Gerçekten de bütünüyle kendini bilmez bir durumda mı?" diye sordu.

Raskolnikov öfke içinde:

"Saçma!" dedi. "İnanmayın! Aslında benim söylememe de gerek yok, inanılacak şey mi bu!"

Ama Porfiriy Petroviç bu tuhaf sözleri duymamışa benziyordu.

"Kendini bilmez durumda olmasaydın, hiç sokağa çıkar mıydın?" diye parladı Razumihin. "Niçin çıktın, ha? Niçin? Ve neden gizlice? Bunları yaptığın sırada sende aklın, sağduyunun varlığından söz edilebilinir mi? Evet, şu anda ortada tehlike bulunmadığına göre bunu sana açıkça söylüyorum!"

Raskolnikov küstah, kışkırtıcı bir gülümsemeyle Porfiriye dönerek:

"Dün öylesine bıktırdılar ki beni, dayanamayıp kaçtım... Beni bulamamaları için başka bir yerde, bir oda tutmak istiyordum kendime. Giderken de çokça para almıştım yanıma. Bay Zamyotov da gördü bu paraları. Siz söyleyin, Bay Zamyotov, dün benim aklım başımda mıydı, değil miydi?"

Şu anda Zamyotov'u boğabilirdi; bakışları, susuşu öylesine sinirlerine dokunuyordu.

"Bence dün siz tümüyle aklı başında, hatta kurnazca konuşuyordunuz" dedi Zamyotov, sesi soğuktu, "yalnız biraz fazla sinirliydiniz."

Porfiriy Petroviç:

"Nikodim Fomiç de" dedi, "az önce bana size dün gece çok geç saatlerde atların altında kalarak ezilen bir memurun evinde rastladığını söylüyordu..."

"Evet, alalım şu memur olayını..." diye atıldı Razumihin. "Memurun evinde aklın başında mıydı? Cebindeki olanca parayı cenaze masrafı yapsın diye memurun dul karısına verdin! Yardım mı etmek istiyorsun, ver on beş ruble, ver yirmi ruble... ama bir iki ruble de kendine bırak! Hayır, ille cepteki yirmi beş rublenin hepsi verilecek!"

"Belki de bir yerde gömü buldum da senin haberin yok? Dün de cömertliğim tuttu! Örneğin Bay Zamyotov biliyor benim böyle bir gömü bulduğumu!" Dudakları titreyerek Porfiri'ye döndü. "Böyle ipe sapa gelmez şeylerle yarım saattir başınızı ağrıttığımız için bağışlayın! Herhalde bıktırdık sizi?"

"Rica ederim, tam tersine! Tam tersine! Bütün bunların beni ne kadar ilgilendirdiğini bilemezsiniz! Sizi izlemek, sizi dinlemek çok ilginç doğrusu! Sonunda beni onurlandırmak yüceliğini göstermiş olduğunuz için de, itiraf edeyim ki, çok sevinçliyim!"

Razumihin:

"Hiç değilse bir çay ver yahu, boğazımız kurudu!" diye bağırdı.

"Güzel fikir! Herhalde herkes katılır buna. Çaydan önce... daha esaslı bir şey istemez misiniz?"

"Hadi bakalım!"

Porfiriy Petroviç çıktı.

Raskolnikov'un kafasının içinde bir sürü düşünce uçuşuyordu. Son derece sinirliydi.

"Gizlenmeye, asgari kuralları gözetmeye bile gerek görmüyorlar! Madem beni tanımıyorsun, nasıl oluyor da Nikodim Fomiç'le benden söz edebiliyorsun? Demek ki, it gibi peşimde dolaşıp beni izleyip durduklarını gizlemek bile istemiyorlar! Yani açıkça suratıma tükürüyorlar!" Sinirden tir tir titriyordu. "Saldırınızı açıktan yapsanıza, ne kedinin fareyle oynadığı gibi oynuyorsunuz? Hem bu hiç de kibarca değil, Bay Porfiriy Petroviç ve ben böyle bir şeye belki de izin vermeyebilirim! Ayağa kalkıp da gerçeği suratlarınıza haykırı veririm! O zaman anlarsınız sizlerden nasıl tiksindiğimi! Güçlükle soluyordu. Ama ya bana öyle geliyorsa? Ya bütün bunlar benim kuruntumsa? Yanılıyor ve deneyimsizliğimden dolayı öfkeye kapılıyorsam? Oynadığım bu alçakça role katlanamıyorsam? Belki de hiçbir art niyetleri yok? Öylesine, rastgele söylemişlerdir, ne söylemişlerse? Ama hayır, yine de bir şeyler var bu sözlerde... Porfiriy Petroviç kocakarıdan söz ederken niçin onda dedi? Zamyotov niçin, hatta kurnazca konuştuğumu söyledi? Sonra... Konuşurkenki tavırları? Evet... Tavırları... Razumihin burada, bizimle oturduğu halde, neden hiçbir şeyden kuşkulanmıyor? Ama bu odun kafalı ne zaman neyden kuşkulanmıştır ki? Yine kriz başlıyor! Porfiriy az önce bana göz kırptı mı kırpmadı mı? Ama saçma bu, ne diye göz kırpsın ki? Yoksa beni sinirlendirmek, kızdırmak mı istiyorlar? İki olasılık var, ya bunların hepsi kuruntu, ya da biliyorlar! Zamyotov bile küstah! Gerçekten de küstah mı Zamyotov? Anlaşılan bir gece içinde düşüncelerini değiştirmiş. Böyle olacağını biliyordum zaten! Kendi evinde gibi burada, oysa ilk kez geliyormuş, Porfiriy onu konuktan saymıyor bile, ona arkasını dönerek oturabiliyor. Muhabbetleri esaslı! Bu yakınlaşma kesin benim yüzümden olmuştur! Ve biz gelmeden önce de yüzde yüz beni konuşuyorlardı! Acaba oraya daha sonra gittiğimi biliyorlar mı? Bir öğrenebilsem bunu! Dün bir oda bulmak için dışarı çıktığımı söylediğimde, üzerinde durmadı... Bu oda işini iyi buldum ama... Daha sonra işime yarayabilir! Demek, ateşler içinde ve kendimi bilmez bir durumda, ha? Hah hah ha! Dün akşam, dün neler olup bittiğini, bütünüyle biliyor! Yok annemin gelişinden haberi yokmuş! Yok kocakarı paketin üzerine kurşunkalemle aldığı tarihi yazmış, yok bilmem neler! Yalan söylüyorsunuz baylar, faka basmam ben! Bunların hiçbiri daha kanıt değil, sizin kuruntularınız! Kanıt gösterin bana baylar, kanıt! Oraya yeniden gitmiş olmam mı? O bir kanıt değil, sayıklamadır... Onlara ne söyleyeceğimi iyi biliyorum ben! Oraya yeniden gittiğimi biliyorlar mı? Bunu öğrenmeden buradan gitmeyeceğim! İyi ama ben şimdi buraya niçin gelmiştim? Hiçbir şey değilse bile, şu anda sinirli olduğum bir gerçek! Tüh, Allah kahretsin, nasıl da sinirliyim! Ama bu belki de benim için daha iyi: hasta rolü oynarım... Porfiriy beni yokluyor. Aklı sıra şaşırtmak istiyor. İyi ama ben buraya niçin geldim?"

Bütün bunlar şimşek hızıyla geçmişti kafasından.

Porfiriy Petroviç hemen geri döndü. Neşelenmiş gibiydi sanki.

"Sendeki şu dünkü toplantıdan beri" dedi Razumihin'e gülümseyerek, "başım çatlıyor... Her yanım da kırılıyor sanki..." Konuşması, tavrı bütünüyle değişmiş gibiydi.

"İlginç miydi bari tartışmanız? Dün tartışmanın en ateşli yerinde ayrılmıştım sizden. Sonuçta kim kazandı?"

"Tabii, hiç kimse. Yüzyıllık sorunlardı tartıştığımız... Havaya yumruk salladık durduk..."

"Dün tartıştıkları neydi biliyor musun, Rodya? Suç var mıdır, yok mudur? Bir araba laf ettiler bu konuda!"

"Şaşılacak ne var bunda?" dedi Raskolnikov dalgın dalgın. "Bilinen, sıradan bir toplumsal sorun."

Porfiriy:

"Konu pek böyle konmamıştı ortaya" dedi.

Her zaman olduğu gibi hemen ateşlenen Razumihin, Porfiri'yi onaylamakta acele ederek:

"Evet, doğru, konu pek böyle konmamıştı ortaya" dedi. "Şimdi Rodion, dinle ve düşüncelerini söyle bana. Dün anamdan emdiğim süt burnumdan geldi bu baylara laf anlatacağım diye; seni bekledim durdum. Geleceğini onlara da söylemiştim... Sosyalistlerin görüşlerinin tartışılmasından başladı her şey. Bilinen görüş, suç, toplumsal düzenin bozukluklarına karşı bir protestodur. Tamam! Bundan başka hiçbir neden kabul edilmiyor!"

Porfiriy Petroviç, "Yalan söyleme!" diye bağırdı. Canlanmış gibiydi; Razumihin'e bakarak ikide bir gülüyor, böylece de onu büsbütün çileden çıkarıyordu.

Razumihin heyecanlı bir şekilde Porfiri'nin sözünü keserek: "Hiçbir neden kabul edilmiyor!" dedi. "Yalan söylemiyorum! Sana onların kitaplarını gösterebilirim: onlara göre her aksaklık, çevrenin bozukluğundan kaynaklanıyor, hepsi bu! En sevdikleri laf, bu! Yani eğer toplumsal düzen yoluna konulacak olursa, bir anda bütün suçlar yok oluverecek; çünkü ortada protesto edecek bir şey kalmayacak. Ve herkes bir anda dürüst olacak. Doğa diye bir şey hiç hesaba katılmıyor, yok sanki böyle bir şey! Doğa, kapı dışarı! Onlara göre, tarihsel olarak, canlı bir biçimde gelişen ve eninde sonunda düzenli bir toplumsal yapıyı sağlayan insanlık yoktur: tam tersine, tarihsel gelişmeden ve canlı süreçlerden önce bütün insanlığı düzenleyen, bütün insanlığı bir anda dürüst, kusursuz bir hale getiren, matematik bir kafadan doğma bir toplumsal düzen vardır. Onların tarihten bu kadar nefret etmelerinin ve onu "rezillikler ve aptallıklar yığını" olarak nitelemelerinin nedeni budur. Böylece her şeyi aynı saçmalıkla açıklama olanağını elde ediyorlar! Yaşamın canlı akışından nefret etmeleri de bu yüzden. Canlı varlığa ne gerek var! Canlı varlık için yaşam gereklidir, canlı varlık makinelere boyun eğmez, canlı varlık kuşkucudur, canlı varlık gericidir! Berikinde ise, bir ölü kokusu var, istersen kauçuktan da yapabilirsin böylesini; buna karşılık cansızdır, iradesizdir, köle ruhludur, başkaldırmaz!

Böylece sonunda her şeyi tuğla istifine, falan sterde koridor ve odaların yerleştirilmesine getirip dayıyorlar! Falanster hazır ama siz falanster için hazır mısınız? Hayır, sizin doğanız henüz falanster için hazır değil; o yaşamak istiyor, yaşam sürecini henüz tamamlamamış... Mezar için henüz zaman erken! Yalnızca mantıkla doğayı aşıp geçemezsin! Mantığın önceden yalnız üç durumu kestirilebilir; oysa bunlar yaşamda milyonlarcadır!

Bu milyonlarca duruma boş vermek ve her şeyi konfor sorununa indirgemek! Bu, sorunun en kolay çözüm yoludur! Ve insanı baştan çıkartacak kadar göz kamaştırıcı bir çözüm! Fazlasını düşünmek bile gereksiz! Evet, en önemlisi de, düşünmek gereksiz! Yaşamın onca gizi, iki kitap forması içine sığdırılmış!"

Porfiriy gülümseyerek

"Amma yırtındın yahu!" dedi. "Bağlayın şunu, yoksa susmayacak! Raskolnikov'a döndü. Düşünebiliyor musunuz, dün gece de böyle... Bir odada altı kafadan ses... Üstelik herkes bol bol punç içmiş... Hayır, dostum, sözlerin birer palavra! "Çevre" suç işlemede çok önemlidir; bunu sana kanıtlayabilirim."

"Önemli olduğunu ben de biliyorum, ama sen bana söyle bakalım: kırk yaşında bir herif on yaşında bir kızı kirletirse, bu işi çevrenin zoruyla mı yapmış olur?"

Porfiriy büyük bir ciddiyetle:

"Evet" dedi, "hem de tam anlamıyla çevrenin zoruyla yapmış olur. Kıza karşı işlenen bu suç, çok ama çok büyük ölçüde çevreyle ilişkilidir."

Razumihin öfkeden kuduracak gibiydi:

"İster misin" dedi, "senin beyaz kirpikli oluşunun, "Ivan Velikiy" çan kulesinin seksen metre yüksekliğinde olmasından, ama yalnız ve yalnız bundan ileri geldiğini kanıtlayayım mı sana? Üstelik de bunu sana apaçık bir şekilde, büyük bir doğrulukla, ilerici, hatta liberal bir ağızla kanıtlayıvereyim? Nasıl, bahse var mısın?"

"Varım! Dinleyelim bakalım, nasıl kanıtlayacaksın!"

Razumihin yerinden fırladı, elini kolunu sallayarak:

"İşin gücün rol yapmak, kendini olduğundan başka göstermek!" diye bağırdı. "Konuşmaya değer mi senin gibi bir adamla!

Sen onu bilmezsin daha. Rodion, mahsus böyle yapar o! Dün de sırf adamları maskara etmek için onlardan yanaymış gibi göründü. Neler söylemedi yarabbi! Bu böyle konuşuyor diye ötekiler de nasıl seviniyorlardı! Hem de girdiği rolü bir iki hafta sürdürür! Geçen yıl bizi papaz olacağına inandırmıştı; tam iki ay papazlık türküsü söyledi durdu. Geçenlerde de evleneceği masalını uydurdu, sözde, nikâh için bütün hazırlıklar tamammış... Kendine yeni bir elbise bile diktirdi. Biz de kendisini kutlamaya başladık, oysa ortada ne gelin vardı, ne bir şey!"

"Yine yalan söyledin! Ben elbiseyi daha önce diktirmiştim. Zaten yeni elbise esinledi bana sizi işletmeyi."

Raskolnikov:

"Gerçekten de kendinizi olmadığınız gibi gösterir, böyle şeyler yapar mısınız?" diye sordu.

"Yapmam diye mi düşünüyordunuz? Durun hele size de bir numara yapayım da görün, hah-hah-ha! Hayır, ben size şimdi gerçeklerden söz edeceğim. Bütün bu konuştuğumuz şeyler, suç, çevre, küçük kız... Bana sizin bir yazınızı hatırlattı aslında, her zaman ilgimi çekmiştir o yazınız benim. "Suçlar Üzerine"... Ya da... Durun bakayım, nasıldı? Neyse, başlığını hatırlayamıyorum. İki ay kadar önce "Periodiçeskaya Reç" gazetesinde okumak zevkini tatmıştım."

Raskolnikov şaşırmıştı:

"Benim bir yazım mı? 'Periodiçeskaya Reç'de? Gerçekten de altı ay önce, üniversiteden ayrıldığımda, bir kitap üzerine bir yazı yazmıştım, ama yazımı 'Periodiçeskaya Reç'e değil, 'Yejenedelnaya Reç'e vermiştim."

"Ama 'Periodiçeskaya Reç"de çıktı."

"Yejenedelnaya Reç" kapandığı için yazımı basamamışlardı..."

"Doğru, 'Yejenedelnaya Reç' yayınına son verdi ve Periodiçeskaya Reç'le birleşti. Yazınız da bundan dolayı, iki ay önce 'Periodiçeskaya Reç'de yayımlandı. Demek bilmiyordunuz?"

Raskolnikov gerçekten de bilmiyordu.

"Gidip kendilerinden yazınızın parasını isteyebilirsiniz! Doğrusu şaşılası bir insansınız! Öylesine kabuğunuza çekilmişsiniz ki, sizi doğrudan ilgilendiren şeylerden bile haberiniz yok. Bu bir gerçek!"

Razumihin bağırdı:

"Bravo, Rodya! Bundan benim de haberim yoktu! Bugün hemen bir okuma odasına gidip gazetenin o sayısını arayacağım! İki ay önce mi dedin? Tarihini tam biliyor musun? Neyse, arar bulurum! Şu işe bak! Söylemez de!"

"Peki, siz yazının benim olduğunu nasıl anladınız? İmza yerine adımın baş harfleri vardı?"

"Bir rastlantı sonucu öğrendim, hem de bugünlerde... Gazetenin yazı işleri müdürü arkadaşımdır... Yazı beni çok ilgilendirmişti..."

"Yanlış hatırlamıyorsam, suç sürecinde suçlunun psikolojik durumunu incelemiştim."

"Evet. Ve suçu gerçekleştirme anında suçlunun hasta olduğunu savunuyorsunuz. Doğrusu çok ama çok özgün bir düşünce... Ama biliyor musunuz, beni, yazınızın bu bölümü değil de, sonlara doğru ileri sürdüğünüz, ama ne yazık ki üstü kapalı olarak, araştırma biçiminde ileri sürdüğünüz, bir düşünce daha çok ilgimi çekti... Kısacası, hatırlıyorsanız, yazınızda ima yollu her tür suçu, her tür cinayeti işleyebilecek... İşleyebilecek değil de, işlemeye hakları olan birtakım insanlardan ve bunlar içini yasa ve benzeri engellerin bulunmadığından söz ediyorsunuz!.."

Raskolnikov, düşüncelerinin art niyetle ve zorlamalı bir biçimde çarpıtılmasına gülümsedi.

Razumihin biraz da korkuyla:

"Nasıl? Bu da ne demek?" diye sordu. "Suç işleme hakkı mı? Yoksa yine çevrenin bozukluğundan mı!"

"Hayır, bu kez çevreyle hiçbir ilgisi yok işin" dedi Porfiriy. "Sorun şu ki, Rodion Romanoviç'in yazısında insanlar "olağanüstüler" ve "sıradan olanlar" diye ikiye ayrılıyor. Sıradan insanlar uysal, söz dinler kişiler olarak yaşarlar ve yasaları çiğneme hakları yoktur, çünkü onlar, adı üstünde, sıradan insanlardır. Yanılmıyorsam böyleydi?"

Razumihin, şaşkınlık içinde:

"Ama nasıl olur? Hayır olamaz!" diye söylendi.

Raskolnikov yine gülümsedi. Sözü nereye getireceklerini hemen anlamıştı. Yazısını hatırlıyordu. Meydan okumayı kabul etti. Sakin, alçakgönüllü:

"Yazımda ileri sürdüklerim sizin söylediğiniz gibi değildi" dedi. "Yine de itiraf ederim ki, düşüncelerimi doğru, hatta tümüyle doğru bir biçimde özetlediniz (Tümüyle doğru olduğunu kabul etmesi hoşuna gitti.) Aramızdaki biricik fark, benim, sizin söylediğiniz gibi, olağanüstü insanların her zaman, her türlü rezilliği ille de yapabileceklerini, yapmak zorunda olduklarını söylememiş olmamdır. Sanırım, öylesi bir yazının yayımlanmasına zaten izin vermezlerdi. Ben yalnızca "olağanüstü" insanın ülkülerinin gerçekleşmesi için gerekiyorsa (yalnızca bu koşulla: ülkülerinin gerçekleşmesi için gerekiyorsa... Kaldı ki, bunlar tüm insanlık için de kurtarıcı birtakım ülküler olabilirler) bazı engelleri aşmaya kendinde bir hak bulabileceğini (resmi olmayan bir haktır bu) ima etmiştim. Demin yazımın pek açık olmadığını buyurdunuz! Elimden geldiğince onu size açmaya hazırım. Sizin istediğinizin de bu olduğunu söylersem, sanırım yanılmış olmam. Buyurun öyleyse. Kepler ya da Newton'un buluşlarını, çeşitli kombinezonlar yüzünden bu buluşların açığa çıkmasına engel olan, bunların yolunu tıkayan bir, on, yüz ya da daha çok kişinin hayatları feda edilmeden insanlık öğrenemeyecekti diyelim. Bu durumda bence, Newton'un buluşunu tüm insanlığa iletebilmek için bu on ya da yüz kişiyi ortadan kaldırmaya hakkı vardı, hatta bu onun için bir zorunluluktu. Bundan hiçbir zaman Newton'un önüne geleni asıp kesmeye, ya da her gün çarşı pazarda hırsızlık etmeye hakkı olduğu sonucu çıkmaz. Daha sonra, hatırımda yanlış kalmadıysa, bu görüşümü şöyle geliştiriyordum. En eskilerden başlayıp, Likurg, Solon, Muhammed, Napolyon ve sonrakilerle sürüp giden insanlığın tüm kurucularının, yasa koyucularının, başka hiçbir nedenle değilse bile, yalnızca yeni yasalar koydukları, böylece de, toplumun kutsal saydığı, babadan kalma eski yasaları çiğnedikleri için, ayrıcasız hepsi birer suçluydular. Doğaldır ki bunların hepsi amaçlarına yardımı olacağına inandıkları anda kan dökmede (hatta bazen eski yasalara bağlılık duymaktan başka hiçbir suçu olmayan, tümüyle suçsuz insanların kanını dökmede) duraksamamışlardır. Hatta çok ilginçtir: bu iyiliksever, bu kurucu, yasa koyucu insanların çoğu büyük birer kan dökücüdür. Kısacası ben buradan şu sonuca varıyorum: büyükler bir yana, toplum içinde birazcık sivrilen, yani topluma söyleyecek birazcık yeni bir şeyleri bulunanlar, doğaları gereği, tabii kimi az, kimi çok birer suçlu olmak zorundadırlar. Tersi durumda zaten sivrilmelerine olanak yoktur; öte yandan sürünün içinde kalmayı da yine doğaları gereği kabul edemezler ki bence de kabul etmemek zorundadırlar. Kısacası, gördüğünüz gibi, buraya kadar söylediklerimde yeni hiçbir şey yok. Binlerce kez tekrarlanmış, yazılıp söylenmiş şeyler bunlar. Benim insanları olağanüstüler ve sıradan olanlar diye ayırmama gelince, bunun biraz keyfi bir ayırma olduğunu itiraf ederim; çünkü ben zaten kesin sayılar üzerinde durmuyorum. Ben öne sürdüğüm ana düşünceme inanıyorum. Bu ana düşüncenin özü şudur: insanlar doğa yasaları gereğince, genellikle iki bölüme ayrılırlar: aşağılar (sıradanlar), ki bunların biricik görevleri, kendileri gibi olanların çoğalmalarını sağlamak, bu işin aracı olmaktır ve kendi çevrelerine yeni bir söz söylemek yetenek ve dehasında olanlar. Doğaldır ki, bu arada sınırsız sayıda alt bölümleme yapılabilir. Ama bu iki ana bölümün ayırt edici çizgileri oldukça keskindir. Birinciler, yani kendileri gibi olanların çoğalmasına aracı olanlar, doğaları gereği tutucudurlar, uysaldırlar, boyun eğerek yaşarlar ve boyun eğmeyi severler. Bence de bunlar uysal ve boyun eğici olmak zorundadırlar, çünkü bu onların görevleridir ve burada onlar için aşağılatıcı bir durum söz konusu değildir, ikinci bölümdekilerse, sürekli olarak yasaları çiğnerler, yıkıcıdırlar, ya da yeteneklerine bağlı olarak, yıkıcılığa yatkındırlar. Bunların işledikleri suçlar, doğaldır ki, son derece çeşitli ve görelidir; ama büyük çoğunluğu, birbirinden apayrı nedenler ileri sürerek, daha iyi şeyler adına şimdinin yıkılmasını isterler. Bunların ülkülerini gerçekleştirmeleri için, cesetlerin, kan göllerinin üzerinden atlamaları gerekse, bence, kendilerine bu izni, vicdan rahatlığıyla verebilirler; tabi bu söz konusu ülkünün ne olduğuna, boyutlarının ne olduğuna bağlı olan bir şeydir, bu noktaya dikkatinizi çekerim. Yazımdaki suç işleme hakkını ben bu bağlamda ele aldım.

(Hatırlarsanız, hukuksal bir sorunun tartışması olarak girilmiştir konuya). Aslında fazla telaş edecek bir durum yok ortada: ikinci bölümdekilerin kendilerine tanıdıkları hakkı, yığın hiçbir zaman onlara tanımamıştır. Onları en ağır biçimde cezalandırmış, boyunlarını vurmuştur (az ya da çok) bunu yaparken de, tümüyle haklı olarak, kendi tutucu görevini yerine getirmiştir. Bununla birlikte, sonraki kuşaklarda aynı yığın, başları vurulan bu insanların heykellerini dikmiş ve onlara tapınmıştır (az ya da çok). Birinci bölümdekiler hep bugünün, ikinci bölümdekilerse hep yarının efendileridir. Birinciler dünyayı korurlar ve onu sayıca çoğaltırlar; ikinciler dünyayı hareket ettirirler ve onu bir amaca doğru yöneltirler. Her iki bölümdekiler de tümüyle eşit yaşama hakkına sahiptirler. Tek kelimeyle her iki yanın da hakları birbirine eşittir... Ve... Vive la guerre eternelle tabii Yeni Kudüs'e kadar!"

"O zaman siz Yeni Kudüs'e inanıyorsunuz?"

Raskolnikov "inanıyorum" dedi tok bir sesle. "İnanıyorum" derken de, uzun konuşması süresince de, halı üzerinde bir noktaya gözlerini dikmiş, başını hiç kaldırmamıştı.

"Tanrı'ya... Tanrı'ya da inanıyor musunuz? Merakımı bağışlayın."

"İnanıyorum" dedi Raskolnikov, başını kaldırıp Porfiriye bakarak.

"Peki, ya Lazar'ın dirilişine?"

"Buna da inanıyorum. Niçin soruyorsunuz bana bunları?"

"Gerçekten inanıyor musunuz?"

"Evet, gerçekten inanıyorum."

"Demek öyle... Merakım için bağışlayın. Şimdi izin verirseniz, deminki konuya dönüyorum... Her zaman da boyunları vurulmaz onların, hatta kimileri tam tersine..."

"Yaşarken zafer tacını giyerler? Bu doğru, kimileri ölmeden amaçlarına kavuşur, o zaman da..."

"Onlar kelle kesmeye başlarlar?"

"Eğer gerekiyorsa... Ve biliyor musunuz, çoğu kez de bu gerekmiştir. Aslında oldukça ince bir espriye dayanıyor düşünceniz."

"Teşekkür ederim. Yalnız bana şunu söyleyebilir misiniz: bu olağanüstüleri, olağanüstü olmayanlardan nasıl ayıracağız? Doğuştan birtakım belirtileri falan mı var? Demek istediğim, biraz daha açıklık, yani dıştan ayırt etmeyi sağlayacak bir belirginlik gerek: pratik ve iyi niyetli bir insan olarak bu doğal endişemi bağışlayın, ama özel bir giysi, ne bileyim, bir üniforma, ya da rozet gibi bir şeyler taşıyamaz mı bunlar? Çünkü eğer bir yanlışlık olur da, bu bölümden birisi, kendisinin aslında öteki bölümden olduğunu sanır ve sizin demin göz kamaştırıcı biçimde açıkladığınız gibi "bütün engelleri kaldırmaya" kalkarsa... Kabul edin ki, o zaman..."

"Oo, bu sık sık olur! Doğrusu bu düşüncenizde deminkinden de ince bir espri var..."

"Teşekkür ederim"

"Rica ederim. Yalnız unutmamak gerekir ki, böylesi yanlışlıklar yalnız birinci bölümdekiler, yani benim "sıradanlar" dediklerim (sanırım pek başarılı değilim bu adlandırmada) tarafından yapılabilir... Boyun eğmeye doğuştan yatkın olmalarına rağmen, doğanın, ineklerden bile esirgemediği bazı cilveleriyle, bunlardan birçoğu kendilerini öncü, "yıkıcı" gibi görmeyi severler ve "yeni söz" söyleme hevesine kapılırlar. Üstelik bunu da büyük bir içtenlikle yaparlar. Gerçek yenileri çoğu kez fark edemezler bile, hatta onları geri ve aşağılık şeyler düşünen insanlar olarak küçümserler. Ama burada bence ciddi bir tehlike söz konusu değildir. Sizin de, doğrusu, telaşlanmanızı gerektirecek bir neden yok. Çünkü bunlar hiçbir zaman ileri gidemezler. Kapıldıkları hevesten dolayı ve kendilerine kim olduklarını hatırlatmak için, kuşkusuz bunları kırbaçlamak da mümkündür, ama daha ileri gitmemek gerekir. Hatta kırbaçlama için özel birine de gerek yok burada, onlar kendi kendilerine yaparlar bu işi, çünkü son derece dürüsttürler, hatta bu hizmeti birbirlerinden esirgemeyenler de vardır aralarında; kimileriyse kendisine verilecek cezayı başkasına bırakmaz, bu işi kendi eliyle yapar... Kendilerini çeşitli biçimlerde açık itiraflara zorlarlar... Güzel ve ibret verici bir tablodur bu... Kısacası, telaşlanmanızı gerektirecek bir durum yok... Bu işin böylesi yasaları var."

"Doğrusu, hiç değilse işin bu yönünden yüreğime su serptiniz... Gelin görün ki telaşlanmayı gerektirecek bir başka nokta daha var: söyler misiniz lütfen, kendilerinde başkalarını boğazlamak hakkını gören şu "olağanüstüler" pek mi çoktur? Ben, kuşkusuz, bunların önünde saygıyla eğilmeye hazırım, ama siz de kabul edersiniz ki, eğer bunların sayıları fazlaysa, bu dehşet verici bir şeydir, öyle değil mi?"

"Ah, bu bakımdan da kaygılanmanızı gerektirecek bir durum yok. Genel olarak yeni düşünceleri olan, hatta yeni denebilecek bir şeyler söyleme yeteneğinde olan insanlar pek seyrek doğarlar, hatta şaşılacak kadar seyrek doğarlar. Bilinen bir şey varsa o da, bütün bu farklı bölümlerdeki insanların doğum düzenlerinin, bir doğa yasasıyla hiç yanlışsız ve kesin olarak belirlenmiş olmasıdır. Kuşkusuz, sözünü ettiğim bu doğa yasasının nasıl bir yasa olduğunu biz şimdilik bilmiyoruz; ama ben bunun varlığına ve sonraları nasıl bir şey olduğunun anlaşılıp herkes tarafından kabul edileceğine inanıyorum. Yeryüzünde milyonlarca insan, bizim için hâlâ bir giz olan birtakım süreçlerle ve birtakım çabalarla, cins ve türlerin birbirleriyle çaprazlanmasını sağlayarak, binde bir olsun özgün ve yaratıcı bir insan dünyaya getirebilmek amacıyla, yalnızca böyle bir amacın aracı olabilmek amacıyla, yalnızca böyle bir amacın aracı olarak yaşıyorlar. Daha yüksek nitelikleri taşıyan bir insan için bu oran on binde birdir. (Sayıları örnek olsun diye veriyorum.) Daha da yükseği ise ancak yüz binde bir gerçekleşebilir. Dahiler milyonda bir yetişir; insanlığın olgunlaşmasını sağlayan büyük dehalar için ise yeryüzünden belki de binlerce milyon insanın gelip geçmesi gerekmektedir. Kısacası ben bütün bu sürecin geçtiği imbiğe bakmadım. Ama bu işlerin belli bir yasasının olması gerektiği hiç kuşkusuzdur. Burada rastlantı söz konusu olamaz!"

Razumihin sonunda dayanamadı ve:

"Ne yapıyorsunuz yahu? Şaka mı ediyorsunuz siz?" diye bağırdı. "Yoksa birbirinizle dalga mı geçiyorsunuz? Oturmuşlar, birbirleriyle alay ediyorlar! Rodya, sen ciddi misin?"

Raskolnikov dönüp Razumihin'e baktı; yüzü solgun ve üzüntülü gibiydi. Bu durgun, üzüntülü yüzün karşısında, Porfiri'nin gizlemeye bile çalışmadığı ve insanın sinirine dokunan terbiyesiz, alaycı yüzü, Razumihin'in pek tuhafına gitti.

"Kardeş, bunları söylerken eğer ciddiysen, yani, bütün bu dediklerinin hiç de yeni şeyler olmadıklarını, daha önce binlerce kez okuduğumuz ve dinlediğimiz şeylere benzediklerini söylerken ciddiysen, bunda haklısın! Ama söylediklerin içinde gerçekten özgün olan ve gerçekten de sana ait olan şey, bunu dehşetle söylüyorum, vicdan sesine uyularak kan dökülmesine izin vermendir... Hem de, beni bağışla, nasıl bir kör inançla! Senin yazının ana düşüncesi de, sanırım bu. Hem bu vicdan sesine uyarak kan dökme, bence resmi yolla, yani yasal olarak kan dökmekten daha korkunç bir şey!"

"Tümüyle katılıyorum" dedi Porfiriy, "böylesi çok daha korkunç!"

"Hayır" diye devam etti Razumihin, "yazında biraz fazla coşmuş ve ileri gitmiştin! Bir yanlışlık var bu işte. Okuyacağım yazını... Fazla coşmuş ve kendi coşkunluğuna kapılıp gitmişsin! Sen böyle düşünüyor olamazsın! Bulup okuyacağım yazını..."

"Yazıda bunların hiçbiri yok" dedi, Raskolnikov, "yalnızca birtakım imalar var."

Porfiriy yerinde duramıyordu:

"Evet... Evet... Suç olayına nasıl baktığınız konusunda hemen hemen aydınlanmış bulunuyorum... Yakanıza yapışıp kaldığım için beni bağışlayın, sizi rahatsız ettiğim için utanç duyuyorum... Demin, bölümleri birbirine karıştırma yanlışı konusunda beni tümüyle yatıştırdınız... Ama beni hâlâ kaygılandıran bazı pratik noktalar var. Diyelim, bir adam, ya da bir delikanlı, günün birinde kendini, tabii geleceğin bir Likürg'ü ya da Muhammedi gibi görmeye başlarsa, yallah deyip önündeki engelleri kaldırmaya girişecektir... Kuşkusuz, uzun bir savaş bulunmaktadır önünde. Savaş içinse paraya gerek vardır. Bu kez de, hadi bakalım, savaş için para bulmaya girişecektir... Öyle değil mi?"

Zamyotov köşesinden kıkırdadı, Raskolnikov o yana bakmadı bile:

"Bu tür olayların gerçekten de olabileceğini kabul etmek zorundayım" dedi. "Aptallar ve ün peşinde koşanlar bu tuzağa düşebilirler... Özellikle de gençler..."

"Gördünüz mü? Öyleyse?"

"Öyleyse..." dedi Raskolnikov, gülümseyerek, "bunun suçlusu herhalde ben değilim. Bugüne dek böyleydi, bundan sonra da böyle olacak. Arkadaş (başıyla Razumihin'i gösterdi) az önce benim kan dökülmesine izin verdiğimi söylüyordu. Veriyorsam ne olmuş? Toplum sürgünlerle, hapishanelerle, sorgu yargıçlarıyla, kürek cezalarıyla, esaslı bir şekilde güven altına alınmış değil midir? Ne diye kaygılanıyorsunuz? Arayın hırsızı!"

"Ya bulursak?"

"Pahalıya ödetin."

"Akla uygun. Peki ya vicdan?"

"Size ne vicdandan?"

"Öylesine, insanca bir duyguyla sordum."

"Vicdanı olan, hatasının da bilincindeyse, varsın acı çeksin. Bu kürek cezasına ek olarak ona ikinci bir cezadır."

Razumihin kaşlarını çatarak:

"Peki ya gerçekten dahi olanlar dedi, hani şu kendilerine başkalarının boğazlama hakka verilenler? Onların acı çekmemeleri gerekiyor, değil mi? Hatta döktükleri kanlar için bile?"

"Gereklilik de nereden çıktı? Burada ne buyruk, ne yasak söz konusu. Kurbanına acıyorsa, varsın acı çeksin... Acı ve üzüntü, engin bir bilinç ve derin bir yürek için her zaman zorunludur. Birden, birileriyle konuşur gibi değil de, yüksek sesle düşünür gibi ekledi: "Bence, gerçekten büyük insanlar, büyük acılar çekmek zorundadırlar."

Gözlerini kaldırdı, herkesin yüzüne dalgın dalgın baktı, gülümseyip şapkasını aldı. Buraya geldiği zamanki durumuna göre, şimdi çok sakindi; bunu kendi de duyumsuyordu. Herkes ayağa kalktı.

"Vallahi ister sövün, ister kızın, ama aklıma takılan bir küçük soruyu daha sormaktan kendimi alamayacağım (biliyorum, sizi çok rahatsız ettim) ama aklıma gelen küçük bir düşünce var, hani unutmamak için..."

Raskolnikov yüzü soluk ve ciddi ayakta bekliyordu.

"Buyurun, söyleyin bakalım küçük düşüncenizi" dedi.

"Doğrusu, bunu size en açık biçimde nasıl söyleyebileceğimi ben de bilmiyorum... Bu küçük düşüncem biraz fazla psikolojik... Yani pek ele avuca gelir bir şey değil... Sizin... Şu yazınızı yazarken... Yani kendinizi bir damlacık olsun... Heh-he! Yeni bir söz söyleyen şu "olağanüstü" insanlardan biri saymamış olmanız mümkün değildi herhalde? Yani sizin anladığınız anlamda?"

Raskolnikov nefretle:

"Çok mümkün" dedi.

Razumihin şöyle bir kımıldandı.

Porfiriy devam etti:

"Çok mümkün olduğuna göre, gündelik bir başarısızlığınız nedeniyle, ya da herhangi bir sıkıntınızı gidermek için, ya da ne bileyim, insanlığa yararlı bir hizmette bulunmak için, önünüze çıkan engelleri aşar mısınız?"

Porfiriy bunları söyledikten sonra, tıpkı az önce yaptığı gibi, birden ona sanki sol gözünü kırparak belli belirsiz güldü.

Raskolnikov meydan okurcasına ve aşağılayarak:

"Böyle bir şey yapsam, herhalde size söylemezdim" dedi.

"Hayır, ben yalnızca... Hani yazınızı edebi bakımdan daha iyi değerlendirebilmek için sordum bunu."

Raskolnikov tiksintiyle, 'Tuh, böylesine apaçık ve böylesine utanmazca!" diye düşündü. Sonra kupkuru bir sesle:

"Belirtmeme izin verin" dedi, "ben kendimi ne Muhammed, ne de Napolyon sayıyorum... Ve ne de bunlara benzer biri... Bu duruma göre de, onların yerinde olmadan, onlar gibi olsaydım nasıl davranırdım, şeklindeki bir soruya, sizin için doyurucu olabilecek bir karşılık veremem."

Porfiriy aniden aşırı bir samimiyetle:

"Geçin efendim" dedi, "bugün bizde, Rusya'da kendini Napolyon saymayan mı var ki?"

Porfirinin bu kez ses tonunda, söyleyiş biçiminde bile apaçık bir şeyler vardı.

"Geçen, hatta bizim Alyona Ivanovna'yı baltayla halleden de sakın şu geleceğin Napolyonlarından biri olmasın?"

Köşesinde oturmakta olan Zamyotov ağzından kaçırmıştı bu sözleri.

Raskolnikov, bakışlarını Porfiri'ye dikmiş, hiçbir şey söylemeden öylece duruyordu. Razumihin'in yüzü karardıkça kararmıştı. Zaten bir süredir bir şeyler sezinlemekteydi. Çevresine öfkeyle bakıyordu. Bu ağır sessizlik bir dakika kadar sürdü. Raskolnikov gitmeye davrandı.

Porfiriy aşırı bir incelikle elini uzattı, sevecenlikle: "Gidiyor musunuz?" dedi, "Tanıştığıma çok, çok sevindim. Ricanız konusunda içiniz rahat olsun. Anlattığım gibi bir şeyler yazıverin. Ya da, daha iyisi, doğrudan bana gelin... Bugünlerde... Hatta, isterseniz yarın... Herhalde saat on bir gibi orada olurum, her şeyi yoluna koyarız... Konuşuruz da... Orada en son bulunanlardan birisiniz, belki bize bir şeyler söyleyebilirsiniz..." Raskolnikov sert bir sesle:

"Demek" dedi, "kurallara uygun bir biçimde ve resmen sorguya çekmek istiyorsunuz beni?"

"Bunu da nereden çıkardınız? Şimdilik böyle bir şeye hiç gerek yok. Sanırım yanlış anladınız beni. Ben yalnızca bu fırsatı kaçırmamak için... Ve... Ve rehin sahiplerinin hepsiyle konuşmuş bulunuyorum... Bunların kiminden çeşitli kanıtlar elde ettim... Sizse sonuncu kişisiniz..." Birden aklına gelen bir şeye sevinerek, Razumihin'e döndü. "Yeri gelmişken... Şu Nikolaska yüzünden başımın etini yemiştin! Sanki ben bilmiyor muyum, -Raskolnikova döndü- bu çocuğun hiçbir suçu olmadığını? Ama elden ne gelir? Mitka'yı da epey rahatsız etmemiz gerekti... Aslında sorun şu, yani bu işin can alıcı noktası: siz o gün merdivenlerden çıkarken... Bir dakika, saat sekizde oradaydınız siz değil mi?"

"Evet, sekizde" dedi Raskolnikov, der demez de bunu söylemeyebileceğini düşünerek canı sıkıldı.

"Evet, saat sekizde açık bir daire vardı, hatırladınız mı? Burada çalışan iki işçiyi bari siz görmüş olaydınız, hiç değilse birini... Orada boya yapıyorlardı, hiç gözünüze çarpmadı mı? Bu onlar için çok ama çok önemlidir?"

Raskolnikov belleğini yokluyormuş gibi ağır ağır:

"Boyacılar mı? Hayır, görmedim" dedi. Müthiş bir gerginlik içindeydi; soruda gizli, tuzağın ne olduğunu bir an önce anlayabilmek için sanki ölümcül bir acı çekiyordu; bir yanlışlık yapmamak için tümden dikkat kesilmişti. "Sonra kapısı açık bir daire de gözüme çarpmadı... Ama dördüncü katta... (tuzağın ne olduğunu anlamıştı, zafer kazanmışçasına sürdürdü sözlerini) bir memur taşınıyordu... Hatırlıyorum... Tam Alyona Ivanovna'nın karşısındaki daireden... Çok iyi hatırlıyorum... Hatta hamallar divan gibi bir şey taşıyorlardı ve beni duvara sıkıştırmışlardı... Boyacılara gelince... Hayır, orada boya yapan birilerini görmedim ben... Hatta... Kapısı açık bir daire de, sanırsam, yoktu... Evet, evet, yoktu..."

Birden kendine gelen ve işin ne olduğunu anlayan Razumihin, Porfiri'ye:

"Ne yapıyorsun yahu sen?" diye bağırdı. "Boyacılar cinayetin işlendiği gün oradaydılar. Raskolnikov'sa cinayetten üç gün önce oradaydı. Sen ne soruyorsun, ha?"

Porfiriy eliyle alnına vurarak, "Eyvah! Günleri karıştırmışım!" dedi. "Hay Allah, bu iş bende kafa falan bırakmadı!" Raskolnikov'a döndü ve özür dilercesine. "Saat sekiz sularında boyacıları birilerinin orada görmesi bizim için çok önemli" dedi. "Buna sizin tanıklık edebileceğinizi sanmıştım... Oysa günleri karıştırmışım!"

Razumihin'in suratı asılmıştı:

"İnsan böyle konularda daha dikkatli konuşmalı." dedi.

Son sözler söylendiğinde antredeydiler. Porfiriy Petroviç, büyük bir incelikle onları kapıya kadar geçirdi... İkisi karanlık, asık bir yüzle çıktılar sokağa ve birkaç adım hiç konuşmadan yürüdüler. Raskolnikov derin bir soluk aldı...

V

Raskolnikov'un kanıtlarını çürütmeye çabalamak Razumihin'i şaşkına döndürmüştü. "İnanmam! İnanamam!" deyip duruyordu.

Pulheriya Aleksandrovna ile Dunya'nın kendilerini beklemekte oldukları Bakaleyev'in pansiyonuna yaklaşmışlardı. Razumihin, konuyu ilk kez açıkça konuşmanın verdiği heyecan ve şaşkınlıkla, yolda ikide birde duraklıyordu.

Raskolnikov soğuk ve alaycı bir gülümsemeyle:

"Sen inanma!" dedi. "Her zaman olduğu gibi hiçbir şey fark etmedin sen, bense her sözcüğü tartıyordum."

"Kuruntulu bir adam olduğun için tartıyorsun her sözcüğü... Hımm... gerçekten de Porfiri'nin tavrının tuhafça olduğunu kabul ediyorum... Özellikle de Zamyotov denen alçağın! Haklısın, bir şeyler vardı dilinin altında, ama neden? Neden?"

"Bir gecede düşüncesini değiştirdi de ondan."

"Bence, tam tersine! Tam tersine! Eğer şu sakat düşünceye kanıyorlarsa, bütün güçleriyle bunu gizlemeye, kartlarını belli etmemeye çalışırlardı... Oysa bunlar sözlerine hiç dikkat etmeden, son derece küstahça konuşuyorlardı!"

"Eğer ellerinde biraz delil, ama şöyle gerçek deliller... Ya da ciddi bir temele dayanan ufacık bir kuşkuları olsaydı, daha çok kazanma umuduyla ellerini gizlerlerdi, oyunu gizli oynarlardı; örneğin, çoktan bir arama yaparlardı! Ama ellerinde bir tek olsun delil yok. Yalnızca birtakım kuruntular, uçuşan birtakım düşünceler var. Edepsizleşmeleri ve şaşırtma yoluna başvurmaları, bundan... Porfiri belki de bunun için öfkeleniyor, canı sıkılıyor... Belki de başka bir amacı var... Akıllı bir adama benziyor... Bilir görünerek beni korkutmak istiyor da olabilir... Onun da kendine göre bir psikolojisi var... Ama keselim artık! Bu açıklamaları yapmak bile bana iğrenç geliyor!

"Ve aşağılayıcı, aşağılayıcı! Seni anlıyorum! Şu anda madem seninle açık açık konuşuyoruz -ki sonunda bu konuyu açıkça konuşmaya başlamamız çok iyi oldu!- şu anda sana açıkça itiraf ederim ki, onların kafasında böyle bir düşüncenin bulunduğunu ben çoktandır sezinliyordum. Gerçi bu belli belirsiz bir kuşkudan öteye geçen bir şey değildi, ama böyle de olsa, nasıl cesaret edebilirler böyle bir şeyi akıllarından geçirmeye? Bu düşüncenin kökleri nerelerde gizli. Nasıl öfkeden kuduracak hale geldiğimi bir bilsen! Şimdi şu duruma bak, yoksulluğun pençesinde kıvranan hipokontriyak bir genç... Kuruntulu, kendi değerini bilen ve kendine değer veren bir üniversite öğrencisi... Altı aydır, çekildiği köşesinde bir tek insan yüzü görmemiş... Ağır, sayıklamak bir hastalığın hemen öngününde, belki de tam hastalığın başladığı gün (buraya dikkat!) sırtında yırtık bir gömlek, ayağında tabanı gitmiş kunduralar, kendini birden karakolda birtakım polislerin ortasında buluveriyor ve burada bunların çeşitli aşağılamalarına katlanıyor... Derken birden burnuna bir borç senedi dayayıveriyorlar: saray müşavirlerinden Çebarov'a ait günü geçmiş bir senet... Ortalığı kaplayan ağır boya kokusu, otuz dereceyi bulan sıcaklık, karakolu dolduran bir yığın insan, pis, boğucu bir koku ve birkaç gün öncc cvinc gittiği bir kocakarının öldürüldüğü haberi... Ve bütün bunlar açlıktan karnı bağırsağına geçmiş bir durumdayken oluyor! Bayılmaz da ne yapar insan? Ve bunlar böyle bir şeyi dayanak yapıyorlar kuşkularına! Allah belasını versin! Bunun can sıkıcı bir şey olduğunu biliyorum Rodya'cığım, ama senin yerinde ben olsam, hepsinin gözünün içine baka baka bir kahkaha atar, ya da daha iyisi suratlarına şöyle okkalı bir tükürük savururdum! Hepsini bir güzel kalaylamayı da unutmazdım. Sen de tükür gitsin! Cesaret! Ayıp yahu!"

"Doğrusu güzel özetledi!" diye düşündü Raskolnikov. Sonra acıyla:

"Suratlarına tükürmek mi?" dedi. "Ama yarın yine sorgu var! Ve ben yarın yine bin bir açıklama yapmak zorundayım... Dün restoranda Zamyotovla konuşarak kendimi alçalttığım için öyle canım sıkılıyor ki!"

"Allah kahretsin! Yarın Porfîri'ye ben giderim! Ve onu şöyle... akrabaca sıkıştırırım... Bildiği bir şey varsa açıkça söylesin. Zamyotov'a gelince..."

"Sonunda akıl edebildi!" diye düşündü Raskolnikov.

Razumihin birden:

"Dur!" diye bağırdı. Raskolnikovu omzundan tutarak "dur! Sen demin saçmaladın! Evet, iyice düşündüm sen demin saçmaladın! Ne diye tuzak olsun ki bu? İşçilerle ilgili soru bir tuzaktı, dedin. Hiç aklın kesiyor mu: bu işi sen yapmış olsan, dairenin boyandığını, orada işçileri gördüğünü söyler misin? Tam tersine, görmüş olsan bile, görmedim dersin! İnsan kendi aleyhine tanıklık eder mi?"

"Eğer o işi ben yapmış olsaydım" dedi Raskolnikov isteksiz isteksiz ve gizlemeye çalışmadığı için tiksintiyle, "orada boya yapan işçileri gördüğümü kesin söylerdim."

"Kendi aleyhine... öyle mi?"

"Evet. Çünkü yalnızca mujikler ve çok deneyimsiz birtakım acemiler reddederler sorgu sırasında her şeyi. Birazcık aklı başında olan, birazcık görmüş geçirmiş bir insan, yok edilmesi elde olmayan bazı delilleri olanaklar ölçüsünde kabul etmeye çalışır. Yalnız, bunları bambaşka bir ışık altında, bambaşka anlamlara gelebilecek biçimde değişik nedenlerle açıklar ve yorumlar. Porfiri'nin kafasındaki hesap da buydu: benim de böyle bir karşılık vereceğimi, doğruyu dile getirmiş olmak için işçileri gördüğümü söyleyeceğimi ve bu konuda birtakım açıklamalara girişeceğimi sanıyordu."

"O takdirde de sana cinayetten iki gün önce orada işçi bulunmadığını, böylece de senin herhalde cinayet günü saat sekiz sularında orada bulunduğunu söyleyiverecek ve seni gafil avlayacaktı!"

"Evet, o da bunu hesaplıyordu; yani benim kendisine bir an önce gerçeğe uygun bir cevap verme telaşıyla, işçilerin orada cinayetten iki gün önce değil tam cinayet günü bulunduklarını unutacağımı sanıyordu."

"Böyle bir şey unutulabilir mi peki?"

"Tabii ki unutulabilir. Hem de kolayca... Kurnaz insanlar böylesi basit şeylerden tuzağa düşerler, insan ne kadar kurnazsa, basit şeylerden tuzağa düşürüleceğinden o kadar az kuşku duyar. Çok, çok kurnaz bir insanı özellikle de en basit şeylerden tuzağa düşürmek gerekir. Porfiriy hiç de senin sandığın gibi budalanın biri değil..."

"Öyleyse alçağın biri!"

Raskolnikov gülmekten kendini alamadı. Ama aynı anda, şu son açıklamaları yaparken duyduğu canlılık ve isteği tuhaf buldu. Oysa az önce konuşurken, üzüntü ve tiksintiden başka bir şey yoktu içinde.

"Anlaşılan bu sorunun bazı yönleri hoşuma gidiyor!" diye düşündü.

Ama sonra tedirginlik hissetti aniden. Beklenmedik, kaygı verici bir düşünceyle rahatsız olmuş gibiydi. Tedirginliği gitgide artmaktaydı. Bakaleyev'in pansiyonuna gelmişlerdi.

Birden:

"Sen yalnız gir," dedi, "ben şimdi dönerim."

"Nereye gidiyorsun? Geldik artık!"

"Gitmem gerek... Gitmeliyim. Bir işim var... Yarım saate kalmaz dönerim. Bizimkilere söyle"

"Öyleyse ben de seninle geliyorum!"

"Sen de mi bana işkence edeceksin!"

Raskolnikov bu sözleri öyle acı bir öfke, bakışlarında öyle derin bir umutsuzlukla söylemişti ki, Razumihin'in kolları yanına düştü. Bir süre merdivenlerde durup yüzü bir karış, Raskolnikov'un hızlı adımlarla evinin bulunduğu yönde yürüyüşünü izledi. Sonunda, dişleri kenetli, yumrukları silah, Porfiri'yi hemen o gün bir limon gibi sıkacağına and içerek, kendilerini uzun süredir beklemekten herhalde telâşlanmış olan Pulheriya Aleksandrovnayı yatıştırmak üzere merdivenleri çıkmaya başladı.

Raskolnikov ter içinde evine vardı; yorulmuştu, güçlükle soluyordu. Merdivenleri hızla çıkıp, kapısı kilitsiz duran odasına girdi ve hemen kapıyı çengelledi. Sonra, korkmuş, çılgına dönmüş bir halde, duvar kâğıdının arkasındaki deliğin bulunduğu köşeye atıldı, elini deliğe sokup birkaç dakika duvar kâğıdının en küçük kıvrımlarına varana dek her yanı yokladı. Bir şey bulamayınca, ayağa kalktı, derin bir soluk aldı. Az önce Bakaleyev'in pansiyonunun önünde, birden, ya delikte bir şey kaldıysa, diye düşünmüştü: bir zincir parçası, bir kol düğmesi, ya da bunların saklı olduğu, üzerinde kocakarının el yazısı bulunan bir kâğıt parçası? Daha sonra reddedilmesi olanaksız bir delil olarak karşısına çıkabilirdi bunlar.

Dalgın, düşünceli, öylece ayakta duruyor, dudaklarında aşağılayıcı, bilinçsiz, tuhaf bir gülümseme uçuşuyordu. Sonunda şapkasını aldı ve sessizce odadan çıktı. Kafası karmakarışıktı. Dalgın bir halde sokak kapısına vardı.

Kalın bir sesin: "İşte kendisi!" dediğini duyunca, başını kaldırıp baktı.

Kapıcıydı bu, kendisini uzunca boylu, esnaf kılıklı bir adama gösteriyordu. Adamın sırtında bir yelek ve ropdöşambrı andırır bir elbise vardı. Bu haliyle, uzaktan köylü kadınlara benziyordu. Yağlı bir kasket bulunan başını öne doğru eğmişti: aslında adamın bütün vücudu öne doğru eğikti, kamburcaydı. Buruşuk, porsumuş yüzü, yaşının elliden fazla olduğunu gösteriyordu. Çukurlarına gömülmüş küçücük gözleri sert, hoşnutsuz bakıyordu.

Raskolnikov kapıcıya yaklaşarak:

"Ne var?" diye sordu.

Esnaf kılıklı adam, hiç acele etmeden göz ucuyla onu uzun uzun ve dikkatle süzdü; sonra yavaşça döndü ve hiçbir şey söylemeden çıkıp yürümeye başladı.

"Ne oluyor?" diye bağırdı Raskolnikov.

Kapıcı:

"Şu adam" dedi, "gelip sizin adınızı vererek, burada şu isimde bir üniversite öğrencisi oturuyor mu, kimin dairesinde oturuyor, diye sordu. Tam o sırada siz indiniz, kendisine sizi gösterdim, ama gördüğünüz gibi, çekti gitti!"

Durum, kapıcının da ilgisini çekmiş gibiydi; ama anlaşılan bu o kadar fazla değildi; bir an düşündükten sonra dönüp odasına girdi.

Raskolnikov beklemeden adamın arkasından sokağa atıldı ve kendisini caddenin karşı yanında, yine bir şeyler düşünüyormuş gibi gözleri yerde ve yine aynı ölçülü, ağır adımlarla yürürken gördü. Adımlarını hızlandırıp adama yetişti, ama iyice yanına varmayıp, bir süre arkasından yürüdü. Sonunda aynı hizaya gelip yandan yüzüne baktı. Adam onu hemen fark etmişti, bir an gözlerini kaldırıp baktı, sonra yeniden indirdi. Böylece bir dakika kadar yan yana, hiçbir şey konuşmadan yürüdüler.

Sonunda Raskolnikov:

"Kapıcıya... Beni soruyordunuz?" dedi, sesi nedense çok yavaş çıkmıştı.

Adam cevap vermedi, öyle ki dönüp bakmadı bile. Yine sessizce yürüyorlardı.

"Bu da ne demek oluyor şimdi? Hem gelip soruyorsunuz, hem de hiçbir şey söylemiyorsunuz?" Sözcükler sanki ağzından çıkmak istemiyor gibiydi, sesi kesiliyordu Raskolnikov'un.

Adam bu kez gözlerini kaldırdı, uğursuz, karanlık bakışlarla Raskolnikov'u süzerek:

"Katil!" diye tısladı. Yavaşça, ama çok açık ve anlaşılır bir biçimde söylemişti bunu.

Raskolnikov'un birden bacakları tutmaz oldu, sırtında bir ürperti dolaştı, bir an yüreği bile sanki çarpmaz oldu; sonra birden, kendisini tutan bir çengelden kurtulmuşçasına hızla çarpmaya başladı. Böylece yüz adım kadar yan yana ve hiç konuşmadan yürüdüler.

Adam ona hiç bakmıyordu.

Raskolnikov duyulur duyulmaz bir sesle:

"Ne diyorsunuz siz? Ne katili? Kimmiş katil olan?" diye mırıldandı.

"Sen!" dedi adam, daha açık, anlaşılır ve etkileyici bir sesle ve Raskolnikov'un rengi gitmiş yüzüne, ışığı sönmüş gözlerine bakarak, gülümsedi: nefret dolu bir zafer gülümsemesiydi sanki bu. Bu sırada bir dört yol ağzına gelmişlerdi. Adam soldaki caddeye saptı, sağa sola bakmadan doğruca yürümeye başladı.

Raskolnikov adamın ardından bakakalmıştı. Elli adım kadar yürüdükten sonra adam dönüp kavşakta hâlâ kımıldamaksızın duran Raskolnikov'a baktı. Gerçi bu kadar uzaklıktan seçilemezdi, ama adam yine nefret dolu bir zafer gülümseyişiyle bakıyor gibi geldi Raskolnikov'a.

Zar zor yürüyerek odasına geri döndü, dizleri titriyor, müthiş üşüyordu. Şapkasını çıkarıp masanın üzerine koydu ve odanın ortasında on dakika kadar hiç kımıldamadan öylece ayakta durdu. Sonra bitkin düşüp kendini divana attı, hafif, hastalıklı inlemelerle bacaklarını kaldırıp iyice uzandı. Gözleri kapalıydı. Yarım saat kadar böylece yattı.

Hiçbir şey düşünmüyordu. Daha doğrusu dağınık, birbiriyle bağlantısız birtakım düşünceler, düşünce kuşları uçuşuyordu kafasında, ta çocukluğunda gördüğü, bir daha da hiç karşılaşmadığı, hiçbir zaman hatırlamayacağı birtakım insan yüzlerini görür gibi oluyordu: "V" kilisesinin çan kulesi, meyhanenin birinde bir bilardo masası ve bilardo oynayan bir subay, bodrum katta bir tütüncü dükkânındaki sigara kokuları, bir birahane, bulaşık suları dökülmüş, her yanı yumurta kabuğu kırıklarıyla dolu, karanlık pis bir merdiven, bir yerlerden duyulan çan sesleri... Bütün bu görüntüler kafasının içinde bir kasırga gibi dönüyor, yerlerini birbirlerine bırakıyorlardı. Bunlardan bazıları hatta hoşuna bile gidiyor, onları daha uzun süre canlı tutmaya çalışıyor, ama başaramıyordu: görüntüler parladıkları gibi, çabucak sönüyor, yitiyorlardı. Aslında, çok da fazla olmamakla birlikte, içinde onu ezen bir şeyler vardı. Bu, bazen hoşuna bile gidiyordu. Sırtındaki hafif ürpertiler henüz geçmemişti. Bu ürpertileri duymaktan da hoşlanıyor gibiydi.

Birden Razumihin'in telâşlı ayak seslerini ve konuştuğunu duydu. Hemen gözlerini yumdu, uyur gibi yaptı. Razumihin kapıyı açtı, bir süre eşikte durdu. Düşünüyor gibiydi. Sonra usulca içeri girdi, yine usulca divana yaklaştı:

"Bırak, uyusun! Yemeğini sonra yer!" Ses Nastasya'nındı, fısıldayarak söylemişti.

Razumihin:

"Haklısın" dedi, ikisi birden usulca çıkıp, kapıyı kapattılar.

Yarım saat daha geçti. Raskolnikov gözlerini açtı, sırtüstü dönüp, kollarını başının altına geçirdi.

"Kim bu adam? Yerin dibinden çıkar gibi karşıma dikiliveren bu adam kim? Neredeydi ve ne gördü? Her şeyi görmüş, buna kuşku yok... Peki ama o sırada nerede duruyordu, nereden bakıyordu? Ve niçin bugüne dek durdu da, şimdi, yerin dibinden çıkar gibi çıkıveriyor? Hem nasıl görebildi, mümkün mü görebilmesi? Hımm... Sırtında yine o soğuk ürpertileri duydu. Nikolay'ın kapının arkasında bulduğu kutu? Bu mümkün müydü sanki? Deliller? Bir milimlik bir şeyi gözden kaçırırsın, Mısır Piramitleri büyüklüğünde bir delil olarak karşına çıkar... O sırada orda bir sinek uçuyordu ve o gördü! Böyle mi yani? Hiç olacak şey mi bu?"

Birden, çok zayıfladığını, vücutça zayıf düştüğünü derin bir tiksinti ile fark etti. Acı bir gülümsemeyle düşüncelerini sürdürdü:

"Bunu bilmeliydim... Kendimi tanımama, kendimi sezmeme rağmen, hangi cesaretle baltalara sarılıp da ellerimi kana buladım! Bunu önceden bilmek zorundaydım..." Umutsuzluk içinde mırıldandı. "Ben bunu önceden de biliyordum!"

Arada bir, bazı düşünceleri, onu sanki hareketsizleştiriyordu:

"Hayır, o adamların yapıldıkları malzeme başka... Kendisi için hiçbir yasak olmayan gerçek hükmedici, Toulon'u topa tutar, Paris'te kırımlar düzenletir. Mısır'da ordularını unutur. Moskova'ya sefer düzenler, yarım milyon insanı harcar, Vilna'da bir kelime oyunuyla yakayı sıyırır, ölünce de heykelleri dikilir. Demek ki onun istediği her şeyi yapmasına izin var... Hayır, böyleleri etten kemikten yapılmış olamazlar, tunçtan yapılmış bunlar!"

Aklına bambaşka bir şey geldi, gülümsedi:

"Napolyon, Piramitler, Waterloo ve bir memurdan dul kalmış karyolasının altında kırmızı çekmece bulunan sıska, iğrenç, tefeci bir kocakarı... Porfiriy Petroviç'e nasıl anlatmalı bütün bunları? Nasıl inandırmalı? İnanır mı hiç böyle bir şeye! Bir kez, estetik engel buna. Hiç Napolyon bir kocakarının karyolası altına girer mi? Sünepe sende!"

Arada bir sayıkladığını sanıyordu: öylesine ateşleniyor, öylesine büyük bir coşkunluğa kaptırıyordu kendini.

"Aslında kocakarı meselesi çok saçma! Evet, belki bir hataydı bu, ama sorun kocakarı sorunu değil! Kocakarı yalnızca bir hastalıktı... Ben onu bir an önce aşıp geçmek istedim. Ben bir insan öldürmedim, bir ilkeyi öldürdüm! Evet, bir ilkeyi öldürdüm, ama üstünden aşıp ötesine geçemedim, bu yanda kaldım... Yalnızca adam öldürmeyi becerebildim. Hatta, anlaşılan bunu bile beceremedim... İlke mi? Şu Razumihin denilen ahmak demin sosyalistlere niçin sövüyordu ki? Sosyalistler çalışkan adamlar... Ve tüccar kafalı..." "Genel mutluluk" için uğraşıyorlar... Hayır, ben dünyaya bir kez geldim ve bir daha da gelmeyeceğim: "genel mutluluk" falan bekleyemem... Ben kendim için yaşamak istiyorum, yoksa hiç yaşamayayım, daha iyi... Ben yalnızca, cebimdeki rubleyi sımsıkı tutup, "genel mutluluk" bekleyerek aç bir annenin önünden geçmek istemedim. "Genel mutluluğu kurmak için gerekli tuğlaları taşıyor ve bundan da gönül rahatlığı" duyuyorlarmış! Hah-hah-ha! Beni unuttunuz! Ben bir kez geldim dünyaya ve yaşamak istiyorum. -Birden delice bir gülüşle- estetik bir bitim ben, başka bir şey değil, diye sürdürdü düşüncesini; başkalarının felâketleri karşısında öç alırcasına sevinç duyanların duygularına benzer bir duyguyla bu düşüncesini didiklemeye, onunla oynamaya, ondan avuntu ummaya başladı. Evet, gerçekten bir bitim ben, çünkü ilkin, şu anda bir bit olduğumu düşündüğüm için, bitim: ikincisi, bir ay boyunca, bu işi kendi zevk ve keyfim uğruna bir şeyler sağlamak için değil, sözde, soylu ve güzel bir amaca erişmek için yaptığıma, o yüce varlığı tanık gösterdiğim, onu rahatsız ettiğim için bir bitim. Hah-hah-ha! Üçüncüsü, işi yaparken, eşitlik ilkelerine ve aritmetik ölçülere olanaklar ölçüsünde uymayı benimsemiştim; bitler içinde en yararsızını, en bit olarak seçmiştim, onu öldürüp, ilk adımımı atmak için bana gerekli olan kadarını alacaktım, ne bir fazla, ne bir eksik. (Bu durumda geri kalan da herhalde kocakarının vasiyeti gereğince manastıra gidecekti, hah-ha!)... Ben kesinlikle bir bitim. Dişlerini gıcırdatıyordu. Ben belki de öldürülen, bitten de iğrenç bir bitim. Çünkü cinayeti işledikten sonra kendime böyle söyleyeceğimi sezinliyordum. Acaba dünyada bundan daha dehşet verici bir şey var mıdır? Ne alçaklık! Ne bayağılık! Atının üzerinde yalın kılıç naralanan "peygamber"! ne güzel anlıyorum. Allahın emri bu, ey "titreyen" yaratık, boyun eğ! Askerlerini sokağın ağzına yerleştirip, herhangi bir açıklama yapmayı bile gerekli görmeden ve suçlu suçsuz demeden ateş açan "peygamber"in çok, ama çok hakkı var. Boyun eğ, ey titreyen yaratık ve istek duyma, sen isteyemezsin, bu senin işin değil! Ah! Hiçbir zaman, hiçbir zaman bağışlamayacağım şu kocakarıyı!"

Yüzü ve saçları ter içinde kalmış, titreyen dudakları kurumuştu. Gözleri tavana dikiliydi.

"Annem, kız kardeşim... Nasıl da severdim onları! Şimdi neden nefret ediyorum? Evet, şimdi nefret ediyorum onlardan, fiziksel olarak nefret ediyorum, yanımda bulunmalarına katlanamıyorum. Bugün annemi öpmüştüm... Onu kucaklamak, sonra da böyle bir şey yaptığımı bilseydi, diye düşünmek... Acaba o sırada söyleyiverse miydim? Ne iyi olurdu! Hımm! Onu bütünüyle pençesine alan sayıklama haliyle mücadele ediyormuş gibi, büyük bir zorlulukla düşünüyordu. Benim gibiydi herhalde o da, bana benziyordu? Ah! Nasıl nefret ediyorum şu kocakarıdan! Dirilse, sanki bir daha öldürebilirim! Zavallı Lizaveta! O da sanki ne diye çıkıp geliverdi! Tuhaf şey, o hiç aklıma gelmiyor, sanki onu öldürmedim! Lizaveta! Sonya! Zavallı, uysal insanlar, tatlı bakışlı insanlar! Sevimli insanlar! Onlar niçin ağlayıp sızlamıyorlar? Onlar her şeylerini veren insanlardır... Sessiz sessiz, tatlı tatlı bakarlar... Sonya! Sonya! Ağzı var, dili yok Sonya!"

Ne yaptığının farkında değildi; bir anda kendini sokakta bulunca çok şaşırdı. Akşam iyice ilerlemişti, karanlık gitgide yoğunlaşıyordu. Tekerlek gibi bir ay, ortalığı her an biraz daha aydınlatıyordu. Ama hava nedense gündüze göre daha bir bunaltıcıydı. Yollar kalabalıktı. Esnaf ve çalışanlar, evlerine dönüyor, ötekiler geziniyorlardı. Hava kireç, toz ve durgun su kokuyordu. Raskolnikov üzüntülü, dalgın yürüyordu: evden bir amaçla çıktığını, bir şeyler yapması, hem de acele etmesi gerektiğini çok iyi hatırlıyor, ama bunun ne olduğunu bir türlü çıkaramıyordu. Birden durdu. Caddenin karşı tarafında bir adamın kendisine eliyle işaret ettiğini görmüştü. Yolun o yanına geçti, ama adam birden arkasını döndü ve yürümeye başladı: sanki çağıran o değildi, başını eğmiş, hiçbir yana bakmadan yürüyordu. "Çağırdı mı, çağırmadı mı?" diye düşündü Raskolnikov, ama yine de adamın arkasından koşmaya başladı. Daha on adım bile atmamıştı ki, adamı tanıdı, korktu. Deminki adamdı bu, yine kamburdu, üzerinde yine aynı elbise vardı. Raskolnikov uzaktan adamı izlemeye başladı; yüreği hızla çarpıyordu. Bir sokağa saptılar. Adam hâlâ dönüp arkasına bakmamıştı. "Acaba arkasından geldiğimi biliyor mu?" diye düşündü Raskolnikov. Adam büyük bir evin avlu kapısından içeri girdi. Raskolnikov adımlarını sıklaştırıp kapıya yaklaştı ve bakmaya başladı: dönüp bakmayacak mıydı adam, çağırmayacak mıydı kendisini? Gerçekten de adam kapıdan geçip avluya girince, birden arkasına döndü ve tıpkı deminki gibi bir işaret yaptı. Raskolnikov hemen kapıya atıldı, avluya girdi. Ama adam yok olmuştu. Herhalde en yakındaki merdivene sapmıştı. Raskolnikov arkasından koştu. Gerçekten de, iki kat kadar yukarıdan, birinin ağır, ölçülü adımlarla merdivenlerden çıktığı duyuluyordu. Şaşılacak şey! Bu merdivenler hiç yabancı değil! İşte birinci katın penceresi gizemli, kederli bir ay ışığı süzülüyor pencereden. İşte ikinci kat. Vay anasına! Burası boyacıların çalıştığı daire değil mi? Nasıl olmuş da hemen çıkaramamıştı? Adamın ayak sesleri duyulmaz olmuştu: "ya durdu, ya da bir yere gizlendi bekliyor." İşte üçüncü kat! Devam etmeli mi acaba? Nasıl sessizlik bu böyle, insanı ürkütüyor! Çıkmaya devam etti. Kendi ayak seslerinden de ürküyor, heyecanlanıyordu. Aman Tanrım, nasıl da karanlık! Adam herhalde buralarda bir köşeye gizlenmiş olacak! Aa! Kapı ardına kadar açık... Raskolnikov biraz düşündü ve içeri girdi. Hol çok karanlık ve bomboştu. Her şey götürülmüş gibiydi. Ayaklarının ucuna basarak usulca salona girdi: ay ışığıyla yıkanıyor gibiydi salon. Sandalyeler, ayna, sarı divan, duvarda asılı resimler... her şey yerli yerindeydi. Bakır rengi kocaman yusyuvarlak bir ay pencereyi dolduruyordu. "Aydan ileri geliyor bu sessizlik herhalde" diye düşündü Raskolnikov. "Sanırım bir bilmece soruyor şimdi ay." Durmuş bekliyordu. Uzun bir süre böylece bekledi. Ayın sessizliği arttıkça, onun yüreğinin vuruşları da şiddetleniyordu, hatta acı duyuyordu yüreğinin vuruşlarından. Sessizlik olanca görkemiyle sürüyordu. Birden, ince bir dal kırılırmış gibi hafif, kuru bir çıtırtı duyuldu, sonra yine ortalık sessizliğe gömüldü. Uyanan bir sinek birden uçmaya başladı, sonra cama çarparak yakınırcasına vızıldadı. Tam bu anda, köşede, komodinle pencere arasında, duvarda mantoya benzer bir şey görür gibi oldu. "Bu da nesi? Daha önce burada böyle bir şey yoktu!" diye düşündü. Usulca mantoya yaklaştı. Sanki arkasında biri gizleniyor gibiydi. Ucundan tutup yavaşça kaldırdı... Ve köşede, bir sandalyenin üzerine oturmuş kocakarıyı gördü. Kadın başı öne eğik, yumulmuş gibi oturuyordu, bu yüzden, yüzünü görememişti, ama bu oydu. Kadının başında dikilip duruyordu. Sonra "korkuyor!" diye düşündü ve baltayı yavaşça ilmikten kurtarıp kadının kafasına indirdi. Bir, bir daha vurdu. Şaşılacak şey! Bu vuruşlara rağmen kadın kımıldamamıştı bile; sanki tahtadan yapılmıştı. Raskolnikov korktu. İyice eğilip kadına yakından bakmak istedi. Ama kocakarı da başını biraz daha aşağı indirdi. Bunun üzerine Raskolnikov yere, döşemelere kadar eğilip kadının yüzüne aşağıdan baktı ve korkudan donakaldı. Kocakarı sandalyesine oturmuş, onun duymaması için büyük bir çaba harcayarak, kıs kıs gülüyordu. Birden, yatak odasının kapısı da aralanmış gibi geldi Raskolnikov'a, sanki orada da birileri gülüşüyor, fısıldanıyordu. Kan beynine sıçramıştı: baltasını bütün gücüyle ve ardı ardına kocakarının kafasına indirmeye başladı. Ama baltayı her indirişinde, yatak odasından duyulan gülme sesleri artıyor, fısıltılar daha bir duyulur oluyordu. Kocakarı da sarsıla sarsıla gülüyordu. Raskolnikov kaçmak için atıldı, ama bütün antre, kapı ağzı merdiven aralığı salkım saçak insanla doluydu. Birbirlerinin başları üzerinden bakıyorlar, ama aynı zamanda hepsi de gizlenmiş, bekliyor ve susuyorlardı... Raskolnikov'un yüreği sıkışır gibi oldu, bacaklarını kımıldatamıyordu, büyümüş dev gibi olmuşlardı sanki... Bağırmak istedi... ve uyandı.

Güçlükle soluyordu. Ama şaşılacak şey, düş görmeye devam ediyordu sanki. Kapısı ardına kadar açıktı ve kapının eşiğinde hiç tanımadığı bir adam, gözlerini dikmiş ona bakıyordu.

Raskolnikov gözlerini daha tam açamadan yeniden kapadı. Kımıldamadan, sırtüstü yatıyordu. "Düş görmeye devam mı ediyorum, yoksa bu gördüğüm gerçek mi?" diye düşündü ve kirpiklerini hafifçe aralayarak baktı: yabancı, aynı yerde duruyor ve ona bakmaya devam ediyordu. Birden, usulca eşiği geçti, kapıyı arkasından özenle kapadı, masanın yanına kadar geldi; burada bir dakika kadar bekledi, -bu arada gözlerini bir an bile ondan ayırmamıştı- sonra hiç gürültü etmeden divanın yanındaki sandalyeye oturdu. Şapkasını yanına, yere bıraktı, iki elini bastonuna, çenesini de ellerine dayadı. Uzunca bir bekleyişe hazırlandığı görülüyordu. Raskolnikov'un, kırpışan kirpik yerinin arasından görebildiği kadarıyla, bu tıknaz, beyazımtırak sarı sakallı, pek genç denemeyecek bir adamdı.

On dakika geçti. Ortalık hâlâ aydınlıktı, ama artık akşam oluyordu. Odada derin bir sessizlik vardı. Merdivenlerden bile tek ses gelmiyordu. Yalnız arada bir cama çarpa çarpa uçan irice bir sineğin vızıltısı duyuluyordu. Sonunda bütün bunlar Raskolnikov için dayanılmaz bir hal aldı, birden yerinden doğrularak:

"Pekâlâ, söyleyin bakalım, ne istiyorsunuz?" dedi.

Yabancı, sakin sakin gülümseyerek, Raskolnikov'un sorusuna oldukça tuhaf bir karşılık verdi:

"Ben aslında sizin uyumadığınızı sadece uyur gibi yaptığınızı sezmiştim. Kendimi tanıtmama izin verin: Arkadiy İvanoviç Svidrigaylov..."

DÖRDÜNCÜ BÖLÜM

I

"Yoksa hâlâ düş mü görüyorum?" diye düşündü Raskolnikov karşısında duran misafirini kuşkulu gözlerle inceleyerek.

"Svidrigaylov mu! Bu çok saçma! Olamaz!" diye söylendi şaşkın bir halde.

Misafiri, genç adamın yaşadığı şaşkınlık karşısında hiç de şaşırmışa benzemiyordu.

"Ziyaretimin iki nedeni var: Birincisi, hakkınızda öyle ilginç şeyler duyuyorum ki sizinle tanışmak istedim. İkincisi, kız kardeşinizi de yakından ilgilendiren bir meselede bana yardım edebileceğinizi düşündüm. Öyle sanıyorum ki kardeşiniz, eğer birileri benim hakkımda iyi bir şeyler söylemeden yanına yaklaşmama dahi izin vermeyecektir. Ama sizin yardımınız olursa..."

"Yanılıyorsunuz" dedi Raskolnikov adamın sözünü keserek.

"Henüz bir gün önce geldiler, değil mi?"

Raskolnikov cevap vermedi.

"Evet, dün geldiler, biliyorum. Bende dün geldim. Bakın, kendimi aklamaya çalışmak gibi bir niyetim yok ama açıklamama izin verin Radion Romanoviç: Olaya objektif bir şekilde yaklaşacak olursanız, benim yaptığım şeyde gerçekten suç olarak kabul edilebilecek bir şey var mıydı?"

Raskolnikov, sessiz bir halde adama bakmaya devam ediyordu.

Yani suçum, kendini koruyamayacak durumda olan bir kızı sıkıştırmam ve onu "iğrenç tekliflerimle aşağılamamdır, öyle değil mi? Görüyorsunuz ki bunu herkesten önce kendim itiraf ediyorum! Yalnız, kabul ediniz ki, ben de etten, kemikten bir insanım... Kısacası, ben de âşık olur, sevebilirim. Bu durum kuşkusuz engelleyemeyeceğimiz bir şeydir. Bu durumda da her şeyin açıklaması son derece doğallık kazanıyor. Burada bütün sorun şu: ben bir canavar mıyım, yoksa bir kurban mı? Kurbansam, nasıl bir kurban? Düşünün: ben sevdiğim kıza benimle birlikte Amerika'ya ya da İsviçre'ye kaçmasını önerirken, belki de ona karşı sonsuz bir saygı besliyorum içimde. Yalnızca bu da değil, her ikimiz için mutlu bir gelecek kurmayı düşünüyorum. İnsan aklı, algılaması, tutkuların tutsağı oluyor çoğu kez. Ben belki de ondan çok kendime kıydım."

Raskolnikov onun sözünü tiksintiyle keserek:

"Hayır" dedi, "hiç de dediğiniz gibi değil! Siz ister haklı olun, ister haksız, ben sizden tiksiniyorum! Sizi tanımak, bilmek istemiyorum. Kovuyorum sizi! Defolun"

Svidrigaylov birden bir kahkaha attı:

"Pes doğrusu! Sizi kandırmak olacak şey değil! Kurnazlık edeyim dedim, ama hayır, siz sorunun en can alıcı noktasına parmak bastınız!"

"Ama siz şu anda bile kurnazlık ediyorsunuz..."

Svidrigaylov çıngıraklı bir kahkaha daha atarak:

"Ne olmuş sanki? Ne olmuş?" dedi. "Bonne Guerre (Mertçe yapılan savaş) derler buna, bu kadarcık bir kurnazlığa da mı izin yok artık? Ama siz benim sözümü kestiniz. Öyle ya da böyle, ben bir kez daha tekrarlıyorum: eğer bahçedeki o olay olmasaydı, hiçbir tatsızlık da olmayacaktı. Maria Petrovna..."

Raskolnikov onun sözünü kabaca keserek: "Duyduğuma göre" dedi, "Maria Petrovna'yı da öbür dünyaya siz göndermişsiniz?"

"Demek bunu da duydunuz? Hoş, duymamanız olacak şey değildi ya... Sorunuza gelince, bu konuda vicdanım tümüyle rahat olduğu halde, doğrusu nasıl yanıt vereceğimi bilemiyorum. Yani korktuğumu, çekindiğimi falan sanmayın, bu konuda gizli kapaklı hiçbir şey yok, her şey apaçık ortada: doktor raporları, tıka basa yemek yedikten ve bir şişeye yakında şarap içtikten sonra tok karnına banyoya girmenin neden olduğu beyin inmesinden söz ediyor. Raporlarda başkaca hiçbir şey yok. Bu kesinlikle böyle. Ama ben epeyce düşündüm olay üzerinde, özellikle de buraya gelirken, trende; bu acı, bu mutsuz sonda benim hiç mi payım yok? Onu sinirlendirdiğim için, ya da başka herhangi bir nedenle benim yüzümden olmasın tüm bunlar? Ama böyle bir şeyin söz konusu olamayacağı sonucuna vardım."

Raskolnikov gülümsedi:

"Keyfe keder üzüntülerle rahatsız etmişsiniz kendinizi!"

"Niçin gülüyorsunuz? Düşünün: topu topu iki kırbaç vurdum ona. İzi bile kalmadı bunların. Rica ederim, beni yüzsüz bir adam sanmayın, ben bunun benim yönümden ne denli aşağılayıcı bir şey olduğunu çok iyi biliyorum, hatta bunun da ötesinde bir şey; ama şunu da çok iyi biliyorum ki, Maria Petrovna da, nasıl söylemeli, benim bu merakımdan çok hoşnuda benziyordu. Doğrusunu isterseniz, kız kardeşinizle ilgili o olay alabildiğine sömürüldü. Maria Petrovna'nın evden bir yere çıkamadığının üçüncü günüydü. İlçede de görülmesi için bir neden kalmamıştı; o ünlü mektubu ile ilçede herkesi bıktırmıştı (mektubun okunması hikâyesini de duymuş muydunuz?) Ve derken benim şu iki kırbacı olağanüstü bir olay haline getirdi. Hemen arabayı hazırlamalarını buyurdu! Hiç hoşlanmıyor görünmelerine karşın, kadınların bazen aşağılanmaktan çok, ama çok büyük zevk aldıklarını söylemeye gerek bile görmüyorum. Gerçi bu herkeste böyledir, insanlar genellikle aşağılanmaktan çok, ama çok hoşlanırlar. Bilmem siz de fark ettiniz mi? Ama kadınlar için bu özellikle böyledir. Hatta denilebilir ki, yalnızca bununla yetinirler, bununla yaşarlar ve başka hiçbir şeye gerek duymazlar."

Raskolnikov bir ara kalkıp gitmeyi ve bu görüşmeye bir son vermeyi düşündü. Ama tuhaf bir merak, hatta hesaplılığa benzer birtakım düşünceler bir an için bunu yapmasına engel oldu.

Dalgın dalgın:

"Kavga etmekten hoşlanır mısınız?" diye sordu.

"Hayır, hiç hoşlanmam." dedi Svidrigaylov. Sesi sakindi "Maria Petrovna ile hemen hiç kavga etmezdik. Tam bir uyum içindeydik.

Benden hoşnuttu. Yedi yıllık evliliğimiz boyunca (eğer tümüyle kuşku verici, anlamsız olan üçüncüsünü saymazsak) topu topu iki kez kırbaç kullandım. Bunlardan ilki, evlendiğimizden iki ay sonra, çiftliğe yeni yerleştiğimiz sıralarda olmuştu; ikincisi ise işte şu son olaydır. Siz de beni canavar ruhlu, geri kafalı, kölelik yanlısı biri sanmıştınız herhalde? Heh-he! Yeri gelmişken: bilmem hatırlıyor musunuz Rodion Romanoviç, birkaç yıl önce, henüz mahkemelerin açık görüldüğü o mübarek zamanlarda, adını şimdi çıkaramadığım soylunun biri, bir Alman kadınını vagonda kırbaçlamıştı da, adamı gerek halk, gerekse basın rezil etmiş, yerin dibine batırmıştı. Çağın çirkin davranışı da aynı yıl olmuştu yanılmıyorsam? ("Mısır Geceleri" toplantılarını hatırlıyor musunuz? Kara gözler! Ah neredesiniz gençliğimizin o altın çağları!) Her ne ise, benim bu konudaki düşüncem şu: O Alman kadınını kırbaçlayan adama herhangi bir biçimde sevecenlik duymuyorum. Çünkü aslında böylesi bir davranış... Ne diye sevecenlik duyacakmışım ki böyle bir davranışa! Bununla birlikte şunu da söylemekten kendimi alamayacağım: İnsanın tepesini attıran öyle "Alman kadınları" oluyor ki bazen, hiçbir ileri görüşlü insan o soylu adamın yaptığını yapmayacağına ilişkin kendinden yana güvence veremez. Ama o zamanlar hiç kimse olaya bu açıdan bakmamıştı, oysa asıl insanca olan bu noktadır. Asıl hak ve adalet de budur!"

Svidrigaylov birden gülmeye başladı. Raskolnikov bir şeyi açıkça anlamıştı: Svidrigaylov kesin olarak bir şeylere karar vermişti ve gizli birtakım düşünceleri vardı.

"Birkaç gündür hiç kimseyle konuşmamışsınız galiba?" diye sordu Raskolnikov.

"Hemen hemen öyle. Ne oldu, benim böylesine aklı başında biri olmam mı şaşırttı sizi?"

"Hayır. Gereğinden çok aklı başında olmanız şaşırtıyor beni.

Sorularınızın kabalığına gücenmediğim için mi? Öyle, değil mi? Ne diye güceneyim ki?" Sonra, insanı şaşırtan bir saflıkla ve dalgın dalgın sürdürdü sözlerini: "Siz nasıl sorduysanız, ben de öyle yanıt verdim. Beni özellikle ilgilendiren hiçbir şey yoktur. Hele bu sıralar... Az önce söylediğim gibi, kız kardeşinize olan ilgim yüzünden birtakım bayağı düşüncelerle yüzünüze güldüğümü düşünmekte özgürsünüz! Ama size açıkça söyleyeyim ki, canım çok sıkılıyor. Özellikle şu son üç günden beri... Onun için sizi gördüğüme çok sevindim. Sakın gücenmeyin Rodion Romanoviç, ama nedense siz bana çok tuhaf bir insan olarak görünüyorsunuz. Biliyor musunuz, sizde bir şeyler var; özellikle şimdi, yani şu anda değil de, genel olarak şu sıralarda... Peki peki, geri aldım sözlerimi, çatmayın kaşlarınızı öyle! Sandığınız gibi yol yordam bilmez, kaba saba bir adam değilim."

"Bilmiyorum, belki hiç kaba saba bir adam değilsiniz" dedi Raskolnikov. Bakışları kederliydi. "Hatta bana öyle geliyor ki, siz çok iyi bir sosyete adamısınız, ya da hiç değilse, nerede nasıl davranılacağını bilen aklı başında bir insansınız."

Svidrigaylov soğuk, hatta biraz kendini beğenmiş bir tavırla:

"Doğrusunu isterseniz, beni kimsenin düşüncesi ilgilendirmez. Öte yandan, madem ki ülkemizde bayağı kişiler el üstünde tutuluyor, ben ne diye öyle olmayayım ki?" dedi ve gülümseyerek ekledi: "Hele insanın yaratılışı da buna elverişli ise..."

"Ne olursa olsun, ben sizin burada pek çok tanıdığınız olduğunu duydum. Yani siz hani şu "çevresi olmayan" diye nitelendirilen kişilerden değilsiniz. Bu durumda, özel bir amacınız olmasa, beni ne diye gelip arayacaksınız?"

Svidrigaylov, Raskolnikov'un sorusundaki ana noktaya değinmeden, övünürcesine:

"Evet, doğru söylüyorsunuz, pek çok tanıdığım var. Bugün üçüncü gündür ki, bu kentte sürtüp duruyorum. Ben çevremi tanıyorum, çevrem de, sanıyorum beni tanıyor. Oldukça şık giyiniyorum, çevremde kimse beni yoksul bir insan olarak görmüyor. Şu yapılan köylü reformu da bize pek dokunmadı; ormanlarım, sulak çayırlarım olduğu için gelirimde bir azalma olmadı... Ama oraya gitmem, eskiden beri sıkılırım oradan. Sürtüp durduğum şu üç gün içinde kimseyle bir yakınlığım olmadı... Bir de buraya kent diyorlar! Nasıl kurulmuş, niçin kurulmuş bu kent burada, Allah aşkına? Tam anlamıyla bir memur ve her türden öğrenci kenti! Sekiz yıl önce bu kentte serserilik ediyordum ben; doğrusu ya, o sıralar pek çok şeyin farkına varmamışım! Bugün güvendiğim tek bir şey var, o da anatomi, Allah sizi inandırsın!"

"Ne anatomisi?"

Svidrigaylov bu kez de sorulan sorunun farkında olmadan:

"Şu sizin kulüpleriniz, Dussot'larınız, puantlarınız, hatta şu ilerlemeleriniz yok mu... aman benden, ırak olsunlar azizim! Artık oyunda hileye paydos!"

"Demek hile yaptığınız da oldu?"

"Elbette, hiç hilesiz olur mu? Sekiz yıl önce, kibarlıktan, efendilikten nasibini almış esaslı bir gruptuk biz burada, zamanımızı güzel geçirdik. Hem, biliyor musunuz, hepimiz yol yordam bilen insanlardık; şairler, kapitalistler falandık... Sonra, bilmem fark ettiniz mi, bizde, Rus toplumunda oturup kalkmayı bilen insanlara hep oyunda hile yapanlar arasında rastlanır. Bu işleri bıraktığımdan beri köyde oturmamın nedeni de bu. Niejin'li bir Yunanlıya olan borcum yüzünden az kalsın hapse düşüyordum o sıralar. Derken tam bu sırada Maria Petrovna yetişti, Yunanlıyla pazarlığa oturup otuz bin ruble karşılığı beni kurtardı. (borcumun tamamı yetmiş bin rubleydi) Kendisiyle yasal olarak evlendik, beni alıp köye, çiftliğine götürdü. Sanki bir hazineydim... Kendisi benden beş yaş büyüktü. Beni çok seviyordu. Yedi yıl köyden dışarı çıkmadım. Şunu da unutmayın ki, bir başkası adına düzenlenmiş otuz bin rublelik borç senedini, hani kendisine başkaldırırsam falan diye hep bir koz olarak elinde tuttu. Şöyle bir kıpırdayacak olsam, tuzağa düştüm demekti! Yapardı da! Zaten kadınlarda bütün bu duygular karışık olarak bir arada bulunur."

"Ortada böyle bir senet olmasaydı, kaçar mıydınız?"

"Bunu size nasıl söylesem doğrusu bilemiyorum? Bu senetten dolayı hemen hiç rahatsız olmadım. Zaten canım bir yere gitmek istemiyordu. Maria Petrovna'nın kendisi bana iki kez yurt dışına çıkmamı önerdi; sıkıldığımı görüyordu. Ya! Daha önce de çıkmıştım dışarıya, her çıkışımda da müthiş canım sıkılmıştı. Can sıkıntısı da değil de, ne bileyim işte... Deniz, Napoli Körfezi, güneşin, doğuşu... Bakarsın, içinde üzücü bir şeyler duyarsın! En çok da bu üzüntüden nefret etmişimdir. Hayır, insanın memleketi daha iyi; burada hiç değilse başkalarını suçlar, kendini haklı görürsün. Hem ben belki bir araştırma grubuyla kuzey kutbuna gideceğim. Çünkü j'ai le vin mauvais ve içkiden de tiksiniyorum. Oysa şarap bir yana, zaten hiçbir şey söz konusu değil benim için... Denedim bunu. Dediklerine bakılırsa Berg pazar günü Yusupov parkında büyük bir balonla uçacakmış. Yanına da, belli bir ücret karşılığı yol arkadaşı alacakmış, aslı var mı acaba?"

"Biner miydiniz böyle bir balona?"

"Ben mi? Hayır... Öylesine söyledim..." Svidrigaylov gerçekten de dalgınlaşmış gibiydi.

"Bu adam ne istiyor?" diye düşündü Raskolnikov.

"Hayır, bu senet beni üzmüyordu" diye sürdürdü sözlerini Svidrigaylov; yine öyle dalgındı. "Ben kendim ayrılmıyordum çiftlikten. Kaldı ki, bir yıl önce, doğum günümde Maria Petrovna bana bu senedi geri vermişti. Hem de üzerine önemlice bir para ekleyerek... Paralı kadındı. 'Görüyor musunuz Arkadiy Ivanoviç, size nasıl güveniyorum?' demişti. İnanmıyor musunuz böyle söylediğine? Ama bilmelisiniz ki, köyde hatırı sayılır bir patron olmuştum, yörede herkesçe tanınmıştım. Sonra çeşitli kitaplar da getirttim... Maria Petrovna başlangıçta onaylıyordu bu kitap işini, ama sonraları okumaktan bana bir hal geleceğinden korkmaya başladı."

"Maria Petrovna'yı çok özlemiş gibisiniz?"

"Ben mi? Olabilir... Belki de, gerçekten özledim... Aklıma gelmişken: hayalete inanır mısınız?"

"Ne hayaleti?"

"Bildiğimiz hayalet! Başka ne hayaleti olacak. Siz inanır mısınız?"

"Evet, belki de hayır, pour vous plaire... Yani pek o kadar değil..."

"Peki hayalet gördüğünüz oluyor mu?"

Svidrigaylov tuhaf bir bakışla:

"Maria Petrovna arada bir ziyaret etmek lütfünde bulunuyor" diye mırıldandı ve ağzı tuhaf bir gülümsemeyle çarpıldı.

"Nasıl yani, ziyaret etmek lütfünde bulunuyor?"

"Üç kez geldi. İlki, kendisini toprağa verdiğimiz gündü. Mezarlıktan çıktıktan bir saat sonra göründü. Buraya hareketimin öngünüydü. İkinci kez, dün değil önceki gün, yoldayken, Malaya

Vişera istasyonunda göründü; şafak vaktiydi. Üçüncüsü de, iki saat önce, tek başıma odamda otururken oldu."

"Uyanık mıydınız?"

"Tümüyle. Üçünde de uyanıktım. Geliyor, bir dakika kadar konuşuyor, sonra kapıdan çıkıp gidiyor. Her kapıdan girer çıkar. Hatta ayak seslerini duyar gibi olurum."

"Peki ben sizin başınıza bu türden şeylerin kesinkes geldiğini niçin düşündüm?" Nasıl olduğunu kendi de anlamadan söyleyiverdiği bu sözler Raskolnikov'u çok şaşırtmıştı. Büyük bir heyecan içindeydi.

Svidrigaylov şaşırarak:

"Demek böyle?" dedi. "Demek siz bunu düşündünüz? Gerçekten mi? Aramızda ortak bir nokta bulunduğunu söylememiş miydim size?"

Raskolnikov sertçe:

"Hiçbir zaman böyle bir şey söylemediniz!" dedi. Heyecanlıydı.

"Söylemedim mi?"

"Hayır!"

"Oysa, söylediğimi sanıyordum. Demin içeri girdiğimde gözlerinizi kapamış kendinizi uyur gibi gösterdiğinizi görür görmez, kendi kendime 'İşte, ta kendisi!' demiştim."

Raskolnikov:

"Ne demek, ta kendisi? Bununla söylemek istediğiniz ne?" diye bağırdı.

Svidrigaylov gerçekten şaşırmış gibiydi, safça:

"Ne mi?" diye kekeledi. "Doğrusu bunu ben de bilmiyorum."

Bir dakika kadar sustular. Gözlerini birbirlerine dikmişlerdi.

Raskolnikov'un canı sıkılmıştı. "Ama bütün bunlar çok saçma!" diye bağırdı. "Maria Petrovna geldiği zaman size neler söylüyor?"

"Kim, o mu? İncir çekirdeğini doldurmaz şeylerden söz eder... İnsanoğlu neymiş, görün de şaşın! Zaten beni öfkelendiren de bundan başka bir şey değil! İlk gelişinde (biliyor musunuz, çok yorulmuştum: cenaze töreni, dua faslı, yas yemeği...) Sonunda çalışma odamda yalnız kalmış, bir sigara tüttürüp karmaşık düşüncelere dalmıştım. Birden kapıdan giriverdi; 'Arkadiy Ivanoviç, bugün telaştan yemek odasındaki saati kurmayı unutmuşsunuz' dedi. Bu saati, gerçekten de yedi yıldır hep ben kurardım. Kurmayı unuttum mu da, bana hep o hatırlatırdı. Ertesi gün, artık buraya geliyorum, sabaha karşı istasyonda inmişim, -gece yolda biraz uyuklamıştım, her yanım dökülüyordu, gözlerimden de uyku akıyordu,- bir kahve söylemiş oturuyorum, bir de ne göreyim, Maria Petrovna, elinde bir deste oyun kâğıdı, gelip yanıma oturmamış mı? "Falınıza bakıp yolculuğunuzun nasıl geçeceğini söyleyeyim mi, Arkadiy Ivanoviç?' dedi. Faldan çok iyi anlardı. Ona falıma baktırmadığım için kendimi hiç bağışlamayacağım. Korkup kaçmıştım... Aslında tam o sırada kampana da çalmıştı... Ve işte bugün, bir aşçı dükkanından getirttiğim berbat yemekten sonra ağırlaşmış bir mideyle, bir sigara tüttürmüş oturuyordum ki, birden Maria Petrovna içeri girdi. Üzerinde yeşil ipekli kumaştan, uzun, çok şık bir elbise vardı. "Merhaba Arkadiy Ivanoviç' dedi, 'Elbisemi nasıl buldunuz? Aniska böylesini dikebilir mi?' (Aniska bizim köyde oturan bir terzi kızdı, eskiden toprak kölelerindendi, sonra Moskova'da terzilik kurslarına falan gitmiş, çok iyi bir kızdı) Maria Petrovna karşımda dönüp duruyordu. Önce elbisesine, sonra da yüzüne dikkatle bakarak: "Maria Petrovna' dedim, "böyle önemsiz şeyler için ta buraya, bana kadar gelip rahatsız olmaya neden böyle isteklisiniz? 'Ah, aman Tanrım, dedi, 'demek artık seni rahatsız da etmeyeceğim!' Kendisini biraz kızdırmak için, 'Ben, Maria Petrovna, evleniyorum' dedim. Bu kendi bileceğiniz bir şey Arkadiy Ivanoviç' dedi, 'yalnız karınızı toprağa verir vermez evlenmeye kalkışmanız, size fazlaca şeref kazandırmaz! Bari iyi birini seçmiş olaydınız, yoksa ne siz mutlu olabilirsiniz, ne de o; yalnızca herkesi kendinize güldürmüş olursunuz.' Bunları dedikten sonra çıkıp gitti. Yürürken elbisesinin hışırtısını duyar gibi oldum. Ne saçma şeyler ama öyle değil mi?

"Belki de bütün bunları siz uyduruyorsunuz?" dedi Raskolnikov. Svidrigaylov dalgın dalgın:

"Ben çok az yalan söylerim." dedi, sorudaki kabalığın farkına varmamış gibiydi.

"Daha önceleri de hayalet görmüş müydünüz?"

"Ha... Evet, gördüm, bir kez, altı yıl önce. Filka adında bir uşağım vardı. Ölmüştü. Gömüldüğü gün, alışkanlıkla, "Filka, çubuğumu getir' diye seslendim. İçeri girdi, doğruca çubuklarımın bulunduğu küçük cam dolaba yürüdü. "Herhalde benden öç alıyor' diye düşündüm. Çünkü öldüğü gün kendisini esaslı paylamıştım. "Böyle yırtık dirseklerle nasıl yanıma gelebiliyorsun! Çık dışarı sersem!' diye bağırmıştım. Çıktı gitti ve bir daha da dönmedi. O zaman bunu Maria Petrovna'ya söylememiştim. Kendisi için ayin yaptırıp dua falan okutmak istedim, ama sonra utanıp vazgeçtim."

"En iyisi bir doktora görünseniz..."

"Rahatsızlığımın ne olduğunu bilmemekle birlikte, hasta olduğumu ben de biliyorum. Ancak bana kalırsa ben sizden beş kat daha sağlıklıyım. Demin size hayaletlere inanıp inanmadığınızı sormuştum? İnanıyor musunuz?"

Raskolnikov'un sesi öfkeliydi:

"Hayır, hem de hiç inanmıyorum!"

"Böyle durumlarda genellikle ne derler?" diye mırıldandı Svidrigaylov; kendi kendine konuşur gibiydi, başını hafifçe yana eğmiş, bir başka yana bakıyordu. "Derler ki: 'Sen hastasın, göründüğünü sandığın şeyler de, gerçekliği olmayan bir sayıklamadan başka bir şey değil.' Zaten bu işte sağlam bir mantık arama! Ben hayaletlerin yalnızca hastalara göründüğüne katılıyorum; ama, bu hayaletlerin, başkalarına değil de, yalnızca hastalara göründüğünü kanıtlar."

Raskolnikov sinirli sinirli:

"Hayalet diye bir şeyin olmadığından hiç şüphem yok!" dedi.

Başka yana bakmakta olan Svidrigaylov gözlerini yavaşça ona doğru çevirerek:

"Demek hiç şüpheniz yok?" dedi. "Demek siz böyle düşünüyorsunuz? Peki, şöyle düşünemez miyiz acaba -siz de yardım edin bana- Hayaletler, başka dünyalardan parçalar, bölümlerdir, onların başlangıcıdır. Sağlıklı bir insanın bunları görmesi için hiçbir neden yok, çünkü sağlıklı insan, yeryüzü insanı demektir, yani bu dünyada yaşayan insandır, yeryüzünün düzeni bunun böyle olmasını gerektiriyor. Ama şu sağlıklı insan biraz hastalanıverince, yani organizmasındaki normal yeryüzü düzeni bozuluverince, bir başka dünyanın olabilirliği kendini duyurmaya başlar; hastalık arttıkça öteki dünya ile yakınlık da artar. İnsan öldüğünde ise, doğrudan doğruya öteki dünyaya göçer gider. Ne zamandır düşündüğüm bir konu bu benim. Eğer öbür dünyaya inanıyorsanız, bu düşüncelere de inanabilirsiniz."

"Ben öbür dünyaya filan inanmıyorum!"

Svidrigaylov dalmış, düşünüyordu. Birden:

"Peki ya orada örümcekler ya da buna benzer yaratıklardan başka bir şey yoksa..?" dedi.

Raskolnikov "kaçık bu adam" diye içinden geçirdi.

"Sonsuzluk, bize anlaşılması olanaksız bir şeymiş gibi gelir; onu şöyle kocaman, çok büyük bir şey olarak düşünürüz hep. İyi ama neden ille de kocaman, çok büyük bir şey? Oysa, bir de bakmışsınız, küçücük, köy hamamı gibi bir yerdir; is içinde, köşeleri örümceklerle dolu? Düşünebiliyor musunuz? İşte size sonsuzluk! Sonsuzluk benim gözüme bazen böyle görünüyor."

"Bunu daha insaflı, daha iç açıcı bir biçimde düşünemez miydiniz?" diye bağırdı Raskolnikov. Hastalıklı bir bağırıştı bu.

Svidrigaylov belli belirsiz bir gülümsemeyle:

"Daha insaflı mı?" dedi. "Nerden biliyorsunuz, belki de en insaflısı budur. Hem, elimde olsaydı eğer, ben özellikle böyle bir düzenleme yapardım!"

Raskolnikov, bu rahatsız edici karşılık üzerine birden üşür gibi oldu. Svidrigaylov başını kaldırdı, gözlerini dikip ona baktı, sonra bir kahkaha attı:

"Düşünebiliyor musunuz, yarım saat önce birbirimizi görmemiştik bile ve düşman sayılıyorduk. Şu andaysa, aramızda çözümlenmemiş bir sorun dururken, bunu bir yana bıraktık ve neler konuşmaya başladık! Hamurumuzun bir olduğunu söylerken doğruyu söylüyormuşum değil mi?"

Raskolnikov sinirli sinirli:

"Ziyaretinizle beni niçin şereflendirdiğinizi bir an önce anlatmanızı rica ediyorum sizden." dedi. "Çünkü benim... benim... hiç zamanım yok... Hemen dışarı çıkmak zorundayım...

"Hay hay! Hay hay! Kız kardeşiniz Avdotya Romanovna, Bay Lujinle... Pyotr Petroviç Lujin'le evleniyormuş, öyle mi?"

"Kız kardeşimle ilgili her türlü sorunu bir yana bıraksanız ve de onun adını ağzınıza almasanız... Siz gerçekten de Svidrigaylov iseniz, benim yanımda onun adını ne cesaretle ağzınıza aldığınızı doğrusu anlayamıyorum?"

"Ama ben onun hakkında konuşmaya geldim, adını nasıl anmam?"

"Pekâla, söyleyin, ama çabuk!"

"Bay Lujin'i karım tarafından benim akrabam olur. Kendisini eğer yarım saat olsun görebildiyseniz, ya da onun hakkında gerçeği yansıtan şeyler duyabildiyseniz, eminim ki, hakkında bir fikir edinmişsinizdir. O Avdotya Romanovna'ya göre bir insan değil. Bana kalırsa Avdotya Romanovna soylu bir davranışla ve hesapsızca kendisini feda ediyor, ailesi uğruna büyük bir özveride bulunuyor. Hakkınızda duyduklarımdan edindiğim kanıya göre, kız kardeşinizin çıkarları zedelenmemek koşuluyla bu evlilik bozulursa, siz bu işe sevineceksiniz. Sizi tanıdığım şu anda ise bu inancım bütünüyle pekişti."

"Bunlar safça sözler... hatta, bağışlayın, küstahça..."

"Yani kendime bir şeyler yontmaya çalıştığımı mı söylemek istiyorsunuz..? Tasalanmayın, Rodion Romanoviç, kendi çıkarlarımı güdüyor olsaydım, konuyu bu denli apaçık ortaya koymazdım, o kadar da aptal değilim! Buradaki bir psikolojik tuhaflığı açıklayayım. Demin Avdotya Romanovna'ya duyduğum sevgiden dolayı kendimi haklı göstermeye çalışırken, burada kurbanın belki de ben olduğumu söylemiştim. Bilin ki, şu anda kız kardeşinize karşı hiçbir sevgi duymuyorum. Bu benim için de şaşılacak bir durum, çünkü bir zamanlar onu gerçekten sevmiştim..."

"Gününüzü gün etmek, gönül eğlendirmek istediğinizden..."

"Gerçekten de eğlence düşkünü, gezip tozmayı seven bir adamım. Ama kız kardeşiniz öyle üstün özellikleri olan bir insan ki, ona ben bile kapılmaktan kendimi alamadım. Ama şu anda anlıyorum ki, bütün bunlar saçmaymış!"

"Çoktan anladınız bunu?"

"Önceleri de fark ediyordum, ama üç gün önce, tam Petersburg'a geldiğim gün, buna kesin olarak inandım. Kısacası Moskova'dayken bile hâlâ Avdotya Romanovna'yı elde etmeyi ve bu konuda Lujin'le rekabete girişmeyi düşünüyordum."

"Sözünüzü kestiğim için özür dilerim, ama lütfedip biraz kısa kesemez misiniz? Ziyaretinizin sebebine gelseniz... Acelem var ve dışarı çıkmak zorundayım..."

"Büyük bir sevinçle. Buraya geldikten sonra... bir... geziye çıkmaya karar verince, zorunlu bazı işlerimi yoluna koymak istedim. Çocuklarım teyzelerinin yanında kaldı; onlar zengin; bana hiç mi hiç ihtiyaçları yok. Sonra, benim nasıl bir baba olduğum da ortada! Yanıma yalnızca, Maria Petrovna'nın geçen yıl bağışladığı parayı aldım. Bu kadarı bana yeter. Bağışlayın, şimdi konuya geliyorum. Çıkmayı tasarladığım yolculuktan önce Bay Lujin'le de hesaplaşmak istiyorum. Bunu kendisine hiç katlanamadığımdan yaptığımı sanmayın; Maria Petrovna'yla kavgamıza Lujin neden olmuştur; çünkü Lujin'in evlenme işini Maria Petrovna'nın kotardığını öğrenmiştim. Şimdi, sizin aracılığınızla, hatta sizin yanınızda Avdotya Romanovna ile görüşmek ve ona; bir, Pyotr Petroviç'ten kendisine büyük bir yarar gelmeyeceği gibi, tam tersine ve düpedüz zarar geleceğini açıklamak; iki, neden olduğum tatsızlıklar dolayısıyla kendisinden özür dileyerek, ona on bin ruble verme önerisinde bulunmamı kabul etmesini rica etmek ve böylece de Lujin'den ayrılmasını kolaylaştırmak istiyorum, ki bir fırsat doğduğunda onun da bu ayrılığı benimseyeceğinden eminim."

Raskolnikov büyük bir şaşkınlıkla:

"Siz delisiniz, gerçekten de delisiniz!" diye bağırdı. "Nasıl cesaret edebilirsiniz böyle konuşmaya!"

"Bağıracağınızı biliyordum zaten. Ama bakın. Ben her ne kadar zengin bir adam değilsem de, şu on bin rubleyi kız kardeşinize rahatça verebilecek bir durumdayım, çünkü bu para bana hiç mi hiç gerekli değil. Eğer Avdotya Romanovna kabul etmezse, aptalca harcayıp gideceğim bu parayı. Bu bir. İkincisi: vicdanım çok rahat; kendim için hiçbir çıkar gütmüyorum. İster inanın, ister inanmayın, ama daha sonra hem siz, hem de Avdotya Romanovna bunun böyle olduğunu göreceksiniz. Sorun şu ki, saygıdeğer kız kardeşiniz benim yüzümden birtakım tatsızlıklara katlanmak zorunda kaldı; içten bir pişmanlık duygusuyla yaptığım kötülükleri parayla kapatmaya çalışıyor değilim, bütün amacım, yalnızca kötülük eden, kötülük etme ayrıcalığı olan bir insan olmadığımı kanıtlayarak, onun yararına bir iş yapmaktır. Eğer önerimi yaparken milyonda bir olsun kendi çıkarımı güdüyor olsaydım, daha beş hafta önce bundan çok daha fazlasını önermişken, şimdi tutup da yalnızca bir on bin ruble önermezdim. Bu da bir yana, ben yakında, hem de çok yakında genç bir kızla evleniyorum; böylece de Avdotya Romanovna'ya karşı kötü birtakım niyetlerimin olduğu kuşkuları tümüyle ortadan kalkmış olacaktır. Son olarak da şunu söyleyeyim ki, Bay Lujn'le evlenmekle Avdotya Romanovna, yine aynı parayı almış olacaktır, yalnız bir başka yolla... Bana hiç kızmayın, Rodion Romanoviç, soğukkanlılıkla, sakin sakin bir kez daha düşünün şu işi."

Bunları söylerken Svidrigaylov'un kendisi son derece sakin ve soğukkanlıydı.

Raskolnikov, "Rica ederim kesin artık," dedi. "Ne olursa olsun, bağışlanmaz bir küstahlıkta bulunuyorsunuz "

"Hayır, küstahlık yapmıyorum. Bu dünyada insan insana ancak kötülük edebiliyor, anlamsız birtakım biçimcilikler nedeniyle bir damla olsun iyilik yapabilme hakkına sahip değiliz. Çok saçma bir şey bu. Şimdi, diyelim ben ölseydim ve bu parayı kız kardeşinize dinsel vasiyetle bırakmış olsaydım, o zaman da geri çevirebilecek miydi?"

"Büyük olasılıkla, evet."

"Yo, bu olamaz. Her neyse, olur ya da olmaz. Şu var ki, on bin ruble pek de fena bir para sayılmaz. Ne olursa olsun, ben bu konuştuklarımızı Avdotya Romanovna'ya iletmenizi rica edeceğim."

"Hayır, iletmeyeceğim."

"O zaman, ben onunla kendim görüşme yollarını aramak, dolayısıyla da onu rahatsız etmek zorunda kalacağım."

"Peki iletirsem, kendisiyle görüşme yoluna başvurmayacak mısınız?"

"Ne diyeceğimi bilemiyorum doğrusu. Kendisiyle bir kez olsun görüşebilmeyi çok isterdim."

"Hiç ummayın bunu."

"Yazık! Aslında siz beni tanımıyorsunuz, kim bilir, ilerde belki de daha yakından tanışırız."

"Yakınlaşacağımızı mı düşünüyorsunuz?"

"Neden olmasın?"

Svidrigaylov gülümseyerek yerinden doğruldu ve şapkasını aldı. "Aslında sizi rahatsız etmek istemiyordum. Gerçi bu sabah yüzünüz beni çok etkilemişti, ama yine de buraya gelirken fazla umutlu değildim..."

"Demek sabahleyin de beni gördünüz? Nerede?" Raskolnikov tedirgin olmuştu.

"Bir rastlantı sonucu... Nedense hep sizde bana benzer bir şeyler olduğunu düşünüyorum. Ama telaşlanmayın, can sıkıcı bir adam değilim; kumarda hile yapanlarla tatsızlık çıkarmadım, uzak akrabalarımdan Prens Svirbey'i kendimden bıktırmadım, Rafael'in Madonnası üzerine, Bayan Prilukova'nın albümüne bir şeyler yazmayı becerdim ve Maria Petrovna'yla yedi yıl, yanından hiç ayrılmamacasına birlikte yaşadım. Geçmişte, saman pazar'ında Vyazemski'nin evinde yatmışlığım da vardır. Şimdi de belki Berg'in balonuna binip uçacağım."

"Çok güzel! Lütfen sormama izin verin: Sözünü ettiğiniz yolculuğa yakında mı çıkıyorsunuz?"

"Hangi yolculuğa?"

"Az önce sözünü ettiğiniz..."

"Ha, evet! Gerçekten size bir geziden söz etmiştim... Bu epey geniş bir konu... Ama bana ne sorduğunuzu bir bilseydiniz!"

Svidrigaylov birden kısa ama gürültülü bir kahkaha attı: "Hem bakarsınız geziye çıkmak yerine evlenivermişim! Bana önerdikleri bir kız var da..."

"Burada mı?"

"Evet."

"Ne zaman becerdiniz bunu?"

"Ama ben yine de Avdotya Romanovna ile bir kez olsun görüşebilmeyi çok isterdim. Ciddi olarak rica ediyorum bunu sizden. Eh, şimdilik hoşçakalın! Az kalsın unutuyordum! Rodion Romanoviç, kız kardeşinize, Maria Petrovna'nın kendisine üç bin ruble bıraktığını söyler misiniz? Bu tümüyle doğrudur. Maria Petrovna ölümünden bir hafta önce vasiyetnamesinde bu düzenlemeyi yaptırdı ve her şey benim yanımda oldu. İki üç hafta içinde Avdotya Romanovna parayı alabilir."

"Bu söylediğiniz doğru mu?"

"Kesinlikle doğru. Lütfen kendisine iletin... Tekrar hoşçakalın. Kaldığım yer size çok yakın."

Svidrigaylov tam çıkarken kapıda Razumihin'le çarpıştı.

II

Saat sekize gelmek üzereydi. Bakaleyev'in pansiyonuna Lujin'den önce varabilmek için ikisi de adımlarını hızlandırdılar.

Sokağa çıktıklarında Razumihin:

"Az önceki adam kimdi?" diye sordu.

"Svidrigaylov. Mürebbiye olarak evelerinde çalıştığı sırada kız kardeşime sarkıntılık eden çiftlik sahibi. Bu olay yüzünden karısı Maria Petrovna, Dunya'yı kovmuş ama daha sonra kendisinden özür dilemişti. Geçenlerde de birdenbire ölüverdi. Bugün annem söz ediyordu hani... Neden, bilmiyorum ama ben bu adamdan çok korkuyorum. Karısını toprağa verir vermez buraya germiş. Çok tuhaf bir adam, bir şeyler yapmaya kararlı görünüyor... Ve sanki bildiği bir şeyler var... Dunya'yı ondan korumak gerek... Sana bunu söylemek istiyorum, duyuyor musun?"

"Korumak mı? Avdotya Romanovna'ya ne yapabilir ki o? Ama benden bunu istediğin için teşekkür ederim Rodya... Elbette koruruz Avdotya Romanovnayı, koruruz! Nerde oturuyormuş adam?"

"Bilmiyorum."

"Sorsaydın keşke?.. Neyse, ben öğrenirim!" Raskolnikov bir süre sustu, sonra:

"Sen onu gördün mü?" diye sordu.

"Evet, kendisini dikkatle inceledim."

Raskolnikov diretti:

"Sen onu iyice gördün mü? Apaçık gördün mü?"

"Evet, çok iyi hatırlıyorum adamı. Bin kişi içinde görsem, çıkartırım. Gördüğüm insanların yüzlerini hiç unutmam."

Yeniden sustular. Sonra Raskolnikov:

"Hımm..." diye söylendi. "Evet, öyle bu... Biliyor musun, hep bir hayalmiş gibi geliyor bana bunlar."

"Demek istediğini pek iyi anlayamadım?" dedi Razumihin.

Raskolnikov çarpık bir gülümsemeyle:

"Hani siz hepiniz bana deli diyorsunuz ya" dedi, "bu şimdi bana da öyle geliyor... Yani ben gerçekten bir deliyim ve yalnızca bir hayalet gördüm!"

"Ne diyorsun sen?"

"Bilemiyorum, belki de delinin biriyim ben ve şu son günlerde olup bitenlerin hepsi yalnızca benim hayalimde geçen şeylerdi..."

"Eh, Rodya! Yine sinirlerini bozmuşlar senin!.. Neler söyledi o adam sana, niçin aramış seni?"

Raskolnikov cevap vermedi. Razumihin bir dakika kadar düşündükten sonra:

"Beni iyi dinle" dedi, "şimdi sana raporumu veriyorum. Sana uğradım, uyuyordun. Öğle yemeğinden sonra Porfiri'ye gittim. Zamyotov yine oradaydı. Bir şeyler söylemeye yeltendim, ama olmadı, bir türlü istediğim gibi konuşamadım. Hiçbir şey anlamıyorlar, anlayamıyorlar ve utanıp sıkılmıyorlar. Porfiriyi pencere kenarına çekip bir şeyler söylemeye başladım, ama yine istediğim gibi olmadı; o bir yana bakıyor, ben başka bir yana... Sonunda yumruğumu suratına dayayıp, o suratı akrabaca dağıtacağımı söyledim. Yüzüme baktı, hiçbir şey söylemedi. Tükürdüm ve çıktım, hepsi bu kadar. Çok aptalcaydı. Zamyotov'la tek kelime bile konuşmadım. Her şeyi berbat ettiğimi düşünüyordum ki, merdivenlerden inerken aklıma gelen bir düşünce beni sevindirdi; ne diye telaşlanıp duruyoruz biz seninle? Senin için bir tehlike ya da buna benzer bir şey söz konusu olsa, hadi neyse! Sana ne her şeyden! Ne ilgin var senin olup bitenlerle? Tükür gitsin yüzlerine; daha sonra biz onlara güleceğiz... Ben senin yerinde olsam onlara birtakım yalanlar uydururdum. Daha sonra göreceksin, nasıl utanacaklar! Tükür gitsin! İlerde vuracağız kendilerine, şimdilik gülüp geçelim!"

Raskolnikov:

'Evet, herhalde!' dedi. İçinden de, "Peki yarın ne diyeceksin adama?' diye düşündü. Tuhaf şey, şu ana kadar, 'öğrendiğinde

Razumihin ne düşünecek acaba?' düşüncesi hiç aklına gelmemişti. Bunu düşününce, gözlerini dikip arkadaşına baktı. Razumihin'in, Porfiri'yi ziyaretiyle ilgili anlattıkları çok az ilgisini çekmişti; ne çok şey önemini yitirmişti birdenbire ve ne çok yeni ve önemli şey ortaya çıkmıştı!

Koridorda Lujin'le karşılaştılar; saat tam sekizde gelmişti, kadınların odasını arıyordu. İçeri birlikte girdiler. Ne birbirlerine bakmışlar, ne selamlaşmışlardı. Delikanlılar önden yürümüşler, Pyotr Petroviç incelik gereği paltosunu çıkarmak için girişte biraz oyalanmıştı. Pulheriya Aleksandrovna hemen kapıya, onu karşılamaya koştu. Dunya ağabeyiyle selamlaştı.

İçeriye giren Pyotr Petroviç, kibarca ama aşırı bir ciddiyetle hanımları selamladı. Bakışlarında bir şaşkınlık ve hâlâ kendini toparlayamamışlık seziliyordu. Pulheriya Aleksandrovna da şaşırmış, utanmış gibiydi. Konuklarını çabucak üzerinde semaver kaynayan yuvarlak bir masanın çevresine aldı. Dunya ve Lujin masanın iki ucuna karşılıklı oturmuşlardı. Razumihin ve Raskolnikov'sa, Pulheriya Aleksandrovna'nın karşısında yer almışlardı; Razumihin, Lujin'e, Raskolnikov'sa kız kardeşine yakındı.

Kısa bir süre kimse konuşmadı. Pyotr Petroviç, yavaş hareketlerle cebinden patiska bir mendil çıkardı, ortalığa bir esans kokusu yayıldı. İyi yürekli, ama hakkı yenmiş, bunun için de karşısındakilerden kesinlikle açıklama istemeye kararlı bir havayla burnunu sildi. Daha içeri girdiğinde paltosunu çıkarmadan çekip gitmek ve buyruklarını dinlemeyen şu iki kadına ağır bir ceza vererek bir anda akıllarını başlarına getirmek düşüncesi gelmişti aklına. Ama cesaret edemedi buna. Öte yandan bilinmezlikleri sevmeyen bir adamdı, burada da açıklanması gerekli bir nokta vardı: Buyrukları nasıl böylesine açıkça çiğnenebilmişti? Demek ki bir şeyler olmuştu. Cezayı nasıl olsa verirdi, bu kendi elinde olan bir şeydi. Onun için şimdi neler olup bittiğini öğrenmesi daha iyi olacaktı.

Pulheriya Aleksandrovna'ya dönerek resmi bir tavırla:

"Yolculuğunuzun iyi geçtiğini umarım." dedi.

"Tanrı'ya şükür, iyi geçti Pyotr Petroviç."

"Çok sevindim, Avdotya Romanovna da yorulmadılar ya."

"Ben genç ve güçlüyüm" dedi Dunya, "yorulmam... Ama annem için oldukça ağır bir yolculuktu."

"Ne yaparsınız, yollarımız çok uzun, "Rusya Anamız" büyük ülke... Çok istememe karşın dün gelip sizi karşılayamadım. Yine de, umarım, her şey yolunda gitmiştir?"

Pulheriya Aleksandrovna değişik bir ses tonuyla:

"Ah, hayır Pyotr Petroviç, dün doğrusu tam anlamıyla şaşkına döndük" dedi. "Allah'tan Dmitriy Prokofiç yardımımıza geldi. Yoksa perişan olurduk." Sonra Razumihin'i Lujin'e tanıttı: "İşte kendisi, Dmitriy Prokofiç Razumihin..."

Lujin Razumihin'e yan gözle bakarak:

"Dün bu şerefe kavuşmuştum..." diye mırıldandı ve kaşlarını çatıp sustu.

Pyotr Petroviç, topluluk içinde nazik görünen, özellikle de nazik olma iddiasında olan insanlardandı; böyleleri bulundukları topluluk içinde kendilerine uygun olmayan en ufak bir aykırı durum karşısında ellerindeki bütün olanakları kaybederler ve bulundukları yeri şenlendiren bir insan olmaktan çıkıp, boş bir un çuvalına dönerler.

Yine kimse konuşmuyordu. Raskolnikov ısrarla susuyor, Avdotya Romanovna zamanından önce konuşmak istemiyordu; Razumihin'inse zaten söyleyeceği bir şeyi yoktu. Bu yüzden yine telaşlanan Pulheriya Aleksandrovna her zamanki yola başvurdu:

"Maria Petrovna ölmüş, duydunuz mu?"

"Tabi duydum. Hemen öğrendim bunu; hatta Arkadiy Ivanoviç Svidrigaylov'un, karısını toprağa verir vermez apar topar buraya, Petersburg'a hareket ettiğini size haber vermeye geldim. En azından, güvenilir kaynaklardan aldığım bilgi böyle."

Duneçka telaşlanmıştı:

"Petersburg'a mı? Buraya yani?" diye sordu, sonra annesiyle bakıştılar.

"Evet, buraya. Apar topar gelişine bakılırsa, geçmişte olup bitenler de dikkate alındığında, bu ziyaretin amaçsız olmadığı kendiliğinden anlaşılır."

"Aman Tanrım!" diye bağırdı Pulheriya Aleksandrovna. "Dunyacığımı burada da mı rahat bırakmayacak?"

"Bana kalırsa telaşlanmanızı gerektirecek bir durum yok; ne sizin, ne de Avdotya Romanovna'nın. Kuşkusuz, onunla şöyle ya da böyle herhangi bir ilişki kurma konusunda sizin istekli olmamanız koşuluyla. Bana gelince, gözüm üzerinde olacaktır, şu anda da nerede kaldığını araştırıyorum..."

"Ah, Pyotr Petroviç, şu anda beni nasıl korkuttuğunuzu bilemezsiniz! Ben kendisini topu topu iki kez gördüm, ama bana korkunç bir adam olarak görünmüştü, korkunç! Rahmetli Maria Petrovnanın ölümü de onun yüzünden oldu, eminim."

"Bu konuda kesin bir şey söylemek mümkün değil. Elimde doğruluğu su götürmez bilgiler var. Çeşitli aşağılamalarıyla manevi yönden kadının ölümünü hızlandırmış olabilir. Hal ve davranışları, huyu, karakteri konusunda sizin düşüncenize katılıyorum. Şu anda zengin olup olmadığını, Maria Petrovnanın kendisine, herhangi bir şey bırakıp bırakmadığını bilmiyorum; en kısa zamanda bana bu konuda bilgi ulaştırılacaktır. Ama burada, Petersburg'da eğer elinde birkaç kuruş varsa, hemen eski yaşamına başlayacağı kuşkusuzdur. Kendi gibi ayıp ve ahlaksızlık çamuruna gömülmüş insanların en kötüsüdür Svidrigaylov. Böyle bir adamı sevmek mutsuzluğunu yaşayan ve onu borçlarından kurtaran Maria Petrovna'nın, sekiz yıl önce onu bir başka beladan daha kurtardığını kabul etmek için elimde önemli birtakım tutanaklar var; yalnızca karısının çabaları ve özverisiyle, bir cinayet davası, -canavarca, fantastik bir cinayet- daha başından önlenmiş, böylece Svidrigaylov Sibirya'ya düşmekten kurtulmuştur. Bilmek isterseniz, bu işte böyle bir adamdır."

"Aman Tanrım!" diye bağırdı Pulheriya Aleksandrovna. Raskolnikov dikkatle dinliyordu. Dunya, sert, etkileyici bir sesle:

"Bu konuda elinizde önemli birtakım tutanaklar olduğu doğru mu?" diye sordu.

"Bu söylediklerim Rahmetli Maria Petrovna'nın bana bir giz olarak anlattığı şeylerdir. Bu konunun hukuksal yönden tümüyle karanlık durumda olduğunu da belirtmeliyim. Bir zamanlar burada Resslich adında yabancı bir kadın yaşıyormuş, -sanırım şimdi de buralardaymış bu kadın- ufak tefek faiz işleri ve başka işlerle uğraşırmış. İşte bu Resslich'le Bay Svidrigaylov arasında uzun süredir son derece yalan ve gizli bir ilişki varmış. Uzak akrabalarından birinin kızı, sanırsam yeğeni, Resslich'in yanında kalırmış; on beş, hatta on dört yaşında, sağır bir kızcağızmış bu; Resslich bu kızdan nefret edermiş, yediği bir lokma ekmeği durmadan başına kakar ve hatta acımasızca dövermiş. Bir gün kızcağızı tavan arasında asılı bulmuşlar. Olayın intihar olduğuna karar verilmiş ve bu tür işlerde izlenen genel birtakım formalitelerden sonra dosya kapatılmış. Ancak daha sonra bir ihbar yapılmış. Kızın... Svidrigaylov'un tecavüzüne uğradığına ilişkin. Gerçi işin burası da oldukça karanlık, çünkü ihbarı yapan da bir başka Alman kadın, kötü şöhretli, güvenilmez biri. Sonuçta Maria Petrovna'nın çabaları ve parası sayesinde ihbardan bir şey çıkmadı, her şey dedikodu sınırlarında kaldı. Ancak çok anlamlı bir dedikoduydu bu. Siz de, Avdotya Romanovna, altı yıl önce, toprak köleliği hukuku daha kaldırılmamışken, Filip adında işkenceyle öldürülmüş bir adamın öyküsünü duymuşsunuzdur herhalde?"

"Ben, Filip'in kendini asarak öldüğünü duymuştum."

"Doğru, ama onu bu istemediği ölüme zorlayan daha doğrusu itekleyen şey, Bay Svidrigaylov'un ardı kesilmeyen baskı ve işkenceleriydi."

Dunya soğuk bir tavırla, "Benim bildiğim böyle değil." dedi. "Filip üzerine duyduğum şeylerin oldukça tuhaf olduğunu söylemeliyim. Anlattıklarına göre bir hipokondriyakmış bu Filip, bir tür ev filozofu... Herkes aşırı okumaktan beyninin sulandığını söylemiş; o da zaten Bay Svidrigaylov'un işkenceleri yüzünden değil, daha çok bu alaylar yüzünden kendini asmış. Bay Svidrigaylov çiftlik halkına, benim orada bulunduğum sıralarda çok iyi davranırdı. Çiftliktekiler de, onu Filip'in ölümünden suçlu bulmakla birlikte, yine de severlerdi."

Lujin, anlamlı bir sırıtışla cevap verdi: "Bakıyorum da Svidrigaylov'u haklı çıkarmaya çalışıyorsunuz Avdotya Romanovna! Gerçekten de çok kurnaz ve hele kadınların gönlünü çelmede çok usta bir adamdır; tuhaf bir biçimde ölen Maria Petrovna, bu durumun içler acısı örneğidir. Ben yalnızca bu adamın ilerdeki olası birtakım girişimlerine karşı sizi ve annenizi uyarmak istemiştim. Bence bu adam yine borç yüzünden hapse düşecektir. Buna kesinlikle inanıyorum. Maria Petrovna çocukları düşünerek ona bir şeyler bağışlamak niyetinde değildi, ama yine de bir şeyler bıraktıysa eğer, bu çok küçük bir miktardır ve onun gibi yaşam süren birine bir yıl bile yetmez."

Dunya, "Pyotr Petroviç, lütfen şu Svidrigaylov konusunu kapayalım, canımı sıkıyor." dedi.

Raskolnikov birden suskunluğunu bozdu ve ilk kez konuşarak:

"Bu Svidrigaylov az önce bendeydi." dedi. Her yandan şaşkınlık sesleri yükseldi, herkes ona baktı. Pyotr Petroviç bile heyecanlanmıştı.

"Yarım saat kadar önce ben uyurken odama girmiş, beni uyandırdı, kendisini tanıttı. Konuşurken epey senlibenli ve neşeliydi; kendisiyle dost olacağımı umuyormuş, kesinlikle inanıyormuş buna. Seninle görüşme konusunda çok ısrarlı, Dunya! Bu görüşme için benim yardımcı olmamı rica etti. Sana bir önerisi var, bunu bana da söyledi. Ayrıca Maria Petrovnanın, ölümünden bir hafta önce vasiyetnamesiyle sana da üç bin ruble bıraktığını bildirdi. Bu parayı çok kısa süre sonra alabilirmişsin."

"Ondan Allah razı olsun!" diye bağırdı. Pulheriya Aleksandrovna, haç çıkardı. "Dua et onun için, Dunya, dua et!"

"Evet, bu doğru!" sözleri döküldü Lujin'in ağzından. "Ee, sonra?" diye sabırsızlandı Dunya.

"Sonra, kendisinin zengin olmadığını, bütün çiftliğin, şu anda teyzelerinin yanında kalan çocuklara kaldığını söyledi. Bana yakın bir yerde oda tutmuş kendisi, ama neresi, bilmiyorum, sormadım..."

Pulheriya Aleksandrovna korku içinde:

"Peki Dunya'ya önerisi neymiş?" diye sordu. "Sana söyledi mi?"

"Evet, söyledi."

"Neymiş?"

"Sonra söylerim."

Raskolnikov sustu, çayını içmeye koyuldu. Pyotr Petroviç saatini çıkarıp baktı:

"Bir işim var, gitmem gerek..." Sonra bozulmuş bir yüzle iskemlesinden kalkmaya davranarak ekledi:

"Böylece size engel de olmamış olurum..."

Dunya, "Lütfen kalın Pyotr Petroviç, bu akşamı bizimle geçirmek niyetiyle gelmiştiniz. Kaldı ki, anneme bazı açıklamalarda bulunmak istediğinizi yazmıştınız."

Lujin gösterişli bir tavırla yerine otururken:

"Çok haklısınız Avdotya Romanovna" dedi, şapkasını hep elinde tutuyordu. "Gerçekten de hem sizinle, hem de saygıdeğer annenizle üstelik de çok önemli birtakım konularda görüşmek istiyordum. Kardeşiniz nasıl Bay Svidrigaylov'a ait bazı önerileri benim yanımda açıklayamıyorsa, ben de başkalarının yanında son derece önemli bazı konuları görüşmek istemiyorum... Görüşemem. Öte yandan, üzerinde ısrarla durduğum çok önemli ricam da yerine getirilmemiştir..."

Lujin sanki acı duyuyormuş gibi yüzünü buruşturdu ve gösterişli bir tavırla sustu.

"Kardeşimin bu toplantıda bulunmaması ricanız, benim ayak diremem nedeniyle yerine getirilmemiştir. Mektubunuzda kardeşimin sizi aşağıladığını yazıyordunuz. Bana kalırsa bu konu hemen açıklığa kavuşmalı ve siz barışmalısınız. Rodya sizi gerçekten aşağıladıysa, sizden özür dilemelidir ve dileyecektir."

Bu sözlerden cesaretlenen Pyotr Petroviç:

"Avdotya Romanovna, öyle bazı aşağılamalar vardır ki, insan ne kadar isterse istesin, unutması olanaksızdır. Her şeyin, geçilmesi tehlikeli olan bir sınırı vardır, bu sınır bir aşıldı mı, artık geriye dönüş yoktur."

Dunya sabırsızlıkla onun sözünü keserek:

"Pyotr Petroviç, size söylemek istediğim yalnızca bu değildi, beni lütfen iyi anlayın. Bizim bütün geleceğimiz bu sorunun bir an önce çözümlenip çözümlenmeyeceğine bağlıdır. Size hemen söyleyeyim ki, ben bu soruna başka türlü yaklaşamam. Ve siz eğer bana bir parça değer veriyorsanız, güç de olsa bu hikaye hemen bugün çözüme kavuşmalıdır. Bir kez daha tekrarlıyorum: Rodya suçlu ise sizden özür dileyecektir."

Lujin gitgide sinirleniyordu. Öfkesini gizlemeye çalışarak:

"Sorunu bu şekilde koymanız beni şaşırttı Avdotya Romanovna" dedi. "Size değer verir, hatta ne bileyim, size tapabilirim, ama ailenizden birisi hoşuma gitmeyebilir. Sizinle evlenmeyi bir mutluluk sayarım, ama bununla bağdaşmayacak birtakım yükümlülükleri üstlenmeyi..."

Dunya duygulu bir sesle onun sözünü keserek:

"Ah, bırakın bu alınganlıkları Pyotr Petroviç" dedi. "Sizi hep gördüğüm ve görmek istediğim gibi akıllı ve soylu olunuz. Size yüce bir söz verdim; nişanlınızım. Bu işte bana güvenin ve vereceğim kararda tümüyle yansız olacağıma inanın. Şu anda üstlendiğim yargıcılık rolü, sizin için olduğu gibi, kardeşim için de bir sürprizdir. Mektubunuzu aldıktan sonra, kendisinden ne olursa olsun buraya gelmesini istediğimde, niyetimden hiç haberi yoktu. Barışmamanız durumunda ikinizden birini, ya sizi, ya onu seçmek zorunda kalacağımı anlayınız. Hem onun, hem de sizin yönünüzden sorun böyle bir hal almıştır. Seçimimde yanılmak istemiyorum ve yanılmamalıyım. Sizin için kardeşimle, kardeşim içinse sizinle ilişkimi kesmek durumundayım. Onun yönünden, gerçekten kardeşim olup olmadığını, sizin yönünüzdense, bana değer verip vermediğinizi bana gerçek bir koca olup olmayacağınızı anlamak istiyorum ve bunu anlayacağım."

Lujin yüzünü buruşturarak:

"Avdotya Romanovna, doğrusu sözlerinizi çok manidar buldum, hatta sizinle kurmaktan onur duyduğum ilişkimiz göz önüne alındığında, aşağılayıcı... Beni şu küstah gençle karşılaştırıp; aynı kefeye koymakla doğrusu aşağılamış oldunuz, ama bu bir yana, deminki sözlerinizle, bana verdiğiniz sözü çiğneme olanağı da yaratmış oluyorsunuz. Diyorsunuz ki: 'Ya siz, ya o?' Böylece bana ne kadar az değer verdiğinizi gösteriyorsunuz... Aramızdaki ilişki ve üstlendiğimiz sorumluluklar karşısında ben böyle bir şeye izin veremem."

Dunya, "Nasıl?" diye parladı. "Sizi, hayatımda en değer verdiğim şeylerle, bugüne kadar bütün hayatımı oluşturan şeylerle bir tutuyorum da, siz yine de size az değer verdiğimi söyleyip alınıyorsunuz ha?"

Raskolnikov sessiz, alaylı gülümsedi; Razumihin tiksintiyle yüzünü buruşturdu; Pyotr Petroviç'e gelince, Dunyanın itirazına aldırış etmemiş, sanki hoşuna gidiyormuş gibi, gitgide daha katlanılmaz, daha sinirli olmaya başlamıştı. Bilgece öğüt veriyormuş gibi:

"İnsanın gelecekteki yaşam arkadaşına, kocasına duyduğu sevgi, kardeşine duyduğu sevgiden daha yüce olmalıdır" dedi. "Hem ben ne olursa olsun, onunla aynı kefeye konulmam... Her ne kadar demin kardeşinizin yanında açıklamalarda bulunmayacağımı ısrarla belirttiysem de, benim için son derece önemli ve üzücü bir konuyu açıklığa kavuşturması için saygıdeğer annenize seslenmek niyetindeyim. Dün oğlunuz -Pulheriya Aleksandrovna'ya dönmüştü- Bay Rassudkin'in yanında (Razumihin'e dönüp nazik bir selam verdi: Böyle miydi adınız? Özür dilerim, unutmuşum.) benim bazı düşüncelerimi açmış ve hayatın her türlü nimetine doymuş zengin bir kızla evlenmektense, hayatın her türlü acısını çekmiş yoksul bir kızla evlenmenin, hem karı-koca ilişkileri yönünden, hem de genel olarak ahlaki yönden daha doğru olacağını belirtmiştim. Oğlunuz, sözlerimin anlamını bilebile çarpıtıp beni kötü niyetli olmakla suçladı ve bence bunu yaparken de sizden aldığı mektuba dayanıyordu: Şimdi siz, Sayın Pulheriya Aleksandrovna, beni bunun tersine inandırmak olanağını bulabilirseniz, doğrusu çokça rahatlamış olacağım. Rodion Romanoviç'e yazdığınız mektupta acaba benim sözlerimi hangi deyimlerle dile getirmiştiniz?"

"Hatırlamıyorum" dedi Pulheriya Aleksandrovna; şaşırmıştı, "sözlerinizi nasıl anladıysam, öyle aktarmışımdır. Rodya'nın bunlardan size nasıl söz ettiğini bilemem, belki biraz abartmışta."

"Siz onu etkilememiş olsaydınız, o abartmazdı."

Pulheriya Aleksandrovna başını dikerek:

"Pyotr Petroviç" dedi, "şu anda burada bulunuyor olmamız, Dunyanın da, benim de sözlerinizi kötü anlamda yorumlamadığımızın en açık kanıtıdır."

Dunya, Pulheriya Aleksandrovna'yı destekleyerek:

"Çok doğru anneciğim!" dedi.

Lujin alınmıştı:

"Yani burada da ben mi suçluyum?" Pulheriya Aleksandrovna cesaretlenerek:

"Bakın, Pyotr Petroviç" dedi, "siz hep Rodion'u suçluyorsunuz, ama geçen günkü mektubunuzda onunla ilgili doğru olmayan şeyler yazmışsınız."

"Doğru olmayan şeyler yazdığımı hatırlamıyorum."

Raskolnikov dönüp Lujin'e bakmadan sert bir sesle:

"Benim" dedi, "dün paralarımı, arabanın altında kalarak ezilen memurun dul karısına değil de ki doğrusu budur, düne kadar yüzünü bile görmediğim kızına verdiğimi yazmışsınız. Bunu benim ailemle aramı açmak için böyle yazdınız; kendisini hiç tanımadığınız kız hakkında iğrenç birtakım sözler etmenizin nedeni de yine bu. Bütün bunlar dedikodu ve alçaklıktır."

Lujin öfkeden titreyerek:

"Bağışlayın ama efendim" dedi, "mektubumda sizden söz etmem, tümüyle kız kardeşinizin ve annenizin isteği üzerinedir: Benden sizi nasıl bulduğumu, üzerimde nasıl bir izlenim bıraktığınızı yazmamı rica etmişlerdi. Mektupta sözünü ettiklerime gelince, orada doğru olmayan tek satır bile bulamazsınız. Yani siz bütün paranızı o aileye vermediniz mi? Ve o mutsuz aile içinde şerefsiz kişiler de yok mu?"

"Bence siz bütün üstünlüklerinizle o mutsuz kızın serçe parmağı bile olamazsınız."

"O zaman siz onu annenizle kız kardeşinizin çevresine sokma cesaretini de göstereceksiniz?"

"Bilmek istiyorsanız, söyleyeyim: Ben bunu yaptım bile. Bugün annemle Dunya'nın yanına oturttum onu."

Pulheriya Aleksandrovna:

"Rodya!" diye bağırdı.

Dunya kıpkırmızı oldu; Razumihin kaşlarını çattı. Lujin alaylı gülümseyerek:

"Avdotya Romanovna, görüyorsunuz değil mi; böyle bir durumda anlaşmadan, barıştan söz edilebilir mi? Umarım artık sorun tümüyle aydınlanmış ve kapanmıştır. Şimdi, sizin ailece görüşmenizin tadını kaçırmamak ve birbirinize gizlerinizi açmanıza daha fazla engel olmamak için gidiyorum." Böyle diyerek sandalyesinden kalkıp şapkasını aldı. Sonra konuşmaya devam etti. "Ancak gitmeden önce son bir nokta olarak şunu da belirtmek cesaretini göstereceğim: bundan böyle bu tür buluşmalara ve uzlaşma toplantılarına beni katmayacağınızı umarım. Bunu özellikle sizden rica edeceğim, saygıdeğer Pulheriya Aleksandrovna, çünkü bu mektubumu size yazmıştım, bir başkasına değil."

Lujin'in bu sözleri Pulheriya Aleksandrovna'nın gücüne gitmişti:

"Pyotr Petroviç, bizi bütünüyle buyruğunuz altına almak ister gibisiniz. Dunya size arzunuzun yerine getirilmeyişinin nedenlerini açıkladı: Çok iyi niyetleri vardı Dunyanın. Sonra, siz bana buyruk verir gibi yazıyorsunuz. Yoksa sizin her arzunuzu buyruk saymamız mı gerekiyor? Oysa ben bunun tam tersi bir davranış içinde olmanız gerektiğini söyleyeceğim: bize karşı daha kibar, daha hoşgörülü olmalısınız; çünkü size güvenip her şeyimizi bıraktığımız gibi buraya geldik. Böylece, demek oluyor ki, ek bir çaba göstermenize gerek yok, biz zaten sizin elinizdeyiz."

"Bu hiç de doğru değil Pulheriya Aleksandrovna! Hele de Maria Petrovnanın size üç bin ruble bıraktığı şu şuada... Kaldı ki, (alaylı alaylı gülümsedi) bana karşı takındığınız şu tavırlara bakılırsa, bu para tam zamanında çıkıp geldi!"

Dunya sinirli sinirli:

"Bu sözlerinizden öyle anlaşılıyor ki" dedi, "siz gerçekten de bütün hesaplarınızı bizim umarsızlığımız üzerine yapmışsınız."

"Ama hiç değilse şu anda böyle bir hesap içinde olamam, öte yandan Arkadiy Ivanoviç Svidrigaylov'un, size ulaştırılması için ağabeyinizi yetkili kıldığı gizli önerilerinin görüşülmesine de engel olmak istemiyorum. Kaldı ki, görebildiğim kadarıyla, bu gizli önerilerin sizin için çok önemli, belki de çok hoş birtakım anlamları var."

Pulheriya Aleksandrovna:

"Aman Tanrım!" diye bağırdı.

Razumihin yerinde duramıyordu.

"Şimdi de utanmıyor musun kardeşim?" dedi Raskolnikov.

"Utanıyorum Rodya." dedi Dunya. Sonra öfkeden yüzü sapsarı, Lujin'e döndü: "Pyotr Petroviç, defolun!"

Pyotr Petroviç anlaşılan böyle bir son beklemiyordu. Kendine, sözü geçerliğine, kurbanlarının umarsızlığına fazla güvenmişti. Olanlara hâlâ inanamıyordu. Rengi gitmiş, dudakları titremeye başlamıştı:

"Avdotya Romanovna, ben böyle bir uğurlamayla şu kapıdan çıkıp gittim mi bir daha geri dönmem. İyi düşünün! Sözüm sözdür!"

Dunya yerinden fırlayarak bağırdı:

"Bu ne küstahlık! Sizin dönmenizi isteyen kim!"

Son ana kadar işin böyle bir çözülmeyle sonuçlanacağına inanmayan Lujin, ipin ucunu iyice kaçırmış gibiydi:

"Nasıl? Demek böyle!" diye bağırdı. "Demek böyle! Ama Avdotya Romanovna, sizi protesto edebileceğimi biliyor musunuz?"

Pulheriya Aleksandrovna heyecanla atılarak:

"Nasıl böyle konuşabilirsiniz onunla?" diye bağırdı. "Hem nasıl, ne hakla protesto edebilirmişsiniz? Dunya gibi bir kızı senin gibi birine vereceğim ha? Çekin arabanızı, rahat bırakın bizi! Böyle bir işe girişmekle yanılmışız, herkesten çok da ben yanılmışım..."

Öfkeden kudurmuşa dönen Lujin:

"Ama Pulheriya Aleksandrovna" dedi, "söz verip beni bağlamıştınız, şimdiyse bu sözünüzden cayıyorsunuz... Hem... hem ben onca harcama yaptım..."

Bu son sözleri Lujin'in karakterine öylesine uygundu ki, öfkeden ve öfkesini bastırma çabasından sapsarı kesilen Raskolnikov, sonunda dayanamadı ve bir kahkaha attı. Pulheriya Aleksandrovna ise iyice çileden çıkmıştı:

"Harcama mı? Ne harcamasıymış acaba bu? Sakın bizim sandık için yaptığınız harcama olmasın! Bu sandık için kondüktörün sizden beş para almadığını biliyoruz. Aman Tanrım! Demek sizi bağladık ha? Kendinize gelin Pyotr Petroviç! Biz sizi değil, üstelik de hem etimizi, hem ayağımızı olmak üzere, asıl siz bizi bağladınız."

Dunya annesine yalvararak:

"Yeter anneciğim, yeter!" dedi. Sonra Lujin'e döndü: "Pyotr Petroviç, lütfen gider misiniz?"

Lujin tümüyle kendini yitirmiş gibiydi. "Gidiyorum, ama son bir söz daha... Sizi almaya karar verdiğimde hakkınızdaki dedikoduların bütün kenti sardığını anneniz unutmuşa benziyor. Kamuoyuna aldırış etmeyip şeref ve itibarınızı size geri kazandırdıktan sonra bir ödül ummak, hatta minnet duymanızı istemek hakkım değil miydi? Ancak gözlerim yeni açıldı! Kamuoyunun düşüncesini küçümsemekle, çok ama çok büyük gaflette bulunduğumu anlıyorum."

Sandalyesinden fırlayan ve dövüşe hazırlanan Razumihin:

"Ölümüne mi susamış bu adam!" diye bağırdı.

Dunya:

"Çok kötü yürekli, çok aşağılık bir insansınız!" dedi.

Raskolnikov Razumihin'e engel olarak:

"Ne bir söz, ne bir davranış!" diye bağırdı; sonra Lujin'in yanına gidip yüzünü yüzüne yaklaştırarak tane tane: "Defolup gider misiniz!" dedi. "Tek kelime daha söylemeye kalkışmayın, yoksa..."

Pyotr Petroviç öfkeden çarpılmış, bembeyaz bir yüzle birkaç saniye Raskolnikov'un yüzüne baktı, sonra dönüp çıktı gitti. Raskolnikov'a karşı, dünyada pek az insanın hissedebileceği türden bir kin ve nefret tüm benliğini sarmıştı. Her şeyin, ama her şeyin suçlusu Raskolnikov'du. İşin en ilginç yanı da şuydu: Lujin, merdivenlerden inerken, belki de her şeyin daha yitirilmemiş olduğunu, hele kadınlarla ilgili durumun "pekâlâ" düzeltilebilir olduğunu düşünmekteydi.

III

Esasen Lujin son ana kadar böyle bir sonu beklemiyordu. İki yoksul ve savunmasız kadının buyruklarına karşı gelebilecekleri olasılığını hiç aklına getirmemiş; bu yüzden son ana kadar onlara küstahça davranmaya devam etmişti. Kibirli ve kendini beğenmişlik derecesine varan özgüveni onda böyle bir inancın yer etmesinin başlıca nedeniydi. Kendi kendini yetiştiren Pyotr Petroviç hastalıklı denilebilecek bir biçimde kendine hayrandı; akıl ve yeteneklerine büyük değer verir, bazen yalnızken, aynada hayranlıkla yüzünü seyrederdi. Ancak hayatta en sevdiği şey, emeğiyle ve her türlü yolla kazandığı paralarıydı: bu paralar kendinden yüksek olan her şeye ve herkese erişmesini sağlıyordu.

Demin Dunya'ya, hakkında kötü dedikoduların yayıldığı bir sırada kendini almaya karar verdiğini hatırlatırken son derece içtendi, hatta onun bu "kapkara nankörlüğü" karşısında derin bir öfke duymuştu. Gerçekteyse, Dunya'ya evlenme teklifinde bulunduğunda, Maria Petrovna'nın herkesin içinde yalanladığı bu dedikoduların saçmalığına çoktan inanmıştı; Maria Petrovna'nın yalanlamalarından sonra kasaba halkı da kızın suçsuzluğuna inanmış ve olayı unutup gitmişti. O sıralar bütün bunları bildiğini şu anda kendisi de yadsıyamazdı. Ama yine de, Dunya'yı kendi düzeyine yükseltmiş olmasına büyük değer veriyor, bunu bir tür kahramanlık niteliyordu. Şimdi de Dunya'ya bu büyük gizini açarken, kendisinin hayranlık duyduğu bu düşüncelerine, bu yiğitçe davranışına, başkalarının nasıl olup da hayranlık duymadıklarını bir türlü anlayamıyordu. O gün Raskolnikovun ziyaretine geldiğinde de, odaya, yaptığı büyük iyiliğin meyvelerini toplamaya gelmiş bir velinimet gibi girmiş, çok tatlı iltifatlar dinlemeye hazırlanmıştı. Şu anda merdivenlerden inerken, doğal olarak, kendini fena halde aşağılanmış, değeri anlaşılmamış bir insan olarak görüyordu.

Dunya'dan vazgeçmeyi düşünemezdi bile. Kız, kendisi için düpedüz vazgeçilmez bir şeydi. Ne zamandır hep evlilik hayalleri kurardı; ama işte bunca yıldır para biriktirmiş ve beklemişti. Evleneceği kızla ilgili olarak yüreğinin derinlerinde bulunan büyük gizine esrikliğe benzer büyük bir coşkuyla bağlanmıştı: evleneceği kız dürüst, yoksul (kesinkes yoksul) çok genç, çok güzel, soylu, okumuş olacaktı; aynı zamanda hayatta çok çekmiş, ürkek, onun karşısında hep boynu bükük olmalıydı bu kız; ona saygı göstermeli, yaşadığı sürece onu kurtarıcısı olarak görüp, ona minnet duymalı, yine ona, ama yalnızca ona hayran olmalıydı. İşten zaman bulup da dinlenebildiği anlarda, hayalinde bu gönül ayartıcı, bu çekici konu üzerinde ne sahneler yaratmıştı! İşte onca yılın hayali gerçekleşmek üzereydi. Avdotya Ramanovnanın güzelliği, kültürü büyülemişti kendisini; hele kızcağızın içinde bulunduğu umarsız durum büsbütün coşturmuştu. Hatta düşlediğinden de fazlası vardı Dunya'da: kız gururlu, karakterli, erdemliydi; eğitim ve öğretim bakımından kendisinden bile üstündü (bunu hissediyordu) işte böyle bir yaratık yaptıkları için ona derin bir minnet duyacak, hayatı boyunca önünde kul köle olacaktı. Ona gelince, kızın üzerinde sınırsız ve kesin bir egemenlik kuracaktı! Sanki bile bileymişçesine, bu işten, kısa bir süre önce uzun uzadı ya düşünüp taşınmış ve sonunda yapmakta olduğu işi değiştirip, daha geniş bir iş alanına atılmaya karar vermişti. Böylece, nicedir için için düşlerini kurup durduğu yüksek sosyeteye girme olanağına da kavuşmuş olacaktı... Tek kelimeyle, Petersburg'u denemeye karar vermişti. Kadınlar sayesinde "çok, ama pek çok" şey kazanabileceğini biliyordu. Güzel namuslu, kültürlü bir kadının alımlılığı, onun yolunu şaşılacak derecede güzelleştirir, onu çekici kılar, başına bir hâle örebilirdi... Ve işte şimdi bunların hepsi yıkılıp gidiyordu. Bu ani, bu çok çirkin kopuş, yıldırımla vurulmuşa döndürmüştü onu. Bu kötü bir şakaydı. Anlamsız buseydi bu! Küçücük bir saygısızlıkta bulunmuştu, hatta düşüncelerini bile daha doğru dürüst söyleyememişti, kendini kaptırıvermiş, biraz şaka yapmıştı. Ama nasıl da ciddi olmuştu! Derken!.. Hayır! Yarın, hemen yarın bu işi düzeltmeli, açılan yaraları sarmalıydı. En önemlisi de şu kendini beğenmiş, ağzı süt kokan çocuğu ortadan kaldırmalıydı; her şey onun başının altından çıkmıştı. Birden, hiç elinde olmadan, hastalıklı bir duyguyla Razumihin'i hatırladı...

Ama ondan yana hemen yatıştı: "Yok artık, onun gibisiyle de mi bir tutacaktı kendini!" Onun en korktuğu kişi Svidrigaylov'du... Kısacası, daha epey işi vardı...

Dunya annesini kucaklayıp öperek:

"Hayır, bütün suç bende!" diyordu. "Paralarına tamah ettim, ama yemin ederim kardeşim, onun böylesine aşağılık bir insan olduğunu bilmiyordum. Daha önce görebilseydim bunun hiçbir şeyine tamah etmezdim. Beni suçlama kardeşim!"

Pulheriya Aleksandrovna durmadan:

"Verilmiş sadakamız varmış!" diye tekrarlayıp duruyordu. Ama olup bitenlerin hâlâ farkında değil gibiydi, bilinçsizce tekrarlayıp duruyordu, aynı sözleri.

Hepsinin keyfi yerine gelmiş, hatta beş dakika sonra kahkahalarla gülmeye başlamışlardı. Yalnız Dunya arada bir olup bitenleri hatırlayınca sapsarı kesiliyor, kaşlarını çatıyordu. Pulheriya Aleksandrovna böyle bir olaya sevinebileceğini hayal bile edemezdi. Lujin'le bozuşma, daha bu sabah bile korkunç bir yıkım gibi geliyordu ona. Razumihin'e gelince, sevincinden içi içine sığmıyordu. Ama sevincini tümüyle açığa vuramıyordu daha; sıtmaya tutulmuş gibi tir tir titriyordu; sanki seksen kiloluk bir ağırlık kalkmıştı yüreğinin üzerinden. Artık bütün hayatını onlara verebilir, hayatı boyunca onlara hizmet edebilirdi... Az şey miydi bu! Aslında kendi hayallerinden bile korkuyor, kafasından gelecekle ilgili düşünceleri uzaklaştırıyordu. Bir tek Raskolnikov, kaşlarını çatmış, dalgın oturuyor ve hiç konuşmuyordu. Lujinle ilişkilerin koparılması için en çok direten o olmasına karşın, olanlara karşı şu anda en az ilgi duyan da oydu. Dunya elinde olmadan onun hâlâ kendisine kızgın olduğunu düşünüyor, Pulheriya Aleksandrovna ise ona çekine çekine arada bir göz atıyordu.

Dunya ona doğru yaklaşarak:

"Svidrigaylov sana ne söyledi?" diye sordu.

"Ya, evet evet!" diye bağırdı Pulheriya Aleksandrovna.

Raskolnikov başını kaldırdı:

"Sana on bin ruble vermek ve benim yanımda seni bir kez görmek istiyor."

Pulheriya Aleksandrovna "Görmek mi istiyor! Dünyada olmaz!" diye bağırdı. "Hem ne cesaretle para verme önerisinde bulunabiliyor?"

Sonra Raskolnikov bir hayli ilgisiz bir tavırla Svidrigaylov'la konuşmalarını aktardı. Yalnız gereksiz birtakım ayrıntılara girmemek ve hiç hoşlanmadığı birtakım konuların açılmasını önlemek için Maria Petrovna'nın hayaletinin Svidrigaylovu ziyaretiyle ilgili bölümleri atladı.

Dunya, "Sen ne dedin ona peki?" diye sordu.

"Başta isteğini sana iletmeyeceğimi söyledim. O zaman, her yola başvurup seni kendisinin rahatsız etmek zorunda kalacağını söyledi. Sana olan tutkusunun delilik olduğunu, şu anda sana karşı hiçbir şey duymadığını söyledi... Lujin'le evlenmene de karşı... Aslında sözleri oldukça dolambaçlıydı."

"Peki sen ne anlam veriyorsun bu duruma Rodya? Adamın niyeti ne olabilir?"

"Doğrusunu istersen hiçbir şey anlamış değilim. Hem on bin ruble öneriyor, hem zengin olmadığını söylüyor. Bir yerlere gideceğinden söz ediyor, ardından bu söylediğini unutuyor. Derken birdenbire evlenmek istediğinden, kendisine hatta kız bile bulduklarından söz ediyor... Kuşkusuz bir amacı var, kafasından bir şeyler geçiyor ve büyük olasılıkla da bunlar iyi şeyler değil... Ancak, seninle ilgili kötü birtakım niyetleri olsa, konuya böylesine aptalca yaklaşmasını düşünmek de tuhaf. Doğal olarak ben senin adına bu para önerisini kesinlikle geri çevirdim. Kısaca adam bana oldukça tuhaf göründü... Hatta biraz da deli gibi geldi. Ancak yanılıyor da olabilirim. Belki bütün bunlar aldatmacadır. Maria Petrovna'nın ölümü sanırım onu epey etkilemiş."

Pulheriya Aleksandrovna, "Allah rahmet eylesin!" dedi "Hayatım boyunca duacısı olacağım! Düşünsene Dunyacığım, şu üç bin ruble olmasaydı ne yapardık şimdi? Sanki gökten düştü bu para önümüze! Ah, Rodya sabahleyin topu topu üç ruble bir şey kalmıştı cebimizde ve kendisi akıl edip de verene kadar şu adamdan bir şey istememek için Dunya'yla saatlerimizi rehine koymayı düşünmüştük."

Dunya, Svidrigaylov'un önerisine çok şaşırmış görünüyordu. Sürekli düşünüyor, nerdeyse titreyerek:

"Besbelli korkunç bir şeyler tasarlıyor!" diye söyleniyordu. Onun bu korkusu Raskolnikov'un dikkatini çekmişti: "Sanırım onu birkaç kez daha görmem gerekecek" dedi Dunya'ya.

Razumihin coşkuyla:

"İzleyeceğiz onu!" diye bağırdı. "Ben onu izleyip bulacağım! Gözümü ayırmayacağım üzerinden! Rodya bana izin verdi. Demin kendisi söyledi: 'Kız kardeşimi koru' dedi. Siz de izin veriyor musunuz Avdotya Romanovna?"

Dunya gülümseyerek ona elini uzattı, ama yüzündeki kaygı izleri yok olmamıştı. Pulheriya Aleksandrovna kızına çekine çekine bakıyordu; üç bin ruble onu yatıştırmış gibiydi.

Kısa bir süre sonra kendilerini canlı bir konuşmanın içinde buldular. Raskolnikov bile, konuşmaya katılmamakla birlikte, bir süre onları dikkatle dinledi. Kendinden geçen Razumihin heyecanlı bir söylev tutturmuştu:

"Ne diye gidecekmişsiniz, ne diye? Hem o küçük ilçede ne yapacaksınız? En önemlisi, burada hep birlikte olacaksınız; her biriniz öteki için gereklisiniz! Hem de nasıl gereklisiniz! Anlayın söylediklerimi! Hiç olmazsa bir süre daha kalın... Beni de dost olarak aranıza kabul edin! İnanın bana, çok güzel bir iş kurabiliriz! Dinleyin, size projemi ayrıntılarıyla açıklayayım. Bu sabah, daha bütün bunlar olmamışken aklıma gelmişti... Şöyle: benim bir dayım var (sizi tanıştırırım; son derece aklı başında, saygıdeğer bir ihtiyarcıktır!) kendisinin birikmiş bin rublesi var, emekli maaşı aldığı için bu paraya gereksinimi yok. İki yıldır bu parayı alıp, kendisine yüzde altı faiz vermem için ısrar eder durur. İşin aslı açık: Niyeti bana yardım etmek. Geçen yıl gereksinim duymamıştım, ama bu yıl dayım gelir gelmez kendisinden bu parayı almaya karar verdim. Siz de elinizdeki üç binden binini verirseniz, başlangıç için bu bize yeter, ortak oluruz.

"Peki ne yapacağız bu parayla?"

Razumihin projesini ayrıntılarıyla açıklamaya koyuldu. Bizdeki kitapçıların ve yayıncıların, yaptıkları işten nasıl az anladıklarını, çünkü bunların genellikle kötü yayıncılar olduklarını, oysa iyi bir yayının pekâlâ iyi satıldığını, dahası önemlisi para kazandırdığını açıkladı. Başkaları hesabına çalıştığı şu son iki yıldır Razumihin hep kitapçılık üzerine hayaller kuruyordu. Gerçi altı gün önce, elindeki bir çevirinin yarısıyla bunun avans tutarı olan üç rubleyi almaya kandırabilmek için Raskolnikov'a Almancadan "şvah" (zayıf) olduğunu söylemişti, ama bu yalandı ve bunun yalan olduğunu Raskolnikov da biliyordu. Çünkü Razumihin üç Avrupa dilini, hem de fena sayılmayacak ölçüde biliyordu.

Razumihin sözlerini heyecanla sürdürüyordu:

"Elimize böyle bir olanak geçmişken niçin, niçin kaçıralım bu fırsatı? Kuşkusuz çok çalışmamız gerekecek. Ama çalışırız. Siz, Avdotya Romanovna, ben ve Rodion... Bazı yayınlar şimdi çok iyi para getiriyor! Bu işin temeli, neyi çevireceğini bilmektir. Biz de hem çevireceğiz, hem çevirdiklerimizi yayınlayacağız, hem de öğrenimimize devam edeceğiz. Benim epeyce deneyimim olduğu için yararlı olabilirim. İki yıldır yayıncı yayıncı dolaşırım, işin içyüzünü bütünüyle öğrendim, inanın bana yapılmayacak bir iş değil! Hem ayağımıza kadar gelmiş böyle bir fırsatı ne diye tepelim? Bildiğim öyle birkaç yapıt var ki, çevirtip yayınlamaları için yalnız adlarını söylememe her biri için yüz ruble verirler... Hele bir tanesi var ki, beş yüz ruble verseler adını yine vermem. Bunlar öyle meşe kafalı heriflerdir ki, daha kitabın adını duyar duymaz kuşkuya düşerler! Basımevi, kâğıt, satış gibi işleri siz bana bırakın! Bu işlerin bütün girdi çıktısına bakarım! Şöyle ufaktan başlar, yavaş yavaş büyütürüz. En azından ekmek paramız çıkar, koyduğumuzu da yüzde yüz alabiliriz."

Dunyanın gözleri parlamıştı.

"Bu söyledikleriniz çok hoş şeyler Dmitriy Prokofiç" dedi.

Pulheriya Aleksandrovna da:

"Ben tabii bu işlerden bir şey anlamıyorum" dedi. "Belki de iyi birtakım işlerdir, ama yine Allah bilir. Yeni başlanılan işin ne olacağı belli olmaz. Kuşkusuz, hiç değilse bir süre, burada kalmamız zorunlu..."

Dönüp Rodya'ya baktı. Dunya:

"Sen ne düşünüyorsun kardeşim?" diye sordu.

"Razumihin'in düşüncesi çok güzel" dedi Raskolnikov. "Bugünden büyük bir yayınevi olmak hayalleri kurmamak gerekir, ama beş altı kitabın başarıyla yayınlanabileceğine de kuşkum yok. İyi gidecek bir kitap adı da ben biliyorum. Onun bu işlerin üstesinden gelip gelemeyeceği konusunda ise hiç kuşkum yok: akıllı adamdır... Neyse, bu konuyu ilerde daha bol bol konuşuruz..."

"Yaşa!" diye bağırdı Razumihin. "Bakın: Bu evde aynı adamın bir dairesi daha var. Bu odalarla ilişiği olmayan, ayrı özel bir daire. Üstelik möbleli... Üç oda... Kirası da uygun... İlk iş, hemen bu daireyi kiralayalım. Ben yarın saatlerinizi rehine kor, paralarını getiririm. Böylece her şey yoluna girer. En önemlisi, üçünüz birlikte olacaksınız. Rodya da sizle kalır... Hey, Rodya nereye gidiyorsun?"

Pulheriya Aleksandrovna biraz da korka korka:

"Gidiyor musun Rodya?" diye sordu.

"Böyle bir anda ha!" diye bağırdı Razumihin.

Dunya şaşkınlık ve kuşku dolu bakışlarla bakıyordu kardeşine.

Raskolnikov kasketini almış, girmeye hazırlanıyordu. "Sanki mezara gömüyorsunuz beni" dedi tuhaf bir sesle. "Ya da sanki sonsuzcasına ayrılıyoruz..."

Gülümsüyor gibiydi, ama pek de gülümseme gibi değildi bu. "Kim bilir, belki de son kez görüşüyoruzdur!"

Elinde olmadan söyleyivermişti bu sözleri. Yalnızca aklından geçilmekte olduğu bir düşünceydi bu, oysa işte ağzından kaçıvermişti.

"Neyin var senin?" diye bağırdı annesi.

Dunya da: "Nereye gidiyorsun Rodya?" diye sordu.

"Gitmem gerek" dedi Raskolnikov; ne söyleyeceği konusunda kararsız gibiydi, ama sararmış yüzünde kesin bir kararlılık vardı.

"Size söylemek istiyordum... buraya gelirken... size, anneciğim... ve sana Dunya... bir süre için ayrılmamızın daha iyi olacağını söylemek istiyordum... Kendimi iyi hissetmiyorum, hiç sakin değilim... Sonra yine gelirim ben... kendim gelirim... Gelmem olanaklı olduğu zaman. Sizi hiç unutmayacağım, sizi seviyorum... Ama bırakın beni! Beni kendi halime bırakın! Ta ne zaman karar vermiştim ben buna... Kesin karar vermiştim... Başıma ne gelirse gelsin, ölsem bile hatta yalnız olmak istiyorum. Daha iyisi, siz beni tümden unutun! Kimseye sormayın, aramayın beni. Gerektiği zaman ben kendim gelirim... Sizi çağırtırım. Belki de her şey düzelir! Ama şu anda, eğer beni seviyorsanız, bırakın yakamı... Yoksa sizden nefret ederim, bunu hissediyorum... Elveda!"

"Aman Tanrım!" diye bağırdı Pulheriya Aleksandrovna.

Anne de kız da dehşet içindeydiler. Razumihin de aynı durumdaydı. Pulheriya Aleksandrovna inliyordu.

"Rodya, Rodyacığım! Barış bizimle, yine eskisi gibi olalım!"

Raskolnikov yavaşça arkasını döndü ve ağır adımlarla kapıya doğru yürüdü. Dunya arkasından koşup ona yetişti, öfkeden alev alev yanan bakışlarla:

"Ağabey!" dedi. "Anneme ne yapıyorsun böyle?" Raskolnikov başını güçlükle çevirip kız kardeşine baktı, ne söyleyeceğini tam bilmiyormuş gibi, yarım ağızla:

"Bir şey yok, ben gelirim..." diye mırıldandı ve yürüdü.

"Duygusuz! Bencil!" diye bağırdı Dunya arkasından.

Razumihin kızın elini şiddetle sıkıp kulağına heyecanla fısıldadı:

"Hayır, duygusuz değil, bir deli o! Deli! Görmüyor musunuz bunu? Ona böyle davranmaya devam ederseniz, asıl duygusuz sizsiniz!"

Neredeyse yığılıp kalacak durumda olan Pulheriya Aleksandrovna'ya dönerek:

"Ben şimdi gelirim!" dedi ve koşarak odadan çıktı.

Raskolnikov onu koridorun ucunda bekliyordu:

"Biliyordum ardım sıra koşup geleceğini" dedi. "Geri dön ve onlarla ol... Yarın da onlarla ol... Hatta hep onlarla ol!... Ben... belki gelebilirim... Olanak bulursam... Elveda!"

Ardından elini bile uzatmadan dönüp yürüdü.

"Nereye gidiyorsun?" diye mırıldandı Razumihin; iyice şaşırmıştı. "Ne olursun? Neyin var? Böyle şey olur mu hiç?

Raskolnikov bir kez daha durdu.

"Son kez söylüyorum: beni kesinlikle arayıp sorma. Sana verecek hiçbir cevabım yok... Evime de gelme! Ben belki buraya gelirim... beni bırak, onları ise bırakma. Ne demek istediğimi anlıyorsun, değil mi?"

Koridor karanlıktı; bulundukları yerde bir lâmba yanıyordu, bir dakika kadar hiçbir şey konuşmadan birbirlerini süzdüler. Razumihin hayatı boyunca unutmadı bu anı. Raskolnikov kor gibi yanan gözlerini Razumihin'e dikmişti, bu bakışlar her saniye sanki biraz daha güçlenerek, Razumihin'in ruhuna, bilincine işliyordu. Razumihin birden ürperdi. Aralarında sanki tuhaf bir geçiş olmuştu... İkisinin de çok iyi anladığı korkunç bir düşünce, bir ima birden ötekine geçmişti. Razumihin birden ölü gibi sarardı.

Yüzü allak bullak olan Raskolnikov:

"Şimdi anladın mı?" dedi. "Hadi, onlara dön!" Ve hızla arkasını dönüp çıktı.

Razumihin yanlarına döndükten sonra o gece Pulheriya Aleksandrovnalar'da neler olduğunu, Razumihin'in onları nasıl yatıştırdığını, Rodya'nın hasta olduğunu ve kendisine dinlenme olanağı vermeleri gerektiğini onlara nasıl anlattığını, Rodya'nın kesinlikle geri döneceğine, kendisinin onları her gün ziyaret edeceğine, Rodya'nın sinirlerinin çok ama çok bozuk olduğuna ve onu daha da sinirlendirmemek gerektiğine, kendisinin onu nasıl bir an bile yalnız bırakmayacağına, nasıl en iyi doktorlar bulup getireceğine, görüş alışverişi yaptıracağına... yeminler ederek onları nasıl inandırmaya çalıştığını burada anlatmayacağım. Şu kadarını söyleyeyim ki, o geceden sonra Razumihin onların oğlu ve kardeşi oldu.

IV

Raskolnikov hiçbir yere sapmadan doğruca Sonya'nın kanaldaki evine gitti. Burası üç katlı, eski, yeşil boyalı bir evdi. Raskolnikov kapıcıyı bulup terzi Kapernaumov'un nerede oturduğunu sordu. Kapıcının pek de açık olmayan tarifine göre avluda, köşede, dar ve karanlık bir merdivene açılan bir kapı bulup içeri girdi ve ikinci kata çıktı. Avluya bakan yandaki koridor üzerinde Kapernaumov'un dairesinin kapısını aramak için gelişi güzel yürürken, birden üç adım ötesinde bir kapı aralandı; Raskolnikov hiç düşünmeden bu kapıya doğru atıldı. Ürkek bir kadın sesi:

"Kim o?" diye sordu.

Raskolnikov, "Benim... Size geldim..." dedi ve içeri girdi. Burası küçücük bir antreydi. Kırık bir sandalyenin üzerinde, eğri bir şamdana dikilmiş bir mum yanıyordu.

"Siz misiniz?" diye bağırdı Sonya; donakalmış gibiydi. Raskolnikov kızın yüzüne bakmamaya çalışarak: "Odanıza nereden giriliyor? Buradan mı?" diye sordu ve hızla içeri geçti.

Sonya elinde mumla bir dakika kadar sonra geldi. Mumu bıraktı, Raskolnikov'un önünde ayakta durdu. Çok şaşırmıştı, anlatılmaz bir heyecan içindeydi. Onun bu beklenmedik ziyaretinden müthiş ürkmüş gibiydi. Birden solgun yüzünde kırmızı lekeler uçuştu, hatta gözlerinde yaşlar belirdi... Hem acı, hem haz duyuyordu... Raskolnikov hızla dönüp masa başındaki sandalyeye oturdu. Bu arada bir anlık bir bakışla odaya da göz atmak fırsatını bulmuştu.

Büyük olmasına büyük bir odaydı; ama tavanı çok alçaktı. Kapernaurmovların kiraya verdikleri biricik odaydı; sol yandaki duvarda bulunan kapalı kapıdan onlara giriliyordu. Karşı yandaki, sağdaki duvarda da bir kapı vardı, her zaman kapalı duran bu kapıdan da, ayrı bir numara taşıyan bitişik daireye giriliyordu. Sonyanın tıpkı bir ambara benzeyen odası çarpık bir eşkenar dörtgen biçimindeydi ve bu durum odaya çirkin bir görünüş veriyordu. Kanala bakan üç pencereli duvar, odayı çaprazlamasına kesiyor gibiydi. Bu nedenle köşelerden biri çok sivriydi ve öylesine derinlerde bir yerlerde yitip gitmişti ki, odayı aydınlatan cılız ışıkta orada neler bulunduğunu seçmek bile olanaksızdı. Öbür köşeye ise köşe bile denemezdi, o kadar açık ve belirsizdi. Bu kocaman odada eşya olarak hemen hiçbir şey yoktu. Sağdaki köşede bir karyola vardı, onun hemen yanında, kapıya yakın, bir iskemle duruyordu. Karyolanın bulunduğu duvarda, komşu daireye açılan kilitli kapının önünde, üzerinde mavi bir örtü bulunan basit bir tahta masa vardı. Masanın yanında iki hasır iskemle duruyordu. Karşı duvarda, sivri köşeye yakın bir yerde, boşlukta yitip gitmiş izlenimi veren bir komodin duruyordu. İsten rengini yitirmiş, yıpranmış, sarıya çalan duvar kâğıtları, köşelerde iyiden iyiye kararmıştı. Besbelli kışın dumanlı ve nemli oluyordu burası. Gözle görülür bir yoksulluk egemendi odaya. Karyolanın perdesi bile yoktu.

Sonya, odasını böylesine teklifsizce, böylesine dikkatle süzen konuğuna sessizce bakıyordu. Sonunda yazgısını belirleyecek birinin, bir yargıcın karşısındaymış gibi korkudan titremeye başladı.

Raskolnikov hâlâ gözlerini kaldırıp kıza bakmadan:

"Sanırım epey geç geldim... Saat on bir oldu mu?.." diye sordu.

"Oldu" diye mırıldandı Sonya. Sonra, sanki kendisi için tek kurtuluş yolu buymuş gibi, çabuk çabuk: "Evet, tam on bir..." diye devam etti. "Demin ev sahibinin saati çaldı... Kulaklarımla duydum, tam on bir..."

Buraya ilk gelişi olmasına rağmen, Raskolnikov sıkıntılı bir şekilde:

"Bu size son gelişim" dedi, "bir daha belki hiç görmeyeceğim sizi..."

"Bir yere mi gidiyorsunuz?"

"Bilmiyorum... Her şey yarın..."

"Demek yarın Katerina Ivanovna'ya gelmeyeceksiniz?" Sonya'nın sesi titremişti.

"Bilmiyorum, her şey yarın sabah... Neyse, sorun bu değil. Asıl bir şey söylemek için geldim ben."

Dalgın bakışlarını kıza kaldırdı ve birden kendisinin oturmakta olduğunu, onunsa baştan beri ayakta durduğunu fark etti

"Niçin ayakta duruyorsunuz, otursanıza..." dedi. Sesi değişmiş, yumuşamıştı; sevecen bir sesti bu.

Sonya oturdu. Raskolnikov aydınlık, sevecen bakışlarla ve biraz da acır gibi bir dakika kadar süzdü Sonyayı.

"Nasıl da zayıfsınız! Şu ellerinize bakın! Sanki saydam... Parmaklarınız ölü parmağı gibi."

Kızın ellerini avuçları içine aldı. Sonya hafifçe gülümsedi.

"Ben hep böyleyim" dedi.

"Evdeyken de mi?"

"Evet."

"Ya, kuşkusuz öyle..!" dedi Raskolnikov kesik kesik. Yüzünün ifadesi, sesi yeniden değişivermişti. Çevresine bir kez daha göz attıktan sonra:

"Burayı Kapemaumov'lardan mı kiraladınız?" dedi.

"Evet."

"Şu kapının arkasında mı oturuyor onlar?"

"Evet. Bu oda gibi onlarınki de."

"Hepsi bir tek odada mı kalıyorlar?"

"Evet, bir tek odada."

"Ben olsam sizin bu odanızda geceleri korkardım" dedi Raskolnikov, yüzü asılmıştı.

Hâlâ kendine gelemeyen ve bu ziyaretin anlamını kestiremeyen Sonya:

"Ev sahiplerim çok iyi, çok sevecen insanlardır" dedi. "Bu eşyalar... her şey... her şey onların. Çok iyi insanlardır, çocukları sık sık gelirler bana."

"Kekemeydiler, değil mi?"

"Evet... Kapernaumov hem kekeme, hem topaldır. Karısı da öyle... Daha doğrusu tam kekeme değil de... bazı sözcükleri tam söyleyemez. Çok, çok iyi bir kadındır. Kapernaumov eski toprak kölelerindendir... Yedi çocukları var... Yalnızca en büyükleri kekemedir... Ötekiler kekeme değildir... Ama hepsi hasta..." Sonra şaşkınlıkla sordu: "İyi ama siz onları nereden biliyorsunuz?"

"Hepsini babanız anlatmıştı. Sizinle ilgili her şeyi de anlatmıştı... Nasıl sabahın altısında çıkıp, akşamın sekizlerinde döndüğünüzü, Katerina Ivanovna'nın nasıl yatağınızın ucunda diz çöktüğünü..."

Sonya utanmıştı.

"Bugün onu gördüm sanki..." diye mırıldandı.

"Kimi?"

"Babamı. Sokakta yürüyordum, aşağıda, köşe başında, saat on gibiydi. Önümde yürüyordu sanki. Tıpkı oydu. Hemen Katerina Ivanovna'ya haber vermek istedim..."

"Dolaşıyor muydunuz?"

"Evet", dedi Sonya kesik kesik; yine utanmış, gözlerini yere indirmişti.

"Ama Katerina Ivanovna babanızın yanında sizi dövermiş galiba."

"Ah, hayır" dedi Sonya, korkuyla bakıyor gibiydi, "hayır, neler söylüyorsunuz siz!"

"Öyleyse onu seviyorsunuz?"

"Tabii ki sevmez olur muyum hiç!" Sonyanın sesi acılıydı, birden ellerini kavuşturmuştu. "Ah! Onu... Onu bir tanımış olsaydınız! Bir çocuk gibidir o... Kafası çok karışıktır... Acıdan, oysa öyle akıllıydı ki... Öyle yüce gönüllü, öyle iyi yürekli bir kadındır ki... Siz hiç, ama hiçbir şey bilmiyorsunuz... Ah!"

Sonya umutsuzluk içinde, heyecanla, acıyla, ellerini ovuşturarak söylemişti bu sözleri. Solgun yanakları yeniden kızarmış, gözlerine acılı bir ifade çökmüştü. Bunun onun için son derece duyarlı bir konu olduğu açıkça görülüyordu. Bir şeyler söylemek, konuşmak, Katerina Ivanovna'yı savunmak istediği anlaşılıyordu. Birden, yüzünün bütün çizgilerinde yoğun bir acı belirdi.

"Dövüyormuş! Ne diyorsunuz siz! Tanrım, dövüyormuş! Hem dövse ne olur sanki! Ne olur! Siz hiç, ama hiçbir şey bilmiyorsunuz... Öyle mutsuz, öyle mutsuz bir kadın ki o! Ve hasta... Adalet arıyor o... Çok temiz bir kadındır. Her şeyde adalet olması gerektiğine inanır ve bunu ister... İsterseniz işkence edin ona, haksız bir şey yaptıramazsınız. İnsanlarda adalet olamayacağını bir türlü anlamaz, bu yüzden de sinirlenir durur... Çocuk gibidir, tıpkı bir çocuk! Son derece dürüst bir kadındır!"

"Peki siz ne olacaksınız?"

Sonya sorar gibi baktı:

"Hepsi bizim başımıza kaldı şimdi. Gerçi daha önce de hepsi sizin başınızdaydı, hatta babanız içki parasını bile gelip sizden alırdı... Ama şimdi ne olacak?"

Sonya üzüntü içinde:

"Bilmiyorum" dedi.

"Onlar orada mı kalacak peki?"

"Bilmiyorum. Oraya kira vermeleri gerek. Yalnız söylediklerine göre ev sahibi kadın onları çıkarmak istiyormuş. Katerina Ivanovna da 'Bu evde bir dakika bile kalmam' diyormuş."

"Neyine güvenerek böyle kabadayılık ediyor? Size mi?"

"Ah, hayır, böyle söylemeyin." dedi Sonya; yeniden heyecanlanmış, hatta öfkelenmişti. Kızdırılmış küçük bir kuşa benziyordu. "Biz onunla bir kişi gibiyiz artık, birbirimizden ayrı değiliz..." Sonra birden heyecanlandı, ateşli bir şekilde: "Hem başka ne yapabilir ki? Ne yapabilir ki?" dedi. "Bugün nasıl da ağladı! Nerdeyse aklını oynatacak... Bazen tıpkı bir çocuk gibi, yarın her şeyin yolunda olması, sofrasında yemeğinin bulunması için telaşlanıyor... Bazen ellerini ovuşturuyor, kan tükürüyor, ağlıyor... Umutsuzluk içinde başını duvarlara vuruyor... Sonra yine avunuyor; bütün umudunu size bağlamış durumda; sizin kendisine arka olduğunuzu söylüyor. Sonra, bir yerlerden borç bulup, birlikte doğduğu kente gideceğimizi, orada soylu genç kızlar için bir pansiyon açacağımızı, buranın yönetimini bana vereceğini, böylece bizim için yepyeni, mutlu bir hayatın başlayacağını söyleyip boynuma sarılıyor, beni öpüyor, yatıştırıyor ve bütün bu söylediklerine, bu hayallere inanıyor! Ona karşı konulabilir mi? Bugün bütün gün ortalığı temizledi, eskileri onardı, çamaşır yıkadı, o zayıf, güçsüz haline bakmadan, koca tekneyi odasına çıkardı, sonra da tıkanıp yatağa düştü. Poleçka'yla Lena'ya ayakkabı almak için birlikte çarşıya çıkmıştık, çocukların ikisinin de ayakkabıları parça parça olmuştu. Ama paramız çıkışmadı, arada çok fark vardı. Çünkü Katerina Ivanovna öyle şirin iki pabuç seçmişti ki... Bilemezsiniz, ne ince zevkleri vardır onun... Para çıkışmadı diye, oracıkta, mağazada, herkesin içinde ağlamaya başladı. Ah, nasıl üzüldüm, nasıl!"

"Evet..." dedi Raskolnikov acı acı gülerek, "niçin böyle yaşadığınız şimdi kolayca anlaşılıyor."

"Sanki siz acımıyor musunuz ona? Daha hiçbir şey görüp bilmeden son kuruşunuza kadar bütün paranızı ona verdiğinizi biliyorum. Ya bir de her şeyi görseydiniz? Oh, Tanrım! Ve ben kaç kez, kaç kez onu ağlattım! Daha geçen hafta bile... Onun... babamın ölümünden bir hafta önce... Çok acımasız davrandım! Ve bunu kaç kez, kaç kez yaptım! Şimdi, bütün gün bunları hatırlayıp durmak ne kadar acı!"

Sonya, anılarının verdiği kederle, konuşurken ellerini ovuşturuyordu.

"Siz mi acımasızsınız?"

"Evet, ben!" Sonya ağlamaya başlamıştı. "O gün eve geldiğimde rahmetli babam, 'Sonya' dedi, "başım ağrıyor... Bana şu kitaptan bir şeyler okusana...' Elinde bir kitap vardı, Andrey Semyoniç'ten, Labezyatnikovdan almıştı. Bay Lebezyatnikov da orada oturur; hep böyle gülünç birtakım kitaplar bulur. Ben de 'Gitmem gerek' dedim, okumak istemedim. Onlara da, Lizaveta'dan aldığım yeni yakaları Katerina Ivanovna'ya göstermek için uğramıştım. Lizaveta bana çok ucuza yakalar, kolluklar getirmişti. Üzerleri isli, çok güzel, yepyeni şeylerdi. Katerina Ivanovna da çok beğendi yakaları, takıp aynanın karşısına geçti, kendine bakmaya başladı. Çok hoşuna gitmişti yakalar. "Lütfen bunları bana armağan eder misin Sonya?" dedi. Lütfen diyordu, o kadar hoşuna gitmişti yakalar, o kadar çok istiyordu ki bunları. Oysa hangi elbisesinin üzerine takacaktı bu yakaları? Öylesine... eski, mutlu günlerini anımsamıştı besbelli... Aynanın karşısına geçip hayran hayran kendini seyretti. Oysa sırtına giyecek tek bir kat elbisesi yoktu. Kaç yıldır böyleydi bu! Hiç kimseden hiç bir şey istememiştir. Gururludur, birinden bir şey istemektense, kendi elindeki son şeyini verir. Ama işte benim yakalar hoşuna gitmişti, istiyordu. Ben de vermeye kıyamadım, "Ne yapacaksın bunları Katerina Ivanovna?' dedim. Evet, tam böyle söyledim: "Ne yapacaksınız?' Bu ona hiç söylenmeyecek bir sözdü. Bana öyle bir bakış baktı ki... isteğini geri çevirmem çok, ama çok ağırına gitmişti... Yüreğim parçalandı! Yakaları alamayışı değildi ağırına giden, benim isteğini geri çevirmemdi. Bunu gördüm. Ah, şimdi her şeyi geri çevirebilsem, bütün o sözleri hiç söylenmemiş yapabilsem... Ah, ben... tutmuş neler anlatıyorum!.. Bütün bunlardan size ne!"

"Şu... Lizaveta'yı tanır mıydınız?"

"Evet..." Sonya şaşırmıştı, o da sordu "Siz de tanır mıydınız?"

Raskolnikov karşılık vermedi, biraz sustuktan sonra:

"Katerina Ivanovna verem" dedi. "Hem de ağır... Yakında ölür..."

"Ah, hayır hayır hayır!" diye bağırdı Sonya, sonra sanki söylediklerim onun da doğrulamasını istercesine, bilinçsiz bir davranışla Raskolnikov'un ellerine sarıldı.

"Ama ölmesi onun için daha iyi!"

"Hayır, daha iyi değil, hiç değil!" diye bağırdı Sonya, sesi korku doluydu.

"Çocuklar ne olacak? Yanımıza alamayacağınıza göre...?"

Sonya elleriyle başını tutarak umutsuzca:

"Ah, bilmiyorum, bilmiyorum!" diye bağırdı. Bu konuyu onun da pek çok kez düşündüğü anlaşılıyordu. Raskolnikov bu çözümsüz soruyu yeniden aklına getirmişti.

Raskolnikov acımasızca sözlerini sürdürdü:

"Ya siz, Katerina Ivanovna sağken, yani bu sıralar hastalanır da hastaneye götürülürseniz ne olacak?"

Sonyanın yüzü korkudan çarpıldı:

"Ah, siz neler söylüyorsunuz! Böyle bir şey olamaz!"

Raskolnikov acımasızca gülümseyerek:

"Nasıl olmaz? Hasta olmayacağınıza ilişkin senet mi var elinizde? Hep birden sokağa dökülecekler, Katerina Ivanovna öksüre öksüre dilenecek, şimdi olduğu gibi başını duvarlara, vuracak... Çocuklar dersen ağlaşıp duracaklar... derken karakola götürecekler kendisini, oradan da hastaneye... Ölecek... Peki, çocuklar?"

Sonya'nın sıkışmış göğsünden:

"Ah, hayır! Tanrı bu kadarına razı olmaz!" sözleri döküldü. Her şey sanki Raskolnikov'a bağlıymış gibi, ellerini göğsünde kavuşturmuş, sessiz bir yalvarışla bakarak dinliyordu onu.

Raskolnikov ayağa kalkarak odada dolaşmaya başladı. Bu şekilde birkaç dakika zaman geçti. Başı önüne düşen Sonya kollarını sarkıtmış, öylece, acı içinde ayakta duruyordu. Raskolnikov birden, Sonya'nın önünde durdu:

"Biraz para biriktirme olanağın yok mu? Kara gün için?"

"Hayır," diye mırıldandı Sonya,

"Tabii, hayır!" dedi Raskolnikov alay eder gibi "Hiç denediniz mi?"

"Denedim."

"Ve olmadı! Tabii! Anlaşılıyor. Sormam bile saçmaydı!"

Yine odanın içinde dolaşmaya başladı. Bir dakika daha geçti.

"Her gün kazanmıyorsunuz, değil mi?"

Sonya deminkinden çok utandı. Yüzü kıpkırmızı kesildi. Acılı bir çabayla:

"Hayır,, diye fısıldadı.

Raskolnikov birden:

"Herhalde Poleçka'nın da olacağı bu" dedi

"Hayır! Hayır! Olamaz!" diye haykırdı Sonya; sanki bir yerine bıçak saplamışlardı, öyle umutsuz bir çığlık almıştı. 'Tanrı... Tanrı böyle korkunç bir şeye izin vermez!"

"Başkaları için veriyor ama..."

Sonya kendinden geçmiş gibiydi:

"Hayır! Hayır! Tanrı onu korur!" diye tekrarladı.

Raskolnikov öç alırcasına bir sevinçle:

"Belki de Tanrı yoktur" dedi, gülümseyerek kıza baktı.

Bu söz üzerine Sonya'nın yüzü birden değişti, korkunç bir değişmeydi bu, kramp girmişçesine çarpılmıştı yüzü. Anlatılmaz bir serzenişle bakıyordu Raskolnikov'un yüzüne. Bir şeyler söylemek istiyor, ama ağzından hiçbir şey çıkmıyordu. Sonunda yüzünü elleriyle kapatarak hıçkıra hıçkıra ağlamaya başladı.

Raskolnikov biraz sustuktan sonra:

"Katerina Ivanovna'nın aklını oynattığını söylüyordunuz demin" dedi, "ama siz de aklınızı oynatıyorsunuz."

Bu şekilde beş dakika daha geçti. Raskolnikov Sonya'nın yüzüne bakmadan ve konuşmadan odada bir aşağı bir yukarı dolaşıyordu. Sonunda ona yaklaştı, gözleri iki kor parçası gibiydi. İki eliyle omuzlarından tutarak, gözlerini kızın ıslak gözlerine dikti, uzun uzun baktı. Bakışları ateşli, deliciydi. Dudakları şiddetle titriyordu... Birden, hızla eğildi, yere kapanarak kızın ayaklarını öpmeye başladı. Sonya bir deliden kaçar gibi, korkuyla ondan uzaklaştı, geri çekildi. Gerçekten de, deliymiş gibi bakıyordu Raskolnikov. "Ne yapıyorsunuz?" diye mırıldandı Sonya, yüzü bembeyazdı, yüreği sıkışıyordu. "Ne yapıyorsunuz böyle? Benim gibi birinin önünde...!"

Raskolnikov hemen kalktı, pencereye doğru yürüdü yabacıl bir sesle:

"Ben senin önünde değil, insanlığın çektiği acıların önünde eğildim," dedi. Sonra kızın yanına dönerek: "Dinle..." dedi. "Az önce beni aşağılayan adamın birine, senin serçe parmağın bile olamayacağını, bugün senin yanına, oturmakla kız kardeşimi onurlandırdığımı söyledim."

Sonya korku içinde:

"Bunu nasıl söyleyebildiniz!" diye bağırdı. "Hem de onun, kız kardeşinizin yanında? Benim yanımda oturmak mı onur! Oysa ben onursuz bir kızım. Büyük, çok büyük bir günahkârım ben! Ah, böyle bir şeyi nasıl söyleyebildiniz!"

"Bunu söylerken senin onursuzluğunu ya da günahlarını düşünmüyordum. Bana bunu çektiğin büyük acılar söyletti. Büyük bir günahkâr olman konusuna gelince, evet, büyük bir günahkârsın." Coşkuyla sürdürdü sözlerini "Senin en büyük günahın kendini boş yere öldürmen, kendini harcamandır. Böyle korkunç bir şey olamaz! Hem nefret ettiğin böyle bir çirkefin içinde yaşıyorsun, hem de bu davranışınla hiç kimselere ufak bir yardımın dokunmadığını, hiç kimseyi hiçbir şeyden kurtarmadığını biliyorsun (birazcık gözlerini açarsan görürsün bunu)... Bundan daha korkunç bir şey olabilir mi?" İyice coşmuştu, kendinden geçmiş gibi konuşuyordu: "Hem söylesene sen, nasıl oluyor da böyle bir yüzkarası, böyle bir bayağılık ve bunların tam tersi kutsal duygular bir arada bulunabiliyor sende? Kendini kanala atıp bir çırpıda işini bitirmen bin kez daha doğru ve akıllıca bir davranış olurdu."

Sonya acıyla baktı ona, ama kendini suya atma önerisine pek şaşmamış gibiydi. Duyulur duyulmaz bir sesle: "Ya onlar ne olacak?" diye sordu.

Raskolnikov kıza baktı, şaşırmıştı. Kızın bir anlık bakışından her şeyi anlamıştı. Demek ki, bunu gerçekten düşünmüştü Sonya. Umutsuzluğa düştüğü anlarda, her şeye son vermeyi kim bilir kaç kez düşünmüştü! Bunda çok da ciddi olduğu belliydi: çünkü şu anda Raskolnikov'un önerisine hiç şaşırmamıştı. Hatta sözlerindeki acımasızlığı bile fark etmemişti. (Serzenişlerinin anlamını, içinde bulunduğu ayıba nasıl bambaşka bir gözle baktığını da fark etmemişti Sonya, bunu açıkça görüyordu Raskolnikov). Böyle onursuz, böyle yüzkarası bir yaşam sürmenin ona hem de ne zamandır ne dayanılmaz acılar çektirdiğini şu anda çok iyi anlıyordu. Onu bunca zamandır hayatına son vermek kararından alıkoyan şeyin ne olabileceğini düşündü. Ve o zaman şu zavallı yetimciklerin ve kafasını duvarlara çarpan şu veremli, yarı deli kadının, Katerina Ivanovna'nın onun için nasıl bir anlam taşıdıklarını daha iyi anladı.

Ama yine de, Raskolnikov'un apaçık gördüğü bir şey vardı: Sonya bu karakteriyle, bu eğitim ve kültür düzeyiyle sonuna kadar bu durumda kalamazdı. Her şeye karşın onun bir türlü çözemediği bir sorun çıkıyordu ortaya: Sonya kendini suya atmak cesaretini göstermediğine göre, bunca uzun bir süre çıldırmadan nasıl kalabilmişti? Kuşkusuz, Sonya'nın durumunun, ne yazık ki toplumda yalnızca ona özgü bir durum olmamakla birlikte, yine de rastlantısal nitelikte bir durum olduğunu anlıyordu. Ama böyle de olsa, bu rastlantı, bu iyi kötü eğitim görmüşlüğü, kendini yetiştirmişliği ve bundan önceki yaşamı, onu bu iğrenç yolun daha ilk adımında da yok edebilirdi. Öyleyse onu tutan neydi? Zevk ve eğlence düşkünlüğü değildi herhalde? İçinde bulunduğu çirkef, besbelli yalnızca tensel bir şeydi onun için; gerçek ahlâksızlığın bir damlası bile onun yüreğine değmemişti. Raskolnikov bu durumu apaçık görüyordu: kız, işte gözünün önündeydi...

"Üç yol var önünde diye düşündü: Kendini kanala atmak, tımarhaneye düşmek, ya da... ya da yüreğini taş gibi duyarsızlaştıran aşağılık zevk ve eğlence âlemlerine dalmak." En çok da bu sonuncu yolu iğrenç buluyordu. Artık kuşkucu olmuştu Raskolnikov; sonra gençti, yaşamdan kopuk, soyut düşünüyordu, bundan olacak, acımasızdı ve işte bütün bu nedenlerden dolayı da Sonyanın, üçüncü yoldan başkasını seçemeyeceğini düşünüyordu.

"Bu gerçekleşebilir mi?" diye sordu kendi kendine. "Daha ruhunun tertemizliğini koruyan bu yaratık bilinçli olarak kendini çirkef çukuruna atabilir mi? Yoksa çukur onu içine çekmeye başladı da, içinde bulunduğu yüzkarası ona eskisi kadar iğrenç görünmediği için mi hâlâ dayanabiliyor? Hayır, hayır, olamaz bu, diye bağırdı içinden, az önce Sonyanın bağırdığı gibi, "hayır, onu kendini kanala atmaktan alıkoyan şey, günah korkusu ve onlar... Eğer bugüne kadar aklını kaçırmadıysa... Kim söyledi onun aklını kaçırmadığını? Aklı tümüyle yerinde mi? Aklı başında olan insan onun gibi mi konuşur? Aklı başında bir insan onun gibi mi düşünür? Tam onu çeken çirkef çukurunun başında oturup, elini kolunu sallayarak yardım istemek, kendisine tehlikeden söz edilince de kulaklarını tıkamak, aklı başında bir insanın yapacağı iş mi? Yoksa bir mucize mi bekliyor? Herhalde öyle... iyi ama bütün bunlar delilik belirtisi değilse ne?'

Bu sonuncu düşüncesi üzerinde durdu. Bu yol ona hepsinden daha hoş görünmüştü. Gözlerini dikip kıza dikkatle baktı. Sonunda:

"Tanrı'ya çok mu dua edersin Sonya?" dedi. Sonya karşılık vermedi. Raskolnikov onun cevabını bekleyerek yanı başında duruyordu.

"Tanrı olmasaydı ben ne yapardım?" diye fısıldadı Sonya. Sesi canlıydı. Sonra birden kıvılcımlanan gözlerini kaldırıp ona baktı ve elini tutup sıktı.

Tam tahmin ettiğim gibi! diye düşündü Raskolnikov. Bu konuda kızın düşüncelerini daha çok öğrenmek istediğiyle:

"Peki, ne yapıyor Tanrı senin için?" diye sordu. Sonya verecek karşılık bulamıyormuş gibi bir süre sustu. Zayıf göğsü heyecanla inip kalkıyordu. Birden:

"Susun!" diye bağırdı. "Böyle şeyler söylemeyin! Siz buna değmezsiniz!"

Raskolnikov içinden, tam tahmin ettiğim gibi, tam tahmin ettiğim gibi! diye tekrarladı.

"Her şeyi yapıyor!" diye fısıldadı Sonya birden, gözlerini yeniden yere indirmişti.

"İşte çıkış yolu! İşte çıkış yolunun açıklaması!" diye düşündü Raskolnikov büyük bir merakla Sonya'yı inceliyordu.

Yeni, tuhaf, neredeyse hastalıklı denilebilecek bir duyguyla süzüyordu Sonya'yı! Onun o solgun, küçük, zayıf, düzgün olmayan köşeli yüzünü, böylesine sert, canlı bir duyguyla, böylesine alev alev tutuşabilen sevimli, mavi gözlerini, hâlâ öfkeden tir tir titreyen küçük vücudunu süzüyordu. Bütün bunlar ona gitgide daha tuhaf, neredeyse olanaksız gibi görünüyordu. "Kaçık! Kaçık!" diye söylendi içinden.

Komodinin üstünde bir kitap duruyordu. Odanın içinde ileri geri dolaşırken, önünden her geçişinde dikkat ettiği kitabı eline alıp baktı. Eski, deri ciltli bir kitaptı bu. İncil'in Rusça çevirişiydi.

Odanın öteki ucundan: "Nereden buldun bunu?" diye bağırdı. Sonya hep eski yerinde, masanın üç adım berisinde duruyordu. Gözlerini kaldırmadan, isteksizce:

"Biri getirdi" dedi.

"Kim getirdi?"

"Lizaveta. Ben istemiştim."

Lizaveta! Tuhaf! diye düşündü Raskolnikov Sonya her yanıyla ona gitgide daha tuhaf, daha olağanüstü görünmeye başlamıştı. Kitabı muma yaklaştırıp sayfalarını çevirdi. Birden:

"Lazar'dan hangi bölümde söz ediliyordu?" diye sordu.

Sonya ısrarla önüne bakıyor, karşılık vermiyordu. Masaya hafif yanlamasına oturmuştu.

"Lazar'ın ölümden sonra dirilişini anlatan bölüm? Bulur musun, Sonya?"

Sonya ona göz ucuyla baktı. Yerinden kalkıp ona yaklaşmadan, sertçe:

"Orda değil..." dedi. "Dördüncü İncil'de..."

"Bulup okur musun bana Sonya?"

Raskolnikov oturdu, dirseklerini masaya, başını da ellerine dayadı, dinlemeye hazırlandı.

İçinden "Üç beş hafta sonra ise, buyurun bakalım şöyle çok uzak bir yerlere! Daha kötüsü olmazsa eğer, sanırım ben kendim gitmiş olacağım oraya," diye düşünüyordu.

Sonya kararsız adımlarla masaya yaklaştı; Raskolnikov'un bu tuhaf isteğini kuşkuyla karşılamıştı. Yine de kitabı aldı, yerine geçti. Masanın öbür yanından göz ucuyla Raskolnikov'a bakarak:

"Gerçekten okumadınız mı siz bunu?" diye sordu; sesi gitgide sertleşiyordu.

"Çok önceleri... Öğrenciliğimde... Okusana!"

"Kilisede de dinlemediniz mi?"

"Ben kiliseye gitmem. Sen sık gider misin?"

"Hayır," diye mırıldandı Sonya.

Raskolnikov gülümsedi:

"Anlıyorum... O zaman, yarın babanın cenaze törenine de gitmeyeceksin?"

"Hayır gideceğim... ben geçen hafta da kiliseye gitmiştim... Dua ettirmiştim."

"Kimin için?"

"Lizaveta için. Baltayla öldürdüler Lizaveta'yı."

Raskolnikov gitgide geriliyordu, başı dönmeye başlamıştı.

"Lizaveta'yla yakın arkadaş mıydınız?"

"Evet... Çok dürüst bir kadındı. Bana uğrardı... Ama pek sık değil... Zamanı yoktu çünkü... Birlikte okur konuşurduk. Şimdi Tanrı'yı görüyor o."

Tuhaf çınlamalar olarak geliyordu bu kitabi sözler Raskolnikov'un kulağına. Şu iki kadın, iki kaçık kadın arasındaki gizemli buluşmalar, ne tuhaftı!

"Bu gidişle sen de kaçıracaksın!" diye düşündü. "Bulaşıcı galiba bu!"

"Oku!" diye bağırdı birden. Sesi sinirliydi.

Sonya hâlâ kararsızdı. Yüreği hızla çarpıyordu. Ona okumaya cesaret edemiyor gibiydi. Raskolnikov bu mutsuz divane'ye acıyla bakıyordu.

Sonya tıkanır gibiydi, güç duyulur bir sesle:

"Size ne diye okuyayım?" dedi. "İnanmıyorsunuz ki!"

"Oku!" diye diretti Raskolnikov. "Ben böyle istiyorum! Lizaveta'ya okuyordun ya!"

Sonya kitabı açtı, onun istediği yeri aramaya başladı. Elleri titriyordu. İki kez okumaya girişti, ama daha ilk heceleri bile söyleyemedi, sesi çıkmıyordu. Sonunda büyük bir çabayla okumaya başladı:

"Beytanya halkından Lazar adında bir adam hastaydı..." Ama birden üçüncü sözcükte sesi titredi ve aşırı gerilmiş bir tel gibi koptu. Soluğu kesilmiş, göğsü sıkışmıştı.

Raskolnikov, Sonyanın kendisine okumaya niçin cesaret edemediğini anlamaya başlamıştı. Bunu anladıkça da, okuması için inadına daha kaba, daha sinirli bir biçimde direniyordu. Kendini olduğu gibi ortaya koymasının, iç dünyasını açmasının şu anda ona ne kadar ağır geldiğini çok iyi anlıyordu. Bu duyguların gerçekten de onun gerçek gizini, eski gizini oluşturduğunu çok iyi anlıyordu. Bu eski giz, kızcağızın belki de, ergenlik çağında, mutsuz bir baba, acıdan deliye dönmüş bir üvey ana, aç çocukların çığlıkları, bağırış çağırışlar, serzenişler arasında geçen baba evindeki dönemine ait bir gizdi. Bundan başka Raskolnikov, Sonya'nın eline kitabı alıp okumaya başladığı şu anda, aşırı derecede sıkılmasına ve bir şeylerden alabildiğine korkmasına karşın okumak için önüne geçilmez bir istek duyduğunu da anlıyordu. "Bana, özellikle bana okumak istiyor ve ilerde bir şeyler olmaması için de hemen şu anda okumak istiyor."

Bu isteği onun gözlerinden okumuş, içinde bulunduğu büyük heyecandan anlamıştı... Sonya yavaş yavaş kendini toparlıyordu, okumaya ilk başladığında sesinin çıkmasını engelleyen boğazındaki tıkanmayı atlatmıştı. Yahova İncili'nden on birinci bölümdü okuduğu. On dokuzuncu ayete kadar okudu:

"Yahudilerden birçoğu, kardeşlerinin kaybından üzüntü içinde olan Martayla Meryem'i yatıştırmaya gelmişlerdi. Marta, İsa'nın geldiğini duyunca, onu karşılamaya çıktı. Meryem evde kaldı. O zaman Marta İsa'ya, Efendimiz dedi, eğer sen burada olsaydın kardeşim ölmezdi. Ama ben şimdi de biliyorum ki sen Tanrıdan ne dilersen, dileğin yerine gelir."

Sonya yeniden durdu. Sesinin yine titremeye başladığını, yine kesilecek gibi olduğunu hissediyordu.

"İsa ona dedi ki: Kardeşin dirilecek. Marta da: Evet, biliyorum, dedi. Diriliş günü, son gün dirilecek. İsa ona: Diriliş ve hayat benim, dedi. Kim ki bana inanır, ölse bile dirilecektir. Yaşayan ve bana inanan herkes, sonsuzcasına yaşar. Sen buna inanıyor musun Marta, İsa'ya dedi ki:"

(Sonya, Marta'nın İsa'ya söylediklerini, sanki kendisi vaaz veriyormuş gibi acıyla iç çekip, tane tane, vurgulayarak okudu.)

"Evet, efendiniz! Ben senin, dünyaya gelmesi beklenen Tanrı'nın oğlu Mesih olduğuna inanıyorum."

Sonya durur gibi oldu, ona çabucak bir göz atmak istedi, ama sonra kendini toparladı, okumaya devam etti. Raskolnikov dirseklerini masaya dayamış, kımıldamadan oturuyor, Sonya'ya değil, odanın içinde başka bir yere bakarak dinliyordu. 32.ayete gelmişlerdi.

"Meryem de İsa'nın bulunduğu yere gelip onu görünce, ayaklarına kapandı ve ona dedi ki: Efendimiz! Eğer sen burada olsaydın, kardeşim ölmezdi. İsa onun ağladığını ve onunla birlikte gelen Yahudilerin ağladıklarını görünce ruh acıyla titredi, öfkelendi ve dedi ki: Onu nereye koydunuz? Ona dediler ki: Efendimiz! Gelin de görün. İsa'nın gözleri yaşardı. O zaman Yahudiler: Bakın dediler, onu nasıl da seviyormuş. Kimi de şöyle dedi: O ki, körlerin gözlerini açıyordu, bunun ölmemesi için bir şeyler yapamaz mıydı?"

Raskolnikov dönüp heyecanla Sonyaya baktı: evet, tam tahmin ettiği gibiydi! Gerçekten de sıtmaya tutulmuşçasına tir tir titriyordu. Raskolnikovun da beklediği buydu. Yüce mucize sahnesine yaklaşmıştı ve bütünüyle bir zafer duygusu içindeydi. Sesi metalik bir çınlamaya dönüşmüştü, zafer ve sevinçti bu seste çınlayan. Satırlar gözünün önünde uçuyordu: gözleri kararmıştı.

Ama Sonya okuduğu yeri ezbere biliyordu. Son ayetteki, "O ki, körlerin gözlerini açıyordu..." sözlerini okurken, sesini alçaltmış, bir dakika sonra yıldırımla vurulmuşçasına yerlere kapanacak, ağlayıp imana gelecek Yahudilerin gözleri kör, imansız Yahudilerin bütün kuşkularını, serzenişlerini, kötülemelerini büyük bir tutkuyla, sıcaklıkla yansıtmıştı sesinde. O da, o da imansız, onun da gözleri kör, şimdi dinleyince o da imana gelecek. Evet, evet! Şimdi, büyük mucizeyi duyar duymaz!' diye düşünüyor, bu sevinçli bekleyişten titriyordu.

"İsa içinde derin bir acımayla mezara geldi. Bir mağaradaydı mezar, ağzına da bir taş koymuşlardı. İsa dedi ki: Taşı kaldırın! Ölenin kardeşi Marta da: Efendimiz! dedi. Kokuşmuştur artık. Çünkü dört gün oldu gömüleli."

Sonya dört günü özellikle vurgulamıştı.

"İsa ona dedi ki; Ben sana, iman edersen, Tanrı'nın büyüklüğünü görürsün dememiş miydim? Ve ölünün bulunduğu kovuğun ağzından taşı çektiler. İsa gözlerini göğe kaldırdı, dedi ki: beni dinlediğin için şükürler olsun sana! Dileklerimi her zaman kabul ettiğini ben zaten biliyordum. Ama bu kez, şurada duran insanların beni senin gönderdiğine inanmaları için istedim bunu senden. İsa bunları söyledikten sonra, yüksek sesle: Lazar dedi, dışarı çık! Ve ölmüş olan dışarı çıktı."

(Sonya sanki her şeyi kendi gözüyle görmüşçesine heyecandan ürpererek, yüksek sesle okudu.)

"Elleri ve ayakları kefene sarılı, yüzü mendille bağlıydı. İsa onlara dedi ki: Çözün de gitsin!"

"O zaman, Meryem'e gelen ve İsa'nın bu mucizesini gören Yahudilerin çoğu ona iman ettiler."

Sonya bundan ötesini okumadı, okuyamazdı da zaten. Kitabı kapadı, hızla iskemlesinden kalktı, kesik kesik ve sert bir sesle:

"Lazar'ın ölümden sonra dirilişiyle ilgili bölüm bu kadar" dedi. Utanıyor gibiydi, gözlerini kaldırıp Raskolnikov'a bakamıyordu; başını başka bir yana çevirmiş, kımıldamadan duruyordu. Sıtma titremesi devam ediyordu. Eğri şamdanda çoktan sönmeye yüz tutan mum, bu perişan odada, bu ölümsüz kitabı okumak için çok tuhaf bir biçimde bir araya gelen bu katille fahişeyi donuk bir biçimde aydınlatıyordu. Aradan beş dakika ya da daha çok bir zaman geçti.

Raskolnikov birden yerinden kalkıp Sonya'ya yaklaştı, kaşlarını çatarak:

"Seninle bir iş konuşmak için gelmiştim" dedi. Sonya hiçbir şey söylemeden gözlerini ona kaldırdı. Raskolnikov'un sert bakışlarında yabanıl bir kararlılık okunuyordu.

"Bugün ailemi terk ettim. Annemle kız kardeşimi. Bir daha yanlarına dönmeyeceğim. Kendileriyle bütün bağımı kopardım."

Sonya şaşkına dönmüştü:

"Niçin?" diye sordu.

Geçenlerde Raskolnikov'un annesi ve kız kardeşiyle olan karşılaşma, nedenini ve nasıl olduğunu bilmediği olağanüstü bir etki yapmıştı Sonya üzerinde. Bu nedenle Raskolnikov'un onları terk ettiği haberini, dehşete kapılırcasına dinlemişti.

"Benim için artık bir tek sen varsın" diye ekledi Raskolnikov. "Birlikte gidelim. Bunu söylemek için geldim sana. İkimiz de lanetlenmişiz. Birlikte gidelim."

Gözleri alev alev yanıyordu sanki. Sonya da onun için 'kaçık!' diye düşündü, sonra elinde olmadan geri çekilerek, korku içinde:

"Nereye gideceğiz?" diye sordu.

"Nereye gideceğimizi bilmiyorum. Benim bildiğim tek şey, aynı yolun yolcusu olduğumuz, hepsi bu! Hedeflerimiz aynı!"

Sonya hiçbir şey anlamadan bakıyordu ona. Anlayabildiği tek şey, bu adamın çok ama çok mutsuz olduğuydu.

"Sen kime ne anlatırsan anlat, kimse bir şey anlamaz" diye sürdürdü sözlerini Raskolnikov. "Ama ben seni anladım. Sen bana gereklisin. Buraya, sana gelmemin nedeni de bu."

"Anlamıyorum..." diye fısıldadı Sonya. "Sonra anlarsın. Sen de aynı şeyi yapmadın mı? Sen de toplum kurallarını çiğnedin, çiğneyebildin. Kendi kendini öldürdün, kendi hayatını mahvettin (hepsi aynı şey!) Oysa ruh ve akıl gücünle yaşayabilecekken, saman pazarında tükenip gideceksin... Ama sen dayanamazsın ve eğer tek başına kalırsan, bir gün sen de benim gibi aklını kaçırırsın. Zaten şu anda bile deli gibisin. Öyleyse, birlikte gitmemiz gerek. Aynı yoldan. Hadi, gidelim!"

Onun bu sözlerinden müthiş bir heyecana kapılan Sonya:

"Niçin? Niçin söylüyorsun bunları?" dedi.

"Niçin mi? Artık böyle kalamayacağın için! Nedeni bu! Çocuk çığlıklarına, gözyaşlarına bakarak değil "ki böylesine Tanrı da izin vermez' ciddi, aklı başında düşünmen gerek. Yarın seni hastaneye kaldırırlarsa ne olur, söyler misin? Katerina Ivanovna'nın aklı başında değil, üstelik veremli ve yakında da ölecek. Peki, ya çocuklar? Poleçka da tükenip gitmeyecek mi? Annelerinin, dilenmeleri için köşe başlarına yerleştiği çocukları hiç görmedin mi sen buralarda? Ben bu anaların nerelerde ve hangi koşullar altında yaşadıklarını biliyorum. Bu çocuklar buralarda çocuk olarak kalmazlar. Daha yedi yaşındayken ya fahişe, ya hırsız olurlar. Oysa çocuklar İsa'nın birer suretidir: "İlâhi saltanat onlarındır." İsa bize onları sevmemizi, saymamızı buyurdu, onlar geleceğin insanlığıdır..."

Sonya ellerini ovuşturuyor, hıçkırıklardan sarsıla sarsıla:

"Ne yapmalı? Ne yapmalı peki?" diye tekrarlayıp duruyordu.

"Ne mi yapmalı? Kesilmesi gereken her şeyi kesip atacaksın. Sonsuza dek, hepsi bu. Tabii böylece acı çekmeyi de peşinen kabul edeceksin. Ne? Anlamıyor musun? Sonra anlarsın... Özgürlük ve güç... özellikle de güç gerek insana! Bütün titreyen yaratıkların, bütün karıncaların üzerinde egemenlik kurmak gerek! İşte amaç! Unutma bunu! Benden sana öğüt olsun! Belki de bu seninle son görüşmemiz. Eğer yarın gelmezsen, o zaman her şeyi kendin öğrenirsin. O zaman bu sözlerim aklına gelsin. Yıllar sonra bir gün, yaşam sana bu sözlerin ne demek olduğunu öğretir belki. Eğer yarın gelirsen, sana Lizaveta'yı kimin öldürdüğünü söyleyeceğim. Elveda!"

Sonya korkudan tir tir titriyordu. Dehşet içindeydi. Bütün vücudu buz gibiydi. Delikanlıya yabanıl bakışlarla bakarak:

"Kimin öldürdüğünü gerçekten biliyor musunuz?" dedi.

"Evet biliyorum, sana da söyleyeceğim. Ama sana, yalnız sana! Bunu söylemek için seni seçtim. Senden beni bağışlamanı dilemek için gelmeyeceğim, yalnızca gelip Lizaveta'yı kimin öldürdüğünü söyleyeceğim. Bunu söylemek için seni ben ta ne zaman seçtim... Daha baban bana senden bahsettiği sıralar ve daha Lizaveta sağken. Elveda! Bana elini verme. Yarın!"

Raskolnikov odadan çıktı. Sonya onun arkasından bir deliye bakar gibi baktı. Ama kendisinin de bir deliden farkı yoktu ve bunu hissediyordu. Başı dönüyordu. Tanrım! Lizaveta'yı kimin öldürdüğünü nasıl bilebilir? Bütün bu sözlerine demekti? Korkunç bir şey bu! Bütün bunları böylece düşünmesine karşın, asıl o düşünce Sonyanın aklına hiç mi hiç gelmiyordu. "Herhalde çok mutsuz annesini ve kız kardeşini terk etmiş. Niçin? Ne oldu? Ve kendisinin niyeti ne? Söylediği bütün bu sözler ne anlama geliyor? Onun ayağını öpmüş ve demişti ki (evet, bunu açıkça söylemişti) artık sensiz yaşayamam demişti... Ah, Tanrım!'

Sonya geceyi titreyerek ve sayıklayarak geçirdi, sanki sıtmaya tutulmuştu. Bazen yerinden fırlıyor, ağlıyor, ellerini ovuşturuyor, bazen yine çırpınarak bir uykuya dalıyor, düşünde Poleçkayı, Katerina Ivanovna'yı, Lizaveta'yı, İncil okuma sahnesini ve onu bembeyaz yüzü, alev alev yanan gözleriyle onu görüyordu... Ayaklarına kapanmış, öpüyor, ağlıyordu... Ah, Tanrım!

Sonyanın odasını Gertrude Karlovna Resslich'in dairesinden ayıran sağdaki kapının ardında, yine Bayan Resslich'in dairesine ait olan ve ne zamandır kiralık olarak boş duran bir oda vardı. Odanın kiralık olduğunu bildirmek için, evin ana kapısına ve odanın kanala bakan pencerelerine ilanlar asılmıştı. Sonya eskiden beri bu odayı boş saymaya alışmıştı. Oysa bütün bu süre içinde boş odanın kapısında duran Bay Svidrigaylov, kulağını kapıya yapıştırarak onları dinlemişti. Raskolnikov çıktıktan sonra, bir süre durup düşünmüş, sonra ayaklarının ucuna basarak, bu boş odaya bitişik olan kendi odasına geçerek, bir sandalye almış ve bunu yavaşça Sonya'nın odasına açılan kapının arkasına koymuştu, içeride yer alan odada geçen deminki konuşma ona çok ilginç, çok önemli görünmüş ve çok hoşuna gitmişti. O kadar hoşuna gitmişti ki, bir başka gün, örneğin yarın, yine böyle bir saat ayakta durmak gibi bir zahmete katlanmamak, şöyle rahatça oturup keyifle dinlenmek için bir sandalye getirmişti.

Raskolnikov ertesi sabah saat tam on birde sorgu yargıçlığına gitti. Gelişini Porfiriy Petroviç'e haber vermelerini rica ettiği zaman uzunca bir süre kabul edilmeyişine oldukça şaştı. Çünkü kendisini çağırmalarına dek aradan en aşağı on dakika geçmişti. Oysa o, daha oraya varır varmaz hemen üzerine atılacaklarını tahmin ediyordu. Ama işte, bekleme salonunda oturuyor, yanından, kendisiyle hiç ilgilenmedikleri anlaşılan bir sürü insan gelip geçiyordu. Bitişik odada bir kaç yazıcı birtakım kâğıtlarla uğraşıyor, yazı yazıyordu; bunların hiçbirinin kafasında Raskolnikov diye bir kavramın olmadığı açıkça anlaşılıyordu. Tedirgin, kuşkulu bakışlarla çevresine bakınmaya başladı; bir yerlere sıvışmaması için onu gözetlemekle görevlendirilmiş bir çift gizlenmiş göz, onu kollayan birileri olup olmadığını anlamaya çalışıyordu. Ama böyle birileri yoktu ortalıkta. İşleriyle uğraşan yazıcılardan ve birtakım adamlardan başka kimseler yoktu ve hiç kimse onunla ilgili değildi; istediği yere çekip gidebilirdi şu anda. Dünkü adama ilişkin düşüncesi gitgide pekişmeye başladı; şu yerin altından çıkmışa benzeyen gizemli adam, şu hayalet, gerçekten de her şeyi bilmiş, görmüş olsaydı, acaba kendisine şimdi böyle rahat rahat bekleme olanağını verirler miydi? O bunu kendiliğinden düşünüp de teşrif edinceye kadar, böyle on birlere kadar beklerler miydi? Demek oluyor ki, ya adam daha gelip bildiklerini söylememişti, ya da... ya da o da bir şey bilmiyordu, hiçbir şey görmemişti (zaten nasıl görebilirdi ki?) Öyleyse, dün olup biten her şey, yine kuşkulu, hasta hayal gücünün yarattığı ve büyüttüğü birtakım hayallerdi. Bu tahmin, kafasında hatta dün, en dayanılmaz heyecanlar, umutsuzluklar içinde kıvrandığı bir sırada yer etmeye başlamıştı. Bütün bunları yeniden düşünüp, yeni bir savaşa hazırlandığı şu anda, birden titrediğini duydu. Porfiriy Petroviç'in, nefret ettiği adamın, karşısına çıkmaktan korktuğu için titrediğini düşününce, içinde müthiş bir öfke dalgası kabardı. Bu adamı yeniden görmek, onun için korkunç olan şeylerin en korkuncuydu; öylesine sınırsız bir biçimde nefret ediyordu ki ondan, ona karşı nefreti öylesine sonsuzdu ki, nefretinin kendisini ele vereceğinden korkuyordu. Ve nefreti öylesine güçlüydü ki, bir anda titremesine son verdi; içeri soğuk, küstah bir tavırla girmeye hazırlandı; olabildiğince susup onu dinlemek, çevresini incelemek için kendine söz verdi; hiç değilse bu kez şu aşırı sinirliliğini yenmeliydi; ne olursa olsun başarmalıydı bunu. Tam bu sırada kendisini Porfiriy Petroviç'in beklediğini söylediler.

Porfiriy Petroviç odasında yalnızdı. Orta büyüklükte bir odaydı burası. Odada eşya olarak, muşamba kaplı bir kanepe, onun önünde büyükçe bir yazı masası, köşede bir çalışma masası, dolap ve bir kaç sandalye vardı. Hepsi cilalı, sarıağaçtan, devlet malı eşyalardı. Dip duvarda, daha doğrusu arkadaki bölmenin üzerinde bir kapı daha vardı. Herhalde, bölmenin ötesinde başka odalar bulunuyordu. Raskolnikov içeri girer girmez Porfiriy Petroviç onun girdiği kapıyı kapattı ve böylece içerde ikisi, baş başa kaldılar. Görünüşe bakılırsa Porfiriy konuğunu çok neşeli aydınlık bir yüzle karşılamıştı, ancak bir kaç dakika sonra Raskolnikov bazı belirtilerden onun epey telaşlı olduğunu fark etti. Sanki birden kafasını karıştırmışlar ya da yapmakta olduğu gizli bir iş yarım kalmıştı.

"Oo, muhterem! Bizim buralara da uğrar mıydınız..." diye başladı Porfiriy Petroviç; iki eline birden Raskolnikov'a doğru uzatmıştı. "Otur hele babam! buyurun, şöyle geçin! Belki de böyle kısaca "muhterem" ve "babam" diye seslenilmesinden hoşlanmamışsınızdır? Lütfen bunu senli benlilik olarak almayın... Şuraya, şu kanepeye buyurun!"

Raskolnikov, adamın gösterdiği yere oturdu, bir yandan da gözlerini Porfiriy Petroviç'ten ayırmıyordu.

"Bizim buralar" senli benliliğinden ötürü özür dilemeler, söylediği şu Fransızca "tout court" vb. vb... bütün bunlar ilginç belirtilerdi. "İki elini birden uzattığı halde, tam zamanında geri çekip, bir elini bile vermedi" diye düşündü Raskolnikov ve kuşku verici buldu bunu. İkisi de birbirini izliyor ama bakışları karşılaşır karşılaşmaz, şimşek hızıyla gözlerini başka yana çeviriyorlardı.

"Size şu kâğıdı getirdim... Hani, saat konusunda işte... Doğru mu yazmışım, yoksa yeniden yazmam gerekecek mi?"

"Ne? Kâğıt mı? Ha, evet... Evet, doğru yazmışsınız... "Porfiriy Petroviç sanki hemen bir yere gidiyormuş gibi aceleyle söylediği bu sözlerden sonra ancak kâğıdı alıp okudu, sonra yine telaşla: "Evet, doğru yazmışsınız... Bu kadar, başka bir şeye gerek yok" dedi ve kâğıdı masaya bıraktı. Bir dakika sonra, başka bir konudan söz ederlerken kâğıdı koyduğu yerden aldı, katlayıp kendi çalışma masasının üzerine bıraktı.

Raskolnikov söze "Sanırım şu öldürülen kadınla ilgili olarak dün beni resmen sorguya çekmek istediğinizi söylemiştiniz..." diye başladı. Sonra şimşek hızıyla; iyi ama 'sanırım' ekledim diye niçin bu kadar tedirgin oluyorum?" diye düşündü.

Yalnızca Porfiriyle karşılaşmış olmanın, yalnızca bir çift sözün, iki bakışın kuşkularını böylesine büyütmesini, onu böylesine işkillendirmesini çok tehlikeli buldu. Sinirleri bozulacak, heyecanı artacaktı. Felaketi Felaket! Yine ağzımdan bir şeyler kaçıracağım!

"Evet, evet, evet! Hiç merak etmeyin! Zamanımız var, zamanımız var!" diye mırıldandı Porfiriy Petroviç. Odanın içinde, yazı masasının önünde bir aşağı bir yukarı amaçsızca dolaşıyor, bazen pencereye, bazen çalışma masasına, oradan yine yazı masasına doğru koşturuyor, bazen gözlerini Raskolnikov'un kuşkulu bakışlarından kaçırıyor, bazen birdenbire durarak delikanlının gözlerinin ta içine bakıyordu. Lastik bir top gibi dört bir yana yuvarlanan, duvarlara, köşelere çarparak hemen geri dönen bu küçücük, toparlacık adamın pek tuhaf bir görünüşü vardı.

Konuğuna sigara sunarken:

"Zamanımız var, zamanımız var... Sigara içer misiniz?" diye sürdürdü sözlerini. "Sigaranız var mı? Buyurun, buradan yakın... Biliyor musunuz, sizi burada kabul ediyorum, ama benim aslında, şurada, şu bölmenin arkasında... Devletin bana verdiği beylik oda... Burada geçici olarak bulunuyorum. Biraz onarım yapmak gerekti benim odamda. Şu sıralar bitmek üzere... beylik oda güzel bir şey, öyle değil mi? Siz ne dersiniz?"

Raskolnikov alaycı bir bakışla:

"Ya, güzel bir şey" dedi.

Porfiriy Petroviç bambaşka birtakım düşüncelere dalmış gibi:

"Güzel bir şey, güzel bir şey..." diye bir kaç kez tekrarladı. Sonra birden Raskolnikov'a iyice yaklaşıp gözlerini gözlerine dikerek; "Evet, çok güzel bir şey!" diye bağırdı. Beylik odanın güzel bir şey olduğu gibi aptalca bir sözü tekrarlayıp durması, şu anda konuğuna dikilen gözlerindeki ciddi, anlamlı, gizemli bakışlarla son derece çelişiyordu.

Onun bu durumu Raskolnikov'un öfkesini büsbütün taşırdı; alay etmekten ve tedbirsizce meydan okumaktan kendini alamayarak:

"Bütün sorgu yargıçlarınca uygulanan bir yöntem olsa gerek bu!" dedi. Porfirinin yüzüne küstahça bakıyor ve küstahlığından sanki keyifleniyordu. "Bu yönteme göre sorgu yargıçları söze epey dolambaçlı yollardan, anlamsız görünen birtakım konulardan ya da ciddi olmakla birlikte asıl konuyla ilgisi bulunmayan başka birtakım konulardan söz ederek girerler. Amaçları, deyim yerindeyse sorguya çekilen kişiyi yüreklendirmek, ya da daha doğrusu onun dikkatini dağıtmak, sonra birdenbire en amansız, en tehlikeli sorularla onu serseme çevirmektir, öyle değil mi?

Sizin meslekte kutsal bir şeymişçesine bağnazlıkla uygulanan bir yöntem bu yanılmıyorsam?"

"Daha neler! Yoksa sizi şu beylik oda sözlerimle... şey mi yapacağımı sandınız?"

Porfiriy Petroviç bunları söyledikten sonra gözlerini kırpıştırdı, yüzünde neşeli, kurnaz bir ışık dolaştı, alnındaki incecik çizgiler kayboldu, gözleri süzüldü, yüzünün çizgileri uzadı ve birden Raskolnikov'un gözlerinin içine bakarak sarsıla sarsıla gülmeye başladı. Aralıksız, sinirli bir gülüştü bu. Raskolnikov da gülümsemek için kendini zorladı. Porfiriy Petroviç onun da güler gibi olduğunu görünce, öyle gülmeye başladı ki, nerdeyse katılacaktı, yüzü kıpkırmızı kesildi. Raskolnikov'un duyduğu tiksinti bir anda her türlü çabasını geride bıraktı; gülmesi bir anda silindi, kaşlarını çattı ve Porfiriy Petroviç'in dinmek bilmeyen ve kasıtlıymış hissi veren uzun kahkahaları boyunca gözlerini bir an bile ayırmaksızın öfke dolu bakışlarını onun üzerine dikti. İki taraf da ihtiyatsızlık etmişti. Porfiriy Petroviç konuğuyla alay etmiş, o bunu nefretle karşılamıştı. Öte yandan yine Porfiriy Petroviç konuğunun nefretine hiç aldırış etmemişti. Raskolnikov için önemli bir noktaydı bu; Porfiriy Petroviç'in, kendisinin deminki sözlerine de hiç aldırış etmediğini anlıyordu. Tuzağa düşmüştü işte, Porfiriy'nin bu davranışının onca bilinmeyen bir amacı vardı belki de bir şeyler hazırlamiştı ve şimdi, hemen şu anda her şey açığa çıkabilir, her şey altüst olabilirdi.

Hemen konuya girdi. Ayağa kalkıp şapkasını alarak, kararlı ama oldukça sinirli bir tavırla:

"Porfiriy Petroviç, dün beni sorguya çekmek istediğinizi söyleyerek buraya gelmemi istemiştiniz -sorguya çekmek sözlerini özellikle vurgulamıştı- işte geldim, soracak bir şeyiniz varsa, buyurun sorun, yoksa bırakın gideyim. Zamanım yok, bir sürü işim var. Şu, arabanın altında kalarak ezilen, zavallı memurun cenazesinde bulunmak zorundayım... ki kendisini siz de biliyorsunuz." Raskolnikov sözlerine eklediği son cümleden dolayı sinirlendi, daha da öfkelenerek, sürdürdü sözlerini: "Ve bütün bunlardan bıktım artık, duyuyor musunuz, çoktan bıktım! Biraz da bu yüzden hasta oldum..." Kısacası, hastalıkla ilgili sözlerinin daha da yersiz kaçtığını düşünerek büsbütün bağırmaya başladı;" ya sorguya çekin beni ya da bırakın gideyim. Sorguya çekecekseniz, bu ancak usulünce olabilir, başka türlüsüne izin vermem! Böylece, birlikte yapacağımız bir şey bulunmadığına göre, şimdilik hoşçakalın!"

"Aman Tanrım! Neler söylüyorsunuz! Ne diye sorguya çekeyim sizi?" Porfiriy Petroviç bir anda tavrını değiştirmiş, gülmesini kesmişti; gıdaklar gibi konuşuyordu: "Rica ederim, telaşlanacak bir şey yok..." Yeniden odanın içinde volta atmaya başlamıştı, arada bir Raskolnikov'un yanına gelerek onu yerine oturtmaya çalışıyordu. "Zamanımız var, zamanımız var..." Hem bütün bunlar önemsiz şeyler! Tam tersine, sonunda buraya gelişinize nasıl sevindim, bilemezsiniz! Sizi bir konuk olarak kabul ediyorum. Şu lanet gülüşüme gelince, rica ederim beni bağışlayın Rodion Romanoviç. Rodion Romanoviç? Doğru söylüyorum değil mi adınızı? Sinirli bir adamım ben. Zekice nüktelerinizle beni güldürdünüz! Bazen bir lastik top gibi hoplaya hoplaya, yarım saat kadar güldüğüm olur. Hastalıktır bende gülmek. Vücut yapımı düşünerek, bu yüzden bir gün inme ineceğinden bile korkuyorum. Otursanıza, ne oluyorsunuz böyle! Lütfen oturun, iki gözüm, yoksa bana darıldığınızı düşüneceğim."

Raskolnikov kaşlarını daha da çatmış, öfkeyle susuyor, dinliyor ve onu izliyordu. Sonunda, kasketini bırakmadan oturdu. Porfiriy Petroviç yine odanın içinde koşturarak ve başlangıçta olduğu gibi konuğuyla göz göze gelmemeye çalışarak:

"Size, huyumu anlamanız için kendimle ilgili bir iki şey söyleyeceğim, Rodion Romanoviç" dedi. "Biliyorsunuz, ben bekârım. Çevrem yoktur, kimse beni tanımaz. Üstelik işi bitmiş, tohuma kaçmış bir adamım... ve... ve bilmem dikkatinizi çekti mi Rodion Romanoviç, bizde, yani Rusya'da, özellikle de bizim şu Petersburg'ta, yeni tanışmış ama birbirlerine saygı duyan örneğin bizim gibi iki aklı başında adam, bir araya geldikleri zaman konuşacak bir şey bulamazlar ve koca bir yarım saat birbirlerinden sıkılarak buz gibi öylece dururlar. Oysa herkesin, örneğin kadınların, konuşacak konuları vardır... Yine, örneğin sosyeteden insanlar her zaman konuşacak bir şeyler bulurlar, bizim gibi orta hallilere, yani düşünen, aydın kişilere gelince, nedense hep utanırız, bir türlü konuşamayız, oysa bu zorunludur. Peki bu niçin böyle? Ortak ilgi alanlarımız mı yok, yoksa birbirimizi aldatamayacak kadar dürüst müyüz? Bilmiyorum. Siz ne dersiniz? Kasketinizi bıraksanıza, hemen kalkıp gidecek gibi bir haliniz var... Bakarken bile rahatsız oluyor insan... Oysa ben sizinle olmaktan çok sevinçliyim."

Raskolnikov şapkasını masanın üzerine koydu. Yine öyle kaşları çatık, suskun, ciddi, Porfiriy Petroviç'in gevezeliklerini dinliyordu. "Amacı ne bu adamın? Yoksa dikkatimi gevezeliklerinin üzerine mi çekmek istiyor?"

Porfiriy Petroviç ara vermeden sürdürüyordu sözlerini:

"Size kahve sunamayacağım, çünkü yeri değil! Ama insan hoşça zaman geçirmek için bir dostuna bir beş dakikasını da veremezse olur mu? Ama memurluk böyledir işte, bilirsiniz... Sonra, bu ileri geri dolaşmalarım da kızdırmasın lütfen sizi... Beni bağışlayın azizim, sizi gücendirmekten korkuyorum, ama bu dolaşmalar benim için bir zorunluluk... Sürekli oturduğum için, beş dakikalık böyle bir gezinti bana büyük zevk veriyor... Hemoroidim var da... Jimnastikle geçirmek istiyorum hep... Anlattıklarına göre devlet müşavirleri, eylemli devlet müşavirleri ve hatta gizli müşavirler büyük bir keyifle ip atlıyorlarmış dairelerinde... Yüzyılımızda bu bile nasıl bir bilim halini almış, görüyor musunuz? Bu işler böyledir işte... Buradaki zorunluluklarımıza, bütün o sorgulara ve öteki formalitelere gelince... Demin siz de böyle bir sorgu sözü etmiştiniz... Bilir misiniz, azizim Rodion Romanoviç, bu sorgular, sorguya çekilenden çok, sorguya çekenin aklını karıştırır? Demin siz de son derece yerinde olarak ve zekice bu konuya işaret buyurmuştunuz (Raskolnikov bu konuda hiç de bir şey söylememişti) Evet, aklınız karışır! İnanın aklınız karma karışık olur! Trampet sesi gibi sanki hep aynı şey, hep aynı şey! Bakalım, şimdi reform yapıyoruz... Hiç değilse adlarımız değişecek... Hah-hah-hah bizim kullandığımız yöntemlere gelince, sizin o çok zekice deyiminizi kullanıyorum doğrusu bu konuda size katılırım. Ama sorarım size, mujikler de içinde olmak üzere, hangi sanık bilmez bu yöntemi? Yani, söze yine sizin deyiminizle, dolambaçlı yollardan girildiğini, sonra birden en amansız, en tehlikeli sorularla kendisinin serseme çevrileceğini hangi sanık bilmez? Hah-hah-ha! Yine sizin deyiminizi kullandım! Hah-hah-ha! Buradaki resmi odamdan söz edişimin gerçekten sizi şaşırtmak için mi olduğunu sandınız? Hah-ha! Çok şakacısınız. Hiç öyle şey yapar mıyım? Laf lafı açıyor, düşünce düşünceyi kovalıyor, bir de aklıma geldi, demin usulden söz etmiştiniz siz, hani, usulüne uygun sorgulamadan... Nedir ki usul dediğiniz! Pek çok durum için usul saçmalıktan başka bir şey değildir. İnsan bazen usul dışı, dostça konuşur ve bu çok daha yararlı olur. Bu böyle diye usul kaybolmaz, hiç merak etmeyin. Hem işin özüne bakacak olursak nedir ki şu usul dediğimiz şey? Bir sorgu yargıcının eli kolu usulle bağlanmamalıdır. Sorgu yargıcının yaptığı iş bir tür sanattır, özgür bir sanat, ya da bunun gibi bir şey... Hah-hah-ha!"

Porfiriy Petroviç soluklanmak için bir an durdu. Öylesine aralıksız konuşuyordu ki, bazen anlamsız birtakım şeyler, bazen gizemli bir kaç cümle söylüyor, durmadan konuşuyordu. Odadaki dolaşmaları nerdeyse koşturmaya dönüşmüştü; tombul, yağlı bacakları hızla hareket ediyordu, gözleri hep yerdeydi; sağ kolunu arkasına atmış, sol koluyla aralıksız birtakım hareketler yapıyordu; kolunun hareketleriyle sözleri arasında şaşırtıcı bir uyumsuzluk vardı. Raskolnikov birden, odada dolaşırken iki kez kapının orda duraklar gibi olduğunu ve içeriye kulak kabarttığını fark etti... 'Yoksa beklediği bir şey mi var?'

"Siz gerçekten de haklısınız..." yeniden söze başlamıştı. Porfiriy Petroviç, neşeli, saf, temiz bakışlarla bakıyordu Raskolnikova (Raskolnikov bir an bu bakışlardan dehşetle irkildi, ama hemen kendini toparladı) "Evet, şu bizim hukuk usulleriyle alay etmekte çok haklısınız, hah-hah-ha! Psikolojik derinlikleri büyük usullerimiz! Hepsi değil ama bazıları gerçekten çok gülünçtür, dahası tam bir katılıkla izlendikleri zaman büsbütün, yararsızdırlar. Evet, yine usulden söz edeceğim diyelim, bana verilmiş bir iş var ve ben filan ya da falan adamın suçlu olduğunu biliyorum, ya da daha doğrusu suçlu olduğundan kuşkulanıyorum... Siz hukuk öğrenimi yapıyorsunuz değil mi Rodion Romanoviç?"

"Yapıyordum..."

"Öyleyse size ilerde işinize yarayabilecek bir örnek vereyim... Sakın size ders vermek cesaretinde bulunduğumu düşünmeyin: suçlar üzerine makaleler yayımlamış biri için böyle bir şeye cesaret edemem! Size gerçek bir olaydan örnek verme cesaretinde bulunacağım. Diyelim falanca ya da filanca kişi bana göre katildir. Elimde kanıtlar bile olsa bu adamı zamanından önce rahatsız etmenin bir anlamı var mı? Öte yandan bir başkasını hemen yakalatmak zorundayımdır... Ama falanca kişi bambaşka bir yaratılıştadır, öyleyse ben de bırakırım, elini kolunu sallaya sallaya dolaşsın kentte... Hah-hah-hâ! Hayır, görüyorum ki tam anlamadınız beni; Öyleyse size biraz daha açayım konuyu: eğer ben bu adamı zamanından önce yakalar ve içeri atarsam, bununla ona manevi bir destek sağlamış olurum, hah-hah-ha! Balon, gülüyorsunuz! (Oysa Raskolnikov gülmediği gibi, dudaklarını sıkmış, alev alev yanan gözlerini Porfiriy Petroviç'e dikmişti) Ama bir başkasına, başka türlü yaklaşırım, çünkü insanlar bin bir türlüdür ve her biri için özel bir uygulama geliştirmek gerekir. Şimdi siz bana, peki delilleriniz, diyeceksiniz. Evet, varsayalım ki, elimizde delil de var. Ama azizim, delil denilen şey, çoğunlukla çift ağızlı usturaya benzer. Bense yalnızca bir sorgu yargıcıyım, yani zayıf bir insanım: soruşturmanın sonucunu matematik bir kesinlikle görmek isterim. Bulacağım deliller, iki kere iki dört eder gibi, kesin olmalı! Apaçık ve tartışılmaz şeyler olmalı! Diyelim ki onu zamanından önce yakalayıp içeri attım -katilin o olduğuna kesinlikle inanıyor olmama karşın- böyle bir davranışla, onun kendi kendini ele vermesini önlemiş olmaz mıyım? Neden mi? Çünkü yakalayıp içeri atmakla onu belirli bir durum içine sokmuş olurum, yani ona manevi bir belirlilik sağlamış olurum. Böylece rahatlar ve benden uzaklaşarak kendi kabuğuna çekilir. Sonunda da bir tutuklu olduğunu anlar. Anlattıklarına göre, Sivastopol'da, Alman çatışmalarından hemen sonra, bazı akıllı kişiler, düşmanın açıktan saldırıya geçeceğinden ve kentin çabucak düşeceğinden korkuyorlarmış. Oysa düşmanın usulüne uygun bir kuşatma yolunu seçtiğini ve ilk sıra kuşatma hendeklerini kazmaya başladığını görünce sevinmişler. Çünkü kentin bu usulle bir kuşatmayla alınması demek, bu işin bir iki ay daha uzaması demekmiş. Yine gülüyorsunuz, yine inanmıyorsunuz bana! Aslında, siz de haklısınız. Evet evet, haklısınız! Bunlar özel birtakım olaylar. Size katılıyorum. Ama burada, aziz Rodion Romanoviç, canım kardeşim, bir noktayı gözden uzak tutmamak gerek, bütün yazıldığı biçimde kendilerinden kaynaklandığı genel olaylar, zaten yoktur. Çünkü her olay, hiç değilse her cinayet, işlenir işlenmez, tümüyle özel bir olay halini alır; Hatta bazen, kendinden öncekilere hiç benzemeyen, çok özel olaylar halini alırlar. Bu arada çok komik olaylar da olur. Diyelim, ben adamı tutuklamıyor ve serbest bırakıyorum: kendisini hiç mi hiç rahatsız etmiyorum. Ama bir koşulla adam gece gündüz her saat, her dakika, kendisini izlediğimi, her şeyi bildiğimi bilecek, ya da bundan kuşkulanacak... Böylesine bir kuşku ve korku altında yaşamaya dayanamayacağına yemin ederim: eninde sonunda kendiliğinden gelecek ve hatta bana iki kere iki dört eder gibi matematik kesinlikte deliller sağlayacak birtakım davranışlarda bulunacaktır. Eh, güzel olan da bu değil mi? Kara cahil bir mujiğin de, çağdaş, aydın hatta kimi alanlarda basanlar kazanmış bir insanın da başına gelebilir bu. Çünkü bir tane kardeşim benim, insanların hangi alanlarda başarılı olduklarını bilmek çok önemli bir şeydir. Hele sinirler? Siz sinirleri tümden unutmuşa benziyorsunuz? Bu sıralar sinirler pek zayıf, sinirler çok yıpranmış durumda! Hele öfke? Nasıl öfkelidir suçlular biliyor musunuz? Bazen bütün bu işlerin kaynağı bunlardır! Benim adamım elini kolunu sallaya sallaya kentte dolaşıyorsa, ben bundan ne diye rahatsız olayım? Varsın dolaşsın! Ben nasıl olsa onun benim bir kurbancığım olduğunu, benden bir yere kaçamayacağını biliyorum ya! Nereye kaçabilir ki zaten? Hah-hah-ha! Yurt dışına mı? Bir Polonyalı kaçabilir, ama o asla! Kaldı ki, kendisini her an izliyorum, her türlü önlemi almış durumdayım... Rusya'nın içerlerine mi kaçar diyorsunuz? Ama orada da mujiklerimiz var, şu gerçek Ruslar! Hem günümüz aydını, Rusya içlerindeki mujikler gibi yabancılar arasında yaşamaktansa, hapiste yatmayı yeğ tutar, hah-hah-ha! Neyse, bunların hepsi saçma ve konumuz dışında kalan şeyler! Hem, kaçmak ne demek? Biçimsel bir şey değil midir kaçmak? Önemli olan, onun yalnızca gidecek yeri olmadığı için kaçmayışı değil, psikolojik bakımdan kaçamayacağıdır, hah-hah-ha! Ne güzel dile getirdim ama öyle değil mi! Kaçacak yeri olsa bile doğa yasası gereği benden kaçamaz o! Yanan mumların çevresindeki pervaneleri görmüşsünüzdür! İşte o da, tıpkı pervaneler gibi çevremde dönüp duracak, sonunda bir gün özgürlük kendisi için tatlı bir şey olmaktan çıkacak, şaşıracak, sersemleyecek, ağa düşmüş balık gibi ölümcül korkular duyacaktır. Üstüne üstlük matematik kesinlikteki şu iki kere ikilik delilleri de kendisi hazırlayacaktır bana... Yeter ki ona uzunca bir süre vermiş olayım... Dairelerini daralta daralta çevremde dönüp duracak, sonunda da hop ağzıma düşecek! Tabii ben de kendisini yutuvereceğim! Ah bu öyle hoş bir şeydir ki, hah-hah-ha! İnanmıyor musunuz?"

Raskolnikov cevap vermedi. Yüzü bembeyazdı. Aynı gergin bakışlarla Porfiriy'e bakıyordu.

"Ders, doğrusu harikaydı!" diye düşündü soğuk soğuk ürperarek. "Bu artık, dünkü gibi fareyle oynayan kedi de değil! Bana saçma sapan bir güç gösterisinde bulunduğunu da sanmıyorum: böyle bir şey yapmayacak kadar zeki bir adam çünkü. Başka bir amacı var, ama ne? Yok kardeş, bütün bunlar saçma! Kurnazlık ediyor, beni korkutmak istiyorsun! Elinde bir tek delil yok! Dün gördüğüm adam da yok! Yalnızca beni şaşırtmak istiyorsun! Beni sinirlendirmek ve bundan yararlanmak için yalan üstüne yalan kıvırıyorsun! Sökmez bunlar, sökmez! Evet, belki bir hazırlığın var, ama yalan söylüyorsun, sökmez bana bunlar, hem hazırlığının ne olduğunu da göreceğiz."

Korkunç ve belirsiz bir felakete hazırlanarak bütün gücüyle kendini toparladı. Bazen, birden üzerine atılıp Porfiriy'i boğmak isteği duyuyordu. Buraya gelirken de böylesi duygulara kapılabileceğimi düşünmüş ve korkmuştu. Dudaklarının kuruduğunu, yüreğinin hızla çarptığını duydu. Ama susmak ve zamanı gelmeden konuşmamak kararındaydı. İçinde bulunduğu durum karşısında izlenecek en iyi yolun bu olduğunu anlıyordu. Çünkü böylece kendisi ağzından bir şey kaçırmadığı gibi, susmasıyla düşmanını sinirlendirecek, böylece de belki onun ağzından bir şeyler kaçırmasını sağlayacaktı. Hiç değilse o böyle olacağını umuyordu.

Porfiriy'in gittikçe neşesi artıyor, sevincinden kesik kesik kahkahalar atıyordu. Odanın içinde yeniden hırlamaya başlayarak:

"Hayır, görüyorum ki bana inanmıyor, şaka yaptığımı sanıyorsunuz. Aslında haklısınız, Tanrı öyle bir yüz, öyle bir vücut vermiş ki bana, başkalarında yalnızca gülünç birtakım düşünceler uyandırıyorum. Buffon (soytarı) gibi bir şeyim sizin anlayacağınız. Benim gibi yaşlı bir adamın kusuruna bakmayın, azizim Rodion Romanoviç, ama size bir kez daha tekrarlıyorum daha gençsiniz, daha ilk gençliğinizi yaşıyorsunuz, bu bakımdan da bütün gençler gibi insan aklına her şeyden çok değer veriyorsunuz. Zekânın kıvrak inceliği, aklın soyut, yaşamdan uzak verileri gözlerinizi kamaştırıyor! Askerlik konularından söz etmek ne derece yetkim içindedir bilmem ama, bu durum tıpkısı tıpkısına eski Avusturya Hofkricgsrath'ına benziyor: kâğıt üzerinde Napolyon'u yenmiş, tutsak etmişlerdi; ama onlar çalışma odalarında bu ince, birbirinden zekice hesaplarla uğraşırlarken, komutanları general Mack ordusuyla birlikte Napolyon'a teslim oluyordu, hah-hah-ha! Görüyorum, görüyorum, azizim Rodion Romanoviç, sivil bir adam olmama karşın, boyuna savaş tarihinden örnekler vermeme gülüyorsunuz... Ne yaparsınız, bu da benim zayıflığım işte... Askerliği severim: askeri bültenleri okumaya bayılırım... Mesleğimi çok ama çok yanlış seçmişim. Asker olmalıymışım ben. Evet, belki bir Napolyon olamazdım, ama herhalde bir binbaşı olurdum, hah-hah-ha! Neyse, şimdide size, aziz dostum, şu özel olaya ilişkin bütün gerçeği ayrıntılarıyla açıklayayım: realite ve doğa, muhterem efendim benim, çok önemli şeylerdir: o kadarki, bazen en ince hesapları bile alt üst ederler! Siz bu ihtiyarın sözlerini kulak ardı etmeyin. Rodion Romanoviç (Ancak otuz beşinde bulunmasına rağmen Porfiriy Petroviç bunları söylerken sanki gerçektende yaşlanı vermişti: sesi bile değişmiş, kamburu çıkmış, iki büklüm olmuştu) çok ciddi konuşuyorum... Sonra ben açık yürekli bir insanım... Ne dersiniz, sizce de öyle miyim? Sanırım, açık yürekliyim: baksanıza, hiçbir karşılık beklemeden size neler anlatıyorum... Hah-hah-ha! Neyse, devam edelim; bence zekâ olağan üstü bir şeydir; doğanın süsü, hayatın avuntusudur; bu arada, hep olduğu gibi, kendini hayallerine kaptırmış zavallı bir sorgu yargıcına, şaşırtıcı hünerleriyle içinden çıkamayacağı bir takım hokkabazlıklarda yapabilir; çünkü önünde sonunda sorgu yargıcıda bir insandır! Ama işte bu noktada doğa sorgu yargıcına el uzatıverir! Bu arada (dün sizin çok zekice ve kurnazca belirttiğiniz gibi) önüne çıkan bütün engelleri aşmakta olan kendi zekâsına vurgun gençlik ise bunu aklına bile getirmez. Diyelim şu bizim özel olaydaki sanık, İncognito, yalan söylemektedir, hem de kusursuz, mükemmel bir yalan; kendisini zafer kazanmış saymakta, zekâsının meyvelerini toplamaya hazırlanmaktadır, değil mi? Ne gezer! En olmayacak yerde, bu işin en skandal sayılacağı yerde pat diye düşer bayılır. Evet, hastalıktan, sık sık görüldüğü gibi odaların boğucu havasından olabilir bayılması, ama olsun, bir kurt düşer karşı tarafın içine! Evet, benzersiz bir biçimde yalan söyleyebilmektedir, ama doğasının kendisine neler edebileceğini hiç bilememiştir, işin can alıcı noktası buradadır işte! Bir başka kez, zekâsının kıvraklığına kapılıp, kendisinden kuşkulanan adamla alay etmeye kalkışır... Oynadığı rol gereğiymiş gibi, bile bile yapıyormuş gibi, yüzü sapsarı kesilir, ama bu kadarı biraz fazla doğal kaçar, gerçeğe fazla uygundur yüzünün renginin gitmesi... Alın size mide bulandırıcı ikinci bir şey daha! Evet, gerçi bu birinci karşılaşmada onu aldatmıştır, ama bütün gece düşünür durur, acaba ufacık da olsa yanlış bir şey yaptım mı diye... Bu her adımda böyledir! Dahası da var: kendiliğinden öne çıkar, gerekli gereksiz, her şeye burnunu sokmaya başlar, susulması gereken yerlerde gevezelik eder, kinayeli kinayeli konuşur, hah-hah-ha! Gelir ve kendisinin neden tutuklanmadığını sorar, hah-hah-ha! Bu, en zeki insanların, psikologların, edebiyatçıların başına da gelebilen bir durumdur! İnsanın doğası, insanın aynasıdır, hem de ne ayna! Geç karşısına, kendini hayran hayran seyret! Rodion Romanoviç, ama siz niçin böyle sapsarı kesildiniz? Yoksa odanın havası mı boğucu? Pencereyi açayım mı?"

Raskolnikov birden bir kahkaha atarak: "O, rica ederim rahatsız olmayın" dedi, "rica ederim!"

Porfiriy onun tam karşısında duruyor, bekliyordu; birden o da bir kahkaha attı. Raskolnikov kanepeden kalktı, tümüyle sinirden olan kahkahasını birden kesti ve ayakta güçlükle duruyor olmasına karşın, yüksek sesle ve tane tane:

"Porfiriy Petroviç, kocakarıyla kız kardeşi Lizaveta'nın ölümlerinden açıkça beni suçladığınızı görüyorum. Kendi payıma, bütün bunlardan artık fazlasıyla bıktığımı açıklıyorum size. Hakkımda yasal bir kovuşturma yapma yetkisine sahipseniz, yapın; tutuklama hakkına sahipseniz, tutuklayım. Ama gözümün içine baka baka alay etmenize, bana acı çektirmenize izin veremem."

Birden dudakları titredi, gözleri delice bir ışıkla tutuştu, o ana kadar tuttuğu sesi çınlamaya başladı. Olanca gücüyle masaya bir yumruk indirerek:

"İzin veremem!" diye bağırdı. "Anlıyor musunuz, Porfiriy Petroviç? İzin veremem!"

Porfiriy Petroviç büyük bir korku içinde:

"Aman Tanrım, yine ne oluyor!" diye bağırdı. "Rodion Romanoviç, neyiniz var, neyiniz var kardeşim?"

Raskolnikov "İzin veremem!" diye bağırdı bir daha.

Porfiriy Petroviç yüzünü Raskolnikov'un yüzüne yaklaştırarak, korku içinde:

"Daha yavaş, dostum!" dedi. "Şimdi duyup gelecekler! O zaman onlara ne deriz, bir düşünün!"

Raskolnikov bir makine gibi:

"İzin veremem! İzin veremem!" diye tekrarladı, ama bu kez onun da sesi fısıltı halinde çıkmıştı.

Porfiriy çabucak koşup pencereyi açtı.

"Biraz temiz hava alın! Sonra bir yudum da su içmeniz gerek, yine bir nöbet geçiriyorsunuz!" Tam su söylemek için kapıya atılmıştı ki, köşede su dolu bir sürahi gördü. Sürahiyi kapıp Raskolnikov'un yanına koştu.

"İçin dostum" diye fısıldadı. "Belki iyi gelir..." Porfiriynin korkusu ve ilgisi o kadar doğaldı ki, Raskolnikov sustu ve dik dik ona bakmaya başladı. Suyu da içmemişti.

"Rodion Romanoviç! İki gözüm! Böyle devam ederseniz, inanın bana, aklınızı oynatırsınız! İçsenize... Bir yudumcuk hiç değilse!"

Bardağı zorla Raskolnikov'un eline tutuşturmaya çalıştı. Raskolnikov bir makine davranışıyla bardağı aldı, dudaklarına götürdü, ama birden kendine geldi, bardağı tiksintiyle masanın üzerine bıraktı.

Porfiriy Petroviç dostça bir üzüntüyle, ama hâlâ şaşkın:

"Bir nöbet geçirdiniz" dedi. Konuşması yine tavuk gıdaklaması gibiydi. "Eski hastalığınız depreşecek böyle giderseniz... Aman Tanrım! Kendinizi hiç ama hiç korumuyorsunuz! Dün de Dmitriy Prokofiç gelmişti bana... Evet kabul ediyorum, çok kötü, alaycı bir huyum var... Ama herkes de bundan ne sonuçlar çıkarıyor! Aman Tanrım! Dün, sizden sonra geldi, oturup yemek yedik; anlattı, anlattı, ben yalnızca ellerimi açtım, düşündüm ki... Ah, Tanrım! Yoksa siz mi göndermiştiniz onu? Otursanıza iki gözüm, oturun Allah aşkına!"

"Hayır, ben göndermedim!" dedi Raskolnikov sert bir sesle. "Ama size geldiğini ve niçin geldiğini biliyordum."

"Biliyor muydunuz?"

"Biliyordum. Ama ne olmuş biliyor musun?"

"Ne mi olmuş? Rodion Romanoviç, iki gözüm, ben sizin yalnızca birtakım kahramanlıklarınızı değil, sizinle ilgili her şeyi biliyorum! Akşam vakti, ortalık karardıktan sonra nasıl daire kiralamaya gittiğinizi, kapının çıngırağını nasıl çaldığınızı, yerdeki kanları sorarak kapıcıyla oradaki işçileri nasıl şaşırttığınızı... O sırada içinde bulunduğunuz ruh halini de çok iyi anlıyorum... Ama yemin ederim, böyle giderseniz, aklınızı kaçıracaksınız. Önce talihinizden, sonra karakoldakilerden gördüğünüz aşağılamalar içinizde soylu bir öfke dalgasının kabarıp taşmasına yol açtı; bu nedenle herkese bildiği her şeyi hemen söyletebilmek için oraya buraya koşturup duruyorsunuz, çünkü bütün bu aptalca şeylerden, bu kuşkulardan bıkıp usandınız artık, öyle değil mi? Doğru kestirmiş miyim içinde bulunduğunuz ruh halini? Ama böyle yapmakla yalnız kendinizin değil, benim zavallı Razumihin'imin de başını döndürüyorsunuz. Çünkü siz de bilirsiniz ki, böylesi işler için o çok iyi bir çocuktur. Siz hasta bir insansınız, o ise erdemli bir insan. Onun erdemliliği, sizin bu hastalığınızın kolayca ona da bulaşmasına neden olabilir. Hele biraz yatışın, iki gözüm, size bunların hepsini anlatacağım... Otursanıza, iki gözüm. Allah aşkına oturun! Oturun ve dinlenin lütfen, yüzünüzde renk diye bir şey kalmamış, otursanıza!"

Raskolnikov oturdu. Bütün vücudunu bir ateş basmıştı. Korku içinde olan ve kendisine dostça bir yakınlık gösteren Porfiriy Petroviç'i derin bir şaşkınlık ve gerilim içinde dinliyordu. Ona inanmak için tuhaf bir eğilim duymasına karşın, söylediği bir tek söze bile inanmıyordu. Porfiriy'nin kocakarının dairesiyle ilgili sözleri kendisini müthiş şaşırtmıştı. "Nasıl bilebilir bu daire işini diye düşündü içinden, üstelik bunu bildiğini bana da söylüyor!'

Porfiriy Petroviç, "Adalet hizmetindc çalıştığım yıllar içinde, buna benzer, yine hastalıklı, psikolojik bir olaya daha tanık olmuştum" diye yeniden söze başladı. Aceleyle konuşuyordu. "Adamın birisi yine böyle kendisine cinayet iftirasında bulunmuştu. Hem de nasıl bir iftira: koca bir hayali olay yaratmış, kanıtlar ileri sürmüş, nedenler sıralamış, böylece de herkesin aklını karıştırmıştı. İyi ama neden? Bütünüyle kasıtsız olarak, bir cinayete bir parça da o neden olmuştu. Ama yalnızca, bir parça... Ve bir cinayete neden olduğunu öğrenir öğrenmez de, kendini büyük bir üzüntüye kaptırdı, hayaller görmeye başladı ve oynattı. Kendini, katilin kendisi olduğuna inandırdı! Bereket versin Yargıtay kararı bozdu, adamcağız beraat etti ve gözetim altına alındı. Aferin şu Yargıtay'a doğrusu! Ah, ah! Hiç olur mu iki gözüm? İnsan böyle gece vakitleri gidip kapı çıngırakları çalar, kapıcılara birtakım kanları ne yaptıklarını sorarsa, sinirleri ne hale gelir? Sayıklamaz da ne yapar böyle bir insan! Bu psikolojiyi ben meslek hayatınım bana kazandırdığı deneylerle öğrendim. Bazen kendini pencereden ya da çan kulesinden atmaya kalkanlara rastlanır, böylesine baştan çıkarıcı bir duygu içine girerler bazen. Sizin şu kapının çıngırağını çalmanız da bunun gibi bir şey... Hastalık, Rodion Romanoviç, hastalık! Hastalığınızı biraz fazla küçümsemeye başladınız! İyi bir doktora görünmenizi salık veririm size. Şu sizin şişko da kim oluyor. Sayıklama var sizde! Bütün bunları da sayıklama halindeyken yapıyorsunuz!"

Bir anda Raskolnikovun çevresindeki her şey dönmeye başladı.

Şu anda da yalan söylüyor olabilir mi? diye geçirdi kafasından. Hayır, olamaz, olamaz! Ama daha önce böyle bir düşünceye kapılmasının kendisini nasıl deliye döndüreceğini hissettiği için hemen kovdu bu düşünceyi kafasından, Porfiriy Petroviç'in kendisine nasıl bir tuzak kurduğunu anlayabilmek için bütün zekâsını toplamaya çalışarak:

"Hayır!" diye bağırdı, "sayıklama halinde değildim ben o zaman, tümüyle aklım başımdaydı! Duyuyor musunuz, aklım başımdaydı, diyorum!"

"Duyuyor ve anlıyorum! Siz dün de sayıklamadığınızı söylemiş, hatta bu konuda ayak diremiştiniz! Söyleyebileceğiniz her şeyi anlıyorum! Dinleyin beni, Rodion Romanoviç, benim erdemli dostum, şu duruma bir göz atalım. Siz gerçekten suçlu olsaydınız, ya da şu lanet olası işe şu ya da bu biçimde karışmış bulunsaydınız, rica ederim, bütün o yaptığınızda diretir miydiniz? Evet, büyük bir inatla bu konuda böylesine diretir miydiniz? Söyleyin rica ederim, hiç böyle şey olur mu? Bana kalırsa, tam tersine bir davranış içinde olmanız gerekirdi. Eğer kendinizden bir parça kuşkulanıyor olsaydınız, bütün o yaptıklarınızı aklınız başınızda olarak değil, sayıklama halinde yaptığınızda diretmeniz gerekirdi! Öyle değil mi?"

Sinsice, şeytani bir şeyler vardı bu soruda. Raskolnikov, üzerine doğru iyice eğilen Porfiriy'den uzaklaşmak için, kanepenin arkalığına doğru geriledi. Konuşmuyor, anlamayan gözlerle dimdik Porfiriy'e bakıyordu.

"Ya da alalım şu Razumihin olayını... Kendiliğinden mi geldi dün Razumihin bana, yoksa sizin kışkırtmanızla mı? Burada sizin yapacağınız şey, Razumihin'in bana kendiliğinden geldiğini söylemek, onu sizin kışkırttığınızı gizlemektir, değil mi? Ama siz bunu gizlemiyorsunuz! Bana gelmesi için Razumihin'i kışkırttığınızda ayak diriyorsunuz."

Oysa Raskolnikov hiç de ayak diretmemişti bu konuda. Sırtı soğuk soğuk ürperdi.

"Söylediklerinizin hepsi yalan!" dedi, cılız, bir sesle, dudakları hastalıklı bir gülümsemeyle kavramıştı. "Bana yine bütün oyunlarımı bildiğinizi, vereceğim cevapları önceden bildiğinizi göstermek istiyorsunuz..." söylediği sözlerin söylenmesi gerekli sözler olup olmadığından kuşkuluydu, sözlerini bütünüyle kontrol edemediğini hissediyordu. "Korkutmak istiyorsunuz beni, ya da düpedüz alay ediyorsunuz benimle..."

Bunları söylerken Porfiriy'nin yüzüne dimdik bakmaya devam ediyordu, birden gözleri sınırsız bir öfkenin kıvılcımlarıyla tutuştu:

"Yalan söylüyorsunuz!" diye bağırdı. "Siz de çok iyi bilirsiniz ki bir suçlunun yapacağı en iyi hile, gizlenmeseler de olabilecek şeyleri, olanaklar ölçüsünde gizlememeye çalışmaktır. Size inanmıyorum!"

"Nasıl da dönüp duruyorsunuz düşüncelerinizden!" diye kıkırdadı Porfiriy. "Vallahi sizinle başa çıkılmaz! Bir monomani yer etmiş kafanıza... Şimdi siz bana inanmıyorsunuz, değil mi? Ama ben diyorum ki, hiç değilse dörtte birine inanıyorsunuz söylediklerimin. Ve size öyle bir şey göstereceğim ki, ne diyorsam hepsine inanacaksınız. Çünkü sizi gerçekten seviyor ve iyiliğinizi istiyorum."

Raskolnikovun dudakları titredi.

Porfiriy Petroviç Raskolnikov'un kolunu dirseğinin biraz üstünden hafifçe ve dostça bir tavırla tutarak:

"Evet, iyiliğinizi istiyorum" dedi ve "size kesinlikle şunu söyleyeyim ki, hastalığınıza dikkat etmelisiniz! Kaldı ki şimdi artık aileniz de burada onları düşünmeniz, kendilerine sevecen davranmanız gerek. Oysa siz onları korkutup duruyorsunuz!"

"Size ne bundan? Hem siz bunu nerden biliyorsunuz? Ve neden ilgileniyorsunuz bu işle? Belki de beni izliyorsunuz ve bu sözlerinizle de bana bunu anlatmak istiyorsunuz?"

"İki gözüm! Bunların hepsini, hepsini sizden öğrendim. Bana da, başkalarına da, heyecanlarınız sırasında pek çok şey söylediğinizi unutuyorsunuz. Razumihin'den, Dmitriy Prokofiç'ten de dün epey ilginç ayrıntılar öğrendim. Hayır, sözümü kestiniz, size şunu söylemek isterim ki, çok zeki olmanıza rağmen kuruntularınız yüzünden bütün sağ görünüzü kaybettiniz! Örneğin, yine şu kapının zilini çalışınıza dönelim: böyle değerli bir şeyi, böyle bir gerçeği (hem de ne gerçek!) üstelik de bir sorgu yargıcı olmama rağmen, size kendi ağzımla söyledim. Siz bundan hiçbir şey anlamıyor musunuz? Sizden, bir parçacık olsun kuşkulanıyor olsaydım; böyle mi davranırdım? Tam tersine, kuşkularınızı dağıtmam, bu gerçeği bildiğimi sizden gizlemem gerekmez miydi? Böylece sizi tam ters yöne sürükleyip; 'Evet, söyleyin bakalım, gecenin onunda, hatta nerdeyse on birinde, cinayetin işlendiği evde ne işiniz vardı? Kapının çıngırağını ne diye çalıp durdunuz? Kanı ne yaptıklarını niçin sordunuz? Kapıcıları neden şaşırttınız ve neden karakola götürmeye kalkıştınız? gibi sorularla, (sizin deyiminizle söyleyeyim:) sizi serseme çevirirdim. Sizden bir damlacık kuşkulanıyor olsaydım, işte böyle davranmam gerekirdi. Usulüne uygun bir biçimde sizi sorguya çekmem, evinizde arama yapmam, hatta sizi tutuklamam gerekirdi. Demek oluyor ki, sizden kuşkulanmıyorum yoksa başka türlü davranırdım! Oysa siz, tekrarlıyorum, sağgörünüzü yitirdiğiniz için, hiçbir şey görmüyorsunuz!"

Raskolnikov'un bütün vücudu titredi, öyle ki, Porfiriy Petroviç bile açıkça fark etti bunu.

"Bütün söyledikleriniz yalan!" diye bağırdı. "Amacınızın ne olduğunu bilmiyorum, ama söylediklerinizin hepsi yalan! Az önce bütün bunları bambaşka bir anlamda söylüyordunuz, yanılıyor olmam olanaksız! Siz, yalan söylüyorsunuz!"

"Ben mi yalan söylüyorum?" dedi Porfiriy, sinirlenmiş gibiydi, ama eski neşesini ve alaycılığını koruyordu. Raskolnikov'un kendisiyle ilgili düşüncelerine de hiç aldırış etmiyor gibiydi. "Ben mi yalan söylüyorum? Bir sorgu yargıcı olmama rağmen az önce size neler söyledim? Kendinizi savunabileceğiniz yanları, bütün psikolojik gerekçeleri size çıtlatan ben değil miyim? (Sözüm ona) hastalık, sayıklama hakarete uğramıştım, melankoli... polisler... vb. Bütün bunları söyleyen ben değil miyim, ha? Hah-hah-ha! Gerçi bütün bunlar, yeri gelmişken söyleyivereyim bütün bu psikolojik savunma yolları, bu bahaneler, hileler tümüyle temelsiz şeylerdir. Üstelik de iki yanlıdır bunlar; (Sözüm ona) hastalık, sayıklama, hayal, rüya, hatırlamıyorum... peki ama, iki gözüm, bu hastalıklarda, bu sayıklamalarda neden hep böyle birtakım hayaller, özellikle böyle birtakım rüyalar görülüyor da, başkası görülmüyor? Görülebilecek başka hayaller de vardır herhalde, öyle değil mi? Hah-hah-ha!"

Raskolnikov gururla ve aşağılayarak bakıyordu ona.

"Kısacası" diye bağırdı, Porfiriy'i hafifçe itip ayağa kalkarken, "kısacası bilmek istediğim bir tek şey var: beni kuşkularınızdan kesinlikle uzak tutuyor musunuz, tutmuyor musunuz? Evet mi, hayır mı söyleyin, Porfiriy Petroviç, hemen şimdi, çabucak ve açıkça söyleyin bunu!"

"Sizinle başa çıkılmaz azizim, doğrusu çok zor adamsınız" dedi Porfiriy, heyecandan uzak, neşeli, kurnazdı. "Daha sizi hiç kimse rahatsız etmeye başlamamışken, bunca çok şeyi öğrenip de ne yapacaksınız? Tıpkı bir çocuk gibisiniz: şu ateşi avucuma koyun diye tutturmuşsunuz. Niçin bu kadar tedirginsiniz? Neden kendinizi bize hatırlatıp duruyorsunuz? Neden ha? Hah-hah-ha!"

Raskolnikov çileden çıkmışçasına:

"Bir kez daha söylüyorum size" diye bağırdı, "artık dayanamam buna..."

Porfiriy onun sözünü keserek:

"Neye dayanamazsınız?" diye sordu. "Belirsizliğe mi?"

"Benimle alay etmeyin! İstemiyorum! Size istemiyorum, diyorum! Dayanamıyorum ve istemiyorum! Duyuyor musunuz! Duyuyor musunuz!"

Raskolnikov masaya yeniden bir yumruk indirdi.

"Yavaş olun biraz, yavaş!" diye fısıldadı Porfiriy. "Herkes duyacak! Sizi ciddi olarak uyarıyorum kendinizi koruyun. Şaka etmiyorum!"

Bu kez Porfiriy'nin yüzünde deminki gibi iyi yürekli bir kadının korkmuş hali yoktu. Hatta tam tersine, bütün o gizemli, iki anlamlı konuşmaları bir yana bırakmış, sert, düpedüz emreden biri olup çıkmıştı. Ama bu durum yalnızca bir an sürdü. Raskolnikov şaşkına dönmüş, müthiş bir öfkeye kapılmıştı; ama şaşılacak şey, dehşetli öfke içinde bulunmasına rağmen, Porfiriy'nin yavaş konuşma buyruğuna ikinci kez boyun eğmişti.

Porfiriy'nin buyruğuna karşı çıkamayacağını büyük bir acı ve tiksinti ile anlıyordu Raskolnikov, ancak bu durum onu iyice çileden çıkarmıştı. Biraz önce olduğu gibi fısıltıyla:

"Bana eziyet etmenize izin vermeyeceğim!" dedi. "Beni tutuklayın, üzerimi arayın tabii hepsini usulünce yapmak koşuluyla, ama benimle oynamayın! Böyle bir şeye kalkışmayın..."

Porfiriy, dudaklarında az önceki sinsi gülümseme, büyük bir zevkle seyrediyordu onu.

"Usulden yana hiç kaygılanmayın" dedi. "Sizi buraya çağırmam tümüyle özel ve dostça ilişkiler çerçevesindedir!"

"Sizin dostluğunuzu isteyen kim! Tüküreyim sizin dostluğunuza! Anlıyor musunuz? İşte şapkamı alıyor ve gidiyorum! Madem beni tutuklamak niyetindesiniz, bakalım şimdi ne diyeceksiniz?"

Şapkasını alıp kapıya doğru yürüdü.

Raskolnikov'u az önce olduğu gibi dirseğinin biraz üstünden tutarak kapının orda durduran Porfiriy:

"Acaba küçük sürprizimi görmek istemez miydiniz?" diye kıkırdadı. Görünüşünden gitgide neşelendiği ve şakacı bir hal aldığı anlaşılıyordu, Raskolnikov'u iyice çileden çıkarmıştı onun bu durumu. Birden durup korkuyla Porfiriy'e bakarak:

"Ne sürprizi?" diye sordu. "Sürpriz de nerden çıktı?"

Porfiriy dipteki bölmede bulunan kapalı kapıyı göstererek:

"İşte, şurada şu kapının arkasında oturuyor küçük sürprizim, hah-hah-ha! Hatta kaçmasın diye kendisini kilitledim!"

"Ne demek bu? Nerede? Neymiş?" Raskolnikov kapıya gitti, açmak istedi, ama kapı kilitliydi.

"Kilitlidir. İşte anahtarı!"

Gerçekten de Porfiriy cebinden, bir anahtar çıkarıp gösterdi.

Kendini daha fazla tutamayan Raskolnikov:

"Yalan söylüyorsun! Yalan söylüyorsun soytarı herif!" diye uludu ve geri geri kapıya doğru çekilen ama hiç de korkmuşa benzemeyen Porfirinin üzerine atıldı. "Her şeyi her şeyi anlıyorum! Kendimi ele vermem için yalan söyleyip beni kızdırıyorsun!"

"Rodion Romanoviç, iki gözüm, bir insan, kendini bundan daha çok ele veremez ki! Baksanıza, öfkeden nerdeyse kendinizden geçtiniz! Bağırmayın, yoksa adam çağırırım!"

"Yalan söylüyorsun! Bir şey olacağı yok! Çağır adamlarını! Hasta olduğumu biliyordun, kendimi ele vermem için beni sinirlendirmek, öfkeden çılgına çevirmek istedin, amacın buydu! Ama hayır, sen hele elindeki delilleri göster bakalım! Her şeyi anlıyorum! Elinde delil yok değil mi? Zamyotov'un adi tahminlerinden, beş para etmez kuşkularından başka bir şey yok elinde! Huyumu biliyordun, beni çileden çıkarmak, sonra da papazlarla, birtakım kurullarla beni serseme çevirmek istiyordun... Onları bekliyorsun, değil mi? Ne bekliyorsun? Hani, nerdeler? Çağırsana!"

Porfiriy bir yandan kapıya kulak verirken:

"Ne kurullarından söz ediyorsunuz siz iki gözüm?" dedi. "Adamın düşündüğü şeye bak! Hem, sizin deyiminizle söyleyeyim, usulüne uygun davranış bu mudur? Sizin bu işlerden hiç mi hiç anladığınız yok, iki gözüm..."

Gerçekten de bu sırada Porfiriy'nin kulak kabarttığı kapının ötesinden birtakım gürültüler duyuldu.

"Geliyorlar işte!" diye bağırdı Raskolnikov. "Adam gönderip çağırttın onları! Şimdi ne bekliyordun! Onlara güveniyordun... Çağır hepsini buraya: kurullarını, tanıklarını, kimi istiyorsan çağır... Hadi! Ben hazırım! Ben hazırım!"

Ama tam bu sırada, olayların normal akışı açısından son derece beklenmedik ve tuhaf bir şey oldu; ne Raskolnikov'un, ne Porfiriy Petroviç'in tahmin edebileceği bir sonuçtu bu.

Sonraları Raskolnikov'un bu ana ilişkin hatırladıkları şunlar olmuştu:

Kapının ardında duyulan gürültü, iyice artmış, derken kapı hafifçe aralanmıştı. Porfiriy Petroviç öfkeyle:

"Ne oluyor orada?" diye bağırdı. "Ben sizi uyarmamış mıydım?"

Bir an kimseden ses gelmedi, ama kapının ardında birilerinin olduğu ve birini iteleyerek kapıdan uzaklaştırmaya çalıştıkları anlaşılıyordu.

Porfiriy Petroviç telaşla:

"Ne oluyor orada?" diye yeniden bağırdı.

"Tutukluyu getirdiler," diye karşılık verdi dışarıdan bir ses, "Nikolay'ı."

Porfiriy Petroviç kapıya doğru atılarak:

"Nikolay'ın ne işi var burada?" diye bağırdı. "Nikolay falan istemez! Defolun! Bu ne düzensizlik böyle!"

Yine aynı ses:

"Ama o kendisi..." diye başladıysa da, devam edemedi.

Dışarıda iki saniye kadar süren müthiş bir itişip kakışma oldu, sonra biri sanki bir başkasını zorla itip uzaklaştırdı, derken Porfiriy Petroviç'in odasına yüzü sapsarı bir adam daldı.

Tuhaf görünüşlü bir adamdı bu. İleri doğru bakıyor, ama sanki kimseyi görmüyordu. Gözlerinde kararlılık pırıltısı vardı, ama öte yandan yüzü, idam sehpasına götürülüyormuşçasına sapsarıydı. Bembeyaz dudakları hafifçe titriyordu.

Genç sayılırdı; işçi kılıklı, orta boylu, zayıfça biriydi. Saçları daire biçiminde kesilmişti. Yüz çizgileri ince ve sertçeydi. İtekleyip elinden kurtulduğu adam da hemen onun ardı sıra odaya dalmış ve kendisini omzundan yakalamıştı: bu bir jandarmaydı; ama Nikolay kolunu hızla çekerek onun elinden bir kez daha kurtuldu.

Kapıda meraklılar toplanmıştı. Bunlardan kimi kalabalığı yarıp içeri girmeye çalışıyordu. Bütün bunlar bir anda olup bitivermişti.

Epey şaşırmışa benzeyen Porfiriy Petroviç'in bu işe çok canı sıkılmıştı.

"Defol!" diye bağırdı adama. "Daha zamanı değil! Çağrılana kadar bekle! Niye erken getirmişler bunu?"

Ama Nikolay birden diz çöktü.

"Ne yapıyorsun?" diye bağırdı Porfiriy şaşkınlık içinde. Nikolay tıkanırcasına, ama yine de gür bir sesle: "Suçluyum!" dedi. "Günah işledim! Katilim ben!"

On saniye süren bir sessizlik oldu odada. Herkes sanki taş kesilmişti. Jandarma bile elini Nikolay'dan çekmiş ve gerisin geri kapıya doğru uzaklaşarak orada kımıltısız kalmıştı.

Uğradığı bir anlık şaşkınlıktan sıyrılan Porfiriy Petroviç: "Bu da nesi?" diye bağırdı.

Nikolay bir saniyelik bir suskunluktan sonra:

"Ben, katilim" diye tekrarladı.

"Nasıl? Sen... sen kimi öldürdün ki?"

Porfiriy Petroviç şaşkına dönmüş gibiydi.

Nikolay yine bir saniye kadar sustuktan sonra:

"Alyona Ivanovna ile kardeşi Lizaveta Ivanovna'yı ben öldürdüm, baltayla..." dedi. "Gözlerim kararmıştı..." diye ekledi ve sustu. Hâlâ öyle diz çökmüş durumdaydı.

Porfiriy Petroviç birkaç saniyelik bir duraklamadan sonra birden atıldı, kapıda biriken ve kendilerini henüz çağırmadığı tanıklara gitmeleri için eliyle işaret etti. Herkes bir anda gözden kayboldu, kapı kapandı. Sonra köşede duran ve yabanıl bakışlarla Nikolay'ı süzen Raskolnikov'a baktı, ona doğru bir adım attı, ama birden durakladı; gözleri bir Nikolay'a bir Raskolnikov'a gidip geliyordu. Sonunda sanki çekiliyormuşçasına Nikolay'a doğru yürüdü.

"Sana göz kararmalarını soran mı oldu ki koşup geldin?" diye bağırdı. "Ben daha sana gözünün kararıp kararmadığını sormadım... Söyle bakalım, sen mi öldürdün?"

"Evet, katil benim... itiraf ediyorum..."

"E-eh! Neyle öldürdün peki?"

"Baltayla. Önceden sağlamıştım."

"Eh, acele ediyorsun! Tek başına mı?"

Nikolay soruyu anlamamıştı.

"Tek başına mı öldürdün?"

"Evet, tek başıma. Mitka'nın hiçbir suçu yok, Mitka'nın bu işle hiçbir ilgisi yok."

"Mitka'ya acele etme bakalım! E-eh!.. Madem öyle, nasıl merdivenlerden nasıl öyle koşarak iniyordun? Kapıcılar ikinizi birden görmüşler?"

Nikolay önceden hazırlanmış gibi çabuk çabuk:

"Ben o zaman mahsus öyle yaptım..." dedi. "Mitka'yla birlikte koşuyormuş gibi yaptım..."

Porfiriy öfkeyle:

"Tahmin ettiğim gibi!" diye bağırdı. Sonra kendi kendine konuşuyormuş gibi: "Kendi ağzı değil bu ağız..." diye mırıldandı.

Bu sırada birden gözü Raskolnikov'a ilişti.

Nikolay'a kendisini öylesine kaptırmıştı ki, bir an Raskolnikov'un varlığını unutmuştu. Utanarak Raskolnikov'a atıldı ve:

"Rodion Romanoviç, iki gözüm!" dedi. "Bağışlayın... Böyle olmaz, siz lütfen... Yani sizinle bir işimiz kalmadı burada artık... Doğrusu bende... Neyse, sürprizi görüyor musunuz! Lütfen!"

Raskolnikov'un koluna girip, kapıya doğru götürdü.

Olup bitenlerden pek bir şey anlamayan, ama yine de yüreklenen Raskolnikov:

"Galiba bunu beklemiyordunuz?" dedi.

"Evet, ama iki gözüm, siz de beklemiyordunuz. Bakın, eliniz nasıl da titriyor, hah-hah-ha!"

"Siz de titriyorsunuz, Porfiriy Petroviç!"

"Evet, titriyorum; doğrusu hiç beklemiyordum..."

Kapının önünde duruyorlardı. Porfiriy, Raskolnikov'un bir an önce gitmesi için sabırsızlanıyordu. Raskolnikov birden:

"Şu küçük sürprizinizi göstermeyecek misiniz?" dedi.

"Dişleri takırdarken söylediği şeye bakın hele şunun! Hah-hah-ha! Çok şakacısınız! Neyse, yine görüşürüz!"

"Bana kalırsa, elveda!"

Porfiriy Petroviç çarpık bir gülümsemeyle:

"Tanrı nasıl isterse öyle olur!" dedi.

Raskolnikov bürodan geçerken pek çok kişinin kendisine dikkatle baktığını fark etti. Bekleme odasındaki kalabalık arasında, o gece kendileriyle karakola gitmeyi önerdiği o evin iki kapıcısını da gördü; durmuş bir şey bekliyorlardı. Tam merdivenlere çıktığı sırada, birden arkasından Porfiriy Petroviç'in sesini duydu. Dönüp baktı; Porfiriy soluk soluğa ardından koşmaktaydı.

"Son bir söz daha Rodion Romanoviç! Hiç kuşkusuz her şey Tanrı'nın istediği gibi olacak, ama yine de, usulen size bir şeyler sormam gerekecek... Bu nedenle, yine görüşeceğiz!" Porfiriy gülümseyerek durdu, sonra:

"Evet." diye ekledi.

Sanki bir şeyler daha söyleyecek gibiydi, ama söyleyememişti.

Önlenemez bir nezaket gösterisinde bulunacak kadar yüreklendiğini hisseden Raskolnikov:

"Az öncesi için bağışlayın, Porfiriy Petroviç" dedi, "sinirleniverdim işte..."

Porfiriy Petroviç neşeyle:

"Önemli değil, hiç önemli değil!" dedi. "Ben doğrusu... Kabul etmem gerekir ki, çok kötü bir huyum var, evet, itiraf ederim! Yine görüşeceğiz, Allah kısmet ederse hem de pek çok kez görüşeceğiz!"

"Ve birbirimizi daha iyi tanıyacağız?"

Porfiriy Petroviç, Raskolnikov'un sözlerini yankı gibi tekrarladı:

"Ve birbirimizi daha iyi tanıyacağız!" Sonra gözlerini kısıp ciddi ciddi bakarak: "Şimdi bir doğum günü partisine mi gidiyorsunuz?"

"Hayır, bir cenaze törenine."

"Öyle ya, cenaze töreniydi! Sağlığınıza... sağlığınıza dikkat edin!"

Artık merdivenleri inmeye başlayan Raskolnikov birden durdu, dönüp:

"Ben de sizin için bir dilekte bulunmak istiyorum, ama bilmem ki ne dilesem?" dedi. "Çok gülünç bir işiniz var, bu nedenle size işlerinizde başarılar dilerim!"

Porfiriy Petroviç dönüp odasına gitmek üzereyken, birden kulaklarını dikti:

"Neden gülünçmüş işim?"

"Neden olacak, şu zavallı Mikolkaya suçunu itiraf ettirene kadar kendi yöntemlerinizle kim bilir ne psikolojik işkenceler ettiniz, nasıl canından bezdirdiniz adamcağızı! Herhalde kendisine gece gündüz, 'Sen katilsin! Sen katilsin!' diye tekrarlaya tekrarlaya, sonunda katil olduğunu söyletmişsinizdir. Şimdiyse kendisi bunu itiraf etmiş bulunuyor. Bu kez de, 'Sen katil değilsin! Yalan söylüyorsun! Kendi ağzınla konuşmuyorsun!' diyerek canından bezdireceksiniz. Eh, böyle bir işe gülünç denmez de ne denir?"

"Hah-hah-ha! Demek demin Nikolay'a, "Kendi ağzı değil bu ağız' dediğimi fark ettiniz?"

"Fark etmez olur muyum?"

'Ha, ha! Çok zekisiniz! Her şeyi fark ediyorsunuz! Çok kıvrak bir zekânız var! Her zaman en komik tellere dokunabiliyorsunuz, ha-ha! Söylediklerine göre, yazarlar içinde Gogol'un bu yanı çok güçlüymüş..."

"Evet, Gogol'un."

"Evet, Gogol'un, görüşmek üzere!"

"Görüşmek üzere!"

Sorgu yargıcının yanından ayrılan Raskolnikov doğruca evine gitti. Öylesine bitkindi, kafası öylesine karmakarışıktı ki, dinlenmek ve düşüncelerini toparlayabilmek için eve gelir gelmez kendini divana atıp, on beş dakika kadar öylece oturdu. Nikolay konusunu düşünmeye bile kalkışmadı: o konuda tümden şaşkındı; Nikolay'ın itirafında şu anda anlayamayacağı, açıklanamaz, şaşılası bir şeyler bulunduğunu hissediyordu. Ama öte yandan da bu itiraf gerçek bir olaydı. Bu olayın nasıl bir sonuç vereceğini kestirmek hiç zor değildi. Nikolay'ın yalan söylediği çabucak anlaşılacak ve yine onun peşine düşülecekti. Ama yine de bir süre için serbest kalabilecekti. Bu arada hemen bir şeyler yapması gerekti, çünkü kaçınılmaz bir biçimde tehlikeyle karşı karşıyaydı.

Ama bu tehlikenin boyutlarını kestiremiyordu. Durum, yavaş yavaş açıklığa kavuşmaya başlamıştı. Porfiriyle az önce aralarında geçen sahneyi taslak halinde ve genel çizgileriyle hatırlayınca, bir kez daha korkuyla titremekten kendini alamadı. Hiç kuşkusuz, Porfiriy'nin amaçladığı şeylerin tümünü bilmiyordu, onun deminki hesaplarının ne olduğunu anlayabilmesi de olanaksızdı. Ama yine de oyununun bazı yönleri açığa çıkmıştı ve bu oyunda Porfiriy'nin ne denli korkunç bir "el"e sahip olduğunu kendisinden daha iyi hiç kimse anlayamazdı. Biraz daha beraber kalsalardı kendini tümüyle ve gerçekten ele verebilirdi. Raskolnikovun karakterindeki hastalıklı yanları bilen, onu çok iyi anlayan ve daha ilk ağızda durumu kavrayan Porfiriy, epeyce kararlı ve kendinden emin davranıyordu, Raskolnikov'un da deminki görüşmede çokça gaf yaptığı tartışılmazdı, ama iş daha delillere kadar gelmiş değildi, her şey daha göreliydi. Yine de acaba onun şu anda anladığı gibi miydi her şey? Yanılıyor olamaz mıydı? Örneğin, bugünkü görüşmeden acaba Porfiriy nasıl bir sonuç çıkarmıştı? Bugün için gerçekten de bir şey hazırlamış mıydı? Neydi bu hazırladığı şey? Gerçekten beklediği bir şey var mıydı? Şu beklenmedik Nikolay felaketi olmasaydı, bugün birbirlerinden acaba nasıl ayrılacaklardı?

Raskolnikov'a göre Porfiriy hemen hemen elindeki bütün kartları açmıştı; tehlikeyi göze almış ve açmıştı. Eğer elinde başka bir şey daha olsaydı, onu da gösterirdi. Neydi acaba şu "sürpriz"? Yoksa alay mı ediyordu? Önemli mi, önemsiz mi bir şeydi? Suçlanmasını sağlayacak ciddi bir şey olabilir miydi? Yoksa dünkü adam mıydı bu? Hangi cehenneme gitmişti bu adam? Bugün nerelerdeydi? Porfiriy'nin elinde gerçekten de ciddi bir şey varsa, bu besbelli dünkü adamla bağıntılı bir şeydi...

Başını öne eğmiş, dirseklerini dizlerine dayamış, yüzü avuçlarının içinde, divanda oturuyordu. Bütün vücudu hâlâ sinirden titriyordu. Sonunda yerinden kalktı, şapkasını aldı, biraz düşündükten sonra kapıya doğru yürüdü.

İçinde bir ses, hiç değilse bugün kendisini güven içinde duyabileceğini söylüyordu. Birden yüreğinde sevince benzer bir şey duydu: Hemen Katerina Ivanovna'ya gitmek istedi canı. Kuşkusuz cenaze törenine geç kalmıştı, ama yas yemeğine yetişebilirdi, Sonyayı görecekti orada.

Durdu, dudaklarında hastalıklı bir gülümsemeyle düşündü:

"Bugün! Bugün! Evet, hemen bugün! Böyle olması gerek" diye mırıldandı.

Tam kapıyı açmak üzereyken, kapı kendiliğinden açılmaya başladı. Raskolnikov irkilerek geri çekildi. Kapı ağır ağır ve sessizce açılıyordu. Birden, dünkü adam, yerin dibinden çıkan adam belirdi kapıda.

Adam eşikte durdu, hiçbir şey söylemeden ona baktı, sonra içeri doğru bir adım attı. Tıpkı dünkü gibiydi, üzerindeki elbiseler de aynıydı. Yalnız yüzünde ve bakışlarında derin bir değişiklik vardı: Bakışları üzüntülüydü. Biraz durup derin derin iç geçirdi. Bir de avucunu yanağına dayayıp başını hafifçe bir yana doğru eğse, tam bir köylü karısına benzeyecekti. Raskolnikov nerdeyse bir ölüye dönmüştü: "Ne istiyorsunuz?" diye sordu.

Adam susuyordu, sonra birden onun önünde yerlere kadar eğildi; sağ elindeki yüzük döşemeye değmişti.

"Ne istiyorsunuz?" diye yeniden sordu Raskolnikov. Adam yavaşça:

"Beni bağışlayın" dedi.

"Niçin?"

"Kötü düşüncelerim için." İkisi de durmuş birbirlerine bakıyorlardı. "O gece siz belki de içkiyi biraz fazla kaçırmış olarak gelip de kapıcıları karakola çağırdığınızda ben de oradaydım... Kanları ne yaptıklarını sordunuz kendilerine... oysa onlar sizi sarhoş sandılar, sözlerinize kulak asmadılar... Buna çok canım sıkıldı... Öylesine ki, o gece uyku bile uyuyamadım. Ertesi gün adresinizi hatırladım, buraya gelip soruşturdular..."

Bir anda işin içyüzünü anlamaya başlayan Raskolnikov adamın sözünü keserek:

"Kim gelip soruşturdu?" diye sordu.

"Ben yani... Sizi üzdüm..."

"Siz o evden misiniz?"

"Evet, orada otururum. O sırada kapının orada ben de onlarla birlikteydim, hatırlamıyor musunuz? Esnafız biz... Kürkçüyüz... Eve iş alırız..."

Raskolnikov birden iki gün önce kapının orada geçen bütün sahneyi hatırladı. Gerçekten de bu serada kapıcılardan başka bir takım adamlar hatta kadınlar da vardı kapının orada. Kendisini doğruca karakola götürmelerini öneren bir ses duyduğunu hatırladı. Sesin sahibini çıkaramıyordu, şimdi bile görse çıkaramazdı, o sırada adama dönüp karşılık olarak bir şeyler söylediğini çok iyi hatırlıyordu.

Hay Allah, dünkü kâbus nasıl sonuçlanmıştı! İşin en korkunç yanı da, böylesine hiçten bir şey yüzünden az kalsın kendi kendini gerçekten mahvetmek üzere olduğunu düşünmesiydi.

Demek ki, bu adam evi kiralamak istediğinden ve kanla ilgili sözlerinden başka bir şey söyleyemezdi. Demek ki Porfiriy'nin elinde bu sayıklamadan ve iki yanlı psikolojiden başka hiçbir ciddi delil yoktu. Demek ki ortaya başka delil çıkmazsa (ki çıkmaması gerekirdi, çıkmaması, çıkmaması!)... kendisine bir şey yapamayacaklardı. Tutuklasalar bile onu kesin olarak neyle suçlayabilirlerdi ki? Ve yine demek ki, Porfiriy şu daire kiralama işini şimdi, az önce öğrenmişti ve şu ana kadar bundan hiç haberi yoktu.

Aklına gelen bir düşünceyle müthiş heyecanlanarak:

"Oraya geldiğimi bugün Porfiriy'e siz mi söylediniz?" dedi.

"Hangi Porfiriy'e?"

"Sorgu yargıcına."

"Ben söyledim. O gün kapıcılar gitmeyince, ben gittim."

"Bugün mü?"

"Evet, sizden bir dakika önce gelmiştim. Ve her şeyi duydum size nasıl işkence ettiğini..."

"Nerede? Nasıl? Ne zaman?"

"Orada, şu bölmenin arkasındaydım. Hep orda oturdum."

"Nasıl? Demek sürpriz sizdiniz? Ama insaf, bu nasıl olabilir?"

"Kapıcılar sözümü dinlememişlerdi, kendilerine niçin zamanında başvurmadıklarını sorabileceklerini ve bu nedenle kızabileceklerini ileri sürüyorlardı. Bu duruma çok canım sıkıldı, uykularım kaçtı, bunun üzerine sorup soruşturmaya başladım. Dün öğreneceklerimi öğrenince de, bugün kalkıp gittim, ilk gidişimde kendisi yoktu. Bir saat sonra tekrar gittim, bu sefer de yanına sokmadılar. Ancak üçüncü gidişimde içeri bıraktılar. Her şeyi olduğu gibi anlattım kendisine. Odanın içinde hoplayıp zıplamaya, göğsünü yumruklamaya başladı. Bir yandan da, 'Ah sizi haydutlar, bana ne yaptığınızı biliyor musunuz?' diyordu. 'Bütün bunları daha önce gelip söyleseydiniz jandarmalarla getirtirdim onu buraya!' Sonra koşup birini çağırdı, kendisiyle köşede bir şeyler konuştu, arkasından yine benim yanıma geldi, sorguya çekmeye, sövüp saymaya başladı. Epeyce payladı beni. Kendisine ne biliyorsam anlattım; dün size söylediğim sözlere karşı bana cevap vermeye cesaret edemediğinizi, beni tanımadığınızı... hepsini. Bunun üzerine yeniden odada koşmaya, göğsünü yumruklamaya başladı; hem kızıyor, hem konuşuyordu. Sizin geldiğinizi bildirdiklerinde, bana bölmenin ötesindeki odaya geçip beklememi, ne duyarsam duyayım hiç kımıldamamamı, beni belki de çağırabileceğini söyledi, kendi eliyle bir iskemle getirip, üstüme kapıyı kilitledi. Nikolay geldikten ve siz çıkıp gittikten sonra, beni de odadan çıkardı, seni yine çağıracağım ve sorguya çekeceğim, dedi."

"Nikolay'ı senin yanında mı sorguya çekti?"

"Siz gittikten hemen sonra beni de gönderdi Nikolay'ı ondan sonra sorguya çekmeye başladı."

Adam birden durdu, sonra yeniden yüzüğü döşemelere değecek kadar eğildi.

"Size iftirada bulunduğum ve kötülük ettiğim için beni bağışlayın."

Raskolnikov:

"Tanrı bağışlasın" dedi.

Adam yeniden, ama bu kez yere kadar değil, yarı beline kadar eğildi, ağır ağır döndü ve çıkıp gitti.

Raskolnikov, "Hepsi iki yanlı, artık elindeki delillerin hepsi iki yanlı" diye tekrarladı ve kendini başka hiçbir zaman olmadığı kadar dinç hissederek odadan çıktı.

Merdivenlerden inerken hınçla gülümseyerek: "Seninle daha hesaplaşırız!" diye söylendi. Duyduğu hınç kendisineydi; nasıl "korktuğunu" tiksintiyle ve utançla hatırlamıştı.

BEŞİNCİ BÖLÜM

I

Pyotr Petroviç, Dunya ve annesi ile aralarında geçen o tatsız konuşmanın ayıltıcı etkileriyle kendine gelmiş bir halde uyandı. Ne kadar tatsız olursa olsun bir gün önce kendisine imkânsız ve gizemli gibi görünen olayı da geri dönüşü olmayan bir gerçek olarak kabul etmeye çalışıyordu. Gerçekleşmesi imkânsız gibi görünen bir hadise, görmemenin imkânı olmayan bir biçimde gerçekleşmişti. Gururu incinmiş, dünyası allak bullak olmuştu. Yataktan kalkar kalkmaz ilk işi aynaya koşmak oldu. Yaşadıklarının acısıyla sarılığa tutulmaktan korkmuştu. Neyse ki şimdilik sarılıktan korkmayı gerektirecek bir durum olmamıştı. Bir müddet asil, beyaz yüzünü seyrettikten sonra, kendine uygun başka birini bulabileceğini düşünüp, hem de bulduğu kişinin diğerinden çok daha iyi biri olduğuna kendini inandırdıktan sonra biraz da olsa rahatladığını hissetti. Ama bu rahatlama çok kısa sürdü, olup bitenleri hatırlayınca başını yana çevirip okkalı bir tükürük savurdu. Onun böyle tükürmesi, genç dostu ve oda arkadaşı Andrey Semyonoviç Lebezyatnikov'un yüzünde sessiz ama alaycı bir gülümseme uyandırdı. Bu gülümseme Pyotr Petroviç'in gözünden kaçmadı ve bunu hemen genç arkadaşının hesabına geçirdi. Son zamanlarda bu hesap epey kabarmıştı. Dün akşam olup bitenleri Andrey Semyonoviç'e anlatmaması gerektiğini düşününce, duyduğu hınç bir kat daha arttı. Dün aşırı öfke ve taşkınlık içinde yaptığı ikinci yanlış olmuştu bu. Üstüne üstlük, o sabah sanki inadınaymış gibi terslikler birbirini kovalamıştı. Yargıtay'da bile, üzerine onca düştüğü bir davada kendisini başarısızlık bekliyordu. Ama bu arada onu en çok sinirlendiren, yakında gerçekleşecek evliliği için kiraladığı ve kendi parasıyla onarımını yaptırdığı evin sahibi oldu. Esnaflıktan zenginleşme bir

Alman olan ev sahibi, Pyotr Petroviç evini kendisine yeniden yapılmışçasına teslim etmesine rağmen, daha yeni imzalanmış olan kontratı bozmaya yanaşmıyor ve kontratta yazılı vazgeçme tazminatının tümüyle ödenmesini istiyordu. Yine, satın aldığı, ancak daha eve bile getirilmemiş olan mobilyalar için verdiği kaporanın da bir rublesini bile geri vermek istememişlerdi. Pyotr Petroviç dişlerini gıcırdatarak, "Sırf mobilya aldım diye evlenecek değilim ya!" diye söylendi. Hemen ardından da umutsuzluk içinde, 'Gerçekten de her şey bitti mi?' diye düşündü. 'Geri dönülemez biçimde mi yok olup gitti her şey? Acaba bir denemeye daha girişilemez mi?' Duneçka düşüncesi içini hoş eden bir kıymık gibi battı yüreğine. Sadece istemekle Raskolnikov'u öldürmek mümkün olsaydı eğer, Pyotr Petroviç bu isteği göstermekte bir an bile duraksamazdı.

Hüzünlü bir halde Lebezyatnikov'la paylaştığı odaya dönerken, "Bir yanlışım da onlara para vermemek oldu." diye düşünüyordu: "Allah kahretsin, niye böyle cimrileştim ben! Üstelik bu öyle bir hesap işi de değil! Onları güç durumda bırakarak, beni bir nimet gibi görmelerini sağlamak istemiştim, onlarsa şu işe bak, tuh! Oysa çeyizlerini hazırlamaları, ne bileyim ben, tuvalet takımları, akik taşları, kumaşlar, armağanlar ve şu Knop'tan, İngiliz mağazasından başka birtakım ıvır zıvır almaları için kendilerine örneğin bir bin beş yüz ruble verseydim, iş çok daha temiz ve sağlam olurdu. O zaman beni bu kadar kolay reddedemezlerdi! Bunlar öyle insanlardır ki, böyle bir ayrılık durumunda armağanları da, paraları da geri vermeyi kendilerine vazgeçilmez bir görev bilirler... Öte yandan da bunları geri vermek onlara zor gelecekti, kıyamayacaklardı eşyacıklarına. Hem... vicdanları da rahat olmayacaktı, bugüne kadar böylesine cömert davranmış kibar bir adamı böyle birdenbire nasıl kovabiliriz diye düşüneceklerdi. Hım! Yanlış iş yaptım!" Dişlerini gıcırdatan Pyotr Petroviç yaptığı aptallık için kendi kendine söyleniyordu.

Kendine öylesine kızgındı ki çıktığından bir kat daha sinirli ve öfkeli olarak döndü eve. Katerina Ivanovna'nın odasında yapılan yas yemeği hazırlıkları biraz ilgisini çekti. Dün de bir şeyler duymuştu bu yas yemeğiyle ilgili olarak hatta, yemeğe kendisinin de çağrıldığını hatırlıyordu, ama içine düştüğü şu telaş yüzünden, başka hiçbir şeye dikkat edemez olmuştu. Katerina Ivanovna hâlâ mezarlıkta bulunduğu için, hemen hemen hazırlanmış durumda olan sofranın eksikleriyle uğraşmakta olan bayan Lippevehzel'den bilgi almaya koştu. Kadından öğrendiğine göre, yas sofrası çok görkemli olacaktı. Aralarında rahmetlinin tanımadıkları da bulunmasına rağmen kiracıların hemen hepsi çağrılmıştı, hatta bir zamanlar Katerina Ivanovna'yla kavga etmiş olmasına rağmen, Andrey Semyonoviç Lebezyatnikov bile çağrılmıştı, kendisine, Pyotr Petroviç'e gelince, yalnızca bir çağırdı değil, bütün kiracılar ve konuklar arasında en önemli konuk olarak sabırsızlıkla bekleniyordu. Amalya Ivanovna'nın kendisi de, Katerina Ivanovna'yla aralarındaki bütün o eski tatsızlıklara rağmen, büyük bir saygıyla çağrılmıştı; şu anda, hem de nerdeyse zevk duyarak sofra için koşturması, ev sahipliği yapması bundandı. Sonra, pek de şıktı; gerçi yas elbisesiydi üzerindeki, ama yepyeni ve ipekli bir elbiseydi bu ve bayan Lippevehzel elbisesiyle pek övünüyordu. Öğrendikleri, Pyotr Petroviç'in kafasında bazı düşünceler uyandırmıştı. Odasına, daha doğrusu Andrey Semyonoviç Lebezyatnikov'un odasına giderken epey dalgındı. Pyotr Petroviç, çağrılılar arasında Raskolnikov'un da bulunduğunu öğrenmişti.

Ev arkadaşı Andrey Semyonoviç bu sabah nedense odasından hiç çıkmamıştı. Pyotr Petroviç'in onunla ilişkisi tuhaf olmakla birlikte bir o kadar da doğaldı. Odasına yerleştiği günden beri Lebezyatnikov'a karşı nefret ve küçümseme duyuyor, ama aynı zamanda ondan çekiniyordu. Petersburg'a gelir gelmez onun odasına yerleşmesinin başlıca nedeni cimriliği olmakla birlikte, bir tek neden değildi. Başka nedenler de vardı. Bir kez Pyotr Petroviç, Andrey Semyonoviç'in vasisiydi ve onun adını daha kendisi taşrada bulunduğu sıralarda duymuştu. Kulağına çalındığına göre, Lebezyatnikov aşırı ilerici gençlerden biriydi ve hatta çok ilginç ve akla hayale gelmez birtakım derneklerde oldukça önemli rolü vardı. Bu durum Pyotr Petroviçi fazlasıyla şaşırtmıştı. Her şeyi bilen, herkesi aşağılayan, herkesin foyasını açığa çıkaran ve herkesi suçlayıp kınayan bu güçlü dernekler, Pyotr Petroviç'te ne zamandır kendisinin de anlayamadığı özel, belirsiz bir korku uyandırmaktaydı. Kuşkusuz onun, hele de taşrada yaşıyor o noktadan hareket ederler, ne şekilde yaparlardı bu işi? Öte yandan bu adamlar eğer gerçekten güçlüyseler, acaba herhangi bir şekilde onlardanmış gibi görünmek ve kendilerini aldatmak mümkün değil miydi? Böyle bir girişimde bulunmalı mı, yoksa hiç ilişmemeli miydi? Örneğin, onların aracılığıyla meslek hayatı yönünden tırmanışa uygun iyi bir yer kapabilir miydi? Kısacası cevapsız yüzlerce soru vardı önünde.

Pyotr Petroviç'in oda arkadaşı Andrey Semyonoviç, hastalıklı denilecek kadar cılız, kısa boylu bir adamdı. Bir yerlerde memur olarak çalışıyordu. Saçları beyaza yakın açık sarı, dudağının kenarına kadar uzanan favorileri kalın ve gürdü. Andrey Semyonoviç favorileriyle çok övünürdü. Gözleri hemen hep ağrırdı. Yumuşak yürekli bir insan olmasına karşılık sözlerinde kendine aşırı güven, hatta bazen aşırı küstahlık sezilirdi ve bu durum onun dış görünüşüyle bir çelişki yaratırdı, içki içmediği kirasını da düzgün ödediği için Amaliya Ivanovna'nın hatırlı kiracılarından sayılırdı. Bütün bu niteliklerine rağmen Andrey Semyonoviç gerçekten de aptal bir adamdı. Onu ilericilere ve genç kuşaklarımıza yönelten şey tutkuları olmuştu. Yürürlükteki en yeni düşüncelere, oradan bayağılaştırmak için, hemen ve ne olursa olsun burnunu sokan, bazen son derece içtenlikle çalışıp çabalamalarına karşın, el attıkları her şeyi gülünç bir hale getiren, her alanda bilgisi yetersiz budalalar sürüsünden, bin bir çeşit prematüre yaratıktan biriydi.

Çok iyi yürekli bir insan olmasına rağmen Lebezyatnikov da eski vasisi ve oda arkadaşı Pyotr Petroviç'i katlanılmaz bulmaya başlamıştı. Bu iki taraf için de sanki birdenbire ve karşılıklı olmuştu. Ne kadar saf olursa olsun, Andrey Semyonoviç yine de Pyotr Petroviç'in kendisini aldattığını, için için küçümsediğini ve hiç de "göründüğü gibi bir adam olmadığını" yavaş yavaş anlamaya başlamıştı. Ona Fourier'in sisteminden ve Darwin kuramından söz edecek olmuş, ama Pyotr Petroviç, özellikle de şu son sıralar onu alayla dinlemeye, hele şu son birkaç gündür ise, resmen azarlamaya başlamıştı. Aslında durum şuydu: Pyotr Petroviç, Lebezyatnikov'un budalanın teki olmakla kalmadığını, ama belki de palavracının da biri olduğunu ve bağlı olduğu dernekte önemli bir yeri olmadığını, ancak üçüncü ağız olabilecek kişilerle ilişkisi bulunduğunu sezgileriyle de olsa anlamaya başlamıştı. Üstüne üstlük, Lebezyatnikov görevi olan propaganda işini bile doğru dürüst yapamıyor, konuşurken sık sık şaşırıyordu. Bu adam mı birinin foyasını açığa çıkarabilecekti! Bu arada, yeri gelmişken belirtelim: Pyotr Petroviç şu son bir iki haftadır, özellikle de ilk günleri, Andrey Semyonoviç'in birbirinden tuhaf övgülerini seve seve kabul ediyor, yani bu övgülere hiç itiraz etmiyordu, örneğin Andrey Semyonoviç, çok yakında Meşçanskaya caddesinde kurulacak yeni bir komün'e Pyotr Petroviç'in de yardıma hazır olduğunu; ya da örneğin, evliliklerinin daha ilk ayında Duneçka eğer kendine bir sevgili edinmek isterse, Pyotr Petroviç'in buna hiç karşı çıkmayacağını ya da doğacak çocuklarını vaftiz ettirmeyeceğini ve hep bu türden daha pek çok şeyi, sanki daha önce Pyotr Petroviç'in kendisi söylemiş gibi, ona yükleyerek ileri sürdüğü zaman, Pyotr Petroviç hiç ses çıkarmıyor, bu tür de olsa övülmesine izin veriyordu. Öyle çok hoşlanıyordu övülmekten Pyotr Petroviç.

Pyotr Petroviç, bilinmeyen bir nedenle bu sabah yüzde beş faizli tahvillerinden birkaç tanesini satmıştı. Şimdi ise masasının başına geçmiş önünde yığılı duran banknot destelerini sayıyordu. Hemen her zaman parasız olan Andrey Semyonoviç ise odada dolaşıyor ve paralara karşı kayıtsızmış, hatta onlara küçümseyerek bakıyormuş gibi görünmeye çalışıyordu. Andrey Semyonoviç'in bu paraları gerçekten kayıtsızlıkla seyrettiğine Pyotr Petroviç dünyada inanmazdı. Andrey Semyonoviç'e gelince, o da üzüntü içinde, Pyotr Petroviç'in gerçekten de bu şekilde düşünmeye yatkın bir insan olduğunu, hatta masanın üzerinde yığılı duran paralarla ona hiçliğini ve aralarında sözüm ona var olan farkı hatırlatarak onunla alay etmekten, onu kışkırtmaktan zevk duyacağını düşünüyordu.

Andrey Semyonoviç ona, yeni bir "komün"ün kurulması gibi en sevdiği konuyu açtığı halde, Pyotr Petroviç'i bu kez hemen hiç görmediği kadar sinirli ve dikkatsiz buldu. Hesap tahtası üzerinde bilyelerin çıkardığı seslerin kesildiği aralarda Pyotr Petroviç'in birkaç kelimeyle dile getirdiği kısa itirazları, kasıtlı ve açıktan açığa kaba alayla doluydu. Ama insanlıktan nasipsiz olmayan Andrey Semyonoviç, onun bu ruh halini dün Duneçka ile ayrılmalarına yüklüyor ve bir an önce bu konuyu görüşmek isteğiyle yanıp tutuşuyordu. Bu konuda söylemek istediği bazı ilerici ve propagandacı görüşleri vardı ve bunlar, sayın dostunu avutabileceği gibi "kuşkusuz" bundan sonraki gelişmesine de yardımcı olabilirdi.

Pyotr Petroviç, Andrey Semyonoviç'in sözünü en duyarlı yerinde keserek:

"Şu dul kadın, bir yas yemeği veriyor galiba?" diye sordu.

"Sanki bilmiyorsunuz! Daha dün böylesi törelerimiz üzerine düşüncelerimi açıklamıştım ya size... Hem duyduğuma göre siz de çağrılmışsınız bu yemeğe... Dün de kendisiyle konuşmuşsunuz..."

"Bu dilenci kılıklı budala kadının, öteki budaladan... Raskolnikov'dan aldığı paraların hepsini yas sofrasına harcayacağı hiç aklıma gelmezdi doğrusu. Demin geçerken gördüm de şaştım kaldım; o ne hazırlıklar öyle! Şişe şişe şarap, bir yığın çağrılı. Ne olup bitiyor, şeytan bilir!" Pyotr Petroviç konuşmayı bu konuda derinleştirmek istercesine sorular sorarak sürdürdü sözlerini:

"Ne? Benim de mi çağrılı olduğumu söylediniz?" Birden hesap tahtasından başını kaldırarak sormuştu bu soruyu. "Ne zaman çağırmışlar? Hiç hatırlamıyorum... Gitmem ben, ne işim var orda? Dün geçerken, şöyle ayaküstü, yoksul bir memur dulu olarak, bir sefere mahsus olmak üzere, kocasının bir yıllık maaşı tutarında bir yardım alabileceğini söylemiştim. Sakın beni bunun için çağırıyor olmasın? Hah-hah-ha!"

"Ben de gitmeyi düşünmüyorum." dedi Lebezyatnikov.

"Daha neler, yok bir de gidecektiniz! Kadına attığınız o kötekten sonra, olacak şey mi bu, hah-hah-ha!"

Lebezyatnikov birden telaşlandı, kıpkırmızı kesildi:

"Kim kötek atmış? Ben mi?"

"Evet, siz, Katerina Ivanovna'ya... Bir ay önce olmuş! Ben daha dün duydum... Sizi gidi ilericiler sizi! Demek kadın sorununu böyle çözüyorsunuz! Hah-hah-ha!"

Pyotr Petroyiç, bu sözlerden sonra kendini biraz yatışmış hissederek yeniden hesap tahtasının bilyelerini şıkırdatmaya başladı.

"Bütün bunlar saçma bir iftiradan başka bir şey değil!" diye parladı Lebezyatnikov; bu konunun hatırları imasından her zaman çekinirdi. "Ve olay hiç de dediğiniz gibi olmadı! Bambaşka bir şey bu... Yanlış anlatmışlar size, dedikodu etmişler! Ben o zaman yalnızca kendimi korudum, ilk o atıldı üzerime... tırnaklarıyla... Bütün favorilerimi yoldu... Sanırım, kendini savunmak, her insana tanınmış bir haktır. Kaldı ki ben hiç kimsenin bana karşı kuvvet kullanmasına izin vermem... Bu bir ilkedir benim için. Çünkü bir bakıma despotizmdir bu. Ne yapacaktım yani: karşısında put gibi dikilip duracak mıydım? Şöylece bir ittim kendisini, o kadar..."

Lujin, hınçlı ve alaycı gülüşünü sürdürüyordu:

"Hah-hah-ha!"

"Bugün öfkeli ve canınız sıkkın olduğu için takılıyorsunuz bana böyle... Bu saçma olayın kadın sorunuyla ne ilgisi var! Hiç de sizin anladığınız gibi değil durum; ben şöyle düşünüyordum: madem ki kadın her bakımdan, erkeğe eşittir (hatta güç bakımından da ki bunu doğruluyorlar) Öyleyse burada da eşitlik olmalıdır. Aslında, (daha sonra yine düşündüm konu üzerinde) temelden böyle bir sorunun olmaması gerek; çünkü kavga diye bir şeyin olmaması gerek: Yarının toplumu için zaten düşünülemez bir şeydir kavga; bu böyle olduğuna göre kavgada eşitlik aramak da kendiliğinden saçma bir şey olup çıkıyor... O kadar da aptal değilim artık. Evet, gerçi şimdi kavga var, yani ilerde olmayacak... Ama şimdilik var... Tuh! Allah kahretsin, iyice şaşırdım! Sizinle de doğru dürüst konuşulmuyor ki, şaşırtıyorsunuz insanı! Benim yas yemeğine gitmemem bu tatsız olaydan dolayı değil. Ben yalnızca ilkesel olarak yas yemeğini iğrenç bir kör inanç olarak gördüğüm için gitmiyorum, o kadar. Yine de gidebilirim oraya, ama yalnızca alay etmek için... Ne yazık ki papazlar olmayacak... Hele onlar olsa, ne yapar eder giderdim..."

"Yani birinin yemeğini yiyecek, sonra da içine tüküreceksiniz. İyi ama bu sizi yemeğe çağıran insanların yüzüne tükürmekle aynı şey değil mi?"

"Burada söz konusu olan tükürmek değil, protesto etmektir. Yani yararlı bir amaç var. Dolaylı yoldan ilerleme ve propagandaya katkıda bulunmuş oluyorum. Herkes katkıda bulunmalı ilerleme ve propagandaya ve bu iş ne kadar sert yapılırsa, o kadar iyi olur. Ben bir düşünceyi, yani tohumu ekerim... Bu tohumdan, bir gerçek filizlenir. Niçin gücendirdim ben onları? Önce gücenirler, ama sonra benim bu davranışımın kendilerine yarar getirdiğini anlarlar. Şu Terebyeva'yı... (şimdi komün üyesidir) evinden ayrıldıktan sonra anne babasına yazdığı bir mektuptan dolayı suçlamışlardı. Terebyeva evinden kaçtıktan sonra, kendisini tümüyle topluma vermiş ve evine yazdığı bir mektupta kör inançlar arasında yaşamak istemediğini, serbest bir evlilik yapacağını bildirmişti. Kıza, mektubunun çok sert ve kaba olduğunu, ailesine acıyıp daha yumuşak yazmasının hiç de olanaksız olmadığını söyleyerek kendisini kınamışlardı. Bence bu yaptıkları saçmalıktan başka bir şey değil; yumuşaklığın ne gereği var, tam tersine, sert protestolarda bulunmak gerek. Ya da Varents'i alalım ele, yedi yıllık kocasını ve iki çocuğunu bıraktığı gibi çekip gitti. Kocasına yazdığı mektupta şöyle diyordu: 'Sizinle mutlu olamayacağımı anlıyorum Komünler şeklinde örgütlenmiş yeni bir toplumsal düzen bulunduğunu benden gizlediğiniz ve böylece beni aldattığınız için sizi hiç bağışlamayacağım... Bütün bunları, kendimi teslim ettiğim ve birlikte bir komün kuracağımız yüce gönüllü bir erkekten öğrenmiş, bulunuyorum. Sizi aldatmayı namussuzluk saydığım için böyle apaçık konuşuyorum. Siz de nasıl isterseniz öyle yapın. Beni yolumdan geri çevirebileceğinizi ummayın, bu iş için çok geç kalmış bulunuyorsunuz. Mutluluklar dilerim. Bu tür mektuplar nasıl yazılıyormuş, görün!"

"Bu Rebeyeva, hani şu sizin üçüncü kez serbest evlilik yaptığını söylediğiniz kadın değil mi?"

"İşin aslı bu daha onun ikinci evliliğidir! Ama isterse dördüncü ya da ne bileyim on beşinci evliliği olsun!

Bütün bunların saçma olmasıdır önemli olan! Annemle babamın ölümlerine herhangi bir zamanda üzüldüğüm olmuşsa, bu herhalde ilk kez ve şu andadır. Kaç kez, sağ olsalardı eğer, suratlarına protestoyu nasıl yapıştırırdım, diye düşünmüşümdür! Onlara öyle bir "ilişki kesme" gösterisi yapar, kendilerini öyle bir şaşırtırdım ki! Ama ah, ne yazık ki kimsem yok!"

"Böylesi numaralar çekip şaşırtmak için mi? Hah-hah-ha! Neyse, bildiğiniz gibi davranın... Yalnız, söyleyebilir misiniz bana lütfen şu ölen adamın kızını, şu çelimsiz kızı tanıyor musunuz? Onun için söylenenlerin aslı var mı?"

"Ne olmuş o kıza? Bence, yani benim kişisel inancıma göre, bu bir kadın için en normal durumdur. Neden olmasın? Yani distinguons. Bugünkü toplumda bu hiç kuşkusuz pek normal değil, çünkü zorunlu olarak yapılıyor, ama yarının toplumunda bu son derece normal sayılacak, çünkü özgürce yapılacak. Ama bu kız bugün de haklıdır; bir yandan yoksulluk içinde bulunuyordu, öte yandan da dilediği gibi kullanabileceği bir sermayesi vardı. Yarının toplumunda böylesi sermayelere gerek kalmayacağı kuşkusuzdur... Onların yaptıkları işin bambaşka bir anlamı olacak ve bu iş akılcı bir biçimde düzenlenip, sıkı koşullara bağlanacaktır. Sonya Semyanovnanın kendisine gelince, şu anda ben onun yaptığı işi, toplumsal yapıya karşı yöneltilmiş enerjik, örnek bir protesto olarak görüyor, kendisine bu nedenle saygı duyuyorum; hatta ona bakarak sevinç duyuyorum!"

"Ama bana onun ayağını kaydıranın siz olduğunuzu, bu evde kalmakta olduğu odadan sizin yüzünüzden ayrıldığını söylediler!"

Lebezyatnikov büyük bir öfkeyle:

"Bu da bir başka iftira!" diye bağırdı. "Hiç de dediğiniz gibi olmadı o iş! Ne olup bittiğini anlamadığı için hep Katerina Ivanovna uydurdu o saçmalıkları. Ben hiçbir zaman Sonya Semyonovna'nın aklını çelmeye çalışmadım! Ben yalnızca onda bir protesto duygusu uyandırmaya çalışarak, hiçbir art niyetim olmaksızın, onu geliştirmeye çaba gösterdim. Bana gerekli olan yalnızca protestoydu. Sonya Semyonovna kendiliğinden artık burada kalamayacağı sonucuna vardı."

"Onu da komüne almak istediniz herhalde?"

"Alaylarınız hiç de başarılı değil... Hiçbir şey anlamıyorsunuz! Komünde böylesi roller yoktur. Kaldı ki komünler bu tür rollere yer kalmaması için kurulmaktadır. Komünde bu rol şimdiki özünü tümüyle değiştirecektir. Burada aptalca sayılan bir şey, komünde akıllıca davranış olarak görülecek, burada şimdiki koşullar altında doğal olmayan bir şey, orada tümüyle doğal sayılacaktır... Her şey insanın içinde yaşadığı ortama, koşullara bağlıdır. Her şeyi belirleyen ortamdır, insansa bir hiçtir. Benim şu anda Sonya Semyonovna ile aram iyidir ve bu durum, onun beni hiçbir zaman kendini inciten bir adam, bir düşman saymadığının bir kanıtıdır. Evet! Ben şimdi onun komüne girmesini sağlamaya çalışıyorum, ama bambaşka temeller üzerinde kurulmuş bir komüne! Alay edecek ne var bunda! Biz kendimize eskilerinden çok başka, çok daha geniş temeller üzerinde, özel bir komün kurmak istiyoruz. Biz inançlarımızda daha da ileri gitmiş bulunuyoruz. Daha çok inkâr ediyoruz! Eğer Dobrolyubov mezarından kalksaydı, onunla tartışırdım. Belsinski'ye de yapacağımı bilirdim! Ben şimdilik Sonya Semyonovna'yı geliştirmeye devam ediyorum. Son derece güzel, eşsiz bir insan Sonya Semyonovna!"

"Bu güzel, eşsiz insandan yararlanıyor musunuz bari? Hah-hah-ha!"

"Hayır, hayır! Ah, hayır! Tam tersine!"

"Ne? Tam tersine mi! Hah-hah-ha! Amma laf ha!"

"İnanın böyle bu! Hem dediğiniz gibi bir şey olsa, ne diye gizleyeyim sizden? Tersine, bu durum benim de tuhafıma gidiyor; benimleyken aşırı ürkek ve utangaç oluyor Sonya Semyonovna!"

"Tabi siz de onu geliştiriyorsunuz! Hah-hah-ha! Bütün bu utangaçlıkların saçma bir şey olduğunu kanıtlıyorsunuz ona?"

"Hiç değil! Hiç değil! Nasıl da kaba ve nasıl da -bağışlayın ama- aptalca bir anlamda anlıyorsunuz "geliştirmek" sözünü! Hiçbir şey anlamıyorsunuz! Ve ne kadar uzaksınız böyle şeyleri anlamaktan! Biz kadın özgürlüğünü gerçekleştirmeye çalışıyoruz, sizinse aklınızda hep aynı şey var... Genel olarak namus ve kadınca utangaçlık konusunu bir yana bırakalım, ama bana karşı namuslu olmasını ben tümüyle uygun buluyorum, çünkü bu onun aklına, onun iradesine bağlı olan bir şeydir. Eğer bana gelip de, 'Benim olmanı istiyorum' deseydi, hiç kuşkusuz bundan çok mutlu olurdum, çünkü kendisini çok beğeniyorum. Hiç değilse şu anda, herhalde hiç kimse ona benim kadar ince davranmamış, lâyık olduğu saygıyı göstermemiştir... Ben yalnızca bekliyor ve umut ediyorum, o kadar!"

"Siz en iyisi ona bir şeyler armağan edin! Bunu hiç düşünmediğinize bahse girerim."

"Size hiçbir şey anlamadığınızı söylemiştim! Kuşkusuz onun durumu böyle... ama burada söz konusu olan bambaşka bir şey! Siz yanlış değerlendirdiğiniz, aşağılama nedeni olarak gördüğünüz bir olaya dayanarak, bu kıza insanca bakmayı reddediyorsunuz. Onun nasıl bir insan olduğunu bilmiyorsunuz! Yalnız son günlerde okumayı bırakmasına, benden artık kitap almamasına canım sıkılıyor. Oysa eskiden gelir kitap isterdi. Bütün enerjisine ve protestoda bulunma kararlılığına rağmen -ki bu kararlığı bir kez göstermişti- bazı kör inançlardan ve aptalca şeylerden kurtulabilmesi için gerekli bağımsızlık, başına buyruktuk, red, inkâr hâlâ yeterince yok onda ve bu üzücü bir şey. Bana karşın bazı sorunları çok iyi anlıyor. Örneğin şu el öpme sorununu, yani kadının elini öpmekle erkeğin eşitsiz bir davranışta bulunduğu ve bu davranışıyla da kadını aşağılamış olduğu sorununu çok iyi anlıyor. Bu konuyu biz arkadaşlarla aramızda tartışmıştık ve ben hemen kendisine iletmiştim. Fransa'da işçi sendikaları konusunda anlattıklarımı da dikkatle dinlemişti. Şimdi de kendisine geleceğin toplumunda odalara serbestçe girilebileceğini anlatıyorum."

"Bu da neymiş?"

"Şu son sıralar tartıştığımız bir sorun bu: bir komün üyesi, kadın ya da erkek bir başka komün üyesinin odasına istediği zaman girebilir mi, giremez mi? Buna hakkı var mıdır, yok mudur? Her komün üyesinin bu hakka sahip olduğuna karar verdik..."

"İyi ama o sırada içerde bulunan kadın ya da erkek, zorunlu gereksinimlerini gidermekle meşgulseler ne olacak, hah-hah-ha?" Andrey Semyonoviç bayağı öfkelenmişti, tiksinircesine:

"Aklınız fikriniz o işte!" diye bağırdı. "Siz şu lanet olasıca "ihtiyaçlardan" başka bir şey düşünmez misiniz? Size sistemi açıklarken şu lanet "gereksinimlerden söz etmekle, zamanından önce söz etmekle ne büyük aptallık etmişim! Allah kahretsin! Bu, sizin gibiler için hep bir engeldir, işin en kötü yanı da, daha sorunun ne olduğunu anlamadan, alaya başlamanız? Sanki doğal bir hakkınız bu sizin! Sanki bir şeylerle övünüyorsunuz! Tuh! Acemilere, sorunun özünü bilmeyenlere, bu konuların ancak en sonra, iyice gelişip yetiştikleri ve sisteme inandıkları zaman anlatılabileceğini kaç kez söylemişimdir! Hem, söyler misiniz lütfen, çirkef çukurunda bile utanılacak, aşağılanacak ne görüyorsunuz siz? Ben bu çirkef çukurlarının hangisini isterseniz temizlemeye hazırım! Burada en ufak bir özveri bile söz konusu değildir! Burada yalnızca basit bir iştir söz konusu olan, bütün başka işlerden farksız, toplum için hayırlı, yararlı bir iş ve yararlı olduğu için de bir Rafael ya da Puşkin'in yaptıklarından daha yüce bir iş!"

"Ve daha soylu bir iş, hah-hah-ha!"

"Ne demek, daha soylu? İnsan etkinliklerini belirtme anlamında ben bu deyimleri anlamıyorum. "Daha soylu" "daha gönlü yüce"... Bütün bunlar saçma, anlamsız ve benim reddettiğim kör inançları yansıtan eski kavramlar! İnsanlığa yararlı olan her şey soyludur! Benim anladığım bir tek kavram var: yararlı! Gülün istediğiniz kadar, ama bu böyle!"

Pyotr Petroviç kahkahalarla gülüyordu. Paralarını saymayı bitirmiş ve kaldırıp gizlemişti; ancak nedense bir bölümünü masada bırakmıştı. Bu "çirkef çukuru sorunu" bütün bayağılığına karşın, Pyotr Petroviç'le genç dostu arasında pek çok kez anlaşmazlığa ve bozuşmaya neden olmuştu. Ancak işin saçma yanı, Andrey Semyonoviç gerçekten kızıyor, Lujin ise içini döküyordu. Şu anda ise istediği tek şey, Lebezyatnikov'u kızdırmaktı.

Bütün "bağımsızlığına" bütün "protestoculuğuna" rağmen, Pyotr Petroviç'e itiraz etmeye pek cesaret edemeyen ve eskiden kalma bir alışkanlıkla ona hâlâ saygı besleyen Lebezyatnikov sonunda dayanamadı ve:

"Bugünkü bu hınç ve öfkeniz herhalde dün uğradığınız başarısızlıktan kaynaklanıyor" diye söylendi.

Pyotr Petroviç'in canı sıkılmıştı, yüksek perdeden bir tavırla:

"Siz en iyisi bana şunu söyleyin" dedi. "Kendisini buraya şey yapabilir misiniz? Ya da daha doğrusu şöyle, şu yosma ile kendisini bir dakika için buraya, bu odaya çağıracak kadar yakınlığınız var mı? Herhalde mezarlıktan döndüler... Merdivenlerden ayak sesleri geldi demin... Onu, şu yosmayı görmem gerek."

Lebezyatnikov şaşırmıştı:

"Ne yapacaksınız onu?"

"Önemli değil, sadece görmek istiyorum. Bugün yarın buradan ayrılıyorum, kendisine bildirmem gereken bir şey var... Konuşmamız sırasında siz de lütfen burada bulunun. Yoksa kim bilir neler düşünürsünüz..!"

"Hiçbir şey düşünmem... Öylesine sormuştum. Madem bir işimiz var, onu buraya çağırmaktan kolay bir şey yok. Hemen gidiyorum. Merak etmeyin, sizi hiç rahatsız etmem."

Lebezyatnikov, beş dakika kadar sonra Sonya'yla birlikte döndü. Sonya büyük bir şaşkınlık içindeydi ve her zaman olduğu gibi ürkekti. Böylesi durumlarda hep ürker, yeni yüzlerden, yeni tanışmalardan çok korkardı, çocukluğunda da böyleydi bu, şimdiyse daha da çok korkuyordu... Pyotr Petroviç onu "nazik ve sevecen" ama biraz da kendi gibi ciddi, ağırbaşlı bir insanın, Sonya gibi yine ve bazı bakımlardan enteresan bir yaratığa karşı göstermesini uygun saydığı neşeli bir senlibenlilik havasıyla karşıladı. Hemen kızcağızı "yüreklendirmeye" girişerek, kendisine masada, karşısında yer gösterdi. Sonya oturdu, çevresine, Lebezyatnikov'a, masanın üstünde duran paralara göz gezdirdi, sonra dönüp birden Pyotr Petroviçe baktı ve sanki çivilemiş gibi bir daha da gözlerini ondan ayırmadı. Lebezyatnikov kapıya doğru yürümüştü; Pyotr Petroviç yerinden kalkıp onun yanına gitti, bu arada Sonya'ya onun masada kalmasını işaret etmişti. Lebezyatnikov'u kapıda durdurarak, fısıltıyla:

"Şu Raskolnikov orada mı? Gelmiş mi?" diye sordu.

"Raskolnikov mu? Orada ne olacak? Evet, orada... Az önce girdi, gördüm... Ne olmuş Raskolnikov'a?"

"Öyleyse burada bizimle kalmanızı ve beni şu kızla yalnız bırakmamanızı rica edeceğim. Çok önemsiz bir şey görüşeceğimiz konu, ama Raskolnikov'un orada gereksiz bazı şeyler anlatmasını istemiyorum... Ne demek istediğimi anlıyorsunuz, değil mi?"

Durumu birden anlayan Lebezyatnikov:

"Evet, evet, anlıyorum, anlıyorum!" dedi. "Haklısınız... Bana kalırsa biraz fazla çekmiyorsunuz, ama yine de haklısınız. Kalırım tabi burada. Şurada, şu pencerenin yanında dururum ve sizi hiç rahatsız etmem... Evet, bence de haklısınız..."

Pyotr Petroviç Sonya'nın yanına döndü, geçip divana, onun tam karşısına oturdu ve dikkatle kıza bakmaya başladı, sonra birden bakışları aşırı ciddileşti, hatta sertleşti: 'Sakın aklına, başka şeyler gelmesin küçükhanım!' der gibi bakıyordu. Sonya müthiş utanmıştı.

Pyotr Petroviç çok ciddi, ama yine de sevecen bir tavırla girdi söze:

"Öncelikle, Sonya Semyonovna, saygıdeğer üvey annenizden benim adıma özür dilemenizi rica ederim... Yanılmıyorsam böyleydi değil mi, Katerina Ivanovna analığınızdı?" Pyotr Petroviç'in dostça birtakım niyetleri olduğu anlaşılıyordu.

Sonya çabuk çabuk ve ürkekçe:

"Evet, doğru" dedi, "Katerina Ivanovna analığımdır."

"Öyleyse, nazik çağrısına rağmen, elimde olmayan nedenlerden dolayı yemeğe yani yas yemeğine gelemeyeceğim için kendisinden benim adıma özür dilemenizi rica ederim."

Sonya iskemlesinden fırlayarak:

"Söylerim" dedi, "hemen şimdi gider söylerim."

Pyotr Petroviç onun saflığına ve incelik kurallarını bilmezliğine gülümseyerek:

"Durun, daha bitmedi" dedi. "Eğer böylesine önemsiz ve yalnızca kendimi ilgilendiren bir nedenden dolayı sizin gibi bir hanımı rahatsız edip buralara kadar çağıracağımı düşündüyseniz, beni hiç tanımıyorsunuz demektir. Sizi buraya çağırmaktaki amacım tümüyle başkadır."

Sonya çabucak yerine oturdu. Hâlâ masanın üzerinde duran gri renkli yüz rublelik banknotlara kaydı gözü, ama hemen başını çevirip Pyotr Petroviç'e bakmaya başladı. Üstelik kendisi gibi bir kızın başkasının paralarına bakması çok ters bir davranış gibi gelmişti. Pyotr Petroviç'in sol elinde tuttuğu altın çerçeveli gözlüğe ve yine sol elinin orta parmağındaki sarı taşlı kocaman, çok güzel yüzüğe bakacak oldu, ama birden gözlerini kaçırdı, nereye bakacağını bir türlü kestiremeyerek, sonunda doğruca Pyotr Petroviç'in gözlerinin içine bakmaya başladı.

Pyotr Petroviç biraz sustuktan sonra, az öncekinden de ciddi, ağırbaşlı bir tavırla:

"Dün zavallı Katerina Ivanovna'yla ayaküstü bir iki kelime bir şeyler konuşma fırsatı bulmuştum" dedi. "Bu kısacık konuşma, -deyim yerindeyse eğer- onun ne derdi "gayrı tabii" bir durumda bulunduğunu anlamama yetti."

Sonya onu aceleyle doğrulayarak:

"Evet, kendisi gayrı tabii durumdadır" dedi. "Ya da daha yalın ve anlaşılır anlatımıyla, hasta..."

"Evet, açık ve anlaşılır anlatımıyla hasta..."

"Evet... Evet, işte ben de insanlık duygularımdan ve... ve... ve... kendisini kaçınılmaz olarak bekleyen mutsuz yazgıyı göz önüne alarak, onun için yararlı olabilecek bir yardımda bulunmak isterdim. Bu mutsuz aile sanırım şu anda yalnızca sizin elinize bakıyor."

Sonya birden ayağa kalkarak:

"Size bir şey sorabilir miyim?" dedi. "Emekli maaşı bağlanabileceği konusunda dün siz mi bir şeyler söylediniz kendisine? Çünkü bana söylediğine göre, siz ona emekli maaşı bağlatmak için uğraşıyormuşsunuz... Doğru mu bu?"

"Hayır, hiç değil! Hatta son derece saçma bir şey bu. Ben yalnızca, görev sırasında ölmüş bir memurun dul karısına, -o da arkası varsa- bir yardımda bulunulabileceğine ilişkin bir şeyler söylemiştim. Oysa rahmetli babanız yeterli hizmet süresini doldurmamış olduğu gibi, öldüğü sırada devlet hizmetinde de bulunmuyormuş. Kısacası, belki bir umut olabilirdi ama tümüyle geçici bir umut... Çünkü yardımda bulunulması için herhangi bir sebep yok ortada, hatta tersine... Kendisine maaş bağlanabileceğini düşünmüş! Hah-hah-ha! Doğrusu, açıkgöz bir hanım!"

"Evet... bir emekli maaşı... Çünkü çok saf, çok iyi yürekli bir kadındır kendisi... iyi yürekli olduğu için de her şeye kolayca inanır. Yaradılışı böyle onun... Evet... özür dilerim efendim... " Sonya kalktı ve gitmeye davrandı.'

"Lütfen kalınız, sözlerim daha bitmedi."

Sonya, "Evet efendim, sözleriniz daha bitmedi..." diye mırıldandı.

"Lütfen oturur musunuz!"

Sonya müthiş bir utanç içinde, yeniden ve üçüncü kez oturdu.

"Zavallı yavrularıyla birlikte içinde bulunduğu durumu göz önüne alarak, -demin de dediğim gibi- gücümün yettiğince, evet, böyle diyorlar değil mi, gücümün yettiğince, kendisine bir yardımda bulunmak isterdim, daha fazla değil. Böylesi durumlarda hep olduğu gibi, onun için bir yardım defteri açılabilir, ya da ne bileyim piyango gibi bir şey düzenlenebilir... Yalanları, ya da genel olarak ona yardım etme isteğinde bulunan kişilerce... Size söylemek istediğim buydu, böyle şeyler yapılabilir."

Sonya, gözleri Pyotr Petroviç'in gözlerine dikerek:

"Evet, çok iyi olur..." diye mırıldandı. "Bu öneriniz için Allah sizden razı olsun!"

"Evet, bu yapılabilir ancak bu sonraki iş... Aslında, bugün de başlanabilir buna. Akşama görüşür, işin ilkelerini belirleriz. Saat yedi gibi falan bana gelin... Umarım... Andrey Semyonoviç de katılır bize... Ama burada üzerinde önceden ve titizlikle durmamız gereken bir nokta var. Sizi buraya kadar çağırıp rahatsız etmemin nedeni de bu, Sonya Semyonovna. Bence, paraları Katerina Ivanovna'nın eline vermeyelim, bu tehlikeli bir şey olur. Bunun kanıtı da, bugünkü şu yas sofrası... Ne bileyim, yarına ne yiyeceğini, ne giyeceğini bilemez durumda olan bir insan, tutuyor bugün Jamayka romu, Madera şarabı ve... ve... kahve satın alıyor... Demin geçerken gördüm. Yarın bir lokma ekmek için yine size el açacaklar... Artık bu kadarı da saçmalık. Ben, işte bu nedenden dolayı, paralar, mutsuz dulun kendisinin haberi olmadan toplanmalıdır diyorum. Ne bileyim, bunu örneğin, yalnızca siz bilmelisiniz. Öyle değil mi?"

"Bilmem ki... O yalnızca bugün için... Ve bu hayatta yalnızca bir kez olacak bir şey... Rahmetliyi anmak, ona saygıda bulunmak istemişti... Çok akıllı bir kadındır aslında... Ama yine de, siz nasıl uygun görüyorsanız, öyle olsun. Ben size çok... ben değil, hepimiz size çok... Allah sizden razı olsun... öksüzler de..."

Sonya sözlerini tamamlayamadı, ağlamaya başladı.

"Evet, bu konuyu aklınızda tutun. Şimdi de, ailenizi düşünerek, bu konuda başlangıç olmak üzere, benim şu gücüm ölçüsünde gösterdiğim yardımımı kabul ediniz. Yardım konusunda adımın açıklanmaması en önemli ricamdır. Buyurun alın... Benim de başımda bir sürü dert olduğu için, daha fazlasını vermek durumunda değilim..."

Daha sonra Pyotr Petroviç elinde dikkatle düzeltip açarak, Sonya'ya on rublelik bir banknot uzattı. Sonya kıpkırmızı kesilerek parayı aldı, bir şeyler mırıldanarak aceleyle veda etti. Pyotr Petroviç gösterişli bir şekilde onu kapıya kadar geçirdi. Sonya heyecanlı, perişan, kendini odadan dışarı attı, şaşkınlık içinde doğruca Katerina Ivanovna'ya gitti.

Bütün bu zaman içinde konuşmaları kesmekten çekinen Andrey Semyonoviç bazen pencere önünde durmuş, bazen odada bir aşağı bir yukarı dolaşmıştı. Sonya çıktıktan sonra Pyotr Petroviç'e yaklaşıp coşkuyla elini uzatarak:

"Her şeyi duydum, her şeyi gördüm" dedi; gördüm sözcüğünü özellikle vurgulamıştı. "Son derece soylu yani, insanca bir davranışta bulundunuz! Size minnet duymalarına da fırsat yaratmadınız, gördüm! Gerçi, kişisel yardımlara, iyilikte bulunmalara ilkesel olarak karşıyım da, çünkü kötülüğü kökünden kaldırmaz bu tür davranışlar, hatta tam tersine besleyip büyütürler. Ama yine de sizin bu davranışınızı sevinçle karşıladığımı söylemekten kendimi alamayacağım. Evet, evet, çok hoşuma gitti." Lebezyatnikov'a dikkatle süzen Pyotr Petroviç: "Bunların hepsi saçma!" dedi heyecanlı bir sesle. "Hayır, saçma değil! Dünkü olaydan dolayı sizin gibi hakarete uğrayan, üzgün durumda bulunan bir adam, aynı zamanda başkalarının mutsuzluğunu paylaşabiliyorsa, -bu davranışıyla toplumsal bir yanlış yapıyor da olsa- yine de saygıya değerdir. Düşüncelerinizi bilen bir kimse olarak doğrusu sizden böyle bir davranışı hiç beklemezdim Pyotr Petroviç! Ah, anlayışınız size nasıl da engel oluyor! "İyi yürekli, Andrey Semyonoviç, Pyotr Petroviç'e yeniden yakınlık duymaya başlamıştı." Örneğin şu dünkü başarısızlığınız sizi nasıl da heyecanlandırdı! Hem bu evlenmeye, bu yasal evliliğe karşı duyduğunuz bu aşırı istek de niçin, soylu, sevgili Pyotr Petroviç? Neden ille de yasal bir evlilik? İsterseniz beni dövün, ama bu evlenmenin gerçekleşmeyişine, sizin özgür kalışınıza, insanlık için tümden yok olup gitmemiş olmanıza ben çok sevindim... Görüyor musunuz: söyleyiverdim işte düşüncelerimi!"

Lujin sırf bir cevap vermiş olmak için: "Boynuz takmamak ve başkalarının çocuklarına babalık etmemek için, sizin serbest evliliğinizi değil, yasal evliliği yeğliyorum." dedi. Kafası bir şeylerle aşırı meşgul gibiydi.

Andrey Semyonoviç, saldırı borusunu duymuş bir savaş atı gibi irkilerek:

"Çocuklar mı dediniz?" dedi. "Çocuklara mı değindiniz? Bunun toplumsal bir sorun, üstelik birinci derecede toplumsal bir sorun olduğuna ben de katılırım. Ama çocuk sorunu büsbütün başka bir biçimde çözümlenecektir. Aileyle ilgili her şeyi olduğu gibi çocukları da tümüyle reddedenler var... ama biz bu konuyu daha sonra konuşuruz, şimdi şu boynuz konusunu bir çözümleyelim. Bunun benim zayıf bir noktam olduğunu itiraf ederim. Bu iğrenç, bu saçma deyimin, bu Puşkin deyiminin geleceğin sözlüklerinde yer alması düşünülemez. Hem nedir bu boynuz? Hangi boynuz? Niçin boynuz? Bu ne saçma şey böyle! Asıl serbest evliliklerde yer olmayacaktır boynuza! Boynuz, ancak her tür yasal evlenmenin doğal sonucu, bir başka deyişle yasal evliliğin düzeltilmesidir; bir protestodur, bu anlamda da kadın ya da erkek için hiç de küçültücü bir şey değildir... Olacak şey değil ya, eğer günün birinde yasal bir evlilik yapacak olursam, şu sizin lanet boynuzlarınızı taşımaktan zevk duyacağım ve karıma şöyle diyeceğim: 'Dostum! Bugüne kadar seni yalnızca seviyordum, şimdiyse sana saygı duyuyorum, çünkü sen protesto etmeyi başardın!' Gülüyorsunuz? Çünkü kör inançlarınızdan kurtulabilecek gücünüz yok! Allah kahretsin, yasal evlilikte eşlerin birbirini aldatmasında tatsızlığın nerden kaynaklandığını anlıyorum: bu, hem kadın, hem erkeği alçaltan aşağılık bir olayın, aşağılık bir sonucudur. Oysa boynuz apaçık oldu muydu, yok olur; serbest evliliklerde olduğu gibi... Anlamsız bir şey olur o zaman, hatta taşıdığı boynuz adını bile yitirir. Bu da bir yana, karınız, onun mutluluğuna engel olmak güç ve yeteneğinde olmadığınızı, yeni kocasından dolayı ondan öç almaya kalkışmayacak kadar ileri görüşlü olduğunuzu kabul etmekle, yalnızca size saygı duyduğunu kanıtlamış olacaktır. Allah kahretsin, bazen düşünürüm de eğer bir gün beni everirlerse, tüh! Yani evlenirsem, (ister yasal evlilik, ister serbest, fark etmez) ve karım da bir türlü kendine bir sevgili bulamazsa, öyle sanıyorum ki, kendi elinde ona bir sevgili bulur ve, 'Aziz dostum' derim ona, 'seni seviyorum, ama ayrıca bana saygı duymanı da istiyorum, alsana bir sevgili! Doğru değil mi ama?"

Pyotr Petroviç ilgisizce ve kıs kıs gülerek dinlemişti Lebezyatnikov'u. Hatta yer yer onu dinlemediği bile olmuştu. Gerçekten de kafası bambaşka şeylerle meşguldü. Lebezyatnikov da sonunda bunun farkına varabilmişti. Hatta heyecanlıydı. Pyort Petroviç, ellerini ovuşturuyor, bir şeyler düşünüyordu. Andrey Semyonoviç bütün bunları ancak daha sonra anlamlandırabildi.

II

Katerina Ivanovna'nın kafasında böylesi anlamsız bir yas yemeği fikrinin nasıl oluştuğunu söyleyebilmek kolay değildi. Öyle ki Raskolnikov'un, Marmeladov'ın cenaze masrafları için verdiği yirmi küsur rublenin yaklaşık yarısı harcanmıştı bu sofraya. Belki de Katerina Ivanovna bütün kiracıların, özellikle de Amaliya Ivanovna'nın, rahmetli Marmeladov'un onlardan hiç de aşağı olmadığını, belki de onlardan çok daha üstün olduğunu, hiç kimsenin rahmetliye karşı "burnu büyüklük" taslamaya hakkı olmadığını bilmeleri için ve böylece rahmetli kocasının anısına "gereken" saygıyı gösterebilmek için, bu yemeği bir borç gibi görmüştü. Belki de onun bu davranışında en büyük etken, günlük yaşayışımızda her birimiz için zorunlu sayılabilecek birtakım toplumsal törelerde, pek çok yoksulu ellerindeki son meteliğe varıncaya kadar bütün biriktirdiklerini sırf "başkalarından daha kötü durumda olmadıklarını" kanıtlamak, "başkalarınca ayıplanmamak" için harcamaya zorlayan yoksulluk gururuydu.

Katerina Ivanovna belki bu fırsattan yararlanarak, kendisinin dünyada herkes tarafından terk edildiğini zanneden bütün bu "değersiz ve aşağılık" kiracılara, "yalnızca görgü kurallarını ve yiyip içmesini bildiğini değil, böyle kötü bir kadere boyun eğmek için yaratılmış biri olmadığını, "soylu, hatta aristokrat bir albay evinde" eğitilmiş olduğunu; tahta silmek, geceleri çocuk bezleri yıkamak için yetiştirilmemiş olduğunu göstermek de istemiş olabilirdi. Böylesi gurur ve şöhret düşkünlüğü nöbetleri bazen yoksul ve ezilmiş insanlara da bulaşmakta ve bu durum onlarda zaman zaman sinirli, önüne geçilemez bir gereksinim halini almaktadır. Kaldı ki Katerina Ivanovna ezilmiş, sindirilmiş insanlardan da değildi: bazı durumlarda onu tümden mahvetmek mümkündü, ama onu manevi olarak sindirmek, yani korkutup iradesine gem vurmak, ona boyun eğdirmek kimsenin yapabileceği bir şey değildi. Ayrıca Sonyanın, onun gitgide aklını oynattığına ilişkin sözleri, hiç de öylesine söylenmiş, temelsiz sözler değildi. Gerçi bunun şu son sıralarda, hatta son bir yıldır, gerçekten de öyle olsa bundan zarara uğramamış olması mümkün değildi. Hem doktorların söylediği gibi, ilerlemiş verem durumu da insanda akıl dengesinin bozulmasına neden olabiliyordu.

Şaraplar çok olmadığı gibi çeşitli de değildi. Madem şarabı da yoktu, o halde bütün bunlar biraz fazla abartılmıştı. Ama şarap vardı. Votka, rom ve porto da vardı, hepsi de kötü cinstendi, ama herkese yetecek kadar vardı. Yemekler, kutya dışında daha üç dört çeşit kadardı, sonra gözleme de vardı ve hepsi de Amaliya Ivanovna'nın mutfağında hazırlanmıştı. Ayrıca, yemekten sonra içilmesi öngörülen çay ve punç için de iki semaver birden hazırlanmıştı. Satın alma işleriyle Katerina Ivanovna'nın kendisi uğraşmıştı. Bu işte kendisine, yoksul bir Polonyalı yardım etmişti; bu adamın bayan Lippevehzel'in evinde ne aradığını Tanrı bilirdi, ama işte hemen Katerina Ivanovna'nın emrine verilmişti ve dün, bütün gün ve bu sabah dili bir karış dışarıda, Katerina Ivanovna'nın ardı sıra kendini parçalamasına koşturup durmuştu. Ama galiba bu durumunun fark edilmesi için de özel bir çaba göstermişti. Olur olmaz nedenlerle Katerina Ivanovna'ya başvuruyor, hatta onu Gostinnıy Dvor'da bile arayıp buluyordu. Bir de durmadan "Pani Harunjina" (Hanımefendi-Polonya dili) deyip duruyordu ki, başlangıçta "bu lütufkâr, bu yüce gönüllü" adam olmasa mahvolacağını söyleyen Katerina Ivanovna bile sonunda ondan bıkmıştı. Esasen bu Katerina Ivanovna'nın huyuydu. İlk kez gördüğü birini allayıp pullamak, utandıracak kadar göklere çıkarmak, onda övülecek bin bir erdem bulmak, biraz sonra da bu erdemlerin varlığına büyük bir içtenlikle ve gerçekten inanmak, ama sonra birdenbire düş kırıklığına uğrayarak, her şeye tükürmek, övüp göklere çıkardığı, nerdeyse tapacak gibi olduğu adamı yerden yere çalmak onda huy halini almıştı. Şakacı, neşeli, barışçıl bir yaratılışı vardı. Ancak aralıksız uğradığı başarısızlıklar, mutsuzluklar ve çektiği acılar yüzünden, herkesin barış ve neşe içinde yaşaması, başka bir biçimde yaşamaya cesaret edememesi için öylesine taşkın bir istek duymaya başlamıştı ki, hayatta karşılaştığı küçücük bir uyumsuzluk, uğradığı küçücük bir başarısızlık onu bir anda çileden çıkarıyor, onca parlak umutlardan ve güzel düşlerden sonra, kaderine lanet okumaya, eline geçeni yerlere çalmaya, başını duvarlara vurmaya başlıyordu. Amaliya Ivanovna da nedense birdenbire büyük bir önem ve saygı kazanmıştı Katerina Ivanovna'nın gözünde. Bunun belki de tek nedeni, şu yas sofrası, Amaliya Ivanovna'nın sofranın kurulmasıyla ilgili her türlü işe içtenlikle koşturmasıydı: sofrayı o hazırlamış, peçeteleri, yemek takımlarını o sağlamış, yemekleri kendi mutfağında o pişirmişti. Katerina Ivanovna mezarlığa giderken ona her alanda yetki vermiş, onu kendi yerine bırakmıştı. Gerçekten de mezarlıktan döndüklerinde her şeyi pek iyi hazırlanmış bulmuşlardı: masanın üzerine oldukça temiz bir örtü örtülmüştü, tabaklar, çatallar, bıçaklar, kadehler, hepsi değişik kiracılardan alındıkları için, değişik cins, boy ve türlerde olmakla birlikte, tam belirlenen saatte hiç eksiksiz hazırlanmış bulunuyorlardı. Üstlendiği işi başarıyla gerçekleştirdiğini gören Amaliya Ivanovna, üzerinde siyah bir elbise, süslenmiş, hotozuna yeni siyah kurdeleler takmış olarak, mezarlıktan dönenleri biraz da gururla karşılamıştı. Hak edilmiş olmasına rağmen bu gurur Katerina Ivanovna'nın nedense hoşuna gitmemişti: 'O olmasa sanki bu sofrayı kuramayacaktık sanacak herkes!' Yeni kurdelelerle süslü hotozu da hoşuna gitmemişti: Yoksa şu ahmak Alman karısı ev sahibi olduğu için, yoksul kiracılarına acıyıp yardım etmeyi kabul ettiği için mi böyle gururlanıyor? Acayip! Demek öyle ha! Bir albay, nerdeyse vali olmak üzere olan bir albay olan Katerina Ivanovna'nın babacığının evinde kırk kişilik ziyafet sofraları kurulurdu ve orada Amaliya Ivanovna, daha doğrusu Lyudvigovna gibilerini mutfağa bile sokmazlardı...' Katerina Ivanovna hemen bugün Amaliya Ivanovna'ya haddini bildirmeye karar vermekle birlikte -yoksa kim bilir ne sanacaktı bu kadın kendini- şimdilik duygularını açığa vurmaktan caydı. Şimdilik ona karşı soğuk davranmakla yetinecekti. Bir başka tatsızlığın daha payı olmuştu Katerina Ivanovna'nın sinirlenmesinde: mezarlıktaki törene, ne yapıp edip buraya da gelen Polonyalıdan başka, kiracılardan hiç kimse gelmemişti. Ama yas sofrasına, yani yemeğe, en yoksuluna, en önemsizine varana kadar herkes gelmişti. Üstelik bunlardan çoğu her zamanki kılıklarında bile değillerdi, üstleri başları dökülüyordu. Önemli, hatırı sayılır çağrılılara gelince, sanki aralarında anlaşmışlarcasına hiçbiri gelmemişti. Örneğin bütün kiracılar arasında en önemli kişi olan Pyotr Petroviç Lujin gelmemişti. Oysa Katerina Ivanovna daha dün önüne gelen herkese, yani Amaliya Ivanovnaya Poleçkaya, Sonyaya, Polonyalıya... Pyotr Petroviç'in soylu, yüce gönüllü, zengin bir insan olduğunu, geniş bir çevresi bulunduğunu, ilk kocasından daha eski bir dostu olduğunu, babasının evine de kabul olunduğunu ve kendisine önemli bir emekli maaşı bağlatmak için olanca gücüyle uğraşacağına söz verdiğini anlatıp durmuştu. Burada şunu da belirtelim ki, Katerina Ivanovna birinin zenginliğiyle, geniş çevresiyle övünürken, bunu her türlü kişisel çıkar ve hesaptan uzak, içten bir duyguyla, yalnız övme ve övülene daha büyük bir değer verme zevkiyle yapardı.

"Lebezyatnikov denilen şu alçak, aşağılık adam" da tıpkı oda arkadaşı Lujin gibi ve herhalde "onu örnek alarak" gelmemişti. "Bu adam kendini ne sanıyordu? Onu sırf bir lütufta bulunmuş olmak için çağırmışlardı. Çünkü Pyort Petroviç'in dostuydu, onunla aynı odada kalıyordu ve birini çağırıp ötekini çağırmamak biraz tuhaf olurdu." "Evde kalmış kızıyla birlikte görgü budalası bir kadın da gelmemişti. Bunlar, Amaliya Ivanovnanın evine taşınalı daha iki hafta olmasına rağmen, Marmeladov'un dairesinden özellikle de rahmetli sarhoş geldiği zaman, yükselen bağırış çağırışlardan rahatsız olmuşlar ve birkaç kez şikâyette bulunmuşlardı. Katerina Ivanovna bir kavgaları sırasında Amaliya Ivanovna'dan öğrenmişti bu şikâyetleri, Amaliya Ivanovna bu kavga sırasında Katerina Ivanovna'ya, "ayaklarının tırnağı bile olamayacakları kibar kiracıları" rahatsız ettiklerini haykırarak, bütün aileyi kapı dışarı etmekle tehdit etmişti. Katerina Ivanovna "Ayağının tırnağı bile olamayacağı" söylenen bu kadınla kızını yas yemeğine çağırmaya kesin olarak karar vermişti. Sağda solda rastlaştıklarında çalımla yüzünü başka yana çeviren bu kadına, kendisini yas yemeğine çağırmakla "bu evde soylu düşünceler taşıyan soylu insanların yaşadığını ve yapılan kötülükleri hatırlamayıp, bu kötülükleri yapanları evlerine çağırdıklarını" ve Katerina Ivanovnanın böylesi güç bir yaşama alışık olmadığını gösterecekti. Bütün bunları sofrada rahmetli babacığının valiliğiyle birlikte açıklamayı tasarlamıştı. Ayrıca, karşılaştıklarında yüzünü başka yana çevirmenin hiç de gerekli olmadığını, bunun aptalca bir davranış olduğunu, şöyle dolaylı yoldan dokunduruverecekti. Şişko yarbay (aslında emekli üsteğmen) de gelmemişti. Ama onun dün sabahtan beri "kımılda-yamayacak kadar yorgun" olduğu anlaşılmıştı. Kısacası gelenler yalnızca şu zavallı Polonyalıyla, kirli fraklı, sivilceli yüzlü, pis pis kokan, miskin, sessiz bir memurdu; bir de çok eskiden beri Amaliya Ivanovnanın evinde oturan ve buradaki odasının kirasını kimin verdiği belli olmayan, bir zamanlar bilmem hangi postanede çalışmış sağır ve nerdeyse iyice kör bir ihtiyarla, terbiyesizce kahkahalar atıp duran sarhoş bir emekli teğmen, daha doğrusu iaşe memuru (hem de "aman Allah'ım!" yeleksiz olarak!) Adamın birisi ise Katerina Ivanovnaya selam bile vermeden geçip masaya kurulmuştu; hele birisi, elbisesi olmadığı için robdöşambrla gelmişti ki, artık terbiyesizliğin bu kadarına dayanılamazdı: bu adam hemen Amaliya Ivanovna ve Polonyalının çabalarıyla odadan uzaklaştırıldı. Polonyalı da, Amaliya Ivanovna'nın evinde hiç oturmamış, bu evde bugüne kadar hiç görülmemiş başka iki Polonyalıyı getirmişti.

Bütün bunlar Katerina Ivanovna'yı müthiş sinirlendirmişti. "Madem böyle olacaktı, bu hazırlıklar kimin için yapılmıştı?" Hatta sırf yer açılsın diye, çocukları, zaten bütün odayı kaplamış olan masaya oturtmamışlar, onlara arka köşede, sandık üzerinde bir sofra kurmuşlardı. İki küçük bir sırada oturuyor, Poleçka ise, büyük kardeş olarak, onların karınlarını doyuruyordu. Bu arada yine Poleçka bütün "iyi çocuklara yapıldığı gibi" kardeşlerinin burunlarını silmek zorundaydı: Kısacası, Katerina Ivanovna, ister istemez bütün konukları iki kat büyüklenerek, hatta kibirle karşılamak zorunda kalmıştı. Kimilerine hele, özellikle sert bakıyor, sofraya buyur derken pes perdeden bir tavır takmıyordu. Bütün gelmeyenlerin sorumluluğunu nedense Amaliya Ivanovna'ya yükleyivermiş ve hemen ona karşı son derece saygısızca davranmaya başlamıştı. Amaliya Ivanovna da ondaki bu değişikliği fark etmiş ve buna bayağı canı sıkılmıştı. Pek de iyi bir sonuç vaat eden bir başlangıç değildi bu. Sonunda herkes sofrada yerini aldı.

Raskolnikov tam mezarlıktan dönüldüğü sırada gelmişti. Katerina Ivanovna onun gelişine çok sevinmişti. Çünkü birincisi, Raskolnikov bütün konuklar içinde tek kültürlü konuktu ve "bilindiği gibi iki yıl sonra burası üniversitelerinde bir kürsü sahibi olmaya hazırlanıyordu." İkincisi, çok istemesine rağmen mezarlığa gelemediği için son derece saygılı bir tavırla özür dilemişti. Katerina Ivanovna ona dört elle sarıldı, sofrada yanına, sol tarafına oturttu (sağında Amaliya Ivanovna oturuyordu) ve yemeklerin düzenli dağıtılması ve herkese yetmesi gibi telaşları ve koşuşturmaları arasında, üstelik de ikide bir konuşmasına engel olan ve kendisini nerdeyse boğulacak hale getiren ve galiba şu son iki gün içinde iyice azıtan, son derece acı verici öksürük nöbetlerine rağmen durmadan Raskolnikov'a bir şeyler söylüyor. Yas yemeğinin uğradığı başarısızlıktan duyduğu haklı öfkeyi, içinde birikenleri ona bir an önce fısıldamaya çalışıyor, ama yine de bu öfkesi sık sık, konuklara, özellikle de ev sahibi kadına karşı tutamadığı, son derece neşeli kahkahalara bırakıyordu yerini.

"Bütün suç şu baykuş suratlıda! Kimden söz ettiğimi anlıyorsunuz tabii, ondan ondan!" Başıyla ev sahibi kadını gösteriyordu.

"Baksanıza bir şuna! Gözlerini nasıl da belertmiş de bakıyor... Kendisinden söz ettiğimizi hissediyor, ama neler konuştuğumuzu anlayamıyor, gözlerini devirip duruyor. Tuh, baykuş karı! Hah-hah-ha! Öhö-öhö-öhö! Ya şu hotozuyla ne demek istiyor ki! öhö-öhö-öhö! Farkında mısınız, herkes onun beni koruduğunu, buraya gelmiş olmakla beni onurlandırdığını sansın istiyor... Kendisinden doğru dürüst adamlar çağırmasını, özellikle de rahmetlinin tanıdıklarını çağırmasını rica etmiştim, ama baksanıza o kimleri çağırmış: bir alay soytarı! İpsiz, sapsız! Şu kirli suratlı adama bakın adam değil, iki ayaklı sümüklü böcek! Hele şu Polonyalılar...

hah-hah-ha! Hiç kimse, ama hiç kimse görmemiştir onları burada, ben de görmedim, öyleyse sorarım size, niçin gelmişler buraya? Yan yana nasıl da uslu uslu duruyorlar!" Katerina Ivanovna birden bu Polonyalılardan birine seslenerek: "Pan, hey pan" dedi, "gözleme aldınız mı gözleme? Biraz daha alın... Bira için, bira! Votka istemiyor musunuz? Bakın hele, nasıl da yerinden fırlayıp selam verdi! Bakın balon! Zavallılar, çok açlar herhalde! Zararı yok varsın yesinler. Hiç değilse gürültü etmiyorlar... yalnız... yalnız, doğrusu ev sahibinin gümüş kaşıkları korkutuyor beni!.. "Birden yanında duran ev sahibi kadına döndü, herkesin duyabileceği bir sesle, "Amaliya Ivanovna!" dedi. "Bakın, söylemedi demeyin, gümüş kaşıkları korkutuyor beni!.." Birden yanında duran ev sahibi kadına döndü, herkesin duyabileceği bir sesle: "Amaliya Ivanovna!" dedi. "Bakın, söylemedi demeyin, gümüş kaşıklarınızı yürütürlerse karışmam! Hah-hah-ha!" Kendi sözüne kahkahalarla gülmeye başladı, sonra yine Raskolnikov'a dönüp yine başıyla kadını gösterdi: "Anlamadı, yine anlamadı! Ağzı bir karış açık, oturuyor... Bakın hele şuna: baykuş, tam bir baykuş! Yeni kurdeleli kukumav! Hah-hah-ha!"

Ne var ki bu şen kahkahaları beş dakika kadar süren dayanılmaz bir öksürük nöbetine dönüştü. Mendili kana bulandı, alnında ter damlacıkları belirdi. Kanlanan mendilini sessizce Raskolnikov'a gösterdi. Yanakları al al olmuştu. Heyecan içinde, güçlükle soluyarak Raskolnikov'un kulağına eğildi ve:

"Baksanıza" diye fısıldadı, "ona ince bir iş vermiştim ben, yani o bayanla kızını da çağırmasını istemiştim... Kimden söz ettiğimi biliyor musunuz? Büyük nezaket göstermek ve çok hünerli olmak gerekir böyle konularda, oysa Amaliya İvanovna kim bilir nasıl davrandı ki, kadın bu gibi hallerde başvurulması gereken en basit nezaket kurallarını bile yerine getirmedi, ne kendisi geldi, ne birini gönderip özür diledi... Sersem karı! Kendini beğenmiş şey! Taşralı ne olacak! Kendine emekli maaşı bağlatabilmek için devlet dairelerinin eşiklerini aşındırmaya gelmiş ölü bir binbaşı dulu! Elli beşinde olduğu halde allık sürüyor, boyanıyor (herkes biliyor bunu)... Pyotr Petroviç'in niçin gelmediğini de bir türlü anlayamıyorum! Sonya nerde peki? Nereye gitti? Hah, işte geldi! Nereye kayboldun Sonya? Babanın gömüldüğü bir günde bu düzensizliğin çok tuhaf doğrusu! Rodion Romanoviç, izin verin de yanınıza otursun. İşte senin yerin. Soneçka... Ne istersen al tabağına! Söğüş al en iyisi o. Şimdi gözlemeler de gelir. Çocuklara da verdiler mi? Poleçka, bütün yemeklerden aldınız mı? Öhö-öhö-öhö! İyi iyi! Lyonya, uslu çocuk ol... Sen de Kolya, bacaklarını sallayıp durma öyle... Sen ne diyorsun Soneçka?"

Sonya, herkesin duyabileceği bir sesle konuşmaya özen göstererek, Pyotr Petroviç'in nasıl özür dilediğini, onun kullandığı en kibar, en saygı belirten sözcükleri seçerek ve bunları bir kez de kendi süsleyerek anlatmaya başladı. Ayrıca, Pyotr Petroviç'in iş konusunda baş başa görüşmek ve ilerisi için neler yapabileceklerini kararlaştırmak için fırsat bulur bulmaz geleceğini söylediğini ekledi.

Sonya bu sözlerin Katerina Ivanovnayı yatıştıracağını, en önemlisi de bunlardan hoşlanacağını, gururlanacağını biliyordu. Raskolnikov'un yanına oturmuştu. Onu hafifçe selamlamış, sonra bir an meraklı gözlerle bakmıştı. Aslında yemek boyunca gözlerini durmadan ondan kaçırmaya çalışmıştı. Kendisini memnun etmek için yemek süresince Katerina Ivanovna'ya bakıp durmuştu, ama dalgın olduğu anlaşılıyordu. Ne onun, ne de Katerina Ivanovna'nın üzerlerinde yas elbisesi vardı. Sonya koyu kahverengi bir elbise giymişti. Katerina Ivanovnanın sırtında ise biricik elbisesi olan çizgili, koyu renkli entarisi vardı.

Pyotr Petroviç'le ilgili haberi hoşnutlukla karşıladı Katerina Ivanovna. Sonyanın söylediklerini ciddi ciddi dinledi, yine aynı ciddilikle Pyotr Petroviç'in sağlığını sordu, sonra Raskolnikov'un kulağına eğilerek, çevreden de duyulabilecek bir fısıltıyla Pyotr Petroviç gibi saygın, seçkin bir kişinin, ailesine olan bağlılığını ve babacığıyla olan eski dostluğuna rağmen, -böyle tuhaf bir topluluğun- arasına katılmasının gerçekten de doğru kaçmayacağını söyledi.

"Size özellikle bunun için minnettarım Rodion Romanoviç," diye sürdürdü sözlerini: yine fazlaca duyulabilecek bir fısıltıyla konuşuyordu, "böyle bir topluluk içinde dahi bizimle tuz ekmek paylaşmaktan kaçınmadınız. Bununla birlikte rahmetli kocamla aranızdaki özel dostluğun da sözünüzü tutmakta büyük payı olduğuna eminim."

Katerina Ivanovna bunları söyledikten sonra, gururla, ağır başlılıkla konuklarını gözden geçirdi, birden masanın öbür ucunda oturan sağır ihtiyara özenle "Kızarmış et isteyip istemediğini, kendisine porto verip vermediklerini" sordu. İhtiyar karşılık vermedi, yanındakiler kendisini dürtüp alay ettikleri halde, uzun süre kendisine ne sorulduğunu anlayamadı. Ağzını açmış, aptal aptal etrafına bakınıp duruyordu. Onun bu durumu masanın genel neşesini daha da artırmıştı.

Katerina Ivanovna yeniden Raskolnikova dönerek: "Şuna da bakın hele," dedi, "ne salak şey! Ne diye getirmişler ki onu buraya? Pyotr Petroviç'e gelince, ben ona her zaman güvenmişimdir ve... "Katerina Ivanovna sözünün burasında Amaliya Ivanovna ya döndü, kadını ürkütecek kadar sert bir sesle, "Pyotr Petroviç, sizin o, babacığımın mutfağına aşçı olarak bile giremeyecek, takıp takıştırmış yosmalarınıza benzemez... Rahmetli kocam ise, sonsuz iyiliğiyle onları kabul ederek, kendilerine şeref verirdi."

Bu arada on ikinci kadeh votkayı yuvarlamakta olan emekli iaşe memuru:

"Evet efendim" diye bağırdı, "içkiyi çok severdi... İyi içerdi!"

Katerina Ivanovna adama dönerek:

"Kocamın böyle bir zayıflığı vardı" dedi, "bu herkesin bildiği bir şey. Ama o iyi yürekli, ailesini seven ve ona saygı duyan bir insandı; tek kusuru, kendi iyiliği yüzünden her türlü ahlâksıza karşı asıl dostluk göstermesiydi. Tanrı bilir kimlerle, hatta belki de pabucunun tabanı etmeyecek adamlarla oturur içerdi. Düşünebiliyor musunuz, Rodion Romanoviç? Cebinde bir gün bir horoz şekeri bulmuştuk, ayakta duramayacak kadar sarhoştu, ama yine de çocuklarını düşünmüştü."

Emekli iaşe memuru.

"Horoz mu?" diye bağırdı. "Horoz mu dediniz?"

Katerina Ivanovna ona cevap vermeye tenezzül etmedi. Dalmıştı, derin derin göğüs geçirdi, sonra Raskolnikov'a dönerek:

"Herhalde siz de benim ona sert davrandığımı düşünüyorsunuzdur" dedi. "Oysa bu hiç de böyle değil! O, bana saygı duyardı, bana büyük saygısı vardı! Çok iyi yürekli bir insandı! Bazen ona öyle acırdım ki! Bazen bir köşeye oturur, oradan bana üzgün üzgün bakardı! Dayanamaz, kalkıp okşamak isterdim kendisini. Ama sonra, Şöyle yaparsam yine içkiye başlar diye düşünürdüm. Çünkü onu ancak sertlikle bir parça olsun tutabiliyordum."

Emekli iaşe memuru:

"Evet, saçlarının yolunduğunu, hem de bunun pek çok kez olduğunu biliriz!" diye bağırdı ve bir kadeh votka daha yuvarladı.

Katerina Ivanovna emekli iaşe memurunun sözünü keserek:

"Bazı ahmakların yalnızca saçlarını yolmak değil, süpürge sopasıyla okşanmalarında da büyük yarar vardır..." dedi. "Bu kez rahmetli kocamdan söz etmiyorum!"

Yanaklarındaki kırmızı lekeler gitgide koyulaşıyor, göğsü hızla kalkıp iniyordu. Az daha üzerine varılırsa, bir olay çıkarmaya hazırdı. Masa başındakilerin çoğunun hoşuna gidiyor gibiydi bu durum, kıs kıs gülüyorlar, iaşe memurunu kışkırtıyorlar, kulağına bir şeyler fısıldıyorlardı.

Emekli iaşe memuru:

"İzninizle sormak isterim... Siz kimden... yani siz kimi... buyurdunuz ki... Aman, boş ver! Değmez! Saçma! Dul bir kadın!

Onu bağışlıyorum... Benden pas!" diye söylendi ve bir kadeh daha votka yuvarladı.

Raskolnikov oturuyor ve konuşulanları tiksintiyle dinliyordu. Katerina Ivanovnanın aralıksız tabağına doldurduğu şeyleri incelik gereği ve sırf kadını incitmemiş olmak için, çatalının ucuyla şöyle bir dokunarak yiyordu. Bakışları hep Sonya'nın üzerindeydi. Sonya'nın da gitgide kaygılanmakta olduğu görülüyordu; yas yemeğinin tatlılıkla sona ermeyeceğini hissediyor, öfkesi gitgide artmakta olan Katerina Ivanovna'yı korkuyla izliyordu. Sonya bu arada, iki taşralı kadının Katerina Ivanovna'nın çağrısını böylesine kaba bir biçimde geri çevirmelerinin tek nedeninin kendisi olduğunu da biliyordu. Amaliya Ivanovna'dan öğrendiğine göre, kızın annesi hatta kendilerine böyle bir çağrıda bulunulmasına kızmış ve 'Kızımı böyle bir kızla nasıl yan yana oturtabilirim? diye sormuştu. Sonya, Katerina Ivanovnanın bu durumu şu ya da bu şekilde öğrenmiş olduğunu da hissediyordu; Sonyanın aşağılanması, Katerina Ivanovna için kendisinin, çocuklarının, babacığının aşağılanmasından farksızdı, tek kelimeyle bu onun için öldürücü bir aşağılanmaydı ve Sonya onun "bu şıllıklara gereken dersi vermeden" kolay kolay yatışmayacağını biliyordu. Aksi gibi tam bu sırada, masanın öbür ucundan biri Sonyaya, bir tabak gönderdi: tabakta ekmek içinden yapılmış ve bu okla delinmiş iki kalp vardı. Katerina Ivanovna çileden çıktı ve bulunduğu yerden masanın öbür ucuna bu tabağı gönderenin sarhoş bir eşek olduğunu haykırdı. Havanın gitgide gerginleşmesinden tedirgin olan ve Katerina Ivanovnanın kendisine karşı takındığı kibirli tavırdan rahatsız olan Amaliya Ivanovna sofranın tatsız havasını dağıtmak ve bu arada herkesin gözünde kendini yüceltmek için, damdan düşercesine, hiç ilgisiz bir fıkra anlatmaya başladı. "Tanıdığı Karl adında bir eczacı kalfası bir gece arabayla gidiyormuş, arabacı Karl'ı öldürmek istemiş. Karl da kendisini öldürmemesi için çok, çok yalvarmış, ağlamış, kollarını önünde kavuşturmuş, çok korkmuş ve korkudan yüreği inmiş" Katerina Ivanovna hafifçe gülümseyerek, Amaliya Ivanovnanın Rusça fıkra anlatmaması gerektiğini söyledi. Amaliya Ivanovna bu sözlere daha da alındı ve "faler aus Berlin'in (Berlinnin babası) çok, çok önemli bir kişi olduğunu ve hep eli ceplerde dolaştığını" söyledi. Katerina Ivanovna dayanamayıp öylesine gülmeye başladı ki, nerdeyse çileden çıkmak üzere olan Amaliya Ivanovna, son bir dayanma gücüyle kendini tutabildi.

Katerina Ivanovna neşe içinde:

"Şu kukumava da bak hele!" dedi. "Elleri cebinde dolaşırdı" demek istedi, oysa söylediği sözden başkalarının ceplerini karıştırdığı anlamı çıktı, öhö-öhö-öhö! Bilmem siz de fark ettiniz mi, Rodion Romanoviç, Petersburgtaki bütün yabancılar, özellikle de şurdan burdan bizim buralara gelip duran Almanlar, bizden çok daha aptallar! Fıkra böyle mi anlatılır Allah aşkına! "Eczacı kalfası Karl korkudan yürek inmiş!" Ahmak herif, arabacının elini kolunu bağlayacak yerde, kendisi "ellerini önünde kavuşturmuş ve ağlamış, çok yalvarmış" Salak karı! Fıkrasının da çok dokunaklı olduğunu sanıyor, bunun ne denli ahmakça bir şey olduğundan en ufak bir kuşkusu yok! Bana kalırsa şu sarhoş iaşe memuru bile bu karıdan çok daha akıllı; hiç değilse bu ayyaş son akıl kırıntısını da votkasına meze edip içmiş, oysa şu karının tafra satışına, kurumlanışına bakın! Nasıl da gözlerini devire devire oturuyor! Kızıyor! Kızıyor bir de! Hah-hah-ha! Öhö-öhö-öhö!"

Neşesini bulan Katerina Ivanovna hemen birtakım ayrıntılı açıklamalara girişti ve birden, kendisine bağlanacak maaşla öz kenti olan T... de soylu kızlar için bir pansiyon açacağını anlatmaya başladı. Bu konudan daha önce Raskolnikov'a hiç söz etmemiş olduğu halde, birden en ince ayrıntıları anlatmaya girişti. Tam bu sırada, nerden çıktıysa bir de "diploma" çıkıverdi ortaya; bu, Marmeladov'un bir meyhane köşesinde Raskolnikov'a karısının, enstitüyü bitirme gününde "valinin ve öteki bazı kişilerin önünde" omzunda bir şalla dans ettiğini anlattığı sırada sözünü ettiği şu ünlü diplomaydı. Diploma anlaşılan bu kez de Katerina Ivanovnaya bir pansiyon açma ve yönetme hakkı veren bir belge ödevi görecekti! Ama diplomanın şu anda Katerina Ivanovnanın üzerinde bulunmasının asıl nedeni, yas yemeğine gelmiş olsalardı "Şu iki rüküş şıllığı" can evinden vurmak ve Katerina Ivanovna'nın soylu, "hatta aristokrat bir ailenin, bir albayın kızı olarak, şu son sıralarda ortalarda sıkça görülmeye başlayan birtakım maceracı türedilerle karşılaştırılamayacak kadar üstün olduğunu" kanıtlamaktı.

Diploma hemen sarhoş konuklar arasında elden ele dolaştı; Katerina Ivanovna da buna engel olmadı, çünkü gerçekten de diplomada kendisinin albay rütbesine eşit bir danışman ve bir süvari kızı olduğu en toutes lettres (tam olarak) yazılıydı, iyice coşan Katerina Ivanovna, gelecekte T... de süreceği güzel ve sakin hayatı; pansiyonunda ders vermeleri için çağıracağı lise öğretmenlerini, enstitüsündeyken Katerina Ivanovna'nın da Fransızca öğretmeni olan ve ömrünün kalan günlerini T... de geçirmekte olan ihtiyar. Fransız Mangot'nun nasıl az bir ücretle onun pansiyonuna geleceğini ayrıntılarıyla anlatmaya başladı. Sözü sonunda Sonyaya getirdi; "Sonya da kendisiyle birlikte T... ye gelecek ve orada her konuda kendisine yardımcı olacaktı." Bu sırada masanın öteki ucundan birinin kıkırdadığı duyuldu. Katerina Ivanovna bu gülüşü fark etmemiş gibi küçümser bir tavır takınmaya çalıştıysa da, birden sesini yükseltip büyük bir coşkuyla, Sonya Semyonovna'nın kendisine yardımcı olmaya layık, yetenekleri kuşku götürmez bir kız olduğunu, "güzel, sabırlı, özverili, soylu ve kültürlü" bir kız olduğunu anlatmaya başladı. Bu arada Sonyanın yanağını okşadı, yerinden kalkıp iki kez candan bir biçimde kucaklayıp Sonyayı öptü. Sonya kıpkırmızı kesildi, Katerina Ivanovna da ağlamaya başladı, ama aynı anda kendisinin "sinirleri zayıf bir budala olduğunu, aşırı duygulandığını, artık yemek bittiğine göre çay verilmesine başlanabileceğini" söyledi. Tam bu sırada, bütün bu konuşmalar boyunca kendisinin tek söz söylememiş olmasına ve kimsenin kendisini dinlememesine müthiş içerleyen Amaliya Ivanovna birden son bir denemede bulunmak gibi bir tehlikeyi göze aldı ve Katerina Ivanovna'ya, açacağı pansiyonda kızların çamaşırlarının (die Wasche) temiz olmasına özel bir dikkat göstermesi gerektiğine, "bu çamaşırlarla çok iyi ilgilenecek iyi bir kadın (die Dame) bulundurması gerektiğine" sonra "genç kızların geceleri gizlice roman okumalarının da önlenmesi gerektiğine" ilişkin işletmecilikle ilgili ve derin anlamlı birkaç noktayı işaret etmek cesaretinde bulundu. Gerçekten de iyice sinirlenen ve yorulan, üstelik de bu yas yemeğinden bıkmaya başlayan Katerina Ivanovna, Amaliya Ivanovna'yı "tersleyerek" "iyice saçmaladığını", hiçbir şeyden anlamadığını, die Wasche konusunun, soylu bir pansiyon müdiresini değil, çamaşır görevlisini ilgilendiren bir sorun olduğunu, roman konusuna gelince, böyle bir istckte bulunmanın terbiyesizlikten başka bir şey olmayacağını, kendisinin artık lütfen susmasını rica ettiğini söyledi. Çileden çıkan Amaliya Ivanovna, bunları kendisine "iyilik olsun" diye söylediğini, "çok, çok iyilik olsun" istediğini, kendisinin "ne zamandır ev kirasını ödemediğini" söyledi. Katerina Ivanovna, Amaliya Ivanovnanın "iyilik olsun" sözünün yalan olduğunu, çünkü daha dün rahmetli kocası masada yatarken gelip kira sözleriyle kendisini canından bezdirdiğini söyleyerek "lafı ağzına tıkadı." Bunun üzerine de Amaliya Ivanovna "o kadınları davet ettiğini, ancak o kadınların gelmediğini, çünkü o kadınların soylu olduklarını ve soylu olmayan kadınların evlerine gelemeyeceklerini" söyledi. Katerina Ivanovna da hemen bir bulaşıkçı olduğuna göre onun gerçek soyluluk konusunda yargıda bulunamayacağını belirtti. Bu sözlere dayanamayan Amaliya Ivanovna, "fateraus Berlin'in çok, çok önemli bir kişi olduğunu, hep elleri ceplerinde dolaşarak puf! puf! yaptığını" açıkladı ve babasının bu işi nasıl yaptığını tam canlandırabilmek için de iskemlesinden kalkıp ellerini ceplerine soktu, yanaklarını şişirerek, ağzından puf-puf gibi anlaşılmaz birtakım sesler çıkarmaya başladı. İki kadın arasında bir kavga çıkacağını anlayan ve kendisini onayladıklarını belli ederek Amaliya Ivanovna'yı kışkırtan konukların gürültülü kahkahaları sarmıştı ortalığı. Katerina Ivanovna artık bu kadarına dayanamazdı, hemen, Amaliya Ivanovnanın belki de hiç fater'i olmadığını, Petersburg'da doğmuş ayyaş bir yabancı olduğunu, daha önceleri de herhalde orda burda aşçılık ettiğini, hatta belki de daha aşağılık işlerde çalıştığını herkesin duyabileceği bir biçimde "açıkça dile getirdi" Amaliya Ivanovna ıstakoz gibi kızardı ve ıslıksı bir sesle, "asıl Katerina Ivanovnanın fater'i olmadığını; kendisininse uzun redingotlar giyen ve puf! puf! diye sesler çıkararak dolaşan bir fater aus Berlin'i olduğunu" söyledi. Katerina Ivanovna aşağılayıcı bir tavırla kendisinin soyunun herkesçe bilindiğini, işte şu diplomada da, babasının albay olduğunun basılı olarak belirtildiğini, Amaliya Ivanovna'nın babasına gelince (eğer ille de bir babası varsa) bunun olsa olsa, Petersburglu bir yabancı olduğunu ve mesleğinin de sütçülük olabileceğini, ama babasının hiç olmamasının daha akla yakın olduğunu, çünkü baba adının Ivanovnanın, Lyudvignovna mı olduğunun hâlâ belli olmadığını söyledi. İyice kendinden geçen ve masaya bir yumruk indiren Amaliya Ivanovna, çığlık çığlığa adının Lyudvigovna değil, Amalivan olduğunu, "babasının adının Yohan olduğunu, kendisinin belediye başkanlığında bulunduğunu" Katerina Ivanovna'nın babasınınsa "hiçbir zaman belediye başkanlığı etmediğini" haykırdı. Katerina 'Ivanovna sandalyesinden kalktı. Yüzü bembeyaz olmasına ve göğsü hızla inip kalkmasına rağmen, sakin bir sesle ve sertçe, "eğer Amaliya Ivanovna aşağılık faterini bir kez daha onun babacılığıyla yan yana getirmeye kalkışırsa başındaki hotozu kapıp yere çalacağını ve ayakları altında çiğneyeceğini" söyledi. Bu sözleri duyan Amaliya Ivanovna odada dört dönerek olanca gücüyle, bu evin sahibinin kendisi olduğunu ve Katerina Ivanovna'nın "hemen şu anda evini terk etmesi" gerektiğini haykırdı; sonra da nedense masadan gümüş kaşıkları toplamaya girişti. Müthiş bir curcuna kopmuştu odada; bağırış çağırışlara çocuk ağlamaları da karıştı. Sonya, Katerina Ivanovna'yı tutmaya hazırlanıyordu; ama Amaliya Ivanovna bağırarak sarı kart -Fahişelik belgesi- üzerine bir şeyler söyleyince, Katerina Ivanovna, Sonya'yı itti ve az önce hotoz üzerine savurduğu tehdidi yerine getirmek için Amaliya Ivanovna'nın üzerine atıldı. Tam bu sırada kapı açıldı ve eşikte birden Pyotr Petroviç Lujin göründü. Olduğu yerde öylece duruyor ve sert, dikkatli bakışlarla kalabalığı süzüyordu. Katerina Ivanovna fırlayıp ona doğru atıldı.

III

"Pyotr Petroviç" diye haykırdı, "hiç olmazsa siz koruyun bizi! Mutsuz bir soylu kadına karşı böyle davranamayacağını, işin ucunun mahkemeye varacağını şu budala yaratığa bari siz anlatın! Doğruca vali hazretlerine ileteceğim durumu... Bu yaptıklarının hesabını sorarlar ondan... Babamla paylaştığınız tuz ekmeğin hatırı için olsun, şu yetimleri koruyun!"

"İzin verin hanımefendi, izin verin" dedi Pyotr Petroviç, ellerini uzatıp Katerina Ivanovna'yı durdurmaya çalışarak. "Çok iyi biliyorsunuz ki, babanızla tanışmak şerefine erişmedim... İzin verin hanımefendi! O sırada birisinin bir kahkaha attığı duyuldu. Öte yandan sizin Amaliya Ivanovna ile şu bitip tükenmek bilmez kavgalarınıza karışmak niyetinde de değilim... Ben buraya kendimle ilgili bir iş için geldim ve hemen üvey kızınız Sonya... Ivanovna... Böyleydi galiba? Evet, Sonya Ivanovna'yla görüşmek istiyorum. İzin verin de geçeyim..."

Ve Pyotr Petroviç, Katerina Ivanovna'nın yan tarafından dolaşarak, Sonya'nın bulunduğu karşı köşeye doğru yürüdü.

Katerina Ivanovna yıldırımla vurulmuşçasına olduğu yerde kalakaldı. Pyotr Petroviç'in, babasıyla tuz ekmek paylaştığını nasıl inkar edebildiğini anlayamıyordu. Uydurduğu bu tuz ekmek hikâyesine kendisi tümüyle inanıyordu. Pyotr Petroviç'in resmi, kuru, hatta aşağılayıcı tavrı da onu şaşırtmıştı. Sonra onun görünmesiyle birlikte bütün sesler yavaş yavaş kesilmiş, ortalığa bir sessizlik çökmüştü; Öte yandan, odadaki kalabalığa hiç uymayan, bu "ciddi işadamının" buraya çok ciddi bir nedenle geldiği ve onu buraya ancak olağanüstü bir olay getirebileceğine göre herhalde az sonra bir şeyler olacağı belliydi. Sonyanın yanında durmakta olan

Raskolnikov, Pyotr Petroviç'in geçebilmesi için yana çekildi; Pyotr Petroviç onu hiç fark etmemiş gibiydi. Bir dakika kadar sonra odanın kapısında Lebezyatnikov da göründü, ama o içeri girmemiş, merakla, hatta şaşkınlıkla eşikte durup konuşulanları dinlemeye başlamıştı; ancak uzunca bir süre, olup bitenlerden o da bir şey anlayamamıştı.

Pyotr Petroviç özellikle belli bir kişiye seslenmeden:

"Toplantınızı kestiğim için özür dilerim" dedi, "ama oldukça önemli bir durum var ve ben bu işin kalabalık önünde konuşulacak olmasından memnunum. Amaliya Ivanovna, ev sahibi olarak, benimle Sonya Ivanovna arasında şu anda geçecek konuşmaya dikkat etmenizi özellikle rica ederim."

Çok şaşıran ve daha şimdiden korkmaya başlayan Sonya'ya dönerek sürdürdü sözlerini: "Sonya Ivanovna, sizin ziyaretinizden hemen sonra, arkadaşım Andrey Semyonoviç Lebezyatnikov'ın odasındaki masanın üzerinden, bana ait yüz rublelik bir banknot kayboldu. Şu ya da bu şekilde, bu paranın şu anda nerede bulunduğunu biliyorsanız ve bize söylerseniz, bu kadar insanın önünde size namus sözü veririm ki, bu iş burada bitecektir. Aksi halde çok ciddi önlemlere başvurmak zorunda kalacağım ki o zaman artık suçu kendinizde arayın!"

Odaya tam anlamıyla sessizlik egemendi. Ağlayan çocuklar bile susmuşlardı. Sonya ölü gibi sararmış, Lujin'e bakıyor, hiçbir şey söylemiyordu. Henüz hiçbir şey anlamamış gibiydi. Böylece birkaç saniye geçti.

Lujin gözlerini ona dikerek:

"Evet?" dedi. "Ne diyorsunuz?"

Sonunda duyulur duyulmaz bir ses çıktı Sonya'dan:

"Bilmiyorum... Ben hiçbir şey bilmiyorum."

"Bilmiyor musunuz?" dedi Lujin: birkaç saniye sustu, sonra yine sert ama öğüt verir gibi bir tavırla: "Düşünün Matmazel, enine boyuna, iyice bir düşünün durumu, istediğiniz kadar süre vermeye hazırım size düşünmeniz için. Dikkat buyurun: eğer bu kadar emin olmasaydım, bunca tecrübemin üzerine sizi açıkça suçlamak tehlikesini göze alamazdım. Çünkü böyle herkesin gözü önünde yapılan suçlamalar, bile bile yapılan sahte suçlamalar, ya da yanılgıya düşerek yapılan suçlamalar, bir bakıma o suçlamayı yapan kişiyi suçlu duruma düşürür. Bunu biliyorum. Bu sabah, ihtiyacım olduğu için yüzde beşlik tahvillerimden birkaç tanesini paraya çevirmiştim, normal değerleri üç bin rubleydi tahvillerin. Hesabı cep defterimde yazılıdır. Eve gelip paraları saydım -Andrey Semyonoviç de buna tanıktır- iki bin üç yüz rublesini cüzdanıma yerleştirdim, cüzdanımı da ceketimin yan cebine koydum. Masada beş yüz ruble kadar bir para kalmıştı, bu paralar arasında üç tane yüzlük banknot vardı. Bu sırada (benim çağırmam üzerine) siz geldiniz odaya. Yanımda kaldığınız sürece çok heyecanlıydınız, o kadar ki, konuşmamız daha bitmediği halde, üç kez kalkıp gitmeye davrandınız. Andrey Semyonoviç bunların hepsine tanıklık edebilir. Herhalde, Matmazel, sizi Andrey Semyonoviç aracılığıyla çağırtmamın biricik nedeninin, öksüzlerin ve Katerina Ivanovna'nın acınası durumları üzerine sizinle konuşmak (çünkü ben yas yemeğine gelemeyecektim) bir yardım defteri açmanın ya da piyango düzenlemenin yararlı olup olmayacağını görüşmek için olduğunu inkâr etmeyeceksinizdir? Siz bana teşekkür ettiniz, hatta gözleriniz yaşardı (size her şeyi bir bir anlatıyorum, çünkü, birincisi, olup bitenleri size hatırlatmak istiyorum, ikincisi de, en ufak bir ayrıntıyı bile gözden kaçırmadığımı göstermek istiyorum) Sonra, aileniz için ilk yardım olmak üzere, masadan on rublelik bir banknot alıp size verdim. Bunların hepsini Andrey Semyonoviç de gördü. Daha sonra sizi kapıya kadar geçirdim. Siz hep aynı heyecan içindeydiniz. Siz çıktıktan sonra Andrey Semyonoviçle on dakika kadar konuştuk, daha sonra Andrey Semyonoviç de çıktı. Bunun üzerine, bir kez daha sayıp kaldırmak için masadaki paraların başına döndüğümde, büyük bir şaşkınlıkla, yüz rublelik bir banknotun eksik olduğunu gördüm. Şimdi düşünelim: Andrey Semyonoviç'ten kuşkulanamazdım; bunu düşünmek bile utandırır beni. Hesaplarımda yanılmış olamazdım, çünkü sizin odaya gelmenizden bir dakika önce paraları hesaplamış ve toplamı doğru bulmuştum. Sizin heyecanlı halinizi gitmek için o acelenizi, bir an elinizin masada durduğunu hatırlayınca, öte yandan toplumsal durumunuzu göz önüne alınca, dehşet içinde, hatta hiç istemememe rağmen, kuşkusuz zalimce, ama haklı bir kuşkuya düşmek zorunda kaldığımı siz de kabul edersiniz! Şunu bir kez daha tekrarlayayım ki, kendime kesinlikle güvenmeme rağmen, yine de böylesi bir suçlamayla kendimi tehlikeye attığımı biliyorum. Ama gördüğünüz gibi bir an bile duraksamadım, isyan ettim, niçin olduğunu da size söyleyeyim: bunun biricik nedeni, hanımefendi, bunun biricik nedeni, sizin kapkara nankörlüğünüzdür! Şu ise bakın! Ben sizi bir felaketle karşı karşıya bulunan ailenizin çıkarları için çağırayım, gücüm oranında size on rublelik yardımda bulunayım, siz bana bütün bunların üzerine, hem de hemen o anda, böyle bir davranışta bulunun! Hayır, bu hiç iyi bir şey değil! Size bir ders vermek gerekiyor. Düşünün bir kez... Ayrıca sizden gerçek bir dostunuz sıfatıyla (şu anda daha iyi bir dostunuz olamaz çünkü!) rica ediyorum, aklınızı başınıza toplayın! Yoksa acımasız davranacağım! Evet, ne diyorsunuz?"

Sonya dehşet içindeydi. Öfkeyle:

"Ben sizden bir şey almadım" dedi. "Siz kendiniz bana bir on ruble verdiniz, işte alın onu da..." Sonya cebinden mendilini çıkardı, düğümlediği yeri bulup on rubleyi çıkardı ve parayı Lujin'e uzattı."

Pyotr Petroviç parayı almadı, çıkışarak:

"Demek yüz rubleyi aldığınızı kabul etmiyorsunuz?" dedi.

Sonya çevresine bakındı. Herkes ona korkunç, sert, alaycı, nefret dolu bakışlarla bakıyordu. Raskolnikova bir göz attı... Delikanlı kollarını kavuşturmuş, sırtı duvara dayalı, alev alev yanan gözlerle kendisine bakıyordu.

"Ah, Tanrım!" diye haykırdı Sonya.

Lujin usulca, hatta sevecenlik dolu bir sesle.

"Amaliya İvanovna" dedi, "durumu polise bildirmemiz gerekiyor, bunun için çok rica ediyorum, şimdilik kapıcıyı çağırtınız!"

Merhamet eden Tanrım. Ben onun hırsız olduğunu zaten biliyordum!" dedi Amaliya Ivanovna:

"Biliyor muydunuz?" dedi Lujin. "Öyleyse böyle bir sonuca varmış olmak için birtakım nedenleriniz olsa gerek? Tanıklar önünde söylemiş de olsanız, bu sözlerinizi unutmamanızı rica edeceğim sizden, saygı değer Amaliya Ivanovna."

Birden, her yandan gürültülü konuşmalar duyuldu, herkes kımıldadı.

Kendine gelen Katerina Ivanovna, bulunduğu yerden koparcasına Lujin'in üzerine atıldı:

"Nasıl! Siz onu hırsızlıkla mı suçluyorsunuz? Sonya'yı, öyle mi? Ah, alçaklar, alçaklar!" Sonra Sonyaya atıldı, kupkuru kollarıyla bir mengene gibi sıkarak kucakladı. "Sonya! Nasıl alırsın sen bu adamın verdiği on rubleyi! Ah, aptal! Ver çabuk! Ver şunun on rublesini! Evet, işte!"

Sonya'nın elinden parayı alıp avucunda buruşturdu ve olanca gücüyle Lujin'in suratına fırlattı. Buruşturulmuş para Lujin'in gözüne çarptı ve oradan yere sekti. Amaliya Ivanovna parayı almak için fırladı. Pyotr Petroviç müthiş öfkelenmişti:

"Tutun şu deli karıyı!" diye bağırdı.

Bu arada kapıda, Lebezyatnikovun yanında, aralarında o iki taşralı kadının da bulunduğu, birkaç kişi daha belirdi.

Katerina Ivanovna:

"Nasıl! Deli mi? Ben mi deliyim?" diye bağırdı. "Aptal! Seni aptal seni! Seni hilebaz dava vekili seni! Aşağılık herif! Sonya senden para çalacak ha! Değil çalmak, Sonya sana üste para verir be!" Sinirli bir kahkaha atan Katerina Ivanovna, parmağıyla herkese Lujin'i göstererek: "Şu aptalı görüyor musunuz?" diye odanın dört bir yanına atılmaya başladı; bu sırada ev sahibi Amaliya Ivanovna gözüne ilişti: "Nasıl! Sen de mi? Sen de mi onun hırsız olduğunu söylüyorsun, yağ tulumu! Seni Prusyalı tavuk seni! Ah sizi! Ah sizi! Sonyacığım senin yanından geldikten sonra, alçak herif, odadan dışarı bile çıkmadı, şuracıkta, Rodion Romanoviç'in yanında oturdu! Arayın üstünü! Dışarı çıkmadığına göre, paranın üzerinde olması gerekir! Ara, hadi ara üstünü! Arasana! Ama eğer bir şey bulamazsan, kusura bakma halin dumandır! Doğruca efendimize Çar hazretlerine, merhametli çarımıza başvuracağım, ayaklarına kapanacağım! Bugün, hemen şimdi! Ben garibim, beni bırakırlar yanına! Bırakmazlar mı sanıyorsun? Yalan söylüyorsun, bırakırlar! Bırakırlar işte! Sonyamın mazlum bir kız olduğunu bildiğim için böyle yaptın değil mi? Buna güveniyordun, öyle değil mi? Ama kardeş ben yaman kadınımdır! Sökmez bana bu numaralar! Ara hadi! Arasana! Arasana! Arasana!"

Katerina Ivanovna bunları söylerken, bir yandan da Lujin'i öfkeyle çekiştirerek Sonya'ya yaklaştırmaya çalışıyordu.

"Ben hazırım... Söylediklerimin hesabını da verebilirim..." diye mırıldandı Lujin. "Ama... siz lütfen kendinize gelin hanımefendi! Ne yaman bir kadın olduğunuz fazlasıyla görülüyor... Ama bu... bu nasıl olabilir? Evet, yeterince tanık var, ama yine de bu işin polis önünde yapılması gerekir. Ben hazırım... Ama yine de zor bir durum... cinsiyet meselesi var ortada... Amaliya Ivanovna da yardım ederse eğer... Ama bu işler yine de böyle yapılmaz... Nasıl yapsak acaba?"

"Kimi isterseniz çağırın!" diye bağırdı Katerina Ivanovna.

"Kimi isterseniz çağırın, arasın! Sonya, çevir ceplerini tersine, görsünler! İşte! İşte! Bak bakalım canavar herif! Bak işte, bomboş! Burada mendili vardı, görüyor musun, bomboş cebi! İşte öteki cebi! İşte, görüyor musun?"

Katerina Ivanovna, Sonyanın ceplerini tersine çevirmeye, daha doğrusu yırtarcasına çekiştirmeye başlamıştı. Ama birden ikinci olarak çektiği sağ cepten bir kâğıt parçası fırladı, havada bir yay çizip tam Pyotr Petroviç'in önüne düştü. Bunu herkes görmüştü, bağrışanlar oldu. Pyotr Petroviç eğildi, kâğıdı iki parmağıyla yerden aldı, kaldırıp herkese göstererek açtı. Bu, sekize katlanmış yüz rublelik bir banknottu. Pyotr Petroviç elini havada dolaştırarak banknotu herkese gösterdi.

"Hırsız! Defol evimden! Polis! Polis!" diye bağırdı Amaliya Ivanovna. Sibirya'ya sürmek gerek bunları! Defol!

Her kafadan bir ses çıkıyordu. Raskolnikov susuyor, gözlerini kırpmadan Sonyaya bakıyordu. Arada bir, hızla, bakışlarını Lujin'e kaydırdığı oluyordu. Sonya olup bitenlerden hiçbir şey anlamıyormuşçasına, hatta şaşkınlık belirtisi bile göstermeden olduğu yerde duruyordu. Birden yüzü kıpkırmızı oldu, bir çığlık atarak elleriyle yüzünü kapadı. Yürek parçalayıcı bir sesle:

"Hayır, ben almadım, ben hiçbir şey bilmiyorum!" diye haykırarak Katerina Ivanovna'ya atıldı. Katerina Ivanovna da onu herkesten korumak istercesine sımsıkı kucaklayıp göğsüne bastırdı.

Her şey apaçık ortadaydı, ama yine de Katerina Ivanovna: "Sonya! Sonya! Ben inanmıyorum! Görüyorsun ya, ben inanmıyorum!" diye mırıldanarak bir çocuk gibi Sonya'yı kollarından sarsıyor, ellerini yakalayıp dudaklarına götürerek öpüyordu. "Sen alacaksın ha! Ne aptal insanlar bunlar! Ah, Tanrım!" Odadakilere döndü. "Aptallar! Hepiniz aptalsınız! Onun nasıl bir yürek taşıdığını, onun nasıl bir kız olduğunu bilmiyorsunuz daha! O para çalacak ha! Üstündeki son gömleğini satar, kendisi yalınayak, çırılçıplak kalır da, ihtiyacı olanlara verir o, böyle bir kızdır Sonya! Çocuklarım açlıktan ölmesinler diye vesikalı oldu, bizim için kendini sattı! Ah, rahmetlim ah! Ah rahmetlim, ah! Kalk da gör şu olup bitenleri, kalk da gör! İşte senin yas yemeğin! Efendiler, korusanıza onu, ne diye dikilip duruyorsunuz öyle!' Rodion Romanoviç! Siz neden karşı çıkmıyorsunuz? Yoksa siz de mi inanıyorsunuz? Hepiniz, hepiniz, hepiniz bir tek serçe parmağı bile olamazsınız onun! Tanrım! Korusanıza onu!"

Bu zavallı, bu veremli, kimsesiz kadının ağlayışı odada bulunanlar üzerinde derin bir etki yapmış gibiydi. Veremin tükettiği bu acılı yüzde, yer yer kan pıhtılarının bulaştığı bu kurumuş dudaklarda, bu hırıltılı, boğuk haykırışta, bu çocuk ağlamasına benzer hıçkırıklarda, bu saf, çocuksu, umutsuz yalvarışla öylesine acı, öylesine insanın yüreğine işleyen bir şeyler vardı ki, zavallı kadına herkes acımış gibiydi. En azından Pyotr Petroviç hemen acımıştı.

"Hanımefendi! Hanımefendi!" dedi etkileyici bir sesle, "bu işin sizi ilgilendirir bir yanı yok! Hiç kimse sizi kötü niyetelikle ya da bu işe rıza göstermiş olmakla suçlamaya cesaret edemez! Kaldı ki, cepleri tersine çevirerek işi ortaya çıkaran sizsiniz: demek ki bu konuda hiçbir şey bilmiyordunuz... Sonya Samyonovna bu işi eğer yoksulluğunun etkisiyle yaptıysa, kendisini hemen bağışlamaya hazırım, ama Matmazel, bunu niçin itiraf etmekten kaçındınız? Yüzkarası bir duruma düşmekten mi korktunuz? Belki de bu daha ilk deneyiminiz? Ya da kendinizi kaybediverdiniz? Evet, anlaşılmayan bir yanı yok işin, son derece açık her şey! Ama yine de böylesine bayağılaşmamalıydınız!" Odada bulunanlara döndü." Baylar! Küçük hanıma acıdığım için uğradığım onca hakarete rağmen kendisini hemen şu anda bağışlamaya hazırım." Sonya'ya döndü. "Matmazel, şu anda duyduğunuz utanç, gelecek için size ders olsun. Bu işi daha ileri götürmeyeceğim, burada kapatıyorum. Yeter!"

Pyotr Petroviç, yan gözle Raskolnikov'a baktı. Bakışları karşılaştı. Raskolnikov'un ateşli bakışları Lujin'i yakıp kül etmeye hazırdı. Katerina Ivanovna ise artık hiçbir şey duymuyordu: Sonya'yı kucaklamış, çılgın gibi öpüp duruyordu. Çocuklar da minicik kollarıyla dört yanından sarmışlardı Sonya'yı. Ne olup bittiğini pek de anlayamayan Poleçka, hıçkırıklardan sarsılıyor, ağlamaktan şişmiş, ıslak, güzel yüzünü, Sonya'nın omzuna dayayarak gizlemeye çalışıyordu.

Tam bu sırada kapı tarafından gür bir ses yükseldi:

"Bu ne alçaklık!"

Pyotr Petroviç hızla çevresine bakındı.

"Bu ne alçaklık!" diye tekrarladı Lebezyatnikov, gözlerini Lujin'in gözlerine dikerek:

Pyotr Petroviç, hafifçe irkildi. Herkes fark etmişti bunu. O sırada Pyotr Petroviç'in irkildiğini fark ettiklerini daha sonra hatırladılar. Lebezyatnikov odanın içine doğru bir adım attı, Pyotr Petroviç'e yaklaşarak:

"Bir de beni tanık göstermeye cesaret ediyorsunuz ha!" dedi.

"Ne diyorsunuz siz Andrey Semyonoviç? Neden söz ediyorsunuz?" diye mırıldandı Lujin.

"Şundan söz ediyorum ki, siz bir iftiracısınız! Söylemek istediğim bu!" dedi Lebezyatnikov. Müthiş öfkeliydi. Aşırı miyop gözleriyle Lujin'e sert sert bakıyordu. Raskolnikov onun her sözünü yakalayıp tartmak istercesine gözlerini Lebezyatnikova dikmişti. Yeniden sessizlik egemen olmuştu odaya. Pyotr Petroviç özellikle de ilk anlarda kendinden geçer gibi olmuştu. Kekeleyerek:

"Eğer bu sözler banaysa..." diye başladı. "Ne oluyor size Allah aşkına? Aklınız başınızda mı?"

"Benim aklım başımda, ama siz bir sahtekarsınız! Ah, ne bayağılık! Her şeyi sonuna kadar dinlemek için mahsus bekledim, anlamak istiyordum çünkü... İtiraf ederim ki, şu anda bile mantığıma aykırı geliyor bu yaptıklarınız. Neden yaptınız bütün bunları, hiç anlamıyorum."'

"Ne yapmışım ben? Nedir bu saçmalar, bu bilmece gibi sözler! Yoksa sarhoş musunuz?"

"Ben içki içmem, aşağılık herif! Ama sen içebilirsin... İnançlarıma aykırı olduğu için ben ağzıma içki koymam! Düşününüz ki baylar, şu yüz rublelik banknotu kendi elleriyle Sonya Semyonovna'ya verdi bu adam, ben bunu gözlerimle gördüm, tanığım... Yargıç huzurunda yemin edebilirim... O, o verdi parayı!"

Lujin ıslıksı bir sesle:

"Yoksa sen keçileri mi kaçırdın, süt kuzusu?" dedi. "Kendisi daha demin herkesin gözü önünde ve açıkça benden on rubleden başka bir para almadığını söyledi. Bu duruma göre ben ona nasıl başka para vermiş olabilirim?"

"Ben gördüm, gözlerimle gördüm!" diye bağırdı Lebezyatnikov. "İnançlarıma aykırı olmasına rağmen, hemen şu anda, yargıç önünde istedikleri yemini etmeye hazırım; çünkü parayı kaşla göz arasında kızın cebine nasıl sokuşturduğunuzu gözlerimle gördüm! Kapının orda, vedalaşırken, o bir ara başını çevirdiğinde, sağ elinizle onun elini sıkarken, sol elinizle parayı cebine bırakıverdiniz. Ama ben, aptal, bunu iyi yürekliliğinizden böyle gizlice, yaptığınızı sanmıştım... Her şeyi kendi gözlerimle gördüm! Gördüm!"

Lujin'in yüzü kireç gibi oldu.

"Yalan söylüyorsunuz!" diye bağırdı. "Ta pencerenin oradan parayı nasıl seçebilirdiniz ki? Miyop gözlerinizle hayal görmüşsünüz siz! Sayıklıyorsunuz!"

"Hayır, hayal görmedim ben! Evet, uzakta duruyordum, ama yine de her şeyi gördüm. Dediğiniz doğru, pencerenin oradan paranın kaç rublelik olduğunu seçebilmek zordur, ama ben bir başka nedenle bunun özellikle yüz rublelik bir banknot olduğunu çok iyi biliyorum. Çünkü siz Sonya Semyonovnaya on rubleliği verirken, masadan bir de yüz rublelik banknot aldınız (bunu kendi gözlerimle gördüm, çünkü o sırada yanınızdaydım ve aklıma gelen bir düşünce nedeniyle de elinizde bir yüz rublelik bulunduğunu unutmadım) Parayı katladınız ve konuşmanız süresince hep avucunuzda tuttunuz. Sonra ben bunu unuttum. Ama ayağa kalktığınızda parayı sağ elinizden sol elinize geçirirken az kalsın yere düşürecektiniz, o zaman yeniden hatırladım. Çünkü yine aynı şeyi, yani Sonya Semyonovna'ya benden gizli bir yardımda bulunmak istediğinizi düşündüm.

Bunun üzerine hareketlerinizi ne büyük bir dikkatle izlemeye başladığımı tahmin edebilirsiniz... Sonra da parayı farkına varmadan kızın cebine sokmayı başardınız. Bunu kendi gözlerimle gördüm, gördüm! Yargıç önünde yemin edebilirim!"

Odanın her yanından, çoğu şaşkınlık dile getiren sesler yükselmeye başladı; ama öfkeli, tehdit karakteri giderek artan sesler de duyuluyordu, Pyotr Petroviç'i çember içine almışlardı. Katerina Ivanovna, Lebezyamikov'a atılarak:

"Andrey Semyonoviç!" dedi, "Sizin hakkınızda yanılmışım! Koruyun onu! Bir siz ondan yanasınız! Kimsesi yok onun! Sizi Tanrı gönderdi! Andrey Semyonoviç, iki gözüm, canım kardeşim!"

Ve Katerina Ivanovna, ne yaptığının farkında olmadan, Andrey Semyonoviç'in önünde diz çöktü. Pyotr Petroviç öfkeden deliye dönmüştü.

"Saçma!" diye bağırdı. "Söyledikleriniz baştan aşağı saçma! Bunu unutmuştum, sonra hatırladım, sonra yine unuttum. Nedir bütün bunlar! Yani ben mahsus mu sokuşturdum parayı onun cebine? Niçin? Ne amaçla? Ne alıp veremediğim olacak benim bu... bu kızla?"

"Neden yaptınız bunu? İşte benim anlayamadığım da bu! Ama sözlerim bütünüyle gerçeği yansıtıyor! Bu konuda o kadar yanılmıyorum ki, ah, ne kadar aşağılık bir adamsınız! Bu davranışınızdan dolayı elinizi sıkıp size teşekkür ettiğim sırada, özellikle aklıma gelen bir soruyu çok iyi hatırlıyorum. Bu parayı neden özellikle gizlice koymuştunuz kızın cebine? Özellikle gizlice?

Acaba benim, kişisel yardımların köktenci bir çözüm olmadığı için bunlara karşı olduğumu biliyordunuz da yalnızca benden gizlemek için mi böyle davranmıştınız? Daha sonra, benim yanımda bu kadar büyük bir parayı vermekten utanmış olabileceğinize karar verdim. Sonra, ona sürpriz yapmak istemiş de olabilirdiniz... Cebinde yüz rublelik bir banknot bulacak ve şaşıracaktı... (Çünkü bazı yardımsever kişilerin yaptıkları yardımın gizli kalmasını istediklerini; bundan çok hoşlandıklarını biliyorum) Yine düşündüm ki, belki de, cebinde parayı bulunca size teşekkür etmeye gelip gelmeyeceğini denemek istiyordunuz! Sonra, hani, sağ elin verdiğini sol el bilmemeli sözü uyarınca, size minnet duymasından kaçınmak istiyor da olabilirdiniz! Kısacası daha neler neler geldi aklıma... Ama ben bütün bunlar üzerinde daha sonra düşünmeye karar verdim. Öte yandan sırrınızı bildiğimi belli etmenin de kabalık olacağını düşündüm. Ancak aklıma yine bir şey takılmıştı: kendisine yapılan iyilikten habersiz olan Sonya Semyonovna, parayı yitirebilirdi. Bu bakımdan buraya gelip cebine yüz ruble bıraktığınızı kendisine söylemeye karar verdim. Ama "Pozitivist Metodun Genel Sonuçlarını bırakmak, özellikle de kitapta Pideritle Vagner'in makalelerini okumalarını salık vermek için geçerken Bayan Kobilyamikovlara uğradım, sonra doğruca buraya geldim. Geldim ki, meğer burada neler oluyormuş! Şimdi sorarım size: eğer Sonya Semyonovnanın cebine yüz rublelik banknotu koyduğunuzu görmeseydim, bütün bu ayrıntılı düşünceler, varsayımlar, nasıl, nasıl aklıma gelebilirdi?"

Andrey Semyonoviç uzun söylevini böyle bir mantıki sonuçla bitirdiğinde artık iyice yorulmuş hatta yüzü ter içinde kalmıştı. Ama ne yazık ki, meramını anlatacak kadar Rusça bilmediği için bu avukatlık başarısından sonra sanki bir anda eriyip tükenmiş, hatta sanki zayıflayıvermişti. Ama konuşması herkes üzerinde büyük bir etki yapmıştı. Öylesine coşkuyla, öylesine inançla konuşmuştu ki, sözlerine herkesi inandırmış gibiydi. Pyotr Petroviç işlerin kötüye gitmekte olduğunu anlıyordu.

"Kafanıza takılan bu saçma sapan sorulardan bana ne!" diye bağırdı. "Bunlar kanıt değildir! Bütün bunları rüyanızda görmüş olabilirsiniz! Ben de size diyorum ki, yalan söylüyorsunuz bayım, kim bilir hangi kızgınlığınızdan dolayı yalan söylüyor ve bana kara çalıyorsunuz! Özellikle de sizin serbest ve tanrıtanımaz düşüncelerinize katılmadığım için bana kızmış olabilirsiniz, hepsi bu!"

Pyotr Petroviç, yaptığı bu manevradan bir yarar görmedği gibi, tam tersine her yandan homurtuların yükselmesine neden oldu.

"Şuna bakın, işi nerelere götürdü!" diye bağırdı Lebezyatnikov. "Yalan söylüyorsun! Polis çağır, ben yargıç önünde yemin etmeye hazırım! Yalnız niçin, hangi nedenle böyle aşağılık bir davranışta bulunduğunu hâlâ anlayabilmiş değilim! Ah, ne alçakmışsın meğer!"

"Böyle alçakça davranmasının nedenini ben açıklayabilirim... Gerekirse yargıç önünde yemin edebilirim..."

Sonunda Raskolnikov söze girmişti. Bir adım öne çıkmış, sakin, kendinden emin bir sesle konuşuyordu. Odadaki herkes, daha ilk ağızda, onun gerçekten de işin iç yüzünü bildiğini ve bilmecenin çözümüne yaklaşıldığını anlamıştı. Raskolnikov Lebezyatnikov'a dönerek: "Artık her şeyi anlamış bulunuyorum..." diye sürdürdü sözlerini. "Aslında ta işin başından beri bunun iğrenç bir tuzak olduğundan kuşkulanıyordum. Yalnızca benim bildiğim, biraz sonra da hepinize anlatacağım özel birtakım nedenlerden dolayı böyle bir kuşkuya kapılmıştım, işin can alıcı noktası buradadır. Size gelince, Andrey Semyonoviç, değerli sözlerinizle her şeyi kesin olarak anlamamı sağladınız! Herkesin, herkesin beni dikkatle dinlemesini rica ederim: Bu bay -Lujini gösterdi- birkaç gün önce bir kızla, daha doğrusu benim kız kardeşim Avdotya Romanovna Raskolnikova ile evlenmek üzereydi. Ama üç gün önce Petersburg'a geldiğinin ilk günü, daha ilk görüşmemizde benimle kavga etti, ben de kendisini evimden kovdum; bu olayın iki tanığı vardır. Çok kötü yürekli bir adamdır bu... Dün değil önceki gün, yani kendisiyle kavga ettiğimiz gün, ben daha onun burada, yani sizin odanızda, Andrey Semyonoviç, oturduğunu bilmiyordum. Aynı gün, yani kavga ettiğimiz gün, kendisi, rahmetli Marmeladov'un dostu olarak karısı Katerina Ivanovna'ya cenaze harcamalarına kullanması için birkaç kuruş verdiğimi görmüş. Hemen oturup anneme bir mektup yazarak, bütün paramı Katerina Ivanovna'ya değil de, Sonya Semyonovna'ya verdiğimi bildirmiş, bu arada da Sonya Semyonovna üzerine, daha doğrusu benim Sonya Semyonovna'yla olan ilişkimin niteliği üzerine en aşağılık sözlerle çeşitli imalarda bulunmuş. Hemen anlayacağınız gibi bütün bunlardan amacı, annemle kız kardeşimi, bana bin bir güçlükle gönderdikleri paraları kötü yollarda harcadığıma inandırarak, ailemle aramı açmaktı. Dün akşam, annemle kız kardeşimin ve onun bulunduğu bir aile toplantısında, paraları Sonya Semyonovna'ya değil, cenaze harcamaları için Katerina Ivanovna'ya verdiğimi, o sırada daha Sonya Semyonovna'yı hiç tanımadığımı, hatta yüzünü bile görmediğimi kanıtlayarak gerçeği ortaya çıkardım. Bu arada onun, yani Pyotr Petroviç Lujin'in, sahip olduğu bütün üstünlükleriyle birlikte, kendisi için onca kötü sözler söylediği Sonya Semyonovna'nın serçe parmağı bile olamayacağını ekledim. Kendisinin, Sonya Semyonovna'yı kız kardeşimle yan yana oturtup oturtamayacağım sorusuna karşılık da, daha o gün bu işi yapmış bile olduğumu söyledim. Ettiği onca iftiraya rağmen, annemle kız kardeşimin benimle bozuşmak istememeleri üzerine kendisi iyice çileden çıktı ve söylediği her sözle, annemle kız kardeşime karşı bağışlanmaz kabalıklarda bulundu. Sonunda kesin kopuş oldu ve kendisini evden kovduk. Bütün bu anlattıklarım dün akşam oldu. Şimdi şu noktaya dikkat etmenizi rica ederim: eğer az önce Sonya Semyonovna'nın hırsız olduğunu kanıtlayabilseydi, kız kardeşimle anneme, kuşkularında ve Sonya Semyonovna'yla kız kardeşimi bir tuttuğum için bana gücenmekte çok haklı olduğunu, bana çıkışmakla, kız kardeşimin, yani nişanlısının şerefini koruduğunu kanıtlamış olacaktı. Kısacası, böylece, benim yeniden ailemle aramı açmayı ve onların gözüne girmeyi umuyordu. Sonya Semyonovna'nın şeref ve mutluluğunun benim için ne kadar değerli olduğunu doğru tahmin ederek, benden kişisel olarak öç almak istemesinden hiç söz etmiyorum. İşte onun hesapları bunlardı! Bütün bu olup bitenleri ben bu şekilde anlıyorum! Bu aşağılık davranışının başka hiçbir nedeni olamaz!"

Raskolnikov sözlerini böyle ya da buna yakın bir şekilde bitirdi. Kalabalık, şaşkınlık dile getiren seslerle sık sık sözlerini kesmiş, ama yine de herkes konuşmasını büyük bir dikkatle dinlemişti. Sakin, kendinden emin, dolambaçsız, kesin bir dille konuşmuştu. Sesindeki kararlılık ve inanç, yüzünün sert ifadesi, herkesin üzerinde derin bir etki bırakmıştı.

Lebezyatnikov heyecanla:

"Evet, evet, bu böyle!" diye doğruladı. "Yani böyle olması gerek. Çünkü Sonya Semyonovna içeri girer girmez, bana özellikle sizin burada olup olmadığınızı, Katerina Ivanovna'nın konukları arasında sizi de görüp görmediğimi sordu. Beni pencerenin oraya götürerek, orada sessizce sordu bunu. Demek ki onun için sizin muhakkak burada bulunmanız gerekiyordu! Evet, bu böyle, bu kesinlikle böyle!"

Lujin suskundu. Dudaklarında küçümseyici bir gülümseme vardı. Ama yüzü bembeyazdı, muhtemelen işin içinden nasıl sıyrılacağını düşünüyordu. Her şeyi olduğu gibi bırakıp gitmek fazlasıyla işine gelirdi, ama şu anda böyle bir şey olanaksız gibiydi: Bu, Sonya Semyonovna'ya iftira ettiği yolunda kendisine yöneltilen suçlamaların doğruluğunu kabul etmesi anlamına gelirdi. Çoğu kafayı bulmuş olan konuklar zaten fazlasıyla heyecanlanmış durumdaydılar. İaşe memuru, konuşulanların çoğunu anlamamış olmakla birlikte, herkesten çok bağırıyor, Lujin'in hiç de hoşuna gitmeyecek birtakım yollara başvurulmasını öneriyordu. Ama odada sarhoş olmayanlar da vardı: bütün kiracılar içeri üşüşmüşlerdi. Polonyalıların üçü de müthiş öfkelenmişti. "Pane aydak!" diye bağırıp duruyorlar, -bu arada kendi dillerinde başka bazı tehditler de savuruyorlardı. Sonya da büyük bir gerilim içinde dinliyordu, ama bir baygınlık geçirmiş de yeni ayılmış gibi her şeyi anlamış görünmüyordu. Bütün savunmasının Raskolnikov'a bağlı olduğunu hissederek gözlerini ayırmadan ona bakıyordu. Katerina Ivanovna hırıldayarak, güçlükle soluyordu, bitip tükenmiş bir hali vardı. Ama en aptalca görünüşü olan Amaliya Ivanovna'ydı; ağzını ayırmış, hiçbir şey anlamadan çevresine bakmıyordu. Anladığı tek şey, Pyotr Petroviç'in köşeye sıkışmış olduğuydu. Raskolnikov bir şeyler daha söylemek için izin isteyecek oldu, ama fırsat vermediler: Lujin'in etrafını sarmışlar, sövüyorlar, tehditler savuruyorlar, bağırıyorlardı. Ama Pyotr Petroviç ödlek takımından değildi, planının başarısızlığa uğradığını görünce, işi yüzsüzlüğe döktü. Kalabalığı yarmaya çalışarak:

"İzin verin baylar, izin verin" dedi. "Açılın da geçelim! Hem bana gözdağı vermekten de vazgeçin! İnanın bana, bundan bir şey çıkmaz, hiçbir şey yapamazsınız, ödlek takımından değilim ben! Tam tersine, bir suçu zorla örtbas ettiğiniz için sorumlu duruma düşersiniz! Hırsız açıkça ortaya çıkmıştır, bu işin peşini bırakmayacağım... Yargıçlarımız ne kör, ne de sarhoş... Kişisel öç duygularıyla beni suçlayan, evet, az önce aptallıklarından bunu kendi ağızlarıyla itiraf ettiler, bu iki dinsize, dinsizlikleri herkesçe bilinen serbest düşünceli bu iki haytaya inanmazlar... Evet, izin verin baylar!"

Lebezyatnikov öfkeyle:

"Artık odamdaki varlığınıza katlanamam!" diye bağırdı. "Hemen terk edin odamı! İki haftadır, onu ağırlayabilmek için neler çektiğimi düşünüyorum da..."

"Geçen gün ben kendim odanızdan çıkıyordum Andrey Semyonovic, ama beni siz alıkoymuştunuz, şimdiyse, o günkü sözlerime tek bir şey ekleyeceğim: Siz aptalın birisiniz! Kafanızdaki kontaklığı ve kör gözlerinizi tedavi ettirmenizi dilerim. İzin verin baylar!"

Lujin kalabalığı yararak kendine bir yol açtı; ama onun yalnızca bir iki küfürle savuşup gitmesine gönlü razı olmayan iaşe memuru, masadan bir bardak kaptı ve gerilip Pyotr Petroviç'e fırlattı. Ama bardak Pyotr Petroviç yerine Amaliya Ivanovnaya geldi. Amaliya bir çığlık attı, iaşe memuru ise, bardağı atarken fazla gerilediği için hızını alamadı, dengesini yitirip olanca ağırlığıyla masanın altına yuvarlandı. Pyotr Petroviç odasına döndü, yarım saat kadar sonra da evden ayrıldı.

Sonya yaradılıştan ürkek bir kızdı. Kendisine, başka bütün insanlardan çok daha kolay kötülük yapılabileceğini, aşağılamak, gönlünü kırmak gibi şeylerinse, herkesin, hemen hiçbir ceza görmeden kolayca yapabileceği şeyler olduğunu öteden beri bilirdi. Ama yine de şu son olaya kadar, herkese karşı takındığı ölçülü, uysal boyun eğer tavrıyla, felaketlerden kaçınabileceğini sanıyordu. Müthiş bir düş kırıklığına uğramıştı. Her şeyi, hatta bu son olayı bile tevekkülle karşılayabilir, katlanabilirdi. Ama bu son olay, özellikle de ilk anlarda ona çok ağır gelmişti. Kazandığı zafere, temize çıkmasına rağmen ilk korku ve şaşkınlık anı geçip de olup bitenleri bütünüyle kavrayınca, umarsızlığın ve aşağılanmışlığın dayanılmaz acısını duydu yüreğinde. Sinirleri allak bullak olmuştu, sonunda dayanamadı ve kendini odadan dışarı atıp koşa koşa evine gitti. Lujin'in çıkıp gitmesinden hemen sonra olmuştu bu.

Odadakilerin kahkahaları arasında bardağı yiyen Amaliya Ivanovna, bir başkasının yanlışı yüzünden böylesine bir cezaya uğramaya katlanamazdı. Bir çığlık atarak, kudurmuşçasına, bütün olup bitenlerin sorumlusu olarak gördüğü Katerina Ivanovna'nın üzerine atıldı.

"Defol evimden! Hemen, şimdi! Defol!" Ve Katerina Ivanovna'nın eşyalarından eline geçenleri kaldırıp yere çalmaya başladı. Bitkin bir şekilde kendini attığı yataktan fırlayan Katerina Ivanovna, Amaliya Ivanovna'nın üzerine atıldı. Ama eşitsiz bir kavgaydı bu. Amaliya Ivanovna onu bir tüy gibi fırlatıp attı. Zavallı kadın hıçkırıklardan tıkanarak:

"Ne!" diye haykırdı. "Allahtan korkmadan Sonya'ya iftira ettikleri yetmezmiş gibi şimdi de bu hayvan bana saldırıyor, ha! Kocamı toprağa verdiğim gün, soframda tuzumu ekmeğimi yediği gün, şu yetimlerle beni sokağa atmaya kalkıyor ha! Nereye gideceğim ben?" Gözleri alev alev, birden bir çığlık attı; "Tanrım! Adaletin yok mu? Bizi, bizim gibi yetimleri korumayacaksın da kimi koruyacaksın? Ama göreceğim! Mahkeme de, adalet de var bu dünyada! Ben bulacağım! Bekle sen allahsız kadın! Poleçka, sen çocuklarla kal, ben şimdi dönerim! Sokakta bile olsa, bekleyin beni! Adalet var mı, yok mu, göreceğim!"

Katerina Ivanovna, rahmetli kocasının sözünü ettiği yeşil drap şalını başına örttü, hâlâ odayı doldurmakta olan apartman halkının meydana getirdiği karmakarışık sarhoş kalabalığını yararak kendine yol açtı, gözyaşları içinde, hıçkıra hıçkıra, ne olursa olsun, hemen şu anda bir yerlerde adaleti bulmak kararıyla sokağa fırladı. Poleçka, küçüklerle birlikte korku içinde köşedeki sandığın üzerine büzüldü, iki kardeşini kucakladı, tir tir titreyerek annesinin dönmesini beklemeye başladı. Amaliya Ivanovna odanın içinde dört dönüyor, ulur gibi ağlıyor, bağırıyor, eline geçen her şeyi kudurmuşçasına yerlere atıyordu. Kiracılar da müthiş gürültü ediyor, her kafadan bir ses çıkıyordu; kimileri olup bitenler üzerine akılları erdiğince bir şeyler söylüyor, kimileri tartışıyor, küfürler savuruyor, kimileriyse şarkı söylüyordu.

Raskolnikov, "artık ben de gideyim" diye düşündü. "Evet, Sonya Semyonovna, bakalım şimdi ne diyeceksiniz?"

Ardından Sonya'nın evine gitmek üzere oradan ayrıldı.

IV

Raskolnikov, yaralı ruhuna ve çektiği acıya rağmen Lujin'e karşı Sonya'nın çalışkan, iyi bir avukatı olmuştu. Bu sabah çektiği bunca işkenceden sonra, iyiden iyiye katlanılmaz bir hal almaya başlayan izlenimlerini değiştirmesine neden olan bu rastlantıya sevinmiş gibiydi. Bu sevincinin bir başka nedeni de onu Sonyayı savunmaya zorlayan kişisel ve candan duygulardı. Öte yandan, kendisini hele bazen müthiş heyecanlandıran bir randevusu vardı Sonya'yla. Ona, Lizaveta'yı kimin öldürdüğünü söylemek zorundaydı. Bunun acısını şimdiden duyuyor, bu düşünceyi kafasından uzaklaştırmak istiyor gibiydi. Katerina Ivanovna'nın evinden çıkarken, "Bakalım şimdi ne diyeceksiniz, Sonya Semyonovna?' derken de, herhalde, az önce Lujin'e karşı kazandığı zaferin coşkusu içinde bulunuyordu. Ama şu anda tuhaf bir şeyler oluyordu kendisine. Kapernaumov'ların evine gelince, birden elinin ayağının çekilir gibi olduğunu, korktuğunu hissetti.

Kapının önünde tuhaf bir soruyla, dalgın, duraksadı: 'Lizaveta'yı kimin öldürdüğünü ille de söylemeli miyim?' Soru tuhaftı, çünkü daha bunu aklından geçirir geçirmez, söylememesinin olanaksız olması bir yana, bu işi bir an geciktirmenin dahi elinde olmadığını anladı. Bunun niçin olanaksız olduğunu henüz bilmiyordu, ama hissediyordu bunu ve böylesi birtakım zorunluluklar karşısında güçsüz olduğunu hissetmek ona dehşetli acı veriyor, yüreğini eziyordu. Daha fazla düşünmemek ve acı çekmemek için hızla kapıyı açtı ve eşikte durup Sonya'ya baktı. Sonya dirsekleri masaya dayalı, elleriyle yüzünü örtmüş oturuyordu ama Raskolnikov'u görür görmez, sanki onu bekliyormuş gibi yerinden kalktı, karşılamaya koştu. Odanın ortasında karşılaştılar. Sonya çabuk çabuk:

"Siz olmasaydınız, halim ne olurdu!" dedi. Bunlar, ilk ağızda söylemek için hazırladığı sözlerdi. Sonra sustu ve bekledi. Raskolnikov masaya yaklaştı, az önce onun kalktığı iskemleye oturdu. Sonya tıpkı dünkü gibi onun iki adım ötesinde ayakta durdu.

Raskolnikov "Evet, Sonya?" diye söze başladı; ama birden sesinin titrediğini hissetti. "Bütün sorun, toplumsal durum ve ona bağlı geleneklerden kaynaklanıyordu. Anladınız mı az önce bunu?"

Sonya'nın yüzünde acı gölgeleri uçuştu.

"Ne olur benimle dünkü gibi konuşmayın" dedi. "Lütfen yine başlamayın! Çektiğim acılar bana yeter."

Raskolnikov'un bu siteminden alınabileceğinden endişelenerek hemen gülümsedi:

"Oradan ayrılmam aptalca bir şeydi. Kim bilir neler oluyor şimdi orda? Demin gidecektim, ama hep sizin gelebileceğinizi düşündüm."

Raskolnikov ona Amaliya Ivanovna'nın Katerina Ivanovna'yı ve çocuklarını evden kovduğunu ve Katerina Ivanovna'nın bir yerlere "adalet aramaya" gittiğini anlattı.

"Aman Tanrım!" diye bağırdı Sonya, "hemen gidelim..." Ve mantosunu kaptı.

"Yine aynı şey!" dedi Raskolnikov sinirli sinirli. "Aklınız fikriniz onlarda! Biraz da benimle olun."

"Ya... Katerina Ivanovna?"

Raskolnikov ters ters:

"Merak etmeyin, Katerina Ivanovna sizden vazgeçmez." dedi. "Evden çıktığına göre, az sonra kendisi buraya gelir. Sizi burada bulamazsa pişman olursunuz sonra..."

Sonya acılı bir kararsızlıkla iskemleye ilişti. Raskolnikov başını önüne eğmiş bir şeyler düşünüyor, konuşmuyordu.

"Diyelim Lujin şimdi istemedi" diye başladı, Sonya'ya bakmadan konuşuyordu, "ama ya isteseydi, ya da hesabına öylesi uygun gelseydi. Lebezyatnikov ve ben olmasaydık, sizi hapse artırabilirdi, öyle değil mi?"

Sonya duyulur duyulmaz bir sesle:

"Evet" dedi, sonra dalgın, korkulu: "Evet!" diye tekrarladı.

"Ve ben gerçekten de orada bulunmayabilirdim! Lebezyatnikov'sa tümüyle bir rastlantı sonucu oradaydı."

Sonya susuyordu.

"Hapse düşseniz ne olacaktı? Dün size söylediklerimi hatırlıyor musunuz?"

Sonya yine bir şey söylemedi. Raskolnikov biraz bekledi, sonra zorlama bir gülümsemeyle:

Yeniden, "Ah, yeter artık, bunlardan söz etmeyin!" diyeceğinizi sanmıştım ben de..." dedi. Bir dakika kadar sustu, sonra: "Ne o, yine susuyorsunuz?" dedi. "Ama bir şeyler konuşmamız gerek. Lebezyatnikov'un dediği gibi, bir sorunu nasıl çözeceğinizi öğrenmek, doğrusu benim için çok ilginç olacak (Saçmalamaya başlamıştı) Hayır, ciddi söylüyorum; gerçekten ciddiyim. Düşünün ki Sonya, Lujin'in bütün niyetlerini önceden biliyordunuz, böylece Katerina Ivanovna'nın, onun çocuklarının, ek olarak da (kendinizi bir hiç olarak gördüğünüz için ek olarak diyorum) kendinizin tümüyle mahvolacağınızı (hem de kesinlikle) biliyorsunuz! Poleçka'nın da öyle... Çünkü o da aynı yolun yolcusu... Evet, böyle bir durumda, eğer her şey sizin elinizde olsaydı, yani birilerinin yaşaması, ya da ölmesi, diyelim Lujin'in yaşaması ve alçaklıklarına devam etmesi ya da Katerina Ivanovna'nın ölmesi size bırakılmış olsaydı, nasıl bir karar verirdiniz? Bunlardan hangisi ölmeli size göre? Evet, soruyorum."

Sonya kaygılı gözlerle bakıyordu ona. Bu dolambaçlı, bu uzaktan uzağa bir şeyler hatırlatan sözlerde özel bir şeyler sezer gibi olmuştu.

"Böyle bir şey soracağınız içime doğmuştu" dedi; dikkatle, merakla bakıyordu Raskolnikov'a.

"İyi, öyle olsun; ama siz söyleyin bana: kararınız ne olurdu?" Sonya yüzünde bir tiksinti ifadesiyle "Olmayacak şeyler üzerine neden soru soruyorsunuz bana?" dedi.

"Öyleyse, Lujin'in yaşaması ve alçaklıklarına devam etmesi daha iyi? Buna da mı karar verecek cesaretiniz yok?"

"Bu Tanrı'nın işi, ben nereden bilebilirim? Hem ne diye bana böyle hiç sorulmayacak şeyleri sorup duruyorsunuz? Böyle anlamsız, boş şeyleri? Hiç böyle bir şey benim kararıma kalabilir mi? Filancanın yaşamasına, filancanın yaşamamasına karar vermek hakkını bana kim verdi?"

Raskolnikov somurtarak:

"Tanrı'nın işi, dediniz miydi, artık konuşacak bir şey kalmıyor demektir," diye homurdandı.

Sonya acıyla:

"Benden ne istediğinizi açıkça söylerseniz, daha iyi edersiniz!" diye bağırdı. "Yine dilinizin altında bir şeyler var... Yoksa buraya, bana işkence etmeye mi geldiniz?"

Ve kendini tutamadı birden acı acı ağlamaya başladı. Raskolnikov kederli gözlerle bakıyordu ona. Aradan beş dakika geçti.

"Haklısınız, Sonya..." dedi Raskolnikov yavaşça. Birden değişmişti sanki. Az önceki yapmacık küstahlığından ve kışkırtıcı tavrından eser kalmamıştı. Sesi bile cılızlaşmıştı: "Dün sana, beni bağışlamanı dilemeye gelmeyeceğimi söylemiştim, ama işte sözlerime nerdeyse beni bağışlamanı dilemekle başladım... Lujin ve Tanrı konusunda söylediklerim için... Evet Sonya, bağışlanmamı diledim..."

Gülümsemek istedi, ama yorgunluğu, bezginliği dile getiren zayıf bir gülümseyişti bu. Başını eğdi, yüzünü elleriyle kapadı.

Raskolnikov, birden yüreğinde Sonya'ya karşı yakıcı bir nefret duydu. Genç adamı şaşırtan beklenmedik, tuhaf bir duyguydu bu. Raskolnikov ürktü, başını kaldırıp Sonya'ya baktı, ama gözleri kaygı dolu, ilgi dolu acılı bakışlarla karşılaştı. Bu bakışlarda sevgiden başka bir şey yoktu. Raskolnikov'un içindeki nefret bir hayal gibi yok oldu. Hayır, bu o değildi; şaşırmış, iki duyguyu birbirine karıştırmıştı. Bu yalnızca o anın geldiğini gösteriyordu.

Yeniden elleriyle yüzünü kapadı ve başını yere eğdi. Birden yüzü sapsarı oldu, iskemlesinden kalktı. Sonya'ya baktı, hiçbir şey söylemeden bir makine gibi gidip kızın yatağına oturdu.

Şu anda, baltayı ilmiğinden çıkardıktan sonra kocakarının arkasında dururken, artık kaybedecek bir saniyesi bile olmadığını düşündüğü an arasında öyle korkunç bir benzerlik vardı ki...

"Neyiniz var?" diye sordu Sonya, ürkmüştü onun bu halinden.

Hiçbir şey söyleyemedi Raskolnikov. Açıklamanın bu şekilde olacağını hiç düşünmemişti, şu anda kendisine neler olduğunu o da bilmiyordu. Sonya usulca yatağa, onun yanına oturdu, gözlerini dikip beklemeye başladı. Yüreği nerdeyse duracaktı. Dayanılmaz bir durumdu bu: Raskolnikov ölü gibi sararan yüzünü Sonya'ya çevirdi; dudakları bir şeyler söyleyebilmek çabasıyla çırpınıyor gibiydi. Sonyanın yüreğini bir korku kapladı. Ondan hafifçe uzaklaşarak yeniden: "Neyiniz var?" diye sordu.

"Bir şey yok Sonya! Korkma... Saçma! Gerçekten de, saçma!" Kendinden geçmiş, sayıklıyor gibiydi. Birden, başını kaldırıp Sonya'ya baktı. "Yalnız, niçin sana böyle eziyet ediyorum Sonya? Gerçekten de, niçin? Kendime hep bunu soruyorum..."

Belki on beş dakika önce yine sormuştu bu soruyu kendine, ama bu kez nerdeyse kendinden geçmişçesine, bütün vücudu tir tir titreyerek soruyordu.

Sonya ona gözlerinde derin bir acıyla bakarak "Ah, nasıl da acı çekiyorsunuz!" dedi.

"Hepsi saçma! Baksana, Sonya (nedense gülümsedi, iki saniye kadar süren uçuk, belli belirsiz bir gülümsemeydi bu) dün sana bir şeyler söylemek istemiştim, hatırlıyor musun?" Sonya tedirginlikle bekledi.

"Dün buradan çıkarken, belki sonsuzcasına ayrıldığımızı ama eğer dönersem, sana Lizaveta'yı kimin öldürdüğünü açıklayacağımı söylemiştim."

Sonya birden bütün vücudunun titrediğini duydu, "İşte şimdi söylemeye geldim."

Sonya güçlükle:

"Evet, dün siz gerçekten de..." diye bir şeyler mırıldandı, sonra birden kendine geldi, telaşla: "iyi ama siz bunu nerden biliyorsunuz?" diye sordu.

Zorlukla soluk almaya başlamıştı Sonya, yüzü gitgide sararıyordu.

"Biliyorum."

Sonya bir dakika kadar sustu, sonra ürkek ürkek. "Yoksa buldular mı onu?" diye sordu. "Hayır, daha bulamadılar."

Sonya yine bir dakika kadar sustu, sonra zor duyulur bir sesle:

"Öyleyse siz bunu nerden biliyorsunuz?" diye sordu.

Raskolnikov yüzünü ona çevirip, gözlerini gözlerine dikti, az önceki çarpık, uçuk gülümseyişiyle: "Tahmin et" dedi.

Sonya tepeden tırnağa titrediğini duydu. Bir çocuk gibi gülümseyerek:

"Ama siz... niçin beni böyle korkutuyorsunuz?" diye mırıldandı.

Raskolnikov, gözlerini ondan ayırmak elinde değilmiş gibi dik dik bakmayı sürdürerek:

"Madem bunu biliyorum, öyleyse onun çok yakın dostuyum..." dedi. "O... Lizavetayı öldürmek istemiyordu... İstemeden öldürdü onu... Kocakarıyı öldürmek istiyordu o... Kocakarı yalnızdı önce... Tam o sırada Lizaveta girdi içeri... Böylece... onu da öldürmüş oldu..."

Aradan korkunç bir dakika daha geçti. İkisi de gözlerini ayırmadan birbirlerine bakıyorlardı.

Kendini çan kulesinden aşağı bırakıyormuşçasına bir duyguyla:

"Tahmin edemiyor musun?" diye sordu Raskolnikov.

Sonya zor duyulur bir sesle:

"Hayır" diye kekeledi,

"İyice bir bak bakalım..."

Bunu söyler söylemez o eski, bildik duygu bütün ruhunu dondurdu, birden Sonya'nın yüzünde Lizaveta'nın yüzünü gördü.

Birden elinde baltayla Lizaveta'nın üzerine yürürken kadının yüzünde beliren ifadeyi hatırladı. Lizaveta bir yandan duvara doğru gerilirken, bir yandan da çocuksu bir korkuyla ellerini ileri doğru uzatmıştı. Aniden bir şeyden korkmaya başlayan ve gözlerini kendisini korkutan şeye dikip minicik ellerini ileri doğru uzatarak her an ağlamaya hazır geri geri çekilen bir çocuk gibiydi... Şu anda Sonya'nın yüzünde de aynı ifade vardı: aynı korku, aynı umarsızlıkla bakıyordu ona. Birden sol elini ona doğru uzatarak parmağının ucuyla hafifçe göğsüne dokundu. Bir yandan da usul usul ondan uzaklaşarak yataktan, oturduğu yerden kalkmaya başlamıştı; ancak gözlerini bir an olsun onun gözlerinden ayırmıyordu, Sonya'nın duyduğu korku birden ona da bulaştı: yüzünde aynı dehşet ifadesi, hatta dudaklarında aynı çocuksu gülümseme, o da Sonya'ya bakmaya başladı sonunda:

"Anladın mı?" diye fısıldadı.

Sonya'nın göğsünden "Tanrım!" diye bir çığlık koptu. Yatağa yığılıp yüzünü yastığa gömdü. Ama çok kısa sürdü bu. Çabucak, doğruldu, hızla Raskolnikov'a yaklaştı, iki elini birden tutup incecik parmakları arasında bir mengene gibi sıkarak, gözlerini onun gözlerine dikti ve yeniden dikkatle bakmaya başladı. Bu bakışlarla son bir umut ışığı bulmak istiyor gibiydi, ama hayır, hiçbir umut yoktu. Hiç kuşkusu kalmamıştı, dediği gibi olmuştu her şeyi Sonya çok sonraları bu anı hatırladığında, hiç kuşkusu kalmayışını, bu karara böylesine birdenbire varışını çok tuhaf ve yadırgatıcı bulmuştu. Yoksa bu onun içine mi doğmuştu? Hayır, böyle bir şey söyleyemezdi. Ama şu anda, Raskolnikov ona bunu söyler söylemez bütün bunlar gerçekten de kendisinin içine doğmuş gibi geldi.

Raskolnikov acıyla:

"Yeter, Sonya!" dedi. "Yeter! Acı çektiriyorsun bana!"

Ona bu işi böyle açacağını bu işin böyle olacağını hiç ama hiç düşünmemişti, ama böyle olmuştu işte.

Sonya birden kendinde değilmiş gibi yerinden fırladı, ellerini ovuşturarak odanın ortasına kadar gitti, sonra hızla döndü, yeniden yatağa, onun yanına oturdu; o kadar yakınına oturmuştu ki, nerdeyse omuzları birbirine değiyordu. Sonra birden, sanki bir yerine bir şey saplanmış gibi irkildi, bir çığlık attı, kendinde değilmişçesine ve niçin yaptığını kendi de bilmeden Raskolnikov'un önünde diz çöktü.

"Ne yaptınız, ne yaptınız böyle kendinize!" diye mırıldandı, sesi umutsuzlukla doluydu. Sonra birden doğruldu, Raskolnikov'un boynuna atıldı, kollarıyla sımsıkı sarıldı.

Raskolnikov kendini hafifçe geri çekti, üzgün bir gülümsemeyle:

"Ne tuhafsın, Sonya" dedi, "sana ondan söz ettiğim sırada beni kucaklayıp öpüyorsun! Ne yaptığının farkında mısın?"

Sonya onun ne dediğini duymamıştı bile, müthiş bir heyecan içinde:

"Şu anda bütün dünyada sizden daha mutsuz hiç kimse yoktur!" diye haykırdı ve bir ağlama nöbetine tutulmuşçasına hıçkırmaya başladı.

Raskolnikov ne zamandır yabancısı olduğu bir duygunun bir sel gibi içine boşandığını ve kendisini hafiflettiğini hissetti. Bu duyguya karşı koymadı, gözlerinden yuvarlanan iki damla yaş kirpiklerine asılıp kalmıştı.

"Yani beni bırakmıyor musun Sonya?" dedi: belli belirsiz bir umut titreşimi vardı sorusunda.

"Hayır, hayır!" diye bağırdı Sonya, "Hiçbir zaman, hiçbir yerde! Nereye gidersen peşinden geleceğim! Ah, Tanrım! Ah, ne kadar mutsuzum! Ah, niçin, niçin seni daha önce tanımadım! Niçin bana daha önce gelmedin! Ah, Tanrım'"

"Geldim ya işte!"

"Şimdi geldin ama! Ne yapılabilir şimdi! Birlikte, birlikte... gideriz küreğe de..." Raskolnikov'a yeniden sarılmıştı. Bu sözler üzerine Raskolnikov'un bütün vücudu kasıldı, dudaklarında az önceki küçümseyici gülümseme.

"Ben belki de daha küreğe gitmek niyetinde değilim, Sonya" dedi.

Sonya ona hızla bir göz attı.

Mutsuz bir insana karşı duyduğu o heyecanlı ilk acıma duygusundan sonra, yeniden korkunç cinayet düşüncesiyle sarsıldı.

Raskolnikov'un konuşma tonundaki değişme, ona bir anda cinayeti ve katili hatırlatmıştı. Şaşkınlıkla bakıyordu ona. Bu iş niçin olmuştu, nasıl olmuştu, daha hiçbir şey bilmiyordu. Bu sorular şu anda birdenbire bilincinde çakıvermişti. Ama hemen sonra yeniden kuşkulanmaya başladı, inanamıyordu bir türlü: 'O mu katil! Olacak şey mi bu!'

"Ne oluyor? Nerdeyim ben?" diye bağırdı birden; hâlâ kendine gelememiş gibi büyük bir şaşkınlık içindeydi. "Hem, sizin gibi birisi nasıl böyle bir şey yapabilir? Niçin yaptınız bunu?"

Raskolnikov can sıkıntısıyla ve bitkin bir şekilde:

"Niçin olacak, soymak için. Yeter artık, Sonya" dedi.

Sonya sersemlemiş gibiydi, ama birden:

"Aç mı kalmıştın!" diye bağırdı. "Sen... sen bunu annene yardım etmek için yaptın, öyle değil mi?"

Raskolnikov yüzünü öte yana çevirdi, başını önüne eğdi:

"Hayır, Sonya, hayır," diye mırıldandı. "Aç olduğum söylenemez... Evet, gerçekten de anneme yardım etmek istemiştim, ama... tam bu da değil... Bana acı çektirme, Sonya!"

Sonya'nın elleri yanına düştü.

"Bütün bunlar gerçek olabilir mi? Tanrım bu nasıl gerçek böyle! Böyle bir gerçeğe kim inanır? Hem çıkarıp cebinizdeki parayı son kuruşuna kadar başkalarına verin, hem de para için birini öldürün!" Bir an sustu, sonra "Ah, yoksa... yoksa Katerina Ivanovnaya verdiğiniz o paralar da... Tanrım, yoksa o paralar da..." diye bağırdı.

Raskolnikov onun sözünü keserek:

"Hayır, Sonya..." dedi. "o paralar, o paralar değil. İçin rahat olsun! Bir tüccar aracılığıyla annemin gönderdiği paralar onlar.

Hastalandığım gün elime geçmiş, aynı gün de Katerina Ivanovna'ya vermiştim. Razumihin tanıktır... Paraları da benim adıma o almıştı tüccardan... Benimdi o paralar, benim, kendi paralarım..."

Sonya gözlerini dört açmış onu dinliyor, olanca çabasıyla bir şeyler anlamaya çalışıyordu.

Raskolnikov dalgın dalgın:

"O paralara gelince..." diye ekledi, "aslında para olup olmadığını da bilmiyorum ya, çünkü o sırada kocakarının boynundan içi tıka basa dolu bir para kesesi almıştım, ama içine bakmamıştım, fırsat olmamıştı, sonra, zincir, kol düğmesi gibi bazı şeyler de vardı... para kesesiyle birlikte bunların hepsini ertesi sabah, V caddesinde daha önce hiç bilmediğim bir avluda, bir taşın altına gizledim... Şimdi de orda duruyorlar..."

Sonya kulak kesilmiş dinliyordu. Raskolnikov'un son sözlerinde bir umut ışığı görerek:

"Bu işi... soymak için yaptığınızı söylüyorsunuz, ama hiçbir şey almamışsınız!" dedi.

Raskolnikov yine dalgın dalgın.

"Bilmiyorum... Daha bu paraları alıp almamaya karar vermedim" diye mırıldandı, sonra birden kendine geldi, hafifçe gülümseyerek: "Amma aptalca şeyler söylüyorum, öyle değil mi?" dedi.

Sonyanın aklından, 'Sakın deli olmasın?' düşüncesi geçti, ama hemen kovdu bu düşünceyi kafasından: hayır, burada başka bir şey vardı. Kendisi hiçbir şey anlamıyordu.

Raskolnikov birden coşarak:

"Biliyor musun, Sonya" dedi, "eğer aç olduğum için çalsaydım bu paraları..." sözcüklerin üzerine basarak devam etti: "şu anda mutlu olurdum! Bunu bilmiş ol!"

Biraz sonra umutsuzluk içinde:

"Ama bütün bunlardan sana ne!" diye sürdürdü sözlerini. "Şu anda yaptığım şeyin aptalca olduğunu söylüyorsun, bundan sana ne? Bana karşı elde ettiğin bu aptalca zaferden sana ne? Ah, Sonya, ben sana bunları söylemek için mi geldim?"

Sonya yine bir şeyler söylemek istedi, ama konuşmaktan vazgeçti.

"Dün seni, benimle birlikte gelmen için çağırmamın tek nedeni, senden başka kimsemin olmayışıydı."

Sonya ürkek ürkek:

"Nereye çağırmıştın?" diye sordu.

Raskolnikov acı acı gülümseyerek:

"Korkma, hırsızlığa, cinayet işlemeye değil," dedi. "Farklı insanlarız biz... Biliyor musun Sonya, dün seni nereye çağırdığımı daha şimdi, şu anda anladım? Dün bilmiyordum bunu, nereye gideceğimizi ben de bilmiyordum. Bir tek şey için çağırdım seni ve bir tek şey için geldim buraya, beni bırakmaman için. Bırakmayacaksın, değil mi Sonya?"

Sonya onun elini sıktı:

Raskolnikov bir dakika kadar sonra, Sonya'ya sonsuz bir acıyla bakarak:

"Niçin söyledim bunu ona, niçin?" diye bağırdı." Niçin açtım? İşte benden açıklama bekliyorsun, Sonya... Oturuyor ve bekliyorsun... Oysa ne söyleyebilirim sana? Hiçbir şey anlamayacak, yalnızca acı çekeceksin... benim yüzümden! Bak işte ağlıyor ve beni kucaklıyorsun... Niçin kucaklıyorsun beni Sonya? Bu acıyı tek başıma çekemediğim ve 'sen de acı çek ki, ben biraz hafifleyeyim' dediğim için mi? Böyle bir alçağı sevebilir misin sen?"

"Sanki sen acı çekmiyor musun?" diye bağırdı Sonya.

Yine aynı duygu bir sel gibi boşandı Raskolnikov'un yüreğine ve yine yüreğini bir an için yumuşattı.

"Sonya ben kötü yürekli bir adamım, bunu unutma, pek çok şeyin açıklaması burada. Sana da kötü yürekli olduğum için geldim. Her şeye karşın buraya gelmeyebilecek insanlar da vardır. Bense... ödleğin ve alçağın biriyim! Ama... ne yapalım, öyle olayım! Bu değil sorun... Konuşmamız gerek, ama ben söze nasıl başlayacağımı bilemiyorum..."

Durdu, uzun uzun düşündü, sonra:

"Dedim ya, farklı insanlarız biz!" diye bağırdı. "Birbirimizin dengi değiliz! Buraya geldiğim için de kendimi hiç ama hiç bağışlamayacağım!"

"Hayır, hayır!" diye bağırdı Sonya. "Buraya gelmen, benim öğrenmem iyi oldu! Hem de çok iyi oldu!"

Raskolnikov ona acıyla baktı.

"Gerçekten de ne olmuş sanki!" dedi, düşünüp taşınıp bir karar vermiş gibiydi. "Böyle oldu bu iş! Sorun şu: bir Napolyon olmak istedim, onun için de öldürdüm... Nasıl, anladın mı?"

Sonya safça ve çekinerek:

"Hayır" dedi, sonra yalvarırcasına ekledi: "Yalnız... sen anlat! Ben anlarım... ben kendi kendime hepsini anlarım!"

"Anlar mısın? Pekâlâ, görürüz!" Sustu, uzunca bir süre düşündü.

"Bir gün kendime şöyle bir soru sordum. Eğer benim yerimde Napolyon olsaydı ve mesleki tırmanışına başlamak için önünde ne Toulon, ne Mısır, ne Mont Blanc'tan geçiş gibi güzel ve anıtsal şeyler değil de, gülünç, zavallı bir kocakarı, üstelik de sandığındaki paraları çalmak için (mesleki tırmanış için, anlıyorsun ya?) öldürülmesi gereken bir tefeci kocakarı bulunsaydı ve başkaca da hiçbir çıkış yolu olmasaydı, acaba ne yapardı? Böylesine anıtsal olmaktan uzak, üstelik de günah olan bir şey yaptığı için acı duyar mıydı? Şunu hemen söyleyeyim ki, bu "sorun" üzerine çok, ama çok kafa yordum, öyle ki, sonunda Napolyon'un bu işten acı duymak şöyle dursun, bu işin anıtsal bir iş olup olmadığı gibi bir konunun aklının köşesinden bile geçmeyeceğini hatta... bu işin insana acı verebileceğinin farkında bile olmayacağını anladım (nasılsa birdenbire anladım bunu) ve böyle düşündüğüm için müthiş utanç duydum... Önünde başka bir yol yoksa, hiç duraksamadan kadının işini bitiriverirdi Napolyon!.. Ben de... bunun üzerine düşünmekten vazgeçip... bu otoritenin örneğine uygun olarak... cinayeti işledim... Tümüyle anlattığım gibi oldu bu iş! Gülünç mü buluyorsun? Evet, Sonya, burada asıl gülünç olan, bu işin tam anlattığım gibi olmasıdır..."

Sonya anlattıklarını gülünç bulmamış, aksine daha da ürkmüştü. Zor duyulan bir sesle:

"Siz" dedi, "bana doğruca hiç örnek vermeden anlatın, daha iyi..."

Raskolnikov onun ellerini tuttu, üzüntüyle yüzüne bakarak:

"Yine haklısın, Sonya" dedi. "Bütün bunlar saçma, nerdeyse boş bir gevezelik! Biliyorsun, annemin hiçbir şeyi yok... Bir rastlantı sonucu eğitim gören kız kardeşimin yazgısı, mürebbiye olarak sürünüp durmak... ikisinin de umudu bendim. Üniversitede okuyordum, ama masraflarını karşılayamadığım için ayrılmak zorunda kaldım. Hoş, her şey yolunda gitse ve ayrılmasam ne olacaktı? On, on iki yıl sonra, yıllık bin ruble geliri olan bir öğretmen ya da memur olmaktan başka ne umabilirdim? (Ezberlemiş gibi konuşuyordu). Bu arada annem kaygılardan, acılardan çöküp gidecek ve ben onun için hiçbir şey yapamayacaktım... Kız kardeşimin başına daha da kötü şeyler gelebilirdi! Her şeyden el etek çekmek, annemi unutup, kız kardeşimin uğrayacağı aşağılanmalara saygıyla katlanmak için sebep ne? Evet, ne için bütün bunlar? Onları toprağa verip, yeni dertler edinmek, evlenip çoluk çocuk sahibi olarak bu kez de bunları beş parasız, bir lokma ekmeğe muhtaç bırakmak için mi? işte... işte ben kocakarının paralarıyla, anneme yük olmadan üniversite öğrenimimi sürdürmeyi, üniversiteden sonraki ilk adımlarımı atabilmeyi ve bütün bunları çok geniş bir biçimde ve radikal anlamda yapmayı düşünmüştüm; öyle ki, yepyeni bir mesleki tırmanış gerçekleştirmek ve yeni, bağımsız bir yolda ilerleyebilmek istiyordum... İşte.... hepsi bu... Kocakarıyı öldürmekle... hiç kuşkusuz kötü bir iş yaptım... Eh, yeter artık!"

Tam bir bitkinlik içinde sözlerini bitirdi. Başını eğdi.

"Ah, ama bu o değil, bu o değil!" diye bağırdı Sonya, sesi acı doluydu. "Hiç böyle şey olur mu?"

"Olmadığı ortada! Ama ben sana gerçeği söyledim!"

"Bu nasıl gerçek böyle! Ah, Tanrım!"

"Ben yalnızca bir bit öldürdüm, Sonya, yararsız, iğrenç, herkese zararı dokunan bir bit!"

"Ama bu bit, bir insan!" Raskolnikov ona tuhaf tuhaf bakarak:

"Ben de biliyorum onun bir bit olmadığını" dedi. "Aslında, Sonya ben yalan söylüyorum, hem de ne zamandır yalan söylüyorum... Doğru söylüyorsun sen; bu, o değil. Burada başka, bambaşka nedenler var! Ne zamandır kimseyle konuşmadım. Sonya... Başım çok kötü ağrıyor."

Gözleri humma ateşiyle yanıyordu. Sayıklar gibiydi; dudaklarında tedirgin gülümsemeler uçuşuyordu. Bütün varlığını kaplayan coşkunluğunun ardında, bir bitkinlik seziliyordu. Sonya onun ne denli acı çektiğini anlıyordu. Onun da başı dönmeye başlamıştı. Evet, tuhaf şeyler söylüyordu, ama yine de anlaşılır bir şeyler var gibiydi bu sözlerde... Ama... "Ah, Tanrım! Nasıl olur! Nasıl olur!" Sonya umutsuzluk içinde ellerini ovuşturuyordu.

Raskolnikov başını kaldırarak:

"Hayır, Sonya, bu o değil!" dedi, düşüncelerindeki ani dönüş kendisini de şaşırtmış, yeniden heyecanlandırmış gibiydi. "Bu, o değil! En iyisi... (evet, böylesi gerçekten daha iyi) Tut ki ben kendini beğenmiş, kıskanç, kötü yürekli, aşağılık, kindar... bir adamım... hatta... belki de biraz deliliğe de yatkınım (Varsın hepsi birden olsun! Delilik sözünü eskiden de etmişlerdi, biliyorum!) Az önce sana, parasızlık yüzünden üniversiteden ayrılmak zorunda kaldığımı söylemiştim. Biliyor musun, istesem ayrılmayabilirdim? Okul için gerekli parayı annem gönderebilir, üst-baş, boğaz sorununu da kendim halledebilirdim! Özel dersler çıkıyordu, elli kopek veriyorlardı ders başına. Razumihin veriyor ya hani!.. Ben öfkelenmiştim, çalışmak istemedim. Evet, öfkelenmiştim (bu sözcük tam yerinde!) Ben o sıralar tam bir örümcek gibi çekilmiştim. Öyle ya, görmüştün sen benim kaldığım o rezil yeri! Biliyor musun, Sonya, alçak tavanlar, daracık odalar insanın aklını ve ruhunu öylesine boğar ki..! Ah, nasıl nefret ederdim o rezil odadan! Ama yine de oradan dışarı çıkmak istemezdim. Özellikle istemezdim! Günlerce dışarı çıkmazdım, ne çalışmak, ne de yemek yemek isterdim, boyuna yatardım. Nastasya bir şeyler getirirse yerdim, getirmezse, günüm öylece geçerdi. Hıncımdan, özellikle bir şey istemezdim! Geceleri yakacak mumum yoktu, karanlıkta oturur ve bir mum alacak para kazanmazdım. Okumam gerekti, oysa ben kitaplarımı satmıştım; masamın üzerindeki not defterlerimin, kâğıtlarımın üzerinde şimdi bile bir parmak toz vardır! En sevdiğim şey uzanıp yatmak ve düşünmekti. Boyuna düşünürdüm... Sonra düş görürdüm, tuhaf tuhaf düşler... Bunların ne tür düşler olduğunu anlatmam gereksiz! Ancak, işte bu sıralarda, düş gibi bir şeyler kurmaya başladım... Hayır, böyle değil! Yine anlatamadım! Biliyor musun, o sıralar durmadan kendime şunu sorardım: Neden böyle aptalım ben? Madem başkaları aptal ve ben onların aptal olduklarını kesin olarak biliyorum, öyleyse neden onlardan daha akıllı olmak istemiyorum? Sonra, herkesin akıllı olmasını beklemenin çok uzun süreceğini anladım, Sonya. Bir de, bunun hiçbir zaman gerçekleşmeyeceğini... insanların değişmeyeceğini, onları değiştirebilecek kimsenin bulunmadığını ve bunun için çaba göstermeye değmeyeceğini! Ya, böyle işte! Bu bir yasa, Sonya, yasa. Akılca ve ruhça kim sağlam ve güçlüyse, insanlara onun buyuracağını biliyorum artık! Kim daha yürekliyse, haklı olan da odur. Her şeyin içine tükürmekte, aldırmazlıkta en ileri gidenler, yasa koyucu olurlar. Herkesten daha gözü pek olan, herkesten daha haklıdır! Bugüne kadar böyle gelmiş bu, bundan sonra da böyle gidecek! Bu gerçeği ayırt edemeyenler, kördür!"

Raskolnikov bunları söylerken bir yandan da Sonyaya bakıyordu, ama artık anlayıp anlamadığını pek düşünmüyordu. Hummaya yakalanmış gibiydi. Karamsar bir heyecan içindeydi. Gerçekten de uzun süredir hiç kimseyle konuşmamıştı!. Sonya, söylediği bu karamsar sözlerin onda bir din, bir inanç haline geldiğini anlamıştı.

Heyecanla sürdürdü sözlerini:

"O zaman şunu anladım, Sonya. İktidar, ancak eğilip onu almak cesaretini gösterenlere verilir. Bir tek şey söz konusuydu burada: cesaret! Böylece, hiç kimsenin, hiçbir zaman düşünmediği bir şey geldi aklıma! Evet, hiç kimsenin! Bütün bu saçmalıkların yanından geçerken, hiç kimse bunları kuyruğundan tuttuğu gibi, cehenneme kadar yolunuz var, deyip fırlatıp atmaya cesaret edememişti: evet, gün gibi açıktı bu! Ne kimse cesaret edebilmişti böyle bir şeye ne de şimdi eden vardı! Ben... işte bu cesareti göstermek istedim ve... öldürdüm... Ben yalnızca cesaret göstermek istedim, Sonya, hepsi bu!"

Sonya ellerini çırparak:

"Ah, susun! Susun!" diye bağırdı. "Siz Tanrıdan uzaklaşmışsınız! Sizi Tanrı çarpmış ve şeytana teslim etmiş!"

"Gerçekten de, Sonya, karanlıkta odamda yatıp bunları düşünürken, yoksa şeytan mı ruhuma girdi de beni yoldan çıkardı, ha?"

"Susun! Alay etmeyin! Dinsiz! Hiç, ama hiçbir şey anlamıyorsunuz! Ah, Tanrım! Hiçbir şey anlamıyor!"

"Yeter, Sonya, alay ettiğim yok benim! Beni şeytanın sürüklediğini ben kendim de biliyorum."

Üzgün üzgün tekrarladı:

"Sus, Sonya, yeter artık! Her şeyi biliyorum ben. Odamda, karanlıkta yatıp dururken bütün bunları kaç kez düşündüm, kaç kez kendi kendime mırıldandım! En küçük ayrıntılarına varana dek, her şeyi kendi kendimle tartıştım! Her şeyi, her şeyi biliyorum! Ve bütün bu gevezeliklerden o zaman öylesine bıkıp usanmıştım ki! Her şeyi unutmak, bütün bu gevezeliklere bir son vermek ve yeni bir hayata başlamak istiyordum, Sonya. Benim oraya hiçbir şey düşünmeden, bir aptal gibi gittiğimi mi sanıyorsun yoksa? Aklı başında bir insan olarak gittim ben oraya, Sonya. Beni mahveden de bu oldu zaten! Sanıyor musun ki, eğer iktidara sahip olmaya hakkım olup olmadığını kendime sormaya başlamışsam, buna hakkım olmadığını bilmiyordum! Ya da, eğer insanın bir bit olup olmadığını sormaya başlamışsam, demek ki, insan benim için bir bit değildir... Kimin ki aklına böyle bir soru hiç gelmez ve doğruca hedefin üzerine yürür gider, insan, onun için bir bittir. Eğer ben, Napolyon olsa gider miydi, gitmez miydi, diye kendi kendimi yiyip bitirmişsem, bir Napolyon olmadığımı açıkça hissetmiş olmalıyım... Bütün bu gevezeliklere katlandım Sonya ve bütün bunlardan kurtulmak istedim: ahlâki, vicdani herhangi bir nedene dayanmaksızın, yalnızca kendim için öldürmek istedim! Bu konuda kendime bile yalan söylemek istemedim! Anneme yardım etmek için öldürmedim, örneğin. Maddi olanaklara ve iktidara kavuşmak ve böylece insanlığa yardım etmek için de öldürmedim. Bütün bunlar palavra! Ben, öylece öldürdüm; kendim için, yalnızca kendim için yaptım bunu! İnsanlığa iyilik eden biri olmak, ya da bir örümcek gibi ağıma düşen kurbanlarımın özsularını emerek ömür sürmek, o anda benim için herhalde farklı şeyler değildi! Beni bu cinayete sürükleyen başlıca sebep, paraya duyduğum gereksinim de değildi; çünkü paraya olan gereksinimim, bütün başka şeylere olan gereksinimimden daha fazla değildi. Bütün bunları şimdi anlıyorum... Anla beni: bütün o yollardan yeniden geçecek olsam, sanırım bu cinayeti tekrarlamazdım. O sıralar öğrenmek istediğim şey bambaşkaydı, bambaşka bir şey yön verdi ellerime; bir an önce öğrenmek istediğim bir şey vardı: ben de herkes gibi bir bit miydim, yoksa bir insan mı? Önüme çıkan engeli aşabilir miydim, aşamaz mıydım? Eğilip iktidarı yerden almaya cesaret edebilecek miydim, edemeyecek miydim? Titreyen bir yaratık mıydım, yoksa hakları olan biri mi?"

Sonya ellerini çırparak:

"Ne hakkı?" dedi. "Öldürme hakkı mı?"

"Eeh, Sonya..." dedi Raskolnikov sinirli sinirli, itiraz edecek, bir şeyler söyleyecek gibiydi, sonra küçümseyen bir susuşla vazgeçti. "Sözümü kesmesene! Ben sana yalnızca, beni oraya şeytanın sürüklediğini, sonra da oraya gitmeye hakkımın bulunmadığını, çünkü benim de herkes gibi bir bitten başka bir şey olmadığımı gösterdiğini anlatmak istedim! Şeytan benimle alay etti, ben de bu yüzden sana geldim! Konuğunu kabul et! Eğer bir bit olmasaydım, şimdi burada ne işim vardı! Dinle: kocakarıya giderken niyetim yalnızca bir deneme yapmaktı... Bunu böylece bilesin!"

"Ama öldürdünüz! Öldürdünüz!"

"Öldürdüm, ama nasıl? Adam öldürme böyle mi olur? Benim o gün gittiğim gibi mi gidilir adam öldürmeye? Nasıl gittiğimi de anlatırım bir gün sana. Ben o gün kocakarıyı değil, kendimi öldürdüm! Kendimi sonsuzcasına mahvettim! Kocakarıya gelince, onu ben değil şeytan öldürdü... Yeter, yeter artık, Sonya, yeter!" Birden müthiş bir üzüntüyle bağırdı: "Bırak, bırak beni"

Dirseklerini dizlerine dayadı, avuçlarıyla kafasını bir mengene gibi sıktı.

"Ah, bu ne acı böyle!" diye inledi Sonya.

Raskolnikov birden başını kaldırdı, mutsuzluğun çarpıttığı bir yüzle:

"Şimdi ne yapmalı, söyle bakalım!" dedi. Sonya yerinden fırlayarak:

"Ne mi yapmalı!" diye bağırdı; yaşlarla dolu gözleri ışıl ışıl parlıyordu. "Kalk! (Raskolnikov'u omuzlarından tuttu; beriki şaşkınlıkla ona bakıyordu, yerinden kalktı) Hemen şimdi, şu anda, bir dört yol ağzına koş, yere kapan, önce kirlettiğin toprağı öp, sonra dört bir yana eğil, bütün dünyayı selamla ve "Ben Öldürdüm!" diye bağır. O zaman Tanrı sana yeniden hayat verir." Sonya, Raskolnikov'un ellerini avuçları içine aldı, alev alev yanan gözlerini yüzüne dikip hummaya tutulmuşçasına titreyerek: "Gideceksin, gideceksin değil mi?" diye sordu.

Raskolnikov onun bu beklenmedik heyecanı karşısında çok şaşırmıştı.

"Kürekten mi söz ediyorsun, Sonya?" dedi asık bir yüzle. "Gidip kendimi ele vermem gerektiğini mi söylüyorsun?"

"Acı çekmen, günahlarının kefaretini ödemen gerek!"

"Hayır, gitmeyeceğim onlara, Sonya!"

"Peki nasıl yaşayacaksın?" diye bağırdı Sonya. "Kiminle yaşayacaksın? Annenin yüzüne nasıl bakacaksın? (Ah şimdi onların hali ne olacak, onların hali ne olacak!) Ben de neler söylüyorum! Annenle kız kardeşini terk etmiştin sen! Evet, terk ettin, terk ettin! Ah, Tanrım! Bütün bunları kendisi de biliyor! İnsansız nasıl yaşanır! Ne olacaksın sen!"

"Çocuk olma, Sonya" dedi Raskolnikov yavaşça. "Onlara karşı ne suç işledim ben? Niçin gideyim? Gidip de ne diyeceğim ben? Bütün bunlar kuruntudan başka bir şey değil... kendileri milyonlarca insanın canına okuyorlar, üstelik de bunu erdem sayıyorlar. Hepsi alçak ve sahtekâr onların, Sonya! Hayır, gitmeyeceğim!" Acı bir gülümsemeyle ekledi: "Hem gidip ne diyeceğim onlara: kadını ben öldürdüm, ama paraları almaya cesaret edemedim, bir taşın altına gizledim mi diyeceğim? Ama alay ederler o zaman benimle, aptala bak, paraları bile alamamış derler. Korkak ve aptal! Hiç, ama hiç bir şey anlamayacaklardır, Sonya; anlamaya lâyık insanlar da değiller zaten! Hayır, gitmeyeceğim! Çocuk olma, Sonya..." Sonya ellerini ona doğru uzatmış:

"Acı çekeceksin, çok acı çekeceksin..." diye tekrarlıyordu. Raskolnikov dalgın dalgın:

"Hem ben belki de kendime iftira ediyorum" dedi. "Bit değil, daha bir insanım belki ve kendimi mahkûm etmekte acele ediyorum... Daha savaşacağım..."

Dudaklarında kibirli bir gülümseme belirdi.

"Böyle bir acıyı taşıyıp durmak! Üstelik de hayat boyunca!"

Raskolnikov asık yüzle ve dalgın dalgın:

"Alışırım..." dedi. Bir dakika kadar sustu: "Beni dinle" dedi. "Ağlattığımız yeter artık, biraz da iş konuşalım: sana buraya beni aradıklarını, izlediklerini söylemeye gelmiştim..."

Sonya korkuyla:

"Ah!" diye haykırdı.

"Ne oldu? Az önce küreğe gitmemi istiyordun, şimdiyse korkuyorsun? Ne var ki, onlara yakamı kaptırmayacağım! Daha savaşacağım onlarla. Hiçbir şey yapamayacaklar bana. Ellerinde doğru dürüst hiçbir delil yok. Dün çok büyük bir tehlike atlattım, her şey bitti sanıyordum. Bugün işler düzeldi. Ellerindeki bütün deliller iki başlı, yani onların bütün suçlamalarını, kendimi savunabileceğim kanıtlar haline çevirebilirim. Çevireceğim de... Çünkü artık her şeyi öğrenmiş bulunuyorum. Ama herhalde beni içeri alacaklardır. Aslında bir olay olmasaydı, belki bugün de içeri alırlardı... hâlâ da alabilirler ya... Ama bunun önemi yok, Sonya; biraz yatarım, sonra salıverirler... Çünkü ellerinde doğru dürüst hiçbir delil yok ve olmayacak da... sana söz veriyorum. Ellerindeki deliller beni hapse atmalarına yetmez. Eh, artık yeter... Bütün bunları bilesin istedim... Annemle kız kardeşime gelince, kendilerini korkutmadan fikirlerini değiştirmeye çalışacağım... Kız kardeşim sanırım artık güven altında... dolayısıyla annem de... işte böyle. Sen de dikkatli ol. Hapse girdiğim zaman gelip beni göreceksin değil mi?"

"Ah, tabii, tabii"

Fırtınanın ıssız bir kıyıya fırlatıp attığı iki insan gibi, ezik, bitkin, üzgün, öylece yan yana oturuyorlardı. Raskolnikov, Sonya'ya bakıyor ve genç kızın kendisini ne kadar çok sevdiğini hissediyordu; ama tuhaf şey, böylesine çok sevilmek, ona birden acı vermişti. Gerçekten de çok tuhaf, korkunç bir duyguydu bu! Kendisi için son umut, son çıkış yolu olduğunu düşünerek gelmişti Sonya'ya; acılarının hiç değilse birazını burada bırakacağını düşünmüştü, ama genç kızın bütün kalbini kendisine verdiğini anladığı şu anda, kendini birden, eskisinden çok, ama çok daha mutsuz hissetmişti.

"Sonya, hapse girdiğim zaman gelip beni görmesen daha iyi olur."

Sonya cevap vermedi, ağlıyordu. Böylece birkaç dakika geçti. Sonra, birden aklına gelmiş gibi:

"Üzerinde haç var mı?" diye sordu Sonya.

Raskolnikov önce soruyu anlamadı.

"Yok değil mi? Al bunu, servi ağacından yapılmıştır. Bende bir tane daha var, bakırdan, Lizaveta vermişti... Lizaveta ile haçlarımızı değişmiştik, o bana kendi haçını vermişti, ben de ona boynumdaki kutsal tasviri vermiştim. Ben şimdi Lizavetanın verdiğini taşıyacağım, bunu da sen tak. Al, benimdir! "Yalvarırcasına tekrarladı: "Al benimdir! Değil mi ki birlikte acı çekeceğiz, bütün acılara birlikte katlanacağız..."

"Ver!" Raskolnikov, onu üzmek istememişti. Ama hemen sonra, haçı almak için uzattığı elini geri çekti, bir yandan da onu yatıştırmak için: "Şimdi değil Sonya" dedi, "sonra ver, daha iyi..."

Sonya onu heyecanla doğrulayarak:

"Evet, evet, sonra daha iyi!" dedi. "Acı çekmeye gidersen takarsın. Bana gelirsin, ben sana kendi elimle takarım, sonra da dua eder, yola çıkarız."

Bu sırada oda kapısı üç kez vuruldu.

"Sonya Semyonovna, girebilir miyim?" Çok iyi bildikleri, nazik bir sesti bu.

Sonya, korkuyla kapıya atıldı. Lebezyatnikov'un sarışın yüzü göründü kapıda.

Lebezyatnikov'un telaşlı bir hali vardı.

"Sizi görmeye geldim, Sonya Semyonovna" dedi. Sonra birden Raskolnikov'a döndü: "Bağışlayın, sizi de burada bulacağımı düşünmüştüm... yani hiçbir şey düşünmemiştim...

Özellikle düşündüğüm..." Birden Raskolnikov'u bıraktı, Sonya'ya döndü, kısaca: "Katerina Ivanovna çıldırdı" dedi.

Sonya bir çığlık attı.

"Yani, en azından öyle görünüyor. Doğrusu... biz ne yapacağımızı şaşırdık! Durum bu! Gittiği yerden sanırım kendisini kovmuşlar... belki de... dövmüşler... Hiç değilse öyle görünüyor... Semyon Zahariç'in âmirine gitmiş, yokmuş adam evinde, kendisi gibi bir generalle yemekteymiş... Düşünebiliyor musunuz, tutup oraya, yemek yedikleri yere gitmiş, Semyon Zahariç'in âmirini çağırmalarını istemiş, ille göreceğim diye tutturmuş, sanırım sonunda adamı sofradan kaldırmış... işin nasıl sonuçlandığını kestirebilirsiniz... Kendisini kovmuşlar.. Katerina Ivanovna ise kendisinin adama sövdüğünü, hatta eline geçen bir şeyi üzerine fırlattığını söylüyor. Doğrusu, yapmış da olabilir... Kendisini tutuklamamış olmaları şaşılacak şey! Herkese bunu anlatıyor şimdi... Amaliya Ivanovna'ya da anlatıyor... Yalnız öyle bağırıyor, öyle dövünüyor ki, ne dediği hiç anlaşılmıyor... Ah, evet: dediğine göre, madem artık herkes kendisini terk etmiş, o da çocuklarını alıp sokağa çıkacakmış. Kendisi laterna çalacak, çocuklar da şarkı söyleyip dans edeceklermiş. Kendisi de dans edecek, para toplayacakmış... Her gün generalin penceresi altına gidecekmiş; 'Soylu memur çocuklarının sokaklarda nasıl dilendiklerini herkes görsünmüş..! Böyle söylüyor... Durmadan çocukları dövüyor, onlar da ağlaşıp duruyorlar. Lyonya'ya "Hutorok"u söylemeyi, oğlanla Polina Mihaylovna'ya da dans etmeyi öğretiyor... Elbiselerini yırtıyor, aktörlerin giydiklerine benzer birtakım şapkalar yapıyor onlara... Kendisi de eline bir leğence alıp müzik aletiymiş gibi çalmak istiyor... Hiçbir şey dinlediği yok... Düşünebiliyor musunuz durumunu? Bu kadarı da olmaz artık!"

Lebezyatnikov belki daha anlatacaktı, ama onu soluğu kesilerek dinleyen Sonya mantosuyla şapkasına kaptığı gibi fırladı; hem koşuyor, hem giyiniyordu. Raskolnikov da onun ardından çıktı. Lebezyatnikov da Raskolnikov'u izledi. Sokağa çıktıklarında, Lebezyatnikov: "Yüzde yüz aklını kaçırdı" dedi "Ben Sonya Semyonovna'yı ürkütmemek için "sanırım" dedim ama oynattığına hiç kuşkum yok. Dediklerine göre verem hastalığında beyinde birtakım tümörler çıkıyormuş... Ne yazık ki bu tıp işlerinden hiç anlamam. Kendisini kandırmaya çalıştım, ama bir şey dinlemiyor ki..."

"Tümörlerden söz ettiniz mi kendisine?"

"Yani özel olarak tümörlerden değil de... Hem zaten söylesem de bir şey anlamazdı... Benim demek istediğim şu: bence bir insana ağlaması için ortada bir neden bulunmadığı açıkça anlatılır ve bu durum kendisine mantık yoluyla kanıtlanırsa, artık ağlamaz... Öyle değil mi?"

"O zaman yaşamak çok kolay olurdu."

"İzin verin, izin verin: Katerina Ivanovna'nın bunu anlaması, hiç kuşkusuz epey güç... Ama bilmem biliyor musunuz, Paris'te delilerin yalnızca mantıken inandırmaya dayanılarak iyileştirilmeleri olasılığını araştıran ciddi birtakım deneyler yapılıyormuş? Bu yalanlarda ölen bir profesör de -ki gerçek bir bilginmiş kendisi- böyle bir yöntemle iyileştirmenin mümkün olduğunu düşünüyormuş. Bu profesörün düşüncesinin özü şu: delilerin bünyelerinde ciddi herhangi bir bozukluk yoktur; delilik, deyim yerindeyse eğer, mantık bozukluğu, yargılama bozukluğudur; eşyaya doğru bakamamadır. Profesör, aşamalı olarak, hastasını yalanlamakla başlamış işe ve düşünebiliyor musunuz, söylediklerine göre bundan sonuç da almış! Ama bu tedavi sırasında duşlardan da yararlandığına göre, tabii yöntemi biraz kuşkuyla karşılanıyor... En azından böyle olduğu sanılıyor..."

Raskolnikov ne zamandır onu dinlemiyordu. Tam evinin önüne gelince, başıyla Lebezyatnikov'u selamladı ve apartmana girdi. Lebezyatnikov ancak o zaman kendine geldi, çevresine bakındı ve koşarcasına yoluna devam etti.

Raskolnikov odasına girip odanın tam ortasında ayakta durdu. "Ne diye gelmişti ki buraya?" Yer yer yırtılmış, sararmış duvar kâğıtlarına, her yeri kaplayan tozlara, yatağına bir göz attı...

Sürekli bir gürültü geliyordu avludan. Sanki birisi çivi çakıyordu... Pencereye yaklaştı, parmak uçlarında yükselerek büyük bir dikkatle ve uzun uzun avluya baktı. Ama avlu boştu ve çivi çakan biri de görünmüyordu... Sol yanda açık birkaç pencere vardı, pencere kenarlarındaki saksılarda boyunları bükük birtakım ıtır çiçekleri seçiliyordu. Pencerelerin gerisine çamaşır asılmıştı... Ezbere bildiği şeylerdi bütün bunlar. Dönüp yatağına oturdu. Kendini hiçbir zaman böylesine yalnız duymamıştı!

Sonya'dan belki de gerçekten nefret ettiğini bir kez daha düşündü; özellikle de şu anda, onu böylesine mutsuz ettiği bir sırada... "Neden gözyaşı dilenmeye gitmişti ona? İlle de kızcağızın hayatını zehirlemesi mi gerekti? Ah, bu ne alçaklıktı!'

Birden kesin bir kararla:

"Hayır" diye söylendi, "tek başıma kalacağım... ve o beni hapishaneye görmeye falan da gelmeyecek!"

Beş dakika kadar sonra başını kaldırdı ve tuhaf tuhaf gülümsedi. Aklına bir şey gelmişti. "Belki de gerçekten en iyisi küreğe gitmek..." diye düşündü.

Kafasında belirsiz, bulanık düşünceler, odasında ne kadar oturdu, hatırlamıyordu. Birden kapı açıldı, Avdotya Romanovna girdi içeri. Az önce kendisinin de Sonya'ya yaptığı gibi, önce eşikte durdu, bir süre onu süzdü, sonra ilerledi, onun tam karşısındaki iskemleye, dünkü yerine oturdu. Raskolnikov hiçbir şey söylemeden, hiçbir şey düşünmeden izliyordu onu.

"Kızma, kardeşim" dedi Dunya, "yalnızca bir dakika için uğradım..." Yüzünün düşünceli, ama sert olmayan bir ifadesi vardı. Bakışları açık, sakindi. Raskolnikov onu buraya getiren şeyin, yalnızca kendisine duyduğu sevgi olduğunu görüyordu.

"Kardeşim, ben artık her şeyi, her şeyi biliyorum. Dmitriy Prokofiç bana her şeyi anlattı ve açıkladı. Aptalca ve iğrenç bir kuşkuyla seni izliyorlar, sana acı çektiriyorlarmış... Dmitriy Prokoviç bana hiçbir tehlike bulunmadığını ve senin boş yere üzülmekte olduğunu söyledi. Ama ben öyle düşünmüyorum ve bu durumun seni nasıl öfkelendirdiğini, bu öfkenin sende nasıl ömür boyu sürecek bir iz bırakabileceğini çok iyi anlıyorum. Korktuğum da bu. Bizi terk ettiğin için seni kınamıyorum, kınamaya cesaret de edemem. Daha önce sana serzenişte bulunduğum için de beni bağışla. Eğer benim de başıma böyle büyük bir felaket gelmiş olsaydı ben de herkesten kaçardım. Anneme bu konuda hiçbir şey söylemeyeceğim, ama durmadan senden söz edeceğim ve senin adına, kendisine yakında bizi görmeye geleceğini söyleyeceğim. Onun için üzülme, ben onu avuturum... Ama sen de onu üzme, hiç değilse bir kez bizi ziyaret et: onun bir anne olduğunu unutma! Buraya sana yalnızca bir tek şey söylemek için gelmiştim (Dunya kalkmaya davrandı): herhangi bir şekilde bana ihtiyacın olursa, varlığım sana gerekirse, bana seslen, yeter. Hoşçakal!"

Sertçe döndü ve kapıya doğru yürüdü.

"Dunya!" diye seslendi Raskolnikov ve yerinden kalkıp onun yanına gitti. "Şu Razumihin, Dimitriy Prokofiç, çok iyi bir insan..."

Dunya hafifçe kızardı. Biraz bekledikten sonra: "Evet?" dedi.

"Hünerli, çalışkan, dürüst, kuvvetle sevebilen bir insan... Elveda, Dunya."

Dunyanın yüzüne bir ateş çöktü, sonra birden telaşlanarak:

"Ne oluyor kardeşim?" dedi. "Yoksa birbirimizden sonsuzca kadar ayrılıyor muyuz? Ne diye böyle vasiyette bulunur gibi konuşuyorsun benimle?"

"Fark etmez... elveda..."

Raskolnikov arkasını döndü, pencereye doğru yürüdü. Dunya durdu, ona kaygılı gözlerle baktı, sonra perişan bir durumda çıkıp gitti. Hayır, soğuk değildi kız kardeşine karşı. Hatta bir an (tam Dunya giderken) onu sımsıkı kucaklamak, onunla vedalaşmak, hatta ona söylemek isteğine kapılmıştı; gel gör ki elini bile uzatamamıştı:

"Eğer kendisini kucaklayıp öpseydim, daha sonra belki: tüyleri ürperir, öpücüğünü çaldığımı söylerdi!"

Birkaç dakika sonra, 'Dunya buna dayanabilir mi, dayanamaz mı?' diye düşündü. "Hayır dayanamaz! Böyleleri hiçbir zaman dayanamaz!"

Sonra Sonyayı düşündü.

Pencereden, serin bir esinti geliyordu. Avlunun aydınlığı gitgide canlılığını kaybediyordu. Birden şapkasını aldığı gibi sokağa fırladı.

Kendi hastalığıyla hiç ilgilenmiyordu, aslında ilgilenmek istediği de yoktu. Ama yaşadığı anlarda üzüntüler, içinde bulunduğu dehşet dolu ruh hali, hiçbir iz bırakmadan geçip gidemezdi. Gerçek bir humma nöbetiyle yatağa serilip kalmıyorsa eğer, bu herhalde içinde bulunduğu bitmez tükenmez telaş ve kaygılar nedeniyle idi, bedenini ve bilincini ayakta tutan bunlardı. Ama yapay ve geçici bir ayakta kalıştı bu.

Bir amacı olmadan dolaşıyordu. Güneş batmıştı. Şu son sıralar tuhaf bir hüzün duymaya başlamıştı. Bu öyle acı veren, yakan bir hüzün değildi. Ama bir süreklilik, sonsuzluk, umarsızlıkla dolu yıllar, "bir metrelik alanın sonsuzluğu duyuluyordu bu soğuk, bu ölgünleşmiş hüzünde. Bunu, özellikle de akşam saatlerinde daha acı verici bir biçimde duyuyordu.

"Gel de bir güneş batışından kaynaklanıveren bu aptalca, bu tümüyle fiziksel rahatsızlıklarla, aptalca bir şey yapmaktan kendini koru!" diye söylendi.

Birilerinin adını seslendiğini duydu. Çevresine bakındı, Lebezyatnikov koşup geliyordu kendisine doğru.

"Ben de sizden geliyordum, sizi arıyordum. Düşünebiliyor musunuz, dediğini yaptı, çocukları da alıp çıktı! Sonya Semyonovna'yla birlikte güç bela bulabildik onları. Kendisi bir tavaya vuruyor, çocukları da dans etmeye zorluyor. Çocuklar ağlıyorlar. Kavşaklarda, dükkânların önünde duruyorlar... Arkaları sıra da bir sürü dangalak koşturup duruyor. Hemen gidelim."

"Ya Sonya?" diye sordu, sesinde müthiş bir endişe titreşimi vardı.

"Çıldırmış gibi sanki... Yani Sonya Semyonovna değil çıldıran. Katerina Ivanovna, ama Sonya Semyonovna da çıldırmış gibi. Katerina Ivanovna ise tümden, çıldırmış sanki Ne diyorum size; aklını tümden oynatmış! Şimdi yakalayıp karakola götürürler hepsini. Bunun üzerlerinde nasıl bir etki yapacağını düşünebiliyor musunuz? Şu anda X köprüsünün ordalar, Sonya Semyonovnanın evine çok yakın, hemen kanalın orda..."

Kanalın köprüye yakın bir yerinde, Sonyanın evinden iki ev ötede özellikle de küçük çocukların oluşturduğu bir kalabalık vardı. Katerina Ivanovna'nın kısık sesi ta köprünün oradan duyuluyordu. Gerçekten de, sokaktan gelip geçenlerin ilgisini çekecek, tuhaf bir görünüşleri vardı. Üzerinde eski elbiseler, omzunda şu ünlü şalı, başında da bir yana yıkılmış, eski bir hasır şapka bulunan Katerina Ivanovna gerçekten de çıldırmış gibiydi. Yorgunluktan güçlükle soluk alıyordu. Veremin tükettiği yüzü her zamankinden daha acı doluydu (veremliler genel olarak sokakta, güneş ışığında, evde olduklarından çok daha hasta, tükenmiş görünürler), ama heyecanı dinmek bilmiyor, her geçen saniye biraz daha sinirleniyordu. Çocukların üzerine atılıyor, bağırıyor, itekliyor, herkesin gözü önünde nasıl dans etmeleri, nasıl şarkı söylemeleri gerektiğini öğretiyor, bunun için ne gerekli olduğunu anlatıyor, onların anlayışsızlığından umutsuzluğa kapılıyor, dövmeye başlıyordu... Sonra onları öylece bırakıp kalabalığa dönüyor, üstü başı düzgünce birini gördü mü doğruca ona atılıyor ve "soylu, hatta aristokrat bir ailenin çocukları olan" şu gariplerin ne hallere düşürüldüğünü anlatmaya koyuluyordu. Kalabalıktan biri gülecek ya da laf atacak oldu mu, kavga etmeye hazır, hemen üzerine gidiyordu. Kalabalık arasında gerçekten de gülenler vardı, kimileriyse başlarını sallıyordu; ancak genel olarak herkes, yanında ürkmüş, çocukları ağlaşıp duran bu deli kadını ilgiyle izliyordu. Lebezyatnikov'un sözünü ettiği tava ortalarda yoktu, ya da en azından Raskolnikov görmemişti; ama Katerina Ivanovna, Poleçka'yı şarkı söylemeye, ya da Lyonya ile Kolya'yı dans etmeye zorladığı zaman, tava yerine kuru avuçlarını birbirine vurarak tempo tutuyordu. Bu arada şarkıya kendisi de eşlik etmek istiyor, ama daha ikinci notada müthiş bir öksürükle sesi kesiliyor, umutsuzluğa kapılıyor, öksürüğüne lanetler savuruyor, hatta ağlamaya başlıyordu. En çok da Kolya ile Lyonya'nın korkudan ağlamaları onu öfkelendiriyordu. Çocukları gerçekten de sokak şarkıcılarının kılığına sokmaya çalışmıştı. Oğlana kırmızı ve beyaz bezlerden bir sarık sararak, güya Türk'e benzetmişti, Lyonya için uygun kostüm bulamamış, basma yünden bir başlık (daha doğrusu rahmetli Semyon Zahariç'in gecelik külahını) geçirmişti; külahın ucuna da, Katerina Ivanovnanın ninesine ait olan ve bugüne dek bir aile yadigarı olarak sandıkta saklanan beyaz bir tavus tüyü takılmıştı. Poleçka'nın üzerinde her zamanki entarisi vardı; annesini ürkek şaşkın bakışlarla izliyor, çıldırmış olduğunu anladığı için gözyaşlarını ondan gizlemeye çalışarak, arada bir ürkek bakışlarını çevrede gezdiriyordu. Sokaktan ve kalabalıktan son derece korkmuşa benziyordu. Sonyaya gelince, Katerina Ivanovna'nın bir an bile ardından ayrılmıyor, gözyaşları içinde eve dönmesi için yalvarıyordu. Ama Katerina Ivanovna onu dinlemiyordu bile. Boğulurcasına öksürerek:

"Yeter Sonya, kes artık!" diye bağırıyordu. "Çocuk gibisin, ne istediğini kendin de bilmiyorsun! O sarhoş Alman karının evine dönmem diye kaç kez söyledim sana! Ömrü boyunca dürüstlükle, bağlılıkla hizmet etmiş, hatta bir bakıma görevi başında ölmüş (kaşla göz arasında uydurduğu bu hikayeye kendisi hemen inanmıştı) soylu bir babanın çocukları nasıl dileniyor, varsın bütün Petersburg görsün! Sen de amma safsın, Sonya! Ne kalmış ki artık, söylesene! Yeter artık bizim yüzümüzden çektiğin! Sana daha fazla yük olmak istemiyorum!" Birden Raskolnikov'u gördü ve ona doğru atıldı. "Ah, Rodion Romanoviç, siz misiniz? Şu küçük budalaya, bundan daha akıllıca bir şey yapamayacağımızı lütfen siz anlatır mısınız? Laternacılar bile para kazanıyor; bizi hemen fark ederler ve dilenciliğe kadar düşmüş soylu bir ailenin yetimleri olduğumuzu öğrenirler... O general bozuntusuna gelince, göreceksiniz, yerinden olacak! Her gün onun penceresi altına gideceğiz, Çar hazretleri oradan geçerken önünde diz çöküp yetimlerimi göstereceğim ve "Koru bizi babamız!" diyeceğim. Yetim babasıdır o, acıması boldur, bizi koruyacaktır, göreceksiniz! O general bozuntusuna gelince... Lyonya! tenez-vous droite!(Dik dur) Sen, Kolya, yine dans edeceksin! Şuna bak, yine ağlıyor! Ne var ağlayacak! Neden korkuyorsun, aptal! Hey, Tanrım! Bunlarla ne yapacağım ben, Rodion Romanoviç? O kadar kafasızlar ki! Ne yapılır bunlarla!"

Kendisi de ağladı ağlayacak bir halde olmasına karşılık (ama bu aralıksız konuşmasına engel olmuyordu) ağlayan çocuklarını Raskolnikova gösteriyordu. Raskolnikov onu evine dönmesi için kandırmaya çalıştı, hatta özsaygısını etkilemek için, soylu kızlar için açılacak bir pansiyonun yöneticisi olmaya hazırlanan bir bayanın, laternacılar gibi sokaklarda dolaşmasının hiç yakışık almadığını söyledi.

"Pansiyon mu, hah-hah-ha! Davulun sesi uzaktan hoştur!" Kahkahası, bir öksürük nöbetiyle kesilmişti. "Hayır, Rodion Romanoviç, geçti o hayaller! Herkes bizi terk etti. O general bozuntusuna gelince... Biliyor musunuz, Rodion Romanoviç, o herifin suratına bir hokka fırlattım ben: orada, uşaklar odasında, tam da masanın üzerindeydi hokka... onu ziyarete gelenlerin imzaladıkları kâğıdın yanındaydı...

Ben de imzaladım o kâğıdı... Hokkayı fırlattım ve kaçtım... Ah, alçaklar, alçaklar! Ama tükürmüşüm hepsine! Artık bunlara kendim bakacağım, kimsenin önünde eğilmeyeceğim!" Başıyla Sonya'yı gösterdi: "Yeter, bu kızcağıza çektirdiğimiz! Poleçka, kaç para oldu, göster bakayım? Ne? Yalnızca iki kapik mi! Ah, iğrenç yaratıklar! Beşi para vermiyorlar, yalnız ardımızdan koşup dillerini çıkarıyorlar!" Kalabalıktan birini gösterdi. "Ya şu aptal niye gülüyor! Hep Kolyanın kafasızlığı yüzünden bunlar! Sana ne oluyor, Poleçka? Fransızca konuş benimle, parlez-moi français. Ama sana öğretmiştim, birkaç cümle biliyordun hani! Yoksa sizin soylu bir ailenin iyi eğitim görmüş çocukları olduğunuz, diğer lâternacılara benzemediğiniz nerden anlaşılacak? Kukla oynatıp şarlatanlık etmiyoruz biz sokaklarda, soylu romanslar söylüyoruz... Ah, evet! Ne söylesek acaba? Durmadan sözümü kesiyorsunuz... oysa biz... Biliyor musunuz, Rodion Romanoviç, söyleyeceğimiz şarkıyı seçmek için durmuştuk biz burada... Öyle bir şarkı olmalı ki bu, Kolya da dansla eşlik edebilsin bize... Çok hazırlıksız durumdayız.. Doğru dürüst prova edebilmemiz için, önce aramızda anlaşmamız gerek... Sonra da yüksek sosyetenin bulunduğu Nevskiy bulvarına gideceğiz, orada hemen fark ederler bizi... Lyonya "Hutorok"u biliyor... Ama bunu herkes söylüyor, herkesin ağzında varsa yoksa "Hu-torok"!.. Biz çok daha soylu bir şeyler söylemeliyiz... Sen bir şey bulabildin mi, Polya? Hiç olmazsa, sen annene yardım et! Bellek... bellek diye bir şey kalmadı ki bende! Yoksa hemen hatırlardım! "Kılıcına dayanan süvariyi mi okusak acaba? Ah, Fransızca "Cng sous"u söyleyelim! Bunu size öğretmiştim!

En önemlisi de, bu şarkı Fransızca olduğu için sizin soylu çocukları olduğunuzu hemen anlarlar... Çok daha dokunaklı olur böylesi! Hatta "Malborough s'en va-t-en guerre"i söylesek de olur... Bu, tam bir çocuk şarkısı ve bütün aristokrat evlerinde çocuklara ninni olarak söylenir.

Malborough s'en va-t-en guerre. Ne sait guand reviendra... Şarkıyı okumaya başlamışken kesti. Hayır, hayır, "Cinq sous" daha iyi! Hadi bakalım, Kolya, eller belde, çabuk, sen de Lyonya, ters tarafa dön, biz de Poleçka'yla size eşlik edip el çırpacağız!"

Cinq sous, cinq sous,(Beş mangır, beş mangır)

Pour monter notre menage...(Evinizi düzene koymak için)

Boğulurcasına öksürmeye başlayarak şarkıyı kesti "Entarini düzelt, Poleçka, omuzların kaymış", hem öksürüyor, hem Polya'yı uyarıyordu. "Sizin artık davranışlarınıza, üstünüze başınıza özellikle dikkat etmeniz gerek ki, soylu bir aileden olduğunuz anlaşılsın. Ben o zaman göğüs kısmını bol tutmak ve iki parçalı biçmek istemiştim, ama sen Sonya, kısa olsun, kısa olsun' diye tutturmuştun... görüyor musun şimdi şu durumu, çocuğun üzerinde nasıl çirkin duruyor entarisi? Ah, yine mi ağlıyorsunuz siz! Ne oluyorsunuz, aptal şeyler! Evet, Kolya, başla hemen, çabuk, çabuk... Ah, ne çekilmez bir çocuk bu!"

Cing sous, cing sous...

"Yine mi asker! Evet, ne istiyorsun ahbap?" Gerçekten de bir polis kalabalığı yararak ilerliyordu. Ama tam bu sırada, üzerinde bir kaput bulunan, resmi elbiseli, elli yaşlarında, yüksek rütbeli bir memur olduğu anlaşılan (adamın boynunda bir nişan vardı ve bu Katerina Ivanovna'nın çok hoşuna gitmiş, polisi ise etkilemişti) bir bay onlara yaklaştı ve hiçbir şey söylemeden Katerina Ivanovnaya üç rublelik bir banknot uzattı. Adamın yüzünde içten bir acıma duygusu vardı. Katerina Ivanovna parayı aldı, kibar, hatta fazla törensel bir reveransla adamı selamladı ve gururlu bir tavırla:

"Çok teşekkür ederim, iyiliksever beyefendi," dedi." Bizi bu duruma düşüren nedenler... Poleçka, al şu parayı... Felakete uğramış soylu bir kadına yardım etmeye hazır, yüce gönüllü, soylu insanlar hâlâ var, görüyorsunuz... Lütufkar beyefendi, bu gördüğünüz yetimler soylu, hatta denebilir ki, aristokrat bir aileden geliyorlar... O general bozuntusuna gelince, yemek masasına kurulmuş, bıldırcın ziftleniyordu. Kendisini rahatsız ediyorum diye tepindi olduğu yerde... 'Ekselansları, dedim kendisine, çok yakından tanıdığınız rahmetli Semyon Zahariç'in yetimlerini koruyun... Çünkü dedim, tam rahmetliyi toprağa verdiğimiz gün, öz kızına alçakların alçağı bir adam hakarette bulundu...' Yine deminki asker! "Ne diye sokulup duruyor yanımıza? "Memura seslendi:" Koruyun bizi ondan! Az önce Meşçanskaya'daydık, yine bunun gibi biri yüzünden buraya kaçtık... Ne alıp veremediğin var bizimle, ahmak!"

"Çünkü sokaklarda yasaklanmıştır! Lütfen uygunsuzluk etmeyin!"

"Uygunsuz sensin! Tut ki, laternayla dolaşıyorum, seni ilgilendirir mi bu?"

"Laternayla dolaşmak için izin kâğıdı gerek, sizse bunu kendiliğinizden yapıyorsunuz, böylece de halkın toplanmasına sebep oluyorsunuz! Nerede oturuyorsunuz?"

"Ne izin kâğıdı!" diye bağırdı Katerina Ivanovna "Kocamı daha bugün toprağa verdim; Ne izin kâğıdı!"

Yüksek rütbeli memur:

"Hanımefendi, hanımefendi," diye söze başlayacak oldu, "sakin olun, buyurun gidelim, ben sizi götürürüm... Burada, sokak ortasında hiç yakışık almıyor... Siz rahatsızsınız..."

Katerina Ivanovna:

"İyiliksever beyefendi, iyiliksever beyefendi, siz hiçbir şey bilmiyorsunuz!" diye bağırdı. "Nevskiy bulvarına gideceğiz biz....Sonya, Sonya! Nereye kayboldu bu kız? Ah, o da ağlıyor! Ne oluyor hepinize böyle kuzum!" Birden korkuyla bağırdı. "Kolya, Lyonya, nereye gidiyorsunuz? Ah, aptallar! Kolya! Lyonya! Nereye gidiyor bunlar böyle!"

Sokaktaki kalabalıktan, annelerinin çılgınca davranışlarından ve son olarak da kendilerini tutup bir yerlere götürmek isteyen polisten müthiş korkan Kolya ile Lyonya, sanki anlaşmışlar gibi el ele tutuşup kaçmaya başlamışlardı. Zavallı Katerina Ivanovna da ağlaya inleye onların ardından koşmaya başladı. Soluğu tıkanarak ve gözyaşları içinde koşuyordu; çok acıklı bir görünüştü bu. Sonya ile Poleçka da onun ardından koşmaya başlamışlardı.

"Yakala, getir onları, Sonya! Ah, aptal, değer bilmez çocuklar! Polya! Tut onları! Ben sizin için bu kadar..." Sözünü tamamlayamadı, koşarken ayağı takıldı ve düştü.

"Aman Tanrım! Yaralandı, kan içinde kaldı!" diye bağırdı Sonya ve onun üzerine eğildi.

Herkes koşuştu. Raskolnikov'la Lebezyatnikov ilk koşup gelenler arasındaydı; yüksek rütbeli memur da gelmişti, onun ardından da polis geliyordu; işin kendisini epey yoracak bir hal almaya başladığını sezerek, "Hey Yarabbim!" gibilerinden elini sallıyor, bir yandan da:

"Dağılın! Dağılın bakalım!" diyerek zavallı kadının başına biriken kalabalığı dağıtmaya çalışıyordu.

Kalabalıktan birisi: "Ölüyor!" diye bağırdı. "Delirmiş!" dedi bir başkası. Kadının biri haç çıkardı:

'Tanrım, sen bizi koru! Kaçan küçükleri yakaladılar mı bari? Hah işte, ablaları tutmuş, getiriyor... Ah sizi küçük şeytanlar!"

Ama Katerina Ivanovnaya dikkatle bakınca, bütün kaldırımı kaplayan kanın, Sonya'nın sandığı gibi düşüp de yaralanmasından değil, ağzından boşandığını anladılar.

Raskolnikov'la Lebezyatnikov'a dönen memur:

"Ben bunu bilirim, gördüm," diye mırıldandı. "Verem bu. Kan işte böyle birdenbire boşanır ve boğar. Geçenlerde bir yalanımın başına geldi, gözlerimle gördüm, nerdeyse bir buçuk bardak kan boşandı ağzından... Ne yapsak acaba, şimdi ölecek?"

"Şuraya, şuraya, benim evime götürelim!" diye yalvardı Sonya. "Hemen şuracıkta oturuyorum ben! Şurada, hemen iki ev ötede..." Kalabalık içinde bir ona bir buna doğru koşuyor, yalvarıyordu: "Ne olur çabuk! Çabuk! Bir doktor çağırın... Ah, Tanrım!"

Memurun çabasıyla işler yoluna kondu; hatta polis bile yardım etti hastanın taşınmasına. Zavallı kadını yarı ölü durumda götürüp Sonya'nın yatağına yatırdılar. Ağzından hâlâ kan geliyordu. Odaya Sonya'dan başka Raskolnikov, Lebezyatnikov, memur ve polis de gelmişti. Polis ilk iş olarak, arkaları sıra ta buraya kadar gelen kalabalığı dağıtmaya koyulmuştu. Tir tir titreşen, ağlaşan çocukları Poleçka ellerinden tutup, içeri sokmuştu. Kapernaumov'lar da gelmişlerdi: topal ve tek gözü kör bir adam olan Kapernaumov'a, fırça gibi dimdik saçlarıyla favorileri iyice tuhaf bir görünüş veriyordu; karısının sürekli korkan bir hali vardı, ağızları yarı açık, yüzlerinde hep bir şaşkınlık ifadesi bulunan çocukları, tahtadan yontulmuş gibiydi. Bütün bu kalabalık içinde birden Svidrigaylov da göründü. Kalabalık içinde onun da bulunduğunu hatırlayamayan Raskolnikov, şimdi nerden çıkıp geldiğini bir türlü akıl erdiremeyerek şaşkınlıkla baktı ona:

Birileri doktordan ve papazdan söz etti. Memur, Raskolnikov'a, doktor çağırmanın gereksiz olduğunu fısıldamakla birlikte, yine de gidip bir doktor getirmelerini emretti. Kapermaumov'un kendisi koştu bu iş için;

Bu arada ağzından gelen kan bir süre için duran Katerina Ivanovna biraz kendine gelir gibi olmuştu. Titreyen ellerle alnındaki ter damlacıklarını silen Sonyanın rengi uçmuş yüzüne hastalıklı, ama dimdik, delip geçen bakışlarla bakıyordu; sonra kendisini kaldırmalarını rica etti. İki yanından tutup kendisini yatağında oturttular.

Güçlükle konuşarak:

"Çocuklar nerde?" diye sordu. "Sen mi getirdin onları Polya? Ah aptallar! Ne diye kaçtınız sanki... Ah!"

Kurumuş dudaklarına hâlâ kan geliyordu. Gözlerini odanın içinde gezdirerek:

"Demek burada yaşıyorsun, Sonya!" dedi. "Şimdiye kadar hiç gelmemiştim sana... Bugüne kısmetmiş..." Acıyla bakıyordu Sonya'ya:

"İliğini, kanını emdik senin, Sonya... Polya... Lyonya... Kolya, buraya gelin... İşte... Sonya... hepsi sana emanet! Bana gelince... tamam artık, balo bitti! Bırakın beni, hiç değilse rahatça ölebileyim!"

Başını yastığa koyarak kendisini yeniden yatağına uzattılar.

"Ne? Papaz mı? Hayır, gerekmez... Boşa para harcamayın...

Benim hiçbir günahım yok!.. Olsa da, Tanrı bağışlar... Kendisi de biliyor nasıl acı çektiğimi! Bağışlamazsa, eh, onu da kendi bilir!"

İyiden iyiye sayıklamaya başlamıştı. Arada bir irkilerek çevresini süzüyor, bir an herkesi tanıyacak gibi oluyor, ama hemen sonra bilinç yerini sayıklamaya bırakıyordu. Hırıltıyla ve güçlükle soluk alıyordu, boğazında bir şey fıkırdıyor gibiydi. Her sözcüğün sonunda durup soluklanarak: "Ekselansları!" dedim ona, diye bağırdı. "Bu Amaliya Lyudvigovna... Ah, Lyonya, Kolya! Eller kalçaya! Çabuk, daha çabuk Glissez-glissez! Pas de basgue! Ayaklarını yere vur! Zarif, sevimli bir çocuk olmalısın!

Du hast Diamanten und Perlen... Devamı nasıldı? Ah, bir söyleyebilsem...

Du hast diş schönsten Augen, Madchen, was willst du mehr?

Dans figürleri.

Alman ozanı Helne'ın dizeleri:

Senin elmasların var, incilerin var. Senin çok güzel gözlerin var, daha ne istiyorsun.

Hayır, böyle değildi! was willst du mehr, nasıl da uyduruyor aptal! Ah, evet, işte bir tane daha:

Öğle sıcağında, bir koyağında Dağıstan'ın...

Ah, ne çok severdim bu romansı, ne çok Poleçka. Biliyor musun, babanla nişanlıyken... hep bunu söylerdi rahmetli!.. Hey gidi günler!.. Ah bir söyleyebilsek bunu! Dur bakayım, nasıldı... Görüyor musun, unutmuşum. Hatırlatsanıza bir, nasıldı?" Müthiş bir heyecan içindeydi ve kalkmak için büyük çaba harcıyordu. Sonunda hırıltılı, yırtılırcasına bir sesle okumaya başladı; korkunç bir sesti bu, her sözcükte duraksıyor, söyledikçe yüzündeki korku ifadesi artıyordu:

Öğle sıcağında!.. Bir koyağında!.. Dağıstan'ın!.. Göğsünde bir kurşunla!..

Birden gözyaşlarına boğularak, insanın içini parçalayan hıçkırıklarla: "Ekselans!" diye haykırdı. "Koruyun şu yetimleri!

Rahmetli Semyon Zahariç'le paylaştığınız tuz ekmek hatırına koruyun! Aristokratlık adına da diyebiliriz buna..." Birden kendine gelerek irkildi, herkesin yüzüne tek tek ve korkuyla baktı, birden Sonyayı tanıdı, onu burada, karşısında görmekten şaşırmış gibi yumuşak, sevecen bir sesle: "Sonya, Sonya, Sonya!.. Sonya, canım, sen de burada mısın?" dedi.

Kendisini tekrar kaldırdılar.

Umutsuzluk ve öfke dolu bir sesle:

"Yeter artık! Tamam! Elveda, talihsiz kız! Lagar beygiri çok yordular! Çatladı artık!" diye bağırdı ve başı yastığa düştü.

Yeniden kendini kaybetmişti, ama bu son kendinden geçişi oldu ve uzun sürmedi; beyaz denebilecek sarı, zayıf yüzü geriye doğru sarktı, ağzı açıldı, bacakları kasılarak uzadı, derin bir soluk aldı ve öldü.

Sonya fırlayıp yatağa atıldı, sımsıkı sarıldı ölüye, başını kurumuş göğsüne dayadı ve öylece kaldı. Polyacık da annesinin ayaklarına kapanmış, hıçkıra hıçkıra öpüyordu. Ne olup bittiğini henüz kavrayamayan, ama korkunç bir şeylerin geçmekte olduğunu anlayan Kolya ile Lyonya, karşılıklı olarak elleriyle birbirlerinin omuzlarından tutmuşlardı, derken gözlerini birbirinin gözüne dikip ağızlarını açarak aynı anda bağırmaya başladılar. İkisi de hâlâ gösteri kılığındaydılar: birinin başında sarık, ötekinin başındaysa, ucunda tavus tüyü takılı külah vardı.

Bu arada şu ünlü "diploma" yine nasıl ortaya çıkmıştı? Yatağın üzerinde, Katerina Ivanovnanın hemen yanı başında duruyordu. Raskolnikov diplomaya bir göz attı, sonra pencereye doğru çekildi. Lebezyatnikov yanına gelerek:

"Öldü!" dedi.

Svidrigaylov geldi yanlarına:

"Rodion Romanoviç" dedi, "size bir iki şey söylemek istiyorum..."

Lebezyatnikov hemen yerini ona bıraktı ve kibarca yanlarından uzaklaştı Svidrigaylov şaşıran Raskolnikov'u daha uzakça bir köşeye çekerek:

"Bütün bu telaşı, yani cenaze vesaire işlerini ben üzerime alıyorum" dedi. "Paraya bakan işler bunlar, bilirsiniz. Öte yandan size, elimde bana gerekli olmayan bir para bulunduğundan söz etmiştim. Şu iki yavruyla Poleçkayı bir öksüzler yurduna yerleştirip, her biri için de ergin yaşa geldiklerinde almaları koşuluyla bin beşer yüz ruble yatıracağım: Sonya Semyonovna'nın içi rahat etsin! Ona, Semyonovna'ya gelince, içinde bulunduğu burguçtan çekip çıkaracağım onu da. İyi bir kıza benziyor kendisi, öyle değil mi? Siz de Avdotya Romanovna'ya lütfen on bin rublesini bu yolda harcadığımı iletin..."

Raskolnikov:

"Bu iyiliği hangi amaçlarla yapıyorsunuz?" diye sordu.

Svidrigaylov gülümsedi:

"Ne kadar da kuşkulu bir adammışsınız siz! Bu paralara gereksinim duymadığımı söylemiştim size. Sonra, yalnızca insanca bir duyguyla yapıyor olamaz mıyım yani böyle bir şeyi?" Parmağıyla Katerina Ivanovna'nın yattığı köşeyi gösterdi: "Herhangi bir tefeci kocakarı gibi bir "bit" değildi o... Lujin'in yaşayıp alçaklıklarına devam etmesi mi, yoksa onun ölmesi mi daha iyi? Eğer ben böyle bir yardımda bulunmazsam, Poleçka da o yolun yolcusu değil mi?"

Svidrigaylov bunları, bakışlarını Raskolnikov'dan ayırmadan, neşeli bir kurnazlıkla ve göz kırparak söylemişti. Sonya'ya söylediği sözleri, hem de tam kendi deyimleriyle onun ağzından duyan Raskolnikov buz gibi oldu, sarardı. Hızla geri çekilip yabanıl ışıklarla parlayan gözlerini Svidrigaylov'un üzerine dikti; soluğunu tutarak:

"Ne ne nerden... biliyorsunuz siz bunları?" diye kekeledi.

"Ben hemen şuracıkta şu duvarın ötesinde, madam Resalich'in dairesinde oturuyorum. Şurada Kapernaumov'lar, şurada da benim eski ve sadık dostum madam Resslich oturur. Anlayacağınız, komşuyuz."

"Siz ha?"

"Evet ben!"

Svidrigaylov, sözlerinin burasında katıla katıla gülmeye başladı. Ardından ekledi:

"Rodion Romanoviç inanın bana, siz benim çok, ama çok ilgimi çekiyorsunuz. Hem ben size anlaşacağımızı söylememiş miydim? İşte, bakın anlaştık. Benim, kendisiyle uyum sağlanabilir, geçinebilir bir adam olduğumu da göreceksiniz. Göreceksiniz ki, benimle yaşanılabilirmiş de..."

ALTINCI BÖLÜM

I

Raskolnikov için öyle tuhaf bir dönem başlıyordu ki, sanki dört bir yanını yoğun bir sis sarmış, onu kurtulması imkânsız bir mahkûmiyete gömmeye çalışıyordu. Daha sonra o günleri hatırlayacak, bilincini yitirdiğini, bu halde son felaket anına kadar süreceğini anlayacaktı. O sıralar pek çok şeyde, örneğin bazı olayların tarihlerinde ve ne kadar sürdüklerinde yanıldığından kesinlikle emindi. En azından, bazı olayları hatırladıkça ve hatırladıklarını anlamaya, açıklamaya çalıştıkça, kendisiyle ilgili çoğu şeyi bile, ancak başkalarının bilgisine başvurarak öğrenebilmişti. Örneğin bir olayı bir başka olayla karıştırıyor, o bir başka olayı ise, yalnızca hayalinde var olan bambaşka bir olayın sonucu sayıyordu. Kimileyin kendini müthiş acı veren, hastalıklı bir üzüntünün içinde buluyor, bu üzüntü zaman zaman paniğe varan dayanılmaz bir korkuya dönüşebiliyordu. Bununla birlikte, kendini bu korkunun tam tersi bir duyumsamazlık içinde duyduğu dakikaları, saatleri, hatta belki de günleri olduğunu da hatırlıyordu: ölmekte olan kimi insanlarda görülen hastalıklı umursamazlığa, kayıtsızlığa benzer bir duyumsamazlıktı bu. Aslında son günlerde kendi durumunu açıkça görmekten kaçınıyordu; hemen açıklanması gereken çok önemli bazı olaylar onu özellikle üzüyordu; oysa içinde bulunduğu birtakım kaygılardan kaçıp kurtulabilse öyle sevinecekti ki...

Bir de Svidrigaylov kaygılandırıyordu onu. Hatta bütün dikkatinin onun üzerinde yoğunlaştığı bile söylenebilirdi. Svidrigaylov'un, Katerina Ivanovna'nın öldüğü gün Sonya'nın evinde söylediği, anlamı kendisi için son derece açık ve bir o kadar da tehlikeli sözlerinden sonra, düşüncelerinin olağan akışı altüst olmuş gibiydi. Ancak bu yeni gerçek kendisini bunca kaygılandırmasına rağmen o nedense bu işin içyüzünü öğrenmekte hiç acele etmiyordu. Bazen kendini kentin ıssız bir semtinde, acınası bir meyhanede düşüncelere gömülmüş olarak tek başına bir masada oturur buluyor, buraya nasıl geldiğini bir türlü çıkaramıyor, derken aklına birden Svidrigaylov geliyordu; böyle anlarda, hemen bu adamla oturup konuşması ve onunla ilgili sorunu kökünden halletmesi gerektiğini, acı duyarak, ama apaçık bir biçimde anlıyordu. Hatta yine böyle kendini kentin dışında bulduğu bir gün, Svidrigaylov'u beklediğini, onunla burada buluşmak için sözleştiğini sanmıştı. Bir başka gün de, sabaha karşı, yerde, çalıların altında uyanmış, buraya nasıl geldiğini, nasıl yatıp uyuduğunu çıkaramamıştı. Aslında, Katerina Ivanovna'nın ölümü üzerinden geçen şu iki üç gün içinde Svidrigaylov'la iki kez karşılaşmıştı; amaçsızca ve bir iki dakikalığına uğradığı Sonya'nın evinde olmuştu bu karşılaşmalar. Ancak, zamanı gelinceye değin açmamak üzere aralarında anlaşmışlarcasına bu kısa karşılaşmalarda asıl konuya hiç değinmemişler, yalnızca hal hatır sormakla yetinmişlerdi.

Raskolnikov'un son gidişinde, cenaze, bir tabutun içinde olarak hâlâ odada duruyordu. Svidrigaylov dinsel tören ve gömülmeyle ilgili emirler veriyor, telaşla koşturup duruyordu. Sonya da çok meşguldü. Svidrigaylov, Raskolnikov'a, Katerina Ivanovna'nın çocuklarının sorununu çözümlediğini, buradaki kimi tanıdıkları aracılığıyla gerekli adamları bularak, çocukları üstelik de çok iyi bir yurda yerleştirdiğini, kendileri için ayırdığı paranın bu işte çok yardımı olduğunu, çünkü parası olan çocukları bir yurda yerleştirmenin, yoksul çocukları yerleştirmekten çok kolay olduğunu anlattı. Sonya hakkında da bir şeyler söyledi; bir konuda görüşmek ve kendisine danışmak için' bugünlerde ona uğrayacağına söz verdi. Merdivenlerin başında, sahanlıkta konuşuyorlardı. Svidrigaylov, Raskolnikov'un gözlerinin ta içine bakarak bir süre sustuktan sonra, birden sesini alçalttı:

"Neyiniz var, Rodion Romanoviç?" dedi. "Kendinizde değil gibisiniz? Evet, bakıyor, dinliyorsunuz, ama hiçbir şey anladığınız yok! Cesaretinizi toplayın! Oturup "bir konuşsak sizinle... Ama o kadar çok işim var ki... Hem kendi işlerim, hem başkalarının işleri..." Bir an durdu, sonra: "Ah, Rodion Romanovic!" dedi. "Herkesin, her şeyden önce havaya gereksinimi var azizim! Havaya, havaya, havaya!..."

Svidrigaylov birden, merdivenlerden çıkmakta olan papazla bir zangoça yol vermek için kenara çekildi, iki din adamı onun emriyle, rahmetliye dua etmek için her gün iki kez düzenli olarak geliyordu. Papazla zangoç geçtikten sonra Svidrigaylov da merdivenlerden inerek yoluna devam etti. Raskolnikov bir süre durup düşündükten sonra, papazla zangoçun ardı sıra Sonya'nın odasına girdi.

Tam kapıda durdu. Duaya başlanmıştı: sakin, sessiz, hüzünlü bir havayla dua ediliyordu. Ölüm bilinci, ölümün varlığı duygusu, Raskolnikov için ta çocukluğundan beri ağır, içinde mistik bir korku uyandıran bir duyguydu. Hem ne zamandır herhangi bir ayinde bulunmamıştı. Üstelik burada başka bir şeyler vardı, korkunç, tedirgin edici bir şeyler... Çocuklara baktı: hepsi tabutun önünde diz çökmüştü, Poleçka ağlıyordu. Onların arkasında Sonya vardı; sessizce, ürkercesine ağlayarak dua ediyordu. 'Şu birkaç gündür ne yüzüme baktı, ne de bana bir şey söyledi' diye düşündü Raskolnikov. Güneş odayı iyice aydınlatıyordu, bu hurdandan kıvrık kıvrık bir duman yükseliyor, papaz 'ruhu şad olsun' diye dua ediyordu. Raskolnikov duanın sonuna kadar bekledi. Papaz içerdekileri kutsayıp veda ederken, bir yandan da tuhaf bakışlarla çevresini süzüyor gibiydi. Duadan sonra Raskolnikov Sonya'ya yaklaştı. Sonya hemen onun iki elini birden tutup, başını omzuna yasladı. Bu dostça yakınlık Raskolnikov'u müthiş şaşırttı, hatta tuhaf buldu, Sonya'nın bu davranışını. Bu nasıl işti böyle. Sonya'da kendisine karşı en ufak bir nefret, tiksinti yoktu, elleri bile titremiyordu. Bir insanın kendini küçük görmekte ulaşabileceği en son noktaydı bu artık. En azından Raskolnikov bunu böyle almıştı. Sonya hiçbir şey söylemedi, Raskolnikov onun ellerini sıkıp, çıktı. Dayanılmaz bir ağırlık duyuyordu içinde. Eğer şu anda, ömrü boyunca da olsa yapayalnız kalabileceği bir yerlere gidebilmesi mümkün olsaydı, kendini mutlu sayacaktı. Ama bir sorun vardı bu noktada; şu son sıralar hemen hep yalnız olmasına rağmen, kendini bir türlü yalnız duyamamıştı. Kent dışına, kent dışındaki anayola kadar çıktığı olmuş, hatta bir seferinde ta koruluğa kadar gitmişti, ama gittiği yerler ıssızlaştıkça, o da birinin rahatsız edici varlığını daha yakından daha güçlü duyuyordu; bu duygu onu korkutmamakla birlikte, canını sıkıyor, bunun üzerine hemen kente dönüp kalabalığa karışıyor, bir meyhaneye ya da birahaneye gidiyor. Tolkuçiy, Sennaya gibi kalabalık yerlerde dolaşıyordu. Buralarda kendini daha rahat, hatta daha yalnız duyuyordu. Bir gün, akşama doğru uğradığı bir meyhanede şarkı söylüyorlardı; tam bir saat orada kalıp şarkı dinlemiş ve daha sonra hatırladığına göre de, bundan çok hoşlanmıştı. Ama sonunda yine aynı tedirginliği duymuştu; bir tür vicdan azabıydı sanki bu. 'Oturmuş şarkı dinliyorum... Bu mu benim yapmam gereken şey!' diye düşünmüştü. Bununla birlikte, kendisini rahatsız eden tek şeyin bu olmadığını, hemen çözümlenmesi gereken, anlamanın da, sözcüklerle anlatmanın da olanaksız olduğu asıl bir başka sorunu bulunduğunu fark ediyordu. Her şey birbiri üzerine yumaklanmış gibiydi. "Hayır, savaşmak daha iyi!' diye düşündü. Porfiriy'yle, ya da Svidrigaylovla dişe diş bir mücadeleye girişmek... Hemen birilerine meydan okumak... birilerinin saldırısına hedef olmak... Evet! Evet!' Meyhaneden kaçar gibi fırlayıp çıktı. Birden Dunya'yla annesini hatırladı ve nedense içinde paniğe varan bir korku duydu. O gece sabaha karşı Krestovskiy adasında, çalıların arasında humma nöbetleri içinde tir tir titreyerek uyandı. Hemen evine gitti. Ancak sabaha doğru ulaşabilmişti eve. Birkaç saat uyuyunca nöbeti geçti; ama uyanması epey geç oldu, öğleden sonra saat ikiydi uyandığında.

Katerina Ivanovna'nın cenaze töreninin bugün yapılacağını hatırladı ve törende bulunmadığına sevindi. Nastasya kendisine yemek getirdi, hiç doymayacakmış gibi bir iştahla yiyip içti. Dinlenmiş, sakinleşmişti; şu son üç gündür hiç bu kadar sakin duymamıştı kendini. Hatta, şu paniğe varan korkularına bile, bir an şaşmaktan kendini alamadı.

Kapı açıldı, Razumihin girdi içeri.

"Aa! Yemek yiyor, demek ki hasta değil!" dedi ve bir iskemle çekip, Raskolnikov'un karşısına oturdu. Heyecanlıydı ve heyecanını gizlemeye çalışmıyordu. Gözle görülür bir üzüntüyle, ama hiç acele etmeden ve sesini yükseltmeden konuşuyordu. Gelişinin özel, hem de çok özel bir amacı var gibiydi. Kararlı bir sesle: "Dinle" diye başladı. "Hepinizi şeytanlar alsın! Çünkü hiçbir şey anlamamış olduğumu apaçık görüyorum artık. Sakın seni sorguya çekmeye geldiğimi sanma. Umurumda değil! Hiç mi hiç istemiyorum böyle bir şeyi! Şu anda sen kendin bütün gizlerini açmaya bile kalksan, belki dinlemem ve banane der giderim. Buraya bir şeyi kesin olarak öğrenmek için geldim: senin bir deli olduğun doğru mu, değil mi? Çünkü senin bir deli ya da buna çok yakın durumda bir şey olduğunu düşünenler var (birileri böyle düşünüyor işte!) İtiraf ederim ki, birincisi, senin hiçbir şeyle açıklanamaz aptalca, iğrenç davranışlarına bakarak, ikincisi de, geçenlerde annenle kız kardeşine yaptıklarını düşünerek, bu düşünceye ben de katılmak eğilimindeydim. Çünkü, bir deli değilse, ancak bir aptal, canavar yapabilir senin annenle kız kardeşine yaptıklarını; dolayısıyla da sen bir delisin..."

"Ne zaman gördün onları?"

"Az önce. Ya sen ne zamandır görmedin? Nerelerde sürtüp duruyorsun söyler misin, tam üç kez uğradım buraya... Üçünde de yoktun. Annen dünden beri ağır hasta. İlle sana gelmek için ısrar etti. Avdotya Romanovna kendisine engel olmak istedi, ama söz dinlemiyor ki... "Eğer hastaysa, eğer aklını falan kaçırıyorsa, annesinden başka kim yardım edebilir ona?" diyor, başka bir şey demiyor. Kendisini yalnız bırakmayacağımıza göre, hep birlikte geldik buraya. Ta şu kapıya kadar kendisini yatıştırmaya çalıştık. İçeri girdik ki, sen yoksun. Annen işte şuraya oturdu, on dakika kadar öylece durdu, biz de başında hiçbir şey söylemeden dikildik Sonunda kalktı, "Dışarı çıkabildiğine göre, demek ki sağlığı yerinde. Demek ki, annesini unutmuş... Oğlunun kapısına gidip ondan sevgi dilenmek bir anne için utanç verici bir davranıştır' dedi. Eve döner dönmez de kendini yatağa attı. Şu anda ateşi epey yüksek: "Bakıyorum, o kız için zaman buluyor' diyor. O kız dediği Sonya Semyonovna... Onu senin nişanlın ya da sevgilin falan sanıyor herhalde, bilmiyorum artık... Bunun üzerine doğruca Sonya Semyonovna'ya gittim. Neden dersen kardeş, durumu öğrenmek istiyordum... Gittim ki, ortada bir cenaze, çocuklar ağlaşıyor, Sonya Semyonovna da onlara yas giysileri hazırlıyor. Sana gelince, yoksun... Sonya Semyonovna'dan özür dileyip çıktım ve doğruca Avdotya Romanovna'ya gidip durumu bildirdim. Demek oluyor ki, o kız hikayesi falan saçmaymış ve yine demek oluyor ki sen bir deliymişsin, yani geriye kala kala bir bu kalıyor... Baksana, karşımda oturmuş, günlerdir bir şey yememiş gibi dana sövüş tıkınıp duruyorsun! Evet, gerçi deliler de yemek yer, ama ağzını açıp da bana tek kelime söylemiyorsun ki birader... ama sen... deli değilsin! Şerefsizim ki değilsin! Hayır, deli olamazsın! Eh, hepinizi şeytan alsın! Çünkü bu işte bir giz var ve ben sizin gizinizin ne olduğunu anlamak için kafa patlatmak niyetinde değilim!" Ayağa kalktı: "Buraya yalnızca sövüp rahatlamak için uğramıştım, şimdiyse ne yapacağımı çok iyi biliyorum!"

"Ne yapacakmışsın şimdi?"

"Sana ne bundan?"

"Bak sana söyleyeyim, kafayı çekeceksin!"

"Sen... sen bunu nerden biliyorsun?"

"Gördün mü!"

Razumihin bir an sustu, sonra heyecanla:

"Sen her zaman aklı başında bir adamdın, azizim" dedi, "hiçbir zaman da deli olmadın! Evet, doğru, kafayı çekeceğim! Hadi bana eyvallah!"

Razumihin kapıya doğru yürüdü.

"Dün değil önceki gündü sanırım, Dunya'ya senden söz ettim, Razumihin!"

Razumihin birden durdu:

"Benden mi? Nerde gördün peki onu?" diye sordu, yüzü sararır gibi olmuştu. Yüreğinin hızla çarpmaya başladığını anlamak hiç zor değildi.

"Buraya geldi, tek başına, işte şuraya oturdu ve benimle konuştu."

"O, öyle mi!"

"Evet, o!"

"Ne dedin peki ona... yani benim hakkımda?"

"Senin çok iyi, dürüst ve çalışkan bir adam olduğunu söyledim. Onu sevdiğini söylemedim, çünkü bunu kendisi de biliyor."

"Kendisi de mi biliyor?"

"Ya ne sanmıştın? Bak, ben nereye gidersem gideyim, başıma ne gelirse gelsin, onlardan ayrılmamalı, onlara göz kulak olmalısın, tamam mı? Kısacası, onları sana emanet ediyorum, Razumihin. Bunları söylüyorum, çünkü onu sevdiğini ve temiz yürekli bir insan olduğunu çok iyi biliyorum. Yine, onun da seni sevebileceğini, hatta belki şimdi bile sevdiğini biliyorum. Şimdi artık içer misin, içmez misin, bu senin bileceğin iş."

"Rodya, canım kardeşim... Tuh, kör şeytan! Şu işe bak yahu..! Peki sen nereye gidiyorsun? Bak, eğer bu bir gizse, bırak söyleme! Ama... ama ben bu gizi öğrenirim... Bunun saçma sapan bir şey olduğuna ve senin kuruntundan başka bir şey olmadığına yüzde yüz eminim... Her neyse... Sen harika bir insansın, kardeşim! Harika bir insan!"

"Sana bir şey daha söyleyecektim, ama sözümü kestin... Demin bu gizi öğrenmesen daha iyi olacağını söylemiştin, doğru bu! Zamanı gelinceye dek bu işin üstüne düşme ve hiç kaygılanma. Günü geldiğinde, öğrenmen gerektiğinde, her şeyi öğrenirsin. Dün adamın biri bana, insana gerekli olan şeyin hava, hava, hava olduğunu söylemişti! Bununla ne demek istediğini öğrenmek için şimdi ona gitmek istiyorum."

Razumihin dalmış, ayakta duruyor ve heyecanla bir şeyler düşünüyordu: "Kesinlikle siyasi bir suikastçı bu! Hem de bugünlerde çok önemli bir adım atmaya hazırlanan bir suikastçı! Başka türlü olamaz ve Dunya da biliyor bu durumu...' Sonra her sözcüğü özel bir vurguyla söyleyerek:

"Demek Avdotya Romanovna sana geliyor, sen de, insana her şeyden çok hava gerektiğini söyleyen bir adamla görüşmeye gitmek istiyorsun, öyle mi? Demek ki o mektup da..." Kendi kendine mırıldanır gibiydi: "Demek o mektup da bu işle ilgili..."

"Hangi mektup?"

"Bir mektup aldı bugün Avdotya Romanovna hem de kendisini, çok ama çok telaşlandıran bir mektup... Senden söz edince de, susmamı, hiçbir şey söylemememi rica etti. Sonra... sonra yakında belki de birbirimizden, ayrılacağımızı söyleyip, bir şeyler için bana uzun uzun teşekkür etti ve odasına kapandı."

Raskolnikov dalgın dalgın:

"Demek bir mektup aldı, ha?" diye mırıldandı.

"Evet... mektup... Peki sen bunu bilmiyor muydun?"

İkisi de sustular.

"Hoş çakal, Rodya. Ben, kardeş... bir ara... neyse, hoş çakal, biliyor musun, bir ara... Boş ver, hoş çakal... Benim de gitmem gerek. Kafayı da çekmeyeceğim. Artık gereği kalmadı... Sen yalan söylüyorsun!"

Gitmekte acele eder gibiydi. Ama tam koridora çıkıp da kapıyı ardından kapamak üzereyken, birden durdu, geri döndü, Raskolnikov'a değil, odanın içinde bir yerlere bakarak:

"Aklıma gelmişken!" dedi. "Şu cinayet işini hatırlıyorsun, değil mi? Hani canım şu Porfiriy... kocakarı, filan? Haberin olsun, katil bulundu, kendiliğinden itiraf etmiş her şeyi, bütün kanıtları sayıp dökmüş... Şu aşağı katta çalışan işçilerden... boyacılardan biri... O sıralar onları nasıl savunduğumu hatırlıyor musun? Kapıcı ve iki tanık yukarı çıkarken, arkadaşıyla merdivenlerdeki o boğuşmalar, o gülüşmeler, düşünebiliyor musun, hep sahteymiş, kendisinden kuşkulanılmaması için mahsus yapmış... Şu köpek oğlu köpekteki kurnazlığı, soğukkanlılığı görüyor musun? İnanılır şey değil! Ama her şeyi açıklamış, kendiliğinden itiraf etmiş! Ben de amma yanılmışım, ha! Bu adam ikiyüzlülüğün, kurnazlığın, adaleti yanlış yola saptırmanın dahiyane bir örneği! Ama şaşacak ne var bunda! Böyleleri sanki çıkmıyor mu? Dayanamayıp itiraf etmesi ise her şeyden daha inandırıcı ve gerçeğe uygun! Ben bu yüzden ona daha da çok inanıyorum!.. Oysa o sıra onları nasıl da savunmuştum, suçsuzluklarını göstermek için bir düz duvara tırmanmadığım kalmıştı!"

Raskolnikov heyecanla:

"Söylesene" dedi, "bütün bunları nereden öğrendin ve yine bütün bunlar seni niçin bu kadar ilgilendiriyor?"

"Daha neler! Beni niçin ilgilendiriyormuş! Soruya bak! Daha pek çok şeyin yanı sıra Porfiriy'den öğrendim bunları. Aslında hemen her şeyi öğrendim Porfiriy'den."

"Porfiriy'den mi?"

"Evet, Porfiriy'den."

Raskolnikov korku içindeydi.

"Peki, ne dedi sana Porfiriy?"

"Her şeyi çok güzel açıkladı; kendi yöntemince, psikolojik olarak..."

"O, kendisi yaptı sana bu açıklamayı, ha?"

"Evet, kendisi, kendisi... Haydi hoş çakal! Sana sonra bir şeyler daha anlatacağım, ama şu anda işim var. Bir ara ben de sanmıştım ki... Her neyse, sonra!.. Ne diye gidip kafa çekeceğim ki şimdi! İçkisiz de sarhoş ettin sen beni. Sarhoş oldum. Rodyacığım! İçmeden sarhoş oldum! Haydi hoş çakal, yakında yine uğrarım..." Odadan çıktı.

"Evet, evet, siyasi bir suikastçı bu..." diye mırıldanıyordu merdivenlerden inerken; buna kesinlikle karar vermiş gibiydi. "Bu böyle, bu herhalde böyle... Kız kardeşini de sokmuş işin içine... Avdotya Romanovna'nın karakterini göz önüne alacak olursak, bu hiç de olmayacak bir şey değil... Buraya gelmiş, görüşmüşler... Bana da dolaylı olarak sezdirmişti zaten bunu... Söylediği sözlerden, konuşma biçiminden, özellikle seçtiği bazı sözcüklerden açıkça anlaşılıyordu bu... Hem başka türlü nasıl açıklanabilir ki bu bilmece! Hımm! Oysa ben düşünmüştüm ki... Aman Tanrım! Evet, neler düşünmüştüm ben! Nasıl da aklım karışmıştı! Ona karşı suçluyum! O gün koridorda, lambanın altında kafam allak bullak olmuştu! Tuh! Ne alçakça, ne iğrenç şeyler düşünmüştüm! Aferin Mikolka, ne iyi ettin de her şeyi açıkladın! Şimdi artık önceki olaylar da açıklığa kavuşuyor... O dönemdeki hastalığı... Tuhaf davranışları... hatta daha önceleri, ta üniversitedeki halleri, tasayla somurtup durmaları... İyi ama şu mektup ne olacak? Nedir bu mektubun anlamı? Bak işte bunda bir iş var... Kimden geliyor bu mektup? Yoksa? Hımm... Hayır, ben bu işin içyüzünü öğreneceğim.

Dunya'yla ilgili her şeyi bir kez daha hatırladı, düşündü. Yüreği buz gibi oldu birden. Koşmaya başladı.

Razumihin çıktıktan sonra Raskolnikov masadan kalktı, pencereye doğru gitti, bir an hücresinin ne kadar dar olduğunu unutup volta atmaya kalktı, sonra dönüp yine divana oturdu. Baştan aşağı değişmiş, yenilenmişti sanki, yeniden savaş, bulunmuştu işte çıkış yolu...

Evet, bir çıkış yolu bulunmuş gibi görünüyordu! Gerçekten de ne zamandır iyice bunalmış, tıkanacak gibi olmuştu; boğulurcasına acı duymaya başlamıştı her şeyden! Bir uyuşturucunun etkisi altındaydı sanki. Porfiriy'nin odasında Mikolka'yla geçen şu sahneden beri, bir çıkış yolu bulamamaktan, sıkışıp kalmaktan boğulur gibi olmuşta. Mikolka olayından sonra, aynı gün, Sonyanın evinde de bir sahne geçmişti; bu sahne, onun daha önce tasarladığı gibi olmamış, çok daha başka biçimde gelişmiş ve öylece sona ermişti. Nasıl da zayıftı Sonya'yla konuşurken! Üstelik bir anda gerçekleşmiş, tam bir düşüştü bu! Vicdanında böyle bir ağırlıkla tek başına yaşayamayacağını Sonya'ya kendisi, evet, kendisi, hem de içtenlikle itiraf etmişti. Ya, Svidrigaylov? Svidrigaylov bir bilmeceydi! Svidrigaylov kaygılandırıyordu onu, doğrusu bu, ama bir başka yönde... Svidrigaylov'la da savaşması gerekecekti belki. Svidrigaylov da başlı başına bir çıkış yoluydu belki... Ama Porfiriy başkaydı...

Demek, Porfiriy'nin kendisi açıklamış Razumihin'e, kendi yöntemince, psikolojik olarak! Yine o lanet olasıca psikolojik yöntemlerini devreye soktu demek: Porfiriy, ha? Mikolka odaya girmeden önce Porfiriyle arasında geçen ve yalnızca bir tek biçimde yorumlanabilecek olan o göz göze bakışma sahnesinden sonra, Porfiriy'nin bir an için olsun Mikolkanın suçluluğuna inanabilmesi mümkün müydü? (Raskolnikov şu son sıralar, o gün Porfiriy'le aralarında geçen sahneyi birkaç kez gözünde parça parça canlandırmış, sahnenin tümünü hatırlamaya dayanamamıştı) O gün birbirlerine öyle sözler etmiş, öyle tavırlar takınıp bazı sözleri öyle jestlerle ve öyle tonlarla söylemişler, öyle anlamlı bakışlarla göz göze gelmişler ve konuşmalarında öyle bir sınıra ulaşmışlardı ki, bütün bunlardan sonra, (daha ilk sözünden ve ilk davranışından içini okuduğu Mikolkanın) Porfiriy'nin temel inancını değiştirmesine, bu konuda onun içine bir kuşku salmasına olanak yoktu.

"Şu işe bak! Demek Razumihin bile kuşkulanmaya başlamış! Demek o gün koridorda, lambanın altında geçen sahne boşa gitmemiş! Anlaşılan soluğu Porfiriy'de almış... İyi ama Porfiriy ona niçin gerçeği anlatmadı da, aldatmaya çalıştı? Razumihin'in dikkatini Mikolkanın üzerine çekmekten amacı ne olabilir? Muhakkak bir şey düşünüyordu bunu yaparken, ama ne? Ne gibi bir amacı olabilir? O günden beri bunca zaman geçti, hem de epey uzunca bir zaman geçti, ama Porfiriy'de ne bir ses var, ne bir nefes... Bu, hiç kuşkusuz iyiye yorulabilecek bir şey değil... Raskolnikov kasketini aldı, bir an düşündükten sonra odasından çıktı. Nicedir kendini ilk kez -hiç değilse- sağduyulu hissediyordu. 'Önce Svidrigaylov'la olan işimi bitirmeliyim...' diye düşündü. "Ne pahasına olursa olsun bitirmeliyim artık o işi... Hem de olabildiğince çabuk... Çünkü, sanırım o da benim kendisine gitmemi bekliyor...' "Şu anda yorgun yüreğinde öyle bir nefret kabarmıştı ki, Svidrigaylov ya da Porfiriy, bu ikisinden biri eline geçse öldürebilirdi. Şu anda değilse bile, ilerde, en azından bunu yapabilecek bir duruma geleceğini hissediyordu. "Görürüz, görürüz!" diye mırıldandı içinden.

Tam kapıyı açıp merdiven sahanlığına çıktığı sırada, Porfiriy'le burun buruna geldi. O da ona geliyordu. Raskolnikov bir an için donakaldı; ama tuhaf şey, Porfiriy'nin gelişi onu ne şaşırtmış, ne de fazlaca korkutmuştu. Yalnızca irkilmiş ama hemen kendini toparlamıştı. 'Belki de dananın kuyruğu kopuyor!.. İyi ama nasıl böyle sessizce gelebildi? Bir kedi gibi? Hiçbir şey duymadım? Yoksa içeriyi dinledi mi?'

Porfiriy Petroviç gülerek:

"Galiba konuk beklemiyordunuz Rodion Romanoviç?" diye bağırdı. "Ne zamandır uğramak istiyordum... Bugün evinizin önünden geçerken, ne diye şimdi bir beş dakikalığına uğramayayım ki, dedim. Siz de çıkıyordunuz galiba? Merak etmeyin, zamanınızı almam. Yalnız, izin verirseniz bir sigara içeyim?"

"Buyurun oturun, Porfiriy Petroviç, oturun!"

Raskolnikov konuğuna öyle hoşnut, öyle dostça bir ifadeyle yer göstermişti ki, kendi halini görebilse, buna kendi de şaşardı. Kafasında koşturup duran deminki düşüncelerinden en küçük bir iz bile kalmamıştı. Hani, haydutların eline düşen biri yarım saat ölüm korkuları çeker de, sonunda bıçak kesin olarak gırtlağına dayanınca, bütün korkuları geçer gider ya, öyleydi işte.

Kendisi de geçip Porfiriy'e gösterdiği yerin tam karşısına oturdu ve gözünü kırpmadan ona bakmaya başladı. Porfiriy gözlerini süze süze sigarasını içmeye başlamıştı.

Raskolnikov "Konuşsana be adam!' diye haykırmak ister gibiydi. "Konuşsana! Ne diye susup duruyorsun, karşıma geçmiş! Konuşsana! Konuşsana!" demek istiyordu.

II

Sigarasını içip biraz soluklanan Porfiriy Petroviç sonunda:

"Ah şu sigara!" diye söze başladı. "Biliyorum, zararlı, çok zararlı ama bir türlü bırakamıyorum işte! Öksürüyorum, tıkanıyorum, boğazım gıcıklanıyor, ama yine de içiyorum. Biliyor musunuz, ben biraz ödleğimdir... Geçenlerde doktora gittim. Hastalarını en az yarım saat muayene eden bir hekimdir bu. Beni görünce önce bir alay etti: sırtımı, göğsümü dinledi, tık tık etti, sizin dedi, tütünü bırakmanız gerek... Akciğerlerim büyümüş... iyi ama nasıl bırakacağım? Onun yerini alabilecek bir şey yok ki! Felakete bakın ki, içki de içmiyorum, hah-hah-ha! İçki içmemek de felaketmiş, görüyorsunuz ya! Her şey görelidir, azizim Rodion Romanoviç, her şey görelidir!"

Raskolnikov iğrenerek, "Yine o eski numaralar mı yoksa?" diye düşündü. Son görüşmelerinde geçen sahneleri hatırladı ve birden, o zamanki, duyguları büyük bir dalga halinde yüreğine saldırdı.

Porfiriy Petroviç odaya bir göz atarak:

"Önceki gün yine uğramıştım size, bilmem haberiniz var mı" diye sürdürdü sözlerini. "Buraya, bu odaya girdim. Yine bugünkü gibi evinizin önünden geçiyordum, haydi şuna bir ziyaretçik yapayım, diye düşündüm ve yukarı çıktım. Çıktım ki, odanızın kapısı ardına kadar açık... Biraz bekledim, bakındım, sonra hizmetçinize adımı vermeden çıkıp gittim. Kapınızı hiç kilitlemez misiniz?"

Raskolnikov'un yüzü gitgide kararıyordu. Porfiriy onun kafasından geçenleri tahmin ediyor gibiydi.

"Açıklama yapmaya geldim, canım kardeşim Rodion Romanoviç, açıklama yapmaya geldim! Size böyle bir açıklamada bulunmak zorundaydım." diye sürdürdü sözlerini. Yüzünde bir gülümseme vardı, hatta avucuyla Raskolnikov'un dizine hafifçe vurdu; ama aynı anda yüzü birden ciddileşti, kaygılı bir hal aldı; hatta Raskolnikovu şaşırtan, kedere benzer bir şeyler bile vardı yüzünde. Onu hiç böyle görmemişti Raskolnikov, böyle görebileceğini de kırk yıl geçse düşünemezdi. "Son görüşmemizde aramızda tuhaf bir sahne geçmişti Rodion Romanoviç. Aslında, ilk görüşmemizde de tuhaf şeyler olmuştu; ama o zaman... Her neyse, onlar oldubitti! Şimdi, sorun şu: sanırım size karşı çok suçluyum, bunu hissediyorum... O gün birbirimizden nasıl ayrıldığımızı hatırlıyor musunuz? Siz müthiş sinirlenmiştiniz, bacaklarınız titriyordu; ben de müthiş sinirlenmiştim ve benim de bacaklarım titriyordu. Ve bildiğiniz gibi, o gün aramızda pek de kibarca şeyler geçmemişti. Oysa biz, ne de olsa centilmen kişileriz. Yani ne olursa olsun, öncelikle centilmeniz; bunu hiç unutmamak gerek. Oysa o gün işi nerelere vardırmıştık... Hiç de kibarca bir davranış değildi..."

Başını kaldırıp bütün gözleriyle Porfiriy'e bakan Raskolnikov, "Neler söylüyor bu adam, beni ne sanıyor?' diye düşündü.

"Şimdi açık davranmakla daha doğru hareket etmiş olacağımızı düşündüm" diye sürdürdü sözlerini. Porfiriy Petroviç, bakışlarıyla eski kurbanını daha çok rahatsız etmek istemiyormuş gibi gözlerini yere indirmişti; eskiden kullandığı yöntemleri, başvurduğu kurnazlıkları küçümsüyordu sanki. "O kuşkular, o sahneler uzayıp gidemezdi öyle. O gün eğer Mikolka araya girmeseydi, iş nereye varırdı, bilemiyorum. Düşünebiliyor musunuz, şu esnaf kılıklı adam o gün benim odamda, bölmenin arkasında oturuyordu... Kuşkusuz, bunu şimdi biliyorsunuz, ben de sizin bildiğinizi biliyorum, çünkü onun daha sonra size uğradığını öğrendim. Ama o gün sizin düşündüğünüz birtakım şeyler olmamıştı: yani adam gönderip kimseyi çağırtmamış ve hiç kimseye birtakım konularda emirler vermemiştim. Niçin emir vermediğimi mi soruyorsunuz? Bilmem ki bunu size nasıl anlatmalı? Olup bitenler sanki beni de serseme çevirmişti! Böylece, ancak kapıcıları çağırtabilmiştim. (Çıkarken herhalde görmüşsünüzdür) Kafamda, şimşek gibi bir düşünce çakmıştı çünkü o sıralar ben kesin bir inanç duyuyordum içimde Rodion Romanoviç. Bir şeyi bir süre için elimden kaçırırsam, bir başka şeyi kuyruğundan tutar ve bu kez de bunu benimserim. Benimserim ve sonuna kadar elimden kaçırmam. Yaratılıştan çok sinirlisiniz siz, Rodion Romanoviç; az çok öğrenmiş olmakla övünebileceğim karakterinizin ve yüreğinizin, başka pek çok özelliklerinin yanı sıra, çok sinirli bir kişiliğiniz var. Hiç kimsenin, kalkıp da bütün gizlerini bir bir sayıp dökmeyeceğini, kuşkusuz ben de düşünebilirdim. Evet, gerçi karşınızdaki adamın sabrını iyice taşırdığınız zaman böyle şeyler olmuyor değil, ama doğrusu pek seyrek... Bunu ben de düşünebilirdim. Ama benim düşündüğüm şey, başkaydı: bir delil, diyordum ben, küçücük, minnacık bir delil olsa! Ama öyle bir delil ki, onu ellerimle tutabileyim: somut bir şey olsun, psikolojik değil... Çünkü diyordum, eğer bir adam suçluysa ne olursa olsun ciddi, elle tutulur bir açık vermesi beklenebilir; hatta böylesi durumlarda hiç ummadığı sonuçlarla bile karşılaşabilir insan... Yani, o sıralar sizin karakterinize güveniyordum Rodion Romanoviç, her şeyden çok sizin karakterinize! O sıralar hemen bütün umudum sizdeydi."

Raskolnikov sorduğu soruyu bile doğru dürüst düşünmeden:

"İyi de... siz şimdi niçin böyle konuşuyorsunuz?" diye mırıldandı. Sonra aklı iyice karışarak, "Bu adam neler söylüyor böyle?" diye düşündü. "Beni gerçekten de suçsuz sanıyor olabilir mi?"

"Bunları niçin söylüyorum?" Çünkü size açıklama yapmaya geldim ve bunu kendim için kutsal bir görev sayıyorum. Her şeyi, bütün bu hikâyenin, nasıl geliştiğini, o zamanki acı ve üzüntüleri bir bir anlatmak istiyorum. Benim yüzümden çok acı çektiniz Rodion Romanoviç! Ama ben bir canavar değilim. Bütün bu olup bitenlerin umutsuz, karamsar, ama gururlu, hükmetmek isteyen ve sabırsız, evet, özellikle de sabırsız bir insana ne kadar ağır geleceğini çok iyi anlıyorum! İnançlarınıza bütünüyle katılmamakla birlikte, sizi kesinlikle son derece iyi ve yüce gönüllü bir insan olarak görüyorum. Bunu bütün açık yürekliliğimle peşin peşin söylemeyi bir borç sayıyorum, çünkü "her şeyden önce' hiç kimseyi aldatmak istemiyorum. Size karşı daha tanıdığım ilk andan beri bir muhabbet duyuyorum. Bu sözlerime belki de gülüyorsunuzdur. Haklısınız. Daha ilk gördüğünüz andan beri beni sevmediğinizi biliyorum; çünkü, gerçekten de, sevmeniz için ortada bir neden yoktu. Ama ben, siz nasıl sayarsanız sayın, her yola başvurarak sizde bıraktığım kötü izlenimi gidermek ve benim de yüreği, vicdanı olan bir insan olduğumu göstermek istiyorum, içtenlikle söylüyorum bunları."

Pyotr Petroviç sustu, Raskolnikov yeni bir korku dalgasının yükselişini duydu içinde. Porfiriynin kendisini suçsuz saydığı düşüncesi, birden onu korkutmaya başlamıştı.

"Bütün bu hikâyenin nasıl başladığını anlatmak, gereksiz, hatta baş ağrıtmak türünden bir şey olacaktır sanırım," diye sürdürdü sözlerini Porfiriy Petroviç. "Hem bunu becerebileceğimi de hiç sanmam. Çünkü bu durum nasıl açıklanabilir ki? Önce birtakım söylentiler dolaşmaya başladı. Bunların ne tür söylentiler olduğunu, kimden çıktığını, ne zaman başladığını... ve işin nasıl gelip size dayandığını konuşmayı da gereksiz buluyorum. Bana gelince... tümüyle ve gerçek anlamda bir rastlantı sonucu başladı bendeki kuşkular. Bu rastlantı olabilirdi de, olmayabilirdi de... Evet, neydi bu rastlantı? Hımm, sanırım bu da üzerinde durmamız gereken bir konu değil. İşte bütün bu rastlantı ve söylentiler bende bir düşüncenin doğmasına neden oldu. Her şeyi itiraf ettiğime göre, yine itiraf ederim ki, size ilk ben saldırmıştım. Rastlantılara örnek olarak, kocakarının kendisine rehin bırakılan eşyaların üzerine koyduğu işaretleri ve buna benzer başka birtakım saçma şeyleri söyleyebilirim. Yüzlercedir bunlar. Öte yandan yine bir rastlantı sonucu olarak karakolda geçen sahneyi bütün ayrıntılarıyla, öğrendim; hem de öyle rastgele birinden değil, çok özel, çok önemli, kendisi de farkında olmadan bu sahneye tam hakkını veren birinden dinledim. Ve işte bütün bunlar gelip de birbirinin üstüne binince, sevgili Rodion Romanoviç, siz olsanız belli bir yöne yönelmez miydiniz? Evet, gerçi bir İngiliz atasözü, 'yüz tavşandan bir at oluşturulamayacağı gibi, yüz kuşkudan da hiçbir zaman bir delil oluşturulamaz' diyor, ama bu aklın, sağduyunun sesidir, siz gelin de insanın tutkularına anlatın bunu, çünkü eninde sonunda sorgu yargıcı da bir insandır. Sonra bir dergide çıkan makalenizi de hazırladım, hani beni ilk ziyaretinizde üzerinde ayrıntılarıyla konuşmuştuk... Ben o zaman sizin düşüncelerinizi daha etraflıca öğrenebilmek için yazınızdaki fikre karşı çıkmış, hatta alay etmiştim. Tekrar ediyorum, Rodion Romanoviç, siz hem çok sabırsız hem de hastasınız. Gözü pek, kibirli, ciddi ve... duygulu, çok duygulu bir adam olduğunuzu çoktandır biliyordum. Bütün bunlar benim yalandan bildiğim duygulardır, bu bakımdan yazınızı bildik birinin yazısını okur gibi okudum. Yüreğinizin göğsünüzden fırlayacakmış gibi çarptığı ve sizin bu coşkunluğunuzu bastırmaya çalıştığınız uykusuz gecelerin eksikliği içinde doğmuş bir yazıydı bu. Ama gençliğin bu bastırılmış, gurur dolu coşkusu çok tehlikelidir! O gün alay etmiştim yazınızda, şimdiyse, bu yazıyı çok sevdiğimi, yani genç bir amatörün bu ateşli kalem denemesini genel olarak çok beğendiğimi söylüyorum. Sis ve duman bulutları arasında inleyen bir tel!.. Saçma ve fantastik bir yazı, ama içinde öyle bir içtenlik, satın alınamayan öyle bir gençlik gururu, öyle sonsuzcasına bir gözü peklik parıldıyor ki... Karamsar bir yazı, ama güzel... Makalenizi okuyup bir kenara koymuş "Bu adam bu kadarla kalmayacak!' diye düşünmüştüm. Şimdi söyleyin: böyle bir geçmişten sonra, bunu izleyen olaylara kendimi kaptırmamam mümkün müydü? Ah! Ben sanki şu anda bir şeyler söylüyor muyum? Herhangi bir düşünce ileri sürdüğüm var mı şu anda? O sıra yalnızca bir gözlemde bulunmuştum. Düşünüyorum da, ne var sanki bunda? Hiçbir şey yok, hem de en yüksek düzeyde hiçbir şey! Hem bir sorgu yargıcı olarak benim bu işe kendimi, böylesine kaptırmam hiç de yakışık alır bir davranış olmasa gerek: elimde, üstelik de bütün delilleriyle birlikte bir Mikolka var; kim ne derse desin, ortadaki gerçek bu! Bu gerçek de kendi psikolojisini getiriyor, bununla uğraşmam gerek, çünkü bu benim için bir ölüm kalım sorunudur. Şimdi bütün bunları size niçin açıklıyorum? Her şeyi bilesiniz ve o günlerdeki kırıcı davranışlarımdan dolayı aklınızla ve yüreğinizle beni suçlamayasınız diye. İçtenlikle söylüyorum, gerçekten kötü bir niyetim yoktu, hah-hah-ha! Sanıyor musunuz ki, o zaman gelip evinizi aramadım? Geldim, aradım, hah-hah-ha! Şurada, yatağınızda hasta yatıyordunuz. Tabii resmen, bir sorgu yargıcı olarak gelmedim, ama geldim ve aradım. Daha ilk belirtiler ortaya çıktığı anda eviniz en dip köşe bucağına varana kadar karış karış aranmıştır! Ama boşuna. O zaman, bu adam kendiliğinden gelecektir, diye düşündüm. Mademki suçlu, kesinlikle gelecektir, hem de çok yakında... Bir başkası olsa gelmezdi, ama bu gelecektir... Razumihin'in bir ara yaptığı gevezelikleri hatırlıyor musunuz? Bunu, sizi heyecanlandırmak için biz düzenlemiştik; ortaya bazı söylentiler attık, Razumihin öfkesini içinde gizleyemeyen bir adam olduğu için bunları gelip size iletecekti!.. Bay Zamyotov'un dikkatini ise o apaçık pervasızlığınız ve öfkeniz çekmişti: bir insan bir restoranda birdenbire 'Ben öldürdüm!' diye nasıl bağırabilir! Bunu yapan insanın son derece gözü pek, son derece küstah ve eğer suçluysa, son derece yılmaz, savaşkan biri olması gerekir! İşte o sıralar ben böyle düşündüm ve beklemeye başladım! Bütün varlığımla sizi bekliyordum! O gün Zamyotov'u perişan etmiştiniz doğrusu! Aslında bütün iş hep şu lanet olasıca iki başlı psikolojideydi! Neyse, ben sizi böyle gerilim içinde beklerken, bir de baktım ki, Tanrı sizi bana göndermiş, doğruca bana, evime geliyorsunuz! Yüreğim öyle çarpmaya başladı ki! Niçin gelmeniz gerekmişti bana, niçin geliyordunuz? Ya o gülüşünüz! O kahkahalarınız! Hatırlıyor musunuz içeri girerkenki gülüşünüzü? Bir camın ardından izliyordum sanki her şeyi, bir anda sezmiştim durumu. Eğer sizi öylesine gerilimle, öylesine özel bir biçimde bekliyor olmasaydım, gülüşünüz dikkatimi bile çekmeyebilirdi! İnsanın belli bir ruh hali içinde bulunması budur işte!.. Ya Razumihin'in hali neydi öyle! Hele şu taş! Hele şu taş! Hani şu altına eşyaların gizlendiği taş, hatırlıyor musunuz? Evet, bir bostanın içinde görür gibi oluyorum o taşı... Bir bostanda demiştiniz, değil mi Zamyotov'a? Sonra, ikinci kez de bana? Derken, makaleniz üzerinde konuşmaya başlamıştık; siz, bize açıklamalarda bulunuyordunuz, her sözünüz altında ikinci bir anlam daha vardı, her sözünüz, asıl anlamının dışında bir başka anlam daha taşıyordu sanki! İşte, Rodion Romanoviç, son kilometre taşına ben bu şekilde ulaştım, ama alnım taşa çarpınca, kendime geldim. Hey, dedim kendi kendime, ne yapıyorum ben böyle? İnsan isterse bütün bunları en küçük ayrıntısına kadar tam ters yönde de açıklayabilir, üstelik böylesi daha da doğal olur... Elimde küçücük bir delilin bulunması çok daha iyi olurdu! Ama şu kapının çıngırağı olayını duyunca, sevincimden nerdeyse yüreğim duracaktı, tir tir titriyordum, işte delil diye düşündüm, işte delil! O zaman bunun üzerinde fazla kafa yormadım, istememiştim bunu. Şu esnaf kılıklı adam, yüzünüze karşı "Katil!" diye bağırdığı halde, kendisine hiçbir şey sormaya cesaret edemeden onunla nasıl yüz adım yolu birlikte yürüdüğünüzü kendi gözlerimle görebilmek için o anda çıkarıp bin ruble verebilirdim! Ya şu sırtınızdaki ürpertiler! Hastayken, yarı sayıklar durumdayken gidip de kapının çıngırağını çalışınız? Bütün bunlardan sonra o sıralar size yaptığım şakalara şaşılabilir mi, Rodion Romanoviç? Hem sonra neden bana tam o anda geldiniz sanki? Tanrı bilir birileri iteklemişti sizi bana doğru ve eğer o sırada Mikolka gelip de bizi ayırmasaydı... Mikolka'nın gelişini hatırlıyorsunuz, değil mi? İyi hatırlıyor musunuz? Bir yıldırım düşmüştü sanki aramıza! Bulutların arasından doğruca ortamıza düşmüştü! Ama ben nasıl karşıladım bu yıldırımı? Kendiniz de gördünüz, şu kadarcık olsun inandım mı ona? Ne gezer! Siz çıktıktan sonra Mikolka bana hele bazı noktalarda öylesine düzgün, tutarlı cevaplar verdi ki, doğrusu şaşmaktan kendimi alamadım, ama yine de söylediklerinin hiçbirine inanmadım! Bir insanın doğru bildiği düşünceye sımsıkı sarılması budur işte!

Hayır, diye düşündüm, Morgen Früh! (Yarın sabah) Mikolka da kim oluyormuş!"

Raskolnikov:

"Ama Razumihin bana daha bugün, sizin şu anda da Nikolay'ı suçlu gördüğünüzü söyledi." dedi. "Hatta buna Razumihin'i inandıran da siz olmuşsunuz..."

Onu çok iyi tanıyan Porfiriy'nin yine de kendi kendini inkâra benzeyen sözlerini soluk almamacasına bir heyecanla dinlemişti. Duyduklarına inanmaktan korkuyor ve inanmıyordu. Porfiriy'nin iki anlama gelebilecek sözlerinde daha açık, daha kesin bir şeyler yakalamaya çalışıyordu.

Porfiriy Petroviç, sürekli susan Raskolnikov'un bir soru sormasına sevinmiş gibiydi.

"Bay Razumihin!" diye bağırdı. "Hah-hah-ha! Onu bu işten dışlamak gerekiyordu: İki kişilik oyunda üçüncü kişinin işi yoktur! Bay Razumihin, bu işlerle hiç mi hiç ilgisi olmayan bir adam... Bana geldiğinde yüzünde renk diye bir şey kalmamıştı... Neyse, kendisine Allah selamet versin, onu bu işe hiç karıştırmayalım! Mikolka'ya gelince, onu benim nasıl gördüğümü bilmek ister misiniz? Daha ergin yasa gelmemiş bir çocuk bu Mikolka... Ödlek falan değil, ama nasıl söyleyeyim, sanatçı gibi bir şey... Onu böyle anlatışıma gülmeyin! Temiz yürekli, kolay etkilenebilen birisi. Üstelik hayalci. Çok güzel şarkı söylüyor, çok güzel dans ediyor ve dediklerine göre öyle güzel masal anlatıyormuş ki, başka yerlerden kalkıp kendisini dinlemeye geliyorlarmış. Okula da gidiyormuş... Katılırcasına gülmesi için parmağınızın ucunu göstermeniz yetermiş... İçer, körkütük sarhoş olurmuş, ama bunu serkeşliğinden değil, öylesine, birileri içirdiği zaman, çocuksu denilebilecek bir şekilde yaparmış. O sırada bir şey çaldığının da farkında değil: "Yerde bulup aldıysam bu da hırsızlık mı sayılır?" diyor. Bu çocuğun bir Raskolnik daha doğrusu bir tarikat üyesi olduğunu bilmem biliyor muydunuz? Soyunda göçerler varmış... Kendisi de şu son iki yıldır köyünde bir din önderine müritlik etmiş. Bütün bunları Mikolka'nın kendisinden ve onun Zaraysklı hemşerilerinden öğrendim. Durun, daha bitmedi! Bir ara çöllere kaçmak istemiş! Müthiş sofuymuş, gece gündüz dua eder, en eski, gerçek dua kitaplarını okur, sevaba girermiş. Petersburg kendisini müthiş etkilemiş, özellikle de kadınlar ve şarap. Kolay etkilenebilen bir insan olduğu için, köyündeki diri önderini, dua kitaplarını falan unutuvermiş. Yine öğrendiğime göre Petersburglu bir sanatçımızın dikkatini çekmiş, ders için ona gidip gelmeye başlamış... Derken işte başına bu iş geldi! Çok korktu; kendini asmaya kalkıştı. Sonra, kaçmak istedi! Elden ne gelir; halkımızda adalet sistemimiz üzerine yerleşmiş bir inancın sonucu bu! Yalnızca "yargılanma" sözü bile kimileri için başlı başına ürkütücü bir kavram. Bu işin suçlusu kim? Dediklerine göre, yeni mahkemeler kurulacakmış... İnşallah!.. Neyse, hapishanede Mikolkanın din önderini hatırlayacağı tuttu, yeniden sofuluğa başladı. Bir de baktık, elinde bir İncil... Bu tür insanlardan kimileri için "çile çekmek" ne demektir bilir misiniz, Rodion Romanoviç? Herhangi biri adına ya da herhangi bir şey için değil, yalnızca "çile çekmek" ne demektir bilir misiniz, Rodion Romanoviç? Herhangi biri adına ya da herhangi bir şey için değil, yalnızca "çile çekmek gerektiği için" çile çekerler. Çile çekmek iyi bir şeydir onlar için, hele bu çile devletten kaynaklanıyorsa, büsbütün iyidir. Bir zamanlar bir mahkûm tanımıştım, boyuna ocağın üzerinde yatar ve kutsal kitap okurdu. Tam bir yıl böyle uslu uslu yattı. Sonunda okuya okuya öyle bir hale geldi ki, bir gün, ortada fol yok yumurta yokken, duvardan söktüğü bir tuğlayı hapishane müdürünün kafasına fırlatıverdi. Ama nasıl bir fırlatış. Adama bir şey olmaması için, tuğlayı başının bir metre üzerine atmıştı! Hapishanede görevlilerine silahla saldıran bir mahkûmun başına neler gelir, malum! O bir kez "çile çekmeye karar vermişti." İşte ben Mikolka'nın da "çile çekmeye karar verdiğini" ya da aklından buna benzer bir şeyler geçirdiğini sanıyorum. Bunu kesinlikle, hatta birtakım gerçek verilere dayanarak bildiğimi söyleyebilirim. Yalnız o daha benim bunu bildiğimi bilmiyor. Ne o, yoksa bizim halkımız gibi bir halkın içinden böyle birtakım fanatiklerin çıkabileceğine inanmıyor musunuz? Çıkar, hem de sık sık çıkar. Din önderi, özellikle de kendini asmaya kalkmasından sonra Mikolka üzerinde yeniden etkisini göstermeye başladı. Aslında kendisi gelip bütün bunları bana bir bir anlatacaktır. Gelmez, dayanır mı diyorsunuz? Bekleyelim, görürüz! Her an gelip eski ifadelerini inkâr etmesini bekliyorum ben. Doğrusunu isterseniz, sevdim ben bu oğlanı ve kendisini esaslı bir şekilde inceliyorum. Hah-hah-ha! Ne dersiniz, pek çok konuda bana öyle tutarlı cevaplar verdi ki, gerekli bilgileri edindiği, ustaca hazırlandığı besbelli! Ama öte yandan, pek çok konuda da öylesine saçmaladı ki, hiçbir şey bilmediğini açıkça ortaya koydu; üstelik hiçbir şey bilmediğinden en ufak bir kuşkuya kapılmadan! Hayır, azizim Rodion Romanoviç Mikolka değil bizim aradığımız adam! Çağımızın, içinde yaşadığımız zamanın fantastik, karanlık bir olayıyla karşı karşıyayız burada; çağımız ki, insanların yüreklerini bir şaşkınlıktır almış, kan "tazeleniyor" sözleri dillerden düşmez olmuş, bütün hayatın konfordan ibaret olduğu düşüncesi propaganda edilir olmuş! Kitabi düşler ve teorilerle allak bullak olmuş bir kafadır burada söz konusu olan ilk adımı atabilmenin kararlılığını görüyoruz burada; ama öylesine kendine özgü bir kararlılık ki bu, cinayeti işlemeye karar vermiş, ama cinayet işlemeye kendi ayaklarıyla değil de, sanki dağdan ya da can kulesinden düşer gibi gitmiş! Kapıyı arkasından kilitlemeyi unutmuş, ama yine de öldürmüş, hem de iki kişiyi birden, sırf teorisi öyle gerektirdiği için. Öldürmüş, ama paraları almayı başaramamış. Aldığı kadarını da götürüp bir taşın altına gizlemiş. Dışarıdan kapı sarsılır, çıngırak durmamacasına çalarken kapının bu tarafında çektiği acılar yetmemiş, daha sonra bu çıngırağı yine hatırlayarak, sırtında aynı soğuk ürpertileri bir kez daha duyabilmek için yarı sayıklar bir durumda kalkıp cinayet yerine, boş daireye gitmiş... Diyelim bu davranışı hastalık halinin bir sonucu, ama bu kez de bir başka durumla karşılaşıyoruz: Bu adam bir cinayet işlemiş olmasına rağmen, kendisini dürüst, namuslu bir insan sanmakta, herkesi küçümsemekte ve nerdeyse kanat takıp melekliğe soyunmaktadır!

Yok, Rodion Romanoviç, yok, iki gözüm, Mikolka'nın haddine mi düşmüş bütün bunlar! Mikolka değil bu adam!"

Porfiriy Petroviç'in, daha önce söylediklerini inkâra benzeyen bu son sözleri öylesine beklenmedikti ki, Raskolnikov tepeden tırnağa titrediğini duydu, kendini tutamadı ve tıkanırcasına:

"Öyleyse... kim... öldürdü?" dedi.

Öylesine beklenmedik bir soruydu ki bu Porfiriy Petroviç için, öylesine şaşırtmıştı ki bu soru onu, kendini koltuğun arkalığına bırakıverdi:

"Nasıl kim öldürdü?" dedi; kulaklarına inanamıyor gibiydi. "Siz öldürdünüz. Rodion Romanoviç!" Fısıldayarak ve inanç dolu bir sesle ekledi: "Siz öldürdünüz!.."

Raskolnikov yerinden fırladı, birkaç saniye ayakta durdu, sonra hiçbir şey söylemeden yeniden oturdu.

Bütün yüzü hafif hafif seğirmeye başlamıştı.

Porfiriy Petroviç özenli bir ilgiyle:

"Dudaklarınız yine titremeye başladı" dedi. Bir süre sustu, sonra. "Sanırım beni yanlış anladınız, Rodion Romanoviç" dedi, "onun için bu kadar şaşırdınız. Ben buraya özellikle her şeyi söylemek ve işi artık açıklığa kavuşturmak için geldim."

"Ben öldürmedim" diye mırıldandı Raskolnikov; suçüstü yakalanmış çocuklar gibiydi.

Porfiriy Petroviç:

"Hayır, Rodion Romanoviç, siz öldürdünüz, başkası değil" dedi. Sesi sert ve inançlıydı.

İkisi de sustular, şaşılacak kadar uzun süren bir suskunluk oldu: Tam on dakika ikisi de ağzını açmadı. Raskolnikov dirseklerini masaya dayamış, parmaklarını saçlarına daldırmıştı.

Porfiriy Petroviç, sakin, oturuyor ve bekliyordu. Raskolnikov birden Porfiriy Petroviç'i aşağılayıcı bakışlarla süzerek:

"Yine şu eski numaralarınıza başladınız, değil mi Porfiriy Petroviç?" dedi. "Yine şu bilinen yöntemleriniz! Nasıl da bıkmıyorsunuz bunlardan!"

"Ne yönteminden söz ediyorsunuz siz kuzum! Yöntemlerden bana ne şu anda! Yanımızda tanıklar olsaydı, hadi neyse... Şurada baş başa vermiş söyleşiyoruz. Buraya sizi bir tavşan gibi kovalaya kovalaya gelmediğimi kendiniz de görüyorsunuz, itiraf edip etmemeniz umurumda bile değil şu anda! Sizin itirafınız olmasa da ben bir inanca varmış bulunuyorum!"

Raskolnikov sinirli bir sesle:

"Madem öyle, buraya niçin geldiniz?" diye sordu. "Ve size eski bir sorumu tekrarlıyorum: Eğer suçlu olduğuma inanıyorsanız, niçin yakalayıp hapse atmıyorsunuz beni?"

"İşte soru diye buna derim! Madde madde cevap veriyorum ben de: Birincisi, sizi şıp diye alıp hapse atmak hiç işime gelmiyor."

"Nasıl işinize gelmiyor? Suçlu olduğuma inanıyorsanız, bunu yapmak zorundasınız..."

"Ben inanmışım ne çıkar! Bütün bunlar şimdilik yalnızca benim kuruntularım! Hem ne diye hapse atayım ki sizi? Huzura kavuşmanız için mi? Hapsedilmeyi bu kadar istediğinize göre, bunun böyle olacağını siz de biliyorsunuz demektir! Diyelim, yalanınızı açığa çıkarmak için şu esnaf kılıklı adamı getirdim, ya siz ona, 'Sarhoş musun, nesin? Beni seninle gören var mı? Hem ben seni sarhoşun biri sanmıştım ki gerçekten de sarhoştun sen o gün' derseniz, ne yapacağım ben? Üstelik sizin sözleriniz onunkinden daha gerçeğe uygun olacak! Çünkü onun bütün sözleri bir psikolojiye dayanıyor olacak "hem öyle bir psikoloji ki, herifin suratına bile uygun değil! Sizin sözlerinizse, can alıcı bir noktaya değiniyor olacak: çünkü, rezil herif, gece gündüz kafayı çekiyor ve bu durumunu da herkes biliyor. Hem size birkaç kez içtenlikle söylediğim gibi, şu iki uçlu psikolojinin, ikinci ucu gerçeğe daha çok yaslanıyor... Bu da bir yana, elimde size karşı en küçük bir delil yok... Gerçi ben sizi yine de hapse attıracağım, (hiç de insanca olmamakla birlikte) buraya size her şeyi önceden açıklamak için gelmemin nedeni de bu; ama buna rağmen size açıkça diyorum ki (bu da insanca değil), sizi hapse atmak hiç mi hiç işime gelmiyor. Buraya gelişimin ikinci nedeniyse..."

Raskolnikov tıkanırcasına:

"Evet, ikinci nedeni?" dedi, hâlâ soluk soluğaydı. "Daha önce de söylediğim gibi kendimi size açıklamada bulunmak zorunda duyuyorum. Beni bir canavar bilmenizi istemiyorum.

Bu da bir yana, ister inanın, ister inanmayın, size karşı sempati duyuyorum. Buraya gelişimin üçüncü nedeni de bu son noktadan kaynaklanıyor: Açık, dolambaçsız bir öneride bulunmak istiyorum size, suçunuzu itiraf etmenizi... Bu, sizin için sayısız yararlar sağlayacaktır, tabii benim için de... Çünkü omuzlarımdan bir yük kalkmış olacak... Ne dersiniz, kendi yönümden açıkça koyabildim mi durumu ortaya?"

Raskolnikov bir dakika kadar düşündü.

"Dinleyin. Porfiriy Petroviç, demin kendiniz ortada psikolojiden başka bir şeyin bulunmadığını söylüyordunuz, oysa şimdi işi getirip matematik kesinliğe dayadınız. Ya şu anda da yanılıyorsanız?"

"Hayır, Rodion Romanoviç, yanılmıyorum. Elimde küçük, minicik bir ipucu var, ta o zaman bulmuştum bunu! Tanrı'nın gönderdiği bir ipucu bu!"

"Neymiş bu ipucu?"

"Bunun ne olduğunu söylemeyeceğim, Rodion Romanoviç. Hem artık işi daha fazla geciktirmeye de hakkım yok, sizi hapse atacağım. Artık iş size kalmış. Benim için şu anda hepsi bir. Dolayısıyla bütün bunları sizin iyiliğinizi istediğim için söyledim. Yemin ederim, böylesi daha iyi olacak, Rodion Romanoviç!"

Raskolnikov öfkeyle gülümsedi:

"Bu iş artık gülünç olmaktan çıktı ve bayağılığa dönüşmeye başladı. Ben suçlu olsam bile (ki hiç de böyle bir şey söylediğim yok) ne diye gelip size itirafta bulunayım ki? Demin hapishanede huzura kavuşacağımı söyleyen sizdiniz?"

"Eh, Rodion Romanoviç, sözcüklere fazla inanmayın; belki de huzur falan bulmayacaksınız orada! Bu yalnızca bir teoridir, üstelik de benim bir teorim; ben kim, sizin için otorite olmak kim! Belki de şu anda sizden bir şeyler gizliyorumdur? Oturup size her şeyi söyleyecek değilim herhalde, hah-hah-ha! Bu bir, ikincisi, itiraf etmenizin size ne gibi yararlar sağlayacağını, böyle yaparsanız cezanızdan nasıl bir indirim yapılacağını biliyor musunuz? Yalnızca şunu düşünün yeter. Nasıl bir anda ortaya çıkıyorsunuz? Bir başkasının, cinayeti üzerine aldığı ve her şeyi karmakarışık ettiği bir anda... Ben de, size yemin ederim, "orada" işleri öyle bir sarpa sardıracağım, öyle bir şekle sokacağım ki, itirafınız iyice beklenmedik bir şey olacak. Ş psikolojilerin falan hiç sözü edilmeyecek; sizden en ufak bir şekilde kuşkulanılmamasını sağlayacağım; böylece siz cinayeti bir bilinç kararması sonucu işlemiş olacaksınız ki işin doğrusu da budur. Ben namuslu bir insanım, Rodion Romanoviç, verdiğim sözü tutarım." Raskolnikov üzünçle başını önüne eğmiş, susuyordu; uzun süre böylece düşündükten sonra yeniden gülümsedi, sevecen, ama acılı bir gülümsemeydi bu:

"Yok, istemez!" dedi; artık Porfiriy'den hiçbir şey gizlemiyor gibiydi. "Değmez! Yapacağınız indirime de hiç mi hiç ihtiyacım yok!"

Porfiriy heyecanla:

"İşte bundan korkuyordum!" dedi. "Yapacağımız indirimi kabul etmeyeceğinizden korkuyordum..." Raskolnikov'un acı dolu bakışları etkileyiciydi. Porfiriy sözlerini sürdürdü:

"Hayatı küçümsemeyin! Önünüzde daha upuzun bir hayat var. Nasıl ihtiyacınız olmazmış ceza indirimine, nasıl! Ne sabırsız adamsınız siz böyle!"

"Önümde daha upuzun ne var?"

"Hayat! Hayat! Yoksa kendinizi her şeyi bilen bir peygamber mi sanıyorsunuz? Belki de Tanrı bekliyordur sizi orada? Hem bu tutsaklık ömrünüz boyunca sürecek değil ya..."

Raskolnikov:

"Öyle ya, indirim vardı..." dedi gülümseyerek.

"Yoksa burjuva utancı duymaktan mı korkuyorsunuz? Kim bilir, belki de korkuyorsunuz da, daha kendiniz bile bunun farkında değilsiniz? Çünkü gençsiniz! Suçunu itiraf etmekten korkmak ya da utanmak hiç de size göre bir şey değil!"

Raskolnikov konuşmak bile istemiyormuş gibi bir küçümseme ve tiksintiyle:

'Tükürmüşüm!" diye fısıldadı; bir yerlere gitmek istiyormuş gibi doğrulup kalkacak oldu, vazgeçti, umutsuzlukla yeniden oturdu.

"Ne demek, tükürmüşüm! İnancınız kalmamış sizin... Size kabaca dalkavukluk ettiğimi sanıyorsunuz! Kendinizi çok mu görgülü, bilgili, her şeyi anlayan biri sanıyorsunuz? Bir teori uydurmuşsunuz, ama bunun hiçbir orijinal yanı olmadığı ortaya çıkınca da utanıyorsunuz! Evet, bunun alçakça bir teori olduğu ortaya çıktı, bu doğru ama siz umutsuz bir alçak değilsiniz! Hayır hiç de böyle bir alçak değilsiniz siz! Hiç değilse kendinizi uzun boylu aldatmadınız ve işi çabucak sonuca götürüp, bir çırpıda bitiriverdiniz. Sizi kimlere benzetiyorum biliyor musunuz? Etleri dilim dilim doğranırken, cellâtlarına gülümseyerek bakan insanlara! Yeter ki inanacakları bir şey, bir Tanrı bulmuş olsunlar, gıkları çıkmaz böylelerinin... Eh, siz de bulun Tanrı'nızı ve siz de yaşayın! Bir kez, hava değiştirmeye ihtiyacınız var, hem de ta ne zamandır! Öte yandan, çile çekmek de iyi bir şeydir. Siz de çekin çilenizi. Çile çekmek isterken Mikolka belki de yerinde bir şey yapıyor. Tanrı'ya inanmadığınızı biliyorum, ama her şeyi kılı kırk yaparcasına didiklemekten de vazgeçin! Hiçbir şey düşünmeden, kendinizi olduğu gibi yaşamın akışına bırakın; hiç kaygılanmayın, kendinizi kıyıda ve ayakta bulacaksınız. Hangi kıyıda? Bunu ben bilemem. Ben yalnız, sizin daha uzun zaman yaşayacağınıza inanıyorum. Biliyorum, siz şimdi benim için, vaaz veriyor, diye düşünüyorsunuz, ama ilerde bir gün belki bu sözlerimi hatırlar ve onlardan yararlanırsınız. Benim de bunları söylemekten amacım zaten bu. Yine iyi ki, yalnız şu kocakarıyı öldürdünüz! Ya başka bir teori geliştirmiş olsaydınız da, bundan yüz milyon kez daha çirkin bir iş yapmış olsaydınız? Belki de bunun için Tanrı'ya şükretmemiz gerek! Hem ne biliyorsunuz; belki de Tanrı sizi bir şeyler için koruyup kollamaktadır? Kendinizi toparlayın ve biraz daha az korkun! Yoksa atacağınız yüce adım mı sizi korkutuyor? Hayır, bu işte korkmak ayıp olur. Madem ki bu yolda bir adım attınız, öyleyse, dayanmanız, metin olmanız gerek. Ortada bir de adalet olduğuna göre, adaletin gerektirdiği şeyi yerine getirin. Biliyorum, inançsızsınız, ama size yemin ederim, hayat buna katlanacaktır. Daha sonra kendiniz de bunu seveceksiniz! Şimdilik size yalnızca hava gerek, hava, hava!"

Raskolnikov ürperdiğini duydu. Bağırarak: "Kimsiniz siz?" dedi. "Kendinizi peygamber mi sanıyorsunuz? Böyle yükseklerden konuşuyor, peygamberlik taslayıp, bilgece öğütler veriyorsunuz?"

"Ben mi kimim? İşi bitmiş bir adam, o kadar... Başkaca hiçbir şey değil. Belki duygulu ve acıması olan, belki biraz bir şeyler bilen, ama kesinlikle işi bitmiş bir adam. Size gelince, sizin durumunuz bambaşka: Tanrı size bir hayat hazırladı (kim bilir, belki bir gün bütün bunlar bir sis gibi dağılıp gidecek, hiç olmazmış şeylere dönecektir!) Bir başka sınıftan insanlar arasında bulunacağınız konusuna gelince... Ne var bunda? Siz bu yüreğinizle konforsuzluktan mı yakınacaksınız? Uzun süre sizi kimsenin görmeyecek olmasının da önemi yok. İş zamanda değil, sizin kendinizdedir. Bir güneş olun, herkes sizi görsün! Güneşin her şeyden önce güneş olması gerekir. Yine niçin gülüyorsunuz? Benim bir Schiller oluşuma mı? Bahse girerim, size yaltaklandığımı düşünüyorsunuzdur! Kim bilir, belki de gerçekten yaltaklanıyorumdur, hah-hah-ha! Siz bana, yalnız söz üzerine inanmayın, Rodion Romanoviç, hatta hiç inanmayın, huyum bu benim, kabul ediyorum; yalnız bir şey ekleyeceğim: ne kadar alçak, ya da ne kadar dürüst bir insan olduğuma, sanırım kendiniz karar verebilirsiniz!"

"Beni ne zaman tutuklayacaksınız?"

"Size bir buçuk, hadi bilemediniz iki gün daha süre tanıyabilirim. İyice düşünün, canım kardeşim, Tanrı'ya dua edin. Sizin yararınıza olacak, yemin ederim sizin yararınıza olacak!" Raskolnikov dudaklarında garip bir gülümsemeyle: "Ya kaçarsam?" dedi.

"Hayır, kaçmazsınız. Bir mujik kaçar, yabancı bir ideolojinin uşağı olan son moda ihtilalcı kaçar, ama siz kaçmazsınız. Çünkü böylelerinin herhangi bir şeye 'neye isterseniz' ömürleri boyunca inanmaları için parmağınızın ucunu göstermeniz yeter. Sizse kendi teorinize artık inanmıyorsunuz nereye kaçacaksınız, neye dayanacaksınız? Kaçaklık ne demektir, biliyor musunuz? İğrenç ve zor bir hayattır bu; sizinse her şeyden önce belirli bir düzene dayanan bir hayata ve buna uygun bir havaya gereksiniminiz var. Bu havayı kaçaklıkta mı bulacaksınız? Kaçsanız bile kendiliğinizden döner gelirsiniz. Siz bizsiz yapamazsınız. Oysa sizi içeri atacak olursam, bir bilemediniz iki, hadi diyelim üç ay sonra benim bu sözlerimi hatırlayacak ve kendiniz için de hiç beklenmedik bir anda gelip itirafta bulunacaksınız, itirafta bulunmanızı bir saat öncesine kadar kendiniz bile bilmeyeceksiniz!.. Hatta ben sizin çile çekmek isteyeceğinizden bile eminim. Siz şimdi benim bu sözlerime inanmıyorsunuz, ama dediğime geleceksiniz! Çünkü, Rodion Romanoviç, çile yüce bir şeydir! Siz benim şişman oluşuma bakmayın, hani hiç gerekmedi de... ama biliyorum ki, gülmeyin bu sözüme çile çekmenin de düşünsel bir özü vardır. Mikolka haklı. Hayır, Rodion Romanoviç, siz kaçmazsınız!"

Raskolnikov yerinden kalkıp kasketini aldı. Porfiriy Petroviç de kalktı:

"Dolaşmaya mı çıkıyorsunuz? Güzel bir akşam, tabii fırtına kopmazsa... Ama belki de fırtına iyi gelir, serinler hava..."

Porfiriy de şapkasını aldı.

Raskolnikov sertçe:

"Porfiriy Petroviç, sakın bugün size itirafta bulunduğumu düşünmeyin. Çok tuhaf bir adamsınız ve sizi sırf merakımdan dinledim. Ve size hiçbir itirafta bulunmadım... Bunu unutmayın!"

"Elbette biliyorum, biliyorum... Hiç unutur muyum? Şuna bak hele, nasıl da titriyor! Hiç kaygılanmayın, ciğerparem, buyurduğunuz gibi davranacağım. Dolaşın bakalım biraz, yalnız fazla uzaklaşayım demeyin." Sesini alçalttı: "Ne olur ne olmaz, sizden küçük bir ricada daha bulunacağım; fazlaca nazik, ama önemli bir rica: Eğer, hani ne olur ne olmaz, (gerçi ben buna inanmıyor ve sizi böyle bir şeye yatkın görmüyorum ama) şu kırk elli saat içinde, hani ne olur ne olmaz, işi bir başka türlü, yani şöyle fantastik bir biçimde bitirmek, demek istediğim (çirkin bir ihtimal, beni bağışlayın, ama) canınıza kıymak gibi bir isteğe kapılacak olursanız bana küçücük bir not bırakmayı unutmayın! İki satırla, 'yalnızca iki satırcık!' şu taşın yerini bildiriverin! Böylesi daha soyluca bir davranış olur. Haydi, şimdilik hoşçakalın... İyi düşünceler, hayırlı girişimler!"

Porfiriy çıkıp giti. Giderken sanki sırtı kamburlaşmış ve Raskolnikov'a bakmaktan kaçınıyormuş gibiydi. Raskolnikov pencereye doğru gitti ve Porfiriy'nin sokağa çıkıp uzaklaşması için gerekli süreyi hesaplayarak sinirli bir sabırsızlıkla bekledi; sonra kendisi de odasından hızla çıktı.

III

Svidrigaylov'a doğru koşturarak gidiyordu. Bu adamdan ne umabileceğini aslında kendisi de bilmiyordu. Ne var ki Svidrigaylov'un gizemli bir baskısı vardı üzerinde. Bunu bir kez anlamıştı ya, artık yatışamıyordu. Kaldı ki, onu görmenin zamanı da gelmişti.

Svidrigaylov'un Porfiriy'e gidip gitmediği sorusu, yol boyunca kendisini kıvrandırdı durdu.

Onun düşüncesine göre -ki buna yemin edebilirdi- hayır, gitmemişti! Tekrar tekrar düşündü. Porfiriy'nin ziyaretini bütün ayrıntılarına varana dek hatırladı: Hayır, gitmemişti, buna hiç kuşku yoktu!

Peki şu ana kadar gitmediyse bile, bundan sonra da gitmez miydi?

Şimdilik Raskolnikov'a gitmez gibi geliyordu. Niçin? Bunun nedenini açıklayamazdı, ama açıklayabilseydi bile, bu konu üzerinde özellikle durup kafa yoracak hali yoktu. Bütün bunlar ona acı veriyor, ama aynı zamanda sanki hiç ilgilendirmiyordu. Tuhaf şey! Hatta buna kimse inanmaz belki, ama Raskolnikov bu yakınlarda başına gelecek şeylere karşı kayıtsızlığa varan bir ilgisizlik içindeydi, pek önem vermiyordu bunlara. Onu bir başka şey, yine kendisi hakkında, ama çok daha önemli, çok daha başka bir şey ilgilendiriyordu. Öte yandan, bu sabah kafası bütün şu son günlerde olduğundan çok daha iyi çalıştığı halde, sınırsız bir ruhsal yorgunluk duyuyordu.

Her şey bir yana, bütün olup bitenlerin üzerine, karşısına çıkan şu önemsiz zorluklarla uğraşmaya değer miydi? Örneğin, Svidrigaylov'un, Porfiriy'e gitmemesi için birtakım dolaplar çevirmeye değer miydi? Ya da Svidrigaylov diye birini inceleyip anlamaya çalışarak zaman yitirmenin bir anlamı var mıydı?

Ah, nasıl da bıkmıştı bütün bunlardan!

Ama yine de Svidrigaylovu bir an önce görmek için acele ediyordu. Yoksa ondan yeni bir şey, bir yönerge, bir çıkış yolu mu bekliyordu? İnsan boğulmamak için nasıl bir saman çöpüne bile satılabiliyor! Alın yazıları ya da herhangi bir içgüdü mü onları birbirine yaklaştırıyordu yoksa? Belki de yalnızca yorgunluk ve umutsuzluğunun bir sonucuydu bu ve belki de ona gerekli olan Svidrigaylov değil de, bir başkasıydı ve Svidrigaylov burada öylesine, bir rastlantı sonucu karşısına çıkı vermişti? Yoksa Sonya'ya mı gitmeliydi? Ama ne işi vardı şimdi Sonya'da? Gözyaşı dilenmeye mi gidecekti? Hem Sonya onu korkutuyordu. Aman bilmez bir yargı, temyizi olmayan bir karardı sanki Sonya. Onun yanında ya onun yolundan, ya kendi yolundan gitmek zorundaydı. Hayır, özellikle de şu anda, onu görebilecek bir durumda değildi. Svidrigaylov'u denemek daha iyiydi. Gerçekten de ne zamandır bu adama bir şeyler için gereksinim duyduğunu kabul etmemesi elinde değildi.

Ama yine de, ikisinin arasında ortak ne olabilirdi? Cinayetleri bile bir olamazdı. Öte yandan tatsız bir adamdı bu: Ahlaksız olduğu besbelliydi, kurnaz ve "sahtekâr olduğu da kesindi, hatta belki de çok kötü yürekli bir adamdı. Hakkında, pek çok söylenti vardı. Evet, Katerina Ivanovna'nın çocukları için az çaba göstermemişti ama bundan da ne gibi amaçların peşinde olduğunu kim bilebilirdi? Bu adamın her zaman birtakım niyet ve tasarıları olurdu.

Kafasından nice uzaklaştırmaya çalışırsa çalışsın, bugünlerde bir başka düşünce, daha Raskolnikov'u sürekli tedirgin ediyordu! Bu düşünce şuydu: Svidrigaylov sürekli çevresinde dolanıyordu, Svidrigaylov gizini öğrenmişti. Ve Svidrigaylov'un Dunya'ya karşı gizliden gizliye bazı niyetleri vardı. Ya bu niyetlerinden hâlâ vazgeçmemişse? (Ki bu soruya kesinlikle evet diyebilirdi...) O zaman, gizini öğrenmekle üzerinde kurduğu baskıyı Dunya'ya karşı silah olarak kullanmak isteyebilirdi?

Bazen düşlerinde bile ona acı veren bu korkulu düşünce, hiçbir zaman, Svidrigaylov'u görmeye gittiği şu andaki kadar açık ve aydınlık olmamıştı kafasında. Yalnız bu kez müthiş bir öfke de yaratmıştı içinde. Kendi durumunda bile hemen her şey değişecekti. Gizini hemen Duneçka'ya açması, hatta onu ihtiyatsız bir adım atmaktan alıkoymak için kendini ele vermesi gerekecekti. Ya şu mektup? Dunya bu sabah bir mektup almıştı! Petersburg'da kimden mektup alabilirdi Dunya? (Lujin olmasın?) Evet, Razumihin vardı ve onu koruyordu. Ama Razumihin'in bir şeyden haberi yoktu. Belki Razumihin'e de açılması gerekecekti? Raskolnikov tiksintiyle düşündü bunu.

Kesin kararını vermişti: Ne olursa olsun hemen Svidrigaylov'u görmesi gerekiyordu. Çok şükür burada ayrıntılar, işin özü kadar önemli değildi. Ama eğer Svidrigaylov, Dunya üzerine birtakım dolaplar çeviriyorsa, o zaman... Raskolnikov bütün şu bir aylık süre içinde öylesine yorulmuştu ki, böylesi sorunlar için artık bir tek çözümü vardı: 'O zaman onu öldürürüm' diye düşündü umutsuzluk içinde. Ağır bir duygunun baskısı altındaydı yüreği. Caddenin ortasında durdu ve sağına soluna bakınmaya başladı: hangi yolda yürüyordu ve nereye gelmişti? Demin geçtiği Saman pazarından otuz kırk adım ötede, X caddesinde bulunuyordu. Solundaki bir binanın bütün ikinci katı olduğu gibi meyhaneydi. Pencereleri ardına kadar açılmıştı. Pencerelerde görülen ve oraya buraya kıpırdayıp duran kalabalığına bakılırsa, meyhane tıklım tıklımdı. İçerden şarkı, klarnet, keman, davul sesleri geliyor, tiz kadın çığlıkları duyuluyordu. Tam X caddesine niçin geldiğini anlamayarak dönmek üzereydi ki, birden dipteki açık pencerelerden birinin önünde, ağzında piposuyla bir çay masasının başında oturan Svidrigaylov'u fark etti. Bu onu müthiş şaşırttı. Svidrigaylov da bulunduğu yerden onu izliyordu. Fark edilmeden kalkıp gitmek ister gibiydi, hatta bunun için hafifçe yerinden bile doğrulmuştu, Raskolnikov'u bu da şaşırttı. O da hemen onu görmemiş gibi bir tavır takındı. Dalgın dalgın başka yana bakıyor gibiydi, ama göz ucuyla onu gözetliyordu. Yüreği heyecanla çarpıyordu. Tam düşündüğü gibiydi: Svidrigaylov görülmeyi istemiyordu. Piposunu dişlerinin arasından almış, gizlemek istemişti; ama sandalyesini geriye itip yerinden doğrulur doğrulmaz, birden Raskolnikov'un da kendini gördüğünü ve göz ucuyla izlediğini fark etmişti. Raskolnikov'un, odasında kendisini uyur gibi gösterdiği ilk görüşme sahnesine benzer bir sahne geçti aralarında. Svidrigaylov'un yüzünde şeytanca bir gülümseme belirdi ve bütün yüzüne yayıldı. Her ikisi de, karşısındakinin kendisini gördüğünü ve belli etmemeye çalışarak izlediğini fark etmişti. Sonunda Svidrigaylov gürültülü bir kahkaha atarak:

"Hadi, hadi, istiyorsanız gelin; buradayım!" diye bağırdı. Raskolnikov meyhaneye girdi.

Svidrigaylov'u büyük salona bitişik, tek pencereli, küçük arka odalardan birinde buldu; salonda yirmi kadar masa vardı; tüccar, memur ve her türden bir sürü insan, dayanılmaz şarkı gürültüsü içinde çay içiyordu. Bir yerlerden bilardo toplarının şıkırtısı geliyordu. Svidrigaylov'un masasında açılmış, bir şişe şampanyayla, yarısına kadar dolu bir bardak vardı. Odada Svidrigaylov'dan başka, küçük bir el laternası çalan bir oğlanla, bitişik salonda koro halinde şarkı söylenmesine rağmen, kısık, kalın bir sesle laterna müziğine eşlik ederek adi bir meyhane şarkısı söyleyen, çizgili eckliğini sıvamış, başında kurdeleli bir Tirol şapkası bulunan, on sekiz yaşlarında, kırmızı yanaklı bir kız vardı.

Raskolnikov içeri girince, Svidrigaylov:

"Hadi bakalım, yeter artık!" diyerek kızı susturdu.

Kız şarkısını hemen kesti ciddi ve saygılı bir şekilde beklemeye başladı; şarkı söylerken de yüzünde aynı ciddi, saygılı ifade vardı.

"Hey Flip," diye seslendi Svidrigaylov, "bir bardak!"

"Ben içmeyeceğim" dedi Raskolnikov.

"Nasıl isterseniz, ben zaten sizin için istetmemiştim bardağı. Al bakalım Katya, iç şunu!" Bardağı ağzına kadar şampanyayla doldurdu. "Bugünlük bu kadar yeter, gidebilirsin!" Katya bardağı, kadınların hep yaptıkları gibi bir dikişte boşalttı, yani ağzından hiç ayırmadan yirmi yudumda içip bitirdi, Svidrigaylov'un uzattığı banknotu aldı, eğilip elini öptü (Svidrigaylov büyük bir ciddiyetle kızın elini öpmesine izin vermişti) sonra da kendisini izleyen laternacı çocukla birlikte odadan çıktı. Petersburg'a geleli bir hafta bile olmadığı halde burada kendi evindeymiş gibi davranan Svidrigaylov her ikisini de sokaktan çağırmıştı. Meyhanenin garsonu Flipde "bildik" olmuştu. Svidrigaylov'un önünde bir yerlere kapanmadığı kalıyordu. Odanın salona açılan kapısı kilitleniyordu ve Svidrigaylov burada kendi evindeymişçesine, bazen bütün bir gün oturuyordu. Aslında ikinci sınıf bile denilemeyecek pis, berbat bir meyhaneydi burası:

"Ben de size gidiyordum" diye başladı Raskolnikov, "ama nasıl oldu da Saman Pazarından X caddesine saptım, bilmiyorum.

Ben hiçbir zaman buradan geçmem. Saman Pazarı'ndan sonra hep sağa saparım. Kaldı ki sizin eve de buradan gidilmez. Köşeyi döner dönmez sizinle karşılaştım! Garip doğrusu!"

"Ne diye mucize demiyorsunuz şuna!"

"Çünkü belki de yalnızca bir rastlantıdır da ondan."

Svidrigaylov bir kahkaha attı:

"Ne tuhaf oluyor şu insanlar! Kimse, içinden mucize olduğuna inansa bile itirafa yanaşmaz! Siz bile "belki de yalnızca bir rastlantıdır' diyorsunuz! Kendi düşüncelerine karşı öyle büyük korkuları oluyor ki insanların, Rodion Romanoviç, tahmin edemezsiniz! Sizden söz etmiyorum. Sizin kendinize özgü düşünceleriniz var ve böylesi düşünceleriniz olduğu için de hiç korkmadınız. Zaten benim ilgimi de bu yüzden çekiyorsunuz ya!"

"Başka hiçbir şeyden değil mi?" "Bu kadarı da yetmez mi?"

Görünüşe bakılırsa Svidrigaylov biraz heyecanlı gibiydi, ama fazla değil; topu topu yarım bardak şampanya içmişti.

Raskolnikov:

"Yanılmıyorsam" dedi, "sizin deyiminizle, kendine özgü düşünceleri olabilecek bir insan olduğumu öğrenmezden önce gelmiştiniz bana?"

"O zaman iş farklıydı. Herkesin bir bildiği var. Mucize konusuna gelince, şu son iki üç gününüzü galiba uykuda geçirdiniz... Çünkü bu meyhaneyi size ben söylemiştim ve sizin doğruca buraya gelişinizde mucizelik hiçbir şey yok; meyhanenin yolunu, yerini, benim burada daha çok hangi saatlerde bulunduğumu... Hep ben anlattım size, hatırlamıyor musunuz?"

Raskolnikov şaşırmıştı:

"Unutmuşum" dedi.

"İnanırım. Hem iki kez anlattım size. Adres belleğinizde mekanik olarak kalmış olacak. Buraya da yine mekanik olarak, hiç farkında olmadan, ama adrese harfi harfine uyarak geldiniz.

Aslında o gün size bunları anlatırken beni anlamış olabileceğinizi hiç ummamıştım. Kendinizi çok belli ediyorsunuz, Rodion Romanoviç. Bakın ne var: Petersburg'da yolda yürürken kendi kendine konuşan pek çok insan olduğuna inanıyorum ben. Burası bir yarı deliler kenti. Eğer bizde bilim olsaydı, hekimler, hukukçular, felsefeciler... Petersburg üzerine her biri kendi alanında son derece değerli incelemeler yapabilirlerdi. Petersburg kadar insan ruhu üzerine karanlık, şiddetli ve tuhaf etkiler yapan kente pek az rastlanır. Bir tek iklimin etkisini düşünün, yeter! Kaldı ki burası bütün Rusya'nın yönetim merkezidir ve buranın karakterinin herkese yansımış olması gerekir. Neyse, konumuz bu değil, ben sizi birkaç kez şöyle yandan gördüm. Evden çıktığınızda dimdik olan başınız, yirmi adım sonra önünüze düşüyor. Sonra kollarınızı arkanızda bağlıyorsunuz. Çevrenize bakmıyorsunuz, ama hiçbir şey görmediğiniz belli oluyor. Derken hafiften dudaklarınız kıpırdıyor ve kendinizle konuşmaya başlıyorsunuz; bu arada kollarınızı indirdiğiniz ve yüksek sesle konuştuğunuz da oluyor; sonunda yolun ortasında, hem de uzunca bir süre dikilip duruyorsunuz. Bunlar hiç güzel şeyler değil. Belki sizi benden başka görenler de oluyordur. Bu da sizin yararınıza bir şey değil. Aslında bütün bunlar beni ilgilendirmez, sizi tedavi eden bir hekim değilim; herhalde ne demek istediğimi anlıyorsunuzdur?"

Raskolnikov ona dikkatle bakarak:

"Beni izlediklerini biliyor musunuz?" dedi.

"Oldu, sizi bir yana bırakalım."

"Siz en iyisi bana şunu söyleyin; madem burası gelip içtiğiniz bir yer ve madem bana iki kez sizi burada bulabileceğimi söylediniz, öyleyse neden demin ben yoldan buraya bakarken gizlenmeye ve kaçmaya çalıştınız? Gizlendiğinizi ve gitmeye davrandığınızı çok iyi gördüm."

"Hah-ha! Peki, ben o gün kapınızın eşiğinde dururken, siz neden yattığınız yerde gözlerinizi kapayıp uyuyormuş gibi yaptınız? Ben de bunu çok iyi gördüm."

"Benim nedenlerim vardı... Bunu siz de çok iyi biliyorsunuz."

"Her ne kadar siz bilmiyorsanız da, benim de nedenlerim vardı."

Raskolnikov sağ dirseğini masaya, sağ elinin parmaklarını çenesine dayayıp gözlerini Svidrigaylov'a dikti. Kendisini daha önce de şaşırtan bu yüzü bir dakika kadar inceledi. Maskeyi andıran tuhaf bir yüzdü bu; pembemsi beyaz bir cilt, kıpkırmızı dudaklar, açık kumral bir sakal ve hâlâ oldukça gür saçlar... Gözleri masmavi, bakışları son derece ağır ve hareketsizdi. Güzel ve yaşına göre çok genç kalmış bu yüzden sevimsizlik akıyordu. Üzerinde çok şık, hafif bir yazlık elbise vardı, hele gömleği çok güzeldi. Taşı değerli kocaman bir yüzük vardı parmağında.

Raskolnikov birden:

"Yoksa bir de sizinle mi uğraşmam gerekecek!" dedi; öfkeli bir sabırsızlıkla konuya doğrudan girmişti. "Kötülük etmek istediğinizde son derece tehlikeli olabilen birisiniz belki, ama ben de artık kendimi daha çok perişan etmek istemiyorum. Siz belki de benim kendime çok değer verdiğimi sanıyorsunuz, ama bunun hiç de böyle olmadığını göstereceğim size. Buraya şunu söylemeye geldim: Eğer kız kardeşime karşı eski niyetlerinizi beslemeye devam ediyorsanız ve son günlerde öğrendiğiniz şeylerden bu uğurda yararlanmayı düşünüyorsanız, bilin ki sizi öldürürüm; siz beni hapse attırmadan, ben sizi öldürürüm. Dediğimi yapacak biri olduğumu bilirsiniz, ikincisi, eğer bana açıklayacağınız bir şey varsa -çünkü hep bir şeyler söylemek istiyormuşsunuz gibi geliyor bana- bu açıklamayı hemen yapın, çünkü zamanımız çok değerli, iş işten geçmeden, ne diyecekseniz deyin!"

Svidrigaylov onu merakla süzerek: "Nereye bu acele?" dedi.

"Herkesin bir bildiği var" dedi Raskolnikov sabırsızlıkla, yüzü asıktı.

Svidrigaylov gülümsedi:

"Beni açık olmaya çağırıyorsunuz, ama kendiniz daha ilk soruma cevap vermekten kaçmıyorsunuz. Sanırım, birtakım amaçlarım olduğunu düşünüyor ve bana kuşkuyla bakıyorsunuz... Eh, sizin durumunuzdaki bir insan için tümüyle anlaşılır bir şey bu. Sizinle anlaşmayı ne denli istiyor olursam olayım, yine de sizi şu inandığınız şeyin tersine inandırmak zahmetine katlanamam. Böyle bir zahmete değer bir şey değil bu. Ayrıca sizinle özel bir şeyler konuşmak gibi bir niyetim de yok."

"Öyleyse bana duyduğunuz bu gereksinim nerden kaynaklanıyor? Çevremde dolanıp duruyorsunuz?"

"Gözlemlenmeye değer, ilginç bir insansınız da ondan... Durumunuzun fantastikliği hoşuma gidiyor, hepsi bu! Sonra, beni çok ilgilendirmiş olan bir hanımın kardeşisiniz. Son olarak da, bu hanımdan bir zamanlar sizin hakkınızda o kadar çok şey duydum ki, sonuçta, onun üzerinde büyük etkiniz olduğuna karar verdim. Az şey mi bütün bunlar? Hah-hah-ha! Öte yandan, itiraf etmeliyim ki, sorunuz bana cevap verilmesi güç, zor bir soru gibi göründü. Örneğin, siz şimdi bana iş görüşmek için değil, yeni bir şeyler öğrenebilmek için geldiniz, öyle değil mi? Öyle değil mi? "Svidrigaylov şeytanca bir gülümsemeyle üsteliyordu. "Düşünebiliyor musunuz, ben de buraya gelirken trende, sizin bana yeni bir şeyler söyleyeceğinizi, sizden bir şeyler alabileceğimi düşünmüştüm! Görüyor musunuz, ikimiz de meğer ne zenginmişiz!"

"Benden ne alabileceğinizi düşünmüştünüz?"

"Bilmem ki bunu size nasıl anlatsam? Hem ben bunu biliyor muyum sanki? Ne berbat bir meyhanede oturduğumu görüyorsunuz... Doya doya oturuyorum burada... doya doyadan amacım, zevk alarak değil, insanın bir yerlerde oturması gerekiyor... Şu zavallı Katya'yı alalım... gördünüz değil mi kendisini? Hani bari obur, damak düşkünü biri olsaydım... Ne gezer! İşte bütün yiyebildiğim şu! (Masanın üzerinde, köşede, madeni bir tabak içinde duran korkunç bir biftek kalıntısıyla patatesi gösterdi) Yeri gelmişken sorayım, siz yemek yemiş miydiniz? Ben bir şeyler atıştırdım, artık canım istemiyor... Örneğin şarap hiç içmem. Şampanyadan başka bir şey içmem. Şampanya da, hani, koca bir gecede bir tek bardak, o bile başımı ağrıtıyor ya... Aslında şu şişeyi de biraz yatışmak ve cesaret bulmak için getirttim, çünkü birazdan bir yere gitmek zorundayım, beni böyle olağanüstü bir ruh hali içinde görmenizin nedeni budur; demin sizden bir ilkokul öğrencisi gibi gizlenmemin nedeni de budur. Bana engel olabileceğinizi düşünmüştüm. Ama sanırım (saatini çıkardı) sizinle bir saat daha birlikte olabilirim. Şimdi saat, dört buçuk... İnanır mısınız, bazen öyle üzülüyorum ki! Hani, diyorum, bir toprak sahibi, bir baba, bir süvari, ya da ne bileyim, bir fotoğrafçı, bir gazeteci olsaydım... Hiçbir şey değilim, hiçbir mesleğim yok! Öyle canımı sıkıyor ki bu bazen! Doğrusu, bana yani bir şeyler söyleyeceğinizi sanmıştım."

"Peki, siz kimsiniz ve buraya niçin geldiniz?"

"Ben mi kimim? Biliyorsunuz; bir soyluyum, iki yıl süvari alayında hizmet ettim, sonra burada, Petersburg'da aylaklık ettim. Daha sonra da Maria Petrovna'yla evlenerek çiftlikte yaşadım. İşte benim yaşam öyküm!"

"Sanırım kumarbazsınız?"

"Ne kumarbazı! Kumarbaz değil, hilebazım ben."

"Gerçekten de kumarda hile yaptınız mı?"

"Evet."

"Dayak yemediniz mi?"

"Yedim. Ne var bunda?"

"Demek ki, sizi düelloya çağırabilirlerdi... bu, genellikle insanı canlandırır da..."

"Tersini savunamayacağım. Hem ben böylesi felsefi tartışmalarda usta da değilimdir, itiraf etmeliyim ki, buraya daha çok kadınlar için geldim ben."

"Maria Petrovna'yı toprağa verir vermez mi?"

Svidrigaylov gülümseyerek ve şaşılacak bir açık sözlülükle.

"Evet" dedi. "Ne var bunda? Sanırım, kadınlardan söz ediş biçimimi çirkin buldunuz?"

"Zevk ve eğlence düşkünlüğünüzü çirkin bulup bulmadığımı mı soruyorsunuz?"

"Zevk ve eğlence düşkünlüğü mü! Sözü nereye götürdünüz! Yine de, kadın konusundan başlayarak sırayla cevap veriyorum; bilirsiniz, gevezelikten hoşlanan bir adamım ben. Söylesenize, neden kendimi tutmam gerekiyor? Madem kadınlara düşkünüm, onlardan neden uzak durayım? En azından bir uğraş oluyor bu benim için."

"O zaman sizin bu kentten tek beklediğiniz şey, zevk ve eğlence?"

"Evet, zevk ve eğlence, ne var bunda! Bir zevk ve eğlence tutturmuş gidiyorsunuz! Ama sorunuz içten bir soru olduğu için, doğrusu hoşuma da gitti. Zevk ve eğlencede, en azından, ham hayallere, kuruntulara boyun eğmeyen, kanımızdaki bir korla sürekli tutuşan ve sonsuzcasına yanan, yolların ve yaşın uzun süre söndüremeyeceği, doğaya dayalı, sürekli bir şeyler var. Kabul edin ki, bu da kendine özgü bir uğraştır..."

"Bence bu bir hastalıktır, hem de tehlikeli bir hastalık ve sevinilecek hiçbir yanı yok."

"Yine sözü nerelere götürdünüz! Ölçüyü aşan her şey gibi bunun da bir hastalık olduğunu kabul ediyorum, ama bu işte ölçünün kesinlikle aşılması gerekiyor; çünkü, birincisi ölçü herkese göre değişir; ikincisi, her şeyde ölçülü olursak, bize ne yapmak kalır? Belki çirkin bir tahmin, ama o zaman beynimize bir kurşun sıkmamız gerekecektir. Namuslu, dürüst bir insan için ölçülere bağlı kalarak sıkılmanın bir zorunluluk olduğunu kabul ediyorum, ama yine de..."

"Siz de beyninize bir kurşun sıkabilir miydiniz?"

"Laf mı yani bu şimdi!" Svidrigaylov soruyu tiksinç bulmuştu. "Rica ederim bana bundan söz etmeyin." Baştan beri böbürlenen, cakalı konuşmasını bir yana bırakmıştı, hatta yüzü bile değişmişti. "Doğrusunu söylemek gerekirse, bu benim bağışlanmaz zayıflığımdır. Ama ne yaparsınız: ölümden korkarım ve yanımda ölümden söz edilmesinden hiç hoşlanmam. Benim biraz mistik bir yanım olduğunu bilmem biliyor muydunuz?"

"Ah Maria Petrovnanın hayaleti! Ziyaretlerine devam ediyor mu?"

Svidrigaylov sinirli sinirli:

"Bana onu hatırlatmayın!" diye bağırdı. "Petersburg'da daha hiç gelmedi. Yüzünü şeytan görsün! Hayır, biz en iyisi şeyden... aslında... hımm! Zamanımız pek az kalmış. Ne yazık, uzun süre kalamayacağım sizinle! Bari söyleyecek bir şeyiniz olsaydı!"

"Aceleniz... yine bir kadınla mı ilgili?"

"Evet, bir kadınla ilgili... Ama tümüyle rastlantısal bir olay... Hayır, benim söylemek istediğim bu değildi..."

"Peki çirkeflik... içinde bulunduğunuz durumun iğrençliği, sizi hiç etkilemiyor mu? Yoksa durma gücünüzü mü yitirdiniz?"

"Siz mi güçten söz ediyorsunuz? Hah-hah-ha! Gerçi bunun böyle olacağını önceden de biliyordum ama yine de beni şaşırtıyorsunuz, Rodion Romanoviç. Zevk ve eğlence içinde geçen bayağı bir yaşam ve estetik... Bana siz söz ediyorsunuz bunlardan ha! Öyle ya, siz bir Sebillersiniz, bir idealistsiniz! Bütün bunların elbette böyle olması gerek, zaten başka türlüsü şaşılası olurdu; ama yine de bunları gerçeklikte görmek insanın tuhafına gidiyor. Ah, ne yazık ki zamanım çok az; oysa siz ne ilginç bir insansınız! Aklıma gelmişken sorayım, Schilleri sever misiniz? Ben bayılırım."

Raskolnikov tiksiniyormuşçasına:

"Amma böbürleniyorsunuz!" dedi.

Svidrigaylov gülerek:

"Hayır, kesinlikle böbürlenme değil! Bunun için yemin edebilirim." dedi. "Ama sizinle tartışmayacağım, peki, böbürleniyorum... Ama söyler misiniz, kimseyi incitmedikten sonra, böbürlenmenin ne zararı var? Maria Petrovna'nın çiftliğinde tam yedi yıl köy hayatı yaşadım, şimdi sizin gibi akıllı ve aşırı derecede ilginç bir insanla karşılaşınca, oturup gevezelik etmek çok hoşuma gidiyor, kaldı ki hafiften başımı döndürmeye başlayan yarım kadeh de şampanya içmişliğim var. En önemlisi de, beni müthiş heyecanlandıran bir durum var ortada, ama ondan söz etmeyeceğim..." Svidrigaylov birden korkuyla sordu: "Nereye gidiyorsunuz?"

Raskolnikov masadan kalkmaya teşebbüs etti. Ansızın buraya gelmiş olmaktan dolayı içinde bir sıkıntı duymuş, kendini boğulur gibi hissetmişti. Svidrigaylov'un dünyanın en alçak, en aşağılık adamı olduğuna inanmıştı.

Svidrigaylov, "Oturun, Allah aşkına... emredin, hiç değilse, bir çay getirsinler. Oturun, artık gevezelik etmeyeceğim, yani kendimden söz etmeyeceğim. Size bir şeyler anlatacağım. Beni bir kadının nasıl "sizin sözlerinizle" "kurtardığını" anlatsam, dinler misiniz? Hem bu sizin ilk sorunuza da bir cevap olacak, çünkü bu hanım, sizin kız kardeşinizdir. Müsaade ederseniz anlatabilir miyim? Hem zaman da geçirmiş oluruz."

"Anlatın, sizi dinliyorum."

"Avdotya Romanovna, benim gibi değersiz adamlarda bile derin bir saygıdan başka bir şey uyandırmamıştır."

IV

Konuşmasına, "Daha önce anlatmıştım" diye başladı Svidrigaylov. "Bu yüzden biliyorsunuzdur; ödeyecek beş param olmadığı için, burada uzunca bir süre borçlular hapishanesinde yatmıştım. Maria Petrovna'nın borçlarımı ödeyerek beni hapisten nasıl kurtardığının ayrıntılarına girmeyeceğim. Bilmem bilir misiniz? Kadınlar sevdikleri zaman afyonlanmışa dönerler, hem de öylesi ne ki... Neyse, Maria Petrovna namuslu, dürüst bir kadındı ve 'hiçbir öğrenimi olmamasına rağmen' aptal değildi. Düşünün bu son derece kıskanç ve dürüst kadın, pek çok öfkelenmeler, serzenişlerden sonra, benimle evliliğimizin sonuna kadar geçerli olan bir sözleşme yapmak küçüklüğünü gösterdi. Bunun nedeni, sanırım, benden epey yaşlı olması ve hep karanfil çiğnemesiydi. Kendisine tümüyle bağlı kalamayacağımı ona açıkça söyleyecek kadar domuzdum ve kendimce bir namusluluk anlayışım vardı. Bu itiraf onu çileden çıkardı, ama biraz kabaca da olsa, açık sözlülüğüm hoşuna gitmişti. 'Önceden açıkladığına göre, demek ki aldatmak istemiyor' diye düşünmüş olsa gerek. Kıskanç bir kadın için bu son kertede önemli bir noktadır. Uzun gözyaşlarından sonra, sözlü olarak şöyle bir anlaşmaya vardık. Bir, ben Maria Petrovna'yı hiçbir zaman bırakmayacak, hep kocası kalacaktım. İki; onun izni olmadan hiçbir yere gitmeyecektim. Üç, sevgililerim hiçbir zaman sürekli olmayacaktı. Dört, çiftlikteki hizmetçi kızlarla arada bir kırıştırmama izin vardı, ama bu Maria Petrovna'nın gizli bilgisi altında olacaktı. Beş, kendi sınıfımızdan "soylu" bir kadına âşık olmaktan beni Tanrı korusundu, bundan kesinlikle kaçınacaktım ve altı, yine Tanrı korusun! büyük ve gerçek bir aşka tutulacak olursam, bunu Maria Petrovna'ya açıkça söyleyecektim. Bu, sonuncu maddeden yana içi hemen hep rahat olmuştu; çünkü akıllı bir kadındı ve benim ciddi bir aşka tutulmayacak kadar uçan, zevk ve eğlence düşkünü bir insan olduğumu görüyordu. Ama akıllı ve kıskanç kadın iki ayrı şeydir ve felaket de buradadır. Kimi insanlar üzerinde yansız bir yargıda bulunabilmek için, her şeyden önce, önyargılarımızdan ve bizi çevreleyen insanlara ve nesnelere karşı edindiğimiz gündelik alışkanlıklarımızdan kurtulmamız gerek. Başka hiç kimsenin yargısına güvenemeyeceğim kadar güvenirim sizin yargınıza. Maria Petrovna'ya ilişkin pek çok gülünç ve saçma şey duymuş olabilirsiniz. Gerçekten de gülünç denebilecek bazı alışkanlıkları vardı; ama size içtenlikle söylüyorum, ona bitmez tükenmez bir şekilde acı çektirdiğim için gerçekten çok pişmanım. Neyse, tatlı bir kocanın, tatlı karısı üzerine yaktığı bu çok nazik ağıt yeter sanırım. Tartışmalarımızda ben genellikle susar, alttan alırdım; bu centilmence davranışım hemen her zaman karımı etkilemiş, onun hoşuna gitmiş ve amacına ulaşmıştır. Böylece, karımın benimle övündüğü zamanlar bile olmuştur. Ama yine de kız kardeşinize bir türlü katlanamadı. Böyle çok güzel bir kızı eve mürebbiye olarak sokmak cesaretini nasıl göstermişti? Ben bunu, Maria Petrovna'nın ateşli, çabuk etkilenebilir bir kadın olarak kız kardeşinize âşık olmasıyla evet, düpedüz âşık olmasıyla açıklıyorum. Avdotya Romanovna bu! Kendisini daha ilk görüşümde işin sonunun hiç de iyi olmadığını anladım ve ne dersiniz? Göz ucuyla bile ona bakmamaya karar verdim. İnanır mısınız, ilk adımı atan Avdotya Romanovna oldu. Yine inanır mısınız, kız kardeşiniz üzerine hiçbir şey söylememden ve kendisinin onun hakkındaki bitmez tükenmez sevgi dolu sözlerini kayıtsızlıkla dinlememden dolayı Maria Petrovna bana başlangıçta kızmıştır bile. Ne istiyordu karım, doğrusu anlamış değilim! Tabii bu arada bana ilişkin her şeyi ayrıntılarıyla Avdotya Romanovna'ya anlatmıştı. Karımın aile gizlerimizi herkese anlatmak ve önüne gelene benden yakınmak gibi kötü bir huyu vardı; bu konuda yeni arkadaşını, bu çok güzel arkadaşını hiç ihmal edebilir miydi? Bütün konuşmalarının benimle ilgili olduğu ve Avdotya Romanovna'nın, bana mal edilen birtakım karanlık ve gizemli olayları bütünüyle öğrendiği kuşkusuzdu... Bu türden birtakım şeyleri sizin de duyduğunuza bahse girerim?"

"Duydum. Hatta Lujin sizi bir çocuğun ölümüne sebep olmakla suçluyor. Doğru mu bu?"

Svidrigaylov yüzünü buruşturdu, iğrenircesine:

"Rica ederim" dedi, "bu bayağılıklardan söz etmeyin bana! Eğer bu saçma dedikoduların aslını ille de öğrenmek istiyorsanız, size bir gün ayrıca anlatırım, ama şimdi..."

"Yine çiftliğinizdeki bir uşağın başına gelenlere de siz sebep olmuşsunuz?"

Svidrigaylov gözle görülür bir sabırsızlıkla Raskolnikov'un sözünü kesti:

"Rica ederim, yeter!"

Raskolnikov da gitgide öfkeleniyordu:

"Öldükten sonra piponuzu doldurmaya gelen uşak olmasın sakın bu?" dedi. "Hani, kendiniz anlatmıştınız?"

Svidrigaylov gözlerini dikip Raskolnikov'u dikkatle süzdü. Raskolnikov bu bakışlarda bir an için haince bir gülümsemenin çakar gibi olduğunu gördü. Ama Svidrigaylov kendini tuttu ve son derece nazik:

"Evet" dedi, "ta kendisi. Bakıyorum bütün bunlar sizi de çok ilgilendiriyor. İlk uygun fırsatta merakınızı tümüyle gidermeyi bir borç biliyorum. Hay Allah kahretsin! Kimilerine gerçekten bir roman kişisi gibi görünebiliyorum anlaşılan! Hakkımda kız kardeşinize bunca ilginç ve gizemli hikâyeler anlattığı için rahmetli Maria Petrovna'ya nasıl teşekkür borçlu olduğuma varın siz karar verin... Bu hikâyelerin nasıl bir etkisi oldu, bilemiyorum; ama sonuç benim yararımaydı. Bana karşı duyması son derece doğal nefretine ve benim her zamanki suratsızlığıma ve iticiliğime rağmen, Avdotya Romanovna sonunda düşmüş, mahvolmuş insanlara karşı duyulan bir duygu ile bana acımaya başladı. Bir genç kızın yüreği acımaya başladığı zaman, kendisi için son derece tehlikeli bir durumda başlamış demektir. Çünkü genç kız söz konusu mahvolmuş kişiyi "kurtarmak" akıllandırmak, diriltmek, daha soylu birtakım amaçlara yöneltmek ve yeni bir hayatın, eylemin içine sokmak isteyecektir; böyle bir durumda bu türden daha nelerin düşlenebileceği, bilinen bir şey. Kuşun kendiliğinden kafese girmekte olduğunu görünce, ben de kendime göre önlemlerimi aldım. Bakıyorum, kaşlarınızı çatıyorsunuz. Rodion Romanoviç. Korkmayın, sonuç bildiğiniz gibi bir hiçtir. (Hay Allah kahretsin! Amma çok içmeye başladım!) Biliyor musunuz, kız kardeşinizle ikinci ya da üçüncü yüzyıllarda, güçlü bir prensin, bir hükümdarın ya da Küçük Asya hanlarından birinin kızı olarak dünyaya gelmemiş olmasına, hep yazıklanmışımdır. Kader ona bunu nasip etmiş olsaydı, göğsü kızgın şişlerle dağlanırken bile gülümseyebilen büyük çilekeşlerden biri olurdu; buna hiç kuşkum yok. Hem o böyle bir işkenceye bilerek ve isteyerek giderdi. Eğer dördüncü ve beşinci yüzyıllarda yaşamış olsaydı, kendini Mısır çöllerine vurur ve orada otuz yıl kök yiyerek, heyecan ve hayallerle yaşardı. Bir an önce ve ne yapıp edip birileri için acı çekmek isteyen, acı çekmeye susamış bir insan, kız kardeşiniz; bu acı ondan esirgenirse kendini tutup örneğin pencereden aşağı atabilir. Razumihin diye birinden söz edildiğini duydum; akıllı bir çocukmuş dediklerine göre (soyadı da bunu gösteriyor, papaz okulu öğrencisi herhalde) Kız kardeşinizi varsın o korusun. Kısacası, sanıyorum Avdotya Romanovna'yı anladım ve bundan da onur duyuyorum. Ama siz de bilirsiniz, insan biriyle yeni tanıştığında, nedense hoppaca davranır, birtakım aptallıklar eder, yanlışlar yapar, doğru değerlendirmede bulunamaz. Ama... Allah kahretsin! O da niye bu kadar güzel sanki! Bunda benim hiçbir suçum yok! Tek kelimeyle bu iş bende önlenemez bir şehvet duygusuyla başladı. Avdotya Romanovna bugüne dek görülmemiş, duyulmamış ölçüde namuslu bir kız (Bu sözüme dikkat edin, kız kardeşinizle ilgili bir gerçek olarak belirtiyorum bunu. Bütün parlak zekâsına rağmen, namus konusunda nerdeyse hastalıklı bir duyarlığı var. Bu kadar namusluluk kendisine zarar verir) Paraşa adında bir kız vardı çiftlikte, başka bir köyden, hizmetçi olarak getirmişlerdi. Kara gözlü Paraşa! Kendisini daha önce hiç görmemiştim. Çok güzel, ama inanılmayacak derecede aptaldı: çığlık çığlığa bağırıp ağlayıverdi bir gün ve bütün çiftliği ayağa kaldırdı. Tabii, bu bir skandaldı! Bir gün, öğle yemeğinden sonra bahçede dolaşırken,

Avdotya Romanovna özellikle yalnız olduğum bir anı kollayarak yanıma geldi ve gözleri alev alev, benden Paraşa'ya ilişmememi istedi. Bu sanırım onunla ilk baş başa konuşmamızdı. Ben tabi onun isteğini yerine getirmeyi şeref saydım; şaşırmış, utanmış göründüm; kısacası rolümü pek de fena oynamadım. Böylece aramızda bir ilişki başladı: gizemli konuşmalar, ahlak dersleri, öğütler, ricalar, yalvarmalar, hatta inanır mısınız? gözyaşları!.. Bazı kızlarda propaganda tutkusu nerelere kadar varıyor, görüyor musunuz? Ben tabii bütün suçu kaderime yüklüyor, kendimi ışığa, doğru yolu bulmaya susamış bir insan gibi gösteriyordum, sonunda, hiç tartışmasız herkes üzerinde kesin etkisi olan, insanı hiç yanıltmayan, kadın kalbini yola getirmede en güçlü, en şaşmaz yola başvurdum. Bu yol, herkesçe bilindiği gibi, övmedir. Dünyada açık yüreklilikten zor ve övmeden kolay bir şey yoktur. Açık yüreklilikte yüzde bir değerinde bile olsa bir nota falsolu oldu mu, uyumsuzluk hemen fark edilir; övmede ise baştan sona bütün notalar falsolu bile olsa, yine de kulağa hoş gelir, zevkle dinlenir. Övgü ne kadar kaba olursa olsun, yine de, en azından yarısı, övülene gerçek gibi gelir ve bu toplumun her katmanında böyledir. Namus tanrıçası olarak nitelendirilen bir kızı bile övme ile baştan çıkarmak mümkündür. Sıradan insanlarınsa sözünü etmeye bile değmez. Kocasına, çocuklarına son derece bağlı, erdemlilik timsali bir hanımefendiyi nasıl baştan çıkardığımı hatırladıkça gülmekten kendimi alamam. Öyle eğlenceli ve öyle zahmetsizce olmuştu ki bu iş! Kadın, gerçekten erdemliydi, en azından kendine göre böyleydi bu. Ona karşı uyguladığım bütün taktik ise, erdemliliği karşısında şaşkına dönmüş, hayran olmuş görünmekten ibaretti. Öyle ölçüsüzce övüyordum ki kendisini, diyelim elini sıkmak ya da bir bakışını elde etmek fırsatını buldum, bunu zorla elde ettiğimi, aslında onun çok direndiğini, hatta böylesine aşağılık bir adam olmasaydım bunu hiçbir zaman elde edemeyeceğimi, saflığından benim ne denli sinsi ve kahpe biri olduğumu anlayamadığını ve tuzağa düştüğünü, aslında böyle bir şeyi hiç istemediğini ve daha bunlara benzer neler neler söyleyerek kendimi azarlayıp duruyordum. Tek kelimeyle, ben amacıma ulaşmıştım, hanımefendi ise bütün görev ve sorumluluklarını yerine getirmiş, namuslu, son derece erdemli bir kadın olarak kaldığına inanmıştı. Gerçekteyse hayatı kaymıştı. En son, ayrılırken, kendisi hakkındaki asıl düşüncemi, onun da benim gibi zevk peşinde koşan biri olduğunu söylediğimde nasıl kızıp köpürdüğünü anlatamam! Zavallı Maria Petrovna da övgüye karşı çok duyarlıydı; isteseydim daha sağlığında varını yoğunu üzerime geçirtebilirdim (Ama ben çok içiyor ve gevezelikte biraz ileri gidiyorum galiba?) Aynı sonucu Avdotya Romanovna üzerinde de elde etmeye başladığımı söylersem bana gücenmezsiniz sanırım. Ama işte aptallığımdan ve sabırsızlığımdan her şeyi berbat ettim. Bilmem inanır mısınız? Avdotya Romanovna daha önce de birkaç kez (hele birinde) bakışlarımı hiç beğenmemişti. Tek kelimeyle bakışlarımda onu önce korkutan, sonra da benden tiksindiren ve pervasızlığı gitgide artan birtakım pırıltılar görmüştü. Ayrıntılara girmenin anlamı yok, sonunda bozuştuk. Ben yine bir aptallık ettim ve onun propagandalarıyla, bana anlattığı şeylerle alay etmeye başladım. Faraşa yeniden sahneye çıktı, üstelik bu kez tek başına da değil... Tek kelimeyle, rezil bir curcunadır başladı. Ah, Rodion Romanoviç, hayatta hiç değilse bir kez, kız kardeşinizin gözlerinin bazen nasıl alev alev yandığını görebilseydiniz! Şimdi koca bir bardak şampanya içtim de sarhoşum diye söylemiyorum bunları, hepsi doğrudur anlattıklarımın. İnanın bana bakışları düşlerime girmeye başlamıştı.

Sonunda artık etek hışırtılarına bile dayanamaz oldum. Doğrusu, acaba sara illetine mi tutuluyorum diye düşündüğüm bile oldu, böylesine kendimden geçebileceğimi hiç, ama hiç düşünemezdim. Tek kelimeyle, barışmamız gerekti, ama bu artık olanaksızdı. Bunun üzerine, ne yaptım, biliyor musunuz? (Gözü dönmeye görsün, insan nasıl da alışıyor, hayret doğrusu! Siz siz olun, aşırı kızgınken herhangi bir girişimde bulunmayın Rodion Romanoviç) Avdotya Romanovna'nın yoksul bir kız olduğunu (ah, bağışlayın, bunu demek istememiştim... ama aynı kavramı dile getirecek olduktan sonra ne fark eder sanki?) tek kelimeyle, emeğiyle geçindiğini, annesine ve size baktığını (hay aksi, bakın yine yüzünüzü buruşturuyorsunuz...) düşünerek, benimle birlikte hiç değilse buraya, Petersburg'a gelmesi için, kendisine bütün paramı vermeyi önermeye karar verdim, (ben o sıralar otuz bin ruble kadar para çıkartabilirdim) Tabi bu arada ölümsüz aşk ve mutluluk yeminleri edecek ve bu türden daha bir sürü şeyler söyleyecektim, inanır mısınız, o sıralar ona öylesine kapılmıştım ki, eğer bana Maria Petrovna'yı boğazla ya da zehirle, sonra da benimle evlen deseydi, hemen o an dediğini yerine getirirdim! Ama sizin de bildiğiniz gibi, bütün bunların sonucu bir felaket oldu. Maria Petrovnanın, Lujin denilen kâhya bozuntusu aşağılık herifi bulup da Avdotya Romanovnayla evlendirmeye çalıştığını öğrendiğimde nasıl kudurmuşa döndüğümü, tahmin edebilirsiniz. Böyle bir evliliğin benim, önerimden en küçük bir farkı olacak mıydı, sorarım size, olacak mıydı? Bakıyorum beni büyük bir dikkatle dinlemeye başladınız... ilginç delikanlı?"

Svidrigaylov kendinden geçip masaya bir yumruk indirdi. Yüzü kıpkırmızı olmuştu, farkına varmadan yudum yudum içtiği bir, bir buçuk bardak şampanyanın onu epey vurduğunu gören Raskolnikov bundan yararlanmaya karar verdi. Svidrigaylovın çok kuşku verici buluyordu.

Onu daha da kışkırtmak istediğini gizlemeye çalışmadan: "Bütün bu anlattıklarınızdan sonra" dedi, "ben artık buraya özel olarak kız kardeşim için geldiğinize iyice inanmış bulunuyorum."

Svidrigaylov birden ayılır gibi oldu:

"Ama ben bütün... hem ben size söylemiştim... kaldı ki, kız kardeşiniz benim adımı bile duymak istemez."

"Bundan eminim. Ama benim demek istediğim bu değildi."

"Demek eminsiniz? (Svidrigaylov göz kırptı, alayla gülümsedi). Haklısınız, beni sevmez. Ama karı koca ya da iki sevgili arasında geçen şeylerden hiçbir zaman emin olmayınız. Bu ikili ilişkide, söz konusu iki kişiden başka dünyada hiç kimsenin bilmediği gizli bir yan hep olagelmiştir. Avdotya Romanovna'nın benden nefret ettiğine senet verebilir misiniz?"

"Bazı sözlerinizden, hele kullandığınız bazı sözcüklerden kız kardeşime karşı alçakça bazı niyetler taşıdığınızı, üstelik bunların uygulamasına hemen girişeceğinizi anlıyorum"

Svidrigaylov niyetleri için kullanılan sıfata aldırış etmeden, saf bir korkuyla sordu:

"Nasıl! Bu anlama gelebilecek sözler söyledim mi ben?"

"Şu anda bile söylemektesiniz. Örneğin, niye bu kadar korktunuz? Şu andaki bu ani korkunuzun nedeni ne?"

"Ben mi korkuyorum? Sizden mi? Asıl sizin benden korkmanız gerek, sevgili dostum. Ancak bu saçma konuşma... Ama ben kafayı buldum galiba, yine ağzımdan bir şeyler kaçıracaktım... Allah kahretsin bu içkiyi! Hey, su getirin!"

Şampanya şişesini kaptığı gibi büyük bir aldırmazlıkla pencereden dışarı fırlatıverdi. Flip su getirdi.

"Bunların hepsi saçma!" Svidrigaylov bir peçeteyi ıslatıp başına koydu. "Sizi bir tek kelimeyle yerinize oturtabilir ve bütün kuşkularınızı bir anda yok edebilirim. Örneğin, evleneceğimi biliyor muydunuz?"

"Bunu daha önce de söylemiştiniz."

"Söylemiş miydim? Unutmuşum. Ama o zaman şimdiki kesinlikle konuşamazdım, çünkü gelini bile görmemiştim daha; yalnızca bir tasarıydı... Şimdiyse, artık bir nişanlım var, gerekenler yapıldı. Eğer ertelenemez birtakım işlerim olmasaydı, sizi alır şimdi doğruca ona götürürdüm. Çünkü sizin görüşünüzü de almak isterdim. Allah kahretsin! Yalnızca on dakikam kalmış. Bakın isterseniz saate... Neyse, sonra anlatırım artık bunu size, çünkü bu benim evlenme işi, kendine göre oldukça enteresandır... Nereye? Yine mi gidiyorsunuz?"

"Hayır, artık gitmiyorum."

"Hiç mi gitmeyeceksiniz? Görürüz. Size nişanlımı göstereceğim. Ama şimdi değil... Çünkü birazdan sizin kalkıp gitmeniz gerekiyor. Siz sağa, ben sola... Resslichi tanıyor musunuz? Şu anda evinde oturduğum Resshch'i? Bildiniz mi? Yok canım, o değil... hani şu, bir kız çocuğu sözde onun yüzünden kendini kışın suya atmış ya, işte o Resslich, bildiniz mi? İşte benim bu evlenme işini koparan odur. Tek başına canın sıkılıyordur, biraz oyalanırsın, gözün gönlün açılır' dedi. Gerçekten de yüzü gülmez bir adamımdır ben. Neşeli biri olduğumu mu düşünüyorsunuz? Hayır, azizim, asık suratlının tekiyimdir. Kimseye zararım dokunmadan, köşemde oturur dururum, bazen üç gün kimselerle konuşmadığım olur. Ama ben o Resslich denen anasının gözü üçkâğıtçının aklından neler geçirdiğini çok iyi biliyorum; benim sıkılıp bir gün karımı bırakacağımı, böylece kızın kendisine kalacağını hesaplayarak onu sermaye olarak kullanmayı, yani bizim tabakayla daha yüksek tabakaya satmayı kuruyor. Dediğine göre kızın üç yıldır bacakları tutmayan, koltuğa bağlı bir babası varmış, emekli memurmuş adam. Annesine gelince, akıllı bir kadınmış. Taşrada bir yerlerde çalışan ve bunlara hiç yardım etmeyen bir oğullarıyla, evli ve yine bunlara hiç gelip gitmeyen bir kızları varmış. İki küçük yeğenlerini de yanlarına almışlar (kendilerininki yetmemiş anlaşılan...) Bir ay sonra on altısını bitirecek olan en küçük kızlarını da lisenin son sınıfındayken okuldan almışlar. Bu hesaba göre kızı bir ay sonra kocaya vermek, yani benimle evlendirmek mümkün olabilecek... Bir gün onlara gittik; bunun onlar için ne denli gülünç olduğunu gözümde canlandırabiliyorum; tanınmış bir aileden, şöyle birtakım ilişkileri olan, büyük çiftlik sahibi, zengin bir dul olarak tanıttım kendimi. Ben ellime varmışım, o tazeyse daha on altısına bile basmamışsa bundan ne çıkar? Bunu aldıran kim? Cazip bir aday, öyle değil mi? Ah, hem de nasıl, hah-hah-ha!

Önemli olan bu! Ana babayla konuşmamı görmeliydiniz! Gerçekten, para ödenip görülmeye değer bir hali vardı! Kız da içeri girdi, dizlerini kırıp selam verdi. Düşünebiliyor musunuz azizim, daha kısa etekli elbise giyiyor! Açılmamış gonca gül! Yüzüne ateş basıyor, utanıyor, kıpkırmızı kesiliyordu (besbelli söylemişler kendisine) Kadın yüzleri konusunda sizin nasıl bir düşünceniz var, bilmiyorum, ama bana sorarsanız bu on altı yaş, bu çocuksu gözler, bu ürkeklik, utançtan kaynaklanan bu gözyaşları, bence güzellikten de öte şeyler. Kaldı ki bu kız bir tablo gibi de güzel; Açık sarı, lüle lüle saçlar, küçücük ama etli ve kıpkırmızı dudaklar, ufacık, olağanüstü güzel ayaklar... Neyse, biz böylece tanıştık. Birtakım işlerim dolayısıyla acelem olduğunu söyledim, bunun üzerine de ertesi gün, yani dün değil önceki gün nişanlandık. O zamandan beri onlara her gidişimde kızı kucağıma alıyor, bir daha da bırakmıyorum...

Nasıl utanıyor, nasıl kıpkırmızı kesiliyor, bilemezsiniz. Bense kendisini aralıksız öpüyorum. Annesi de kendisine, artık kocası sayıldığımı, bunun böyle olması gerektiğini anlatmaya çalışıyor. Yemede yanında yat! Vallahi bu nişanlılık yok mu, yani şimdiki durumumuz, belki evlilikten daha iyi. Hani şu doğa ve gerçek dedikleri durum var nişanlılıkta. Hah-hah-ha! Kendisiyle iki kez konuştum, vallahi hiç de aptal bir kız değil! Hatta bazen şöyle çaktırmadan bana öyle bir bakıyor ki, zangır zangır titriyorum! Yüzü, tıpkı Rafael'in Madonna'sının yüzü! Aslında, bilmem hiç dikkat ettiniz mi, Sikstin Madonnası'nın yüzü gerçek değil, hayalidir, kederli bir divanenin yüzünü kondurmuştur Rafael, Madonnasına. Neyse, nişanlandığımızın ertesi günü, gümüş bir kutu içinde pırlantalar, inciler ve bin beş yüz ruble değerinde başka bir sürü ıvır zıvır götürdüm. Kocaman, nah şöyle bir kutuydu bu. Bizim Madonnanın yüzünün nasıl ışıdığını bir görmeliydiniz! Dün kendisini kucağıma aldım, ancak bunu biraz fazla ileri giderek yapmış olmalıyım ki, belli etmemeye çalışmakla birlikte, yüzü kıpkırmızı oldu, bütün vücudunu ateş bastı. Gözlerinden yaş bile geldi. Tabii bir anda herkes odadan çıktı. Biz kendisiyle yalnız kaldık. O zaman birden boynuma atıldı (ilk kez yapıyordu bunu), küçücük kollarıyla sarıldı ve beni öpmeye başladı; bana hep bağlı kalacağına, söz dinleyeceğine, hayatının her anını bana adayacağına dair yeminler ediyor, bütün bunlara karşılık benden yalnız ve yalnız saygı beklediğini, başkaca "hiç, ama hiçbir hediye istemediğini' söylüyordu! Genç kızlık utancıyla yüzü kıpkırmızı kesilmiş, heyecandan gözleri yaşarmış on altı yaşındaki bir melekten böylesi itiraflar duymak, siz de kabul edersiniz ki, son derece ayartıcı bir şey. Öyle değil mi? Siz de ayartıcı bulmuyor musunuz bunu? Herhalde bir şeylere değer böyle bir sahne, ha? Değer, öyle değil mi? Dinleyin... Bir gün birlikte gidelim nişanlıma, ha? Yalnız, şimdi değil!"

"Tek kelimeyle sizin şehvetinizi kamçılayan da aradaki yaş ve seviye farkı olsa gerek! Gerçekten evlenecek misiniz onunla?"

"Ya ne sandınız? Kesinkes evleneceğim. Herkes kendisi hakkında kendisi karar verir ve kendini en iyi aldatabilen, herkesten daha neşeli yaşar. Hah-hah-ha! Bakıyorum, birden paçalarınızdan erdemlilik akmaya başladı! Ah, acıyın bana efendim, ben günahkâr bir insanım! Hah-hah-ha!"

"Oysa siz Katerina Ivanovna'nın çocuklarına yardım 'etmiştiniz... Ama anlıyorum, bunda da birtakım amaçlarınız vardı... Evet, şimdi anlıyorum..."

Svidrigaylov bir kahkaha attı.

"Ben genel olarak çocukları severim, hem de çok severim... Bu konuda size, şu anda bile sürüp giden bir ilişkinin nasıl başladığını anlatabilirim. Buraya geldiğimin ilk günü, yedi yıllık ayrılığın biriktirdiği özlemle hemen batakhanelere saldırdım. Eski dostlarımı bulmak konusunda hiç acele etmediğimin farkındasınızdır. Bu bir yana, olabildiğince onlardan uzak kalmaya çalışıyorum. Biliyor musunuz, köyde, Maria Petrovnanın yanındayken, bütün bu gizemli yerlerin anılan beni öylesine eziyordu ki, anlatamam. Bilenler çok şeyler bulabilirler bu yuvalarda. Allah kahretsin! Halk ayılmamacasına kafayı çekiyor, aydın gençlik derseniz, işsizlikten birtakım teorilere kendini kaptırmış, düşler dünyasında yaşıyor; ülke bir baştan bir başa Yahudi akınına uğramış sanki adamlar ortada para diye bir şey bırakmıyorlar, geri kalanlarsa kendilerini zevk ve eğlenceye vermişler, rezil bir hayat sürüyorlar. Bu kente daha adımımı attığım anda burnum hemen o bildik kokuyu aldı. Sözüm ona danslı programlardan birini izlemek için bir batakhaneye gittim, rezil bir yerdi (ama ben batakhaneleri özellikle pislikleriyle severim) Tabii kankan dansı vardı, ama eşi benzeri görülmemiş bir kankandı bu; bizim zamanımızda bile böylesi yoktu. Doğrusu iyi ilerleme sağlanılmış bu alanda. Birden, on üç yaşlarında, çok zarif giyimli bir kızın bu işlerin ustası bir herifle dans ettiğini gördüm; karşı karşıya duruyorlardı adamla. Kızın annesi de, duvarın dibinde, bir sandalyede oturuyordu. Bunun nasıl bir kankan olduğunu gözünüzde canlandırabilirsiniz! Kız kıpkırmızı kesilmişti, utanıyordu, sonunda bunu bir hakaret kabul ederek ağlamaya başladı. Adam kızı yakaladığı gibi döndürmeye ve gösteri yapmaya başladı. Salonda herkes gülüyordu. Ben halkımızı, hatta kankana halkımızı bile, böyle anlarda pek severim: 'Oh olsun! Böylesi gerekti! Ne diye çoluk çocuğu getirirler böyle yerlere!' diye bağırıyorlardı.

Söyledikleri mantıklı mıydı, yoksa kendi kendilerini mi avutuyorlardı, bu benim umurumda bile değildi! Hemen ne yapmam gerektiğini tasarlayıp doğruca kızın annesinin yanına gittim. Benim de taşralı olduğumu, buraların insanlarının çok görgüsüz ve kaba olduğunu, gerçek değerleri ayırt edip onlara gerekli saygıyı göstermesini bilmediklerini söyleyerek, paralı biri olduğumu sezdirmeye çalıştım, kendilerini arabama davet ettim, evlerine götürdüm (bir oda kiralamışlardı kendilerine, Petersburg'a daha yeni gelmişler) böylece tanışmış olduk. Kadın, benimle tanışmanın kendisi için de, kızı için de bir şeref olduğunu söyledi. Bu arada beş parasız olduklarını ve Petersburg'a da bilmem hangi dairede bilmem nasıl bir işi izlemek için geldiklerini öğrendim. Kendilerine hem para olarak hem de hizmet olarak yardımda bulunabileceğimi söyledim; bu arada da, o batakhaneye, orada dans dersleri veriliyor sanarak düştüklerini öğrendim. Genç kızın Fransızca dil dersleriyle, dans dersleri konusunda kendilerine yardımda bulunmayı önerdim önerimi heyecanla karşıladılar, bunun kendilerine yalnızca şeref vereceğini söylediler... İşte böylece başlayan tanışıklığımız hâlâ sürüyor. İster misiniz, onlara da gidelim, ama şimdi değil!"

"Kes artık şu bayağı hikâyelerini aşağılık herif! Alçak, şehvet düşkünü!"

"Sebiller! Bu da bizim Schiller işte! Oû va-t-elle la vertu se nicher (Şu erdem de nerelere yuvalanıyor?) Biliyor musunuz, bağırışlarınızı duymak için size özellikle böyle şeyler anlatacağım. Büyük bir zevk bu doğrusu!"

"Ona ne şüphe!" diye homurdandı Raskolnikov. "Şu anda ben kendi gözümde de gülünç bir duruma düşmüş bulunuyorum!"

Svidrigaylov katılmasına gülmeye başladı, Filip'e seslenip hesabı ödedi, masadan kalkarken:

"Bayağı sarhoş oldum, gevezelik yeter" dedi, "büyük bir zevk bu doğrusu!" Raskolnikov da ayağa kalktı.

"Evet, büyük bir zevk! Sizin gibi gözünü şehvet bürümüş bir zevk ve eğlence düşkünü, hele anlattıklarına benzer korkunç birtakım niyetleri de varsa ve hele hele bunları şu içinde bulunduğumuz koşullar altında ve benim gibi bir adama anlatıyorsa nasıl olur da zevk almaz! Ölesiye zevk duyar!"

Raskolnikovu bir an süzen Svidrigaylov oldukça şaşırmış:

"Eğer bu böyleyse" dedi, "o zaman sizde utanmak arlanmak diye bir şey yok! En azından esaslı malzemelere sahipsiniz bu konuda. Pek çok şey düşünebilmeye hatta ne düşünmesi, yapabilmeye yeteneklisiniz demektir bu konuda... Neyse, yeter artık! Sizinle konuşmamızın böylesine kısa sürmüş olmasından gerçekten çok üzgünüm. Ama nasılsa ayrıldığımız yok, hele biraz daha bekleyin..."

Svidrigaylov meyhaneden çıktı, Raskolnikov da onun arkasından yürüdü. Ancak Svidrigaylov'un fazlaca sarhoş olduğu söylenemezdi, içki bir an için başına vurur gibi olmuştu, ama şimdi geçen her dakikayla biraz daha kendine geliyordu. Kafasının bir şeylere, hem de son derece önemli bir şeylere takıldığı belliydi: yüzü asılmıştı. Kaygı verici bir bekleyiş heyecanı içinde olduğu anlaşılıyordu. Demin Raskolnikov'la konuşurken de, birden ona karşı değişivermiş, hatta konuşmasının sonlarına doğru bayağı kabalaşmış, alaycı bir tavır takınmıştı. Raskolnikov da farkındaydı bunun ve bu onu epey kaygılandırmıştı. Svidrigaylovu son derece kuşku verici buluyordu, bu yüzden peşinden gitmeye karar vermişti.

Birlikte yaya kaldırımına indiler.

"Siz sağa, ben sola... ya da, belki tersine yalnız, adivcu, mon platsir, yeniden sevinçli bir buluşma dileğiyle!"

Svidrigaylov bunları söyledikten sonra sağa, Saman Pazarı'na doğru yürüdü.

Raskolnikov da onun ardından yürümeye başladı. Svidrigaylov arkasına dönerek:

"Bu da ne demek!" diye bağırdı. "Ben size ne demiştim!"

"Bu şu demektir ki, ben artık sizin peşinizi bırakmayacağım."

"Nee?"

İkisi de durmuştu. Birbirlerini tartar gibi bir dakika kadar bakıştılar, sonra Raskolnikov sertçe:

"Deminki sarhoşluk gevezeliklerinizden kesin olarak şunu anladım ki, kız kardeşim konusundaki alçakça tasarılarınızdan vazgeçmek şöyle dursun, bunlarla her zamankinden çok daha ilgilisiniz! Kız kardeşimin bu sabah bir mektup aldığından da haberim var. Demin bir türlü yerinizde duramıyordunuz. Buraya gelirken yolda kendinize bir kadın bulup buluşturduğunuzu kabul etsek bile, bunun hiçbir anlamı olamaz; ben kendi gözlerimle görüp emin olmak istiyorum..."

Şu anda kendi gözleriyle neyi görmek istediğini, neyden emin olmak istediğini Raskolnikov'un kendisinin de bildiği kuşkuluydu.

"Demek böyle! İster misiniz şimdi bir polis çağırayım?"

"Çağır!"

Yeniden bir dakika kadar karşı karşıya durup birbirlerini süzdüler. Sonunda Svidrigaylovun yüzü değişti. Raskolnikov'un tehdidine aldırmadığını görünce, birden çok neşeli ve dostça bir tavırla:

"Amma adamsınız!" dedi. "Meraktan içim içimi yediği halde işleriniz hakkında sizinle bir şey konuşmamış ve bu görüşmeyi bir başka buluşmamıza bırakmıştım, ama doğrusu siz bir ölüyü bile sinirlendirebilirsiniz... Madem öyle, gidelim. Yalnız peşin peşin söyleyeyim: hemen şimdi para almak için bir dakikalığına eve uğrayacağım, sonra kapımı kilitleyeceğim ve geceyi geçirmek için bir arabaya atlayıp adalara gideceğim. Bu durumda, arkamdan gelmenizin ne anlamı var?"

"Ben de şimdilik sizin apartmana geleceğim, yalnız size değil, Sonya Semyonovna'ya... Cenaze töreninde bulunamadığım için özür dileyeceğim."

"Yine siz bilirsiniz, ama Sonya Semyonovna şu anda evde değil. Benim eski tanıdıklarımdan, bir öksüzler yurdunun kurucusu soylu bir hanımla beraber şu anda, çocuktan götürdü. Katerina Ivanovnanın öksüzleri için verdiğim parayla bu kadını adeta büyüledim, ayrıca kadının yurduna da bağışta bulundum, son olarak da, ona Sonya Semyonovna'nın bütün hikâyesini olduğu gibi anlattım. Müthiş etkilendi kadın. Sonya Semyonovna'nın, bizim soylu hanımefendinin yazlıktan döndükten sonra geçici olarak kalmakta olduğu X oteline çağrılmış olmasının nedeni budur."

"Olsun, ben yine de uğrayacağım."

"Siz bilirsiniz. Yalnız ben size arkadaşlık edemeyeceğim. Hem bana ne! İşte eve geldik! Birtakım sorularla sizi rahatsız etmeyecek kadar kibar olmamdan dolayı bana böyle kuşkulu gözlerle bakıyorsunuz herhalde? Evet, bunun böyle olduğundan eminim. Ne demek istediğimi sanırım anlıyorsunuz? Bahse girerim bu durumu tuhaf da buluyorsunuzdur! Gelin de kibar olun artık!"

"Ve kapıları dinleyin!"

Svidrigaylov gülümsedi:

"Şu meseleden söz ediyorsunuz! Bütün bu olup bitenlerin, üzerine bu konuyu açmasaydınız şaşardım doğrusu! Hah-hah-ha! Aslında o gün muzipliğiniz üzerinizdeydi ve ben gerçi Sonya Semyonovna'ya söylediklerinizden bir şeyler anlamadım değil... Ama yine de nedir bunlar? Ben belki de geri kafalı bir adamım ve hiçbir şey anlamıyorum. Allah aşkına bana da açıklayın bunları iki gözüm! Yeni düşünceler konusunda aydınlatın beni!"

"Hiçbir şey duymuş olamazsınız, yalan söylüyorsunuz!"

"Ondan değil, ondan söz etmiyorum ben (aslında bir şeyler duydum, ama sözünü etmek istediğim o değil) Benim sözünü etmek istediğim, sizin şu ardı arkası kesilmeyen ahlamalarınız! İçinizdeki Sebiller her an, her şeyden kuşkulanıyor. Ve tutup bana kapıları dinleme diyorsunuz. Eğer böyleyse, hemen karakola koşun ve başımdan şöyle bir olay geçti, teorimde küçük bir yanlışlık ortaya çıktı diyerek her şeyi anlatın. Eğer size göre kapıları dinlemek doğru değil ve fakat elinize geçen herhangi bir şeyle bir kocakarının işini bitirmek doğruysa, durmayın hemen bir yerlere, Amerika'ya falan gidin! Hem de hiç zaman yitirmeden, delikanlı! Belki hâlâ zamanınız vardır. İçtenlikle söylüyorum. Yol paranız mı yok? Ben veririm..."

Raskolnikov onun sözünü keserek tiksintiyle:

"Böyle bir şeye hiç niyetim yok!" dedi.

"Anlıyorum! Hem kendinize eziyet etmeyin. İsterseniz, fazla konuşmayın? Sorunlarınızı biliyorum: ahlak sorunları bunlar, değil mi? Yurttaş olmanın ve insan olmanın getirdiği birtakım sorunlar... Hepsini bir yana bırakın bunların! Size ne bunlardan! Hah-hah-ha! İnsan ve yurttaş olmanın sorunları, ha? Madem öyle, bu işe burnunuzu hiç sokmasaydınız! Bari kafanıza bir kurşun sıkın olsun bitsin. Yoksa canınız istemez mi böyle bir şeyi?"

"Hemen, şu anda peşinizi bırakayım diye beni mahsus sinirlendirmeye çalışıyorsunuz galiba?"

"Çok tuhafsınız doğrusu: işte geldik bile, buyurun merdivenlere... Sonya Semyonovnanın kapısı işte şurası; bakın, kimse yok! İnanmıyor musunuz? Kapemaumovlar'a sorun; anahtarını hep onlara bırakır Sonya Semyonovna. İşte Madame de Kapemaumov'un kendisi... Efendim? Nasıl? (Biraz sağırdır bayan Kapemaumov) Gitti mi? Nereye? Nasıl, kendiniz de duydunuz değil mi? Evde değilmiş, akşam da belki gecikecekmiş... Haydi şimdi bana gidelim. Bana gelmek istiyordunuz ya? İşte geldik bile. Madame Resslich evde değil. Hep birtakım telaşları vardır kendisinin, ama çok iyi bir kadındır, inanın... Eğer bir parça daha akıllı olabilseydiniz sizin de işinize yarardı... Buyurun, siz de görün: çalışma masamdan yüzde beşlik şu hisse senedini alıyorum, (görüyor musunuz, daha ne çok var bende bu senetlerden!) Bugün bozduracağım bu senedi. Gördünüz mü? Daha fazla zaman yitiremem. Masamı kilitliyorum, oda kapımı da kilitliyorum, işte yeniden merdivenlerdeyiz. Bir araba tutalım, ister misiniz? Ben adalara gideceğim. Siz de şöyle bir tur atmak istemez miydiniz? İşte şu arabayı beni Elagin'e götürmesi için tutuyorum. İstemiyor musunuz? Artık dayanamıyor musunuz? Gelin canım, bir tur atın! Yağmur yağacak sanırım, ama hiç önemli değil, körüğü var arabanın..."

Svidrigaylov arabaya binmişti bile... Raskolnikov kuşkularının, "en azından şu anda, yersiz olduğunu düşündü. Cevap vermeden arkasını dönüp Saman Pazarı'na doğru yürümeye başladı. Eğer bir kez olsun başını çevirip baksaydı, Svidrigaylov'un daha yüz adım kadar bile uzaklaşmadan nasıl arabacıya parasını vererek arabadan indiğini ve kaldırımda yürümeye başladığını görecekti. Ama artık bir şey göremezdi, köşeyi dönmüştü bile. İçinde duyduğu büyük bir nefret onu Svidrigaylov'dan uzaklaştırıyordu. "Bu aşağılık, bu alçak heriften, bu şehvet düşkünü, namussuzdan bir an için bir şeyler bekleyebildim, ha?" diye söylendi. Doğrusu, düşüncesizce ve acele verilmiş bir karardı bu. Çünkü Svidrigaylov'un genel görünüşünde ona hadi gizemlilik demeyelim ama orijinallik veren bir şeyler vardı. Bütün bunların kız kardeşiyle ilgisine gelince, Raskolnikov, Svidrigaylov'un Dunya'yı rahat bırakmayacağından emindi. Ama bunları tekrar tekrar düşünmek ona dayanılmayacak kadar ağır geliyordu!

Yalnız kalır kalmaz, daha yirmi adım bile yürümeden, her zamanki alışkanlığıyla derin birtakım düşüncelere daldı. Köprüye varınca korkuluklara dayanarak sulara bakmaya başladı. Oysa bu sırada Avdotya Romanovna hemen yanı başında duruyordu.

Aslında köprünün girişinde karşılaşmıştı kız kardeşiyle, ama görmeden geçip gitmişti. Onu sokakta bu şekilde hiç görmemiş olan Duneçka müthiş şaşırmış ve korkmuştu. Seslenip seslenmemekte kararsız öylece dururken, birden Saman Pazarı yönünden hızlı hızlı gelmekte olan Svidrigaylov'u görmüştü.

Svidrigaylov görünmemeye çalışarak, sakına sakına yürüyor gibiydi. Tam köprüye gelince, Raskolnikov'un kendisini görmemesi için büyük çaba harcayarak biraz açıkta bir yerde durdu. Dunya'yı onun işaretlerinden, kardeşine seslenmemesini, onu rahat bırakmasını, kendisine doğru gelmesini rica ettiğini çıkardı.

Öyle de yaptı. Kardeşinin yanından sessizce geçip Svidrigaylov'un yanına vardı.

"Hemen gidelim" diye fısıldadı Svidrigaylov. "Rodion Romanoviç'in buluştuğumuzu bilmesini istemiyorum. Bu arada sizi uyarmış olayım: kardeşinizle demin şurada bir meyhanede oturuyorduk, kendisi gelip buldu beni orada; elinden güç bela kurtulabildim. Nerden öğrenmişse, size mektup yazdığımdan da haberi var ve bir şeylerden kuşkulanıyor. Herhalde bunu ona siz söylememişsinizdir? Peki ama siz söylemediğinize göre, kim söylemiş olabilir?"

Dunya onun sözünü keserek:

"İşte köşeyi döndük" dedi, "artık kardeşim bizi göremez. Size şu kadarını söyleyeyim ki, buradan daha ileri gidemem sizinle, söyleyeceklerinizi burada söyleyin; sokakta da konuşmamız pekâlâ mümkün."

"Birincisi bunlar sokakta konuşulacak şeyler değil, ikincisi Sonya Semyonovnayı da dinlemeniz gerek, üçüncüsü de size bazı belgeler göstermem gerekiyor... Sonuç olarak, eğer evime gelmeyi kabul etmezseniz, size sözünü ettiğim açıklamaları yapmam ve çeker giderim. Bu arada sevgili kardeşinizle ilgili son derece ilginç bir gizi de tümüyle bilmekte olduğumu unutmamanızı rica ederim."

Dunya kararsızlıkla durakladı ve ok gibi delici bakışlarla Svidrigaylov'u süzdü.

"Korkacak ne var!" dedi. Svidrigaylov sakin bir tavırla. "Burası köy değil, kent. Kaldı ki köyde bile siz bana benim size ettiğimden daha çok kötülük ettiniz, buradaysa..."

"Sonya Semyonovna'nın haberi var mı?"

"Hayır, ona hiçbir şey söylemedim, hatta evde olup olmadığını bile kesin olarak bilmiyorum. Ama sanırım evdedir. Bugün bir yakınını toprağa verdi, herhalde böyle bir günde konukluğa gidilmez. Zamanı gelmeden bunu kimselere açmak istemiyorum, hatta size söylediğime bile biraz yazıklanıyorum. Böylesi durumlarda küçücük bir ihmal ihbar yerine geçer. Ben işte şurada oturuyorum, şu evde, işte geldik bile. İşte şu adam bizim kapıcıdır, beni çok iyi tanır, bakın selam veriyor; eve bir kadınla birlikte girdiğimi gördü, hiç kuşkusuz sizin yüzünüzü de fark etmiştir, eğer hâlâ benden kuşkulanıyor ve korkuyorsanız bu durum işinize yarayabilir. Böyle kaba konuştuğum için bağışlayın. Ben burada kiracı olarak oturuyorum. Sonya Semyonovna da kiracı, aramızda bir duvar var. Bütün bu kat kiracılarla doludur. Çocuk gibi korkacak ne var? Yoksa ben bu kadar korkunç bir adam mıyım?"

Svidrigaylov hoş görür bir gülümsemeyle Dunya'ya baktı, ama hiç de gülümseyecek durumda değildi. Yüreği hızla çarpıyor, soluğu kesilecek gibi oluyordu. Gitgide artan heyecanını gizleyebilmek için oldukça yüksek sesle konuşuyordu. Ama Dunya ondaki bu özel heyecanı fark edememişti. Svidrigaylov'un, onun çocuk gibi korktuğuna ve onun için kendisinin korkunç bir adam olduğuna ilişkin sözlerine müthiş sinirlenmişti.

"Gerçi sizin şerefsiz bir insan olduğunuzu biliyorum, ama sizden hiç mi hiç korktuğum yok" dedi. Sakin görünmeye çalışıyordu; ama yüzü bembeyazdı. "Önden yürüyün..."

Svidrigaylov Sonyanın kapısı önünde durdu.

"İzninizle bir bakalım, evde mi, değil mi? Hayır, yok. Ne şanssızlık! Ama çabuk döneceğinden eminim. Sokağa çıktıysa bile, bu olsa olsa öksüzlerle ilgili olarak bir bayanla görüşmek içindir. Anneleri öldü ya... Ben de yerleştirilmeleri işiyle biraz ilgilenmiştim. Eğer Sonya Semyonovna on dakikaya kadar dönmezse, eğer isterseniz, onu hemen bugün size gönderebilirim.

İşte benim, daire... İşte benim iki odam... Şu kapının ardında da bayan Resslich oturur. Şimdi şuraya bir göz atın, size en önemli delillerimi göstereceğim: yatak odamdaki şu kapı, yanda kiraya verilmekte olan iki boş odaya açılır. İşte, şu iki boş odaya... Biraz dikkatlice bakmalısınız buraya."

Svidrigaylov oldukça geniş, mobilyalı iki odada oturuyordu. Dunya kuşkulu gözlerle çevresine bakındı; gerçi Svidrigaylov'un dairesinin boş iki daire arasında bulunması gibi dikkat çekici bazı özellikler yok değildi, ama o ne odaların genel konumunda, ne de döşenmesinde önemli sayılabilecek herhangi bir şey fark etmemişti. Svidrigaylov'un dairesine doğruca koridordan değil, ev sahibi kadının hemen hemen boş olan iki odasından geçilerek giriliyordu. Yatak odasındaki kilitli kapıyı açan Svidrigaylov, Dunya'ya yine boş olan ve kiraya verilen yandaki daireyi gösterdi. Dunya burayı görmesinin niçin istendiğini anlamayarak eşikte duranlar gibi oldu, ama Svidrigaylov hemen açıklamaya girişti:

"Şuraya, şu ikinci ve daha büyük olan odaya bakın. Dikkat edin, bu kapı kilitlidir. Kapının önünde bir sandalye var. Bunu ben daha rahat dinleyebilmek için kendi dairemden getirdim. Öbür tarafta, kapının hemen arkasında Sonya Semyonovna'nın masası var. Sonya Semyonovna ve Rodion Romanoviç işte bu masada konuştular. Bense şu sandalyeye oturup, her seferinde iki saat olmak üzere iki gece üst üste onları dinledim. Herhalde bir şeyler öğrenebilmişimdir, öyle değil mi?"

"Demek kapı arkasında dinlediniz ha?"

"Evet, kapı arkasında dinledim. Hadi içeri, benim daireme gidelim, burada oturacak bir şey bile yok."

Svidrigaylov Avdotya Romanovnayı, salon görevi gören birinci odaya götürdü, oturması için bir iskemle gösterdi. Kendisi de masanın öbür ucuna, ondan en aşağı iki metre uzakta bir yere oturdu. Ama gözlerinde, Dunya'yı bir zamanlar korkutan aynı alev vardı. Dunya titredi ve bir kez daha çevresine kuşkuyla bakındı. İster istemez gösterdiği bir davranış olmuştu bu. Anlaşılan kuşkusunu belli etmek istemiyordu. Ama Svidrigaylov'un örneğin, amaçlanan şey iyi ise, işlenecek bir cinayet uygun görülebilir. Yani bir kötülüğe karşı, yüzlerce güzel şey! Yüksek birtakım yeteneklere sahip ve aşırı özsaygısı olan bir genç, diyelim topu topu üç bin ruble ile mesleki yükselişinin ve geleceğinin bambaşka bir biçim alacağını bilse ve elinde de bu para olmasa, kuşkusuz böyle bir durumu son derece incitici bulur. Buna bir de açlığın, daracık bir odada oturmanın, eski püskü elbiselerin, toplumsal durumunu algılamış olmanın ve son olarak da annesiyle kız kardeşinin durumlarının yarattığı sinir bozukluğunu ekleyin... Hepsinin üstünde de, kibir, gurur ve kim bilir belki de iyi birtakım duyguların payı vardır. Ben onu suçlamıyorum, lütfen böyle bir şey düşünmeyin, hem zaten bu benim işim de değil. Kendine özgü bir teorisi 'şöyle böyle bir teori işte var. Buna göre insanlar ikiye ayrılıyor. Bir, malzeme olanlar, iki, özel insanlar. Özel insanlar, yüksek durumlarından dolayı hiçbir yasaya bağlı değiller, hatta tam tersine, malzemeler için, yani şu süprüntüler için kendileri yasa yaparlar. Kendi halinde bir teori işte; une theorie comme une autre. Napolyon onu almış götürmüş; daha doğrusu, pek çok dahinin tek tek birtakım kötülüklere hiç aldırmadıkları, bunların üzerinden düşünmeksizin atlayıp geçtikleri gerçeği onu çok ilgilendirmiş. Sanırım kendisinin de bir dahi olduğunu düşünüyordu, daha doğrusu buna bir süre inandı. Bir teori yarattığı, ama duraksamadan daha ilerisine gidemediği, dolayısıyla da dahi olmadığını anladığı için çok acı çekti, hâlâ da çekiyor.

Böylesi bir durum özsaygısı olan bir genç için, hele de çağımızda, son derece aşağılatıcı bir şeydir..."

"Ya vicdan azabı? Yoksa onda ahlak duygusu bulunmadığını mı söylemek istiyorsunuz? Böyle bir insan mı o?"

"Ah, Avdotya Romanovna, bugün her şey bir bulanıklık içinde, aslında tam bir düzenlilik hiçbir zaman söz konusu olmamıştır... Rus insanının ruhu, tıpkı ülkesi gibi, engindir; fanteziye ve düzensizliğe karşı aşırı eğilimli insanlarız biz. Ama engin ruhluluk dehadan yoksunsa, bir felakettir. Hatırlıyor musunuz, her akşam yemekten sonra terasta oturup bu konuları konuşurduk sizinle? Siz bana özellikle bu ruh enginliğinden dolayı serzenişte bulunurdunuz. Kim bilir, tam o burada yatıp teorisini kurarken konuşuyorduk biz orada? Ülkemizin kültürlü çevrelerinde, kutsal denebilecek birtakım gelenekler yoktur, Avdotya Romanovna, biz o gelenekleri ya kitaplar okuyarak, ya da eski vakayinamelerden ediniriz. Ama bunu yapanlar daha çok bilginlerdir ve onlar da öyle derbeder adamlardır ki, bir sosyete adamı için onlar gibi olmak hiç de kibarca bir şey sayılmaz. Aslında siz benim düşüncelerimi bilirsiniz; ben kimseyi kesin olarak suçlamam. Emek, çalışma nedir bilmediğim için böyle bir şeyden çekinirim. Hem biz bu konuları pek çok kez konuşmuştuk ve ben görüşlerimle sizi ilgilendirmek şerefine bile kavuşmuştum. Yüzünüz bembeyaz oldu Avdotya Romanovna!"

"Ben onun bu teorisini biliyorum. Bir dergide, her şeyi yapmaları uygun olan insanlar üzerine yazdığı bir makaleyi okumuştum... Razumihin getirmişti dergiyi..."

"Bay Razumihin mi? Kardeşinizin bir makalesi ha? Bir dergide demek? Demek böyle bir makalesi de var? Bakın bunu bilmiyordum. Çok, çok ilginç doğrusu! Ama siz nereye gidiyorsunuz, Avdotya Romanovna?"

Duneçka duyulur duyulmaz bir sesle:

"Sonya Semyonovna'yı görmek istiyorum." dedi. "Nerden geçiliyor onun odasına? Herhalde artık gelmiştir... Ne olursa olsun hemen şimdi görmek istiyorum onu... Varsın o..."

Avdotya Romanovna sözlerini tamamlayamadı. Soluğu tümden kesilmişti.

"Sonya Semyonovya geceden önce dönmez. Öyle tahmin ediyorum. Hemen dönmesi gerekiyordu, dönmediğine göre, gecikecek demektir..."

Dunya kendini kaybetmişçesine müthiş bir öfkeyle bağırmaya başladı.

"Demek öyle! Yalan söylüyorsun! Görüyorum... yalan söyledin... Hep yalan söyledin sen! Sana inanmıyorum! İnanmıyorum! İnanmıyorum!"

Svidrigaylov'un yetiştirdiği bir sandalyeye yarı baygın bir halde yığıldı.

"Avdotya Romanovna, neyiniz var, kendinize gelin! Alın şu suyu, bir yudumcuk için!"

Svidrigaylov yüzüne biraz su serpince, Dunya titreyerek kendine geldi.

"Esaslı etkilendi!" diye söylendi Svidrigaylov kaşlarını çatarak. "Avdotya Romanovna, sakin olun! Bilmelisiniz ki, onun dostları var. Biz onu kurtarırız, çekip çıkarım bu işin içinden, ister misiniz onu yurtdışına göndereyim? Benim param var, üç günde pasaport çıkartabilirim, işlediği cinayetlere gelince, bundan sonra yapacağı hayırlı işlerle, bu da düzelir. Sakin olun siz! Belki büyük bir adam bile olabilir! Nasıl oldunuz? Nasıl hissediyorsunuz kendinizi?"

"Zalim adam! Bir de alay ediyor! Bırakın beni!"

"Nereye? Nereye gidiyorsunuz?"

"Ona... kardeşime...

Nerde o? Siz biliyor musunuz? Bu kapı niye kilitli? Bu kapıdan girmiştik biz buraya, şimdiyse kilitli. Ne zaman fırsat bulup kilitlediniz?"

"Burada konuştuklarımızı ille de bütün odalara duyurmanız gerekmiyor. Şaka etmiyorum; yalnız bu dille konuşmaktan bıktım artık. Bu halde nereye gideceksiniz? Yoksa onu ele vermek mi istiyorsunuz? Böyle yaparsanız, onun cinlerini tepesine çıkarıp kendi kendini ele vermesine sebep olursunuz. Bilmelisiniz ki, onu artık izliyorlar, peşine düştüler. Böyle yaparsanız yalnızca ele vermiş olursunuz onu. Bekleyin biraz. Ben daha demin onu gördüm ve kendisiyle konuştum. Hâlâ kurtarabiliriz onu. Durun, oturun şöyle, birlikte bir çare düşünelim. Sizi de zaten bu konuyu baş başa konuşalım, iyi bir çözüm bulalım diye çağırmıştım otursanıza!"

"Nasıl kurtarabilirmişsiniz onu? Kurtarılabilir mi o artık?" Dunya oturdu, Svidrigaylov da onun yanına oturdu. Svidrigaylov gözleri ışıl ışıl:

"Her şey size bağlı, yalnız size..." diye fısıldadı; heyecandan şaşırıyor, konuşamıyordu.

Dunya korku içinde ondan uzaklaştı. Svidrigaylov'un bütün bedenini bir titreme almıştı.

"Siz bir tek şey söyleyeceksiniz ve o kurtulacak! Ben... ben onu kurtarırım. Benim param ve dostlarım var. Hemen yurtdışına gönderebilirim onu, pasaportları kendim çıkartırım... İki pasaport. Biri ona, öteki bana. Dostlarım var benim, işadamlarından tanıdıklarım var... İster misiniz? Size de pasaport çıkartayım? Size ve annenize... Razumihin'i ne yapacaksınız? Sizi ben de seviyorum... Sizi sonsuz seviyorum. Verin, eteğinizin ucunu öpeyim, verin, verin! Artık eteğinizin hışırtısına bile dayanıyorum. Şunu yapın, deyin, yapayım! Ne isterseniz yaparım. En olmayacak şeyleri bile yaparım. Siz neye inanıyorsanız ben de ona inanırım. Her şeyi, her şeyi yaparım! Bana böyle bakmayın, bakmayın! Beni öldürdüğünüzü biliyor musunuz..."

Sayıklar gibiydi, sanki birden başına vurmuşlar da bir şeyler olmuştu.

Dunya yerinden fırlayıp kapıya atıldı; bir yandan kapıyı yumruklarken, bir yandan da kapının ötesinden yardım istercesine:

"Açın! Açın!" diye bağırmaya başladı.

Svidrigaylov da ayağa kalktı; kendine gelmişti. Hâlâ titreyen dudaklarına hain ve alaycı bir gülümseme yerleşmişti. Alçak sesle ve kesik kesik konuşarak:

"Evde kimse yok" dedi. "Ev sahibi kadın sokağa çıktı... Böyle bağırarak boş yere kendinizi heyecanlandırıyorsunuz."

"Anahtar nerede? Çabuk aç şu kapıyı, hemen, şimdi, aşağılık herif!"

"Anahtarı yitirdim, bulamıyorum."

"Öyle mi? Ama bu zorbalık!"

Dunya, yüzü ölü gibi, kendini karşı köşeye attı ve orada eline geçen küçük bir masayı siper edindi. Bağırmıyordu; ama gözlerini celladına dikmiş, bakışlarını bir an bile ayırmadan onun her hareketini izliyordu. Svidrigaylov da odanın öteki ucunda, onun tam karşısında kıpırdamadan öylece duruyordu. Kendine hakim gibiydi, en azından görünüşte böyleydi bu. Ama yüzü deminki gibi bembeyazdı. Dudaklarındaki alaycı gülümseme de kaybolmamıştı.

"Demin zorbalıktan söz ettiniz. Avdotya Romanovna; eğer zorbalık söz konusuysa, gerekli önlemleri almış olacağımı sizde kestirebilirsiniz. Sonya Semyonovna evde yok: Kapernaumovlar'la aramızda ise tam beş tane kilitli oda var. Son olarak da, sizden en az iki kat daha güçlüyüm. Bu da bir yana, ortada korkacağım hiçbir şey yok; çünkü herhangi bir şikâyette de bulunamazsınız; kardeşinizi ele vermeniz demektir bu... Kaldı ki, şikâyet etseniz bile, size kimse inanmaz bir genç kızın bekâr bir adamın evinde ne işi var? Kardeşinizi gözden çıkarsanız bile elde edeceğiniz bir şey yok; zorbalığı kanıtlayabilmek çok güç, Avdotya Romanovna"

Dunya, nefret dolu:

"Alçak!" diye fısıldadı.

"Nasıl isterseniz öyle olsun. Yalnız, dikkat edin: Ben demin varsayımlar üzerine konuştum. Benim kişisel düşünceme göre, siz tümüyle haklısınız; zorbalık alçaklıktır. Ben bunları yalnızca... hatta kardeşinizi size önerdiğim biçimde gönül rızasıyla kurtarmayı kabul etseniz bile... yalnızca vicdanen rahat olmanız için söyledim. Demek oluyor ki, siz şu anda içinde bulunduğunuz koşullara, ya da bu sözcüğü kullanmadan olmuyorsa eğer, zora boyun eğmiş oluyorsunuz. Düşünün biraz: kardeşinizin ve annenizin yazgıları sizin ellerinizde. Bana gelince, sizin köleniz olacağım... Ömrüm boyunca... İşte, şurada bekliyorum..."

Svidrigaylov Dunya'dan sekiz adım kadar ötede bir divanın üzerine oturdu. Ne denli sarsılmaz bir kararlılık içinde bulunduğu apaçıktı, iyi tanırdı onu Dunya...

Genç kız birden cebinden bir revolver çıkardı, horozunu kaldırdı, tabancalı elini masaya dayadı. Svidrigaylov yerinden fırladı.

"Demek öyle ha!" diye bağırdı, şaşkınlık içindeydi, ama dudaklarında aynı hain gülümseme vardı. "Bu durum işlerin gidişini tümüyle değiştirecek! Kendi ellerinizle işimi kolaylaştırıyorsunuz, Avdotya Romanovna! Nerden buldunuz bu revolveri? Sakın bay Razumihin vermiş olmasın? Dur hele! Bu revolver benim yahu! Hey gidi eski dost! O zaman nasıl da aramıştım onu! Çiftlikte size vermekle şeref duyduğum atış dersleri, anlaşılan boşa gitmemiş!"

"Bu tabanca senin değil, öldürdüğün Maria Petrovna'nın, alçak herif! O evde senin hiçbir şeyin yoktu! Senin neler yapabilecek bir adam olduğunu anladığımda almıştım onu. Bir adım daha atacak olursan, yemin ederim öldürürüm seni."

Dunya çılgın gibiydi. Tabancayı ateşlemeye hazır durumda tutuyordu.

"Ya kardeşin?" diye sordu Svidrigaylov, hâlâ yerinde duruyordu. "Merak ettiğim için soruyorum..."

"İhbar et istersen! Kımıldama! Bir adım atayım deme! Ateş ederim! Karını zehirledin! Biliyorum! Bir katilsin sen!"

"Maria Petrovna'yı benim zehirlediğimden emin misiniz?"

"Eminim! Sezdirmiştin bunu bana! Bir zehirden söz etmiştin... Biliyorum... Hatta kente gitmiştin bunun için... Hazırlanmıştın... Kesinlikle sensin! Alçak!"

"Söylediklerin doğru olsa bile, bunu senin yüzünden yapmışımdır... Yani sebep yine sensindir..."

"Yalan söylüyorsun! Ben senden hep, hep nefret ettim..."

"Lütfen böyle söylemeyin, Avdotya Romanovna! Kapıldığınız propaganda ateşi içinde nasıl kendinizden geçip bana yakınlık duyduğunuzu unutmuşsunuz anlaşılan... Gözlerinizden okumuştum bunu; hatırlıyor musunuz, geceleri, ay ışığı altında... bülbüller şakırken... hani?"

"Yalan!" Dunyanın gözlerinde çılgın pırıltılar vardı. "Yalan söylüyorsun, iftiracı!"

"Yalan mı? Peki, öyle olsun, yalan söylüyorum! Öyle ya, kadınlara böyle şeyler hatırlatılmamalı." Gülümsedi. "Ateş edebileceğini biliyorum, güzel canavar. Ne yapalım, edersen et!"

Dunya tabancayı kaldırdı. Yüzü ölü gibiydi. Beyazlaşmış alt dudağı titriyor, iri, siyah gözleri alev alev yanıyordu. Kararlıydı. Svidrigaylov'un yapacağı ilk hareketi bekliyor, onu kolluyordu. Svidrigaylov onu hiçbir zaman böyle güzel görmemişti. Tabancayı doğrulttuğu anda gözlerinde tutuşan ateş, onu yakmıştı sanki, yüreği sıkışır gibi olmuştu. Dunya'ya doğru bir adım attı, aynı anda bir patlama duyuldu. Saçlarını yalayıp geçen kursun, arkasındaki duvara saplandı. Svidrigaylov durdu, sessizce gülümseyerek:

"Arı soktu!" dedi. "Şuna bak, doğruca başıma nişan alıyor... Bu da ne? Kan!"

Sağ sakağından ince ince akan kanı silmek için mendilini çıkardı; kurşun, anlaşılan kafa derisini hafifçe sıyırmıştı. Dunya tabancayı indirdi. Korkudan çok tuhaf bir şaşkınlıkla bakıyordu Svidrigaylov'a. Ne yaptığını, neler olup bittiğini kendisi de anlamıyor gibiydi!

Svidrigaylov hâlâ gülümseyerek, "ama bu kez buruk bir gülümsemeydi bu" ve yavaşça:

"Karavana!" dedi. "Bir daha ateş edin, ben bekliyorum... Yalnız, dikkat edin, horozu kaldırmadan yakalayabilirim sizi!"

Duneçkâ titredi, hızla horozu kaldırdı, tabancayı doğrulttu.

"Bırakın beni!" dedi umutsuzca. "Yemin ederim, yine ateş edeceğim... Öldüreceğim sizi!"

"Ne yapalım, üç adımdan da öldüremeyecek değilsiniz ya... Ama öldüremezseniz... O zaman..."

Gözleri parladı, Dunya'ya doğru iki adım daha attı.

Dunya tetiği çekti, ama tabanca ateş almadı!

"İyi dolduramamışsınız! Neyse, zararı yok! Bir kapsül daha olacak tabancada, düzeltin, ben bekliyorum..."

Vahşi bir kararlılık okunan tutku dolu gözlerini üzerine dikmiş, Dunyanın iki adım ötesinde duruyordu. Dunya onun kendisini bırakmaktansa ölmeyi yeğleyeceğini anlamıştı. "Ve... ve hiç kuşku yok, şu anda kendisinden iki adım ötede duran bu adamı öldürecekti!"

Birden tabancayı fırlatıp attı.

Svidrigaylov şaşırarak:

"Tabancasını atta!" diye bağırdı, derin bir soluk aldı. Birden yüreğinden bir ağırlık kalkmış gibi oldu. Ancak bu, ölüm korkusunun yarattığı bir ağırlık değildi, zaten onun şu anda ölüm korkusu duyduğu söylenemezdi. Bu, bütünüyle kendisinin de belirleyemediği daha başka, acı verici, karanlık bir duygudan kurtuluştu.

Dunya'ya yaklaştı, kolunu yavaşça beline doladı. Dunya karşı koymadı, ama yaprak gibi titriyor, yalvaran gözlerle ona bakıyordu. Svidrigaylov bir şeyler söylemek istedi, dudakları kıvrıldı, ama konuşamıyordu.

Dunya yalvarırcasına:

"Bırak beni!" dedi.

Svidrigaylov titredi, bu senli seslenişte deminkilere benzemeyen bir şeyler vardı.

"Sevmiyor musun beni?" diye sordu Svidrigaylov usulca.

Dunya başını olumsuz anlamda salladı.

Svidrigaylov umutsuzluk içinde fısıldadı:

"Ve... sevemezsin de? Hiçbir zaman?"

"Hiçbir zaman..." diye fısıldadı Dunya.

Svidrigaylov'un ruhunda bir an süren sessiz ama korkunç bir çatışma oldu. Anlatılması zor bir bakışla bakıyordu Dunya'ya. Birden elini belinden çekti, döndü, hızla pencereye doğru yürüdü, arkası Dunya'ya dönük orda durmaya başladı.

Bir an ikisi de öylece durdular.

"İşte anahtar" dedi Svidrigaylov. Elini paltosunun sol cebine sokup çıkardığı anahtarı, dönüp geriye bakmadan arkasındaki masaya bıraktı. "Alın ve hemen gidin!"

Israrla pencereden bakıyordu. Dunya anahtarı almak için masaya yaklaştı.

Svidrigaylov "Çabuk olun! Çabuk olun!" diye tekrarladı. Hâlâ arkası dönüktü. Yalnız, "çabuk" sözcüğünü söyleyişinde korkunç bir şeyler vardı. Bunu Dunya da anlamıştı, anahtarı kaptığı gibi kapıya atıldı, kendini dışarı attı. Bir dakika sonra kanal boyundaydı; çılgın gibi X köprüsüne doğru koşmaya başladı.

Svidrigaylov birkaç dakika daha pencerenin önünde durdu, sonra ağır ağır döndü, çevresine bakındı ve yavaşça elini alnına götürdü. Yüzü tuhaf bir gülümsemeyle çarpılmıştı, zavallı, hüzün dolu, cılız bir gülümsemeydi bu; umutsuzluğun gülümsemesi...

Alnına götürdüğü eline yavaş yavaş pıhtılaşmaya başlayan kan bulaşmıştı. Eline bulaşan kana öfkeyle baktı, sonra havluyu ıslatıp şakağını temizledi. Birden Dunya'nın fırlatıp attığı ve ta kapının oraya yuvarlanmış olan revolver ilişti gözüne. Gidip aldı. Üç mermili, eski model, küçük bir cep tabancasıydı. İçinde iki kurşunla bir kapsül vardı. Bir kez daha ateş edebilirdi. Bir süre düşündükten sonra tabancayı cebine koydu ve şapkasını alıp dışarı çıktı.

V

Svidrigaylov bütün gece boyunca meyhane ve batakhaneleri dolaştı durdu. İlk buluştuğu da, alçak ve zalim bir adamın tacizlerini anlata anlata bitiremeyen Katya'yı bulmak oldu. Svidrigaylov Katya'ya, laternacı oğlana, meyhanedeki öteki şarkıcılara, garsonlara ve orada kafayı çekmekte olan iki yazıcıya içki ısmarladı. Bu iki yazıcıyla ilgilenmesinin tek nedeni, her ikisinin de burunlarının çarpık olmasıydı; birinin burnu sağa, ötekinin sola doğru çarpıktı. Svidrigaylov'u çok şaşırtmıştı bu. Sonunda yazıcılar önüne düşüp onu bir eğlence bahçesine götürdüler, giriş paralarını tabi Svidrigaylov ödedi. Bu "bahçe"de, üç yaşında, cılız bir çam ağacıyla üç çalıdan başka bir şey yoktu. Bir de, aslında meyhaneden başka bir şey olmayan, ama yeşil sandalyeleri ve masaları bulunan ve çay servisi de yapılan "dans salonu" vardı. Beş para etmez şarkıcılardan oluşan bir koroyla palyaço rolü oynayan, ama nedense yüzü çok hüzünlü, Münihli bir sarhoş Alman, halkı eğlendiriyordu. Bu arada Svidrigaylov'la gelen yazıcılar, burada başka birtakım yazıcılarla tartışmaya başladılar, iş nerdeyse kavgaya varacaktı. Svidrigaylov'u yargıç seçtiler. Ama öylesine bağırıyorlardı ki, Svidrigaylov onları bir çeyrek saat dinlediği halde, sorunun ne olduğunu anlayamadı. Aslında bütün hikâye, aralarından birinin bir şey çalmış olması ve bunu da hemen yanı başında bitiveren bir Yahudiye satmak fırsatını bulmasına rağmen, parayı arkadaşlarıyla bölüşmeye razı olmamasıydı. Sonunda söz konusu çalıntı eşyanın, dans salonuna ait bir çay kaşığı olduğu anlaşılmıştı. Dans salonunda durumun farkına varmışlar, kaşığın peşine düşmüşlerdi; iş bayağı büyümek üzereydi ki, Svidrigaylov kaşığın parasını ödedi ve bahçeden çıktı.

Saat ona gelmek üzereydi. Bütün bu süre içinde ağzına bir damla içki koymamıştı; yalnız, o da adet yerini bulsun diye, dans salonunda bir bardak çay istemişti. Boğucu, karanlık bir geceydi. Saat on sularında bütün gökyüzünü dört yandan saldıran bulutlar kapladı, gök gürledi, bardaktan boşanırcasına bir yağmur başladı. Sanki yağmur yağmıyor, sicimlerle yer kamçılanıyordu. Art arda şimşekler çakıyor, her çakış beş sayacak kadar sürüyordu. Svidrigaylov evine vardığında iliklerine kadar ıslanmıştı, hemen odasına kapanıp kapıyı üzerinden kilitledi, çalışma masasından bütün parasını çıkardı, birtakım kâğıtları yırttı, paraları cebine soktu. Elbiselerini değiştirmek istedi, ama pencereden bakıp da aynı şiddette yağan yağmuru görünce, elini sallayıp vazgeçti.

Şapkasını aldı, kapısını kapamadan çıktı, doğruca Sonya'nın odasına gitti.

Sonya odasındaydı, ancak yalnız değildi. Kapernaumovlar'ın dört küçüğünü dizinin dibine oturtmuş, onlara çay içiriyordu. Svidrigaylov'u sessiz, saygılı karşıladı, üzerindeki sırsıklam olmuş elbiselere şaşkınlıkla baktı, ama hiçbir şey söylemedi: Çocukların dördü de anlatılmaz bir korkuyla hemen kaçıştılar.

Svidrigaylov geçip masaya oturdu, Sonya'ya da yanına oturmasını rica etti. Sonya ürkek ürkek onu dinlemeye hazırlandı.

"Sonya Semyonovna, ben belki de Amerika'ya gideceğim" dedi Svidrigaylov. "Böylece, sizinle belki de son kez görüşüyor olduğumuz için, size bazı şeyleri söylemeye geldim. Bugün o kadını gördünüz mü? Onun size neler söylemiş olabileceğini tahmin ediyorum, anlatmanıza gerek yok (Sonya bir şey söylemek için davranmıştı, kızardı) Onun gibilerin belli bir kafa yapıları vardır. Öksüzlere gelince, hepsi yerlerine yerleştirilmiş, adlarına ayrılan para da, her biri için ayrı ayrı, imza karşılığı olarak gereken yerlere, güvenilir ellere teslim edilmiştir. Ama siz bu makbuzları yine de alın. Buyurun! Evet, böylece bu iş bitmiş oluyor! Üç bin ruble tutarındaki yüzde beşlik şu üç tahvili de alın. Bunlar sizindir. Ve bu iş aramızda kalacak, hiç kimse hiçbir şey bilmeyecek. Bu para size gerekecek Sonya Semyonovna, çünkü eskisi gibi yaşamanız çok kötü bir şey, zaten öyle yaşamanıza da gerek yok artık."

"Öksüzlere, rahmetliye yaptıklarınız için size öyle borçluyum ki; eğer bugüne kadar bu gönül borcumu size yeterince belirtemediysem, sanmayın ki..."

"Bırakın bu lafları, Sonya Semyonovna..."

"Bu verdiğiniz paralara gelince, Arkadiy Ivanoviç, size çok, çok teşekkür ederim, ama benim bu paralara ihtiyacım yok. Ben bir başıma nasıl olsa kendime bakabilirim, nankörlük olarak nitelemeyin, ama bu kadar iyiliksever olduğunuza göre, bu paraları..."

"Size, bu paralar Sonya Semyonovna, size... Ve artık bu konuyu kapatalım, çünkü zamanım çok az. Hem, bu paralar size gerekecek. Rodion Romanoviç'in önünde iki yol var; ya beynine bir kurşun sıkacak, ya Sibirya yollarını tutacak! (Sonya ona gözlerinde vahşi bir pırıltıyla baktı ve titredi) içiniz rahat olsun, her şeyi biliyorum, kendisinden duydum, ama geveze bir adam değilimdir, kimseye bir şey söylemeyeceğim. O gün, gidip kendisinin itiraf etmesi gerektiğini söylemekle çok iyi ettiniz. Böylesi kendisi için çok daha iyi olur. Sibirya'ya gönderildiğinde, siz de onun ardından gideceksiniz, öyle değil mi? öyle değil mi? Böyle olduğuna göre, demek ki bu para size gerekecek. Onun için gerekecek, anlıyor musunuz? Bu parayı size vermekle, ona vermiş oluyorum. Kaldı ki, Amaliya Ivanovna'ya da borçlarınızı ödemeye söz verdiniz, kendim kulaklarımla duydum. Neden böyle gereksiz sorumlulukları üzerinize alıyorsunuz Sonya Semyonovna? O Alman karıya borçlu olan Katerina Ivanovna'ydı, siz değil! Tükürün gitsin o dangalak Alman'a! Size ne! İhsan böyle yaşayamaz ki! Yarın bir gün gelip birileri size benimle ilgili bir şeyler sorarsa ki soracaklardır, size geldiğimi, bu paraları verdiğimi kesinlikle söylemeyin! Eh, şimdilik Allaha ısmarladık." Svidrigaylov iskemlesinden kalktı, "Rodion Romanoviç'e selamlarımı söyleyin. Aklıma gelmişken; paraları geçici olarak Bay Razumihin'e verebilirsiniz. Bay Razumihini tanıyor musunuz? Herhalde tanıyorsunuzdur... Aklı başında bir çocuk. Yarın ya da sizce uygun olacak bir gün paraları ona götürün. O zamana kadar da iyi saklayın!"

Sonya da iskemlesinden kalktı. Svidrigaylov'a korkuyla bakıyordu. Bir şeyler söylemek, bir şeyler sormak için müthiş bir istek duyuyordu, ama buna başlangıçta cesaret edememişti, şu andaysa nasıl başlayacağını bilemiyordu.

"İyi ama... siz şimdi... siz şimdi bu yağmurda nasıl gideceksiniz?"

"Adam hem Amerika'ya gitmeye niyetlenecek, hem de yağmurdan korkacak, ha! Hah-hah-ha! Allaha ısmarladık Sonya Semyonovna, canım benim, yaşayın, çok yaşayın, çünkü siz başkalarına gereklisiniz... Aklıma gelmişken: bay Razumihin'e selam söyleyin. Muhakkak söyleyin ama: Arkadiy Ivanoviç Svidrigaylov'un selamı var, deyin..."

Sonya'yı şaşkınlık, korku ve kuşkuya benzer ağır bir duygu içinde bırakarak çıkıp gitti.

Sonradan anlaşıldığına göre Svidrigaylov o gece, saat on bire doğru çok tuhaf ve beklenmedik bir ziyarette daha bulundu. Yağmur hâlâ yağıyordu. Svidrigaylov on biri yirmi geçe Vasilyevski adasında, nişanlısının ana babasının üçüncü hattaki Malaya caddesinde bulunan evlerine yağmurdan sırsıklam ıslanmış olarak girdi. Kapıyı ısrarlı bir çalıştan sonra açtırabildi, gelişi büyük bir şaşkınlık yarattı, ama Arkadiy Ivanoviç istediği zaman öylesine kibar davranabilen bir insandı ki, nişanlısının sağduyulu, aklı başında ana babasının, onun buraya gelmeden önce bir yerlerde kendini bilmeyecek kadar kafayı çektiğine dair ilk tahminleri (son derece zekice olmakla birlikte) kendiliğinden suya düştü. Nişanlısının yufka yürekli ve akıllı annesi kötürüm aile reisini koltuğu üzerinde Arkadiy Ivanoviç'in önüne sürdü ve her zamanki gibi dolaylı birtakım sorulara başladı. Bu kadın hiçbir şeyi doğrudan sormazdı. Önce gülümser, ellerini ovuşturur, sonra bir şeyi, diyelim Arkadiy Ivanoviç'in düğünü ne zaman yapmayı düşündüğünü öğrenmek istiyorsa; Paris'e, Paris'in saray yaşantısı üzerine sanki bunlar onun için yaşamsal şeylermişçesine büyük bir merak ve doymazlıkla sorular sorar, ancak ondan sonra dolaşa dolaşa Petersburg'a, Vasilyevski adasının üçüncü hattına gelirdi. Başka bir zaman olsa Arkadiy Ivanoviç bunları büyük bir saygıyla dinlerdi, ama bu kez nedense fazlaca sabırsızdı, geldiğinde nişanlısının uyumakta olduğunu söylemelerine rağmen onu görmekte direndi. Tabii nişanlısı geldi, Arkadiy Ivanoviç de lafı gevelemeden, nişanlısına çok önemli bir durum dolayısıyla bir süre için Petersburg'dan ayrılmak zorunda olduğunu, bu nedenle de, düğünden önce ona armağan etmeyi zaten tasarladığı on beş bin gümüş ruble tutarındaki şu tahvilleri, kendisinin değersiz bir armağanı olarak kabul etmesini rica etti. Bu armağanla, Petersburg'dan bu acele ayrılış arasında ne gibi bir ilişki bulunduğu, hele de gece yarısı ve yağmurda bu armağanları vermek için ta buralara kadar gelmeyi gerektiren ne gibi ertelenemez zorunluluklar bulunduğu bu açıklamayla hiç de aydınlanmış olmuyordu, ama her şey son derece yolunda gitti. Hatta böylesi durumlarda kaçınılmaz olan birtakım ahlar, oflar, şaşırmalar, sorular, cevaplar olağanüstü bir ölçülülük ve olgunluk havası içinde geçiştirildi. Buna karşılık minnet duyguları en ateşli sözlerle dile getirildi, hatta akıllı annenin gözyaşlarıyla perçinlendi. Arkadiy Ivanoviç kalktı, gülümsedi, nişanlısını öptü, yanaklarını okşayarak yakında döneceğini söyledi. Kızın gözlerinde çocukça bir merakla beraber çok ciddi ve sessiz bir soru vardı; Arkadiy Ivanoviç bunu fark edince, biraz düşündü, kızı yeniden öptü, bu arada da verdiği armağanın korunmak üzere hemen akıllı annenin çekmecesine kilitleneceğini düşünerek bayağı canı sıkıldı. Sonunda ev halkını büyük bir heyecan içinde bırakarak çıkıp gitti. O çıkar çıkmaz yufka yürekli anne fısıltıyla ve çabuk çabuk konuşarak kuşkulu görünen bazı önemli noktaları açıklamaya koyuldu: Arkadiy Ivanoviç büyük bir adamdı, önemli işleri ve ilişkileri vardı, zengindi; kafasında ne olduğunu Allah bilirdi, gideceği tutmuş, gitmişti, nişanlısına para vereceği tutmuş, vermişti, demek ki bunlarda şaşılacak bir şey yoktu. Tabii böyle iliklerine kadar ıslanmış olması biraz tuhaftı, ama mesela İngilizler daha da tuhaf insanlardı; hem zaten bu yüksek sosyete insanlar kendileri için neler söylendiğine aldırış etmezler, resmiyetten hoşlanmazlardı. Belki de hiç kimseyi takmadığını göstermek için özellikle böyle dolaşıyordu. En önemlisi de bundan hiç kimseye söz etmemeliydiler, çünkü bu işin altından ne çıkacağını Allah bilirdi. Paralara gelince hemen bir yere kilitlemeliydiler; bütün bu süre içinde Feodosya'nın mutfakta bulunması da çok ama çok iyi olmuştu; en önemlisi de, ne şu Resslich denilen sahtekâr kadına, ne de başka birisine, kimseye, hiç ama hiç kimseye hiçbir şey söylememeliydiler... Sabahın ikisine kadar böylece fısıldadılar. Ama nişanlı kız, biraz şaşkın, biraz üzgün, çok daha erken gidip yattı. Burada Svidrigaylov tam gece yarısı, X köprüsünü geçmiş, Petersburg yakasına doğru gidiyordu. Yağmur dinmişti, ama rüzgâr uğuldamaya devam ediyordu. Titremeye başladı. Bir dakika kadar özel bir ilgi, hatta kafasında bir soruyla küçük Neva'nın karanlık sularına baktı; ama böyle durup suya bakınca üşüdüğünü hissetti, dönerek X caddesine doğru yürümeye başladı. Bitmez tükenmez X caddesi boyunca uzun süre, nerdeyse yarım saat kadar yürüdü; tahta kaldırımlarda pek çok kez tökezlemesine rağmen, caddenin sağ yanında bulunması gereken bir yeri büyük bir ilgi ve dikkatle aramaya devam ediyordu. Birkaç gün önce buradan geçerken, caddenin sonlarına doğru bir yerde, tahtadan ama büyükçe bir otel bulunduğunu fark etmişti: Otelin adı da Adrianopol gibi bir şey olacaktı. Evet, yanılmıyordu; Otel, bu ıssız yerde öylesine göze çarpacak bir noktada bulunuyordu ki, karanlıkta bile bulunamaması imkânsızdı. Bu, dış yüzü kararmış, uzun, tahta bir yapıydı: saat gece yarısını geçmiş olmasına rağmen lambaları yanıyor, içerde bir canlılık seziliyordu. İçeri girip koridorda rastladığı partal kılıklı bir adamdan oda istedi. Adam onu şöyle bir süzdükten sonra canlandı, koridorun sonunda, merdiven altına gelen yerde daracık, havasız bir oda gösterdi. Bundan başka boş oda yoktu, ötekilerin hepsi doluydu. Partal kılıklı adam soran gözlerle bakıyordu.

"Çay var mı?" diye sordu Svidrigaylov.

"Kolay, yaparız."

"Başka ne var?"

"Dana eti, votka, meze."

"Dana etiyle çay getir."

Adam, bu işe pek aklı ermemiş gibi:

"Başka bir şey istemiyor musunuz?" diye sordu.

"Hayır, başka hiçbir şey istemez!"

Adam tam bir hayal kırıklığı içinde uzaklaştı.

"Güzel bir yer olmalı" diye düşündü Svidrigaylov. "Nasıl oldu da ben bunu bilemedim... Benim de geçmiş gibi bir görünüşüm var... Doğrusu çok ilginç, bu otelde kimler kalıyor acaba?"

Mumu ateşledi. Odayı gözden geçirmeye başladı. Burası, onun gibi birinin güçlükle ayakta durabileceği, küçücük, kafes gibi bir odaydı; bir pencere, çok pis bir yatak, basit, boyalı bir masa ve bir sandalye bütün odayı kaplıyordu. Duvarlar uyduruk birkaç tahtayla çırpıştırılıvermiş gibiydi ve çok eski bir duvar kâğıdıyla kaplıydı; duvar kâğıdı öylesine kirli, öylesine delik deşikti ki, rengi (sarı) hâla seçilebilmekle birlikte, üzerindeki desenleri ayırt edebilmek imkânsızdı. Duvarla tavanın bir bölümü, tavan arası odalarında olduğu gibi eğimliydi. Yalnız burada yukarıdan merdiven geçiyordu. Svidrigaylov mumu bırakıp yatağa oturdu ve düşünceye daldı. Ama bitişik odadan gelen ve arada bir bağırmaya dönüşen sürekli bir fısıltı sonunda dikkatini çekti. Odaya girdiğinden beri vardı bu fısıltı. Kulak kabarttı; biri sövüyor, ağlamaklı bir sesle birine serzenişte bulunuyordu, ama yalnız bir ses duyuluyordu. Svidrigaylov yerinden kalkıp, eliyle mumun, ışığını kapattı. Duvarda hemen bir yarık aydınlandı, gözünü dayayıp bakmaya başladı. Kendisininkinden biraz daha büyük bir odaydı burası ve içerde iki kişi vardı. Bunlardan biri ceketsiz, son derece kıvırcık saçlı, kırmızı yüzlü bir adamdı, yüzünü ateş basmış gibiydi. Tıpkı söylev verir gibi ayakta duruyor, dengesini yitirmemek için bacaklarını ayırmış, göğsünü yumruklayarak karşısındakine heyecanlı bir konuşma yapıyordu. O bir dilenciydi, rütbesi bile yoktu, onu içinde bulunduğu çamurdan kendisi çekip çıkarmıştı, canı ne zaman isterse onu kovabilirdi ve bütün bunları bir tek Allah görüyordu. Kendisine serzenişte bulunulan adamsa bir iskemlede oturuyordu. Duruşunda, hapşırmak isteyen ama bir türlü hapşıramayan bir insan hali vardı. Arada bir bulanık, koyunsu gözlerle söylev veren arkadaşına bir göz atıyordu, ama onun neden söz ettiğini bile anlamadığı apaçıktı, hatta onu duyup duymadığı bile kuşkuluydu. Masanın üzerinde bitmek üzere olan bir mum, hemen hemen boşalmış bir votka sürahisi, kadehler, ekmek, bardaklar, hıyar turşusu ve bir çay takımı duruyordu; çay çoktan içilmişti. Svidrigaylov bitişik odayı bir süre dikkatle izledikten sonra, duvardan ilgisizce uzaklaştı ve yeniden yatağının üzerine oturdu.

Bu sırada dana eti ve çayla gelen partal kılıklı adam, bir kez daha "başka bir şey isteyip istemediğini" sordu, yine olumsuz cevap alınca büsbütün çekilip gitti. Svidrigaylov ısınmak için hemen çaya sarıldı, doldurup bir bardak içti, hiç iştahı olmadığı için yemeğe el sürmedi. Görünüşe bakılırsa bir nöbet başlıyordu onda. Paltosunu, ceketini çıkardı, yatağa yatıp yorgana sarındı. Canı sıkılmıştı, 'Şu anda sağlıklı olmam, başka her zamankinden çok daha iyi olurdu' diye düşündü, gülümsedi. Odanın boğucu bir havası vardı, mum donuk bir ışık veriyor, dışarıda rüzgâr uğulduyor, köşede bir fare bir şeyler kemiriyordu, zaten bütün odada fare ve deri kokusuna benzer bir koku vardı. Yatıyor ve kafasında birbirini kovalayan düşünceler, hayal kuruyordu. Bu düşüncelerden yalnız birine saplanıp kalmayı istiyordu. Tencerenin altında bir bahçe olmalı' diye düşündü, 'ağaçlar uğulduyor; fırtınada, hele de geceleri, karanlıkta ağaç uğultusunu hiç sevmem! Çok kötü bir duygudur bu!' Demin Petrovski Parkının oradan geçerken içinde nasıl tiksintiye benzer bir şeyler duyduğunu hatırladı. Derken X köprüsünü, oradan Küçük Neva'ya bakışını hatırladı, köprüden suya bakarken duyduğu soğuk ürpertiyi yeniden duyar gibi oldu. 'Ben suyu hiç sevmemişimdir, manzara resimlerinde bile...' diye düşündü ve birden aklına gelen tuhaf bir düşünceye gülümsedi: Oysa şu anda konfor, estetik gibi şeyler benim için önemli olmamalı... Böylesi durumlarda ne yapıp edip kendine bir yer seçen vahşi bir hayvan gibi, daha güç beğenir, daha titiz olmak da nerden çıktı şimdi? Şu anda özellikle Petrovski'de bulunmalıydım, ama anlaşılan burayı karanlık ve soğuk bulmuş olacağım!.. Hah-hah-ha! İnsan iyi durumlar istiyor nedense! Şu mumu ne diye söndürmüyorum sanki? (Üfleyip mumu söndürdü) Komşularım yatmışlar duvardaki yarıkta ışık görünmüyordu. 'Ah be Maria Petrovna, işte şimdi gelmeliydiniz, ortalık karanlık, yer uygun, yaşanılan an çok orijinal. Ama asıl şimdi gelmezsiniz!'

Birden, Duneçka için tasarladıklarını uygulamaya geçmeden bir saat önce, Raskolnikov'a, kız kardeşini Razumihin'e emanet etmesini öğütleyişini hatırladı. 'Aslında ben bunu galiba kendimi kışkırtmak için söyledim. Raskolnikov da çok iyi anladı bunu... Az hergele değil şu Raskolnikov! İyi uğraştı doğrusu! Ama insan ancak zamanla büyük hergele olabilir, hiçbir şeyi iplemeyerek... Oysa o nasıl da yaşamak istiyor! Bu noktada insanlar doğrusu çok alçak oluyorlar! Neyse, bana ne! Hepsinin Allah belasını versin!

Bir türlü gözünü uyku tutmuyordu. Gözünde deminki haliyle Duneçka canlanmaya başladı ve birden bütün vücudu bir titremeyle sarsıldı. Kendine gelerek, "Hayır" diye düşündü, bu hayali bir yana bırakmalı, başka şeyler düşünmeliyim. Hem tuhaf, hem de gülünç, ben hiç kimseden ölesiye nefret etmedim, hatta hiç kimseden öç almak için yanıp tutuşmadım... Bu kötü bir belirti! Tartışmayı, kızıp köpürmeyi de sevmezdim... Bu da kötü bir belirti! Vay anasına!.. Demin amma sözler verdim!.. Ama kim bilir, bir başka şekil verebilirdi belki bana.' Dişlerini sıktı. Yeniden Duneçka'nın hayali belirdi gözlerinin önünde. İlk kez ateş ettikten sonraki o büyük korkusuyla, tabancayı indirmiş, yüzü ölü gibi sarı, ona bakıyordu. Svidrigaylov isteseydi o sırada, onu iki kez yakalayabilir ve eğer kendisi hatırlatmasaydı, kız korunmak için elini bile kaldıramazdı. O anda Dunya'ya nasıl acıdığını, yüreğinin nasıl sıkışır gibi olduğunu hatırladı. 'Allah kahretsin! Yine aynı düşünceler! Kurtulmalıyım bunlardan, kurtulmalıyım!'

Artık uykuya dalmak üzereydi; nöbet titremeleri yavaş yavaş diniyordu. Birden, yorganın altında, kollarının, bacaklarının üzerinde bir şeyin dolaştığını duyar gibi oldu. Titredi: 'Allah kahretsin! Fare olacak ha!' diye düşündü. "Dana etini masanın üzerinde bırakmıştım...' Yataktan kalkmayı, sıcacık sarındığı yorgandan çıkıp üşümeyi canı istemiyordu, ama birden bacağında ürkütücü bir sürtünme duydu; yorganı üzerinden attı, mumu yaktı. Sıtma titremeleri içinde eğilip yatağa bakmaya başladı. Hiçbir şey yoktu. Yorganı silkeledi, birden çarşafın üzerine bir fare düştü. Hemen yakalamak için üzerine atıldı, ama fare şimşek hızıyla zikzaklar çizerek, parmakları arasından kayıyor, elinden kaçıp kurtuluyordu. Yine de yataktan kaçmamıştı. Sonunda yastığın altına gizlendi. Svidrigaylov yastığı kaldırıp attı, ama birden koynuna bir şeyin sıçradığını, gömleğinin altında, sırtında, bütün vücudunda gezindiğini duydu. Sinirden titreyerek uyandı. Oda karanlıktı. Yatakta, deminki gibi yorganına sıkıca sarınmış olarak yatıyordu. Pencerenin altında rüzgâr uğuldamaya devam ediyordu. Can sıkıntısı içinde, "Kötü!" diye düşündü.

Kalktı, arkası pencereye dönük olarak yatağın kenarına oturdu. "En iyisi hiç uyumamak' diye geçirdi içinden. Ama pencereden ıslak bir soğuk geliyordu. Yerinden kalkmadan yorgana uzandı, üzerine çekip iyice sarındı. Mumu yakmadı. Hiçbir şey düşünmüyor, düşünmek de istemiyordu, ama kafasının içinde birtakım hayaller, başsız ve sonsuz birtakım düşünce kırıntıları parlayıp sönüyordu. Sanki yarı uykuda gibiydi. Soğuk, karanlık ve ıslaklıktan mı, yoksa pencerenin altında ağaçları sallayan rüzgârdan mı, nedense hep fantastik birtakım istekler duyuyordu içinde. Ama en çok çiçekler geliyordu gözlerinin önüne. Göz kamaştırıcı bir manzara vardı karşısında. Aydınlık, pırıl pırıl bir gün; ılık, hatta sıcak denebilecek bir Paskalya günü... Dört bir yanı çiçek tarhlarıyla çevrili İngiliz üslubunda güzel, gösterişli bir villa... Merdivenlerine sarmaşık gülleri serilmiş... Üzerinde göz alıcı bir halı serili bulunan aydınlık, serin merdivenlerin iki yanına, içlerinde nadir çiçeklerle Çin saksıları sıralanmış... Pencere kenarlarındaki içleri su dolu saksılarda, çevreyi nefis kokulara boğan, uzun saplı, beyaz, nazenin nergisler özellikle dikkatini çekiyor... Canı bunlardan hiç ayrılmak istemiyor, ama yine de merdivenlerden çıkarak yüksek tavanlı, geniş bir salona giriyor... Burada da, pencerelerde, terasa açılan kapının yanında, terasta, her yerde, her köşede çiçekler var... Yere, yeni biçilmiş, taze, kokulu çimler serpilmiş... Pencereler açık... Tatlı, serin bir rüzgâr esiyor... Pencerelerin altından kuş cıvıltıları duyuluyor... Salonun ortasında, beyaz atlasla örtülü bir masanın üzerinde bir tabut var... Tabut, kenarlarına beyaz ve çok sık saçaklar dikilmiş Napoli ipeklisiyle kaplı... Her yanına çiçekler serpilmiş... Tabutun içinde, çiçekler arasında, beyaz tüller giyinmiş bir kız çocuğu var... Mermerden yapılmışa benzeyen kollarını göğsünde kavuşturmuş... Açık sarı, dağınık saçları ıslak... Başını güllerden örülmüş bir taç süslüyor... Adeta sertleşmiş, ciddi yüzü de mermerden yontulmuş gibi... Ama solgun dudaklarında hiç de çocuksu olmayan ve sınırsız bir acıyı, sonsuz bir yakınmayı dile getiren bir gülümseme var... Svidrigaylov bu çocuğu tanıyor... Tabutun çevresinde ne kutsal tasvirler, ne de yanan mumlar var... Dua da duyulmuyor... Kendini suya atarak intihar etmiş bir kız bu... On dört yaşında daha... Meleklerinki kadar temiz ruhunda layık olmadığı bir utancı duymuş, çocuk bilincini dehşete boğan bir aşağılanmayı yaşamış, yüreği parça parça olmuş... Ve ondan yükselen son umutsuz çığlığı kimseler duymamış; rüzgârlı, karanlık, soğuk, ıslak bir gecede, kendini sulara bırakıvermiş...

Svidrigaylov kendine geldi, yataktan kalkıp, pencereye gitti. El yordamıyla bulduğu sürgüyü çekip pencereyi açtı. Rüzgâr bir anda küçücük odasını doldurdu, buzdan iğnecikler halinde yüzüne, bir tek gömlekle örtülü göğsüne saldırdı. Pencerenin altında gerçekten de bahçeye, hem de eğlence bahçesine benzer bir yer vardı. Gündüzleri birtakım şarkıcılar şarkı söylüyor, küçük masalarda çay içiriyor olsa gerekti. Şimdiyse ağaçlardan ve çalılardan pencereye su damlacıkları uçuşuyordu. Her yer öylesine karanlıktı ki, eşyalar bile ancak belli belirsiz lekeler halinde seçilebiliyordu. Svidrigaylov dirsekleri pervaza dayalı, hafif eğilmiş, beş dakikadan beri dışarısını seyrediyor, kendini bu koyu karanlıktan koparamıyordu. Birden gecenin içinden bir top sesi gürledi, bunu bir ikincisi izledi.

'İşaret veriliyor! Sular yükseliyor anlaşılan diye düşündü. 'Sabah alçak semtleri, yolları, mahzenleri, bodrumları sular basacak, bodrum fareleri kaçışacak, birtakım insanlar, sulardan sırılsıklam, yağmur ve rüzgâr altında söve saya eşyalarını üst katlara taşıyacaklar... Saat kaç oldu acaba? Tam saatin kaç olduğunu düşündüğü sırada, yakında bir yerden bir duvar saati, sanki çok acelesi varmış gibi telaş telaşa, olanca gücüyle üçü vurdu. "Demek üç! Bir saat sonra hava aydınlanacak! Ne diye bekliyorum ki! Hemen şimdi çıkıp doğruca Petrovski'ye gideyim, yağmurla yüklü koca bir çalı bulayım orada... Öyle bir çalı ki, omzumla şöyle hafifçe dokunuverince, başıma milyonlarca su damlacığı dökülsün!' Pencereyi kapadı, mumu yaktı, yeleğini, paltosunu giydi, şapkasını alıp elinde mumla koridora çıktı; odalardan birinde, bir sürü döküntünün ve mum artıklarının arasında uyumakta olan partal kılıklı adamı bulup odanın parasını vererek otelden ayrılmak istiyordu. "En uygun zaman, bundan daha iyisi olamaz!'

Uzun ve dar koridor boyunca epeyce bir süre dolaşmasına rağmen hiç kimseye rastlamadı; tam bağırarak adamı çağırmaya niyetlenmişti ki, birden eski bir dolapla kapının arasında kalan karanlık bir köşede tuhaf bir şey gördü. Bir canlıya benziyordu bu. Mumu yaklaştırarak baktı; sırılsıklam olmuş entarisi içinde titreyerek ağlamakta olan beş yaşında bir kız çocuğu gördü. Kız Svidrigaylov'dan korkmamış gibiydi, ama iri, kara gözlerinde şaşkınlık vardı; uzun süre ağlamış, ama artık susmuş, hatta yatışmaya başlamış, ama yine de hemen ağlamaya hazır çocuklar gibi, arada bir kesik kesik hıçkırıyordu. Sapsarı ve bitkin bir yüzü vardı. Soğuktan donmuştu. 'İyi ama nasıl gelmiş bu buraya? Anlaşılan gelip gizlenmiş ve bütün gece de uyumamış.' Soru sorunca kız canlandı çocuk dilinde cevaplar vermeye başladı: "anne onu dövecekti, çünkü bir "fimcan" (fincan) "kırmıştı" Durmamacasına anlatıyordu; söylediklerinden anlaşıldığına göre, evde sevilmiyordu. Annesi durmadan, kafayı çeken ve herhalde bu otelde aşçılık eden bir kadındı, onu dövüyor ve korkutuyordu. Kızcağız annesinin fincanını kırdığı için o kadar korkmuştu ki, akşam evden kaçmış, dışarıda, yağmur altında kalmış, en sonra da bir yolunu bulup buraya girerek, karanlıktan, üşümekten ve yiyeceği dayağın korkusundan ağlayarak, bütün geceyi bu dolabın arkasında geçirmişti. Svidrigaylov kızı kollarına alarak odasına götürdü, yatağının üzerine oturttu ve soymaya başladı. Çıplak ayaklarındaki delik pabuçlar bütün gece suyun içinde kalmışçasına ıslanmıştı. Svidrigaylov kızı soyduktan sonra yatağına yatırdı, yorganla sımsıkı sardı; yavrucak hemen uyudu. Svidrigaylov da, yüzü bir karış, yeniden düşünceye daldı.

'Yine başıma iş aldım?' diye düşündü öfkeyle. Ne saçma bir durum!' Partal kılıklı adamı ne olursa olsun bulup otelden çıkmak için yeniden mumu aldı, tam kapıyı açıp çıkacağı sırada bir küfür savurup, 'Eh, be kızcağız!' diye düşündü; uyuyup uyumadığını anlamak için geri döndü. Yorganı dikkatle kaldırıp baktı: kızcağız derin, rahat, bir uykudaydı. Yorgan onu ısıtmış, solgun yanaklarını bir kızıllık kaplamıştı. Ama tuhaf şey çocuk yanaklarında genel olarak görülene pek benzemeyen, daha parlak, daha güçlü bir kızıllıktı bu. "Nöbet kızıllığı" diye düşündü Svidrigaylov. Şarap kızıllığı gibi bir şeydi bu; sanki koca bir bardak şarap içirmişlerdi ona. Kıpkırmızı dudakları sanki alev alev yanıyordu... Ama bu da nesi? Birden kızın uzun, kara kirpiklerinin kımıldar gibi olduğunu, göz kapaklarının hafifçe kalkarak kurnaz, çapkın ve hiç de çocuksu olmayan bir çift gözün kırpılır gibi olduğunu fark etti, kız uyumuyor da, uyur gibi yapıyordu sanki. Gerçekten de böyleydi bu; dudaklarına bir gülümseme yayılıyor, gülmemek için kendini tutuyormuşçasına dudak uçları titriyordu. Ama işte kendini tutmayı falan bıraktı: açıkça gülüyordu artık; çocuklukla hiç ilgisi olmayan bu yüzde, kışkırtıcı, küstah bir ışık tutuşuyordu. Bu bir fahişe yüzüydü. Fransız fahişe Kamelyanın küstah yüzü... işte, gizlenmeye iyice boş verdi ve iki gözünü birden açtı: yakıcı, utanmaz bakışları onu kendine çağırıyor, gülüyordu... Bu gülüşte, bu gözlerde, çocuğun yüzündeki bütün bu iğrençliklerde sınırsız bir çirkinlik vardı. Svidrigaylov gerçek bir dehşet duygusuyla. "Bu... ama bu nasıl olur?" diye mırıldandı. "Daha beş yaşında bu çocuk!.." Bu arada kız alev alev yanan yüzünü ona çevirmiş, kollarını açmıştı... Svidrigaylov dehşet içinde, "Seni lanet!" diye bağırarak elini kıza doğru kaldırmıştı ki... uyandı.

Yatağında, yorganına sımsıkı sarınmış, yatıyordu. Mum yanmıyordu, ama pencereler artık gün ışığıyla aydınlıktı.

Gece değil, bir karabasandı! diye düşündü. Bütün vücudu kırılmış gibiydi; öfkeyle yatağından doğruldu; kemikleri sızlıyordu. Dışarıda yoğun bir sis vardı, hiçbir şey seçilmiyordu. Beşe gelmek üzereydi saat. Uyuyakalmıştı! Kalkıp, hâlâ ıslak yeleğini, paltosunu giydi. Cebindeki tabancayı yokladı, çıkarıp kapsülünü düzeltti, sonra oturdu, not defterini çıkarıp, ilk sayfasına koca koca harflerle bir şeyler karaladı. Yazdıklarını okuduktan sonra, dirseğini masaya dayayarak düşünceye daldı. Tabanca ve not defteri masanın üzerinde, dirseğinin dibinde duruyordu. Uyanan sinekler, masada el sürülmeden duran dana etine konmaya başlamışlardı. Uzun uzun baktı sineklere, sonra serbest olan sağ eliyle sinek avlamaya başladı. Epeyce uğraşmasına rağmen bir tane bile sinek yakalayamadı. Sonunda nasıl bir işle uğraştığını fark ederek kendine geldi, titredi, yerinden kalkarak kararlı adımlarla odasından çıktı. Bir dakika sonra sokaktaydı.

Kentin üzerine yoğun, süt gibi beyaz bir sis çökmüştü. Svidrigaylov, çamurlu, kaygan tahta kaldırımlar üzerinden küçük Nevaya doğru yürüdü. Bir an Küçük Nevanın gece yükselen suları, Petrovski adası, ıslak yollar, ıslak ağaçlar ve çalılar, son olarak da, o çalı canlandı gözünün önünde. Başka bir şeyler düşünebilmek için can sıkıntısıyla evlere bakmaya başladı. Ne gelip geçen birisi, ne bir arabacı, kimseler yoktu yollarda. Pancurları kapalı, açık sarı ahşap evlerin kirli ve sıkıntılı bir görünüşü vardı. Soğuk ve rutubetten titremeye başlamıştı. Arada bir rastladığı bakkal ve manav tabelalarını büyük bir dikkatle okuyordu, işte tahta kaldırımlı yol bitmişti. Kocaman, taş bir yapının önündeydi. Soğuktan tir tir titreyen pis bir köpek, kuyruğunu bacakları arasına sıkıştırmış, koşarak yanından geçti. Leş gibi sarhoş bir adam, kaputuna sarınmış, yüzükoyun kaldırımın üzerinde yatıyordu. Svidrigaylov ona şöylece bir bakıp yoluna devam etti. Birden solunda yangın kulesini gördü. İşte burası çok iyi! diye düşündü. Ne diye Petrovski'ye gideceğim ki? Hiç değilse resmi bir tanık önünde olur... Nerdeyse gülecekti bu düşüncesine... X caddesine saptı. Yangın kulesi buradaydı.

İtfaiye binasının kocaman kapısı önünde, üzerinde gri bir asker kaputu, başında Achilles miğferi, sırtını kapıya dayamış ufak tefek bir adam duruyordu. Uykulu gözlerle yan yan kendine doğru gelen Svidrigaylov'a baktı. Yüzünde, bütün Yahudi ırkında buruk bir iz bırakan yüz yıllık hırçınca bir keder vardı. Svidrigaylov ve Achilles, konuşmadan bir süre birbirlerini süzdüler. Sarhoş da olmadığı halde, bir adamın kendinden üç adım ötede durup hiç konuşmadan yüzüne bakıp durması, sonunda Achilles'e aykırı geldi. Yerinden kıpırdamadan:

"Hey, siz" diye seslendi, "ne istiyorsunuz?"

"Bir şey istemiyorum, kardeş! Merhaba!"

"İstediğin yer burası değil."

"Ben, kardeş, yabancı bir diyara gidiyorum."

"Yabancı diyar?"

"Yabancı diyar ya... Amerika."

"Amerika?"

Svidrigaylov cebinden revolveri çıkardı, horozunu kaldırdı. Achilles kaşlarını kaldırarak:

"Burası şaka yapılacak bir yer değil!"

"Neden değil?"

"Değil de ondan."

"Hiç fark etmez be kardeş! İyi bir yer burası. Sorarlarsa, Amerika'ya gitti dersin."

Namluyu sağ şakağına dayadı.

Gözbebekleri gitgide büyüyen Achilles yerinden kımıldadı.

"Burada olmaz! Burada olmaz!"

Svidrigaylov tetiği çekti.

VI

Raskolnikov, aynı gün akşam saat yediye doğru annesi ve kız kardeşinin oturduğu Bakaleyev apartmanına gitmekteydi. Onları buraya Razumihin yerleştirmişti. Oturdukları dairenin merdivenleri sokağa açılıyordu. Raskolnikov eve yaklaştıkça, girip girmemekte kararsızlık geçiriyormuşçasına adımlarını yavaşlatıyordu. Ama kararını vermişti, artık dönemezdi. "Ne fark eder ki? diye düşündü. "Onların hem hiçbir şeyden haberleri yok, hem de benim tuhaf davranışlarıma alıştırlar..." Elbiseleri berbat durumdaydı. Bütün geceyi yağmur altında geçirdiği için üzerindekiler çamurlanmış, buruş buruş olmuştu. Yirmi dört saattir kendi kendine verdiği savaştan, yorgunluktan, kötü havadan yüzü tanınmayacak hale gelmişti. Tanrı bilir geceyi nerelerde geçirmişti. Ama işte hiç olmazsa bir karara varmıştı.

Kapıyı çaldı; annesi açtı, kardeşi evde değildi. Bu saatte evde hizmetçi de bulunmuyordu. Pulheriya Aleksandrovna sevinçli bir şaşkınlık içinde önce hiçbir şey söyleyemedi, sonra koluna girip onu içeri götürdü.

"Geldin ha!" diye başladı, sevinçten kekeliyordu. "Seni böyle aptal gibi gözyaşlarıyla karşıladığım için kızma bana Rodya, aslında gülüyorum ben, ağlamıyorum. Yoksa sen ağladığımı mı sanmıştın? Hayır, canım, sevinç içindeyim! Kötü bir alışkanlık bu bende, nedense hep gözlerim sulanır. Babanın ölümünden beri böyle, bu. Otur, canım, yorgunsundur... Ah, nasıl da çamur içinde üstün başın!"

Raskolnikov:

"Dün yağmurda biraz ıslandım, anneciğim..." diyecek oldu.

Pulheriya Aleksandrovna hemen onun sözünü kesti:

"Hayır, hayır! Eski alışkanlığımla, şu kadınca alışkanlığımla seni sorguya çekeceğimi sandın galiba? Telaşlanma!.. Ben artık anlıyorum, her şeyi anlıyorum... Buranın göreneklerini de öğrendim, doğrusu, daha akıllı buralılar. Düşünüp taşındım ve anladım ki, ben senin ne düşüncelerini anlayabilirim, ne de sana hesap sormaya hakkım var. Kafanda kim bilir, ne gibi düşüncelerin, tasarıların var ve kim bilir neler neler düşünüyorsun? Oysa ben seni dürtüyor ve söyle bakalım, diyorum, ne düşünüyorsun? Ben işte... Ah, Tanrım! Ne diye böyle ipe sapa gelmez şeyler düşünüyorum sanki! İşte Rodyacığım, Dmitriy Prokofiç'in getirdiği şu dergideki yazını üçüncü kezdir okuyorum. Görür görmez bir ah çektim, 'Be hey aptal kadın,' dedim içimden, "gördün mü nelerle uğraşıyormuş oğlun? İşte bütün bilmecenin çözümü! Onun kafasında yeni birtakım düşünceler var, onlar üzerinde düşünüyor, sense onu rahatsız ediyor, canını sıkıyorsun..." Yazını okuyorum canım, kuşkusuz pek çok yerini anlamıyorum, eh, böyle de olması gerek zaten, nerde bende bunları anlayacak kafa?"

"Gösterir misiniz bana o dergiyi anneciğim?"

Raskolnikov dergiyi aldı, makalesine şöyle bir göz attı. Şu andaki durumuyla ne kadar çelişirse çelişsin, bir yazısını ilk kez basılmış gören her yazarın duyduğu o tuhaf, buruk tatlılığı duydu içinde; kuşkusuz, yirmi üç yaşın etkisi de vardı bunda. Ama bu bir an sürdü. Birkaç satır okuduktan sonra, kaşları çatıldı; yüreğinde dayanılmaz bir keder duyuyordu. Birden, şu son birkaç aydır kendi kendine karşı verdiği savaşı hatırladı. Can sıkıntısı ve tiksintiyle fırlattı dergiyi masanın üzerine.

"Yalnız, Rodyacığım, ne kadar aptal olursam olayım, yine de senin çok yakında, bilim dünyamızın, en önde geleni değilse bile, önde gelenlerinden biri olacağını anlayabiliyorum. Tutup senin gibi birinin deli olabileceğini düşünmek cesaretini gösterdiler! Hah-hah-ha! Sen bilmiyorsun, bunu gerçekten düşündüler! Şu işe bak, az kalsın Dunya bile inanacaktı! Rahmetli baban da iki kez dergilere yazı göndermişti; ilkinde şiirlerini (bunları defterimde saklıyorum, bir gün sana gösteririm) daha sonra da koca bir öyküsünü (defterime çekmem için vermesini rica etmiştim); basılmaları için ikimiz de nasıl dua etmiştik! Ama basmamışlardı! Altı yedi gün önce, Rodyacığım, senin giydiklerini, yiyip içtiklerini, yaşayışını görünce dehşet içinde kalmıştım. Şimdiyse, yine bir aptal olduğumu anlıyorum; çünkü eğer istersen, aklın ve yeteneğinle bunların hepsine bir anda sahip olabilirsin sen... Demek ki, şimdilik böyle şeyler istemiyorsun, çok daha önemli işlerin var..."

"Dunya evde değil mi, anneciğim?"

"Hayır, Rodya. Onu pek evde gördüğüm yok, beni sık sık yalnız bırakıyor. Sağ olsun, Dmitriy Prokofiç sık sık ziyaretime geliyor, bana senden söz ediyor. Canım benim, seni öyle seviyor, sayıyor ki... Beni yalnız bırakmakla, kız kardeşinin bana karşı saygısız olduğunu söylemek istemiyorum. Yakındığımı sanmamalısın. Onun huyu kendine göre, benimki kendime göre, benden gizlediği bir şeyler var. Benimse sizden gizli saklı hiçbir şeyim yok. Dunya'nın çok akıllı bir kız olduğuna ve hem seni, hem beni sevdiğine inancım tam... Ama yine de... bütün bunların sonu nereye varacak, bilemiyorum... İşte, ziyaretime geldin ve beni mutlu ettin, Rodya; kız kardeşinse dışarıda... Gelince kendisine, sen yokken ağabeyin geldi, nerelerde dolaşıyordun bakalım? diyeceğim. Sen de, sevgili Rodya beni fazla şımartma: uğrayabilecek gibi oldun muydu, gel, uğrayamazsan, ne yapalım beklerim... Ben nasılsa senin beni sevdiğini bileceğim, eh, bu da bana yeter... Senin eserlerini okuyacağım, herkesin senden övgüyle söz ettiğini duyacağım, arada bir de sen beni görmeye geleceksin, daha ne isterim! İşte şimdi de geldin, anneciğini avutmak istiyorsun, görüyorum."

Pulheriya Aleksandrovna birden ağlamaya başladı.

"Yine ağlıyorum! Sen budala annene aldırma, yavrucuğum!" Birden yerinden sıçrayarak bağırdı. "Ah, Tanrım! Durmuş oturuyorum böyle! Oysa evde kahve var... Dur sana bir kahve yapayım! Gördün mü yaşlılık bencilliği neymiş! Şimdi, şimdi yaparım!"

"Bırakın anneciğim! Gidiyorum ben. Kahve içmeye gelmedim buraya. Lütfen söyleyeceklerimi dinleyin."

Pulheriya Aleksandrovna ürkerek yaklaştı.

"Anneciğim, ne olursa olsun, hakkımda ne duyarsanız duyun, benim için ne söylerlerse söylesinler, beni şimdiki gibi sevmeye devam edecek misiniz?" Raskolnikov hiç düşünmeden, sözlerini tartmadan, yüreğinden taşan bir coşkuyla sormuştu bunu:

"Rodya, Rodyacığım! Neyin var? Nasıl böyle bir şey sorabilirsin bana? Bana tam senin hakkında kötü bir şeyler söyleyebilirmiş? Kimseye inanmam ben, kim gelirse kovarım."

Raskolnikov:

"Sizi her zaman sevdiğimi söylemeye geldim" dedi, aynı coşkunluk içindeydi. "Ve şu anda yalnız olmamızdan, hatta Dunyacığımın bile evde bulunmayışından çok sevinçliyim. Mutsuz bile olsanız bilin ki, oğlunuz sizi, kendinden çok seviyor... Ve yine bilin ki, hakkımda düşündükleriniz, benim katı, acımasız bir insan olduğum, sizi sevmediğim, bütün bunlar doğru değil. Sizi hep seveceğim. Bunları söylemek için geldim size... Evet, yeter artık! Böyle yapmak, böyle başlamak gerektiğini sanıyorum..."

Pulheriya Aleksandrovna hiçbir şey söylemeden onu kucakladı, bağrına bastı, sessiz sessiz ağlamaya başladı. Sonunda:

"Sana ne oldu, Rodya, bilmiyorum" dedi. "Bütün bu süre içinde hep seni bıktırdığımızı sanıyordum. Şimdiyse, olup bitenleri düşününce, seni büyük bir acının beklediğini, bunca üzülmenin nedeninin bu olduğunu anlıyorum. Bunu ta ne zamandır biliyorum ben, Rodya. Bu konuyu açtığım için bağışla beni; gece gündüz bunları düşünüyorum, gözüme uyku girmiyor. Dün gece de kardeşin hep seninle ilgili bir şeyler sayıkladı durdu. Duyduğum bazı şeyler oldu, ama hiçbir şey anlamadım. Bu sabah tam bir idam mahkûmu gibiydim, hep bir şeyler olacak diye bekliyordum, hissediyordum ve işte olanlar oldu! Rodya, Rodyacığım, nereye gidiyorsun? Gidiyorsun, değil mi?"

"Gidiyorum."

"Biliyordum... Bana gerek duyarsan eğer, ben de gelebilirim seninle. Dunya da gelebilir... Seni sever Dunya, çok sever... Hatta eğer istersen, Sonya Semyonovna da bizimle gelebilir... Görüyor musun, onu kızım gibi bağrıma basmaya hazırım... Toparlanmamıza Dmitriy Prokofiç yardım eder... Ama... sen... nereye gidiyorsun?"

"Elveda, anneciğim."

"Ne! Hemen bugün mü?" diye bağırdı Pulheriya Aleksandrovna, sanki sonsuzcasına kaybediyordu onu.

"Duramam artık, gitme zamanı geldi, gitmem gerek..."

"Ben de seninle gelemez miyim?"

"Hayır, siz diz çöküp benim için dua edin. Belki sizin dualarınız Tanrı'ya ulaşır."

"Gel haç çıkarıp seni kutsayayım! İşte böyle, işte böyle! Ah, Tanrım, ne yapıyoruz biz böyle!"

Raskolnikov evde kimsenin bulunmayışından ve annesiyle yalnız görüşebilmiş olmasından sevinçliydi. Bütün şu dehşet verici dakikalar içinde yüreği sanki yumuşayıvermişti. Annesinin önünde yere kapandı, ayaklarını öptü, ana oğul kucaklaştılar, ağlaştılar. Pulheriya Aleksandrovna bu kez ne şaşırmış, ne de bir şey sormuştu. Ne zamandır oğlunun bir felaketle karşı karşıya olduğunu anlıyordu, şimdi o korkunç an gelip çatmıştı işte.

"Rodya, canım benim" dedi hıçkırarak, "sen benim ilk göz ağrımsın şu anda da tıpkı küçüklüğünde olduğun gibisin. O zamanlar da bana böyle sokulur, kucaklar, öperdin. Babanın sağlığında, yoksulluk çektiğimiz günlerde, senin bir tek varlığın bile bizim için avuntu olurdu. Babanı toprağa verdiğimiz gün de, onun mezarı başında, tıpkı böyle kaç kez kucaklaşıp ağlaşmıştık. Benim ne zamandır ağlayıp durmama gelince, bunun nedeni, ana yüreğimin felaketi önceden sezmiş olmasıdır. Daha buraya geldiğimiz ilk günden, hani akşama doğruydu, seni görür görmez bakışlarından her şeyi anlamıştım, yüreğim parçalanır gibi olmuştu ve nihayet bugün, demin sana kapıyı açıp da yüzünü görür görmez, o uğursuz anın gelip çattığını anladım. Rodya, yavrum, hemen şimdi gitmiyorsun, değil mi?"

"Hayır."

"Yine gelecek misin?"

"Geleceğim."

"Rodyacığım, sakın kızma, sormaya bile cesaret edemiyorum, cesaret edemeyeceğimi de biliyorum, ama sen bana bir iki kelimeyle söyleyiver, ne olur; uzağa mı gidiyorsun?"

"Çok uzağa."

"Bu gidişin bir görevle ya da ilerdeki mesleki yükselişinle mi ilgili?"

"Tanrı ne için gönderiyorsa... Tek ki siz benden duanızı eksik etmeyin..."

Raskolnikov kapıya yürüdü, ama annesi ona sarılarak umutsuzluk dolu gözlerini gözlerinin içine dikti. Yüzü duyduğu dehşetten çarpılmış gibiydi.

Raskolnikov geldiğine pişman olmuştu.

"Yeter, anneciğim!" dedi.

"Tümden gitmiyorsun, değil mi? Daha ayrılmıyoruz, yarın yine geleceksin, değil mi?"

"Geleceğim... Elveda!"

Sonunda annesinden kopabilmişti.

Ilık, pırıl pırıl, diri bir akşam vardı dışarıda. Hava daha sabahtan açmıştı. Raskolnikov hızla evine doğru gidiyordu. Güneş batmadan her şeyi bitirmek niyetindeydi. O zamana kadar da kimseyle karşılaşmak istemiyordu. Odasına çıkarken, uğraşmakta olduğu semaveri bırakan Nastasyanın gözleriyle kendisini izlediğini fark etti. "Yoksa odamda biri mi var?" diye düşündü. Yüzünü buruşturdu: Porfiriy gelmişti aklına. Ama odasının kapısını açınca içerde Dunyayı gördü. Tek başına oturmuş, derin düşünceler içinde onu bekliyordu: Epeydir beklediği anlaşılıyordu. Raskolnikov duraladı. Dunya onu görünce oturmakta olduğu divandan korka korka kalktı, gelip onun tam karşısında durdu. Kımıltısız bakışları dehşet ve acıyla doluydu, Raskolnikov onun yalnızca bakışlarından her şeyi bildiğini anladı.

Kuşku içinde:

"Yanına yaklaşabilir miyim, yoksa gideyim mi?" diye sordu.

"Bütün gün Sonya Semyonovna'da oturdum, birlikte seni bekledik. Oraya ne yapıp edip uğrayacağını düşünüyorduk."

Raskolnikov içeri girdi, kendini bir sandalyeye attı.

"Bitkinim, Dunya. Çok yoruldum. Oysa hiç değilse şu anda kendime tümüyle hâkim olabilmeyi isterdim." Kuşkulu gözlerle kız kardeşine baktı.

"Bütün gece neredeydin?"

"Tam hatırlayamıyorum... Biliyor musun, kardeşim, ben bütün bu işler kesin olarak hallolsun istedim ve kaç kez Nevanın kıyısına gidip gidip geldim. Bunu çok iyi hatırlıyorum... Orada her şeye bir son vermek istedim, ama... olmadı..." Yeniden kuşkuyla baktı Dunyanın yüzüne.

"Tanrı'ya şükür! Biz de bundan korkmuştuk... Sonya Semyonova'yla ben... Öyleyse hâlâ hayata inanıyorsun! Şükürler olsun! Şükürler olsun!"

Raskolnikov acı acı gülümseyerek:

"Hayır, inanmıyordum" dedi. "Demin annemle kucaklaşıp ağlaştık. Ben Tanrı'ya inanmam, ama ondan benim için dua etmesini istedim. Nasıl olur artık, bilmem, Duneçka... Zaten bütün bu olup bitenlerden hiçbir şey anlamıyorum..."

Dunya korkuyla:

"Anneme mi gittin sen?" diye bağırdı. "Söyledin mi ona her şeyi? Söyleyebildin mi?"

"Hayır, söylemedim... yani, sözcüklerle... ama o pek çok şeyi anladı. Gece senin sayıklamalarını duymuş. Olup bitenlerin yarısından haberi olduğuna eminim. Belki de çok aptalca bir şey yaptım uğramakla... Niçin uğradığımı da bilmiyorum... Alçağın biriyim ben, Dunya."

"Acı çekmeye hazır bir alçak!... Gidiyorsun, değil mi?"

"Gidiyorum. Hemen şimdi. Bu utançtan kurtulmak için kendimi sulara atmak istedim, ama köprüde, suyun üstünde dururken, kendimi şu ana kadar güçlü gördüğüme göre, şimdi de utanca dayanmam gerektiğini düşündüm. Bu, gurur değil mi, Dunya?"

"Gurur, Rodya."

Ölgün gözleri alevlenir gibi oldu; hâlâ gururlu olduğu için sevinmişti sanki.

Dudaklarında çarpık bir gülümseme, kız kardeşinin yüzüne bakarak:

"Sakın sudan korkmuş olmayayım, Dunya?" dedi.

Dunya acı acı:

"Yeter, Rodya!" diye bağırdı.

İki dakika kadar süren bir suskunluk oldu. Raskolnikov başını yere eğmişti. Duneçka masanın öbür ucunda ayakta duruyor, ona acıyla bakıyordu. Raskolnikov birden ayağa kalktı:

"Geç oldu. Artık vakit tamam. Teslim olmaya gidiyorum. Yalnız, niçin teslim olacağımı bilmiyorum."

Dunyanın yanaklarından iri damlalar yuvarlandı.

"Ağlıyorsun, kardeşim, peki, bana da elini uzatabilir misin?"

"Kuşkun mu vardı?"

Dunya ona sımsıkı sarıldı, öpmeye başladı.

"Acıyı üstlenmekle, suçunu yarı yarıya temizlemiş olmuyor musun?"

"Suç mu?" diye bağırdı Raskolnikov, bir anda öfkeden deliye dönmüştü. "Ne suçu? Öldürenin kırk günahından arınacağı aşağılık bir tefeciyi, hiç kimseye hiçbir yararı olmayan, yoksulların kanını emen zararlı bir biti öldürmek mi suç! Bu suç benim umurumda bile değil ve onu temizlemeyi de düşünmüyorum. Nedir bu böyle? Dört yandan herkes "cinayet! cinayet!" diye bağırıp duruyor! Korkaklığımın ne kadar saçma olduğunu bütün açıklığıyla ancak şimdi, böylesine gereksiz bir utancı çekmeye karar verdiğim şu anda anlayabiliyorum! Teslim olmam düpedüz alçaklığımdan ve yeteneksizliğimden... bir de, belki şu... Porfiriynin önerdiği indirimden..."

"Neler söylüyorsun sen, ağabey!" diye bağırdı Dunya, sesi umutsuzluk doluydu. "Kan döktün sen!"

"Herkesin döktüğü kanı!.." diye bağırdı Raskolnikov, büyük bir öfke içindeydi. "Geçmişte ve günümüzde bir sel gibi akıtılan, kanı!.. Şampanya gibi kan dökenler Capitol'de taç giyip insanlığın kurtarıcıları olarak kutsanmışlardı! Çevrene daha bir dikkatli bak bakalım! Ben de iyilik etmek istemiştim insanlara! Hem yaptığım bu bir tek aptalca şeye karşı yüzlerce, binlerce iyi ve güzel şey yapabilirdim... Aptallık da denmez benim bu yaptığıma... Doğrudan doğruya, beceriksizlik... Çünkü başarısızlığa uğramadan önce işte şu anda göründüğü gibi aptalca görünmüyordu yaptığım iş (Başarısızlığa uğradı mı, her şey aptalcadır!) Ben yaptığım bu aptallıkla kendime bağımsızlık kazandırmak, ilk adımımı atmak, gerekli araçları edinmek istemiştim... Sonuçta sağlanacak yarar, bütün bu aptallıkları silip süpürecekti!.. Ama daha ilk adımda tökezledim, çünkü ben bir alçağım! Bütün sorun burada! Ama yine de sizin görüşlerinize katılmıyorum: başarabilseydim, bana da taç giydireceklerdi! Şimdiyse, kapana sıkıştım!"

"Sen neler söylüyorsun, kardeşim? Bu farklı bir şey... Bu, o değil!"

"Demek bu o değil! Biçim olarak, estetik bakımdan, demek istiyorsun herhalde? Anlamıyorum doğrusu kuşatılmış bir halk üzerine, yolunca, yordamınca bombalar yağdırmak biçim bakımından kimseyi rahatsız etmiyor ve saygıdeğer bir şey sayılıyor. Estetik kaygısı, güçsüzlüğün ilk belirtisidir! Hiçbir zaman, şu anda olduğunca apaçık duymamıştım bunu; suçumun anlamını ve buna niçin cinayet denildiğini şu anda olduğunca hiçbir zaman anlamamıştım ve kendimi hiçbir zaman şu anda olduğunca güçlü ve inançlı duymamıştım!"

Solgun yüzü al al olmuştu. Son cümlesini söylerken gözleri bir ara Dunya'nın bakışlarıyla karşılaştı ve bu bakışlarda kendisi için duyulan öyle büyük bir acıyı yakaladı ki, bir anda kendine geldi. Annesiyle kız kardeşinin mutsuzluklarını ve bu mutsuzluğun nedeninin kendisi olduğunu düşündü...

"Dunya, canım! Suçum varsa, bağışla beni (Suçluysam bağışlanmam mümkün değil ya, neyse...) Elveda! Tartışmayalım artık! Zaman geldi, geldi de geçiyor bile! Yalvarırım sana, arkamdan gelme, daha uğrayacak yerim var... Şimdi hemen annemizin yanına git ve ondan hiç ayrılma... Yalvarırım sana... Bu senden son ve en büyük isteğimdir. Hiç ayrılma ondan. Onu öyle kaygılı bir durumda bıraktım ki, bu acıya dayanabileceğini hiç sanmam! Ya ölür, ya çıldırır! Onunla ol! Razumihin de sizinle olacak, kendisiyle konuştum... Benim için ağlama. Katil de olsam, ömrüm boyunca yürekli ve dürüst olmaya çalışacağım. Belki bir gün benden söz edildiğini duyarsın. Sizi utandırmayacağım, göreceksin... Kanıtlayacağım size nasıl bir..." Bu son sözleri üzerine Dunyanın gözlerinde yeniden tuhaf bir ifadeyle karşılaşınca, kestirip attı: "Haydi, Allaha ısmarladık! Niçin ağlıyorsun? Ağlama, ağlama! Sonsuza dek ayrılmıyoruz ya! Ah, az kalsın unutuyordum!"

Masanın üzerinden üstü bir parmak toz, kalın bir kitap aldı, yaprakları arasından fildişi üzerine yapılmış küçük bir suluboya portre çıkardı. Bu, manastıra kapanmak isteyen eski nişanlısının, ev sahibi kadının kızının resmiydi. Resimdeki sayrılı, anlamlı yüzü bir dakika kadar seyretti, öptü, sonra resmi Dunya'ya uzatarak, dalgın dalgın:

"Bir tek onunla konuşmuştum bu konuyu," dedi. "Sonradan bu durumu alan, böylesine çirkinleşen tasarılarımı yalnız ona açmıştım. Merak etme: senin gibi o da doğru bulmamıştı düşüncelerimi... İyi ki yaşamıyor..." Birden içindeki o büyük acıya döndü, kendi kendine konuşur gibi: "En önemlisi de" dedi, "en önemlisi de şimdi her şey yeni bir biçim alacak, her şey ikiye bölünecek... Her şey, her şey! Ama acaba ben buna hazır mıyım? Bunu istiyor muyum? Bunun benim sınanmam için gerekli olduğunu söylüyorlar! İyi ama bütün bu anlamsız sınavların ne gereği var? Yirmi yıllık bir kürek cezasından sonra yaşlanmış, aptallaşmış, güçten düşmüş, acılarla ezilmiş bir insan olarak çıktığımda şimdi olduğumdan daha mı iyi düşüneceğim? Ne yapayım ben öyle yaşamayı? Ve beni bekleyen bu yaşama ben şu anda niçin rıza gösteriyorum? Ah, bu sabah durup Neva'ya bakarken bir alçak olduğumu, aşağılık bir yaratık olduğumu anlamıştım!"

Sonunda ikisi de çıktılar. Çok zor bir şeydi bu Dunya için, ama onu yine de seviyordu! Ayrılmışlardı, ama elli adım kadar yürüdükten sonra Dunya onu bir kez daha görmek için dönüp baktı. Raskolnikov daha gözden kaybolmamıştı. Sokağın köşesine gelince o da dönüp baktı. Son kez karşılaştı bakışları. Ama kız kardeşinin de durup kendisine baktığını görünce Raskolnikov sabırsız, hatta öfkeli bir işaretle gitmesini istedi, kendisi de sert ve hızlı bir dönüşle yan sokağa saptı.

"Kötü bir insanım, bu apaçık bir şey" diye düşündü, kız kardeşine yaptığı öfkeli el işaretinden utanmıştı. "Ama onlar da, sevgilerinin kırıntısına bile değmediğim halde beni niçin bu kadar çok seviyorlar? Ah, tek başıma olsaydım, kimseler sevmeseydi beni, ben de kimseleri sevmezdim! Bütün bunlar da olmazdı! Çok ilginç, önümdeki on beş, yirmi yıllık sürgün yaşayışım sırasında, her kelimede kendime haydut diyerek ağlama gösterilerinde bulunacak kadar alçalacak mıyım? Evet evet, tam da böyle! Özellikle bunun için gönderecekler sürgüne beni, onlara gerekli olan bu! İşte, yollarda nasıl da kımıl kımıl, nasıl da bir aşağı bir yukarı gidip geliyorlar! Oysa hepsi haydut yaradılışlı, hepsi alçak! Hatta bundan da beter, budala, hepsi! Ama benim sürgüne gönderilmeyeceğimi söyle bakalım, soylu bir öfkeyle nasıl kudurmuşa dönerler! Ah, nefret ediyorum, hepsinden nefret ediyorum!"

Zihnini kurcalayan esaslı bir konu vardı. Acaba nasıl olacaktı? Nasıl bir süreçle karşı karşıya kalacaktı ve sonunda onların karşısında hiçbir direnç sergilemeden, inançlı bir şekilde başını eğecekti? Raskolnikov bunu çok merak ediyordu. Ama neden olmasın? Üstelik de tam böyle olması gerekir. Yirmi yıl sürecek bir zulüm hiç onu ezmez, yıpratmaz olur muydu? Sular bile taşları aşındırıyorlar. Fakat artık niçin yaşamalı ki? Sanki daha önce bir kitapta yazılmış gibi bütün yaşanacaklardan haberdar olduktan sonra niçin gidip kendini tutuklatacaktı ki?

Bu soruyu geceden beri belki yüzlerce kez sordu kendine ama yine de aynı yere gitti.

VII

Genç adam Sonya'nın odasına geldiğinde hava kararmaya başlamıştı. Sonya bütün gün dayanılmaz bir heyecanla onun gelişini beklemişti. Dunya'yla birlikte beklemişlerdi. Dunya, Svidrigaylov'un, "Bu işi Sonya da biliyor" şeklindeki dünkü sözleri üzerine, daha sabahtan gelmişti. İkisinin konuşmalarını, gözyaşlarını, birbirleriyle nasıl anlaştıklarını anlatmaya gerek yok. Yalnız şu kadarını söyleyelim ki, Dunya bu görüşmeden hiç değilse bir avuntu elde etmişti: Ağabeyi yalnız kalmayacaktı. Çünkü ilk kez Sonya'ya açılmış, en büyük gizini ona söylemişti; kendisine insan gerektiğinde Sonya'ya koşmuştu. Yazgısı onu nereye atarsa, Sonya da peşinden gidecekti. Dunya bunu Sonya'ya sormuş değildi, ama böyle olacağını biliyordu. Sonya'ya büyük bir saygıyla bakıyordu; onun bu saygınlığı Sonya'yı başlangıçta utandırmıştı, nerdeyse ağlayacaktı, çünkü o kendisini saygı duyulmak şurada dursun, Dunyanın yüzüne bakabilecek değerde bile görmüyordu. Raskolnikov'un odasındaki o ilk görüşmelerinde, kendisine dikkatle ve saygıyla selam veren Dunyanın o güzel yüzü, onda hayatı boyunca erişilebilecek en güzel hayal olarak kalmıştı.

Dunya bu heyecana daha fazla katlanamayıp Sonya'yı kardeşini beklemesi için odasında yalnız başına bırakmıştı; nedense Rodya önce kendi evine uğrar gibi geliyordu. Sonya yalnız kalınca Raskolnikov'un gerçekten de intihar etmiş olabileceği düşüncesiyle kıvranmaya başladı. Dunya da korkuyordu bundan. Ama ikisi birlikteyken birbirlerini yatıştırmışlar, bin bir gerekçe sıralayarak bunun mümkün olmadığına birbirlerini inandırmışlardı. Şimdiyse, birbirlerinden ayrılır ayrılmaz, her ikisi de yalnızca bunu düşünmeye başlamıştı. Öte yandan Sonya, Svidrigaylov'un, Raskolnikov'un önünde iki yol bulunduğuna ilişkin sözlerini hatırlıyordu: Ya Sibirya, ya da... Raskolnikov'un nasıl kibirli, özsaygılı olduğunu ve Tanrı'ya inanmadığını da biliyordu... Sonunda, umutsuzluk içinde: "Yalnızca ölümden korktuğu için yaşayabilir mi bir insan? Onu şu anda hayata bağlayan tek şey bu korku" diye düşündü. Güneş artık batıyordu. Sonya pencerenin önünde durmuş, üzgün üzgün dışarıyı seyrediyordu. Ama penceresinden bitişik evin badanasız duvarından başka bir şey görünmüyordu. Tam mutsuz delikanlının intihar ettiğine kesinlikle inanç getirdiği sırada, kapı açıldı ve içeri Raskolnikov girdi.

Sonya'nın göğsünden sevinçli bir çığlık koptu. Ama Raskolnikov'un yüzüne dikkatle bakınca birden sapsarı kesildi.

"İşte böyle" dedi Raskolnikov gülümseyerek, "haçlar için geldim. Sonya! Kendin söylemiştin bir dört yol ağzına gitmemi, ne oldu, şimdi iş ciddiye binince korktun mu?"

Sonya ona şaşkınlıkla bakıyordu. Raskolnikov'un sözleri, sesinin tonu ona bir tuhaf gelmişti. Bütün vücudundan soğuk bir ürperme geçer gibi oldu. Ama az sonra sözlerinin de, sesinin tonunun da yapmacık olduğunu anladı. Raskolnikov doğrudan onun gözlerine bakmaktan kaçınıyormuş gibi, karşıda, köşede bir yerlere bakarak konuşuyordu:

"Düşünüp taşındım, Sonya ve böylesinin daha uygun olacağına karar verdim. Yalnız bir durum var burada... Ama neyse, anlatması uzun sürer, zaten önemli de değil.' Biliyor musun, canımı sıkan ne: Bütün bir ahmaklar sürüsü, aşağılık birtakım insanlar, gözlerini devire devire bana birtakım sorular soracaklar ve ben de bu sorulara cevap vermek zorunda kalacağım... Beni parmaklarıyla gösterecekler... Tuh! Biliyor musun, Porfiriy'e gitmeyeceğim, bıktım ondan. En iyisi dostum Poroh'a gitmek... Kim bilir nasıl şaşıracaklar, ne büyük bir etki bırakacağım üzerlerinde! Ama soğukkanlı olmam gerek; şu son sıralar aşırı sinirli oldum inanır mısın, az önce kız kardeşime, beni son bir kez görmek için dönüp baktı diye, nerdeyse yumruk salladım. Nasıl hayvanlaştığımı anla artık! Nerden nereye geldim! Neyse, haçlar nerde?"

Kendinde değil gibiydi. Durduğu yerde duramıyor, dikkatini bir şey üzerinde toplayamıyordu. Sözleri birbirini tutmuyor, oradan oraya atlıyordu. Elleri de hafifçe titriyordu.

Sonya sessizce bir kutudan haçları çıkardı: Biri serviden, biri bakırdandı haçların, kendi üzerinde ve Raskolnikov üzerinde sessizce haç çıkardı, servi ağacından olan haçı Raskolnikov'un boynuna taktı.

"Benim için de çarmıha gerilişin simgesi olacak bu haç, hah-hah-ha! Şimdiye dek çektiğim acılar azdı sanki! Servi ağacından olanı halk için, bakırdan olanıysa Lizaveta gibiler için... Demek kendine onu alıyorsun? Göster bakayım! Demek... o sırada da bu vardı üzerinde... Buna benzer iki şey daha görmüştüm sanırım, gümüş bir haçla bir tasvir... Kocakarının göğsüne fırlatıp atmıştım. Oysa şimdi... oysa şimdi benim asıl onları, taşımam gerek... Neler söyleyip duruyorum ben böyle? Asıl isimi unutuyorum... Nedense çok dalgınım! Buraya gelmemin nedeni, Sonya, sana haber vermek için... bilesin diye... Eh, hepsi bu kadar... Yalnız bunun için gelmiştim (Hımm! Hay Allah, ben daha fazla bir şeyler söyleyeceğimi sanıyordum.) Gitmemi sen istemiştin, işte ben de gidiyorum... Ben hapiste yatacağım, senin de isteğin yerine gelecek... Ne ağlıyorsun? Sen de mi? Yeter artık. Sonya, kes! Ah, nasıl da ağır geliyor bütün bunlar bana!"

Ama yine de içinde bir şeyler kımıldadığını duydu: Sonya'ya baktıkça yüreği sızlıyordu. "Ne bu?" diye düşündü kendi kendine. "Ne oluyor bu kıza? Ben nesi oluyorum ki onun? Ne diye ağlıyor? Annem mi, Dunya mı ki, bana kol kanat geriyor?"

Sonya ürkek ürkek:

"Haç çıkar, hiç olmazsa bir kez dua et!" diye yalvardı, sesi titriyordu.

"O, tabii, hem de ne kadar istersen, Sonya! Yüreğimin derinlerinden koparak üstelik!"

Oysa bambaşka bir şey söylemek niyetindeydi.

Üst üste birkaç kez haç çıkardı. Sonya şalını alıp başını örttü. Bu, besbelli, Marmeladov'un "aile yadigarı" diye sözünü ettiği şu yeşil drap saldı. Raskolnikov'un aklından bunlar geçti, ama bir şey sormadı. Gerçekten de çok dalgın ve oldukça telaşlı olduğunu kendisi de fark etmeye başlamıştı. Bu durum onu korkuttu. Sonya'nın da kendisiyle birlikte gelmeye hazırlandığını görünce ise iyice şaşırdı.

"Ne oluyorsun?" diye bağırdı öfkeyle. "Nereye böyle? Sen burada kalacaksın! Ben tek başıma gideceğim!" Ürkek adımlarla kapıya doğru yürüdü, tam çıkarken: "Maiyetiyle birlikte gelmiş mi dedirteceksin?" diye homurdandı.

Sonya odanın ortasında kalakaldı. Bir tek ayrılık sözü bile söylemeden çıkıp gitti Raskolnikov, sanki Sonyayı unutmuştu; yakıcı bir kuşku kabarıyordu ruhunda.

"Bütün bunlar böyle mi olacaktı?" diye düşündü merdivenlerden inerken. "Her şeyi değiştirmek... düzeltmek ve... gitmemek mümkün değil mi?"

Ama yine de gidiyordu. Birden, kendi kendisine sorular sorup durmasının artık hiçbir önemi olmadığını hissetmişti. Sokağa çıkınca Sonyayla vedalaşmadığını, bağırışından kızcağızın kımıldamaya bile cesaret edemeyerek, odanın ortasında yeşil salıyla kalakaldığını anımsadı. Bir an için duraladı. Tam bu sırada, sanki onu kesin olarak yıkmak için bu anı bekliyormuşçasına kafasına bir düşüncenin saldırdığını hissetti.

"Şimdi niçin, niçin uğradım ben bu kıza? Kendisine, iş için dedim. İyi ama, ne işi için? İş falan yok ki ortada! Gidiyorum demek için mi geldim yoksa? Pek gerekiyordu sanki! Yoksa seviyor muyum onu? Hayır! Hayır, değil mi? Daha demin bir köpek gibi kovmadım mı kendisini? Yoksa onun haçları mı gerekti bana? Ah, nasıl alçalmışım ben! Ama hayır! Onun gözyaşları gerekti bana, nasıl korktuğunu, yüreğinin nasıl parça parça olduğunu görmem gerekti! Bir şeylere tutunmam, gidişimi biraz olsun geciktirmem, bir insana bakmam gerekti! Kendi üzerime bunca umutlar beslemeye, bunca hayaller kurmaya cesaret ettim bir de! Oysa sefil, beş para etmez, aşağılık bir adamım ben!"

Kanal boyunca yürüyordu ve gideceği yer buradan uzak değildi. Ama köprüye varınca durakladı... ve birden köprüye sapıp Saman Pazarına doğru yürümeye başladı.

Gözlerini dört bir yana çeviriyor, tutkuyla, doymamacasına bakmıyordu çevresine; ama her şey sanki gözleri önünden kayıp gidiyordu, dikkatini bir şey üzerinde toplayamıyordu. "Bir hafta sonra, bir ay sonra beni bir hapishane arabası içinde bu köprüden geçirip götürecekler" diye düşündü. "Acaba bu kanala nasıl bakacağım o zaman? Şimdi böyle düşündüğümü hatırlayacak mıyım? Örneğin şu tabelayı... o zaman nasıl okuyacağım?

"Ortaklık" yazıyor burada... Şu a'yı, a harfini unutmamalı... bir ay sonra yine bakmalıyım bu a'ya... Acaba o zaman da şimdi gördüğüm gibi mi göreceğim? Ve neler düşüneceğim, neler duyacağım? Aman Tanrım, şu düşündüğüm, kaygılandığım şeye bak. Ne bayağı şeyler düşünüyorum böyle! Ama bunların da kendine özgü ilginç bir yanı yok değil doğrusu! (Hah-hah-ha! Neler düşünüyorum!) Çocuklaşıyorum... Kendi kendime yalancı pehlivanlık yapıyorum! İyi ama kendimden utanacak ne var sanki! Tuh! Nasıl da itişip kakışıyorlar! İşte, şu şişko beni iten... Herhalde bir Alman? Kimi ittiğini biliyor mu acaba? Şu kadın da kucağında çocukla dileniyor... Beni kendisinden daha mutlu sayması çok ilginç doğrusu... Sırf komiklik olsun diye bir sadaka vermeli şuna... Aa, bir beş kapiklik! Nerden girmiş bu cebime? Al, al bakalım analık!"

Dilenci kadın ağlamaklı bir sesle:

"Tanrı seni korusun!" dedi.

Artık Saman pazarındaydı. Kalabalık, itişip kakışma hiç hoşuna gitmediği halde, özellikle en kalabalık yerlere doğru yürüyordu. Yalnız kalabilmek için varını yoğunu verebilirdi, ama bir dakika bile yalnız kalamayacağını hissediyordu. Kalabalık içinde bir sarhoş gördü: Adam boyuna dans etmeye çalışıyor, ama bir türlü ayakta duramıyor ve ayağa her kalkışında yeniden yere yıkılıyordu. Etrafını sarmışlardı. Raskolnikov kalabalığı yararak halkanın önüne geçti, sarhoşu birkaç dakika seyretti, sonra kısa, kesik kahkahalarla gülmeye başladı. Bir dakika sonra sarhoşu unutmuştu bile: bakıyor, ama görmüyordu. Sonunda oradan ayrıldı. Az önce nerede bulunduğunu sorsalar, söyleyemezdi. Ama tam Saman pazarı alanının ortasına geldiğinde birden içinde bir şeyler duydu: Ruhuyla, bedeniyle tüm varlığını bir duygu sarmıştı.

Birden Sonyanın sözlerini hatırladı: "Bir dört yol ağzına git, insanları selamla, yere kapan, toprağı öp, çünkü sen ona karşı da suç işledin... ve bütün dünyaya karşı "Ben katilim!' diye bağır" Birden bütün vücudunun tir tir titrediğini duydu. Şu son günlerde, özellikle de son birkaç saattir öylesine umarsızdı, öylesine derin acılarla sarsılmıştı ki, içinde duyduğu bu yepyeni, katışıksız, dolu dolu duyguya dört elle sarıldı. Bir nöbet gelir gibi birdenbire duymuştu içinde bu duyguyu. Önce ruhunda bir kıvılcım gibi çakmış, sonra bütün varlığını sarmıştı. Birden içinde bir yumuşama, bir hafifleme duydu... Gözlerinden yaşlar boşanıyordu... Olduğu yere çöktü. Alanın tam ortasındaydı. Yere kapanıp çamurlu toprağı büyük bir tadla, mutlulukla öptü. Doğruldu, ikinci kez yere kapandı.

"Of, amma kafayı çekmiş, ha!" diye söylendi hemen yanı başında duran bir delikanlı.

Gülüşmeler oldu. Çakır keyf bir adam:

"Kudüs'e gidiyor bu, kardeşler" dedi, "çoluk çocuğuyla, yurduyla vedalaşıyor, bütün dünyayı selamlıyor, başkent Sen Petersburg'un topraklarını öpüyor!"

"Çok da gençmiş!"

"Ve soylu bir aileden!"

"Bu zamanda kim soylu, kim değil, belli mi ki!"

Bütün bu sesler, konuşmalar Raskolnikovu söylemeye hazırlandığı sözleri söylemekten alıkoyuyordu; "Ben öldürdüm!" sözleri dönüp kalmış gibiydi dudakları arasında. Ama yine de bütün bu çığlıklara sessizce katlandı, hiçbir yere bakmaksızın doğruca karakola giden yola saptı. Yolda bir ara hayal gibi bir şeyin gözünün önünden kayar gibi olduğunu gördü, ama buna şaşmadı: o da bunun böyle olması gerektiğini seziyordu. Saman-Pazarı'nda, yere ikinci kapanışı sırasında, sol yanında, kendisinden' elli adım kadar ötede Sonya'yı görmüştü. Tahta barakalardan birinin ardına gizlenmiş, ona bakıyordu. Demek ki, acılı yürüyüşü boyunca hep peşinden gelmişti! Raskolnikov birden, yazgısı kendisini nereye sürüklerse sülüklesin, Sonya'nın hiç ayrılmamacasına peşinden geleceğini anladı. Dünyanın öteki ucuna da gitse, ardından gelecekti! İçi bir tuhaf oldu... Ama işte o uğursuz yere gelmişti artık.

Oldukça kararlı, kendine güvenen adımlarla girdi avluya. Üçüncü kata çıkması gerekiyordu. "Hele bir çıkalım bakalım" diye düşündü. O uğursuz anın henüz gelmediğini, buna daha çok zaman olduğunu, bu arada pek çok şeyi yeniden düşünebileceğini sanıyordu.

Merdivenlerde yine aynı yumurta kabukları, aynı çöpler vardı, evlerin kapıları yine ardına kadar açıktı ve mutfaklardan yine kömür kokusuna karışmış pis birtakım kokular geliyordu. Raskolnikov o zamandan beri hiç gelmemişti buraya; bacakları uyuşmuş gibiydi, bükülü bükülüveriyordu; ama o yine de çıkmaya devam ediyordu. Bir ara soluk almak, kendine bir çeki düzen vermek ve içeri insan gibi girmek için durdu. Sonra bu davranışına bir anlam veremeyerek. "Ama niçin?" diye düşündü. "Neden? Madem ki bu acı ilacı içmem gerekiyor, öyleyse ne fark eder? Ne kadar iğrenç olursa, o kadar iyi! "Bu sırada Ilya Petroviç Poroh'un yüzü canlanmıştı gözünün önünde, "iyi ama neden ille de ona gitmeliyim? Bir başkası olmaz mı? Nikodim Fomiç, örneğin? Dönsem ve doğruca Nikodim Fomiçin evine gitsem? Hiç değilse bir ev havası içinde teslim olmuş olurdum? Ama hayır, hayır! Poroh'a Poroh'a! Madem içeceğim bu acı ilacı, bari bir dikişte içip bitireyim!"

Büronun kapısını açarken kendinde değil gibiydi, bütün vücudu buz gibi olmuştu. Bu kez kalabalık değildi içerisi, halktan bir adamla, bir kapıcıdan başka kimseler yoktu. Orada, bir bölmenin ardında duran nöbetçi gözlerini kaldırıp kendisine bakmamıştı bile... Raskolnikov bitişik odaya geçti. "Belki de... hâlâ konuşmayabilirim" diye bir düşünce parlayıp söndü kafasında. Üzerinde sivil bir ceket bulunan yazıcılardan biri masa başında bir şeyler yazmaya hazırlanıyordu. Köşede bir başka yazıcı daha vardı. Zamyotov görünürlerde yoktu. Tabi Nikodim Fomiç de yoktu.

Raskolnikov masa başındaki yazıcıya dönerek:

"Kimse yok mu?" diye sordu.

"Kimi istemiştiniz?"

Raskolnikov birden bildik bir sesle irkildi:

"Vay, vay, vay! Hani şu masalda denildiği gibi: Ne duydum, ne de gördüm, ama onu Rus ruhundan bildim... Nasıldı, unutmuşum! Saygılar sunarım, efendim!"

Raskolnikov titredi. Karşısında Poroh duruyordu. Birden yandaki, üçüncü odadan çıkı vermişti. "Kaderin ta kendisi!" diye düşündü Raskolnikov. "Neden burada bu?"

"Bize mi geldiniz? Nasıl bir iş için?" diye sordu Ilya Petroviç. Son derece keyifli, hatta hafifçe de heyecanlı gibiydi: "Eğer iş için geldiyseniz, erken teşrif etmişsiniz. Ben de bir rastlantı sonucu buradayım... Ama yine de yardım edebileceğim bir şey varsa... İtiraf ederim ki, size... Bağışlayın, adınız nasıldı?"

"Raskolnikov."

"Ha, evet Raskolnikov! Sakın unutmuş olduğumu sanmayın! Beni o tür kişilerden bilmenizi istemem... Rodion Ro... Ro... Rodioniç... Böyleydi galiba?"

"Rodion Romanoviç:

"Ah, evet, evet! Rodion Romanoviç! Ben de aslında böyle diyecektim, ağzımdan yanlış çıktı. Hatta sizi kaç kez sordum... İtiraf ederim ki, size o gün öyle davrandığım için... davrandığımız için çok, çok üzgünüm... Daha sonra söylediler, öğrendim ki, bir edebiyatçı, hatta bir bilginmişsiniz... Yani, bu alanda ilk adımlarınızı atıyormuşsunuz... Tanrım... Meslek hayatının ilk adımlarını atarken orijinal bir şeyler yapmayan edebiyatçı ve bilgin olur mu hiç! Ben de, karım da edebiyata bayılırız. Hele karım!.. Bir tutkudur onda edebiyat! Edebiyat ve sanat! İnsan soylu olmaya görsün, gerisi yetenekle, bilgiyle, akılla, dehayla kendiliğinden geliyor! Şapka, örneğin... Ne demektir şapka? Ben gidip şapkayı Zimmerman'dan satın alabilirim, değil mi? Ama ya şapkanın altında duran şeyi? İşte onu hiçbir yerden satın alamam! Ne yalan söyleyeyim, gelip size açıklamada bulunmak bile istemiştim, ama sonra düşündüm ki, siz belki de... Hay Allah, hâlâ ziyaretinizin nedenini sormuş değilim: gerçekten, bir yardımım dokunursa, söyleyin! Duyduğuma göre, yakınlarınız gelmiş?"

"Evet, annemle kız kardeşim."

"Kız kardeşinizi görmek şeref ve mutluluğuna erdim: Güzel, kültürlü bir hanımefendi. Doğrusu, sizinle o gün sinirli konuştuğumuza çok yazıklandım. Tuhaf bir olaydı! O gün bayıldığınız için sizden kuşkulanmıştık, ama daha sonra olay çok parlak bir biçimde çözümlendi! Yobazlık ve fanatizm! Öfkenizi anlıyorum... Yoksa, ailenizin gelişiyle ilgili olarak evinizi mi değiştiriyorsunuz?"

"Hayır, ben öylece... şey için... Zamyotovu burada bulacağımı sanıyordum."

"Ah evet! Öyle ya, onunla dost olduğunuzu söylemişlerdi... Yok, Zamyotov... Geç kaldınız. Aleksandr Grigoryeviç bizi kendisinden yoksun bıraktı: Dünden beri kadromuzda değil, başka bir yere geçti... Hatta giderken de herkesle -hem de pek kaba bir biçimde- kavga etti. Aklı havada bir çocuk, oysa bir ara epey umut vermişti! Hadi bakalım, şimdi siz gelin de bizim parlak bir gençliğimiz olduğundan söz edin! Sözde bir sınav verecekmiş, ama sanıyorum bize hava atmak için söylüyor bunu, sınav falan vereceği yok! Size ya da arkadaşınız Razumihin'e benzeyen birisi değil o!.. Sizin işiniz bilim, hiçbir başarısızlık sizi yıldıramaz! Sizin için hayatın bütün güzellikleri bir nihilizmdir. Siz bir çilekeş hayatı yaşıyorsunuz, tıpkı bir keşiş gibi... kabuğunuza çekilmişsiniz! Elinizde kitap, kulağınızın arkasında kalem, bilimsel araştırmalar yapıyorsunuz; sizin ruhunuza dinginlik veren şey bu! Ben de bir parça sizin gibiyimdir... Livingston'un kitabını okudunuz mu? "Hayır."

"Ben okudum. Bu sıralar nihilistler iyice çoğaldı; ama bunda anlaşılmaz bir yan yok! Hangi zamanda yaşıyoruz! Öte yandan, size sormak isterdim... herhalde bir nihilist değilsiniz? Açık, apaçık söyleyin bana!"

"Hayır."

"Biliyor musunuz, benimle açıkça, hiç sıkılmadan, sanki kendi kendinizeymişçesine konuşabilirsiniz. İş başka... dostluk başka diyeceğim sandınız, değil mi? Ama, bilemediniz! Dostluk değil, yurttaşlık ve insanlık duygusu, insan ve Tanrı sevgisi başka... Ben görevi başında, resmi bir insan olabilirim, ama kendimi her zaman bir insan, bir yurttaş olarak duymak ve bu konuda kendime hesap vermek zorundayım... Demin Zamyotov'dan söz etmiştiniz, değil mi? Uygunsuz yerlerde bir kadeh şampanya ya da Don şarabı içip Fransız usulü skandallar çıkaran bir adamdır o, böyle bir adamdır işte sizin Zamyotov'unuz! Bana gelince, ne bileyim, yurduna bağlılık ve yüce birtakım duygularla yanıp tutuşan bir insan olabilirim, üstelik bir önemim, yüksek bir mevkiim, toplum içinde bir yerim var! Evliyim, çocuklarım var. Bir insanın, bir yurttaşın yapmak zorunda olduğu şeyleri yapıyorum! Sormama izin verin, ya Zamyotov kimdir? Sizi eğitimin soylulaştırdığı bir insan olarak görüyor ve öyle davranıyorum. Bilmem farkında mısınız, şu ebanımlar da iyice çoğalmaya başladılar..."

Raskolnikov sorar gibi kaşlarını kaldırdı. Az önce yemek masasından kalktığı anlaşılan Ilya Petroviç'in sözleri, kulağına anlamsız, bomboş sesler olarak geliyordu. Ama yine de adamın söylediklerinden bir kısmını az da olsa anlamıştı, soran gözlerle Poroh'a bakıyor ve bütün bunların nasıl sona ereceğini merak ediyordu.

Ilya Petroviç konuşmayı çok seviyordu.

"Şu kesik saçlı kızlar var ya, onlardan söz ediyorum" diye sürdürdü sözlerini. "Ben ebanım adını taktım onlara ve bu yakıştırmamı da, doğrusu, çok uygun buluyorum. Hah-hah-ha! Tıp fakültesine gidiyor ve anatomi öğreniyorlar! Söyleyin Allah aşkına; hastalanacak olsam hiç bu kızları çağırır mıyım kendime baktırmak için? Hah-ha!"

Esprisi çok hoşuna giden Ilya Petroviç kahkahalarla gülmeye başladı.

"Hadi diyelim bu durum bilgiye olan sonsuz susuzluklarından kaynaklanıyor... Bilgilendin, dursana orada! Niçin bu bilgiyi kötüye kullanıyorsun? Niçin soylu kişileri aşağılıyorsun? Tıpkı şu alçak Zamyotovun yaptığı gibi... Sorarım, size: Niçin, niçin hakaret etti bu adam bana? Bu sıralarda da kendini öldüren öldürene... Öyle yaygınlaştı ki intiharlar, aklınız durur! Paralarını son kuruşlarına kadar yiyip bitiriyorlar, sonra da kendi işlerini bitiriyorlar! Genç kızlar, çocuklar, yaşlılar... Bu sabah da yeni bir olay bildirdiler: Petersburg'a yeni gelmiş bir beyefendi... Nil Pavliç! Hey, Nil Pavliç! Az önce bildirdikleri, hani şu Petersburgskaya'da kafasına bir kurşun sıkan centilmenin adı neydi?"

Öteki odadan kısık, ilgisiz bir ses duyuldu:

"Svidrigaylov!"

Raskolnikov titredi.

"Svidrigaylov mu!" diye bağırdı. "Svidrigaylov kendini mi vurmuş!"

"Tanıyor musunuz yoksa onu?"

"Evet... tanırım... Yeni gelmişti Petersburg'a..."

"Evet, yeni gelmiş, karısını kaybetmiş, doludizgin eğlence hayatı yaşayan, uçan bir adammış... Ve işte, beynine bir kurşun sıkıvermiş... Üstelik bunu öyle rezilce yapmış ki, aklınız durur! Bu işi aklı başında olarak yaptığım, ölümünden kimsenin sorumlu olmadığını bildiren kısa bir de not bırakmış. Dediklerine göre para pul da varmış adamda... Siz nerden tanırdınız kendisini?"

"Benim tanımam... kız kardeşim evlerinde mürebbiye olarak çalışmıştı..."

"Demeyin! O zaman onun hakkında bize bir şeyler söyleyebilir misiniz? Böyle bir şey yapacağından kuşkulanmış mıydınız?"

"Kendisini dün gördüm... şampanya içiyordu... Böyle bir şey yapacak gibi değildi."

Ağır bir şeyin altında ezilmiş gibiydi Raskolnikov.

"Yine sararır gibi oldunuz. Çok ağır bir havası var buranın."

"Evet..." diye kekeledi Raskolnikov. Gitmem gerek benim... Özür dilerim, rahatsız ettim..."

"O, rica ederim, nasıl isterseniz! Çok sevindirdiniz bizi..."

Ilya Petroviç bunları söylerken Raskolnikov'a elini de uzattı.

"Ben yalnızca... Zamyotov'u görmek..."

"Anlıyorum, anlıyorum... Bizi çok sevindirdiniz."

Raskolnikov gülümsedi:

"Ben de çok sevindim... Hoşçakalın..."

Dışarı çıktı. Sallanıyordu. Ayakta olup olmadığının bile farkında değildi; başı dönüyordu. Sağ eliyle duvara dayanarak merdivenlerden inmeye başladı. Elinde dosya, yukarı çıkmakta olan bir kapıcının kendisini ittiğini; aşağı katla bir köpeğin ağlar gibi havladığını, kadının birinin bağırarak köpeğe bir oklava fırlattığını belli belirsiz fark etti. Aşağı indi. Avluda, kapıya yakın bir yerde Sonya duruyordu; ölü gibiydi, yüzü bembeyaz, yabanıl bakışlarla onu süzüyordu. Raskolnikov gidip tam onun önünde durdu. Kızın yüzünde hastalıklı, umutsuz, acılı bir şeyler belirdi. Ellerini çırptı. Raskolnikov'un dudakları şaşkın, umutsuz bir gülümsemeyle kıvrıldı. Bir an öylece durdu, gülümsedi, sonra dönüp yeniden büroya çıkan merdivenleri tırmanmaya başladı.

Ilya Petroviç oturmuş, birtakım kâğıtları karıştırıyordu. Karşısında, az önce merdivenlerde Raskolnikov'a çarpan adam vardı,

"Aa! Siz misiniz? Ne oldu, bir şey mi unuttunuz? Ama, neyiniz var sizin?"

Raskolnikov dudakları bembeyaz, bakışları hareketsiz, donuk, hiçbir şey söylemeden ona yaklaştı, masanın önüne gelince, bir eliyle masaya dayandı, bir şeyler söylemek istiyor, ama söyleyemiyordu; anlaşılmaz, kopuk kopuk birtakım sesler çıkıyordu ağzından.

"İyi değilsiniz siz... Bir sandalye getirin!.. Oturun, oturun şu sandalyeye! Su getirin!"

Raskolnikov kendini sandalyeye bıraktı, ama gözlerini müthiş bir şaşkınlık içinde olan Ilya Petroviç'ten ayırmıyordu. İkisi de bir dakika kadar birbirine bakıp öylece durdular.

Su getirdiler.

"Ben..." diye başladı Raskolnikov.

"Suyunuzu için."

Raskolnikov eliyle bardağı itti ve ağır ağır, dura dura, ama açık ve anlaşılır bir sesle:

"Kocakarıyla kız kardeşi Lizaveta'yı baltayla öldüren ve soyan benim" dedi.

Ilya Petroviç ağzını açtı ve öylece kaldı. Dört yandan koşuşup geldiler.

Raskolnikov sözlerini tekrarladı.

Sibirya, geniş ve ıssız bir ırmağın kıyısında, Rusya'nın il merkezlerinden bir kent. Kentte bir kale, kalede bir zindan var. Rodion Raskolnikov, ikinci dereceden kürek mahkûmu olarak dokuz aydır bu zindanda. Cinayetinin üzerinden bir buçuk yıla yakın bir zaman geçti.

Yargılanması sırasında fazla güçlük çıkmadı. Suçlu, olayları karıştırmadan, bunları kendi yararına değiştirmeye kalkışmadan, gerçekleri çarpıtmadan ve en küçük bir ayrıntıyı bile unutmadan, kararlı bir tutumla ve açık, anlaşılır bir şekilde tek tek anlattı. Cinayeti nasıl işlediğini en küçük noktasına varana dek açıkladı. Cinayetten sonra kocakarının elinde bulunan rehinin (üzerinde madeni bir levha bulunan kâğıda sarılı tahta parçası) gizini açıkladı; maktulden anahtarları nasıl aldığını anlattı, anahtarları tarif etti, çekmeceyi, hatta çekmecenin içinde nelerin bulunduğunu anlattı: Lizaveta'nın öldürülmesi bilmecesini açıkladı: Koch'un onun ardından da üniversite öğrencisinin gelip nasıl kapıyı çaldıklarını, hatta bunların aralarındaki konuşmaları anlattı. Cinayetten sonra merdivenlerden inişini, bu sırada Mikolka'yla Mitka'nın bağrışmalarını duyarak boş daireye gizlenişini, evine dönüşünü anlattı, en sonra da Voznesenski Caddesi'nde bir avluda, hemen kapıya yakın bir yerde bulunan taşı gösterdi. Çaldığı şeylerle para çantası gerçekten de taşın altında bulundu. Kısacası, olay tümüyle aydınlandı. Yalnız, savcıyla yargıçlar, katilin çaldığı şeyleri bir taşın altına gizleyip bunlardan yararlanmayışına, bundan da önemlisi çaldıklarını ayrıntılı olarak hatırlayamaması bir yana, bunların sayısında bile yanılmasına çok şaşırdılar. Özellikle de, para çantasını bir kez olsun açmamış olması, içinde kaç para bulunduğunu bilmemesi onlara pek inandırıcı görünmedi (çantadan üç yüz on yedi gümüş rubleyle, üç tane yirmi kapiklik çıktı; en üstteki birkaç banknot, uzun süre toprak altında kalmaktan bozulmuştu). Sanığın bütün öteki konularda, hem de kendiliğinden, gerçeği olduğu gibi açıklamasına karşılık, bu konuda neden ısrarla yalan söylediğini anlayabilmek için çok uğraştılar. Sonunda yargıçlardan bazısı (özellikle de ruhbilimci olanlar) sanığın çantayı açmadan, dolayısıyla da içinde ne bulunduğunu bilmeden taşın altına gizlenmesinin mümkün olabileceğini kabul ettiler. Buradan yola çıkarak da, cinayetin geçici bir delilik nöbetiyle, yani, başkaca hiçbir amaç taşımaksızın, hiçbir yarar gözetmeksizin, yalnızca öldürme ve soyma monomanisiyle işlendiği sonucuna vardılar. Günümüzde kimi suçlar için sık sık uygulanılmasına çalışılan yeni moda "geçici delilik nöbeti teorisi" tam zamanında yetişmişti, öte yandan, Raskolnikov'un cinayetten önce de hipokondrik bir durum gösterdiği, doktor Zosimov, eski arkadaşları, ev sahibesi ve hizmetçi kız gibi pek çok tanıkça doğrulandı. Bütün bunların, Raskolnikov'un sıradan bir katil, bir haydut, bir soyguncu değil, daha değişik bir şey olduğu sonucuna varılmasında büyük payı oldu. Bu görüşü savunanlar, katilin kendini hemen hemen hiç savunmaya çalışmadığını üzülerek izlediler. Onu cinayete ve soyguna yönelten şeyin ne olduğu şeklindeki sorulara, açıkça ve gerçeğe kaba bir bağlılıkla, bütün bunların nedeninin, içinde bulunduğu, iğrenç koşullar, yoksulluk, umarsızlık, maktulden almayı umduğu üç bin rubleyle hayat yolunda hiç değilse ilk adımlarını atabilmek arzusu olduğunu söyledi. Korkak ve alçak bir insan olması ve içinde bulunduğu yoksullukla, uğradığı başarısızlıkların da bu durumunu kışkırtmasıyla karar vermişti cinayete. Gelip suçunu itiraf etmesinin özellikle hangi etkilerle olduğu sorusuna da, duyduğu içten pişmanlık olarak cevap verdi. Neredeyse kaba denebilecek cevaplardı bütün bunlar.

Ancak işlenen suça göre, verilen ceza, beklenenden çok hafif oldu. Katilin kendini haklı çıkarmaya çalışmaması bir yana, adeta kendini suçlamak isteğinde olmasının bir payı olabilirdi bunda. Olayın bütün özel yanları, cinayetin islenişindeki tuhaflık, dikkatlerden uzak tutulmamıştı. Katilin cinayetten önceki hastalıklı durumu, içinde bulunduğu yoksulluk, en küçük bir kuşkuya yer bırakmaksızın ortadaydı. Çaldığı şeylerden yararlanmamış olması, kısmen içinde uyanan pişmanlık duygusuna, kısmen de, cinayet sırasında akli dengesinin yerinde olmayışına verildi. Talihsiz Lizavetanın öldürülüşü, bu son varsayımı güçlendiren bir olguydu, iki kişiyi öldürürken kapıyı açık unutan bir adam vardı ortada! Son olarak da, ruhsal bir çöküntü içinde bulunan bir fanatiğin (Nikolay) suçu üzerine alarak olayı tam anlamıyla arap saçına döndürdüğü bir sırada, üstelik ortada kendisi aleyhinde hiçbir delil, en ufak bir şüphe yokken (Porfiriy Petroviç sözünü tümüyle tutmuştu) kendiliğinden gelip itirafta bulunması cezanın hafifletilmesinde belirleyici etkenler oldu.

Ayrıca, sanığın durumunu hafifletici hiç beklenmedik başka bazı açıklamalar daha yapıldı. Eski üniversite öğrencilerinden Razumihin, sanık Raskolnikov'un, üniversitede öğrencilik ettiği yıllarda, cebinde kalmış son parayla yoksul ve veremli bir arkadaşına yardım ettiğine ve bu yardımın altı ay sürdüğüne ilişkin bir yerlerden topladığı bilgileri mahkemeye kanıt olarak sundu. Sanık, veremli arkadaşının ölmesinden sonra, arkadaşının güçlük içindeki sakat ve yaşlı babasıyla ilgilenmiş (çünkü on üç yaşından beri çalışarak arkadaşı bakmaktaymış sakat babasına), adamcağızı hastaneye yatırmış, sonunda oğlunun ardından o da ölünce, kendi parasıyla gömmüştü. Bütün bu bilgilerin, Raskolnikov'un yazgısının belirlenmesinde olumlu etkileri oldu. Sanığın eski ev sahibesi (ölen nişanlısının annesi) dul Zarnitsına da Pyati Uglov'da, eski evlerindeyken, sanığın geceleyin çıkan bir yangında, alevler içindeki bir daireden iki küçük çocuğu kurtardığına, bu sırada kendisinin yanarak yaralandığına ilişkin tanıklık etti. Bu olay titizlikle araştırıldı ve pek çok tanık tarafından daha doğrulandı. Kısacası, kendiliğinden gelip itirafta bulunması ve başka birtakım hafifletici nedenler dikkate alınarak, suçlu topu topu ikinci dereceden sekiz yıl kürek cezasına çarptırıldı.

Davanın başladığı sıralarda hastalanan Pulheriya Aleksandrovna'yı, Razumihin hem davayla ilgili bütün gelişmeleri düzenli olarak izleyebilmek, hem de Avdotya Romanovna'yla sıkça görüşebilmek için, demiryolu üzerinde ve Petersburg'a yakın bir ilçede bir ev tutmuştu. Pulheriya Aleksandrovna'nın hastalığı oldukça tuhaf, sinirsel bir hastalıktı; belki tümüyle bir çıldırma değildi, ama buna benzer bir şeydi. Dunya kardeşiyle son görüşmesinden dönüşünde annesini ateşler içinde ve sayıklar durumda bulmuştu. Hemen o akşam Razumihin'le oturup, annesinin kardeşiyle ilgili sorularına nasıl cevap vereceklerini düşünmüşler ve Raskolnikov'un, sonunda kendisine para ve ün sağlayacak bir görevle, sınırda, uzak bir yerlere gönderileceği hikâyesini uydurmuşlardı. Ama Pulheriya Aleksandrovnanın ne o akşam, ne de daha sonra bu konuda hiçbir şey sormaması, tam tersine, oğlunun ani gidişiyle ilgili olarak onun da kendince bir hikâyesinin bulunması onları çok şaşırtmıştı. Oğlunun nasıl gelip kendisiyle vedalaştığını gözyaşları içinde anlatıyor, bu arada son derece önemli ve gizemli birtakım noktaları yalnızca kendisinin bildiğini ima ediyor, Rodya'nın çok güçlü düşmanları olduğunu, bu yüzden hatta gizlenmesi bile gerektiğini söylüyordu. Ortadaki bazı engeller kalkınca oğlunun son derece parlak bir geleceği olacağından hiç kuşkusu yoktu. Onun zamanla bir devlet adamı bile olacağına, yazdığı makalenin ve edebiyat alanındaki parlak yeteneğinin bunun kanıtı olduğuna Razumihini inandırmaya çalışıyordu. Bu makaleyi elinden hiç düşürmüyor, bazen yüksek sesle okuyor, bir onunla uyumadığı kalıyordu. Ama berikilerin de bundan ısrarla kaçınmalarına ve yalnızca bu durumun bile onu kuşkulandırmaya yetecek bir şey olmasına rağmen, Rodya'nın şu anda nerede bulunduğunu hemen hiç sormuyordu. Sonunda onun bazı noktalardaki tuhaf susuşundan korkmaya başladılar. Örneğin, eskiden, Petersburg'a gelmeden önce, yalnızca sevgili Rodyası'ndan gelecek mektupların umuduyla yaşarken, şimdi ondan bir tek mektup bile gelmeyişinden nerdeyse hiç yakınmıyordu. Dunya için anlaşılmaz bir şeydi bu durum ve onu son derece kaygılandırıyordu. Annesinin, Rodya'nın yazgısıyla ilgili olarak korkunç bir şeyler sezinlediğinden ve çok daha korkunç bir şeyler duyma korkusuyla soru sormaktan kaçındığından kuşkulanıyordu. Öyle ya da böyle, Dunya annesinin tam anlamıyla aklı başında denebilecek bir durumda olmadığını açıkça görüyordu.

Bununla birlikte Pulheriya Aleksandrovna iki kez konuşmayı öyle bir noktaya getirip dayandırdı ki, Rodya'nın şu anda bulunduğu yeri anmadan kendisine bir cevap verebilmek olanaksızdı. Sorusuna, doyurucu olmaktan uzak, kuşkulu birtakım cevaplar alınca, yüzü asıldı, uzun süre üzüntülü bir sessizliğe gömüldü. Sonunda Dunya durmadan yalan söylemenin ve bir şeyler uydurmak zorunda kalmanın güçlüğünü görerek, belli noktalarda hiç konuşmamaya karar verdi. Ancak zavallı annenin korkunç bir şeylerden kuşkulanmakta olduğu her geçen gün biraz daha belirginleşiyordu. Kuşkusu neredeyse gözle görülür bir hal almaya başlamıştı. Bu arada Dunya, Svidrigaylovla aralarında geçen sahneden sonra, yani şu son, uğursuz günden bir gün önce, geceki sayıklamalarını annesinin duymuş olduğuna ilişkin kardeşinin söylediklerini hatırladı, gerçekten de o gece sakın bir şeyler duymuş olmasındı? Günlerce, hatta bazen haftalarca süren üzüntülü bir suskunluktan, sessiz gözyaşlarından sonra, kadıncağız histeriye tutulmuşçasına canlanıyor, oğlundan, ona ilişkin umutlarından, gelecekten söz etmeye başlıyor, susmak bilmiyordu... Hayalleri çok tuhaf oluyordu... Ne derse evet diyorlar, kendisini avutuyorlardı, sözlerini evetleyip durmalarının kendisini avutmak için olduğunu belki o da fark ediyordu, ama yine de konuşmaktan geri durmuyordu.

Suçlunun, teslim olup suçunu itiraf etmesinden beş ay sonra mahkeme sonuçlandı. Razumihin, görüşme imkânı doğar doğmaz gidip hapishanede Raskolnikov'u gördü. Sonya da öyle. Sonunda ayrılık saati gelip çattı: Dunya kardeşine bu ayrılığın çok uzun sürmeyeceğine yemin etti. Razumihin de öyle. Genç ve ateşli Razumihin coşkun hayal gücüyle gelecek üzerine planlarını yapmıştı bile; ilerdeki üç dört yıl içinde, olanaklar elverdiği ölçüde, gelecekteki zenginliklerinin hiç değilse temelini atacaklardı, biraz para biriktirip, her bakımdan, toprağı zengin, işçisi, insanı ve sermayesi az Sibirya'ya göçecekler, Rodya'nın bulunduğu kente yerleşecekler ve... hep birlikte yepyeni bir hayata başlayacaklardı. Ayrılırken hepsi ağladılar. Raskolnikov son birkaç gündür çok düşünceliydi, durmadan annesini soruyor, onun için kaygılanıyordu. Kaygısı düpedüz bir üzüntü halini alınca, Dunya telaşlanmaya başladı. Annesinin "hastalığını ayrıntılarıyla öğrenince, Raskolnikov'un yüzü iyice karardı. Bütün bu süre içinde Sonya'ya karşı nedense hiç konuşkan değildi. Sonya, Svidrigaylov'un kendisine bıraktığı parayla, Raskolnikov'un da içinde bulunacağı mahkûm kafilesini izlemek üzere çoktan hazırlıklarını tamamlamıştı. Bu konuda aralarında hiçbir konuşma geçmemişti, ama ikisi de bunun böyle olacağını biliyordu.

Son vedalaşmalarında, Dunya'yla Razumihin'in, onun cezasının bitmesinden sonra hepsini bekleyen mutlu hayat üzerine verdikleri tutkulu güvenceyi dudaklarının ucunda tuhaf bir gülümsemeyle dinledi; içinden bir ses ona annesinin hastalığının çok yakında bir felaketle sona ereceğini fısıldıyordu. Sonunda o ve Sonya yola koyuldular.

İki ay sonra Duneçka Razumihin'le evlendi. Buruk, sessiz bir düğün oldu. Çağrılılar arasında Porfiriy Petroviç'le Zosimov da vardı. Son zamanlarda Razumihin'in yüzüne bir ciddiyet, bir kesin kararlılık ifadesi gelip yerleşmişti. Dunya onun bütün tasarılarını gerçekleştireceğine körü körüne inanıyordu. Nasıl inanmasın? Razumihin'in her davranışı çelikten bir iradenin yansısı gibiydi. Bu arada fakülteyi bitirmek için yeniden derslere devam etmeye başlamıştı. Durmadan geleceğe ilişkin planlar yapıyorlardı; ikisinin de beş yıl içinde Sibirya'ya yerleşeceklerine inançları tamdı. O zamana kadar da Sonya'ya güveniyorlardı.

Pulheriya Aleksandrovna, kızının Razumihinle evlenmesini sevinçle karşıladı; ancak nikâhtan sonra daha bir tasalı, daha bir kaygılı olduğu görüldü. Razumihin ona güzel anlar yaşatabilmek çabasıyla üniversiteli gençle hasta babasını, Rodya'nın geçen yıl iki çocuğu nasıl ölümden kurtardığını, bu arada kendisinin yanarak yaralandığını anlattı. Bu iki haber, akli dengesi zaten yerinde olmayan Pulheriya Aleksandrovna'yı iyice coşturdu. Her yerde bunlardan söz ediyor, gerçi Dunya onu hiç yalnız bırakmıyordu ama sokakta bile bunları konuşuyordu, içinde başkalarının da bulunduğu arabalarda, dükkânlarda, kendini dinleyecek birini buldu mu, hemen sözü oğluna, oğlunun makalesine getiriyor, üniversiteden bir arkadaşına nasıl yardım ettiğini, iki küçüğü yangından kurtarırken nasıl yaralandığını anlatıyordu. Duneçka onu nasıl susturacağını bilemiyordu. Hasta haliyle böylesine heyecanlanmasının sakıncası bir yana bu yakınlarda görülen dava dolayısıyla Raskolnikov'un soyadını hatırlayan birinin ona cinayetten söz etmesi tehlikesi de vardı. Pulheriya Aleksandrovna oğlunun yangından kurtardığı iki çocuğun annesinin adresini de öğrenmiş, ısrarla gidip onu görmeyi de istiyordu. Sonunda tedirginliği, kaygıları son kertesini buldu. Durup dururken ağlamaya başlıyor, sık sık hastalanıyor, ateşler içinde sayıklıyordu. Bir gün, yaptığı hesaplara göre Rodya'nın yakında gelmesi gerektiğini bildirdi. Çünkü oğlu kendisiyle vedalaşırken, dokuz ay sonra döneceğini söylemişti, bunu çok iyi hatırlıyordu. Evi düzenlemeye, oğlunu karşılamak için hazırlıklar yapmaya başladı. Ona bir oda ayırmıştı (kendi odasını), mobilyaları temizliyor, perdeleri yıkıyor, yeni perdeler asıyordu. Dunya onun bu durumundan kaygılanmakla birlikte, hiçbir şey söylemiyor, hatta odanın düzenlenmesinde, kardeşinin karşılanması işlerinde ona yardım ediyordu. Sevinçli düşler, gözyaşları, delice kuruntular içinde geçen o gerilimli hazırlık gününün gecesi hastalandı, sabahleyin ateşi yükseldi, sayıklamaya başladı. Humma olduğu anlaşıldı. İki hafta sonra da öldü. Sayıklamaları sırasında oğlunun korkunç yazgısı üzerine sandıklarından çok daha fazla kuşkuları olduğu sonucu çıkarılabilecek sözler kaçırmıştı ağzından.

Raskolnikov'un daha Sibirya'ya varır varmaz Petersburg'la düzenli bir mektuplaşma sağlamış olmasına rağmen, annesinin ölümünden uzunca bir süre haberi olmadı. Mektuplaşma, her ay Petersburg'a, Razumihin'in adına düzenli olarak bir mektup yollayan ve yine her ay Petersburg'tan bir mektup alan Sonya'nın aracılığıyla sağlanıyordu. Dunya ile Razumihin, Sonya'nın mektuplarını başlangıçta kuru ve doyurucu olmaktan uzak buluyorlardı; ama daha sonra her ikisi de bunların daha iyi yazılamayacağını kabul ettiler; çünkü sonuç olarak, mutsuz kardeşlerinin yazgısı üzerine en doğru, en geniş bilgiyi bu mektuplardan ediniyorlardı. Sonya'nın mektupları gündelik yaşayışla ilgili gerçeklerle doluydu; Raskolnikov'un kürek yaşayışını en yalın, en açık sözlerle dile getiren mektuplardı bunlar. Bu mektuplarda Sonya ne kişisel umutlarından, duygularından söz ediyor, ne de geleceğe ilişkin birtakım öngörülerde bulunuyordu. Raskolnikovun ruhsal durumunu açıklamaya çalışan satırlar da yer almıyordu mektuplarında, bunun yerine Sonya yalnızca gerçekleri, yani onun kendi sözlerini aktarıyor, sağlığıyla ilgili ayrıntılı bilgiler veriyor, falan çünkü görüşlerinde kendisinden neler istediğini, ne gibi ricaları olduğunu, neler sipariş ettiğini yazıyordu. Sonya bütün bu bilgileri son derece zengin bir ayrıntıyla yüklü olarak verdiği için, sonuçta Sibirya'daki mutsuz kardeşin hayali alabildiğine açık ve net bir tablo olarak kendiliğinden ortaya çıkıyordu. Hem bunda bir yanlışlık da olamazdı, çünkü gerçek olaylardı söz konusu olan.

Ne var ki Dunya ile kocası bu haberlerde, özellikle de başlangıçta, gönüllerine su serpici bir yan bulamıyorlardı. Çünkü Sonya'nın onlara yazdığı aşağı yukarı hep söyle şeyler oluyordu. Raskolnikov'un yüzü hep asıktı, konuşmuyordu, hatta Sonya'nın Petersburg'dan aldığı mektuplardan ilettiği haberlerle bile hiç ilgilenmiyordu; zaman zaman annesini soruyordu; onun gerçeği tahmin etmeye başladığını görerek Sonya sonunda annesinin öldüğünü söylemiş, ama büyük bir şaşkınlıkla bu haberin bile onu fazlaca etkilemediğini görmüştü, en azından, dış görünüşünden bu izlenimi edinmişti. Sonya bu arada, kendi içine kapanmış görünmesine rağmen, yeni hayatını sakince kabul ettiğini, durumunu çok iyi anladığını, yakında her şeyin yoluna gireceği gibi onun durumundakilere özgü boş birtakım umutlara kapılmadığını, daha önceki hayatıyla pek az benzer yanı olmasına rağmen yeni çevresinde hemen hiçbir şeyi yadırgamadığını yazıyor. Sağlığının çok iyi olduğunu bildiriyordu. Kaytarmadan, gönderildiği her işe gidiyordu. Yemek konusunda kayıtsızdı, ama pazar ve bayram günleri verilenler dışında bu yemekler o kadar kötüydü ki, sonunda kendisine her gün çay yapabilmek için, onun, Sonyanın teklif ettiği bir miktar parayı seve seve kabul etmişti. Geri kalan şeyler için ise hiç üzülmemesini, çünkü onun vara yoğa koşuşturup durmasının kendisini yalnızca rahatsız ettiğini söylemişti. Sonya daha sonra, onun hapishanede herkesle birlikte genel bir koğuşta kaldığını, bu koğuşun içini görmemiş olmakla birlikte, dar, pis ve sağlığa aykırı bir yer olduğunu tahmin ettiğini yazıyordu. Yine Sonyanın yazdığına göre Raskolnikov tahta bir ranzada, bir keçe parçasının üzerinde yatıyordu ve başkaca hiçbir şey istemiyordu. Onun böyle kaba ve yoksul yaşaması, önceden verilmiş bir karar uyarınca değildi, hayatının maddi yanına duyduğu kayıtsızlıktan aldırmazlıktan ileri geliyordu bu. Sonya Raskolnikov'un, onun ziyaretleriyle hiç ilgilenmediğini de açıkça yazmıştı. Özellikle de ilk zamanlarda Raskolnikov onun gelişlerine ilgi duymak şurada dursun, hatta onunla konuşmuyor, ona kızıyor, kaba davranıyordu. Ama gitgide bu ziyaretler onun için bir alışkanlık, dahası bir gereksinim halini almıştı. Hatta bir seferinde Sonya hastalanıp da birkaç gün ziyaretine gidemeyince, çok üzülmüştü.

Bayram günleri, Raskolnikov'un birkaç dakikalığına çağrıldığı hapishane kapısında ya da hapishane içindeki karakolda görüşüyorlardı; diğer günlerdeyse, Sonya onun çalıştığı yerlere gidiyordu. Burası ya bir işlik, ya tuğla harmanı, ya da İrtis ırmağı kıyısındaki odun depoları olabiliyordu. Sonya kendisiyle ilgili olarak verdiği haberlerdeyse, kent halkından tanıdıklar edindiğini, hatta kendisini gözetip koruyanların bile bulunduğunu, terziliğe başladığını, kentte kendisinden başka hemen hemen hiç kadın terzisi bulunmadığı için pek çok evce aranan bir insan haline geldiğini bildiriyordu. Bu sayede Raskolnikov da hapishane yöneticilerince korunup kollanmaya başlanmış, kendisine daha hafif işler gördürülür olmuştu, ama Sonya onlara bundan söz etmemişti. Derken Sonya'nın Raskolnikov'un herkesten kaçtığından, hapishanedeki öteki mahkûmların onu sevmediklerinden, söz eden bir mektubu geldi, bazen günlerce konuşmuyordu ve rengi iyice solmuştu. Dunya zaten Sonya'nın son mektuplarında özel bir heyecan, bir telaş sezmekteydi. Son mektubunda Sonya onun ağır hastalandığını, hastanenin mahkûmlar koğuşuna kaldırıldığını yazdı.

VIII

Raskolnikov uzunca bir süredir hastaydı. Ne var ki onu yıkan şey kürek hayatının korkunçluğu ya da ağır işler değildi. Bunu nedeni yediği kötü yemekler, saçlarının usturayla kazınmış olması, üstündeki paçavralar da değildi. O, bunları umursamıyordu bile. Aksine çalışmak onun hoşuna gidiyordu; böylece bedensel olarak yoruluyor ve hiç değilse birkaç saat rahat bir uyku uyuyabiliyordu. Üzerinde hamam böcekleri yüzüyor diye, sade suya lahana çorbası diye, yemek mi sorun olacaktı onun için! Üniversite öğrenciliği yıllarında bunu bile bulamadığı çok günler olmuştu. Üzerindeki giysiler, hem kendisini sıcak tutuyor, hem de yaşayış biçimine çok uyuyordu. Taşıdığı prangalara gelince... bunları hiç duymuyordu bile. Yoksa... usturayla kazınmış başından, üzerindeki mahkûm üniformasından mı utanacaktı. Hem kimden utanacaktı, kimden? Sonya'dan mı? Sonya kendisinden korkup duruyordu, birde ondan mı utanacaktı?

O halde? Ama Sonya'dan bile utanıyor ve utandığı için de ona kaba davranıyor ve onu hor görüyordu. Usturalı başından taşıdığı prangalardan hiç utandığı yoktu. Gururu onulmaz bir yara almıştı, bu yaraydı onu yere seren. Ah bir kendini suçlayabilse, nasıl, nasıl mutlu olurdu! O zaman Dunya'nın bütün utançlarına katlanabilirdi. Ama kendini son derece katı ölçütlerle yargıladığı halde, acımasız vicdanı, herkes için söz konusu olabilecek basit bir ıskalamadan başka korkunç bir suç bulamadı geçmişinde. Özellikle utanç duyduğu şey, kör talihin salakça bir hükmüyle, böylesine umutsuzca, böylesine sağır, böylesine budala, böylesine pisipisine mahvolup gitmesi, eğer bir parçacık huzura kavuşmak istiyorsa, böylesine "saçma" "anlamsız" bir karara boyun eğmesi, onunla uzlaşması gerektiğiydi.

Bugün, hiçbir temeli olmayan, soyut, amaçsız bir tedirginlik, yarın, sonucunda hiçbir şey elde edilmeyecek bitmez tükenmez özverileri. Hayatta onu bekleyen şey buydu! Sekiz yıl sonra ancak otuz iki yaşında olacağı, demek ki önünde koskoca bir hayat bulunduğu önemli miydi? Hem ne diye yaşayacaktı? Erişmek istediği şey ne olacak, neye doğru koşacaktı? Yalnızca var olmuş olmak için yaşamak! Ama o eskiden de bir düşünce, bir umut hatta bir hayal uğruna bütün varlığını binlerce kez feda etmeye hazır bir insan değil miydi? Yalnızca var olmak ona her zaman az gelmiş, o hep daha fazlasını istemişti. Kendisini, başkaları için söz konusu olmayacak birtakım haklara sahip bir insan gibi görmesinin nedeni de, belki yalnızca isteklerindeki bu güçlülüktü.

Hiç değilse... hiç değilse pişmanlık duyabilseydi! Öyle bir pişmanlık ki, yüreğini yakıp kavursun, uykularını kaçırsın, öyle bir pişmanlık ki, düşlerini darağaçları, suda boğulmalar doldursun! Ah! Böyle bir pişmanlık nasıl, nasıl sevindirirdi onu! Acı ve gözyaşı da bir hayattır! Ama o işlediği cinayetten dolayı en küçük bir pişmanlık duymuyordu.

Daha önce olduğu gibi hiç olmazsa yaptığı aptallıklarına kızabilseydi! Kendisini bu hallere düşüren, zindanlara sürükleyen budalalıklarına! Zindanda, özgürlükte bütün olup bitenleri yeniden düşünmüş, davranışlarını tek tek gözden geçirmiş, ama bunlar o uğursuz, o gerilimli günlerde olduğu gibi kendisine hiç de aptalca ve saçma şeyler olarak görünmemişti.

"Benim düşüncem" diye düşünüyordu, "Dunya kuruldu kurulalı birbiriyle çarpışmakta olan öteki düşünce ve teorilerden hangi bakımdan, hangi bakımdan daha aptalca, daha budalaca? Olaya gündelik hayat açısından değil, özgürce ve geniş bir açıdan bakılacak olursa, benim düşüncelerimin hiç de o kadar... tuhaf olmadığı görülecektir. Ey inkarcılar, ey beş paralık bilgeler, ne diye yarı yolda duruyorsunuz!

"Ve benim davranışım hangi bakımdan onlara böylesine çirkin görünüyor? Bir cinayet olduğu için mi? Ne demek cinayet? Benim vicdanım rahat. Hiç kuşkusuz ortada ağır bir suç var ve yine hiç kuşkusuz yasalar çiğnenmiş ve kan dökülmüştür... Madem öyle, çiğnenen yasalarınıza karşılık siz de benim başımı alın, olsun bitsin! Ama o zaman, saltanat yoluyla değil de, iktidarı zorla ele geçirerek insanlığa iyilikte bulunanların da, hem de daha ilk adımlarında, kafalarını kesmek gerekmez miydi?"

Onun kendini suçlu bulduğu biricik nokta buydu: Sonuna kadar dayanamamış ve gidip teslim olmuştu.

Kendini niçin öldürmediği sorusu da ona acı veriyordu. Aşağıda akan sulara bakarak köprünün üzerinde durmuş ve gidip teslim olmayı yeğlemişti! Yaşama isteğinin çok güçlü, bu isteği bastırmanınsa çok güç olması mıydı bunun nedeni? Ölümden onca korkan Svidrigaylov bu güçlüğün üstesinden gelmişti ama?

Raskolnikov kendisine bu acı verici soruyu sorarken daha köprünün üzerinde durup da aşağıda akan sulara baktığı sırada hem kendinde, hem de inançlarında derin bir sahtelik sezmiş olabileceğini bir türlü anlayamıyordu. Bu sezginin, hayatının gelecekteki parçalanışının, kendisinin dirilişinin, hayata yeni ve değişik bir açıdan bakışın bir habercisi olduğunu anlayamıyordu.

O bu işte bir tek şey görüyordu: Zayıf olması, bir hiç olması nedeniyle aşmak gücünü gösteremediği, kendini kurtaramadığı kör bir içgüdüye kapılıp, gitmiş olması... Hapishane arkadaşlarına baktıkça şaşıyordu; hayatı nasıl da seviyorlar, ona nasıl da değer veriyorlardı! Hapishanedeyken, dışarıda olduklarından çok daha fazla seviyorlardı sanki hayatı, ona büyük değer veriyorlar, üzerine titriyorlardı! İçlerinden pek çoğu, örneğin serseriler, öyle büyük acılara, işkencelere katlanıyorlardı ki! Ama yine de küçücük bir güneş ışığı, uyuklayan bir orman parçası, ormanın en sık olduğu bir yerde üç yıl önce yeri belirlenmiş soğuk bir pınar, onlar için nasıl, nasıl da büyük bir değer taşıyordu! Bu pınarı, çevresindeki yeşil otları, çalıların arasında ötüşen kuşları, düşlerinde olsun görebilmeyi, sevgilileriyle buluşmayı bekler gibi umutla bekliyorlardı. Çevresini dikkatle gözledikçe, Raskolnikov açıklanması daha da zor olan başka örnekler de görüyordu.

Kendisini çevreleyen bu yeni ortamda, hiç kuşkusuz pek çok şeyin farkında değildi. Sanki gözleri başka yerde yaşıyordu, iğrenç buluyordu, çevresini ve bakmaya dayanamıyordu. Ama sonunda pek çok şeye şaşırmaya, daha önce hiç kuşku duymadığı pek çok şeyi ister istemez görmeye başladı. Önce, onu kendisiyle diğer mahkûmlar arasındaki o korkunç ve aşılmaz uçurum şaşırttı. Sanki ayrı ulusların insanlarıydılar. Birbirlerine kuşkuyla, hatta düşmanca bakıyorlardı. O, bu farklılığın böylesine güçlü ve derin olabileceğini hiç düşünmemişti. Hapishanede siyasal suçlardan sürgün Polonyalılar da vardı. Bunlar, bütün bu insanları cahil, aşağılık yaratıklar olarak görüyorlar, küçümsüyorlar ve onlara tepeden bakıyorlardı. Ama Raskolnikov onlar gibi görmüyordu bu insanları: Bu cahillerin, pek çok konuda, onları beğenmeyen şu Polonyalılardan çok daha akıllı oldukları apaçıktı. Ruslardan da küçümseyenler vardı bu insanları: Eski bir subayla, iki papaz okulu öğrencisi örneğin... Ama Raskolnikov onların da yanıldığını görüyordu.

Hiçbiri onu sevmiyor ve hepsi ondan kaçıyordu. Hatta sonunda ondan nefret etmeye başladılar. Raskolnikov bunun nedenini bilmiyordu. Ondan daha ağır suçlular onu küçümsüyorlar, kendisiyle, işlediği cinayetle alay ediyorlardı:

"Sen beyefendisin!" diyorlardı. "Hiç de beyefendilere yakışmayan bir iş yapmışsın: Baltayla adam öldürmek neyine!" Paskalya'nın ikinci haftasında kiliseye gitme sırası onların koğuşuna gelmişti. O da herkesle birlikte gidip dua etmişti. Bir gün, neden olduğunu kendisi de anlamamıştı, aralarında bir kavga çıkmış ve hepsi birden kudurmuşçasına üzerine saldırmışlardı.

"Sen dinsizsin! Sen Tanrı'ya inanmıyorsun!" diye bağırıyorlardı. "Gebertmek gerek seni!"

Oysa onlarla din, Tanrı üzerine hiçbir şey konuşmamıştı Raskolnikov, yine de dinsiz diyerek öldürmek istemişlerdi onu. Susmuş, karşı koymamıştı onlara. Mahkûmlardan biri iyice kendinden geçerek müthiş bir öfkeyle üzerine atılmıştı. Raskolnikov durmuş ve beklemişti onu, ne kaşı kıpırdamış, ne yüzünün bir çizgisi oynamıştı. Gardiyan tam zamanında yetişip aralarına girmeseydi kan dökülmesi içten bile değildi!

Bir türlü cevabını bulamadığı bir soru da şuydu: Nasıl oluyor da mahkûmlar Sonya'yı böylesine sevebiliyorlardı? Sevgilerini kazanabilmek için Sonya'nın onlara gülmesi, yılışması gibi bir durum söz konusu değildi. Mahkûmlar onu pek seyrek olarak görüyorlardı, o da, çalışma yerlerinde, Raskolnikov'u bir dakikalığına görmek için geldiği sıralarda. Ama yine de hepsi onu tanıyor, buralara Raskolnikov'un ardına düşüp geldiğini biliyorlardı; nasıl yaşadığını, nerede yaşadığını da öğrenmişlerdi. Sonya'nın onlara para yardımı yapması, birtakım özel işlerini görmesi gibi bir durum da yoktu. Yalnız bir kez, Noel yortusunda bir hayır olarak bütün mahkûmlara pasta ve çörek getirmişti. Ama mahkûmlarla Sonya arasında gitgide daha da sıkılaşan bir ilişki kuruldu. Sonya onların mektuplarını yazıyor, postaya veriyordu. Mahkûmların kente gelen yakınları, onlar için getirdikleri eşyaları, hatta paraları yine onların tavsiyeleriyle Sonya'ya bırakıyorlardı. Mahkûmların kanları, sevgilileri onu tanıyorlar, ziyaretine gidiyorlardı. Sonya, Raskolnikov'u görmek için işyerlerine geldiğinde ya da işe giden bir mahkûm kafilesiyle karşılaştığında, bu kaba saba adamlar, bu damgalı, kürek mahkûmları şapkalarını çıkarıp onu saygıyla selamlar. "Matüşka Sonya Semyonovna, sen bizim sevimli anacığımızsın!" derlerdi; bu küçücük, bu çelimsiz kızı böylesine severlerdi. Sonya da onlara gülümser, selam verirdi. Gülümsemesine bayılırlardı. Yürüyüşünü bile severler, dönüp dönüp arkalarına bakarlardı. Hepsi onu överdi, ufak tefek oluşunu bile överler, artık nesini öveceklerini bilemezlerdi. Ona tedavi için gidenler bile olurdu.

Raskolnikov büyük perhizin son günleriyle paskalya süresince hastanede yattı. İyileşmeye başlayınca hastayken gördüğü düşleri hatırladı. Ateşler içinde yatarken, sayıklamalar arasında korkunç düşler görmüştü. Asya'nın derinlerinden Avrupa'ya doğru bugüne dek görülüp duyulmamış bir kıran geliyordu. Dünyanın sonuydu bu. Seçkin birkaç kişi dışında herkes ölüyordu. İnsanların bedenlerinde yeni birtakım kurtçuklar, gözle görülmeyen yaratıklar türüyordu. Ama akıl ve iradesi olan yaratıklardı bunlar. Bunları bedenlerine alanlar cin tutmuşa dönüyor, deliriyordu. Öte yandan, insanlar kendilerini hiç ama hiçbir zaman, bu yaratıkların pençesine düşenler denli akıllı, gerçeği bulduklarından emin hissetmemişlerdi. Verdikleri kararları, yaptıkları bilimsel araştırmalara sonuçlarını, ahlaki ve dini inançlarını hiçbir zaman böylesine şaşmaz doğrulukta bulmamışlardı. Bütün köyler, bütün kentler, tüm dünya, tüm insanlar bu hastalığın pençesindeydi, herkes deliriyordu. Kimse kimseyi anlamıyor, herkes telaş içinde koşturuyordu. Herkes gerçeği kendisinin bildiğini düşünüyor, karşısındakilerin bunu anlamıyor olmasından acı çekiyor, göğsünü yumrukluyor, ağlıyor, kıvranıyor, ellerini ovuşturuyordu. Kimi yargılayacaklarını, nasıl yargılayacaklarını bilmiyorlardı. Neyin iyi, neyin kötü olduğunda anlaşamıyorlardı. Kim suçlanacak, kim aklanacak, kimsenin bildiği yoktu, insanlar anlamsız bir hınç ve öfkeyle birbirlerini öldürüyorlardı. Birbirlerine karşı koca koca ordular topluyorlar, ama bu ordular daha yoldayken birdenbire kendi kendilerini kırmaya başlıyordu; saflar dağılıyor, savaşçılar birbirlerinin üzerine atılıyor, birbirlerini kesiyor, doğruyor, ısırıyor, yiyordu. Kentlerde bütün gün tehlike çanları çalıyordu. Herkesi çağırıyorlardı, ama kim çağırıyor, niçin çağırıyordu, bilen yoktu, herkes telaş içinde koşturuyordu. En sıradan işler bile bırakılmıştı; çünkü işlerin düzeltilmesiyle ilgili olarak herkesin bir görüşü vardı ve herkes kendi görüşünün şaşmazlığında ısrarlıydı, bir türlü anlaşamıyorlardı. Tarımsal işler durmuştu, şurada burada öbek öbek toplaşan insanlar, bir konuda karar alıyor, ayrılmayacaklarına ant içiyorlar, ama hemen ardından, daha demin önerdiklerinden bambaşka şeyler yapmaya koyuluyorlar, birbirlerini suçlamaya, boğuşmaya başlıyorlardı. Sonra yangınlar ve açlık başlıyordu. Herkes her şey mahvoluyor, mikrop gitgide derinlere işliyor, çoğalıyor, büyüyordu. Dünyada ancak birkaç kişi kurtulabilmişti, yeni bir insan soyu ve yeni bir hayat başlatmak, dünyayı temizlemek ve yenilemekle görevli temiz ve seçkin insanlardı bunlar; ama hiç kimse hiç bir yerde bu insanları görmemiş, hiç kimse bunlardan bir ses çıktığını, bunların bir söz söylediğini duymamıştı.

Bu anlamsız, sayıklamanın belleğinde böylesine acılı yer işgal etmesi, bu korkunç, bu ateşli düşün izlerinin böylesine uzun süre silinmeden kalmış olması Raskolnikov'a acı veriyordu. Paskalyanın üzerinden iki hafta geçmişti. Havalar ılımış, ilkbahar gelmişti. Hastanedeki mahkûmlar koğuşunun (bu koğuş demir parmaklıydı ve altında nöbetçiler dolaşırdı) pencereleri açılmıştı. Sonya, hastalığı süresince onu koğuşunda yalnızca iki kez ziyaret edebilmişti; her ziyaret için ayrı ayrı izin almak gerekiyordu ve bu iş oldukça zordu. Ama özellikle de akşamüzerleri, onun penceresi altında bir dakikacık olsun durabilmek, uzaktan olsun koğuşun pencerelerini seyredebilmek için sık sık hastane avlusuna gidiyordu Raskolnikov, artık tümüyle iyileşmiş gibiydi. Bir gün uykudan kalkıp da, bir rastlantıyla pencere kenarına gidince, uzakta, hastane kapısının orda Sonya'yı gördü. Bir şey bekler gibi öylece duruyordu Sonya. Raskolnikov birden yüreğine bir şeylerin saplanır gibi olduğunu duydu; titredi ve hemen pencereden çekildi. Sonya ertesi gün ve daha ertesi gün görünmedi. Raskolnikov onu sabırsızlıkla beklediğini fark etti. Sonunda kendisini taburcu ettiler. Cezaevine dönünce mahkûmlardan Sonya Semyonovna'nın hasta olduğunu, evinde yattığını ve bir yere çıkmadığını öğrendi.

İyice meraklanmıştı. Ondan bir haber alabilmek için evine birisini gönderdi. Kısa bir süre sonra hastalığının tehlikeli olmadığını öğrendi. Raskolnikov'un kendisini merak ettiğini üzüldüğünü öğrenen Sonya da, ona kurşun kalemle yazılmış bir pusula göndererek, eskiye göre daha iyi olduğunu, hastalığının basit bir soğuk algınlığı olduğunu, yakında, hem de çok yakında kendisini çalışma yerlerinde görmeye geleceğini bildirdi. Pusulayı okuyunca Raskolnikov'un yüreği kendisine acı verecek kadar hızla çarpmaya başladı.

Yine aydınlık ve parlak bir gündü. Raskolnikov, sabah erkenden işe çıktı. Irmağın kıyısında kaymak taşı pişirmek için fırın haline dönüştürülmüş bir barakada çalışmaya ayrılmıştı. Üç kişi birlikte kaleye bir alet almaya gitmişti. Diğer, mahkûm odun taşıyor ve fırına istif ediyordu. Raskolnikov barakadan çıkıp doğruca kıyıya indi, burada istif edilmiş kütüklere oturdu, geniş ve ıssız ırmağı seyre daldı. Bu yüksek kıyıdan, göz alabildiğine uzanan bozkır görülüyordu. Irmağın karşı kıyısından belli belirsiz bir şarkı duyuluyordu. Orada, güneşle yıkanan uçsuz bucaksız bozkırda, küçük kara noktalar halinde göçebe çadırları seçiliyordu. Orada özgürlük vardı. Orada, buradakilere hiç benzemeyen, bambaşka insanlar yaşıyordu. Sanki zaman durmuştu. Orada sanki İbrahim'le sürüsünün çağı hâlâ geçmemişti, Raskolnikov oturuyor, gözlerini ayırmadan kımıltısız bakıyordu. Bir düş dünyasıyla, kendi iç dünyası arasında gidip geliyordu. Hiçbir şey düşündüğü yoktu. Ama bir sıkıntının heyecanın, acısını duyuyordu içinde.

Birden yanında Sonya belirdi, usulca yaklaşmış ve yanına oturmuştu. Henüz erkendi, sabah serinliği vardı. Sonya'nın üzerinde eski yoksul paltosu ve yeşil şal vardı. Solgun, süzülmüş yüzünde geçirdiği hastalığın izleri görünüyordu. Yüzü aydınlık bir gülümsemeyle ışıdı ve her zamanki gibi çekinerek elini uzattı.

Sonya ona elini hep böyle ürkek ürkek uzatırdı, hatta bazen onun iteceğinden korkarak hiç uzatmazdı. Raskolnikov kızcağızın elini iğreniyormuş gibi tutar, ziyaretlerinde onu yüzü bir karış karşılar, bazen ziyaret boyunca ağzını açıp tek kelime konuşmazdı. Kızcağız böyle zamanlarda onun karşısında titrer ve yanından içinde derin bir acı duyarak ayrılırdı. Ama bu kez elleri birbirinden ayrılmamıştı, Raskolnikov Sonya'ya hızla bir göz attı, hiçbir şey söylemedi ve gözlerini yere indirdi. Yalnızdılar, onları kimsecikler görmüyordu. Nöbetçi arkasını dönmüştü.

Nasıl olduğunu kendisi de anlamadan kendisini aniden Sonya'nın ayaklarına kapanmış buldu; ağlıyor, kızın dizlerine sarılıyordu. Sonya önce çok korktu, yüzü bembeyaz, yerinden fırladı ve titreyerek ona baktı. Ama bir anda her şeyi anladı. Gözleri büyük bir mutlulukla ışıldadı. Onun da kendisini sevdiğini, hem de sonsuz bir aşkla sevdiğini anlamıştı, hiç kuşkusu yoktu bundan... Demek o mutlu an gelmişti...

Konuşmak istediler ama olmadı. Gözlerinde yaşlar birikmişti. İkisi de sararmış, ikisi de zayıftı, ama bu solgun, bu süzülmüş yüzler yepyeni bir geleceğin, yepyeni bir hayata dirilişin şafak ışıklarıyla tutuşuyordu. Aşk onları diriltmiş, birinin yüreği, ötekinin yüreği için sonsuz bir hayat kaynağı olmuştu.

Beklemeye ve sabretmeye karar verdiler. Önlerinde daha yedi yıl vardı, o zamana kadar ne dayanılmaz acılar çekecekler, ne sonsuz mutlulukları yaşayacaklardı kim bilir! Ama Raskolnikov dirilmişti, bunu biliyordu, yenilenen varlığıyla bunu çok iyi hissediyordu; Sonya'ya gelince, o zaten yalnızca onun varlığıyla yaşıyordu!

O akşam, zindanın kapıları kapanınca Raskolnikov yatağına uzanıp Sonya'yı düşündü. Hatta o gün, eski düşmanları olan öteki mahkûmlar bile kendisine bir başka gözle bakıyorlarmış gibi geldi. Onlarla sohbet etti. Mahkûmlar da ona dostane karşılık verdiler. Zaten böyle olması gerekmez miydi? Her şeyin değişmesi gerekmiyor muydu artık?

Raskolnikov Sonya'yı düşündü. Onu sürekli üzdüğünü, sürekli ona acı verdiğini hatırladı. Onun solgun, süzülmüş, narin yüzünü hatırladı. Ama bu anılar artık onu üzmüyordu; ona bütün çektirdiklerini sonsuz bir sevgiyle nasıl ödeyeceğini biliyordu.

Şimdi geçmişindeki o acılar, o ızdıraplar nereye gitmişti? İşlediği cinayet, mahkûmiyeti, sürgüne gönderilişi, her şey, her şey ona şu ilk coşkunluk anında kendisiyle hiçbir ilgisi olmayan, kendisinin dışında ve ötesinde tuhaf gerçekler gibi görünüyordu. Aslında bu akşam hiçbir şey üzerinde durup uzun uzun düşünecek, zihnini belli bir noktada yoğunlaştıracak halde değildi. Şu anda bilinçli olarak herhangi bir şeyi çözebilmesi de olanaksızdı. Şu anda o yalnızca duyuyordu, yalnızca duygular vardı. Artık onun için diyalektiğin yerini hayatın kendisi almıştı. O halde bilinç düzeyinde de bambaşka şeyler edinmesi gerekti.

Farkında olmadan yastığının altındaki İncil'e uzandı. Bu İncil Sonya'ya aitti. Lazar'ın Dirilişi'ni okuduğu kitaptı bu. Kürek hayatının ilk günlerinde Sonya'nın kendisine durmadan Tanrıdan, dinden söz edeceğini, onu İncil okumaya zorlayacağını sanmıştı. Ama Sonya ona bir kez olsun bunlardan söz etmediği gibi, ondan İncil okumasını da istememişti.

Kısa bir süre önce, henüz hasta değilken, Sonya'dan bu İncil'i kendisi istemişti. Sonya da hiçbir şey söylemeden getirip vermişti. Şu ana kadar kitabın kapağını bile açmamıştı.

Yine açıp bakmadı, ama ansızın bir şimşek misali bir şey geçti kafasından: "Artık onun inançları benim de inançlarım olamaz mı? Hiç değilse onun duyguları, hevesleri, kalbindekiler?"

Sonya da o gün pek heyecanlıydı ve hatta gece tekrar hastalandı. Lakin o kadar mutluydu ki, nerdeyse bu mutluluktan korkuyordu. Yedi yıl, sadece yedi yıl! Mutluluklarının ilk anında, her ikisine de bu yedi yıl bazen yedi gün gibi geliyordu. Hatta Raskolnikov bir yeni hayatın kendisine karşılıksız verilmediğini, buna gelecekte kendisini bekleyen büyük özveriler karşılığı, çok pahalıya sahip olabileceğini de bilmiyordu.

Ama bu, yeni bir öykünün başlangıcıdır. Bir insanın yavaş yavaş yeniden dirilmesinin, yeni bir hayat bulmasının, bir dünyadan başka bir dünyaya geçmesinin, hiç bilmediği yepyeni bir gerçekle tanışmasının öyküsüdür. Bu öykü, yeni bir kitabın konusu olabilir. Bizim hikâyemizse işte burada bitiyor.

SON